KB134090

아르카

아르카

2
＼ 비밀의 숲

엘레오노르 드빌푸아
이원희 옮김

호른스의눈

차 례

프롤로그 • 7

1 부화 • 26

2 생령의 유산 • 42

3 파란연꽃 검 • 69

4 폐쇄된 방 • 111

5 작은 나포카 • 142

6 비프아주르 광산의 비밀 • 189

7 사라진 수습생들의 협곡 • 217

8 돌이킬 수 없는 밤 • 255

9 파괴 작전 • 291

10 얼음 속 얼굴들 • 316

11 나보의 귀환 • 340

12 잊힌 기억 • 393

13 피에 얼룩진 검 • 424

14 숲의 아이 • 446

에필로그 • 469

부록 • 471

| 일러두기 |

본문 하단의 각주 중 별표로 표시한 '메타니르의 수다'는 저자의 주이며 고딕으로 표
시한 단어 설명은 옮긴이의 주다.
부록은 원서를 바탕으로 삼아 옮긴이가 보충한 것이다.

프롤로그

캉드리는 일곱 살이 되었을 때 인생이 바뀌는 날이 시작되었다.

그날 캉드리는 평소보다 일찍 잠에서 깼다. 나뭇잎 소리, 새소리, 동물 울음소리, 겨우 해먹 하나 달아놓을 정도밖에 안 되는 협소한 방의 토벽을 통해 숲의 새벽이 깨어나는 소리가 들렸다. 반복적으로 쿵쿵거리는 소리가 일상적인 소음을 깨뜨리고 있었다. 아직 잠이 덜 깬 캉드리는 몇 초가 지나서야 **나무 위 오두막** 아래, 울타리 안에서 어머니의 암말이 내는 발굽 소리라는 걸 알아차렸다. 캉드리는 전날 암말에게 먹이 주는 걸 깜빡 잊었던 것이다.

말을 굶긴 걸 어머니가 알면 귀싸대기가 날아올 거란 생각에 잠이 홀딱 깬 캉드리는 후다닥 해먹에서 몸을 굴려서 내려간 다음 자신의 방과 거실 사이에 쳐놓은 벽걸이 천을 들췄다. 동이 트기 전이라 굵은 나뭇가지들 사이에 지은 오두막 안의 이 작은 방은 아직 어두웠다. 다행히 눈보다는 발이 디딜 데를 더 잘 알고 있었다. 캉드리는 어머니의 방 쪽으로 귀를 세운 채 널빤지 삐걱거리는 소리를 내지 않으려고 살금살금 조심하면서 어머니의 전사 장비가 널린 공간을 통과했다. 어머니 방 입구에 걸린 벽걸이 천 너머에서 코골이 이중창이 들렸다. 어머니도 테미스도 아직 잠들어 있었다. 운이 좋았다.

거실 앞 테라스에는 통나무 의자들이 놓여 있는데 한갓진 시간에 어머니와 테미스는 거기서 파이프 담배를 피웠다. 테라스는 아마조네스 숲에 군락을 이룬 거대한 유칼립투스들의 듬성듬성한 가지 아래, 숲 쪽으로 나 있었다. 캉드리는 일찍 일어날 때면 오두막 꼭대기로 올라가서 흡사 망망대해처럼 바람에 물결치는 초록빛 나뭇잎들의 바다 위로 밝아 오는 여명을 감상하길 좋아했다. 그렇지만 어제 저녁의 실수를 만회하려면 지금은 빨리 내려가서 말에게 먹이를 줘야 했다.

캉드리는 사다리와 연결된 구멍 속으로 기어갔다. 일정한 간격으로 박힌 징이 나선형으로 유칼립투스 몸체를 둘러싸고 있었다. 조금이라도 방심했다가는 15미터 높이에서 추락하는 것이었다. 모르면 용감하다고, 캉드리는 일곱 살이기에 가능한 겁 없는 속도로 나무를 타고 내려갔다.

땅바닥에서 1미터쯤 떨어진 지점에 이르자 캉드리는 징에 걸어놓은 자루를 풀어 바로 밑에서 비난조로 거칠게 콧숨을 내뿜는 암말의 구유에 곡물 몇 줌을 던져주었다. 그리고 이미 먹느라고 정신이 없는 말의 검은색 갈기 위로 한 줌을 더 뿌렸다.

캉드리는 선망의 눈초리로 말의 멋진 갈기와 황갈색 등짝을 쳐다봤다. 어머니는 어린아이에게 군마는 너무 위험하다면서 말에 오르는 걸 절대로 허락하지 않았다. 캉드리가 조그만 소리로 말을 불렀지만, 녀석은 들은 체도 않고 우물우물 씹으면서 간간이 꼬리를 휘젓는 것으로 꼭두새벽부터 배를 깨무는 파리 떼를 쫓았다.

실망한 캉드리는 천천히 사다리를 다시 올라갔다. 콧구멍으로 숲의 습하고 찐득한 공기가 차오르고 있었다. 바로 옆에 있는 유칼립투스에서 앵무새들이 알을 낳느라고 가지들을 흔들었다. 나무 위 오두막은 시커먼 강에서 몇 미터 떨어진 비탈에 자리 잡고 있어서 해먹에 누워서 보면 쓰러진 나무들이 수면을 따라 잘린 것처럼 보였다. 잔잔한 물결 위로 첫 햇살에 사라질 운명인 물안개가 피어오르고 있었다. 강가에는 거대한 나무들이 쓰러지면서 내어준 자리를 양치류와 선명한 초록색 이끼가 차지하고 있었다.

캉드리가 사다리를 삼분의 이쯤 올라갔을 때 머리 위에서 삐걱거리는 소리가 들렸다. 테라스에서 움직이는 발이 빛이 새어드는 널빤지 틈새를 막았다. 잠시 후, 테라스의 통나무들이 널빤지와 마찰되는 소리가 났다. 이건 테미스와 어머니가 최애 장소에 나와 앉아 있다는 의미였다.

두 여자는 일어나 있었다.

캉드리는 가슴이 철렁했다. 곤란한 상황에 처한 것이다. 이대로 올라가면 어머니가 틀림없이 뭘 하러 나갔는지 물을 것이고, 밑에 그냥 있으면 캉드리를 깨우러 갔다가 방에 없는 걸 보고 걱정할 터였다. 반드시 들키지 않고 방에 들어가 있어야 했다.

캉드리는 자신의 방 창문 앞까지 뻗어 있는 좁은 나뭇가지에 이르기 위해 징 몇 개를 밟으면서 올라갔다. 어른은 제아무리 재주를 부려도 엄두조차 못 내겠지만, 캉드리는 가볍고 원숭이처럼 날렵해서 나뭇가지를 향해 전진할 수 있었다. 테미스와 어머니가 담뱃잎을 파이프에 채우고 피우는 냄새 때문에 캉드리는 머리가 어지러웠다.

몸무게에 휘어지는 매끈하고 둥근 나뭇가지를 따라 캉드리가 엉금엉금 기어가고 있을 때 테미스의 목소리가 들렸다.

"이제 일곱 살이 됐는데, 이렇게 얼마나 더 갈 수 있을지 모르겠다."

어리둥절해진 캉드리는 그대로 멈추고 귀를 기울였다. 테미스가 이렇게 심각한 어조로 캉드리 자신에 대해 말하는 걸 듣기는 처음이었다. 평소에 두 여자는 무심하게 또는 짜증스럽게 캉드리에 대해 무슨 말을 하다가도 이내 화제를 바꾸곤 했다. 그래서 캉드리는 별로 신경을 쓰지 않았다.

캉드리가 말을 타도 되냐고 물을 때마다 그랬던 것처럼 어머니는 침묵을 지키고 있었다. 테미스의 목소리가 또다시 주장했다.

"날이 갈수록 점점 들통날 위험이 커지고 있어. 비밀이 지금까지 지켜진 것만도 기적 같은 일이야. **에포로스**가 아는 날엔 너희 둘 다 죽어."

캉드리는 무슨 얘기를 하는지 이해되지 않았다. 무슨 비밀을 말하는 거지? '에포로스'는 또 뭐고? 캉드리는 어머니의 대답을 기다리면서 나뭇가지 중간쯤에서 꼼짝 않은 채 균형을 유지하려고 애를 쓰다 보니 팔다리가 아팠다. 한참 후, 어머니가 마침내 말했다.

"맞는 말이라는 거 아는데 결심하기가 힘들어. 지금까지 잘 넘어갔으니까 앞으로 몇 달, 어쩌면 몇 년은 이대로 잘 지낼 수 있을지도 모르잖아. 조금만 더 내 딸과 지낼 수 있게 해줘."

치직거리는 소리에 이어 파이프 담배를 내뿜을 때 나는 특유의 소리가 났다.

"잘못 생각하는 거야."

테미스의 목소리가 도끼를 내리찍는 소리처럼 울렸다. 캉드리는 방금 들은 이상한 대화에 정신을 빼앗긴 나머지 떨어질까 봐 걱정도 않고 나뭇가지를 기어올라 어느새 자신의 방 창문 앞에 이르렀다.

말을 탈 기회를 얻으려고 애쓸 때를 빼고, 캉드리는 오랫동안 한 가지 생각에만 매달린 적이 없었다. 흥미로운 일들이 계속 일어났기 때문이다. 한 시간 후, 수습생 훈련을 받으러 가면서도 캉드리가 여전히 어머니와 테미스의 대화를 생각하고 있다는 건 그만큼 특별한 내용이라는 증거였다.

나무 위 오두막에서 훈련장에 이르는 오솔길은 테르모돈강의 지류를 따라 나 있었다. 캉드리는 눈살을 찌푸리면서 발길에 다져진 부식토를 걸어가다가 이따금 반사적으로 고개를 숙이고 길가에 자란 잎이 두툼한 식물의 꽃대를 피했다. 수습생 장비 — 짧은 활, 활이 가득 차 있는 **고리토스**와 작은 창 — 가 발걸음에 따라 흔들렸다. 주의가 산만해진 캉드리는 무기 덜그럭거리는 소리 때문에 말발굽 소리를 듣지 못하다 뒤늦게 등 뒤에서 말이 달려오고 있다는 걸 알아차렸다.

캉드리는 말을 피하려고 오솔길 밖으로 비켜서다 그루터기에 발이 걸리면서 **히스타미드** 풀숲에 벌렁 나자빠졌다. 소녀가 욕설을 내뱉으면서 일어나는 사이 고리토스 안의 활이 따끔따끔 찌르는 수풀에 쏟아졌다.

"너 지각이야, 캉드리!"

캉드리는 고개를 들다가 유칼립투스 몸체 뒤로 사라지는 조랑말의 엉덩이와 길게 땋아 늘인 검은색 머리를 봤다. 안티오페는 캉드리를 놀릴 기회를 절대 놓치는 법이 없는데, 보통은 훈련할 때 다른 수습생들이 보는 앞에서 웃음거리로 만드는 것으로 적대감을 드러내곤 했다. 캉드리는 공주인 데다 무술과 말 타는 재능까지 뛰어난 안티오페가 싫었다.

"나도 조랑말이 있으면 잘 탈 수 있는데." 캉드리는 히스타미드를 건드리지 않으려고 조심조심 화살을 주우면서 쫑알거렸다.

캉드리는 이미 벌겋게 부어오른 허벅지를 긁으면서 다시 훈련장으로 향했다. 훈련 중에 가려움증이 심해지면서 활쏘기 시간에는 집중하기 힘들 정도였다. 수습생들 중 유일한 친구인 바르시다는 격투 훈련을 하다 손목이 부러져서 결석했다. 단짝 친구가 없어서 그런지 캉드리는 훈련이 훨씬 힘들게 느껴졌다. 풀숲에 넘어지면서 화살 세 개를 잃어버렸기 때문에 무술 교관에게 야단을 맞고 빈터 가장자리로 가서 수업을 지켜보라는 벌까지 받았다. 그루터기에 앉은 캉드리는 뿌루퉁한 얼굴로 손바닥에 턱을 괴고 수습생들이 훈련하는 모습을 지켜봤다. 늘 그렇듯 안티오페는 유일하게 실력이 엇비슷한 멜라니페와 훈련하고 있었다. 둘은 강아지들처럼 사이좋게 붙어 다녀서 다른 동급생들의 부러움을 샀다.

어머니가 아마조네스 숲 인근의 **헤일로테스** 마을 출신인 멜라니페는 높은 광대뼈, 가무잡잡한 피부, 두 갈래로 땋은 검은색 머리, 작달막하고 통통한 체형, 약간 째진 눈과 음험한 눈빛까지 전형적인 아르카디아인의 용모였다. 반면에 안티오페는 호리호리한 데다 눈꼬리가 올라가 있어서 동그랗게 보이는 담갈색 눈이라 고양이 같은 인상을 주었다. 공들여 땋은 공주의 머리 맵시가 부러운 캉드리는 똑같이 빗겨 달라고 어머니를 조르기도 했다.

훈련이 끝났을 때 캉드리는 하도 긁어서 허벅지에 피가 나자 시원한 물에 다리를 담그고 가려움을 가라앉히고 싶었다. 그래서 훈련 장비를 챙겨 들고 강으로 놀러 가는 수습생들이 그 어느 때보다 부러웠다.

어머니는 캉드리에게 동급생들과 헤엄치는 걸 엄격히 금지했다.

평소에는 동급생들이 강에 갈 때 캉드리는 바르시다와 함께 남았지만, 친구는 손목이 부러져서 집에 있었다.

캉드리가 전날 암말에게 먹이 주는 걸 잊어버리지만 않았어도, 테미스의 말을 엿듣지만 않았어도, 안티오페의 조랑말 발굽 소리를 너무 늦게 듣지만 않았어도, 하필이면 히스타미드 수풀에 자빠지지만 않았어도, 피부가 미치도록 가렵지만 않았어도, 바르시다가 옆에 있기만 했어도, 어머니의 지시를 무시하고 강으로 뛰어가는 동급생들을 따라가지 않았으련만. 하지만 연속해서 사건들이 일어났고, 캉드리는 동급생들이 있는 강둑으로 다가갔다.

몇 달 전에 쓰러진 유칼립투스 거목 한 그루가 강을 가로지르고 있어서 아이들의 다이빙 발판이 되어주었다. 아직 푸릇푸릇한 가지들이 건너편 기슭의 나무들에 걸리면서 거인 나무가 강물 위로 반쯤 기울어진 것이다. 저돌적인 아이들이 나무 몸체의 절반쯤 되는 2미터 높이까지 기어 올라가서 두 발을 모으고 흑요석 색깔의 물속으로 뛰어내렸다. 훈련이 끝날 때마다 멜라니페와 안티오페는 더 높이 올라갔고, 이때까지는 어떤 아이도 그만큼 높이 올라갈 용기를 내지 못했다.

아이들이 강가에 훈련 장비를 던져놓고 알몸으로 나무 몸체를 타고 올라가는 사이, 캉드리는 튜닉 자락을 걷어 올리고 물속에 두 다리를 담갔다. 헤엄치는 게 아니니까 어머니의 말을 어긴 건 아니었다. 찬물이 닿자 이내 가려움증이 가라앉았다. 허벅지 중간까지 물에 잠기자, 캉드리는 아이들이 물속으로 뛰어내리는 광경을 바라보면서 발가락으로 물밑의 진흙을 파헤치고 있었다. 아이들 속에 끼여서 놀고 싶지만 어머니의 지시를 어길 용기가 나지 않았다. 그래서 아이들을 지켜보는 것으로 만족하면서 물속에서 노는 것이 허락된다면 나무 몸체를 타고 올라가서 멋지게 다이빙하는 자신의 모습과 감탄하는 아이들의 얼굴을 상상하고 있었다.

그런 공상에 잠겨 있을 때 누군가가 거칠게 등을 떠밀었다. 물속에 처박힌 캉드리가 두 팔을 허우적거리며 간신히 일어섰는데 홀딱 젖어서 물을 뚝뚝 흘리는 모습을 보고 멜라니페가 깔깔대고 웃었다.

"너 헤엄칠 줄 모르는구나!" 멜라니페가 캉드리 쪽으로 물보라를 일으키면서 외쳤다.

"아냐, 나 할 줄 알아!" 캉드리가 방어하려고 두 팔을 들면서 소리쳤다.

"근데 왜 우리랑 같이 한 번도 다이빙을 안 했니?" 멜라니페가 눈을 치뜨고 노려보면서 물었다.

멜라니페는 당황해서 어쩔 줄 모르는 캉드리 앞의 수면을 휘젓기 시작했다. 주위가 조용해졌다. 서른 명의 아이들이 싸움이 나면 언제든 가세할 듯 대화를 지켜보고 있었다.

"엄마가 싫어하니까." 캉드리가 중얼거렸다.

캉드리는 놀려 먹을 기회만 노리는 인정머리라곤 없는 아이들 앞에서 하지 말았어야 하는 대답이라는 걸 바로 알아차렸다.

"하지만 그래도 해볼게." 캉드리가 덧붙였다.

캉드리는 도전하겠다는 표시로 물에 침을 뱉었다. 깜짝 놀란 멜라니페가 비켜섰다. 캉드리는 유칼립투스의 뿌리가 있는 데까지 절벅절벅 걸어가서 수면 위로 기울어진 나무 몸체로 올라갔다. 몸에 철썩 들러붙은 옷에서 시커먼 물이 나무 몸체로 뚝뚝 떨어졌다. 캉드리는 한 발짝을 떼다가 젖은 나무껍질에서 미끄러지는 바람에 하마터면 거꾸로 떨어질 뻔했지만 두 팔을 크게 휘저으면서 간신히 균형을 잡았다. 물속에 있는 아이들이 깔깔대고 웃었다. 캉드리는 못 들은 체하고 나무 몸체를 따라 엉금엉금 기어가기 시작했다. 손과 발이 열심히 붙잡거나 디딜 데를 찾았다. 캉드리는 나무껍질에 시선을 고정하고 멜라니페와 안티오페도 올라갈 용기를 내지 못했던 높이로 천천히 기어갔다. 캉드리는 두 소녀가 남긴 젖은 자국을 지나쳐 계속 올라가면서 주변의 모든 것을 잊고 나무껍질에만 집중했다.

마침내 고개를 들었는데 현기증이 일었다. 나뭇가지들이 있는 높이에 이르렀던 것이다. 그 높이에서 내려다보니 구름이 비쳐 있는 길쭉한 혀처럼 보이던 강이 넓어지다가 숲 뒤로 사라졌다. 밑에 있는 아이들이 조그맣게 보였다. 아이들이 거무스레한 물에서 하얀 팔을 흔들면서 소리를 지르고 있었다.

"내려와, 캉드리, 위험해……."

"우리 엄마가 너무 높은 데서 뛰어내리면 수면이 돌처럼 딱딱하다고 했단 말이야."

캉드리는 심장 박동이 빨라지는 걸 느꼈다. 손가락 뼈마디가 하얘져 있었다. 귓속에서 울리는 박동 소리 너머로 안티오페의 단정적인 목소리가 들렸다.

"쟤는 절대 못 뛰어내려."

그 순간 캉드리가 뛰어내렸다.

몇 초도 안 걸려서 캉드리의 두 발이 수면을 세차게 뚫고 들어갔다. 코에 물이 들어왔다. 몸이 물속으로 가라앉을수록 시커먼 물이 덤벼드는 것 같았다.

캉드리는 입에서 빠져나온 기포가 연이어 수면으로 올라가는 걸 잠시 쳐다봤다. 팔과 다리가 개구리헤엄 동작을 기억하고 있어서 캉드리는 천천히 빛을 향해 올라갔다. 수면을 박차고 올라간 캉드리는 공기를 한 모금 크게 들이마신 다음, 물을 털기 위해 눈꺼풀을 깜박이다 놀란 눈으로 주변을 쳐다봤다. 수많은 얼굴이 둘러싸고 있었다. 아이들의 입에서 기쁨의 탄성과 휘파람이 터져 나왔다. 낙하지점으로 헤엄쳐 온 아이들이 캉드리에게 박수를 보내고 있었다.

캉드리의 얼굴에 행복한 미소가 번졌다. 이토록 자신이 자랑스럽고 강하다고 느낀 적이 없었다. 캉드리가 강둑으로 돌아가서 물 밖으로 나가는 사이 아이들이 탄성을 내지르면서 어깨를 토닥여주었다. 모두의 얼굴에서 감탄하고 있는 것이 읽혔다.

한 명만 빼놓고.

안티오페는 주인공 자리를 빼앗겨 불쾌해하는 것 같았다. 나무 몸체에 앉은 안티오페가 길게 땋은 갈색 머리를 흔들고 있는데 흡사 먹잇감을 노리는 흥분한 고양이가 꼬리를 살랑살랑 흔드는 것 같다.

"근데 너는 왜 **우리랑 달리** 옷을 다 입고 있니, 캉드리?"

캉드리는 가슴이 짓눌리는 느낌이 들자 두 팔로 무릎을 감싸고 다른 아이들 쪽으로 고개를 돌렸다. 안티오페는 '우리랑 달리'라는 말로 동급생들에 비해 캉드리의 신분이 낮다는 걸 각인시켰다. 캉드리의 멋진 다이빙은 아이들의 머릿속에서 즉시 사라졌다. 이제 아이들은 마치 옷을 입고 있다는 사실이 갑자기 공동체에서 제명되기에 충분한 이유가 된다는 듯 캉드리의 젖은 옷을 조소 어린 시선으로 쳐다봤다.

"진짜 그러네. 캉드리, 너는 왜 옷을 안 벗는데?" 강둑에 서 있던 멜라니페가 한술 더 떴다.

멜라니페도 캉드리의 다이빙이 못마땅한 모양이었다. 캉드리는 다가오는 멜라니페를 보면서 튜닉 자락을 움켜잡았다. 불안해진 캉드리가 목구멍이 꽉 막히는 느낌이 들 때 멜라니페가 또박또박 끊어서 말했다.

"벗어봐, 벗어봐, 벗어봐!"

"엄마가 옷 벗는 거 싫어해서 안 돼." 캉드리는 군색하게 변명했다.

"벗어봐, 벗어봐……" 멜라니페가 캉드리 주위를 빙빙 돌면서 계속 뇌까렸다.

캉드리의 손에서 튜닉 자락이 미끄러졌다. 이번에는 물에서 나온 다른 아이들까지 캉드리를 에워싸면서 합창을 했다. 안티오페는 나무 몸체에 앉은 채 흡족한 고양이 같은 표정으로 지켜보고 있었다. 흥분한 아이들이 빙빙 돌면서 소리쳤다.

"벗어봐, 벗어봐!"

갑자기 동급생 중 한 명이 캉드리의 튜닉을 움켜잡고 어깨 위로 걷어 올렸다. 젖은 천이 얼굴에 달라붙는 바람에 앞이 보이지 않자 캉드리는 빠져나가려고 몸부림치다가 주위가 이상하게 조용해진 걸 알아차렸다. 모두 입을 다문 것이었다.

누군가가 캉드리의 두 팔을 놓아주자 튜닉 자락이 다리를 덮었다. 캉드리는 고개를 들다가 충격에 빠진 안티오페의 성난 얼굴을 봤다. 공주가 물에 잠긴 나무 몸체에서 뛰어내리더니 캉드리의 사타구니를 뚫어져라 쳐다보면서 담갈색 눈을 찌푸렸다.

"너…… 우리랑 다르네." 안티오페가 내뱉었다.

몇 걸음 떨어진 데서 멜라니페도 심각한 얼굴로 고개를 끄덕였다.

"내 후견인이 에포로스야. 빨리 가서 말해야겠어."

한 시간 후, 캉드리가 집에 도착했을 때도 옷이 여전히 젖어 있었다. 테라스 탁자에서 도르래를 수리하고 있던 어머니가 머리가 젖은 채로 사다리 구멍으로 올라오는 캉드리를 보면서 일손을 멈췄다. 어머니가 연장을 내려놨다.

"무슨 일 있었니?"

"물에 빠졌어요." 캉드리는 어머니의 탐색하는 시선을 피하면서 거짓말했다.

갑자기 어머니의 얼굴이 창백해졌다.

"옷 입고 빠진 거지?"

캉드리는 강에서 일어난 일을 어머니에게 얘기하지 않겠다고 결심했지만, 이 질문에 방금 동급생들에게서 당한 수모가 떠오르면서 닭똥 같은 눈물을 흘리기 시작했다. 눈물을 참으려고 애쓰던 캉드리의 얼굴이 일그러지고 턱이 떨리더니 갑자기 복받치는 설움에 울분이 터져 나왔다.

"강에 가고 싶지 않았지만 히스타미드에 많이 찔려서 간 거예요. 엄마가 물에 씻으면 낫는다고 했잖아요. 옷을 입고 있었는데 멜라니페와 안티오페가 나한테 옷을 벗으라고 했고, 그런 다음에는 내가 자기들이랑 다르다고 했어요. 멜라니페가 자기 후견인에게 말한다고 했어요, 에… 에… 에포로스라면서……."

마지막 말이 캉드리의 입에서 나오는 순간 시론의 눈동자가 가늘어지더니 화살촉처럼 날카로워졌다. 캉드리는 딸꾹질을 하면서 새벽에 눈뜰 때부터 두려워하던 귀싸대기가 날아올 거라고 생각했다.

하지만 어머니는 천천히 통나무 의자에 앉았다. 어머니의 부릅뜬 눈이 허공을 응시하고 있었다. 긴 침묵이 이어지는 사이 훌쩍거리던 캉드리는 다 털어놓고 나니 기분이 한결 나아진 것 같았다. 마침내 어머니가 이를 악물었다. 어머니의 손가락 뼈마디가 하얘졌다.

"네 짐을 싸. 내일 여행 갈 거야."

다음 날, 어머니 등 뒤에 앉은 캉드리는 구보로 달리는 암말의 속도에 휙휙 지나가는 나무들을 바라보고 있었다. 캉드리는 멀리서 아마존의 술 장식이 달린 투구가 나타날 때마다 어머니가 긴장하는 걸 느꼈다. 뭔가 잘못된 거 같은데 무슨 일인지 감히 물어보지 못했다.

그들은 일찍, 아주 일찍, 새들이 노래를 부르기도 전인 꼭두새벽에 길을 나섰다. 캉드리는 속이 더부룩해서 어머니가 준비해 온 귀리죽을 먹지 않았다. 어머니도 배고프지 않은 것 같았다. 어머니의 눈가에 불그스레한 무리가 져 있었다. 출발하기 전 테미스가 캉드리를 짧게 안아주었다. 테미스는 애정 표현에 인색했기 때문에 소녀는 이 행동에 깜짝 놀랐다. 확실히 아주 이상한 아침이었다.

해가 중천에 떠 있을 때 어머니는 말을 덤불숲으로 이끌었다.

"왜 길을 두고 이쪽으로 가요, 엄마?" 캉드리는 덤불숲에서 말이 자꾸 균형을 잃는 바람에 몸이 이리저리 흔들리자 물었다.

"숲의 기슭이 여기서 2킬로미터 떨어져 있는데 거길 지키는 파수병들을 피해야 하거든. 지금부터는 쉿."

파수병들을 피해 먼 길로 우회하는 동안 캉드리는 흥분이 되었다. 캉드리는 숲 밖으로 나가본 적이 없었다. 허리띠를 착용한 아마존들만 숲 밖으로 나가는 것이 허락되었다. 숲의 기슭이란 아마존들의 안전한 세상과 무질서한 바깥세상 사이를 명확히 가르는 신비하면서 무시무시한 국경이라는 생각이 머릿속에 박혀 있었다. 캉드리는 숲의 기슭을 보려고 어머니의 어깨 너머를 계속 바라보았다. 주변은 유칼립투스들이 듬성듬성하고 지면에 비쳐 든 빛줄기가 군데군데 웅덩이를 이루고 있었다.

"엄마, 수습생들은 왜 숲 밖으로 나가면 안 되는 거예요?" 캉드리가 어머니의 귀에 대고 속삭였다.

"너희들을 지켜줄 비프아주르 허리띠가 없으니까."

"무엇으로부터 지켜주는데요, 엄마? 테미스키라 병사들이요?"

"그뿐만 아니야."

캉드리는 어머니의 목소리에서 머뭇거림을 느꼈다. 어머니가 고삐를 잡아당기자 말이 속도를 늦추다 멈춰 섰다. 발굽 소리가 나지 않자 숲은 다시 고요해졌다. 말에서 미끄러지듯 땅으로 내린 어머니가 캉드리의 무릎을 잡았다. 딸을 올려다보는 어머니의 파란 눈이 갑자기 커지고 번뜩였다.

"너무 어려서 이해할 수 없겠지만 선택의 여지가 없어. 엄마에게 한 가지 약속해줘. 아주 중요한 거야."

캉드리는 숨을 죽였다.

"너는 자식을 낳으면 안 돼, 절대로. 자식을 갖지 않겠다고 약속해."

지키기 쉬울 것 같은 약속이기에 캉드리는 웃음이 나올 뻔했다. 이제 일곱 살인 데다 캉드리의 눈에 아이들이란 못돼먹은 수습생들이거나 포악한 아기들일 뿐이라서 정말로 자식 같은 건 갖지 않을 생각이었다.

"약속해요, 엄마."

다시 길을 나섰다. 여전히 숲의 기슭 길목이라서 말의 엉덩이에 앉은 캉드리는 주변을 살피려고 이리저리 몸을 비틀고 있었다. 갑자기 유칼립투스 숲이 사라지고 지평선까지 초록색 물결이 펼쳐지는 광활한 초원이 나타났다.

캉드리는 눈이 휘둥그레졌다. 이토록 먼 데까지 시야가 트인 곳은 본 적이 없었다. 북풍이 얼굴을 스치면서 뒤쪽에서 나뭇가지 흔들리는 소리가 들렸다. 어머니의 지시에 따라 암말이 파수병들의 시야를 벗어나는 약간 깊은 골짜기로 들어섰다. 나무 몇 그루가 여기저기서 풀을 뜯어 먹는 야생동물들에게 그늘을 드리우고 있었다. 그들은 섬유질이 많은 키 큰 풀들을 쪼아 먹느라 정신이 없는 몸집이 큰 새 떼를 지나쳤다. 캉드리는 새들을 가능한 한 오래 눈에 담겠다는 듯 고개를 뒤로 젖히고 쳐다봤다.

"저 새들이 에프로니스죠, 엄마?"

"에프로니스가 아니라 **에피오르니스**야."

"엄마가 만들어준 오믈렛 기억나요. 에피오르니스의 커다란 알로 만든 거죠?"

"그래."

이 발견에 흥분한 캉드리는 새로운 것들을 볼 때마다 이러쿵저러쿵 재잘거리기 시작했다. 에피오르니스 떼를 지나자 헤일로테스 마을이 나타났는데 언덕의 움푹 파인 곳에 자리 잡은 초가집이 옹기종기 모여 있었다. 캉드리는 흙 속에 묻힌 이런 초가집보다 더 편안하고 편리한 아마존의 나무 위 오두막이 훨씬 좋다고 말했다. 어머니는 흥분해서 떠들어대는 딸의 말에 간간이 대답했다. 저 멀리 밭으로 가거나 가축을 돌보러 가는 헤일로테스들이 보였다. 수많은 아마존 전사들이 헤일로테스 마을 출신이었다. 가난한 농부의 딸들은 아주 어린 나이에 아마조네스 숲으로 보내졌고, 멜라니페처럼 후견인 밑에서 자라면서 수습생이 되었다. 아마존족의 보호를 받는 대가로 헤일로테스들은 곡식과 건초를 제공했다. 작년 겨울이 끝나 갈 무렵—캉드리가 아직 여섯 살이었을 때—여러 마을에서 반란이 일어났다. 캉드리는 헤일로테스들이 무슨 일로 반란을 일으키는지 몰랐지만, 곡식과 건초를 실은 수레들이 더는 숲으로 들어오지 않아서 그들은 비밀 훈련에 돌입했다. 다행히 병참단이 파견대를 보내 반란을 진압했다. 파견대는 곡식 수레들과 함께 돌아왔고, 모든 것이 원래대로 돌아왔다.

캉드리가 녹초가 되었을 때 어머니가 마침내 말을 멈춰 세웠다. 귀리밭 사이에 하얗게 회칠한 작은 대피소가 있었다. 대피소 안으로 들어간 캉드리는 썩은 나무 더미와 부러진 농기구 몇 개만 달랑 흙바닥에 놓인 걸 보고 몹시 실망했다. 캉드리가 돌아보자 어머니는 배낭을 풀고 귀리 빵 한 개와 돗자리 한 개, 얇은 담요 한 장을 꺼내고 있었다.

"우리 이제 뭐해요?" 캉드리가 물었다.

"오늘밤은 여기서 지낼 거야." 어머니가 돗자리를 깔고 앉으면서 대답했다. "여기 앉아서 빵 먹어."

어머니는 딸을 앉히고 머리를 땋기 시작했다. 캉드리는 귀리 빵을 먹으면서 머리털을 귀 뒤로 모으는 어머니의 투박한 손가락을 느꼈다.

"내일은 어디로 가요, 엄마?" 캉드리가 어머니 쪽으로 고개를 들었지만 턱밖에 보이지 않았다.

"내일 일어나 보면 알지."

머리를 다 땋자 어머니는 캉드리를 꼭 끌어안고 조용히 흔들면

23

서 노래를 불러주었다. 어머니는 간간이 딸의 관자놀이와 뺨, 이마에 입을 맞추었다. 젖은 입맞춤이었다. 온종일 말을 타고 오느라 지친 캉드리는 어머니의 따뜻한 품에서 잠이 들었다.

다음 날, 눈을 뜬 캉드리는 어디에 있는지 알아차리는 데 시간이 좀 걸렸다. 먼지투성이 대피소의 윤곽이 눈에 들어왔다. 어머니는 캉드리를 담요에 싸서 돗자리 위에 눕혀놓았다. 머리맡 작은 보따리에 먹을 것이 들어 있었다. 누군가 어두컴컴한 방의 토벽에 기대앉아서 말없이 지켜보고 있었다. 캉드리의 입에서 공포의 비명이 새 나왔다. 캉드리가 후다닥 담요를 밀어내는 사이 그자가 다가왔다. 문틈으로 비쳐 든 빛에 그의 얼굴이 드러났다.

한 번도 본 적이 없지만 캉드리는 남자라는 걸 알아차렸다. 나이가 아주 많은 아마존들처럼 턱에 털이 나 있는데 훨씬 숱이 많았다. 남자의 우람한 팔은 어린 유칼립투스 몸체만 했다. 캉드리는 무서워서 숨이 막히는 것 같았다. 바깥세상에 대한 어른들의 말에 별로 관심을 둔 적은 없지만 '남자는 아마존의 적이다'라는 통념은 기억하고 있었다.

"누구세요?" 캉드리가 울먹이면서 물었다. "우리 엄마는 어디 있어요?"

"네 엄마는 밤에 떠났어." 남자가 대답했다. "너를 나한테 맡기고."

근엄한 목소리에 놀란 캉드리는 이 말을 이해하는 데 몇 초 걸렸다. 그제야 상황 파악이 되기 시작했다. 캉드리는 평소와 달랐던 어머니의 태도를 떠올렸다. 어머니의 표정에서 읽히던 슬픔, 얼굴에 퍼붓던 젖은 입맞춤.

어머니는 딸을 버리고 떠난 것이다.

캉드리는 가슴속에서 슬픔의 덩어리가 차오르는 걸 느꼈다. 작은 몸이 담기에는 너무 큰 슬픔이었다. 잠시 후 슬픔의 덩어리가 터지면서 소녀의 얼굴은 절망적이 되었다.

"이리 와." 남자가 캉드리를 거칠게 잡아끌었다.

캉드리가 소리를 지르면서 발버둥쳤다. 바닥에 있는 농기구들이 흔들렸다. 캉드리는 눈물을 쏟으면서 남자가 손에 쥐고 있는 단검을 봤다. 남자는 돼지 멱을 따듯 목을 딸 터였다.

하지만 칼날은 목이 아니라 두 갈래로 땋은 머리 중 하나를 자르고 있었다. 밤색 머리 타래가 바닥으로 툭 떨어졌다. 캉드리는 어리벙벙해서 저항을 멈췄다.

"너는 엄마랑 살지 않는 게 나아." 남자가 말하는 사이 두 번째 머리 타래가 흙바닥에 흩어졌다. "다른 아마존들이 이 사실을 알면 당장 네 엄마를 죽일 거야. 너를 데리고 있지 말았어야 했는데."

"왜요?" 캉드리가 물었다.

남자가 캉드리의 몸을 돌리고 칼날의 면을 눈높이에 맞춰주었다. 캉드리는 단검에 비친 자신의 얼굴을 보았다. 눈물로 충혈된 파란 눈, 너무 마음에 안 드는 네모난 얼굴 그리고 이제는 귀 바로 위까지 짧아진 머리.

"너는 남자니까."

남자가 일어나서 단검을 칼집에 집어넣었다.

"내 아들아, 이제부터 네 이름은 알칸드로스다."

I
부화

피톤

28년 후

죽은 종려나무에서 간간이 눈 뭉치가 떨어지는 것 말고는 수십일 전부터 바실레우스 궁전의 중정은 어떤 움직임도 없었다. 시간의 흐름마저 얼려버린 듯한 추위가 궁전을 텅 빈 무대로 만들어놓고 뭔가 엄청난 쇼를 기다리는 것 같았다.

피톤은 눈 쌓인 대리석 받침돌 위에서 알을 품고 있었다. 알의 매끄러운 표면에 금이 갔다. 딱딱, 얼어붙은 호수 위를 걷는 발소리처럼 맑으면서 불길한 소리. 갈라지는 소리가 또 났다. 뱀이 눈꺼풀 없는 동공을 움직였다. 뱀의 체절들이 삐걱거리면서 펼쳐졌다. 뱀이 비늘을 세우고 몸통에 쌓인 눈을 털어냈다. 가운데 있는 알 두 개의 껍질에 생긴 균열이 점점 커지면서 하얀 막이 나타나더니 공기와 빛을 찾아 꼬물거리는 작은 생명체가 보였다. 피톤이 품고 있는 나머지 알들은 꿈쩍도 하지 않았다. 다른 알들은 바실레우스가 걸어놓은 동면 주문에서 살아남지 못했다.

삼각형 코가 막을 뚫었고, 부화를 지켜보는 거대한 뱀의 축소판 뱀이 나타났다.

"*미래는 너의 것이다.*" 피톤이 선언했다.

또 하나의 막이 찢어지면서 둘째 새끼 뱀이 나타났다.

"*과거는 너의 것이다.*" 피톤이 말했다.

껍질 밖으로 나온 새끼 뱀 두 마리가 얼음처럼 반투명한 몸뚱이를 쭉 펴자 길이가 인간의 키만 했다. 새끼 뱀들이 아가리를 벌리고 파충류의 턱이어야 가능한 각도로 하품을 했다. 중정에 쏟아지는 햇살에 하얀 이빨들이 반짝였다. 첫째 새끼 뱀이 어미 뱀의 체절을 따라 미끄러지듯 움직였다.

"*리쿠르고스가 올 것이다.*"

둘째가 분노의 쉿쉿 소리를 내며 대꾸했다.

"*이십 년 전에 우리를 훔쳐서 바실레우스에게 바친 그 작자다. 우리는 외교 선물이었다.*"

"그자의 잘못 때문에 너희들의 형제자매는 절대 깨어나지 못할 거다." 피톤이 말했다.

첫째가 둘째 쪽으로 머리를 돌렸다

"*네가 여기 남아 있으면 우리가 복수할 수 있을 것이다.*"

"*복수하자.*" 둘째가 대답했다.

둘째가 부화하지 않은 알들을 품고 똬리를 트는 사이 첫째는 출구 쪽으로 멀어져 갔다.

이번에는 피톤이 눈 덮인 하얀 바닥에 첫째가 남긴 자국을 따라 구불구불 이동했다. 첫째는 이미 중정의 회랑 뒤로 사라지고 없었다. 피톤은 수십 일 전과 반대 방향으로 궁전의 성벽을 넘었고 바람에 얼어맞은 7지구의 운하에 이르렀다.

피톤은 가까운 톨게이트까지 기어갔다. 얼음 층계 바로 위에 있는 초소에서 양아치들이 꾸벅꾸벅 졸고 있었다. 그중 한 명이 피톤이 지나갈 때 잠을 깼다. 그는 거대한 뱀을 보고 "어제 술을 너무 많이 마셨네, 내가……" 하고 중얼거리다 다시 잠들었다.

피톤은 계속 내려갔고, 잠든 양아치들을 깨우지 않고 톨게이트 두 개를 통과했다. 나머지 톨게이트에서는 양아치들을 향해 혀를 널름거리며 쉿쉿, 소리를 내는 것만으로 그들을 옴짝달싹못하게 만들었다. 피톤은 놈들이 비상을 걸면 즉시 인간들이 출동하리라는 걸 알았지만 그때는 이미 멀리 떠난 뒤가 될 터였다.

피톤은 계속 가다가 탑들과 성벽 사이에 군데군데 눈이 쌓인 초원에 이르렀다. 멀리, 뻥 뚫린 구멍의 중간 높이까지 투박하게 모르타르로 채워놓은 돔이 보였다. 피톤은 거대한 비계 방향으로 혀를 널름거렸다. 그쪽으로는 나가는 것이 불가능했다. 피톤은 눈으로 덮인 초원을 가로지르면서, 다음 날 사람들이 이게 뭐지 하고 궁금해할 정도로 요상하게 구불구불한 자국을 남겨놓고 도시의 성문을 통과했다. 이윽고 히페르보레아를 에워싼 거대한 평원을 가로질러서 산맥의 시작을 알리는 구불구불한 능선에 이르렀다. 동이 틀 무렵, 피톤은 리파이아 산맥의 눈을 뒤집어쓴 골짜기에 다다랐다. 우윳빛 겨울 해가 하늘에 떠올랐을 때 피톤은 빙하 아래 얼어붙은 호수에 도착했다. 시커먼 물이 흐르고 있을 깊은 호수의 빙판이 뱀의 비늘에 긁혔다. 피톤은 호수 한가운데에서 멈추고 똬리를 튼 다음 몸통 체절에 머리를 기대고 기다렸다. 이제 피톤에게는 유일하게 시간의 흐름을 알려주는 카라반 대상들이 통과하는 산속 길목에서 고독하게 기다리며 운명으로 장난을 칠 작은 도박만 남아 있었다.

알칸드로스

엑스트락트리스 꼭대기 층에서는 유리창을 두드리는 돌풍에 장단을 맞추듯 모자이크 바닥을 쿵쿵거리며 걸어 다니는 구둣발 소리가 반복해서 들렸다. 알칸드로스가 왔다 갔다 서성이고 있는 곳은 지금은 저층 감방에 갇혀 있는 교도소 소장의 원래 거처였다. 알칸드로스는 자신의 앞날에 막대한 영향을 끼칠 담화문을 준비하고 있었다. 그는 잠시 걸음을 멈추고 창밖 풍경—성애로 뒤덮인 탑들이 저녁 햇살에 반짝이고 있었다—을 바라보다 다시 걷기 시작했다. 그렇게 많은 실수를 저지르지만 않았다면 더 자신만만하게 나설 수 있었을 텐데.

알칸드로스가 저지른 첫 번째 실수는 화재를 일으켜 아다만트 돔을 훼손한 것이다. 그때부터 기온이 너무 급격히 떨어졌고, 결빙 때문에 석공들로서는 돔에 뚫린 구멍을 메우는 것이 역부족이었다.

추위와 싸우며 열흘간 고군분투하던 석공들은 결국 항복하고 공사장을 떠났다. 석공들이 비계를 세워 봉합해놓은 작업이 미완성이라서 아다만트 돔에는 메워야 할 구멍이 아직 절반 남아 있었고, 긴 삼각형 모양으로 뚫린 구멍으로 바람이 몰려 들어왔다. 이런 혼란을 틈타서 조직폭력배들이 세관을 장악했다. 이제는 그들이 도시를 오가는 사람들과 모든 물자를 통제했다. 생필품을 비롯한 식료품 가격이 치솟으면서 히페르보레아에 기근의 그림자가 드리워졌다.

두 번째 실수는 아르카를 놓친 것이다. 알칸드로스는 탑이 붕괴된 뒤 아르카가 히페르보레아를 떠나리라고는 예상치 못했다. 며칠이 지난 뒤에야 아르카가 떠났다는 걸 알았다. 시간이 흐를수록 그와 아르카 사이의 거리가 점점 멀어지고 있었다. 이제는 실렌을 보내 아르카를 추적할 수도 없었다. 생령이 된 실렌은 생전에 리파이아 산맥을 가본 적이 없는 데다 재생하는 데 시간이 오래 걸렸다. 알칸드로스는 그가 차지하고 있는 거처에 마법역학으로 설계한, 재생을 촉진하는 거대한 궤를 설치하고 실렌을 넣어 두었다. 점액성 액체 속에서 얼굴만 떠오른 생령의 눈이 그를 따라다녔다. 주요 장기들이 재생되려면 아직 며칠이 더 필요했다. 알칸드로스는 다른 누군가를 보내서 아르카를 붙잡아 오는 수밖에 달리 방법이 없었다.

그는 세 번째 실수를 방금 알아차렸다.

"몇 개월이라고?" 그가 걸음을 멈추지 않은 채 물었다.

동굴에서 나오는 듯한 쇳소리가 방의 어두운 구석에서 울렸다.

"두 달 남았습니다."

"아직은 해결책을 찾을 시간이 있어. 나는 바르시다가 필요해."

"아기가 태어날 경우 겪게 될 위험을 고려하면 바르시다는 도움이 안 될 거예요, 주인님."

알칸드로스는 목소리가 들려오는 구석을 힐끔 쳐다봤다. 어스름 속에서 금속 팔다리가 달린 여자의 실루엣이 드러나 있었다. 여자는 분리된 팔 하나를 다른 팔로 잡고 생기라고는 찾아볼 수 없는 철가면을 쓰고 있었다. 여자가 시커먼 눈구멍을 통해 불가해한 시선을 보냈다. 알칸드로스가 철가면을 준 뒤로 펜테실레이아는 한 번도 벗은 적이 없었다. 그는 펜테실레이아의 표정을 읽을 수 없는 것이 답답했다. 그는 바르시다의 임신이 야기할 현실적인 문제뿐만 아니라 그녀가 태어날 아이로 인해 목숨이 위태로운 것이 아닌지 걱정이 되었다.

"생각 좀 해볼게." 그는 짧게 대답했다. "충분히 어두워졌으니 이제 가자."

펜테실레이아는 마법역학으로 만든 팔을 어깨에 끼우고 관절이 있는 손가락들을 움직여본 다음 알칸드로스를 따라 지붕으로 이르는 층계를 올라갔다. 옥상 테라스의 뚜껑 문을 나가자마자 밤이 되면서 맹렬해진 추위가 달려들었다. 알칸드로스는 두건을 뒤집어쓰고 공중 정원이 조성된 옥상 테라스의 중앙으로 향했다. 분수대의 물줄기들이 이상한 구근식물 모양으로 얼어붙어 있었다. 식물들은 섬세한 얼음 조각품처럼 보였다. 알칸드로스는 장미 문양 모자이크 한가운데에 멈춰 서서 고개를 쳐들었다. 머리 위로 보이는 둥근 돔은 그 너머 검푸른 하늘과 알칸드로스 사이에 보일 듯 말 듯한 장벽이었다. 그는 손가락 세 개를 입에 넣고 휘파람을 길게 불었다.

몇 분 후 그림자 하나가 첫 별들의 파리한 빛을 가렸다. 잠시 후 거대한 새가 알칸드로스 앞에 내려앉았다. 새까만 날개가 일으키는 차가운 회오리바람에 그의 두건이 휘날렸다. 알칸드로스는 **로크새**에게 다가가서 엄지장갑 낀 손으로 부리를 쓰다듬었다.

"성문 밖에 놔둬서 미안해, 낮에는 네가 너무 눈에 띄잖아, 멜라네펠레." 그가 말했다.

검은 로크새가 알칸드로스의 손에 머리를 비벼 댄 다음 안장 두 개가 얹어져 있는 몸뚱이를 움츠려 펜테실레이아가 탈 수 있게 했다. 이어서 알칸드로스가 올라탔고, 펜테실레이아가 짧게 지시를 내리자 로크새가 이륙했다.

알칸드로스는 로크새를 타고 히페르보레아를 횡단하면서 마음이 무거웠다. 도시에 바람이 불고 있었다. 그는 자신의 실수로 인한 재해가 덜 보이는 밤에 도시를 보는 것이 차라리 마음이 편했다. 색깔—초록빛 덩굴식물, 푸른 물, 벽화들—이 사라진 도시는 바람에 휩쓸려 만신창이가 된 사막 같았다. 온통 눈에 뒤덮인 도시는 고드름과 얼어붙은 운하들만 남아 있고, 주민들이 오가는 1지구의 거리는 진창이었다. 이 상황은 일시적일 뿐이라고 생각하려고 애를 써도 정복을 목전에 둔 도시국가의 상태를 보면서 알칸드로스는 죄책감을 느끼지 않을 수 없었다.

찬바람의 거센 공격에 얼굴이 따갑고, 쿵쾅거리는 심장 박동에 맞춰 허공에서 두 발이 흔들렸다. 28년 전 아버지가 로크새를 타고 나는 걸 가르쳐준 뒤로 이런 느낌에 익숙했다. 그는 지금 히페르보레아에서 여섯 달을 보낸 뒤 아버지를 만나러 가는 길이었다.

돔에 난 구멍 근처에 이르자 로크새는 부드러운 날갯짓으로 석공들이 떠나고 없는 비계들 위로 날아올랐다. 설사 석공들이 남아 있었더라도 그들은 로크새가 날아가면서 그리는 순간적인 그림자조차 알아채지 못했을 터였다.

돔 바깥으로 나가니 기온이 뚝 떨어졌다. 알칸드로스는 살이 찢겨 나갈 것 같은 칼바람을 피해보려고 펜테실레이아 쪽으로 머리를 숙였다. 펜테실레이아가 리파이아 산맥 쪽으로 방향을 잡는 사이 그는 자신을 기다리는 회합을 생각했다. 여섯 달 만에 자신이 세운 계획의 결과를 아버지에게 보고할 생각을 하자 두려움이 엄습했다. 아버지가 실현 가능성이 없다고 비판했던 그의 계획은 마침내 마지막 단계에 도달해 있었다. 포위나 전쟁 없이 히페르보레아를 점령하겠다는 것. 그것이 그의 계획이었다. 쓸데없는 학살과 혼란을 야기한 나포카 정복에 비하면 위업을 달성하는 것이었다.

로크새가 노을빛이 붉게 물든 리파이아 산맥의 첫 지맥에 이르렀다. 펜테실레이아는 암벽 꼭대기의 능선을 따라 눈 덮인 고원에서 뚜렷이 윤곽을 드러낸 삼각형 형체 쪽으로 로크새를 이끌었다. 로크새가 하강하는 사이 알칸드로스는 어스름 속의 눈밭에 누워 있는 로크새 3백여 마리의 길쭉한 형체와 주사위의 5눈 모양으로 배치된 다섯 채의 대형 얼음 대피소를 알아봤다. 알칸드로스는 비행대 규모를 보고 혼란스러웠다. 그는 아버지에게 보낸 서신에서 소규모의 군대만 이끌고 오시라고 충언했다. 이렇게 대범하게 일을 크게 벌이는 것은 아버지의 방식이 아니었다.

멜라네펠레가 중앙에 있는 대피소 앞에 착륙하자 알칸드로스는 안장에서 펄쩍 뛰어내렸다. 고원은 허리춤까지 눈이 쌓여 있었다. 비행 때문에 얼얼해진 눈에서 흐르는 눈물 때문에 눈이 따가워서 앞이 뿌옇게 보였다. 알칸드로스는 손으로 눈물을 닦고, 비행 중 수염에 잔뜩 매달린 얼음을 털어냈다. 눈에 반쯤 파묻힌 대피소의 윤곽이 명확해졌다. 그는 손짓으로 대피소 입구까지 쌓인 눈 더미 속에 길을 냈다.

알칸드로스는 얼음 문에 새겨진 단순한 열림 인장을 활성화했다. 얼음 문이 그가 들어갈 수 있게 녹았다가 바로 다시 얼었다. 대기실은 훨씬 포근했고, 부관들이 방수포 위에 보관해놓은 로크새의 안장들이 널려 있었다. 알칸드로스는 입구 맞은편에 드리운 모피 천막을 들추고 대피소의 내실에 들어섰다.

반들반들한 얼음벽에 반사된 전구 불빛이 사모바르* 주위에 둘러앉은 남자 여섯 명을 밝혀주고 있었다. 안으로 들어갔을 때 그중 누구도 일어나지 않았지만, 알칸드로스는 너무 늙어 보이지 않으려고 굽은 등을 애써 펴고 있는 노인들이라는 걸 알아봤다. 회합에 참석한 **올리가르키아** 대부분이 16년 전 총지휘관 리쿠르고스가 충동적으로 나포카를 정복하기로 변심할 때까지는 나포카가 아마존들의 땅과 인접한 남쪽 국경을 방어하기 위해 고용한 용병 부대의 장군들이었다.

아버지 리쿠르고스가 보이지 않자 알칸드로스는 불안해졌다.

"알칸드로스, 어서 오게." 우렁찬 목소리가 말했다. "이리 와서 앉게."

사모바르 가운데 위아래로 통하는 관이 있어 그 속에 숯불을 넣어 물을 끓이는 주전자.

나이가 들어서도 살이 찌거나 머리털이 빠지지 않은 남자가 따뜻하게 맞아주었다. 희끗희끗한 머리와는 대조적으로 덥수룩한 시커먼 눈썹, 눈 밑이 거무스레한 필롱 장군이 마치 이 회합은 반드시 이행해야 하는 피곤한 하루의 마지막 임무인 것처럼 알칸드로스를 쳐다보고 있었다. 알칸드로스는 필롱이 훌륭한 참모라는 평판을 얻기 위해 듬직하고 근면한 이미지를 주려고 애쓰고 있다는 걸 알고 있었다.

필롱은 아버지의 확실한 오른팔이자 나포카 정복의 주역이고, 첫 번째 전승 이후 테미스키라가 권력을 장악할 수 있게 한 숨은 공신이었다. 알칸드로스는 필롱을 쳐다보면서 그가 오래전부터 영광의 시간을 기다리고 있었으며, 마침내 그의 시간이 왔다는 걸 직감했다.

"아버지는 어디 계십니까?" 알칸드로스가 대뜸 물었다.

모피를 씌운 얼음 의자에 앉아 꿈쩍도 않던 올리가르키아들이 동요하는 기색이 역력했다. 필롱만 태연했다. 그가 짙은 눈썹을 치켜올리더니 몸을 앞으로 숙이고 다리를 넓게 벌린 자세로 무릎에 팔꿈치를 괴더니 연민이 깃든 묵직한 목소리로 말했다.

"한 달 전에 리쿠르고스의 건강에 문제가 생겼는데 전언을 보냈다가 가로채일까 염려되어 자네에게는 기별하지 않기로 했네. 리쿠르고스는 건강이 호전되길 기다리는 동안 일상적인 일은 우리에게 맡기고 좀 쉬기로 하셨지."

알칸드로스는 이 소식으로 인한 불안감을 내색하지 않으려고 표정 관리를 했다. 아버지의 독재 성향을 너무 잘 알고 있는데 일시적인 건강 문제로 단 1초라도 남의 손에 권력의 고삐를 맡겼다는 것이 믿기지 않았다. 리쿠르고스의 상태가 심각한데 필롱이 대수롭지 않은 병으로 치부한다는 의심이 들었다. 알칸드로스는 더 자세히 묻고 싶었지만, 섣불리 질문했다가 자칫 역공을 당할 수도 있었다. 리쿠르고스가 밖에서 데려온 아마존의 자식이라는 걸 기억하는 올리가르키아들이 대놓고 경멸을 표시한다면……. 그게 바로 필롱이 바라는 것일 터였다.

"히페르보레아 점령을 일상적인 일이라고 하시는 겁니까?"

필롱의 얼굴에서 가면이 사라졌다. 그가 일어나서 사모바르 위에 찻잔을 내려놓고 두 손을 비벼대자 모피 소매에서 시커먼 털이 스멀스멀 삐져나왔다.

"일각을 다투는 중대한 일이지. 자네의 공적이 헛된 일이 되어서는 안 되겠지, 알칸드로스. 우리는 자네의 투지를 자랑스럽게 여긴다네. 자네 덕분에 나흘 안에 히페르보레아의 성문이 열릴 것이니, 몇 달 전만 해도 불가능해 보이던 위업을 이룬 거지."

알칸드로스는 다음 말을 기다렸다. 필롱은 시원하게 칭찬해주는 인물이 아니라서 뭔가 아픈 곳을 찌르는 말이 뒤따를 거란 예상이 되었다.

"그렇지만…… 자네는 후속 작업을 처리할 능력이 없다는 것이 우리의 판단이야."

알칸드로스는 이 공적을 빼앗길 거란 예상은 하고 있었다. 하지만 빼앗는 상대가 아버지가 아니라 필롱처럼 파렴치한 부하일 줄은 한순간도 상상하지 못했다.

"누구 의견입니까?" 알칸드로스가 여전히 선 채로 물었다.

알칸드로스의 태도에 필롱은 에두르지 않고 단도직입적으로 내뱉었다.

"자네는 우리에게 히페르보레아를 온전한 상태로 넘기겠다고 약속했지. 그래서 자네의 계획에 많은 투자를 했어. 그런데 그 결과가 뭔가? 아르카디아에서는 숲에 화재가 크게 나는 바람에 비프아주르 매장량을 거의 다 잃었어. 그리고 이번에는 어떻게 됐지? 도시가 반쯤 붕괴되었어! 돔에는 구멍이 뚫리고, 경제는 엉망이 된 데다, 히페르보레아인들은 무너진 탑에 쥐새끼들처럼 땅속에 매몰되고……."

"일시적인 상황일 뿐입니다." 알칸드로스가 말을 끊었다. "돔이 복원되는 즉시 히페르보레아는 다시 일어설 겁니다. 그리고 내 아버지가 나포카를 정복한 뒤에 장군께서 진행한 후속 작업 방식을 상기시키지는 않겠습니다만…… 그건 잔혹한 살육전이었지요."

알칸드로스의 지적에 올리가르키아 중 몇몇의 눈썹이 치켜 올라갔다. 그들 중 누구도 감히 나포카 정복을 비판하지 못했다. 올리가르키아들이 필롱 쪽으로 고개를 돌리고 대답을 기다렸다. 필롱이 거만하게 입술을 실룩거렸다.

"자네는 아버지와 달라, 알칸드로스. 자네는 배후에서 조종하고 책략을 세우는 건 능숙하지만, 권력을 어떻게 행사해야 하는지는 몰라. 히페르보레아는 강한 지도자가 필요해."

"쉰 명의 여전사들로 난공불락의 도시국가를 정복하는 데 성공한 사람이 누군데 이러십니까? 이 방에 나보다 히페르보레아 사회를 잘 아는 사람이 누가 있단 말입니까?"

"이성적으로 생각해야지, 알칸드로스. 자네의 여전사들이 마법사들을 인질로 삼는 데 성공한 것은 민간인들에 대한 기습 공격이 통했기 때문이야." 필롱이 내뱉었다. "테미스키라 병사들과 맞서 싸웠다면 여전사들은 반나절도 버티지 못했을 거다. 설사 비프아주르를 지니고 있더라도."

정작 올리가르키아들은 입도 벙긋하지 않고 있는데도 필롱은 자신의 주장이 모두 심사숙고한 끝에 내린 결론이었다는 듯 장군들을 뚫어져라 쳐다보면서 덧붙였다.

"이제부터는 우리가 보여줄 것이다." 그가 계속 말했다. "자네는 지난 서신에서 여전사들에게 유리한 활로를 강구해 두었다고 했지. 근데 그 계획은 포기해야 할 거다. 우리가 구조 작전을 펼치면서 여전사들을 본보기로 처형하면 히페르보레아 시민들로부터 훨씬 신뢰를 받을 거야. 히페르보레아 정복을 위한 인적 손실이 쉰 명이라면 별로 비싼 대가가 아니겠지?"

창백해진 알칸드로스는 바르시다의 한결같은 충성심과 그녀의 불룩한 배를 생각했다. 그는 필롱에게 반기를 들고 싶지만, 머릿속에서는 이미 흉측한 생각이 꿈틀거리고 있었다. 이 갑작스런 전략 수정이 그에게는 어쩌면 도움이 될 터였다. 로크새 비행병들이 바르시다의 배 속에서 자라는 아이 문제를 해결해줄 테니 직접 해결해야 하는 무거운 죄책감을 덜 수 있었다.

그때 갑자기, 맞은편 벽의 얼음 자락이 녹으면서 부관이 한 노인의 팔꿈치를 부축하고 나타났는데 회합을 방해해서 난처해하는 것 같은 얼굴이었다. 노인은 모피로 감싼 큰 발이 울퉁불퉁한 바닥에 걸려 넘어질 듯 위태로워 보였다. 알칸드로스는 몇 초가 지나서야 아버지를 알아볼 수 있었다.

아버지의 얼굴 절반이 축 늘어져 있었다. 백발이 된 머리칼은 듬성듬성하게 빠져 있는 데다 윤기라곤 없이 칙칙했다. 회색 수염에는 음식물이 말라붙어 있었다. 손수건을 쥐고 손을 덜덜 떠는 아버지가 눈으로 필롱을 찾고 있었다. 모피에서 새어 나오는 배설물 냄새가 알칸드로스의 코끝까지 날아들었다.

"필롱 장군님." 부관이 재빨리 말했다. "용서하십시오, **폴레마르코스**께서……."

"괜찮다, 부관. 우리를 만나고 싶어 하시는 것 같으니 이리 모시고 오게." 필롱이 위선적인 어조로 대꾸하면서 빈자리를 가리켰다.

알칸드로스는 질겁한 얼굴로 아버지를 쳐다봤다. 그가 평생을 두려워하면서도 존경했던 전쟁 영웅 리쿠르고스가 뒤뚱뒤뚱 얼음 의자를 향해 다가왔다. 필롱이 일어나서 리쿠르고스의 다른 팔꿈치를 잡아서 의자에 앉게 도와주었다.

"리쿠르고스, 보세요, 당신 아들이 와 있습니다." 필롱이 자식을 달래는 어머니처럼 속삭였다.

리쿠르고스가 고개를 돌리다 알칸드로스를 알아보고는 오른쪽 눈이 반짝였다. 알칸드로스는 비탄에 빠졌다. 아버지는 이렇게 천진한 미소를 그에게 지어준 적이 없었다. 게다가 아버지의 얼굴에서 이런 표정을 본 적이 있었던가? 반신불수로 인해 뒤틀리고, 이가 빠져서 합죽이가 된 얼굴이지만 아들을 보고 기뻐하는 노인의 얼굴에 번지는 것은 미소가 분명했다.

"알…… 칸…… 드르." 리쿠르고스가 떨리는 목소리로 말했다. "네가…… 왔구나."

"자네를 알아보네!" 필롱이 리쿠르고스의 팔을 토닥이면서 소리쳤다. "오랫동안 못 본 사람은 이름도 잘 기억하지 못하는데."

"아버지를 왜 여기 데려오신 겁니까?"

"리쿠르고스는 상징이니까." 필롱이 대꾸했다. "나는 리쿠르고스라는 존재가 히페르보레아에 새 군주를 세우는 데 도움이 될 거라고 생각해. 그리고 폴레마르코스께서 이 새로운 정복에 동행하는 걸 행복해하시니까."

알칸드로스는 그동안 리쿠르고스의 폭정을 겪어 왔던 필롱이 병들고 노망이 난 노인의 상태에 얼마나 회심의 미소를 짓고 있을지 가히 짐작이 갔다.

"자, 분명히 해 두자, 알칸드로스." 필롱이 덧붙였다. "우리는 급격한 체제 전환을 피하기 위해(필롱이 다정하게 리쿠르고스의 어깨를 잡았다) 자네의 전폭적인 협력을 기대하고 있다."

어깨를 누르는 손길을 느낀 리쿠르고스가 갈색 눈을 들어 필롱에게 미소를 지었다. 필롱은 눈을 찡긋했다. 알칸드로스는 한순간도 더는 보고 있을 수가 없었다. 그는 주먹으로 가슴을 두드리는 것으로 올리가르키아들에게 인사하고 얼음 대피소를 나갔다.

반신불수가 된 노인을 '아버지'라고 부를 수 있을까? 알칸드로스는 급격히 노쇠한 아버지의 모습에 혐오감이 일었다. 아버지가 죽었다고 했으면 차라리 나을 것 같았다. 혼란에 빠진 그는 아버지를 위험에 빠뜨리는 일이라면 뭐가 되었든 못 할 것 같았다.

목적을 위해서라면 남의 약점을 이용하는 것이 주특기인 알칸드로스는 자신이 같은 방식으로 당하게 될 줄은 상상도 못 했다. 바르시다에 대한 사랑은 실패했지만, 부성애는 힘을 발휘하고 있었다. 알칸드로스가 고원의 어둠 속에서 기다리는 펜테실레이아에게 갔을 때 리파이아 산맥이 어마어마하게 커 보였다. 아니, 어쩌면 자신이 한없이 작게 느껴지는 것이었을지도.

그는 로크새에 올라앉아서 말없이 지켜보고 있는 펜테실레이아를 쳐다봤다. 바르시다가 죽음을 피할 수 없게 된 마당이지만, 아직 여전사들 중 한 명은 구할 수 있었다.

"난 여기 남을 거니까 너는 멜라네펠레를 타고 떠나."

"뭘 하면 되는데요, 주인님?"

"아르카를 찾아서 데려와."

2

생령의 유산

아르카

아르카는 전날 자신이 만든 얼음 대피소 안에서 나보의 따뜻한 옆구리에 기대 잠들었다가 소스라치게 놀라며 눈을 떴다. 벌써 몇 번째였다. 히페르보레아에서 몇 달을 보낸 뒤로 리파이아 산맥에서 방랑하는 생활에 좀처럼 적응하지 못하고 있었다. 아르카는 반짝이는 얼음벽을 멍하니 쳐다보면서 미로의 성의 편안한 침대를 두고 떠날 수밖에 없었던 지난 몇 달간 잇달아 벌어진 사건들을 돌이켜보았다.

나포카의 반란을 피해 도망치던 아르카는 본 적도 없는 히페르보레아 출신의 아버지를 찾겠다는 일념으로 아마존 수습생이었던 과거를 뒤로 하고 한 계절 전에 마법의 도시에 도착했다. 아르카는 우연히 치르게 된 '마법 평가전' 시험에 합격하면서 라스티아낙스의 문하생, 다시 말해 서류에 파묻혀 사는 한 정치인의 종이 되었다.

아르카가 보여준 기대 이상의 활약 덕분에 라스티아낙스는 자신의 스승이었던 팔라테스 장관의 죽음을 조사하는 데 문하생을 협력자로 삼을 정도로 둘은 호흡이 잘 맞았다. 7지구에서 지내는 동안 아르카의 생활은 라스티아낙스의 스승 살해 사건을 조사하거나 멘토의 제자로서 의무를 이행하는 것이 거의 전부였다. 장관들이 연이어 살해되면서 마기스테리움이 발칵 뒤집혔을 때, 아르카는 히페르보레아의 군주가 162년 전에 그의 후계자들을 살해한 아마존들에게 저주를 걸었다는 소문이 사실이라는 걸 알게 되었다. 바실레우스는 아마존족에게 후손의 손에 죽임을 당하는 저주를 걸어놨는데, 그 자신도 후손의 손에 죽을 수밖에 없는 '저주의 거울'에 걸려 있었다.

바실레우스는 자식들을 모두 잃었고, 더는 자식이 생길 가능성이 없기 때문에 자신이 영원히 살 거라고 믿고 있었다. 그런데 한 남자가 바실레우스의 장남을 소생시켜 주인에게만 복종하는 영혼 없는 꼭두각시로 만드는 데 성공했다. 그 남자는 자신이 만든 '생령'에게 아마존을 만나 임신시키라는 명령을 내렸고, 그렇게 태어난 아이가 바로 아르카였다.

히페르보레아에 오면서 자신도 모르게 '저주의 거울'에 걸린 아르카는 목숨을 잃을 위기의 순간에 바실레우스를 죽게 만들었다. 생령의 주인은 마법사들을 조종해 군주를 살해한 죄로 아르카에게 사형 선고를 내리게 했고, 이후 히페르보레아의 마법사들을 교도소에 인질로 가둔 다음, 그 인질범들을 아마존들이라고 믿게 했다. 아르카는 히페르보레아에서 도망치는 데 성공했다. 저주에 걸려서 군주를 살해하고 도시를 파괴한 아마존의 딸, 열네 살도 되지 않은 소녀가 감당하기에는 너무 무거운 짐이었다. 결국 아르카는 아르카디아의 아마조네스 숲으로 돌아가기로 결심했다.

아르카는 라스티아낙스를 뒤로 하고 홀연히 히페르보레아를 떠났다. 생령의 주인이 법적으로 빠져나갈 수 없게 파놓은 함정에서 아르카를 구하기 위해 목숨을 걸었던 멘토를 만나지도 않고 떠난 데 죄책감을 느꼈지만, 쫓기고 있는 처지에 멘토를 만나러 가면 너무 위험해질 수 있었다. 생령의 주인이 자신의 계획을 방해하는 사람은 누구든 가차 없이 쥐도 새도 모르게 죽일 수 있다는 걸 이미 보여주었기 때문이다.

좌절감에 빠진 아르카는 마법이 작동하는 지역에서 살 수 없다는 쓸쓸한 결론을 내렸다. 마법 지역에 머물면 주위 사람들에게 죽음을 면할 수 없는 재앙을 만들 뿐이었다. 마치 저주가 자신을 살려 두는 대가로 가까운 이들을 공격하는 복수를 하는 것 같았다. 아르카가 처음으로 마법 능력을 발견하게 된 날 후견인 시론이 목숨을 잃었다. 나포카에 반란이 일어났을 때 함께 곤경에 처했던 친구 펜테실레이아 공주만 살해되고 자신은 살아남았다. 라스티아낙스 역시 그들이 함께 보낸 몇 달 동안 여러 번 죽을 뻔했다. 생령의 주인과 아르카의 싸움으로 탑 안에 있던 수많은 히페르보레아인이 목숨을 잃었다. 이제는 정말로 저주가 작동하지 않는 아마조네스 숲으로 돌아가 더는 희생자가 나지 않게 막아야 할 때였다. 아침에 눈을 뜰 때마다 되새기는 이 확신이 아르카에게 다시 길을 나설 용기를 주었다.

아르카는 나보의 옆구리에서 떨어져서 엉덩이를 두드려주고 털신에 설피를 고정했다. 아직 닷새를 더 가야 리파이아 산악지대 사람들이 겨울을 나는 도시 켐발라에 닿을 수 있었다. 대피소의 얼음벽을 통해 빛이 새어 들고 있었다. 날이 밝았으니 출발할 시간이었다. 아르카는 밤새 출구에 쌓인 눈을 파내기 위해 지팡이를 집어 들었다. 나보가 콧바람을 세게 부는 것으로 빨리 가자고 재촉했다.

"알았어, 금방 나갈 거니까 5분만 기다려." 아르카는 눈을 파내느라고 거친 숨을 내쉬었다.

마지막 눈 더미가 무너지자 대피소 안에 햇살이 쏟아졌다. 아르카는 통로를 빠져나갔다.

아르카가 대피소를 만들어놓은 골짜기 측면이 눈부시게 하얀 빛에 잠겨 있었다. 울퉁불퉁한 땅이 매끈해 보일 정도로 눈이 많이 쌓여 있는데 표면에 군데군데 미세한 균열이 보였다. 가장 높은 봉우리에 걸린 안개구름만 파란 하늘에 맞서고 있었다. 주변 산등성이에 쌓인 눈이 바람에 휘날리고 있고, 골짜기에 드문드문 보이는 전나무에서는 햇빛에 녹은 물방울이 떨어지고 있었다.

아르카는 나보가 나올 수 있게 대피소를 뒤덮은 눈 더미를 치웠다. 말이 발버둥을 치더니 행복한 소리를 내며 눈밭을 뒹굴었다. 이어서 나보는 아르카가 꾸러미에서 꺼내준 귀리에 달려들었다. 나보가 우물우물 씹는 사이 아르카는 자신의 식사를 위해 불을 피우기로 했다.

아르카는 새하얀 눈을 밟으면서 가까운 숲으로 향했다. 골짜기 안에 정적이 흐르고 있었다. 전나무 숲에 이른 아르카는 떨어진 지 얼마 안 돼서 아직 눈이 쌓이지 않은 잔가지들을 주웠다. 아르카는

나뭇단을 들고 일어서면서 세상에 혼자 있는 것이 불안하면서도 황홀한 느낌이 들었다

그런데 혼자가 아니었다. 로크새 한 마리가 지평선에 나타난 것이다.

소스라치게 놀란 아르카는 나뭇단을 내려놓고 전나무의 낮은 가지 뒤로 숨었다. 날아가는 로크새를 보기는 2년 만에 처음이었다. 북쪽, 즉 히페르보레아에서 날아온 것 같은데 그곳에는 로크새 비행대가 없기 때문에 뭔가 이상했다. 로크새 비행대가 있는 나라는 테미스키라밖에 없었다. 그렇다면 라스티아낙스가 예상했던 대로 리쿠르고스가 생령의 주인과 합류했다는 의미였다.

아르카는 로크새 비행병을 관찰하기 위해 눈을 가늘게 치켜떴다. 이 거리에서는 비행병이 쓴 투구의 금속성 광채만 보였다. 테미스키라 로크새 비행병의 전형적인 갈색 망토 차림이 아니었다. 어쩌면 전령일지도 몰랐다.

검은색 날개의 로크새가 정찰하는 것처럼 대피소를 향해 저공비행을 했다. 귀리를 먹기 바쁜 나보는 알아채지 못하고 있었다. 아르카는 가슴이 조마조마해서 나보를 쳐다봤다. 로크새가 말을 낚아채 갈 수 있다는 얘기를 들은 적이 있었다. 하지만 로크새는 그저 선회하는 것으로 그쳤다.

안도의 숨을 내쉬던 아르카는 로크새가 대피소 쪽으로 돌아오기 위해 아치를 그리고 있다는 걸 알아차렸다. 귀리를 다 먹은 나보가 마침내 로크새를 발견했다. 질겁한 말이 눈알을 굴리면서 눈밭을 내달렸다.

대피소 위로 돌아온 비행병이 로크새 날개 쪽으로 몸을 숙이고 주변을 둘러보기 시작했다. 아르카는 바짝 긴장해서 큰 나뭇가지 뒤로 한 발짝 물러섰다. 비행병은 전령이 아니라 아르카를 추적하고 있었다. 눈밭에 찍힌 선명한 발자국을 대번에 발견할 터였다. 아르카가 손목에 찬 날개팔찌를 만지작거렸다. 추위에도 불구하고 팔찌가 작동한다고 쳐도 아르카는 발각되지 않고 멀리 날아가는 방법을 몰랐다.

비행병이 발자국을 발견했다. 투구에 뚫린 두 개의 눈구멍이 갑자기 전나무 숲으로 향했다. 잠시 후 로크새가 아르카를 향해 저공비행을 했다. 아르카는 비행병이 허리춤에서 반짝이는 볼을 꺼내는 걸 봤다. 수면가스 볼이었다.

아르카는 비행병이 볼을 던지는 순간 옆으로 굴렀다. 볼이 전나무 가지를 맞고 박살이 나면서 보라색 연기가 퍼졌다. 아르카는 입을 꼭 다물고 코를 틀어막은 채 숲에서 뛰어나갔다. 수면가스의 영향으로 갑자기 다리에 힘이 빠지면서 설피 달린 장화를 들어 올리는 것조차 힘들었다. 비행병이 방향을 바꾸고 돌격해 오는 걸 알아차린 아르카는 비틀거리면서 눈밭을 계속 뛰었다. 대피소 앞에 놔둔 활을 손에 넣을 수만 있다면…….

두 번째 수면가스 볼이 아르카의 발치 눈밭에서 폭발했다. 아르카는 숨을 쉬지 않으려고 노력하면서 계속 달려보지만 산소 부족으로 다리가 말을 듣지 않았다. 대피소까지는 3미터 정도 남아 있었다. 정신이 몽롱한 아르카는 로크새가 세 번째 공격을 하기 위해 골짜기 맞은편 비탈 쪽으로 이동하는 걸 봤다. 햇빛에 반사된 검은 날개의 무지갯빛과 투구의 광채가 번쩍였다. 대피소에 이른 아르카는 위험을 무릅쓰고 숨을 깊이 들이마신 다음 활과 화살을 집어 들고 뒹굴면서 활을 어깨에 둘러맸다.

세 번째 수면가스 볼을 던지려고 하던 비행병이 동작을 멈추고 로크새의 속도를 줄이기 위해 고삐를 당겼다. 로크새가 후진해서 활공 상태로 대피소 위로 날아올랐다. 아르카는 헐떡이면서 활시위를 메우고 화살촉을 비행병의 머리에 겨누었다.

"네가 그 볼을 던지면 나는 로크새를 쏜다!"

잠시 비행병이 말없이 아르카를 쳐다봤다. 그가 아주 작은 체구라는 걸 알아본 아르카가 또래라고 생각하고 있을 때 동굴에서 나오는 듯한 쇳소리가 골짜기에 울려 퍼졌다.

"나를 못 알아보는구나, 아르카?"

아르카는 비슷한 목소리도 들어본 적 없지만, 그 말투와 태도에서 뭔가 낯설지 않은 느낌이 들었다. 히페르보레아를 떠나기 전 멀리서 활을 쏘아 올렸던 철가면을 쓴 가짜 아마존을 떠올렸다. 같은 사람이 틀림없었다. 근데 아주 어린 것 같은 여자 신궁이 이름을 안다는 건…….

아르카는 잠시 머리를 쥐어짜다가 감히 이름을 뱉어냈다.

"펜테?"

"그래."

아르카는 납덩어리가 가슴을 짓누르는 것 같았다. 펜테실레이아에 대한 마지막 기억이 떠올랐다. 나포카에서 얼굴이 짓이겨진 채 쓰러져 있던 공주의 모습이 눈에 선했다. 펜테실레이아는 살아 있을 수 없었다. 그건 불가능했다.

"넌 나포카에서 죽었어!"

"아니, 넌 내가 죽게 내버려 뒀어. 내 목숨을 구해준 건 내 주인님이야."

이 말에 한 달 전부터 아르카의 머릿속 한편에 웅크리고 있던 무시무시한 두려움이 되살아났다. 아르카는 펜테실레이아가 쓰고 있는 미스터리한 가면을 쳐다봤다. 펜테실레이아는 비행 중에 많이 흔들렸는데도 여전히 한 손에 수면가스 볼을 쥐고 있었다.

"너… 너도 생령이야?"

시간이 잠시 정지된 것 같았다. 로크새의 묵직한 날갯짓 소리만 차가운 공기를 가르고 있었다.

갑자기 펜테실레이아가 수면가스 볼을 던졌다. 아르카는 즉시 활시위를 당겼고, 볼이 공중에서 폭발했다. 유리 파편이 아르카에게 쏟아지는 사이 보라색 연기가 활공 상태인 로크새를 향해 올라갔다. 로크새가 머리를 흔들었다. 날갯짓이 갑자기 약해지더니 고도가 떨어지기 시작했다. 펜테실레이아가 고삐를 잡아당기면서 휘파람으로 지시를 내렸다. 로크새는 힘없이 날개를 펼치고 산 쪽으로 날아가는데 머리를 계속 흔들었다.

아르카는 일어서서 능선을 향해 멀어져 가는 로크새를 바라봤다. 마치 맞바람과 싸우는 것처럼 날아가는 속도가 점점 느려지고 불안정해 보였다. 펜테실레이아는 로크새가 잠들지 않게 하려고 고삐로 목을 갈겼다. 소용없었다. 커다란 로크새가 갑자기 하강하더니 산허리를 들이받고 능선을 따라 곤두박질치다 눈밭으로 떨어졌다. 팅겨 나간 펜테실레이아는 데굴데굴 굴러가다 한 바위에 막혀서 멈췄다.

아르카는 펜테실레이아가 일어나는 걸 봤다. 그 순간 우르르 쾅쾅 산이 내지르는 것 같은 소리가 쩌렁쩌렁 울렸다.

로크새 주위의 눈밭에 긴 균열이 생겼다. 산에서 굴러 떨어지는 눈덩이들에 로크새가 휩쓸려 내려오고 있었다. 잠시 후, 눈덩이들이 비탈을 따라 빠른 속도로 내려오기 시작하더니 급기야 엄청난 눈사태로 변했다.

파도처럼 밀려오는 눈덩이들이 전나무들을 지푸라기처럼 휩쓸어버리는 광경을 보면서 아르카는 공포에 질렸다. 아르카는 눈덩이들이 몰려오는 한복판에 서 있었다. 나보를 찾으려고 주변을 둘러보았지만, 말은 사라지고 없었다. 아르카는 손목을 움켜잡고 있는 힘을 다해 날개팔찌의 인장을 눌렀지만 작동하지 않았다.

아르카는 고개를 들었다. 이제는 눈덩이들이 바로 눈앞을 덮치고 있었다. 당장에라도 집어삼킬 기세의 괴물처럼 산이 으르렁거렸다. 아르카는 반대 방향으로 뛰기 시작했다. 나포카에서 치명상을 입은 펜테실레이아를 봤을 때, 아마조네스 숲에서 시론의 시신을 발견했을 때 도망쳤던 것처럼.

그렇게 후견인을 생각하고 있을 때 아르카는 눈사태에 휩쓸렸다.

라스티아낙스

이틀 전부터 맹금류 새들이 마치 구름바다에 닻을 내린 것처럼 산속의 변덕 심한 하늘을 날아다니고 있었다. 새들이 어찌나 높이 날고 있는지 날개폭을 가늠하기 어려웠다. 거대한 독수리거나 그보다 훨씬 큰 새일 수도 있었다. 라스티아낙스의 길잡이이자 카라반인 소포트는 불길한 새라고 말했다. 그렇지만 길잡이는 산봉우리에 걸린 구름의 모양에서도 얼어붙은 눈에 생긴 균열에서도, 심지어 사향소들의 똥에서도…… 하여간 모든 것에서 나쁜 징조를 보았다. 길잡이의 입에서 부정적인 말만 듣다 보니 라스티아낙스는 폭풍우, 눈사태, 크레바스, 동상, 리파이아 산맥에서 맞닥뜨릴 수 있는 온갖 위험에서 살아남으려면 그저 운이 좋기를 바라는 수밖에 없었다.

날이 갈수록 라스티아낙스는 히페르보레아를 떠난 것이 점점 후회되었다. 산행에 익숙지 않은 그는 한 달 가까이 눈길을 헤쳐 나가며 걷는 것에 기진맥진해 있었다. 비교적 온화하던 날씨가 등반을 시작하면서부터 돌변했다. 그때부터 계속해서 폭풍우를 만났다. 돌풍이 일어날 때마다 길잡이가 만든 얼음 대피소 안에 틀어박혀서 가축들과 함께 보내는 시간이 대부분이었다. 그는 산악인의 괴벽과 지저분함, 가축들의 역한 냄새, 자신이 입은 모피의 축축함을 더는 참을 수 없었다. 하지만 가장 짜증나는 것은 이 모든 노력이 헛고생이 될 거란 느낌이었다. 아르카를 찾을 수 있다고 확신할 만한 흔적이 전혀 없었다. 굴곡이 심하고 가파른 리파이아 산맥은 가도 가도 끝이 보이지 않았다. 날마다 내려가고 올라가야 하는 경사가 심한 비탈길, 넘어야 할 고개가 연이어 나타났다. 추위에 짓눌린 이 풍경 속에는 마을도 목동도…… 아르카도 없었다.

라스티아낙스는 자기보다 열 걸음 앞서 가다가 걸음이 느리다는 걸 알리기 위해 한 번씩 둘을 연결한 밧줄을 잡아당기는 소포트에게 의존하면서 맹목적으로 전진했다. 길잡이는 교활하게도 산에서는 고용주 행세 따위는 잊으라는 식의 텃세를 부렸다. 라스티아낙스가 여정에 대해 묻기라도 하면 소포트는 신경질적인 몸짓을 써 가며 리파이아 산악지대의 사투리로 도시 사람이 산에 대해 뭘 아냐고, 설명하면 알아듣기는 하냐면서 면박을 주었다.

라스티아낙스는 길잡이의 결정이 전략적인 선택인지 아니면 순전히 미신에 따르는 것인지 가늠하기 힘들었다. 소포트는 빙하를 가로질러 가면 분명히 시간을 절약할 수 있는데도 너무 위험하다며 지팡이까지 휘두르면서 거부했다. 라스티아낙스의 생각에 이렇게 멀리 돌아가면 아르카를 따라잡을 가능성이 희박했다. 시간이 흐를수록 돌아가고 싶은 마음과 다음 바위산을 넘으면 문하생을 발견할 거란 희망이 충돌하고 있었다. 문하생을 찾겠다는 일념으로 피라를 두고 떠나왔는데 빈손으로 히페르보레아에 돌아가게 될까 봐 그는 잠을 이루지 못했다. 그럴 때마다 그는 늘 경마에 도박을 걸다 실패했지만 마지막 경마 대회 우승으로 그동안 잃은 걸 한 방에 되찾은 아버지를 생각했다.

전날 그들은 가파른 능선을 따라가던 중 사향소 한 마리를 잃었다. 발굽 밑의 흙이 무너지면서 사향소가 등에 실린 물품들과 함께 깊은 협곡으로 떨어졌다. 이 손실로 소포트는 골이 나 있었다. 그는 라스티아낙스가 사향소의 고삐를 제대로 잡지 않았기 때문이라며 욕설을 내뱉었고, 그의 개까지 덩달아 짖어대면서 올빼미 한 마리를 뒤쫓느라 산을 성나게 하는 소동을 벌였다. 아무튼 라스티아낙스는 소포트에게 개만도 못한 취급을 받는 느낌이 들었다.

사향소 사건으로 반나절이 지체되었다. 상인은 밧줄로 라스티아낙스와 몸을 묶어서라도 절벽에 걸린 일부 물품을 회수하고 싶어 했다. 이 위험천만한 일을 하면서 라스티아낙스는 인내심이 바닥났다. 이미 실린 짐으로도 쓰러질 것 같은 사향소들에게 회수한 물품들을 싣고 다시 출발했다. 이윽고 해가 졌기에 무너져 쌓인 흙더미에서 그리 멀지 않은 협곡에 대피소를 만들어야 했다. 그들은 불도 피우지 못하고 돌멩이처럼 딱딱한 비스킷으로 끼니를 때우고 얼음 대피소의 습하고 추운 곳에서 밤을 보냈다.

다음 날 아침, 라스티아낙스는 자신의 상황, 히페르보레아의 상황과 아르카의 상황을 생각하느라 불면의 밤을 보내다 아주 일찍 일어났다. 소포트는 아직 자고 있었다. 보통은 상인이 먼저 일어나서 라스티아낙스에게 꾸물거린다고 핀잔을 주기 일쑤였다. 불편한 존재에게서 잠시라도 벗어나고픈 마음에 라스티아낙스는 소리를 내지 않고 대피소를 나와서 땔감을 찾기 시작했다. 개가 따라왔다.

털이 북실북실한 대형 목양견으로 이름은 카탐이었다. 카탐은 동굴에서 주인을 지키려고 곰들과 싸우다 한쪽 귀와 군데군데 살점을 잃은 개였다. 이날 아침에는 카탐도 소포트에게서 벗어날 수 있어 행복해하는 것 같았다.

라스티아낙스는 방풍이 되어줄 경사면과 전나무 숲을 찾을 거란 희망으로 개를 데리고 작은 고개를 향해 걸었다. 발이 넓은 데다 몸이 가벼운 카탐은 눈밭에 발자국을 거의 남기지 않았다. 라스티아낙스보다 먼저 고개에 오른 카탐이 멈춰 서더니 하나밖에 없는 귀를 쫑긋 세우고는 꼬리를 쳐들고 먼 데를 쳐다보았다. 카탐이 짖기 시작했다.

"쉿, 카탐!"

산도 그렇고 잠을 깬 소포트도 화나게 하지 말아야 했다. 카탐이 낑낑거리면서 라스티아낙스에게 빨리 올라오라는 듯 눈밭을 맴맴 돌았다. 라스티아낙스는 설피를 신은 발에 힘을 주며 올라갔고 마침내 고개 너머에 있는 것을 볼 수 있었다.

삼각형 모양의 고원에 쌓인 눈밭에 거대한 새 수백 마리가 누워 있었다. 라스티아낙스는 재빨리 납작 엎드리면서 카탐도 엎드리게 했다. 개가 으르렁거리는 사이 그는 거대한 얼음 대피소 다섯 채와 맹금류 새들 사이를 오가는 군복 차림의 실루엣들을 관찰했다.

라스티아낙스는 눈앞에 보이는 새들이 2세기 전 네 도시국가들 간의 전쟁 이후로 사실상 멸종된 것으로 알려진 로크새라는 걸 알아차렸다. 바실레우스가 애지중지하는 동물원을 과시할 목적으로 늙어 빠진 희귀동물 한 마리를 받는 대가로 리쿠르고스에게 오기기아 섬을 넘겼을 때 라스티아낙스는 다른 장관들과 마찬가지로 머리털을 쥐어뜯으면서 어이없어 했다. 그는 아르카가 궁전에서 로크새를 봤을 때 했던 말이 기억났다. *리쿠르고스에게는 로크새가 많이 있는데 저 새보다는 상태가 더 나았어요.* 아르카의 말이 맞았다.

테미스키라의 군주가 로크새 비행대를 소집한 것이었다. 이 군대는 히페르보레아를 습격할 채비를 하는 것이 틀림없었다.

군대를 발견하고 좌절하면서도 그는 이상한 안도감을 느꼈다. 마침내 결정을 내릴 수 있었다. 이제 더는 문하생을 찾으러 다닐 여유가 없었다.

"히페르보레아로 돌아가자." 그는 여전히 로크새들에게서 눈을 떼지 못하는 개에게 말했다.

그는 파수병들에게 발각되지 않으려고 눈밭을 기어서 내려갔다. 일단 위험 지역을 벗어나자 그는 일어나 서둘러서 대피소로 돌아갔다. 카탐이 낑낑거리면서 펄쩍펄쩍 뛰어다녔다.

한편, 소포트는 사향소들의 등에 길마를 얹고 있었다. 그는 사향소들이 뒹굴었던 곳에 마른 똥을 연료로 불을 지펴놓았다. 찻물이 끓고 있었다.

"하여튼 고생하는 사람은 따로 있다니까." 소포트는 라스티아낙스가 가까이 오자마자 구시렁거렸다.

라스티아낙스는 소포트가 일부러 들으라고 한 말을 못 들은 체하면서 말했다.

"이제 그만 히페르보레아로 돌아갑시다."

소포트는 아랑곳없이 사향소들에게 짐을 실으면서 리파이아 산악지대 사투리로 뭐라고 중얼거리는데 욕설 같았다.

"이제 그만 히페르보레아로 돌아갑시다." 라스티아낙스가 목소리를 높이면서 반복했다. "그러지 않으면 길잡이 비용의 나머지 절반은 꿈도 꾸지 말고!" 그는 상인의 사투리 섞인 히페르보레아어를 흉내 내면서 세게 나갔다.

귀먹은 체하던 소포트가 대번에 반응했다. 길잡이가 성난 얼굴로 사향소들에게 실은 짐을 가리켰다.

"아니, 못 돌아가요. 팔아야 할 것들이 있는데." 그가 걸걸한 리파이아 산악지대의 사투리로 목청을 높였다. "켐발라에 가서 다 판 다음에 히페르보레아로 돌아갑니다."

라스티아낙스는 상인의 속셈을 알아차렸다. 열닷새를 더 걸어서 산악지대 사람들이 겨울을 나는 산 중턱의 골짜기 마을인 켐발라에 가서 물품을 팔아치우겠다는 장삿속이었다. 라스티아낙스는 이미 소포트가 켐발라에 가기 전까지는 아르카를 따라잡지 않도록 의도적으로 여정이 길어지게 하고 있다는 의심을 하던 참이었는데 상인의 반응이 그 의심을 확인해주었다. 그는 갑자기 뒤통수를 세게 얻어 맞은 느낌이었다. 주변의 눈이 녹기 시작했다. 소포트는 불안한 기색으로 질척한 눈밭에 반쯤 파묻힌 장화 쪽으로 시선을 내렸다.

"나는 산을 안내하라고 당신에게 돈을 준 것이지 켐발라까지 동행하자고 준 것이 아니란 말이오." 라스티아낙스가 으름장을 놓았다. "지금 나를 히페르보레아로 데려가지 않는다면 나머지 절반은 못 받을 줄 아시오."

아르카

아르카는 심한 두통으로 머리가 깨지는 것 같았다. 통증이 어찌나 심한지 눈을 뜰 엄두가 나지 않았다. 눈꺼풀이 이글거리는 눈부신

태양을 막아주고 있었다. 머릿속이 계속 윙윙거렸다. 두꺼운 털옷 때문에 몸이 둔해져 있는지 울퉁불퉁한 땅바닥에 누워 있는 것이 그렇게 불편하지는 않았다. 부식토와 재 냄새가 모든 감각을 뚫고 아르카의 콧구멍으로 들어왔다.

아르카는 좀 전에 뭘 하고 있었는지 기억나지 않았다. 모든 것이 아주 희미했다. 정상이 아닌 상태라서 아르카는 눈을 감은 채 일어나 보기로 했다. 움직이는데 몸이 수많은 입자로 분해되어 있다가 원래의 형태로 돌아오는 것 같은 느낌이 들었다. 마침내 아르카가 눈을 떴다.

털옷에 빨간 얼룩이 묻어 있었다. 아르카는 힘겹게 한쪽 장갑을 벗고 손으로 코를 만져보다 얼굴 아래쪽에 피가 말라붙어 있다는 걸 알았다.

발밑은 고사리와 실피온으로 뒤덮여 있었다. 그사이로 작은 나무들이 보였다. 아르카는 주변을 둘러봤다. 덤불 속에 타다 남은 거목들의 잔해가 보였다. 마침내 두통이 사라지면서 기억이 몰려왔다. 히페르보레아, 리파이아 산맥, 펜테실레이아, 눈사태.

눈 더미에 파묻혀 있어야 하는데 어떻게 이런 곳에 와 있는 걸까? 여기가 어디지? 눈사태는 상상이었나? 아니면 지금도 꿈속인가?

불에 탄 나무들이 유령처럼 초목 사이를 떠돌고 있는 것 같았다. 아르카의 시선이 유독 많이 타버린 나무 밑동에서 멈췄다. 그날 화재의 말없는 증인인 밑동과 불에 시커멓게 탄 두꺼운 널빤지들을 자연이 애써 기억을 지우려는 듯 양치류 식물로 뒤덮고 있었다. 아르카는 지금까지 이렇게 혼란스러웠던 적이 없었다.

아르카가 와 있는 곳은 아마조네스 숲, 폐허가 된 나무 위 오두막 바로 옆이었다.

아르카는 두 손으로 관자놀이를 눌렀다. 리파이아 산맥에서 수천 킬로미터 떨어진 아마조네스 숲에 와 있다니 말도 안 되는 거였다. 혹시 눈사태에 깔려서 정신 착란이 일어난 건가?

그렇지만 몸에 달려드는 곤충이며 머리를 뜨겁게 달구는 뙤약볕이며 모든 감각이 실제인 것 같았다. 실신, 두통, 코피, 이런 증상들이 나타난다는 건…… 이례적으로 강도 높은 마법 행위를 했을 때 나타나는 후유증이었다. 눈사태에 휩쓸리는 순간 리파이아 산맥에서 아마조네스 숲으로 순간이동이라도 했다는 것인데 인간으로서는 불가능한 일이었다.

아르카는 그 순간 생령인 아버지가 자신에게 몇 가지 능력을 물려주었다는 걸 알아차렸다.

페트로클루스

감금 생활이 길어짐에 따라 페트로클루스는 살아서 엑스트락트리스를 나갈 수 있을지 점점 더 비관적이 되었다. 한 달 전 인질극이 일어난 뒤 교도소는 그에게 끊임없이 죽을 구실을 주었다.

아마존들은 원형 경기장에서 마법사들을 납치한 뒤 일반 재소자들을 내보내고 감방 한 개에 서른 명씩 몰아넣었다. 교도소의 환경은 아주 열악했다. 공간이 부족해서 바닥에 머리와 다리가 엇갈리게 누워야 하는 것 외에도 아마존들은 그들에게 음식을 줄 생각이 없는 것이 분명했다. 히페르보레아 경찰이 교도소를 포위하고 있어서 식량을 조달할 수 없기 때문에 아마존들은 대부분의 식량을 자기들 몫으로 아끼고 있었다. 인질에게는 사흘에 한 번씩 눅눅해진 빵 한 개를 주는 것이 전부였다. 페트로클루스는 감금된 초기에 배가 너무 고파서 미쳐버리는 것 같았다. 열흘이 지나자 위경련은 약해졌지만 이제는 계속 어지럽고 다리가 후들거리고 구역질이 올라왔다. 그렇지만 그는 이렇게 거의 먹지 않고도 죽지 않고 살 수 있을 줄은 상상도 못했다.

절식의 장점은 몇 가지 생리 현상이 불필요해진다는 것이었다. 덕분에 열흘 동안은 공동 수감자 중 누구도 감방 구석에 쭈그리고 앉아서 용변을 보지 않았다. 아마존들이 대변을 손으로 치우게 했기 때문에 그나마 다행이었다.

그렇다고 해도 물은 마셔야 하고 용변을 전혀 안 볼 수는 없기 때문에 해결해야 하는 문제가 남아 있었다. 아마존들은 페트로클루스가 젊고 반항적으로 보이지 않기에 교도소 4지구의 물 당번으로 삼기에 적합하다고 생각했다.

그리하여 페트로클루스는 교도소에 물을 공급하는 7지구 운하의 얼음을 깨뜨려 나무 양동이에 물을 채워서 매일 4지구의 각 감방으로 날라야 했다. 삐걱거리는 낡은 수레에 양동이들을 싣고 4지구의 여러 감방에 전달한 다음, 소변으로 가득 찬 양동이들을 회수하여 교도소의 똥통에다 비우는 것이 그가 해야 하는 일이었다.

감방당 양동이는 두 통뿐이었다. 하나는 먹는 물이 들어 있는 통이고, 다른 하나는 소변을 받는 통이었다. 아마존들은 페트로클루스에게 양동이 두 개를 번갈아 바꿔서 사용하라고 볶아댔다. 어떻게든 마법사들에게 굴욕감을 주겠다는 심산이었다.

페트로클루스는 그렇게 하루에 몇 시간씩 액체가 찰랑거리는 수레를 끌고 다녔다. 고르지 않은 바닥에 수레가 걸려서 덜컹거리기라도 하면 소변이 넘쳐흘러서 그의 토가가 젖기 일쑤였다. 페트로클루스는 1지구의 거지가 된 것 같았다. 일을 끝내고 감방으로 들어가면 감금된 뒤로 한 번도 씻지 못한 감방 동기들마저 코를 찌푸릴 정도였다.

페트로클루스는 날이 갈수록 체력이 떨어졌고, 이 보람 없는 임무를 수행하는 것이 점점 힘들었다. 그럼에도 한 번도 겪어본 적 없는 고된 잡일에도 몇 가지 이점이 있다고 생각하는 자신에게 놀랐다.

가장 큰 이점은 교도소의 물 당번으로서 하루에 두 시간은 과밀한 감방에서 벗어날 수 있다는 것이었다. 다음으로는 소변이 섞이지 않은 물을 먹을 수 있는 특권이었다. 페트로클루스는 자신을 비하하는 것으로 그를 감시하는 아마존의 환심을 사는 데 성공했다. 어느 날 아마존이 슬그머니 건네준 장갑 덕분에 얼음을 깨느라고 쩍쩍 갈라진 손을 따뜻하게 보호할 수 있었다. 마침내 양동이들을 싣고 수레를 끌 때 추위를 덜 느끼게 되었다.

감금 생활에서 최악은 뭐니 뭐니 해도 감방의 냉기였다. 히페르보레아에서 나고 자란 페트로클루스는 이제껏 추웠던 적이 없었고, 춥다는 느낌이 이 정도로 힘들 줄은 상상도 못 했다. 그는 살이 노출

되지 않도록 토가 자락을 꼼꼼히 여미고 묶었지만 추위가 뼛속까지 파고들었다. 온몸에 오한이 일어서 잠을 이루지 못하니 에너지를 비축할 수도 없었다. 설령 아마존 간수들이 멀리 떨어져 있어서 마법을 사용할 수 있는 거리가 확보되어도 너무 피곤해서 마법을 쓸 수 없었다. 그는 굳이 피골이 상접한 팔을 보지 않아도 자신이 차츰 뼈와 가죽만 남은 해골이나 다름없다는 걸 알 수 있었다.

게다가 페트로클루스만 그런 게 아니었다. 같은 감방에 감금된 마법사들 스물아홉 명의 얼굴에도 병색이 돌고 있었다. 그나마도 그들은 운이 좋은 편이었다. 아직 죽어 나간 사람은 없었으니. 물을 배분할 때 페트로클루스는 아마존들이 다른 감방에서 시신을 빼내는 걸 여러 번 봤다. 가장 최근에 본 것은 상무 장관의 시신이었다.

영양실조로 언제 죽을지도 모르는 데다 아마존들이 그들을 어떻게 할지 앞날에 대한 불안까지 추가되었다. 아마존들의 목적이 뭔지 아무도 몰랐고, 위험을 무릅쓰고 그 질문을 했던 마법사는 창에 찔리는 수모를 당했다. 어떤 사건을 기다리고 있는 것 같은데 그게 뭘까? 교도소 밖에서는 아무런 정보도 들어오지 않았다. 인질들은 그저 추론하고 추측할 뿐이었다. 페트로클루스는 기다리고 있는 사건이 늦어져서 아마존들이 점점 더 불안해하고 있다는 느낌이 들었다. 초기 수십 일 동안 가학적으로 굴던 아마존들이 이제는 신경질적인 초조함을 보이고 있었다.

"봤나? 저 여자도 수척해지고 있어." 페트로클루스가 감방에 힘없이 앉아 있던 어느 날 한 마법사가 속삭였다.

마법사가 고갯짓으로 그들의 감방 간수를 가리켰다. 갑옷이 헐

렁해 보이는 짧은 머리의 아마존이었다. 페트로클루스에게 장갑을 준 아마존이었다. 그녀는 그저 시간을 보낼 뿐 인질들을 때리거나 괴롭히는 일이 없어서 마법사들에게 인기가 있었다. 페트로클루스는 그녀가 그들과 마찬가지로 어쩔 수 없이 지시를 따르고 있는 게 아닐까 생각했다.

"아마존들이 절식할 수밖에 없다는 건 식료품이 바닥나고 있다는 거지." 마법사가 덧붙였다.

그 여자가 갑자기 돌아봤다.

"입 다물어!" 그녀가 창으로 창살을 내리치면서 소리쳤다.

금속 진동하는 소리가 울리자 감방이 갑자기 조용해졌다. 한쪽 구석에 탈진해 있던 늙은 마법사 한 명이 가쁜 숨소리를 냈다. 벽에 기대고 있던 페트로클루스는 마기스테리움의 둥근 지붕 하나에 가려서 반쯤 보이는 파리한 하늘 쪽으로 고개를 돌렸다. 식량이 떨어지면 아마존들은 어떻게 할까? 아마존은 식인 풍습이 있을 정도로 아주 야만적인 데다 남자를 동물로 여긴다는 소문이 자자했는데…….

총안을 통해 바깥을 내다보던 그의 눈에 이상한 것이 포착되었다. 거대한 맹금류 한 마리가 교도소 방향으로 날아오고 있었다. 새가 가까워졌을 때 그는 첫눈에 예사롭지 않은 동물임을 직감했다. 그는 총안에 바짝 다가가서 살펴볼 겨를이 없었다. 새가 이미 시야에서 사라졌기 때문이다.

"아직도 라스티가 구해주러 올 거라고 믿냐? 라스티가 아직 살아 있다면 지금쯤 그 아마존 계집애와 함께 아마존족에게 가 있을 거다."

맹금류의 크기에 놀라서 혼란에 빠져 있던 페트로클루스는 몇 걸음 떨어진 바닥에 앉아 있는 로도프를 내려다봤다. 그 많은 동기생들 중에서 하필이면 왜 가장 밥맛없는 자식과 같은 감방에 있게 된 건지 짜증이 났다.

"피라에게 차여서 시비 거는 건 알겠는데 귀찮게 하지 말고 절로 꺼져." 페트로클루스가 대답 대신 쏘아붙였다.

"피라가 어떻게 라스티 같은 놈이랑 사귈 수 있었는지 난 아무리 생각해도 이해가 안 돼." 로도프가 계속 주접을 떨었다. "따분하고, 트집 잡기 좋아하고, 맨날 서류나 들여다보고 있는데. 게다가 코는 또 어떻고, 매부리코잖아."

"그 코가 라스티아낙스의 매력이야, 너한테는 절대 없는." 페트로클루스가 짜증스럽게 내뱉었다.

로도프는 조롱 섞인 웃음을 터뜨렸다.

"너의 라스티가 우리를 구하러 와도 피라와 잘될 일은 없을 거라고 전해줘."

페트로클루스는 대꾸 없이 창살 쪽으로 가는 것으로 대화를 끝냈다. 교도소의 커다란 아트리움에 복도로 연결되는 좁은 금속 육교들이 보였다. 그는 여러 감방에서 힘든 시간을 함께 보내고 있는 마법사들을 보려고 차가운 쇠창살에 이마를 댔다. 몇 걸음 떨어진 데에서 간수가 미심쩍은 시선을 던지는가 싶더니 이내 관심을 껐다. 큰 키 때문에 늘 눈에 띄기에 페트로클루스는 여간해선 이목을 끌지 않으려는 성향이 있었다. 이런 성향이 교도소에서는 장점이 되었다.

페트로클루스는 인질극이 벌어진 지 얼마 후, 마기스테리움 지붕 위에 서 있는 라스티아낙스를 발견한 뒤로 친구가 어떻게 되었는지 전혀 모르고 있었다. 그는 친구가 살아남았는지 알아볼 방법이 전혀 없었다. 라스티아낙스가 재판을 받는 문하생을 만나기 위해 경기장에 갔다가 왜 자수를 했는지 한 달 동안 줄곧 생각했지만 여전히 의문으로 남아 있었다. 객관적으로 볼 때 아르카가 장관들을 살해했고 아마존들의 급습을 준비했던 것이 분명했다. 물론 페트로클루스도 재판이 너무 졸속으로 진행되었고, 특히 생령의 주인에 대해서는 전혀 언급하지 않는 것이 석연치 않다고 생각했다.

그가 라스티아낙스의 비밀주의를 원망하고 있을 때 갑자기 날카로운 경종이 아트리움에 울렸다. 감방 복도에 있던 아마존들이 후다닥 감시탑 쪽으로 뛰어갔다. 페트로클루스는 의아한 얼굴로 뛰어가는 간수를 바라봤다. 감방 안에서는 마법사들이 쇠창살 앞으로 모였다.

"탈옥." 로도프가 경종 소리를 덮을 정도로 크게 외쳤다.

"습격이거나." 한 마법사가 교도소의 7지구 입구를 가리키면서 말했다.

실제로 아트리움에 일대 소동이 일어나면서 페트로클루스의 눈에 육교가 보이지 않았다. 창을 든 여전사들이 지시를 내리면서 복도의 층계를 급히 올라가기 시작했다. 페트로클루스는 그들이 공중부양기를 타면 훨씬 빨리 올라갈 수 있을 텐데 비프아주르 때문에 마법 기계를 이용할 수 없는 거라고 생각했다.

긴 시간이 흐르는 동안 고함 소리와 철그렁거리는 금속 소리만 들렸다. 쇠창살 쪽에 몰려 와 있는 마법사들이 "무슨 일일까요?" "뭐

보이는 거 있소?" 하고 주고받고 있을 때 갑자기 아마존 한 명이 아트리움을 가로질러서 교도소 바닥에 쓰러졌다. 이어서 다른 두 명이 쓰러졌다. 잠시 후, 아마존들이 피를 흘리면서 층계를 내려왔다. 도망쳐 들어오는 아마존들의 모습에 감금된 마법사들이 환호성을 내지르다 아마존들이 각자가 맡은 감방을 향해 흩어지자 즉시 입을 다물었다.

페트로클루스는 난간 위에서 마법역학 교수를 떨어뜨리게 했던 아마존 대장 바르시다와 함께 간수가 다가오는 걸 봤다. 수감자들은 재빨리 뒷걸음쳤다. 두 아마존이 감방 문을 열고 들어온 다음 걸어 잠갔다.

"어디 한 발짝이라도 움직여 봐, 확 찔러버릴 테니까!" 바르시다가 그들을 향해 창을 겨누면서 으박질렀다.

아마존 대장이 방금 내뱉은 위협을 가차 없이 실행하리라는 걸 알아차린 페트로클루스는 벽에 기대어 웅크리고 앉아 머리를 빠르게 굴려보았다. 무슨 일이 일어났는지 모르지만 아마존들이 곤경에 처한 것이 틀림없었다. 아마존들이 인질들을 가둔 감방 안으로 들어오는 선택을 했다는 것은 도망칠 방법이 전혀 없다는 뜻이었다. 페트로클루스는 침을 삼키면서 눈에 띄지 않으려고 노력했다. 석방될 희망은 그 어느 때보다 작아지고 살육될 위험은 더욱 커지고 있었다.

쿵쿵, 둔탁한 북소리가 아트리움에 울려 퍼지는데 마치 수백 개의 장화가 계단을 두드리는 것 같았다. 잠시 후, 위층에서 두들겨 패는 소리, 비명 소리, 숨넘어가는 소리, 누군가를 죽이는 역겨운 소리가 들렸다. 쇠창살에 붙어 서서 그 광경을 지켜보던 두 아마존의 낯빛이 창백해졌다.

"그놈들이 계획을 바꾼 거예요." 짧은 머리의 아마존이 속삭였다. "우리를 없애기로 작정한 겁니다."

"그 사람이 감히 이럴 줄은 생각도 못 했어." 바르시다가 내뱉었다. "자기 자식을……."

바르시다는 말을 끝내지 않고 홱 돌아봤다. 때려잡을 듯 희번덕거리는 검은색 눈이 겁에 질린 마법사들을 훑어봤다. 페트로클루스는 바르시다가 그들을 인간 방패로 삼을 생각이라는 걸 알아차렸다. 그녀의 등 뒤로 테미스키라의 갈색 망토를 착용한 병사들이 층계에 나타났다.

"소용없어요, 바르시다, 우리를 잡기 위해서라면 저놈들은 마법사들을 가차 없이 죽일 거예요." 짧은 머리의 아마존이 말했다.

이 말을 확인해주듯 병사들이 열 명씩 무리를 지어 가까운 감방으로 달려들어서 망치로 자물쇠를 부수었다. 페트로클루스는 감방으로 들어간 병사들이 아마존들이 앞세워놓은 마법사들의 배를 거리낌 없이 마구 찌르는 걸 봤다. 쏟아진 내장 냄새가 아트리움에 진동하고 있었다. 페트로클루스는 속이 비어 있기에 망정이지 안 그랬으면 다 토했을 터였다.

병사들이 마침내 맨 끝에 있는 그들의 감방으로 다가왔다. 바르시다는 또 한 번 인질들을 쳐다봤는데 여전히 주저하는 것 같았다. 페트로클루스는 심장 박동이 어찌나 세게 뛰는지 갈비뼈가 울리는 것 같고, 얼마나 긴장했는지 심장이 뛸 때마다 그 간격이 아주 길게 느껴져서 숨이 멎는 것 같았다. 그는 바르시다가 창을 바닥에 던졌을 때 소스라쳤다.

"너희들에게 자기들이 구원자인 것처럼 믿게 하지만 처음부터 이 모든 걸 꾸민 것은 저놈들이야." 바르시다가 내뱉었다.

바르시다는 투구 죔쇠를 풀고 하얀 술 장식을 잡아서 창이 놓인 바닥에 내려놨다. 동료 아마존도 똑같이 하고 감방 문의 빗장을 풀었다.

"항복." 바르시다가 뛰어오는 테미스키라 병사들을 향해 소리쳤다.

병사들은 항복한다는 말이 뜻밖이라는 얼굴이었다. 병사들이 잠시 머뭇거리다 창을 세우고 감방으로 들어섰다. 그중 네 명이 아마존들을 바닥에 엎드리게 하는 사이 다른 병사들은 마법사들을 물러서게 했다.

금속 미늘로 덮인 가죽 갑옷 차림에 덥수룩한 시커먼 눈썹의 육십 대 남자가 감방으로 들어와서 종주먹을 들이댔다. 팔뚝에 끼운 **팔받이**에 꽂힌 작은 화살들이 아마존들을 겨누고 있었다. 남자의 시선이 병사들의 무릎에 눌려서 엎어져 있는 아마존들에서 안쪽 벽에 기대어 일렬로 서 있는 마법사들에게로 이동했다.

"이런 식으로 재회하게 될 줄이야, 필롱." 바닥에 얼굴이 짓눌려 있는 바르시다가 조롱 섞인 목소리로 내뱉었다.

달갑지 않아서 내뱉는 독설이었다.

"이년을 독방에 가둬라." 남자가 바르시다를 가리키면서 퉁명스러운 어조로 명령했다.

이어서 그가 짧은 머리의 아마존을 향해 고갯짓을 했다.

"그년은 죽여라."

"안 돼!" 바르시다가 외쳤다.

테미스키라 병사들의 무릎에 깔린 짧은 머리의 아마존이 필사적으로 저항하기 시작했다. 하지만 병사들이 체중으로 깔아뭉개고 있었다. 한 명은 단검을 꺼냈고, 다른 한 명은 아마존의 머리채를 움켜잡고 목을 뒤로 꺾었다. 겁에 질린 페트로클루스는 아마존의 눈이 돌아가는 걸 봤다. 잠시 후 병사가 아마존의 목을 땄다. 피가 철철 흘러나오는 사이 아마존의 몸이 경련을 일으켰다. 페트로클루스는 숨이 끊어지는 시간이 이토록 길 줄은 생각도 못 했다.

시커먼 눈썹의 남자가 충격에 빠진 마법사들 쪽으로 돌아섰다.

"여러분은 여기 좀 더 있어야겠소. 여러분의 안전을 위해."

그는 더는 설명 없이 감방을 나갔다. 그 뒤를 따라 병사들이 바르시다의 목덜미를 잡아서 끌고 나갔고, 참수한 아마존을 질질 끌고 간 뒤 시신에서 열쇠 꾸러미를 수거하여 감방 문을 잠갔다. 피바다가 된 감방에 남은 마법사들은 아마존들에게서 해방된 건지 아니면 더 잔혹한 침략자에게 속박을 당하는 건지 갈피를 잡을 수 없었다.

3

파란연꽃 껌

아르카

아르카는 예기치 않게 아르카디아로 오게 만든 순간이동의 후유증에 적응하려면 시간이 좀 필요했다. 우선 일어서는 것이 힘들었다. 근육통 때문에 온몸이 마비 상태였다. 지면이 조금이라도 울퉁불퉁하면 다리가 휘청거렸다. 어지럽게 널린 항아리 파편들, 시커멓게 탄 들보, 넝쿨식물, 아르카는 잿더미가 된 나무 위 오두막의 잔해 속을 가까스로 헤치고 나아갔고 꽃으로 뒤덮인 작은 둔덕에 부딪혀 비틀거리다 **엘라포르** 꽃밭에 자빠졌다. 바로 코앞 흙 속에 녹슨 검 한개가 꽂혀 있었다. 아마존들은 이유 없이 무기를 버리는 일이 없으니묘지라는 뜻이고, 그렇다면 시론의 무덤이 분명했다.

아르카는 후견인을 누가 매장했는지 알지 못했다. 불에 타버린 후견인의 시신에서는 아무것도 남아 있지 않을 거라고 생각했는데 충격을 받았다. 아르카는 다시 일어나서 가능한 한 빨리 무덤과 잿더미가 된 옛 집에서 멀어졌다.

2년 전에 그랬던 것처럼 두 발이 본능적으로 아르카를 테르모돈 강가로 이끌었다. 강은 변함없이 흐르고 있었다. 강 건너편 기슭에 화마를 면한 숲이 펼쳐져 있는데, 불이 났을 때 아마존들이 후퇴한 곳이었다. 유칼립투스 나뭇가지들이 마치 불에 타버린 잔해에 닿으려는 듯 강물 위로 뻗어 있었다. 강물이 불을 막는 방패가 되어준 것이었다. 아르카는 재앙을 일으킨 방화범에게 부상을 입히는 것으로 그가 테르모돈강을 건너와서 남은 숲을 파괴하지 못하게 막았다. 시론을 죽인 방화범이 자신의 생령 아버지를 만든 사람이었다니, 아르카는 도무지 받아들여지지 않았다. 그자와 이토록 깊은 악연으로 얽혀 있다는 생각만 해도 구역질이 났다.

아르카는 강둑에서 꼬박 하루를 보냈다. 든든한 강물의 존재에도 불구하고 아르카는 너무 급격히 휩쓸려버린 식물 같은 느낌이 들었다. 리파이아 산맥에서 순간이동을 하면서 본의 아니게 소중한 나보와 헤어지게 되었다. 탁월한 능력이 있는 말이지만 너무 걱정이 돼서 가능한 한 빨리 산으로 돌아가고 싶었다. 하지만 목적지를 생각하면서 정신을 집중하고 변비에 걸린 것마냥 괄약근을 조이고 또 조여 봤지만 순간이동 시도는 번번이 실패로 끝났다. 나보가 리파이아 산맥에서 살아서 나가는 방법을 찾길 바라는 수밖에 없었다.

펜테실레이아는 어떻게 된 걸까? 이 의문이 머릿속을 떠나지 않았다. 펜테실레이아는 '주인님'이라는 호칭을 썼다. 펜테실레이아도 생령이 된 걸까? 나포카에서 치명적인 부상을 당했는데 다시 모습을 드러냈다는 것이 생령이라는 의심을 더해주었다. 아르카는 펜테실레이아가 자진해서 아마존의 적인 생령의 주인 편에 섰다는 것이 이해되지 않았다. 그건 그렇고 이제 아르카는 아마조네스 숲 가까이에 와 있었다. 이제 강만 건너면 아마존들에게 돌아갈 수 있었다.

그렇지만 걸어서 건너기에는 강이 너무 깊은데 아르카는 헤엄칠 줄을 몰랐다. 수면을 얼려버리는 마법을 쓸 수 있지만, 유칼립투스 나뭇가지들이 늘어져 있는 테르모돈강 중앙부터는 블루존이었다. 아르카디아에 돌아왔으니 마법을 사용하는 것은 위험했다. 아르카는 몇 번이나 손가락을 튕겨서 불을 피우고 싶은 마음이 간절했다. 강둑에서 잡은 민물달팽이를 날것으로 삼키는 것—시론이 가르쳐준 생존법 중 하나였다—은 생각보다 쉽지 않았다. 아르카는 작은 달팽이의 찐득거리는 식감 때문에 바로 토하고 싶었다.

아르카는 테르모돈강을 따라 걸으면서 예전에 다리가 되어주었던 거목 유칼립투스의 몸체가 사라지고 없는 걸 확인했다. 아마존들이 강을 자연 방벽으로 삼기 위해 없앤 것이 틀림없었다. 따라서 강을 건너는 유일한 방법은 32킬로미터쯤 떨어진 하류에 가서 얕은 여울을 이용하는 것이었다. 아마존의 군마로 달리면 몇 시간이면 닿을 수 있는 거리지만, 열세 살 소녀의 두 발로는 하루가 필요했다.

그래서 순간이동을 한 다음 날 아르카는 털옷을 팔에 걸치고 장화와 내복 바람으로 걷기 시작했다. 강폭이 넓어지면서 물결이 울퉁불퉁한 바위에 부딪힐수록 아르카는 아마존 사회로 들어간다는 생각에 점점 초조해졌다. 아르카는 생령의 주인을 피해 달아나는 데만

급급한 나머지 귀향에 대해서는 구체적인 계획을 세우지 않았다. 몇 달은 걸릴 여정이기에 그동안 궁리할 생각이었는데 상상도 못 한 순간이동을 한 것이었다.

그렇게 계속 걷고 걸어서 마침내 서쪽 강둑으로 갈 수 있는, 물에 잠긴 포장도로 앞에 도착했을 때 아르카는 신경이 곤두섰다. 아마존 기병대가 말을 타고 여울을 지키고 있었다. 아마존들이 착용한 비프 아주르가 박힌 허리띠에 위험을 알리는 뿔피리가 매달려 있고, 장식 없는 투구가 햇빛에 반짝였다. 강가에 헤일로테스 여자 농부 한 명이 곡식을 실은 수레 앞쪽에 앉아서 출입 허가를 기다리고 있었다. 남자는 절대 숲으로 들어갈 수 없었다.

아마존들이 수레가 지나가게 비켜서자 소들이 물속으로 들어갔다. 짐바리 짐승들이 건너편 기슭의 유칼립투스 너머로 사라지는 사이 아르카는 장화를 벗고 덤불 속에 옷가지를 숨겨놓은 다음 날개팔찌를 호주머니에 집어넣고는 맨발로 아마존들을 향해 걸어갔다.

숲을 떠난 지 2년이 지나는 동안 수많은 일을 겪었는데도 아르카는 자신보다 나이가 많은 아마존들을 보자 위축이 되었다. 수천 명에 이르는 전사들 중 아는 아마존과 맞닥뜨리면 난관에 봉착할 텐데 다행히 전혀 모르는 아마존들이라서 안도했다. 아마존들이 의혹의 눈초리로 다가오는 아르카를 쳐다봤다. 아르카는 자신의 내복이 제발 아르카디아 사람들의 내복이랑 비슷하길 바랐다.

"헤이, 너는 뭐야?" 가장 키가 큰 아마존이 물었다.

"여울을 건너서 집으로 가려고요." 아르카는 긴장한 나머지 날카로운 목소리로 대답했다.

"수습생이니? 숲 밖으로 나간 이유는?"

"네, 13세 과정입니다. 상류에서 물에 빠졌는데 물살에 휩쓸려서 북쪽 기슭으로 떠내려 오게 됐습니다." 아르카가 꾸며댔다.

"네 어머니가 누구니?"

"저는 테미스의 피후견인입니다."

아르카의 입에서 아주 자연스럽게 거짓말이 튀어나왔다. 테미스는 시론의 오랜 친구이자 아르카의 운명을 걱정해줄 수 있는 유일한 아마존이었다. 아르카는 테미스를 그렇게 좋아하진 않지만 믿을 수 있는 사람이라는 걸 알고 있었다. 아르카는 아마존들이 대답을 믿어주길 바라면서 공손히 두 손을 등 뒤로 하고 깍지를 꼈다.

"테미스 아는 사람 있어?" 키 큰 아마존이 동료들 쪽으로 고개를 돌리고 물었다.

"3사단의 퇴역 전사 같은데." 한 아마존이 대답했다. "테미스에게 피후견인이 있다는 말은 들은 적 없지만, 없다는 말도 들은 적 없어."

"후견인에게 모셔갈게요, 원하신다면." 아르카가 냉큼 말했다.

"아니, 괜찮으니까 어서 가. 통과. 또 강물에 빠지지 말고."

아르카는 아마존들의 생각이 바뀔까 봐 말들을 피해서 얼른 빠져나갔다. 숲의 남쪽 측면 기슭을 따라 산에서 내려오는 테르모돈강은 얼음장 같았다. 아르카는 허벅지까지 물이 올라오자 부르르 떨렸다. 강바닥을 뒤덮은 울퉁불퉁하고 끈끈한 자갈에 맨발이 미끄러지고 있었다. 아르카는 나무 그늘로 들어가서 무성한 가지를 올려다봤다. 아르카디아의 유칼립투스들은 비프아주르의 기운을 확산시키는 특성이 있었다. 꼭대기에 오두막을 지은 **릴레이 나무들**의 몸체 중앙에 박아놓은 열 개의 천연 비프아주르 덕분에 블루존을 수백만 제곱미터로 확장할 수 있었다. 뿌리와 나뭇가지들이 연결망을 이루어 마법을 밀어내는 거대한 기계처럼 작동했다. 아르카는 수면에 손가락을 대고 일부를 얼리는 실험을 해봤다. 아무 변화도 일어나지 않았다. 정말로 아마조네스 숲, 고향으로 돌아온 것이다.

아르카는 건너편 기슭으로 올라갔다. 여울의 연장선상에 세 갈래 길이 숲으로 이어지고 있었다. 아르카가 힐끔 돌아보니 기병대가 불신의 눈초리로 지켜보고 있었다. 빨리 길 하나를 선택해야 했다. 하지만 어디로 가야 하지? 후견인은 죽었고, 아르카가 살던 나무 위 오두막도 폐허가 됐고, 숲이 불에 타버리면서 북쪽 기슭만 남았으니 옛 동기생들이 어디서 훈련하는지도 몰랐다. 또다시 테미스라는 이름이 머릿속에 떠올랐다. 아르카는 테미스가 살던 곳이 어렴풋이 기억났다. 아무도 없는 것보다는 나았다.

아르카는 왼쪽 길을 따라 걸었다. 걷다가 발바닥이 가시에 찔릴 때마다 오만상을 찌푸렸다. 나포카에 이어 히페르보레아에서 사는 사이 예전에는 아무렇지도 않게 숲속 자갈길을 뛰어다닐 수 있게 해주던 굳은살이 없어졌다. 하지만 눈앞에 보이는 모든 것이 여전히 친근하게 느껴졌다. 히페르보레아의 탑처럼 보이는 거목들, 나포카의 참나무에 박힌 옹이처럼 보이는 유칼립투스 꼭대기에 매달린 오두막, 말들이 비벼서 반들반들해진 울타리와 말뚝들, 개울 부근에 세운 철공소와 무두질 작업장들, 그리고 아마존들.

아르카는 아마존과 마주칠 때마다 나포카나 히페르보레아 여성들과는 아주 대조적인 모습에 자부심을 느꼈다. 아마존들은 큰 보폭으로 성큼성큼 걷고, 소리를 질러서 이 나무에서 저 나무로 지시를 내리고, 전속력으로 숲을 주파하고, 퓨마와 야생 염소를 사냥하고, 팔에 호전적인 문신을 새기고, 누구 눈치도 보지 않고 시원하게 트림을 했다. 아르카는 전사들을 보면서 왜 아마존이 되길 꿈꿨는지 기억났다.

빈터에서 승마 훈련을 하는 수습생들이 보였다. 아르카는 그들을 지켜보면서 나보와 함께 훈련에 참여하는 자신의 모습을 상상했다. 그러다 나보와 수천 킬로미터나 멀리 떨어져 있다는 것이 기억났다. 아르카는 무거운 마음으로 걸어가면서 나보를 생각하지 않기 위해 애써 길에 집중했다. 앞으로 걸어갈수록 길이 기억나기 시작했다. '이 돌길을 지나고 나면…… 그래, 오른쪽 샛길을 따라 협곡 쪽으로 내려가다…… 번개에 타버린 유칼립투스를 돌아서 강을 따라가야 해…….' 날이 저물 무렵, 아르카는 벌목꾼들이 숲 기슭에 있는 나무들을 베어내 넓히고 있는 광활한 방목장 앞에 이르렀다. 옆구리는 금색이고 갈기는 검은 색인 씨암말들이 망아지들을 데리고 풀을 뜯어 먹고 있었다. 아르카는 암말과 새끼 사이를 지나가지 않으려고 조심하면서 방목장을 가로질렀다. 그리고 마침내 꼭대기에 허름한 오두막이 올라앉은 유칼립투스 밑에 도착했다.

보통은 징을 박아서 계단으로 이용하는데 이 유칼립투스에는 휘어진 널빤지들이 박혀 있었다. 나무 몸체에 천연 비프아주르 한 덩어리가 깊이 박혀 있었는데 세월이 흐르면서 목질이 구멍을 메워놓았는지 흔적만 남아 있었다. 테미스의 오두막이 있는 유칼립투스는 화재로 폐허가 된 시론의 유칼립투스와 마찬가지로, 숲 곳곳으로 블루존을 확장시키는 수십 그루의 릴레이 나무들 중 하나였다. 아르카는 나무를 타고 계속 올라갔고, 마침내 테라스의 널빤지 밑에 이르렀다. 아르카는 '누구 계세요?'라는 말도 하지 않고 출입 구멍으로 올라갔다. 널빤지 삐걱거리는 소리가 주인에게 신호를 주기 때문이다. 몇 초 후, 테미스가 오두막에서 나왔다.

아르카는 테미스를 한마디로 묘사해야 한다면 '땅딸보'가 딱 어울리는 표현이라고 생각했다. 시론의 친구는 헤일로테스 출신답게 작달막한 체구였고, 짧은 백발에 들창코, 째진 눈과 가무잡잡한 피부에 주름이 자글자글했다. 그녀는 전쟁에서 오른쪽 귀의 절반을 잃었다. 아르카를 알아보는 순간 딱딱하던 표정이 잠시 사라졌다. 아르카는 그 순간 재회할 때 어떻게 예의를 차려야 하는지 깊이 생각하지 않았다는 걸 알아차렸다.

"안녕하세요." 아르카가 기껏 꺼낸 말이었다.

"너를 못 본 지 2년은 된 것 같은데." 테미스가 담배에 찌들어서 탁해진 목소리로 내뱉었다.

테미스는 아르카가 익히 잘 아는 무뚝뚝한 표정을 지었다.

"네가 나를 찾아올 줄이야." 늙은 아마존이 말을 이었다. "난 불이 났을 때 너도 시론과 함께 죽은 줄로 알았는데."

테미스가 눈살을 찌푸리면서 백발을 긁었다.

"하긴 네 뼈는 발견하지 못했지. 시론의 유해는 너희가 살던 나무 밑에 묻었다. 시론이 나에게 선물했던 검과 함께. 이따금 찾아가보곤 하지, 그리울 때면." 테미스가 여전히 딱딱한 어조로 말했다.

테미스는 아르카를 찬찬히 훑어보면서 덧붙였다.

"많이 컸는데 근육은 별로 안 붙었구나. 빼빼 마른 건 여전하고."

아르카는 왜 테미스를 그리 좋아하지 않았는지 갑자기 기억났다. 늙은 아마존이 다가오더니 아르카가 입은 리파이아 산악지대의 내복을 살펴봤다. 아르카는 늙은 아마존의 갈색 눈이 백내장에 걸린 것처럼 희뿌옇다는 걸 알아봤다.

"2년 동안 어디에 있었니? 숲에 없었잖아?"

"동쪽 헤일로테스 마을에서 살았어요." 아르카는 어깨를 으쓱하면서 지어냈다.

테미스는 눈을 가늘게 치켜떴다.

"거짓말을 하는구나. 너는 거짓말할 줄 모르는 아이였는데."

"아니요, 거짓말 아주 잘하는데요." 아르카가 발끈했다.

아르카는 바보 같은 말을 했다는 걸 알아차리고 다시 말했다.

"진실을 말해봐야 소용없으니까요. 내 말을 절대 믿지 않으실 거라서."

테미스는 휴, 한숨을 내쉬고 나서 안으로 들어가려고 몸을 돌렸다.

"하긴 너 하고 싶은 것만 하는 애니까. 앉아, 차를 가져오마."

차를 주겠다는 뜻밖의 말에 깜짝 놀란 아르카가 멍하니 서 있는 사이, 공간을 분리해놓은 널빤지 뒤에서 뒤적거리는 소리가 들렸다. 아르카는 마침내 테라스에 놓인 오래된 통나무 의자에 앉았다. 얼마 후, 테미스가 벽걸이 천을 들추고 찻주전자와 사발 두 개를 들고 나왔다. 아르카는 얼른 다시 일어섰다.

"예의는 있구나." 테미스가 빈정거렸다. "자, 차 마셔. 좀 전에 만들었으니 아직 마실 만할 거야."

아르카는 다시 앉아서 쌉쌀한 차에 입술을 적셨는데 대접해주는 주인의 마음만큼 미지근했다. 유칼립투스 말린 잎을 달인 차가 들어가자 목구멍이 따끔거렸다. 아르카는 엉겁결에 한 행동이 예의가 있는 것으로 보였다니 오히려 불안해졌다. 그래서 침묵으로 어색해지는 것보다는 대화를 하고 싶었지만 테미스의 눈에 나지 않으려고 꾹 참았다.

하지만 테미스가 보이는 무관심에 아르카는 당황하면서 늙은 아마존이 노망이 났거나, 아니면 그냥 고독해서 예전보다 훨씬 더 말수가 적어진 걸지도 모른다고 생각했다. 아르카는 테미스가 파이프에 담배를 채우고 부싯깃으로 불을 붙이는 걸 쳐다봤다. 테미스의 손놀림은 확실하고 정확했다. 그녀는 담배통을 닫고 오두막 벽면에 기대고 서서 파이프를 한 모금 길게 빨아들였다. 파이프 안에서 담배가 지지직거렸다.

"시론과 같이 있었니?"

테미스는 그 이상 말할 필요가 없었다. 무슨 뜻으로 하는 말인지 아르카가 알아차렸기 때문이다.

"네." 아르카가 대답했다. "돌아가시는 걸 봤어요."

아르카는 아마존이 그 말로 만족하길 바라면서 차를 한 모금 마셨다.

"어떻게 죽었는지 말해줘."

아르카는 사발 바닥에 가라앉은 향초 잎을 내려다봤다.

"숲에 불을 지른 테미스키라 남자에게 살해됐어요. 그자는 우리 오두막에 있는 비프아주르를 훔쳐 가려고 온 거였어요. 시론은 비프 아주르를 지키려 했지만 그 남자가 마법 폭발물을 던졌고…… 시론의 몸에 불이 붙으면서 공중으로 튕겨 나갔어요."

테미스는 고개를 끄덕이며 파이프 담배 한 모금을 빨아들였다.

"근데 너는, 너는 어떻게 살아남았니?"

이 질문은 비난처럼 날아왔다. 아르카는 두 다리를 구부려 가슴에 붙이고 두 팔로 감쌌다. 아르카도 스스로 같은 질문을 얼마나 많이 했던가? 아르카는 오랫동안 운이 좋아서 살아남은 거라고 생각했지만 이제는 운은 아무 관련이 없다는 걸 알고 있었다.

"저주 때문에요." 아르카가 대답했다.

"저주에 대해서는 누구한테 들었니?"

"시론 어머니가 말해줬어요." 아르카는 거짓말했다. "돌아가시기 직전에."

테미스가 뭐라고 구시렁거리자 담배 연기가 폴폴 새어 나왔다.

"아직 어린 너에게 시론이 말해줬을 리 없어. 더구나 넌 저주에 걸려 있지도 않고. 네 어머니는 헤일로테스의 딸이었으니 **건국자들**의 후손이 아니지."

아르카는 깜짝 놀랐다. 시론은 아르카의 어머니가 원주민 출신이라는 걸 말해준 적이 없었고, 아르카 자신도 그런 생각을 해본 적이 아예 없었다. 어쨌든 금발에 파란 눈을 가진 아르카는 헤일로테스와 닮은 데가 별로 없었다. 비록 광대뼈는 전형적인 아르카디아인의 모양이긴 해도. 아마존들은 대부분 헤일로테스 혈통이었다. 아마존과 원주민 사이에서 태어난 혼혈이거나 테미스처럼 숲 인근의 헤일로테스 마을에서 온 것이었다. 간혹 보이는 히페르보레아인 특유의 이목구비를 가진 아마존들이 건국자들의 후손이었다. 지금까지 아르카는 자신이 건국자들의 후손이라고 믿고 있었기에 부계와 모계 양쪽의 저주에 걸려 있다고 생각했다. 하지만 아버지 쪽의 저주—저주의 거울—만 걸려 있는 것 같았다. 아마존들이 아르카만 제거하면 저주라는 영속적인 위협을 끝낼 수 있다는 사실을 알면 무슨 일이 일어날지 상상도 하고 싶지 않았다.

"저주가 존재하지 않았다면 우리는 다르게 살았을까요?" 아르카가 기어드는 목소리로 물었다.

테미스가 담배 연기를 내뿜었다.

"아니, 우리 중 대다수는 건국자들의 후손이 아니야. 그리고 비프아주르를 품고 산 세월이 너무 오래되다 보니 이제 비프아주르는 우리의 일부가 되었지."

아르카가 전혀 예상하지 못한 답변이었다. 생령의 주인이 저주를 유지하면서 아마존족을 속박하기 위해 자신을 히페르보레아에 잡아 두려 했다는 확신이 흔들렸다. 아마존들이 비프아주르를 지니고 사는 것에 만족하고 있다면 생령의 주인은 왜 아르카를 그곳에 잡아 두려고 했던 걸까?

"그건 그렇고 너는 여기 왜 돌아온 거니?" 테미스가 갑자기 통나무 의자에 파이프 담배를 내려놓으면서 물었다.

생각에 잠겨 있던 아르카는 소스라치게 놀랐다.

"갈 곳이 없어서요." 아르카가 대답했다.

"헤일로테스들이 너를 원치 않는 게지?" 늙은 아마존이 비아냥거렸다.

아르카가 말없이 눈을 흘기자 테미스는 마땅찮다는 기색으로 혀를 끌끌 찼다.

"나는 자비롭지 않아. 특히 2년 동안 한 번도 찾아오지 않다가 거짓말을 밥 먹듯 하는 계집애한테는."

아르카는 테미스에게서 큰 도움을 받을 거란 기대가 아니라 그저 며칠만이라도 재워주길 바라고 있었다. 아르카가 나무 밑에서 밤을 보낼 생각으로 일어나려고 할 때 테미스가 덧붙였다.

"숙식 제공을 받으려면 일을 해야겠지."

아르카는 테미스가 무슨 일을 제안할지 불안해하면서 자세를 바로 했다. 늙은 아마존이 일어나서 뚜껑 닫힌 양동이에서 반딧불 초롱 하나를 꺼냈다. 테미스가 초롱을 흔들자 유리 안에 갇힌 곤충들이 반짝이면서 테미스의 주름진 얼굴에 드리운 수심이 드러나 보였다. 테미스는 초롱을 들고 벌레 먹은 테라스, 틈새가 벌어진 벽, 구멍 뚫린 지붕을 비추었다.

"이렇게 할 일이 많은데 내가 너무 늙어서 손볼 수가 없어. 내일 관할 목공소에 가서 판자를 구해올 테니 수리는 네가 해. 일을 잘해야지 아니면 잠잘 곳은 다른 데 가서 알아봐. 알겠니?" ·

"네." 아르카는 잠시 생각한 뒤에 대답했다.

"그럼 됐다, 먹을 거 가져오마."

그렇게 말하고 테미스는 벽걸이 천 너머로 사라졌다. 아르카는 안도의 숨을 내쉬었다. 그러고는 무릎에 턱을 괴고 아직 꺼지지 않은 파이프에서 새 나오는 냄새를 맡았는데 머리가 아팠다. 시론도 테라스에서 담배 피우는 걸 즐겼다. 시론과 테미스는 통나무 의자에 앉아 어둠이 내리는 숲을 바라보면서 수많은 밤을 보냈을 터였다. 아르카는 먼지 묻은 발가락들을 꼼지락거리면서 과거에 두 여자가 어떤 사이였을까 생각했다. 테미스와 시론은 오랫동안 연인이었다는 소문이 있었다. 그렇지만 아르카가 시론의 피후견인으로 들어오기 전에 둘은 헤어진 뒤였다. 아르카는 그래서 테미스가 자기를 좋아하지 않는 거라고 생각했다. 물론 확인해본 적은 없지만. 후견인의 죽음은 아직 많은 의문이 남아 있었다.

테미스가 식은 국물이 담긴 사발 두 개를 들고 나왔다. 늙은 아마존이 아르카에게 사발 한 개를 주고 통나무 의자에 앉았다. 아르카는 국물을 쳐다봤다. 기름기가 도는 국물에 구근식물의 껍질이 떠 있는데 손톱 깎은 부스러기처럼 보여서 식욕이 뚝 떨어졌다. 하지만 최근에 요기한 것이라곤 이틀 전에 날것으로 삼킨 민물달팽이 몇 개가 전부라서 배가 아우성을 치고 있었다. 아르카는 국물을 꿀꺽꿀꺽 마셨다.

"시론과 왜 헤어지셨어요?" 아르카가 손등으로 입을 훔치면서 불쑥 물었다. "시론이 나를 거두었기 때문인가요?"

국물을 후루룩 마시던 테미스가 냉소적으로 내뱉었다.

"너를 키우는 건 피곤한 일이지만 나는 반대하지 않았다. 그러니까 너랑은 상관없는 일이야."

아르카는 마음이 한결 가벼워졌다.

"더는 사랑하지 않기 때문이었어요?"

"우리는 계속 사랑했어." 테미스가 대꾸했다.

테미스가 더는 말하지 않겠다는 표시로 빈 사발을 탁, 소리가 나게 내려놨다.

"다 먹었니?" 테미스가 반딧불 초롱을 들면서 물었다. "그릇 줘. 뭐 좀 찾아다줄게."

아르카는 복종하면서 설거지 거리를 들고 안으로 들어가는 허리 굽은 아마존을 지켜봤다. 벽토 틈새로 불빛이 새 나오고 있었고 뭔가를 뒤지는 소리가 들렸다. 늙은 아마존이 접힌 해먹 하나를 팔에 걸치고 나타났는데 한 손에는 초롱을 들고 다른 손에는 파란색 금속 조각을 쥐고 있었다.

"시론의 유해 부근에서 찾은 거야. 방화범이 너희 오두막을 폭파했을 때 멀리 튕겨 나갔던 게지. 화재에 파손되지 않은 것은 이것뿐이더구나. 자, 받아."

테미스가 작은 금속 조각을 내밀었다. 아르카는 금속을 받아서 손가락으로 이리저리 돌려봤다. 희미한 광채를 뿜어내고 있었다. 시론의 허리띠에 박혀 있던 비프아주르 조각이었다. 아르카는 테미스가 그걸 간직하고 있다가 내주는 것에 놀라면서 감격했다. 아마존들은 소유물이라는 것이 전혀 없었고, 물려준다는 개념도 아예 없었다. 아마존이 죽으면 비프아주르 조각을 시작으로 모든 소지품이 공동체로 귀속되었다. 아르카는 고개를 들고 늙은 아마존을 쳐다봤다.

"고맙습니다." 아르카가 나직이 말했다.

테미스가 알아들을 수 없는 말을 중얼거리더니 파이프를 집어 들고 잠시 담배를 피우다 자러 갔다. 아르카는 테라스에 해먹을 설치하고 꺼칠꺼칠한 천을 덮었지만 잠이 오지 않았다. 엄지와 검지로 비프아주르 조각을 돌려보는데 고르지 않은 표면에 달빛이 비쳤다. 아르카는 **니녹스** 울음소리에 간간이 섞이는 두꺼비 울음소리를 들었다. 냉담한 테미스, 불편한 해먹, 아르카디아의 궁핍한 삶에도 불구하고 아르카는 갑자기 행복하다고 느꼈다. 아르카는 숲의 딸이었고, 먹이고 키워준 어머니의 자궁 같은 숲에 깊이 연결되어 있었다. 그래서 귀소 본능처럼 숲으로 돌아와야만 했고 이제 그걸 깨닫고 있었다. 아르카는 비프아주르 조각을 꽉 쥔 채 눈을 감고 잠들었다.

엠브론과 테토스

무너진 탑에서 멀지 않은 북쪽 성벽 쪽으로 군중이 모여들고 있었다. 몇 시간 전부터 전령들이 1지구를 돌아다니면서 리쿠르고스를 맞이하는 성대한 환영식을 알렸다. 엠브론과 테토스는 히페르보레아인들이 벌써부터 나라의 구원자로 여기는 리쿠르고스가 궁금해서 군중을 헤치며 나아가고 있었다.

지난 한 달은 모두에게 힘들었다. 우선 추위로 인해 아이, 노인, 1지구의 노숙자 등 취약 계층에서 많은 희생자가 발생했다. 이어서 기근이 들었다. 카라반들이 들어오지 않았기 때문이다. 조폭들은 이 틈을 이용하여 카라반 숙소의 창고에 보관되어 있던 식량을 탈취해서 터무니없이 비싼 가격으로 팔았다. 도시의 앞날이 불확실해지자 히페르보레아인들은 완전히 실의에 빠졌다.

그런데 며칠 전에 나타난 로크새 백여 마리가 굶주린 도시에 곡식 자루들을 투하하자 히페르보레아인들은 기적이 일어났다고 환호했다. 이어서 테미스키라 군대가 아마존들을 죽이거나 감금하는 것으로 교도소를 장악했을 때는 환희에 찼다. 이제는 도시 전체가 구원자들을 환호하며 맞아들일 분위기가 조성되어 있었다.

엠브론과 테토스는 성벽에 접근하는 데 성공했다. 탑들이 시작되는 지점과 경계를 이루는 눈 덮인 초원에도 엄청난 인파가 모여 있었다. 성벽 지대의 총안들 앞에 히페르보레아 경찰들과 테미스키라 로크새 비행병들이 2열로 서서 리쿠르고스가 도착하길 기다렸다. 그 끝에 배불뚝이 마법사 한 명이 서 있었다.

"누구지, 저 사람은?" 테토스가 물었다.

"최고 재판관 대행 실렌이잖아." 엠브론이 아는 체하는 말투로 대답했다(그는 방금 두 소녀가 하는 말을 듣고 안 것이었다). "신임 최고 장관이고."

"어디 있는 거야, 다른 마법사들은?"

성벽 지대에 보라색 토가는 몇 안 되는 데 반해 로크새 비행병들이 착용한 갈색 망토는 많이 보였다. 아다만트 돔에 뚫린 구멍으로 불어닥치는 돌풍에 비행병들의 망토가 들썩였다.

"엑스트락트릭스에서 많이 살해됐는데 내 정보에 따르면 백 명은 된다는군." 엠브론이 말했다.

검은색 머리에 초록 눈빛인 젊은 여자가 군중에 떠밀려서 바로 옆에 서자 엠브론이 여자의 관심을 끌려는 듯 정보통인 척했다. 그는 그 정보라는 것이 좀 전에 두 소녀의 대화를 들은 거라고 끝내 밝히지 않았다.

"그렇구나. 그럼 죽지 않은 마법사들은 어디 있는데?"

"뭐, 7지구로 돌아갔겠지." 엠브론이 김샜다는 표정으로 얼버무렸다. "저기 봐, 테미스키라의 바실레우스가 온 모양이야."

"바실레우스가 아니라 폴레마르코스라고 해야지, 리쿠르고스 폴레마르코스."

"그래, 그래, 리쿠르고스 폴레마르코스, 저 사람이네."

"건강이 별로 안 좋아 보이네. 우리 바실레우스와는 아주 딴판이야."

"그럼 뭐해, 어린 계집애한테 살해됐는데."

"그냥 계집애가 아니라 아마존이었잖아, 그건 엄연히 다르지."

"그 계집애는 어떻게 됐지?"

"처형되지 않았나?"

두 경찰이 대화를 중단했다. 실렌이 방금 리쿠르고스와 함께 나란히 성벽 지대 중앙에 서 있는데 테미스키라의 군주는 실제로 건강 상태가 나빠 보였다. 배내옷에 싸인 젖먹이처럼 모피에 파묻힌 폴레마르코스는 부관의 팔에 의지하고 있었다. 실렌이 다정하게 리쿠르고스의 어깨를 끌어안은 다음 마법 확성기를 잡고 군중을 향해 외쳤다.

"히페르보레아인들이여, 히페르보레아인들이여! 지난 한 달은 우리 일생에서 가장 힘든 시간이었습니다. 어떤 역경 속에서도 용맹하고 회복력이 높은 우리 시민들이 한 번도 겪어보지 못한 시련이었습니다. 추위로 희생되고, 우리 도시에 난입하여 미쳐 날뛴 야만인들에게 희생된 이들을 애도합시다. 테미스키라 병사들과 폴레마르코스가 보여준 용기를 찬양합시다. 이들은 우리의 친구입니다. 우리의 형제가 되었습니다. 오늘, 이들 덕분에 우리 도시가 이제 아마존의 속박에서 해방되었음을 알리게 되어 기쁩니다!"

환호성이 터져 나와 성벽들과 돔으로 울려 퍼졌다. 엠브론과 테토스도 함성에 합세하여 소리를 질렀다. "리쿠르고스 만세! 테미스키라 만세!" 실렌이 훈훈한 미소를 지으면서 함성이 잦아지길 잠시 기다렸다가 말을 이었다.

"사랑하는 우리 바실레우스의 죽음과 각료 의회 장관들의 죽음은 나에게 우리 도시국가를 재건하라는 막중한 임무를 남겼습니다. 하지만 도시국가가 무엇입니까? 도시국가란 탑, 벽, 돔이 전부가 아니라 그 이상입니다. 도시국가란 번영이라는 동일한 열망을 품고 뭉친 공동체입니다……"

연설은 계속되었다. 두 경찰관은 장황한 연설이 지루해지기 시작했다. 게다가 그 내용도 별로 관심이 가지 않았다. 엠브론은 검은색 머리 젊은 여자에게 연신 추파를 보내면서 관심을 끌려고 했지만, 여자는 신임 최고 장관의 연설에 집중하고 있어서 알아차리지 못했다. 실망한 엠브론은 두 국가의 갑옷이 지닌 특성을 이러쿵저러쿵 비교하면서 품평을 시작했다. 그렇게 한참을 입씨름한 뒤 그들은 지난 몇 달간 강제로 절식하면서 얻게 된 긍정적인 효과에 대한 이야기로 넘어갔다. 엠브론이 젊은 여자가 그의 날렵해진 몸을 어떻게 생각하는지 보려고 돌아설 때 연설 내용 중에 뭔가가 귀에 꽂혔다.

"우리의 돔을 복원합시다. 모두 힘을 합칩시다. 돔은 우리 히페르보레아의 운명이 걸려 있는 일부입니다. 내일부터라도 세금을 걷어서 영화롭던 국가를 복원하자고 촉구합니다."

"무슨 말이야, 저 세금 얘기는? 설마 우리 봉급에서 세금을 뗀다는 건 아니겠지? 이 달은 아직 봉급도 못 받았는데……."

실렌이 군중 속에서 일어나는 불평을 알아들었는지 유쾌한 어조로 덧붙였다.

"안심하십시오, 돔 복원을 위해 여러분의 주머니에서 징수하는 일은 절대 없습니다. (아아, 테토스가 안도했다.) 세금 징수가 아니라 아니마 기부를 원하는 겁니다. 빠른 시일 내에 여러분의 아니마를 추출할 예정이니 자발적인 참여를 부탁드립니다. 엑스트락트리스 입구에서 신속한 마법 시술을 받으시면 됩니다. 일시적인 피곤을 느낄 뿐 통증도 없고 후유증도 없습니다. 아니마를 기부하시는 모든 분에게 식량을 무상으로 배급할 것입니다."

식량을 준다고 하자 엠브론과 테토스가 반가워하는 눈짓을 주고받았다.

"그거 좋네." 엠브론이 말했다.

"우리는 경찰인데 괜찮을까?" 테토스는 걱정이 되었다.

"경찰이라고 안 될 이유는 없지. '기부하시는 모든 분'이라고 했잖아."

"그래, 맞네. 언제 갈까?"

"가지 않는 게 좋아요."

엠브론과 테토스가 깜짝 놀라서 방금 대화에 끼어든 젊은 여자를 돌아봤다. 그들은 여자의 단호한 표정과 말의 내용과는 상관없이 이 무례한 참견은 그들의 관심을 끌기 위한 우회적인 방법이라고 확신했다. 엠브론은 갑자기 몸이 달아올랐다. 이런 기회를 놓칠 수는 없었다.

"집으로 가는 길이에요? 바래다드릴까요?"

젊은 여자는 달갑지 않은 눈길로 그들을 쳐다봤다.

"아니요, 괜찮아요, 고마워요." 여자가 대답하고 돌아섰다.

엠브론과 테토스는 음탕한 말을 날리면서 질척거렸지만, 여자는 걸음을 멈추지 않고 군중 속으로 사라졌다.

"요즘 여자들은 하여튼 급해." 엠브론이 나름대로 평을 했다.

"그게 다 추위 때문이야." 테토스는 한 술 더 떴다. "진짜 돔은 빨리 수리해야 해."

피라

피라는 방금 들은 추잡스런 말을 머리에서 떨쳐내고 가까운 승강기 쪽으로 걸음을 옮겼다. 1지구의 반쯤 언 진창에서 장화가 절벅거렸다. 그렇지 않아도 비위생적이던 도시의 바닥은 돔이 부분적으로 파손된 뒤로 훨씬 더 엉망이 되었다. 거리에는 사람들이 북적거리고 오줌과 땀, 연기가 뒤섞인 악취가 진동했다. 아이들은 쓰레기 더미에서 쥐를 구워먹고, 젊은이들은 남아 있는 파란연꽃 껌을 씹으면서 시간을 때우고 있었다. 마약의 효과가 배고픔을 잊게 해주기 때문이었다.

피라는 얼어붙은 운하에 들어서자 손가락을 튕겨 장화 바닥에 얼음 날 두 개를 튀어나오게 한 다음 빙판을 지치기 시작했다. 실렌의 연설이 귓가에 맴돌았다. 수십 일 전 대결한 뒤 처음으로 생령을 본 것이다. 라스티아낙스와 마찬가지로 피라는 탑에 난 화재로 생령이 죽었기를 바랐다. 영혼 없는 꼭두각시가 테미스키라를 돕기 위해 옛 교수의 몸을 이용하고 있다고 생각하자 피라는 피가 거꾸로 솟았다. 게다가 아니마를 기부하라니…….

커다란 거북 등갑이 여기저기 얼어붙어 있어서 피라는 지그재그로 빙판을 지쳐야 했다. 추위를 피하기 위해 머리와 꼬리를 떼어낸 구멍을 천으로 막아놓고, 속을 파낸 거북 안에서 거지들이 기숙하고 있었다. 혹한이 기승을 부리는 도시 안에서는 어떤 파충류도 살아남지 못하다 보니 한 달 사이, 거북 고기 요리는 히페르보레아의 대표 음식이 되었다.

피라는 좀 더 빙판을 지치다 남쪽 승강기에 이르렀다. 기계는 사용할 수 없게 되었다. 서리가 뒤덮여 뻣뻣해진 밧줄들이 2지구의 운하에서 쏟아지던 거대한 얼음 폭포 옆의 허공에 늘어져 있었다. 다른 지구로 이동할 수 있도록 얼음을 깎아서 만든 계단이 있었다. 톨게이트를 장악한 조폭들이 얼음 계단을 이용하는 사람에게 6보레온을 요구했다. 조폭들이 망보는 미어캣처럼 불안한 시선으로 힐끔힐끔 올려다보고 있었다. 테미스키라 병사들이 카라반 숙소를 차지한 조폭들을 소탕해버렸으니 톨게이트를 장악한 조폭들 역시 쫓겨나는 건 시간 문제였다. 그들은 로크새 비행병들에게 맞설 깜냥이 아니었다.

피라는 오가는 사람들을 통제하는 비리비리한 양아치에게 통행료를 낸 다음 미끄러지지 않게 얼음 날 두 개를 징으로 바꾸었다. 그녀는 층계를 따라 2지구까지 올라가면서 거친 숨을 내쉬었다. 이어서 같은 과정을 거쳐서 3지구와 4지구에 이르는 동안 피라는 교도소에 억류되어 있는 마법사들을 생각했다.

로크새 비행병들이 온 뒤, 일부 마법사만 석방이 허락되었다. 테미스키라 측은 남은 마법사들을 걱정하는 가족들의 질문에 '임시 보안 조치'라고만 답변했다. 피라는 전쟁 장관처럼 새 권력에 호의적인 마법사들만 풀어준 거라고 의심하고 있었다. 라스티아낙스와 의논이라도 할 수 있으면 좋을 텐데 그는 문하생을 찾아서 데려온다는 황당한 이유를 대며 리파이아 산맥으로 떠난 뒤 여전히 돌아오지 않고 있었다. 피라는 라스티아낙스를 생각할 때마다 걱정과 분노가 동시에 북받치기 때문에 머리에서 그를 지우려고 노력했다.

하지만 피라는 7백 명에 이르는 마법사들을 교도소에서 구출할 방법을 함께 모색할 사람이 없다는 것이 유감스러웠다. 다각도로 궁리해보지만 방법이 떠오르지 않았다. 정보를 수집하면 할수록 해결할 수 있는 문제가 아닌 것 같았다.

그렇게 교도소 생각에 빠져 있을 때 대고모 집 현관 앞에 도착했다. 피라는 문을 열고 거실로 들어갔다. 임시 난로 앞에 둘러앉은 동생 둘이 털토시 하나를 놓고 옥신각신하고 있었다. 최근에 7지구의 저택에서 가져다놓은 우아한 장의자에 기운 없이 앉은 어머니는 처지를 한탄하고 있었다. 늘 그렇듯 어머니는 배려심이 바닥나기 시작한 대고모 들으라고 푸념을 늘어놓았다.

"아직도 교도소에 갇혀 있는 불쌍한 내 남편…… 집은 돼먹지 못

한 테미스키라 놈들에게 약탈당하고, 딸들은 좋은 교육을 받을 기회
도 잃고 돈 없는 평민들이나 만나고 다니니…… 이 신세를 어찌하나."
어머니가 눈물을 흘리면서 실크 손수건으로 눈꺼풀을 톡톡 두드리
다가 딸을 발견하고 소리쳤다.

"피라!"

어머니는 갑자기 힘이 솟구치는 것처럼 소리쳤다.

"또 어디 갔었니?"

"엄마, 대고모, 바람 좀 쐬고 온 거니까 내 걱정은 마세요." 피라는
대충 둘러대고 거실을 가로질렀다.

피라는 눈을 마주치지 않으려고 발코니로 나가서 문을 닫고 한
숨을 내쉬었다. 7지구의 필요 이상으로 넓은 저택에 익숙했던 이들
이 4지구의 방 세 개짜리 집에서 복작거리며 사는 것은 여간 불편한
일이 아니었다.

피라는 코트 안에서 휴대용 망원경을 꺼내서 난간 가까이에 섰
다. 피라가 있는 탑에서 15미터 떨어진 거리에 간결한 건축 양식의
교도소가 우뚝 서 있었다. 그녀는 망원경의 접안렌즈에 한쪽 눈을 대
고 탑의 꼭대기 쪽을 바라봤다. 거대한 로크새들에 올라탄 테미스키
라 비행병들이 당장에라도 먹이에게 돌진할 기세의 매처럼 주민들
을 내려다보고 있었다. 피라는 망원경의 방향을 4지구의 총안 쪽으
로 내렸다. 원하는 창문을 찾는 데 시간이 좀 걸렸다.

피라는 운 좋게도 대고모의 집이 페트로클루스가 있는 감방의
정면에 있다는 걸 알아냈다. 라스티아낙스가 떠난 뒤로 그녀의 일상
을 밝게 해주는 유일한 희소식이었다. 페트로클루스가 살아 있다는

걸 확인했을 뿐만 아니라 의사소통하는 수단을 만드는 데도 성공했기 때문이다.

피라는 대고모의 집 외벽에 그려진 광고 문구를 이용하기로 했고, 인장 덕분에 글자를 재배열하여 페트로클루스에게 질문을 보낸 다음 그의 답을 기다렸다. 페트로클루스의 토가 조각이 창문 오른쪽에 놓이면 '맞아', 왼쪽에 놓이면 '아니', 가운데 놓이면 '몰라'라는 뜻이었다.

물론 이런 객관식 질문으로 정보를 교환하는 것은 시간이 오래 걸리는 데다 감방 총안의 위치가 너무 높이 있어서 페트로클루스가 계속 창밖을 내다볼 수 없다는 단점이 있었다. 그는 까치발을 들고 있어야 하는데 간수들의 주의를 끌 위험이 있었다. 그나마 페트로클루스의 키가 아주 커서 다행이었다. 다른 수감자라면 창턱으로 올라가야 했을 터였다. 이 통신 수단 덕분에 피라는 꽤 많은 것을 알아낼 수 있었다. 피라의 아버지와 마법사로 승격한 옛 동기생들은 살아 있다. 억류된 마법사들은 고문을 받진 않지만 정기적으로 아니마를 추출당하고 있으니 결국 고문과 다를 바 없었다. 페트로클루스는 테미스키라 군대가 그들을 억류하고 있는 이유도, 언젠가는 풀어줄 생각인지도 몰랐다. 그렇지만 그는 교도소의 구조를 아주 잘 알고 있었다. 피라의 마지막 질문은 순찰 횟수와 걸리는 시간에 대한 것이었다. 피라는 벽에 이렇게 썼다. *야간 순찰은 30분?* 페트로클루스는 토가 조각을 창문 왼쪽에 놓는 것으로 답했다.

답답해진 피라는 망원경을 접고 광고 문구에 가까이 가기 위해 코니스를 잡고 기어 올라갔다. 조금만 발을 헛디뎌도 추락하기 때문에 얼음이 덮인 돌에서 미끄러지지 않도록 좁은 받침대에 얼음을 녹이는 인장을 그렸다. 다행히 미끄럽지 않아서 피라는 문구를 수정해 물었다.

야간 순찰은 20분?

발코니로 돌아온 피라가 페트로클루스가 보일 거란 희망 속에 두 번째로 망원경을 꺼내 창문을 봤지만 그는 없었다. 실망해서 집 안으로 들어갔고, 왜 그렇게 자주 바람을 쐬느냐고 묻는 어머니를 슬그머니 피하면서 대고모에게 인사하고 밖으로 나갔다.

한 시간 후, 피라는 도시에서 가장 황폐해진 꼭대기에 도착했다. 약탈자들이 부숴버린 저택들의 대문이 열려 있었다. 공중 정원의 식물들은 얼어 죽어 있었다. 결빙으로 수도교들의 돌이 터지면서 고드름이 잔뜩 달린 얼음 다리만 몇 군데 남아 있었다.

그녀는 장화 바닥에 얼음 날을 나오게 하고 얼음 다리를 건너서 중앙도서관 입구로 들어갔다. 파란색과 금색의 둥근 지붕이 흰색으로 칠해져 있는 것 같았다. 도서관 내부는 포근했다. 유리를 끼운 창문이 바람을 막아주고 있어서였다. 수많은 사람들이 연료로 쓰기 위해 도서관을 약탈해 갔는지 필사본 선반들이 통째로 사라진 자리에 종이 몇 장만 흩어져 있었다. 피라는 얼음 날을 녹이고 통로를 지나가면서 연기 속으로 사라진 막대한 양의 지식을 생각하지 않으려고 노력했다. 그녀는 공중부양기를 타고 아트리움 바닥으로 내려가며 건물의 중앙을 차지하고 있는 거대한 아스트롤라베*를 멍하니 쳐다

아스트롤라베 별의 위치, 시각, 경위도 등을 보는 천체 관측 기구.

봤다.

도서관의 맨 아래층은 4지구에 있고, 히페르보레아 건국 시대로 거슬러 가는 고문서들이 소장되어 있었다. 보존 인장이 새겨진 두루 마리 필사본 몇 개가 책상 위에 놓여 있었다. 높은 선반에 쌓아 둔 나 머지 필사본들은 어둑한 빛에 잠겨 있었다. 창문이 없는 1층을 밝혀 주는 것은 아트리움에서 들어오는 빛과 희미한 발광체 전구 불빛밖 에 없었다.

피라는 미로 같은 통로를 지나 마침내 목적지에 이르렀다. 마법 역학으로 설계된 둥근 문 너머에는 교도소 설계도를 비롯하여 가장 중요한 총서들이 숨겨져 있었다. 피라는 문의 열림 인장을 해독하고 다시 그리는 데 열흘이 걸렸다. 피라가 문의 톱니바퀴 장치에 손을 얹고 활성화했다. 문짝이 접혔다.

피라는 금고실 안으로 들어갈 겨를이 없었다. 화장까지 곱게 한 밤색 머리의 통통한 실루엣이 시야에 들어왔기 때문이다.

"참, 빨리도 온다!" 아스파시가 소리쳤다. "알려줄 게 있어서 몇 시간째 기다리고 있는데. 하긴 온종일 여기서 빌빌거리고 있는 게 얼 마나 따, 분, 한지 언니는 알 리가 없지. 내가 이 쥐구멍에 오겠다고 한 건 언니가 마법사들을 구출하겠다면서 재미있을 거라고 설득했 기 때문이고……."

"나는 재미있을 거라고 말한 적도 없고, 너를 설득한 적도 없어. 오겠다고 우긴 건 너잖아." 피라가 딱 잘랐다. "따분하면 엄마와 동생 들이 있는 4지구로 돌아가면 돼, 붙잡을 생각 없으니까."

"싫어, 그게 더 따분하거든."

피라는 한숨을 내쉬면서 동생을 피해 금고실 안으로 들어갔다. 네모난 벽면에 줄지은 목재 벽감들에 두루마리 필사본이 가득 들어 있었다. 중앙에 놓인 대형 책상에서 문서를 조회할 수 있었다. 책상에 펼쳐놓은 색인 카드 앞에 누군가 서 있는데…… 라스티아낙스였다.

피라는 아무 말도 할 수 없고, 옴짝달싹할 수도 없었다. 라스티아낙스도 그녀 못지않게 굳어 있는 것 같았다. 해쓱해진 라스티아낙스는 마치 그녀보다는 방에 있는 다른 것들을 보는 것이 더 편한 듯 피라에서 색인 카드로, 피라에서 그녀의 발로, 피라에서 책장으로 눈만 움직이고 있었다.

등 뒤에서 아스파시가 쏘아붙였다.

"내가 알려줄 게 있다고 했잖아. 하여튼 맨날 언니는 내가 하는 말을 귓등으로도 안들어."

"방금 돌아왔어." 라스티아낙스가 마침내 한 달간의 여행으로 꾀죄죄한 털옷을 가리키면서 말문을 열었다.

눈에 반사되는 햇볕에 붉게 탄 피부, 너무 길게 자란 머리, 듬성듬성한 턱수염. 피라는 그렇게 텁수룩한 라스티아낙스의 모습이 낯설었다. 그를 찬찬히 뜯어보는 피라의 머릿속에서는 상반되는 생각이 교차하고 있었다. 꺼져버리라고 소리치고 싶다가도 품에 안기고 싶고, 비난을 퍼붓고 싶다가도 떠난 뒤에 일어난 수많은 일에 대해 얘기하고 싶고, 모른 체하고 싶다가도 리파이아 산맥에서는 무슨 일이 있었는지 물어보고 싶었다. 할 수만 있다면 모든 걸 동시에 했겠지만 어지러운 생각을 완벽하게 위장하는 차가우면서 낭랑한 목소리로 물었다.

"네 문하생은 어디 있어?"

라스티아낙스는 고개를 숙였다.

"몰라. 못 찾았어. 빙하 쪽으로 가면 만날 수 있을 거라고 생각했는데 길잡이가……"

"그러니까 이렇게 돌아올 거면서 한 달이나 나를 두고 떠났단 말이지?" 피라는 그의 말을 잘랐다.

피라는 머릿속이 정리되고 있었다. 속으로는 리파이아 산맥으로 떠났다가 살아 돌아온 그를 보면서 크게 안도하면서도 겉으로는 마법사들이 인질로 잡혀가고 탑이 붕괴되어 난리가 났는데도 혼자 떠나는 것으로 자신을 절망에 빠뜨렸던 것에 대한 분풀이를 하고 싶었다. 라스티아낙스가 중얼거리듯 말했다.

"내가 잘못 생각했어. 미안해. 네 말을 들었어야 했는데."

피라가 냉랭하게 침묵했기 때문에 그는 말을 계속했다.

"로크새 비행대가 히페르보레아로 향하는 걸 보고 가능한 한 빨리 돌아온 거야. 그러다 사향소 두 마리를 잃을 뻔했고……"

"소 두 마리의 운명을 걱정하는 너를 봐서 기쁘다고 해야 하는 건지." 피라가 빈정거렸다.

라스티아낙스는 아무 대답도 하지 않았다. 그는 너무 지쳐 보였다. 피라는 부글부글 끓었다. 욕설을 마구 퍼부어도 될 정도로 그의 건강 상태가 괜찮았으면 좋겠는데 꼬락서니가 끽소리도 못 하고 당하고 있을 것 같았다.

"이제 라스티가 돌아왔으니 마침내 모두 탈출시킬 수 있겠네." 아스파시가 끼어들었다.

피라는 동생을 째려봤다. 라스티아낙스는 조난자가 나무토막을 붙잡고 매달리듯 아스파시가 준 기회를 잡고 얼른 화제를 바꿨다.

"네가 마법사들을 구출하기 위해 교도소에 들어갈 방법을 찾고 있다는 거 아스파시한테 들었어."

"하지만 혼자서 해낼 수 있는 일은 아니지." 피라가 날카로운 어조로 대꾸했다.

"뭐냐, 나 여기 없는 사람이야?" 아스파시가 발끈했다.

그들은 아스파시에게 눈길도 주지 않았다. 라스티아낙스는 피라를 쳐다보다 어색해서 미치겠다는 듯 몸을 좌우로 흔들었다.

"네가 잘 지내고 있어서 다행이다." 그가 마침내 말했다.

"네 덕분은 아니야."

"날마다 돌아오고 싶었어." 라스티아낙스가 말을 이었다. "얼마나 힘들게 내린 결정이었는지 너는 모를 거야. 히페르보레아에 무슨 일이 일어나고 있는지도 모른 채 전진하면서 매순간 고통스러웠고, 네가 위험에 처해 있다면……."

"그러면 바로 돌아왔어야지!"

피라의 입에서 결국 절규에 가까운 말이 터져 나왔다. 평정심을 유지하고 싶었지만 갑자기 분노가 폭발한 것이었다. 주위의 종이들이 날아가고 필사본이 펼쳐지고 가구가 흔들릴 정도였다.

"여기는 생지옥이 되고 있는데 어떻게 문하생을 찾겠다고 나를 버려 두고 떠날 수가 있냐고. 그래, 그건 그렇다고 치자. 그럼 페트로클루스는, 너 페트로클루스 생각은 했어? 걔는 교도소에 갇힌 지 벌써 한 달이 넘었어! 내 아버지도! 다른 마법사들도 그렇고! 넌 우리 모두를 버렸어!"

피라의 말 한 마디 한 마디가 비수가 되어 날아오는 것처럼 라스티아낙스의 척추가 점점 구부러지고 있었다. 피라는 눈을 감고 불확실성과 무력감 속에 사십 일 가까이 쌓여 있던 감정을 누르려고 노력했다. 이제 와서 분노를 쏟아내는 것은 쓸데없는 감정 소모였다. 마지막으로 경멸하는 듯한 눈길을 라스티아낙스에게 던지고 나서 한숨을 내쉬며 안락의자에 털썩 주저앉았다.

"내가 여기 있는 건 어떻게 알았어?" 피라가 물었다.

라스티아낙스의 얼굴에 안도하는 기색이 역력했다. 그는 바닥에 흩어진 종이를 주워들고 안락의자에 앉아서 다소곳이 무릎을 붙였다. 그의 몸짓이 어찌나 조심스러운지 마치 피라가 하사해준 아슬아슬한 휴전을 무슨 수를 써서라도 깨뜨리지 않으려는 것 같았다.

"내가 떠나기 전에 교도소 설계도를 도서관에서 찾겠다고 네가 말했잖아. 그래서 여기 오면 너를 만날 수 있을 거라고 생각했어. 여기 없으면 네 대고모 집의 주소를 알아보려고 했지."

"차라리 잠잘 곳을 찾는다고 하지, 그랬으면 언니가 환영했을 텐데." 아스파시가 넌지시 흘렸다.

"라스티는 부모님 집으로 가면 되거든." 피라가 동생에게 쏘아붙였다.

피라는 동생의 의도를 알아차렸다. 라스티아낙스가 돌아오자 도망친 범죄자와의 로맨스를 언니의 연애사 목록에 추가할 기회라고 생각한 것이었다. 물론 라스티아낙스는 전혀 눈치채지 못하고 있었다.

"그러니까 실렌이 테미스키라 군대를 데리고 온 거네." 라스티아낙스가 말했다.

"관찰력은 있어 가지고." 피라가 비아냥거렸다.

"그런데 마법사들은 풀려나지 않았네." 라스티아낙스가 말했다.

피라는 고개를 끄덕였다. 그녀는 기계적으로 머리카락을 그러모아서 틀어 올렸다.

"몇 명은 풀어줬어. 전쟁 장관과 그자들 입맛에 맞는 탐욕스러운 마법사들. 새 권력에 충성을 맹세한 자들이겠지." 피라가 말했다. "다른 마법사들은 여전히 갇혀 있어."

"아스파시의 말로는 네가 실렌의 연설을 들으러 나갔다고 하던데." 라스티아낙스가 덧붙였다. "어땠어?"

"실렌이 리쿠르고스 옆에 서서 히페르보레아와 테미스키라, 양국의 우호 관계에 대해 일장 연설을 했지." 피라가 역겹다는 말투로 대답했다. "내 눈으로 직접 보지 않았다면 실렌이 생령이라는 걸 인정하기 힘들었을 거야."

"생령의 주인이라는 작자가 성공했군." 라스티아낙스가 씁쓸한 얼굴로 말했다. "실렌이 신임 최고 장관이 되었으니. 히페르보레아는 테미스키라의 속국이 되어 가는 중이고."

"그게 다가 아냐." 피라가 덧붙였다.

피라는 실렌이 입에 올린 아니마 기부에 대해 말해주었다. 라스티아낙스도 심각하게 생각하는 것 같았다. 그들이 절망적인 시선을 주고받을 때 아스파시가 라스티아낙스 바로 옆에 놓인 안락의자에 와서 앉았다.

"아니마 기부 문제가 그렇게 심각한 일이야, 라스티?" 아스파시가 그를 향해 눈을 깜박이면서 물었다.

"테미스키라군이 아마존들의 허리띠에서 수거한 비프아주르를 사용하면 추출기를 더 많이 만들 수 있고……." 라스티아낙스가 시작하자 피라가 다음 말을 완성했다.

"히페르보레아인들이 기부한 아니마로 엄청난 양의 오레이칼코스를 만들 수 있지." 피라는 동생에게 아양 떠는 짓을 멈추라는 뜻으로 눈을 흘기면서 덧붙였다. "돔을 복원한다는 말은 구실에 불과해. 엄청난 양의 오레이칼코스를 확보하면 테미스키라의 군사력이 막강해져서 천하무적이 되는 거야. 그렇게 되면 히페르보레아는 속박에서 절대로 벗어나지 못해."

"뭐야, 시시하게." 아스파시가 말하면서 하품을 했다. "그래서 어쩌자고? 설계도를 보지도 않고 다 집어치우자고? 마법사들을 구출한다더니……."

동생의 지적이 답답한 침묵을 깨뜨렸다. 피라는 비관적인 생각을 들키지 않으려고 손을 뚫어져라 쳐다보면서 아버지, 페트로클루스, 수많은 마법사들 그리고 구원을 기다리는 히페르보레아를 생각했다. 인정하고 싶지는 않지만 자신의 계획은 실패로 끝날 것 같았다. 피라는 아직 아무것도 하지 않았다는 것에 자책감을 느끼는 동시에 스스로 부여한 막중한 임무 앞에서 무력감을 느꼈다.

갑자기 좋은 생각이 떠올랐다. 실렌의 발표가 그들에게는 야심의 발로였겠지만 히페르보레아 시민과 투옥된 마법사들에게는 반전을 이룰 수 있는 계기가 될지도 모른다.

"나한테 새로운 계획이 있어."

알칸드로스

알칸드로스는 아다만트 돔 밑에서 선회하는 로크새들을 마지막으로 힐끔 바라봤다. 아다만트의 무지갯빛이 아롱지는 푸른 아침 하늘에는 아직 검은 로크새가 나타나지 않고 있었다. 그는 난간을 떠나 마기스테리움의 입구로 이어지는 공중 광장을 걸었다. 펜테실레이아와 멜라네펠레는 아직 돌아오지 않았다. 이들의 부재가 길어지는 것에 그는 불안해지기 시작했다. 알칸드로스는 자신의 제자를 전적으로 신뢰했다. 그는 펜테실레이아가 아르카를 제압할 수 있을 정도로 강하다는 걸 알지만, 아르카는 이미 여러 번 예상을 뛰어넘는 능력을 발휘했다. 자신도 아르카를 잡아 두는 데 실패했으면서 어떻게 펜테실레이아가 아르카를 잡아올 수 있다고 생각했을까?

알칸드로스는 이런 생각을 하면서 마기스테리움의 계단을 올라갔다. 인질극이 일어난 뒤로 웅장한 문들이 열려 있었다. 입구에서 시작되는 바둑판무늬 바닥은 서리가 덮여 있고 장화 자국이 나 있었다. 아트리움과 연결된 회랑 중 하나를 지나가는 그의 갈색 양털 망토 자락이 바닥에 끌렸다. 테미스키라의 군복인 망토가 구속복처럼 어깨를 짓눌렀다. 그는 망토가 상징하는 모든 걸 경멸했다. 군인 정신, 순응적인 태도, 계급에 대한 무조건적인 복종. 전날 한 부관이 망토를 가져왔는데 알칸드로스에게 복종해야 한다는 걸 상기시키기 위해 필롱이 보낸 것이었다.

적어도 망토가 찬바람을 막아주기는 했다. 도중에 마주친 로크 새 비행병들이 경멸이 담긴 눈빛으로 그를 쳐다봤다. 망토 어깨에 덮인 엷은 황갈색 깃털 장식은 할 일 없는 '누구의 아들'을 위해 만든 한직이라는 평판이 있을 정도로 직무가 모호한 부대인 외교 사절단을 표시했다.

알칸드로스는 이 신분의 혜택을 얼마나 오래 누리게 될지 의문이 들었다. 실렌이 연설할 때 함께 나온 그의 아버지는 어느 때보다 몸을 많이 떨었다. 필롱은 리쿠르고스가 기거할 저택 한 채를 징발했다. 알칸드로스는 아버지를 보러 갔는데 극진한 보살핌을 받고 있는 것 같았다. 계승자가 될 필롱이 물러날 사람의 퇴진을 가속화하는 걸 비난할 수는 없었다. 그는 심지어 상급자에게 더욱 헌신하는 것처럼 보였다. 알칸드로스는 이렇게 배려하는 이유를 알고 있었다. 필롱은 자신이 리쿠르고스의 진정한 영적인 아들이라는 걸 모두에게 증명함으로써 왕위 계승의 정통성을 확립하려는 것이었다.

그렇지만 이 정통성은 히페르보레아인들에게서 인정받는 것이 아니었다. 필롱의 지시에 따라 테미스키라 병사들은 마기스테리움을 포위하고 집주인인 양 회랑을 돌아다녔다. 알칸드로스는 교도소에서 풀려나와 새 정권에서 고위직을 약속받은 마법사들이 몹시 불쾌해하고 있는 것이 느껴졌다.

최고 장관 집무실에 딸린 부속실에 도착했을 때 알칸드로스는 가장 실망해 있는 마법사와 맞닥뜨렸다. 전쟁 장관은 아직까지 실렌을 만나지도 못한 것에 몹시 분개했다.

"나는 인질로 억류되어 있다가 유일하게 살아남은 장관이다!" 그가 격노했다. (그의 가는 콧수염이 말할 때마다 나풀거렸다.) "여드름 난 십대 아이들 가르치는 것 말고는 아무것도 하는 일이 없는 일개 교수가 나를 이리 밖에 세워 두다니!"

교도소에 억류되어 있는 동안 몹시 야윈 전쟁 장관이 핏대를 세우면서 한 부관을 상대로 접견을 주장했지만 부관은 아랑곳하지 않았다. 사실은 올리가르키아들의 요청에 따라 마법역학 궤에서 너무 일찍 나온 탓에 실렌은 장기들이 탈장했고 연설을 빨리 끝내야 했다. 알칸드로스는 실렌을 다시 궤 안에 집어넣고 재생을 마무리하는 중이었다.

전쟁 장관의 고함 소리에 놀란 필롱이 집무실에서 나와서 정중하게 인사했다. 알칸드로스는 능숙하게 전쟁 장관의 비위를 맞추는 필롱을 쳐다봤다.

"내 부관이 귀하의 집무실 출입을 막을 권한이 있다고 생각했다는 사실을 알게 되어 실로 유감입니다. 이런 실례를 저지르다니……. 그런데 실렌은 지금 여기 없습니다만…… 마법사들의 사회 복귀와 아니마 기부 수집에 관한 임무를 나한테 위임했습니다. 실렌은 아직 전달자로서 역할에 익숙하지 않아 다소 부족함이 있는 것이 사실입니다. 귀하야말로 이 아름다운 도시국가를 재건할 적임자로 보입니다만……. 이 제안을 어떻게 생각하십니까?"

필롱과 몇 마디를 나눈 뒤, 전쟁 장관은 흡족한 미소를 지으면서 부속실을 나갔다. 그는 심지어 최고 장관 집무실에 발도 들여놓지 않았다.

"다른 마법사들은 다루기가 그리 쉽지 않을 겁니다." 알칸드로스가 말했다.

"그래서 그자들은 교도소에 얼마간 더 있게 될 거야." 필롱이 대답했다. "얼마를 주면 굴복시킬 수 있는지 두고 보자고."

"매수되지 않는 마법사들도 있을 텐데요?"

"좋은 결말을 보진 못하겠지. 들어오게, 자네를 기다리고 있었어."

필롱이 집무실 문을 열었고, 알칸드로스는 따라 들어갔다. 최고장관 집무실의 반구형 천장에 원형 창이 한 개 있었다. 부관들이 열이 새 나가지 못하게 아다만트 유리를 끼워 넣은 것 같았다. 둥근 벽면에 놓인 귀한 목재 선반들에 정치 서적들이 놓여 있고, 선반 사이사이의 벽감 안에는 집무실의 주인이었던 메젠스의 대리석 흉상들이 놓여 있었다.

커다란 책상은 책장 쪽으로 밀려나 있고, 그 자리에 기계가 하나 보이는데 탁자 끝에 관으로 뒤덮인 헬멧이 있었다. 그 관들이 연결된 커다란 구리 증류기의 나선관 끝에 달린 금속 막대는 황동 큐브와 연결되어 있었다. 큐브 바로 위에 있는, 오레이칼코스 줄무늬로 덮인 새파란 칼날은 뭐든 베어버릴 듯 날카로워 보였다. 올리가르키아 다섯 명이 기계 앞에 둘러서서 대화하고 있었다. 필롱이 뻣뻣한 몸짓으로 털이 시커먼 두 손을 비비면서 헛기침을 했다.

"이제 다 모였으니 시연을 해봅시다."

필롱이 멀찍이 서 있는 여드름투성이 소년에게 손짓을 했다.

"프레톤, 가서 병사들에게 실험 쥐들을 데려오라고 해."

소년이 주먹으로 가슴을 두드리고 상체를 숙였다. 소년이 자세를 바로 했는데 너무 긴 머리가 얼굴의 절반을 가리고 있었다. 머리를 뒤로 넘기고 싶겠지만 소년은 차려 자세를 유지한 채 빠른 걸음으로 집무실을 나갔다.

"히페르보레아인인가요?" 한 올리가르키아가 물었다.

"전 최고 장관의 아들이오." 필롱이 대답했다. "아주 의욕적인 소년이지요. 히페르보레아의 관습에 따라 나도 한 명을 문하생으로 삼기로 했어요. 그대들도 똑같이 하라고 조언하겠소. 현지의 귀족 사회에 적응하려는 우리의 노력이 좋은 평가를 받게 된다면, 특히 우리가 지배할 때 젊은이들의 반발이 줄어들 거요."

올리가르키아들이 찬성한다는 의견을 주고받았다. 그중 한 명이 알칸드로스에게 문하생을 두는 것이 중요한 일인지 물었다.

"저는 이미 생각해 둔 문하생이 있습니다." 알칸드로스는 아르카를 생각하면서 대답했다.

필롱이 이상한 기계 쪽으로 가서 증류기에 한 손을 얹었다.

"이건 교도소에 있던 기계지요. 아니마를 추출해서 오레이칼코스를 만들 수 있는 기계랍니다. 우리는 현재, 사랑스러운 여전사들에게서 수거한 천연 비프아주르 덕분에 아주 강력한 모델을 만드는 중이고요. 새로운 기계가 완성되면 우리는 이 도시를 지배하고, 나포카를 완전히 통제하고, 아마존족을 제압하는 데 필수적인 오레이칼코스를 지닐 수 있게 됩니다. 완성되는 즉시 우리는 전속력으로 기계를 가동할 겁니다."

"실험 쥐가 되는 대상은 누굽니까?" 한 올리가르키아가 물었다.

"우선 마법사들부터." 필롱이 대답했다. "적어도 하루에 한 번씩은 모든 마법사에게서 아니마를 추출해야죠. 아니마 추출로 피로해지면 그 사람들을 통제하는 것이 훨씬 수월해질 겁니다. 하지만 거기서 멈추지 않을 겁니다. 그대들도 알다시피 돔 복원을 위해 아니마를 기부하러 오는 자원자들의 아니마도 사용할 겁니다."

"아니마 추출로 인한 후유증이 자원자들의 열의에 찬물을 끼얹을 위험이 있습니다." 알칸드로스가 반대했다. "무료 식량이 오랫동안 동기 부여가 되지는 않을 겁니다."

짐짓 생각하는 척 필롱은 구리 증류기를 손가락으로 톡톡 천천히 두드렸다.

"맞는 말이다. 그래서 계략이 필요한 거지."

그가 책상에 놓인 작은 상자에서 동그랗게 뭉친 갈색 반죽 한 개를 꺼냈다.

"이게 파란연꽃 껌이라는 거예요. 여기 조폭 집단이 수생식물의 꽃으로 생산하는 강력한 마약이지요. 배고픔을 잊게 해주고 복용자들을 행복한 꿈속에서 몽롱한 상태에 빠져 있게 한다는군요. 분명한 것은 많은 히페르보레아인이 이 껌을 좋아하고, 이 껌을 얻기 위해서라면 뭐든 할 거란 사실이지요. 그런데 우리가 이 껌을 확보했으니 복용자들에게 아니마를 기부하러 오라고 부추기는 것은 아주 수월할 겁니다. 그러나 기부자는 극소수에 불과한 데다 대부분 건강이 허약한 상태라서 서너 번 이상 추출하면 살아남지 못할 거예요. 따라서 마약 중독자들의 수를 늘리는 방법을 찾아야 해요."

필롱은 입을 다물고 생각에 잠긴 얼굴로 방 안을 왔다 갔다 서성이다가 마치 자신이 방금 제기한 문제를 함께 숙고하길 바라는 것처럼 손으로 턱을 받치고 있었다.

"며칠 내로 자원자들이 나타나기 시작하면 나는 그 사람들에게 파란연꽃 껌을 일정량 나눠줄 생각이에요. 추출로 인한 통증을 둔화시키면서 중독 상태에 빠지는 이중 효과가 나타나겠지요. 앞으로 한 달 동안 모든 것이 순조롭게 진행되면 히페르보레아 인구의 사분의 일이 정기적으로 아니마를 기부하려고 들 겁니다."

알칸드로스는 메젠스 흉상에 기대서 파란연꽃 껌 주위에 둘러선 올리가르키아들을 쳐다봤다. 파란연꽃 껌을 이용해 마법역학자를 수월하게 굴복시켰던 것이 기억나서 씁쓸했다. 나포카를 함락했을 때보다는 피비린내가 덜 나지만 치명적으로 굴복당하는 히페르보레아의 운명이 눈에 선하게 그려졌다.

"껌으로 유혹하는 것이 정말 그렇게 강력할까요?" 한 올리가르키아가 물었다.

"실험 쥐들이 어떤 반응을 보이는지 지켜봅시다." 필롱이 대꾸했다.

바로 그 순간 집무실의 문을 두드리는 소리가 울렸다.

"아, 그들이 왔군요." 필롱이 말했다. "들어와!"

문이 열리고 테미스키라 병사들이 수갑을 채운, 짐승같이 생긴 남자 셋을 에워싸고 들어왔다. 파란연꽃파의 세쌍둥이였다. 그들의 누르퉁퉁한 얼굴에 땀방울이 맺혀 있었다. 그들의 불안한 시선이 알칸드로스에 머물렀지만 알아보지 못한 채 추출기 쪽으로 움직이다 필롱이 들고 있는 갈색 반죽에서 멈췄다.

"그걸로 우리를 협박하셔도 좋은데 저 빌어먹을 기계에 우리를…… 제발 그것만은 안 됩니다." 알키가 사정사정했다.

하지만 그의 눈길은 갈색 반죽을 힐끔거리고 있었다.

"이건 너희 제품이다." 필롱이 보란 듯이 손가락으로 반죽을 돌리면서 대꾸했다. "품질이 우수한 껌이지."

"맞아요, 우리 거니까, 돌려주셔야지요!" 악시가 내뱉었다.

"기꺼이 돌려주지." 필롱이 말했다. "일단 너희들이 기계를 사용한 뒤에."

"껌부터 돌려주시면 생각해볼게요." 아리가 소리쳤다.

필롱이 숱진 눈썹을 치켜떴다.

"제일 먼저 기계를 사용하는 사람에게 껌을 두 배로 주겠다." 필롱이 말했다.

이 말이 끝나기가 무섭게 세쌍둥이가 고래고래 욕설을 내뱉으며 기계를 향해 돌진했다. 알키는 두 동생을 밀쳐내고 헬멧을 썼다. 그 순간 광선들이 관을 통해 증류기 안으로 흘러들었다. 알칸드로스는 구리 증류기에 모인 빛이 큐브 안에서 응축된 다음, 마침내 필롱이 작동시킨 비프아주르 칼날에 의해 아니마가 끊어져 주괴가 완성되는 과정을 지켜봤다.

그 순간 둔탁한 소리가 울렸다. 알키가 쓰러진 것이다. 뒤집힌 빨간 눈이 송장처럼 파리한 안색과 대조를 이루고 있었다. 코피가 흘러내리다 벌어진 입으로 떨어졌다. 질겁한 동생들이 형을 들여다봤다. 그사이 필롱이 기계에서 주괴를 빼내더니 올리가르키아 앞에서 흔들었다.

"우리의 실험 쥐가 아니마를 좀 과하게 내어준 모양이군요. 아무튼 그 결과물로 얻은 것이 바로 이 오레이칼코스 주괴지요. 발표한 대로 처음 얻은 오레이칼코스 주괴들은 돔을 복원하는 데 사용할 겁니다. 따라서 파란연꽃 재배를 재개하여 껌 생산을 늘릴 필요가 있어요. 그리고 마지막으로 무기와 갑옷 생산에 들어갈 겁니다."

필롱이 병사들 쪽으로 돌아섰다. 세쌍둥이 중 남은 두 명을 제압하고 있던 병사들은 쓰러진 채 의식이 없는 한 명을 멍하니 쳐다보고 있었다.

"그놈은 난간 위에서 던져버려. 나머지 두 놈은 새로운 기계의 성능을 실험하는 데 필요하니까 잘 가둬놓고. 악명 높은 범죄자들을 처치해주었으니 히페르보레아는 우리에게 고마워할 것이다."

4

폐쇄된 방

아르카

테미스 집에 도착한 다음 날, 아르카는 꼬리가 무지갯빛인 검은색 앵무새 한 쌍이 머리 위에서 지저귀는 소리에 잠을 깼다. 2년 동안 자주 그랬던 것처럼 아르카는 아마조네스 숲에 있는 꿈을 꾸고 있었다. 해먹에 누워 유칼립투스 껍질을 쪼느라고 바쁜 새들에게 시선을 고정하고 있던 아르카는 잠을 자고 있는 게 아니라 정말로 아르카디아에 와 있다는 걸 깨닫기까지 시간이 좀 걸렸다. 주위에 보이는 나뭇잎들이 아침 미풍에 흔들렸다. 콧속에 가득한 젖은 이끼와 지의류 냄새. 이따금, 숲과 함께 잠을 깬 수많은 야생동물들의 울음소리를 뚫고 나오는 말 울음소리. 꿈과 현실 사이의 경계가 이토록 희미한 적이 없었다.

"이제 일어났니? 오래전부터 기다렸는데!"

테미스가 테라스 문간에 나타났는데 김이 무럭무럭 나는 사발을 들고 있었다. 아르카는 몸을 앞뒤로 움직여 해먹에서 일어나 앉았고 눈꺼풀을 비비면서 허공에 대고 두 발을 흔들었다. 늙은 아마존이 어깨를 구부정하게 숙이면서 통나무 의자에 사발을 내려놨다.

"숟가락이 부러졌어. 너는 손으로 먹어야겠다." 테미스는 그렇게 말하고 안으로 들어갔다.

아르카는 암말 젖을 넣고 끓인 귀리죽—아마존의 전통적인 아침 식사—을 손으로 떠먹었다. 그 순간 시론에게 맨날 똑같은 걸 먹는다고 투정했던 기억이 났다. 어떻게 그런 불평을 할 수 있었을까? 고향의 냄새가 그득한 이 회색빛 죽이 갑자기 세상에서 가장 맛있는 식사가 되었다.

아르카가 마지막 한 입을 음미하고 있을 때 테미스가 악취를 풍기는 들통을 팔에 걸고 테라스로 나왔다. 테미스는 들통을 아르카 바로 앞에 내려놓고 오두막의 벽에 기대놓은 빗자루를 집어 들었다.

"내려갈 때 내 요강을 비워라." 테미스가 빗자루질을 하면서 말했다. "도르래는 녹이 슬었고, 나는 이제 두 손으로 짚지 않고서는 계단을 못 내려가."

아르카는 코를 찡그리면서 비질하는 아마존을 쳐다봤는데 아직은 정정해 보였다. 깐깐한 보호자 목록에다 라스티아낙스에 버금가는 경쟁자로 테미스를 올려도 될 것 같았다. 아르카는 갑자기 라스티아낙스가 너무 그리웠다. 시론의 죽음으로 생긴 빈자리를 라스티아낙스가 채워준 것처럼 사부와의 이별로 생긴 빈자리를 테미스가 채

워줄 수 있을지 궁금했다.

"내가 어떻게 시론의 피후견인이 됐어요?" 아르카가 불쑥 물었다.

테미스는 아무런 동요 없이 계속 비질을 했다.

"시론이 얘기해줬을 텐데." 테미스가 대꾸했다.

"북쪽 산 부근에서 나를 데려왔고, 내 아버지는 히페르보레아 마법사라는 것만 얘기해줬어요."

"그럼 알아야 할 건 다 들은 거야." 테미스가 잘라 말하면서 쌓여 있는 낙엽을 테라스 밖으로 쓸어냈다.

테미스는 아르카의 실망한 표정에 개의치 않고 빗자루로 계속 쓸었다. 아르카는 '할망구'라고 중얼거리면서 빈 사발을 들고 거실로 들어갔다. 안으로 들어간 적이 없기에 아르카는 호기심이 가득한 눈으로 둘러봤다. 아침 햇살이 비쳐 들면서 칙칙한 바닥과 방을 관통하는 굵은 나뭇가지들에 황금빛 빛살이 내려앉아 있었다. 소박하고 휑한 공간이 집주인을 닮아 있었다. 한쪽 구석에는 물통 하나, 다른 쪽 구석에는 녹슨 무기 몇 개, 곡식 항아리들과 밀봉한 항아리 몇 개가 벽을 따라 옹기종기 놓여 있었다. 그리고 바람벽에 문이 두 개 나 있었다. 벽걸이 천으로 가려놓은 하나는 테미스의 침실이 분명했다. 다른 하나는 판자 몇 개로 막아놓은 상태였다.

호기심이 발동한 아르카는 사발을 설거지 거리가 담긴 바구니에 집어넣고 폐쇄된 문 쪽으로 살금살금 다가갔다. 오두막의 크기를 생각해보면 테미스가 방 하나를 통째로 비워 둔다는 것은 의외였다. 아르카는 까치발을 하고 판자 틈새로 들여다봤다. 폐허로 변한 작은 방이 보였다. 세월이 초가지붕에 뚫어놓은 구멍으로 습기가 새어들고 새들이 드나드는 통로가 되어 있었다. 배설물이 방바닥에 군데군데 하얗게 쌓여 있고, 그중 판자 몇 개는 폭삭 주저앉아 있었다. 아무튼 방주인이 떠난 뒤로는 전혀 손이 닿지 않은 것 같았다. 방 중앙에 매단 좀먹은 해먹에는 낙엽이 잔뜩 쌓여 있었다. 쩍쩍 갈라진 낡은 가죽 투석구 하나와 활시위가 늘어진 작은 활 하나가 벽에 걸려 있고, 그 옆의 먼지가 뿌옇게 앉은 선반에 알록달록한 조약돌들이 진열되어 있었다. 그리고 거칠게 깎은 작은 말 조각품 하나가 옷상자 위에 놓여 있었다. 나뭇가지와 말총으로 만든 다른 인형들은 바닥에 나뒹굴고 있고, 방의 절반은 썩은 잎에 뒤덮여 있었다. 아르카는 테미스의 오두막에 왜 어린아이의 방이 있는지 의문이 들었다. 테미스에게 딸이 있었다는 얘기를 들어본 적이 없었다.

아르카는 관찰을 중단하고 거실에 달린 부엌으로 갔다. 테라스로 가지고 나가려고 설거지 바구니를 들자 파리 몇 마리가 날아갔다. 테미스가 비질을 멈추고 통나무 의자들을 떠밀자 바닥에 긁히는 소리가 났다. 늙은 아마존이 자신의 대답에 아르카가 상심해 있다고 느꼈는지 다시 입을 열었다.

"나는 네 아버지를 본 적 없어. 이게 네가 알고 싶은 거겠지. 어느 날 시론이 산으로 사냥을 나갔다가 아기를 안고 돌아왔는데 그게 너였어. **엘라프** 한 마리를 쫓다가 기슭을 벗어났는데 아기를 안은 한 젊은 마법사와 마주쳤다는 거야. 그 남자는 네가 멜라니페의 딸이라면서 너를 키워줄 수 있는지 묻고는 시론이 대답할 겨를도 없이 너를 내려놓고는 홀연히 사라졌지. 시론이 나한테 해준 얘기는 그게 다야."

이 설명은 진실을 알고 싶은 아르카의 갈증을 해소해주기는커녕 의문을 더 키웠다. 젊은 마법사는 누구였을까? 생령의 주인은 아니다. 그는 아기를 아마조네스 숲 밖에서 보호하길 바랐으니까. 생령도 아니다. 그는 주인에게 복종하니까. 아르카가 갓난아기인 자신을 시론에게 맡길 만한 사람이 누가 있을까 골똘히 생각하는 사이, 테미스가 마지막 통나무 의자를 밀어놓고 허리를 펴는데 척추에서 뚝뚝 소리가 났다. 그녀는 통나무가 있던 자리에 너저분하게 쌓인 것들을 치우기 위해 다시 빗자루를 들었다.

"너는 아주 허약했어." 테미스가 계속 말했다. "너에게 젖을 물릴 사람이 아무도 없어서 치료사들이 너는 열흘도 못 살 거라고 했지. 하지만 시론은 포기하지 않았어. 암말 젖과 엘라포르 즙을 섞어서 끓인 귀리죽을 자기가 일일이 꼭꼭 씹어서 네 입에 넣어주는 것으로 너를 먹이고 키운 거야. 나는 그 헌신을 보면서 겁이 났어. 시론이 머리가 잘못된 건가 싶었거든. 네가 심통을 부릴 때마다 나는 시론이 더는 버티지 못할 거라고 확신했지. 하지만 너는 살아남았어. 그렇게 살아준 네가 얼마나 고맙던지. 조금만 순하게 굴었으면 내가 너를 더 좋아했겠지만. 어렸을 때 네가 얼마나 징징거렸는지 몰라. 그렇다고 내가 너를 아주 많이 싫어한 건 아니야. 아무튼 더는 시론을 자주 만나지 않았어."

테미스가 비질을 멈추고 허공을 응시했다. 아르카는 갑자기 이따금 시론에게 느꼈던 우울과 테미스와 그녀의 이별, 작은 방이 무슨 관계가 있는 건 아닐까 의문이 들었다. 아르카는 이 의문을 깊이 파고들고 싶었지만, 자신의 출생에 대해 더 자세히 알아낼 기회도 자주 있는 게 아닐 거란 생각이 들었다.

"그럼 내 어머니는요?" 아르카가 물었다.

테미스는 한숨을 쉬었다.

"멜라니페가 어떻게 됐는지 아는 사람이 아무도 없었어. 시론이 너를 데리고 온 지 나흘 후 헤일로테스 농부들이 와서 네 어머니가 수십 일 전부터 기거했던 것으로 보이는 외딴 마을의 오두막에서 시신으로 발견되었다고 알려줬지. 아기를 낳다가 죽은 거 같다고. 엄청난 충격이었지. 멜라니페가 나포카로 파견된 뒤로 들리는 소식이 없어서 모두들 거기서 죽었다고 생각했거든. 그런데 아르카디아로 돌아와 있었을 뿐만 아니라 딸까지 낳았다는 걸 알게 됐으니……"

아르카는 이 모든 것과 그 이상을 이미 알고 있었기에 고개를 끄덕였다. 멜라니페는 태어날 아이의 아버지가 히페르보레아의 왕자로 둔갑해 있는 영혼 없는 꼭두각시, 즉 생령이라는 사실을 알았을 때 나포카를 떠났을 것이다. 어머니가 수치심 때문에 숲으로 돌아가지 못했을 거라고 생각하면서도, 아르카는 확신할 수 없었다.

늙은 아마존이 청소를 끝내고 빗자루를 바닥에 대고 탁탁 치는 것으로 솔에 끼여 있는 낙엽을 털어낸 다음 빗자루를 오두막의 벽에 기대어놓았다.

"내 이름은 누가 지었어요?" 아르카가 불쑥 물었다.

테미스는 잘려 나간 귀 부위를 문질렀다.

"네 아버지. 그자가 시론에게 너를 맡기고는 네 이름을 말해줬지. 아르카. 너에게 나라의 이름을 준 거야. 아르카디아의 아르카. 뭐, 대단한 의미를 부여할 수는 없을 거 같다만. 근데 내 요강은 언제 비울 거니?"

라스티아낙스

도서관의 금고실에서 라스티아낙스는 중앙에 놓인 화로를 쳐다 보면서 꾹 참고 있었다. 금속 화로에는 연기를 배출하기 위해 피라가 그려놓은 흡입 인장이 새겨져 있었다. 라스티아낙스는 멍하니, 아르카가 떠나기 전에 메젠스의 반지에 돌돌 말아서 남겨 둔 쪽지를 조몰락거렸다. 피라가 벌써 15분 넘게 동생에 대해 분통을 터뜨리고 있었기 때문이다.

"자기가 따라다니겠다고 했으면서! 약속 장소에 오지도 않는 거 봐! 정말이지 믿을 수 없는 애라니까."

"어차피 잘됐지 뭐. 너 원래 동생을 끼워 주고 싶지 않았잖아." 라스티아낙스는 조심스럽게 말했다.

그는 쪽지를 내려다보면서 철자가 엉망인 글을 다시 읽지 않을 수 없었다.

성령들의 주인은 실렌과 함께 도망쳤고 나는 여전히 저주에 걸려 있어요.

나는 저주 때문에 아마존의 나라로 돌아가요.

사브에게 위현 위험하니까 나를 찾지 마세요.

이 반지가 셍령 생령으로부터 사브 사부를 보호해줄 거예요.

117

나를 위해 해준 모든 것에 다시 한번 감사드립니다.
사부가 그리울 거예요.

"그랬지, 하지만 그건 이유가 되지 않아." 피라가 대꾸했다. "더 기다려볼까 아니면 그냥 갈까?"

피라가 라스티아낙스를 쳐다봤지만, 그는 쪽지를 응시하고 있었다. 처음 읽었을 때 느꼈던 강렬한 행복이 되살아나다가 분노와 실망이 엄습했다. 그의 눈길이 방을 데워주는 화로에 머물렀다. 쪽지를 쥔 채 팔을 화로 가까이 뻗었다.

"충분히 기다렸는데 갈까?"

이제는 그에게 화풀이를 하는 것 같은 피라를 보면서 라스티아낙스는 눈을 끔벅거렸다.

"그래, 가자." 라스티아낙스가 벌떡 일어나면서 말했다.

그는 모피를 입고 피라를 따라 금고실을 나갔다. 호주머니 속에서 그의 손이 불길에 오그라든 쪽지를 만지작거렸다. 둘은 공중부양기를 타고 도서관 입구에 이르렀다. 라스티아낙스는 두건을 눈 위까지 푹 내려 쓴 다음 옷깃을 코 위로 바짝 올리고 피라와 함께 건물을 나갔다. 얼굴을 가리면 도시의 혹한을 조금이라도 막을 수 있는 데다 이목을 끌지 않고 거리를 다닐 수 있기 때문이었다. 그런데도 그는 테미스키라 순찰병들과 마주칠 때마다 긴장했다.

7지구를 침공하여 아름다운 저택들을 징발한 로크새 비행병들은 약탈하는 데 명예를 걸고 있는 것 같았다. 피라와 라스티아낙스는 얼어붙은 운하들을 건너가다 히페르보레아의 저장고에서 꺼내 온

포도주 항아리들을 비우느라 정신이 없는 사람들을 지나쳤다. 피라의 저택 앞에 이르렀을 때는 깨지는 소리가 들렸다. 테미스키라 병사들이 수력 파이프오르간을 내다놓고서 신나게 크리스털 파이프들을 깨뜨리고 있었다. 피라는 걸음을 늦추고 자신이 어릴 적부터 치던 파이프오르간이 산산조각 나는 광경을 바라봤다. 그녀는 아무 말도 하지 않았다. 라스티아낙스는 이를 악물었다.

"헤이, 거기 예쁜이, 이리 와서 우리랑 놀지!" 추위와 술 때문에 얼굴이 뻘게진 로크새 비행병 중위가 뇌까렸다. "그 히페르보레아 남자보다는 우리가 훨씬 많은 걸 줄 텐데."

피라는 '들을 가치도 없다'는 눈빛을 라스티아낙스에게 보내고 나서 대꾸 없이 멀어져 갔다. 그는 치밀어 오르는 분노와 이 정도의 도발은 무시해야 한다는 생각 사이에서 잠시 머뭇거렸다. 그는 마침내 피라를 따라가면서 자신의 신중함은 무기력에 가깝다는 느낌을 떨칠 수가 없었다.

그들은 톨게이트들을 거쳐 얼음 계단을 내려갔고, 반 시간 후 교도소 근처에 이르렀다. 교도소 정문 앞에 몰려든 평민들이 입구에서 테미스키라 병사들이 나눠주는 빵 덩어리를 받고 있었다. 라스티아낙스와 피라는 고갯짓을 주고받은 뒤 3미터쯤 떨어진 데 설치된 수프 급식소로 향했다. 그들이 줄을 서서 기다리는 동안 고소한 빵 냄새가 솔솔 풍겨 왔다.

실렌이 아니마 추출 계획을 발표한 지 열흘이 흘렀다. 히페르보레아인들의 아니마 기부를 독려하기 위해 테미스키라군이 세운 조치가 무서운 효력을 발휘하고 있었다. 전략적으로 교도소 앞에 세운 급식소 덕분에 가난한 사람들이 몰려들었다. 빵 냄새에 이끌린 사람들이 자연스럽게 건물 앞에 늘어선 아니마 기부 행렬에 합류하게 된 것이다. 그리고 아니마 추출이 끝나면 원기를 회복시켜준다는 구실로 껌 한 덩이를 손에 쥐어주기만 하면 끝나는 것이었다. 자원자들이 아니마 기부에 중독되었기 때문이다. 사람들은 수프 때문에 교도소 앞으로 가고, 빵 때문에 안으로 들어갔다가 껌 때문에 다시 가게 되는, 이 억제할 수 없는 유혹의 올가미에서 벗어나지 못하는 악순환에 빠져 있었다.

"이런 속도로 아니마 추출이 계속된다면, 모든 사람이 껌에 중독되고 말 거야." 라스티아낙스가 침울하게 말했다. "테미스키라군이 히페르보레아를 장악하는 데는 아무런 어려움이 없을 거고."

"그러니까 기계만 망가뜨리면 돼." 피라가 자신만만하게 대꾸했다. "천연 비프아주르가 없으면 추출 기계가 작동하지 못하고, 추출 기계가 작동하지 않으면 오레이칼코스를 만들지 못하고, 오레이칼코스가 없으면 도시를 장악하지 못해."

라스티아낙스는 피라의 추론에 확신이 없었지만 아무 말도 하지 않았다. 피라의 새로운 계획에 가담한 것은 히페르보레아를 떠난 일에 대한 용서를 비는 마음에서였다. 게다가 그는 아직 페트로클루스를 구할 묘안이 떠오르지 않았다.

라스티아낙스와 피라가 수프 급식소를 찾아간 이유는 교도소의 1지구에 설치된 경보기를 살피기 위해서였다. 라스티아낙스는 수프 한 국자를 받기 위해 그릇을 내밀었다. 냄비 바닥이 보일 정도로 멀건 수프였다. 그는 그릇을 들고 먼저 수프를 받고 한 탑의 벽에 기대

서서 기다리는 피라에게 갔다. 그들은 교도소의 마법역학 정문에 시선을 고정한 채 엄지장갑 낀 양손으로 그릇을 들고 찔끔찔끔 마셨다.

테미스키라군은 오레이칼코스 생산에 박차를 가하고 있었다. 교도소의 1지구는 아니마 추출 전용 구역이 되었다. 교도소 정문의 왼쪽으로 들어간 자원자들이 오른쪽으로 나올 때는 아니마를 기부했다는 뜻의 '아니미에'라는 이름으로 불렸다. 거리에서 그들을 알아보기는 어렵지 않았다. 아니마를 뽑아준 이들은 하나같이 눈 밑이 거무스레하고, 안색이 창백하고, 파란연꽃 껌 때문에 이가 누레져 있었다. 중독이 심한 사람일수록 추위와 배고픔에 둔감해져서 먹는 것도 옷을 따뜻하게 입는 것도 잊을 정도였다. 그들에게 남은 감각은 금단 증상밖에 없었다. 그래서 그들은 껌을 받기 위해 하루에도 몇 번씩 교도소를 들락거렸다. 그리고 급기야 입가에 미소를 머금은 채 거리에서 잠을 자기에 이르렀고, 다음 날 아침에는 여전히 미소 띤 얼굴로 동사한 시신으로 발견되었다. 콜룸바리움으로 시신이 밀려들었다.

라스티아낙스와 피라는 정문 입구를 지키는 병사들의 수와 교대 시간을 머릿속에 새기면서 그릇을 비웠다.

"위쪽보다는 교도소의 1지구 쪽에 병사들이 훨씬 많아." 피라가 말했다.

"지켜보는 이들도 훨씬 많고." 라스티아낙스가 지적했다.

도시의 다른 건물들과는 달리 교도소는 걸어서만 접근할 수 있는데 경비가 삼엄했다. 일반 시민은 교도소의 1지구 쪽 출입문만 이용할 수 있었다. 그들은 대화를 중단했다. 한 전령이 그들 앞을 지나가면서 고래고래 소리를 질렀기 때문이다.

"추출 한 번에 하루치 식량을 줍니다! 교도소로 오시오!"

테미스키라군이 고용한 전령 십여 명이 도시를 누비고 다녔다. 전령이 공고 사항을 반복하면서 멀어져 갔다.

"잘하면 창문으로 들어갈 수 있을 거 같은데." 피라가 말했다.

"아다만트 창문이라서 불가능해." 라스티아낙스가 반대했다.

뾰로통한 얼굴로 생각에 잠긴 피라가 코니스에 매달린 고드름 한 개를 따서 그릇에 넣고 녹였다.

"방법이 분명히 있어." 피라는 흔들어서 소용돌이를 일으킨 물로 그릇을 씻으면서 말했다.

"공중부양으로?" 라스티아낙스가 회의적으로 물었다. "크테시비오스의 날개가 있다면 창문까지 날아갈 수 있겠지만⋯⋯."

"도서관의 금고실에 발명의 탑 명세 목록 사본이 있어." 피라가 부연했다. "내가 자세히 살펴봤거든. 우리에게 유용한 발명품이 몇 개 있어. 이를테면 등반용 장갑 같은 거."

"발명의 탑을 털자는 거야?"

"뭐든 해봐야지." 피라가 대답했다.

라스티아낙스는 교도소를 올려다봤다. 깎아지른 각도와 돌로 된 외관 때문인지 피라가 떨어지는 모습이 그려지면서 아찔했다. 교도소의 모습은 가히 위압적이었다.

"우리가 발각되지 않고 등반용 장갑을 훔치는 데 성공해 창문을 타고 올라가서 아다만트까지 해결한다고 쳐. 근데 왜 위쪽 지구에서 들어가는데? 추출기는 1지구에 있잖아."

"교도소의 모든 마법역학 문은 경보가 울리면 잠기게 되어 있어. 우리 중 한 명은 안전한 탈출구를 열어야 하니까." 피라가 대답했다. "가능하면 도중에 페트로클루스를 구출할 수도……."

라스티아낙스는 고개를 들다가 그녀의 눈과 마주쳤는데 아마존 여전사 같은 대담함으로 반짝이고 있었다. 그의 심장이 더 빨리 뛰었다. 그는 잠시 자신과 싸우다가 페트로클루스를 구출한다는 희망에 맥박이 반응하는 것이라고 스스로를 납득시켰다.

"페트로클루스가 있는 곳의 창문이 어딘지는 알고?" 라스티아낙스는 반신반의하면서 속삭였다.

"4지구, 3층, 북쪽 벽, 오른쪽에서 열 번째 창문." 피라가 아주 자세히 말했다.

그가 어안이 벙벙한 표정으로 쳐다봤기에 피라는 빈정거리는 어조로 덧붙였다.

"설마 내가 한 달 넘게 네가 돌아오기만 목 빠지게 기다리고 있었다고 생각하는 건 아니지?"

피라는 페트로클루스와 소통하기 위해 어떻게 했는지 설명해주었다. 그 말을 들으면서 라스티아낙스는 소식을 직접 물어볼 수 있다는 생각에 기쁘면서도 피라가 더 일찍 알려주지 않은 것이 서운했다. 피라는 졸업 심사 이후 몇 달 동안 집에 틀어박혀 무위도식하다가 마침내 계획을 이행할 수 있게 된 걸 즐거워하고 있는 것이 역력했다. 페트로클루스 덕분에 교도소의 구조에 대해 수집한 모든 정보를 상세히 설명하던 피라가 말을 중단하고 갑자기 얼굴이 창백해졌다.

"저 멍청한 게 여기서 뭐하는 거지?" 피라가 교도소의 문 쪽을 쳐다보면서 말했다.

라스티아낙스가 피라의 시선을 따라가다 교도소에서 줄줄이 나오는 군중 속에서 낯익은 실루엣을 발견했다. 고급 은빛 모피 차림에 가지런히 땋은 밤색 머리의 아스파시가 아니미에들 속에서 단연 눈에 띄었다. 핏기 없는 안색에 멍한 표정, 아니마를 기부하고 나온 것이 틀림없었다. 그는 자신의 느낌을 피라에게 전할 겨를이 없었다. 즉시 튀어 나간 피라가 한 탑 뒤로 사라지는 동생을 향해 빠르게 걸어갔다. 라스티아낙스는 거의 뛰다시피 하면서 따라갔다. 군중을 헤치며 가다가 거리 끝에서 아스파시를 따라잡은 피라는 냅다 동생의 머리채를 잡아서 한 가판대 뒤로 끌고 갔다.

"아야야아! 왜 이러는데, 미쳤어?" 머리가 뒤로 젖혀진 아스파시가 소리쳤다.

아스파시는 정신이 번쩍 들었는지 멍한 표정이 사라졌고, 손톱으로 언니의 손을 할퀴면서 손아귀에 잡힌 머리채를 빼려고 버둥거리다 얼굴이 뻘게지고 있었다. 그럴수록 피라는 동생의 머리채를 더 세게 잡아당겼다. 날카로운 울부짖음에 주먹질까지 오가는 몸싸움이 벌어졌다. 라스티아낙스는 옆에 서서 어찌할 바를 모르고 있었다. 비록 아스파시와 피라의 싸움은 아르카보다는 파괴력이 약하지만 많이 다칠 수도 있을 것 같았다. 그는 고민한 끝에 싸움에 휘말리지 말고 멀찍이 떨어져서 지켜보기로 했다. 두 번이나 올려붙이는 따귀에 깨물기, 비겁한 무릎 가격 등의 공방전을 치른 뒤에야 자매는 서로에게서 떨어졌다. 라스티아낙스는 누가 이겼는지 가늠할 수 없었다. 어쨌든 둘 다 표정이 살벌했고, 머리는 산발이 되었기 때문이다.

"여기가 어딘 줄 알고, 대체 뭐하는 거야, 너?" 피라가 버럭 소리를 질렀다.

"그걸 모른다고? 안경 써야 되는 거 아냐?" 아스파시도 지지 않고 소리쳤다. "아니마 뽑아주려고 왔지!"

"왜?"

"교도소 구조를 알기 위해 먼지투성이 설계도를 들여다보느라 한 달이나 시간을 낭비했잖아! 그래서 직접 안으로 들어가 보는 것이 낫다고 생각한 건데 뭐 잘못됐어?"

이 기발한 생각에 라스티아낙스는 깜짝 놀랐다. 교도소에 들어가는 모험을 할 정도로 아스파시에게 용기가 있을 거라고는 상상도 하지 못했다.

"그럼 미리 나한테 말을 했어야지! 어떻게 아무 말도 않고 이런 짓을 할 수가 있어?" 피라가 따져 물었다.

"말을 왜 안 했을까, 언니가 찬성하지 않을 게 뻔하니까 그랬지!" 아스파시는 인상을 팍 쓰면서 말했다. "언니랑은 뭘 하든 맨날 이런 식이야. 뛰어난 생각은 *대단하신 피라*의 머리에서만 나오기 때문에 항상 뭔가를 하려면 *대단하신 피라*의 허락을 받아야 하잖아. *대단하신 피라*만큼 쓸모 있는 사람은 이 세상에 아무도 없으니까!"

아스파시는 땅에 떨어진 털모자를 주워서 탁탁 털더니 머리에 썼다.

"그러니까 앞으로는 나한테 관심 좀 가져주고, 내 단골 재단사에게 옷 주문하는 일보다 더 신나는 임무를 맡겨보란 말이야."

그 말에 언니가 순간적으로 말문이 막힌 것처럼 대꾸를 하지 않았기 때문에 아스파시는 더 낭랑한 목소리로 덧붙였다.

"저 안에 사람들이 꽉 차 있어. 1지구의 부랑자들, 거지들…… 으, 얼마나 더러운지. 아니마를 추출하기 직전에 테미스키라인들이 파란연꽃 껌을 줬는데 정말 맛있더라고. 7지구의 연회에서 먹던 것과는 비교도 안 될 정도로. 긴장이 풀리면서 몸이 아주 가벼워지는 느낌 때문에 얼마마나 기분 좋게 나왔는데 다 망쳤어…… 성난 마귀할멈한테 공격당하는 바람에!" 아스파시는 언니를 째려보면서 덧붙였다.

"너 진짜 생각이라는 게 없구나." 피라가 버럭 소리를 질렀다. "테미스키라인들이 껌을 주는 건 사람들을 마약에 중독되게 만들어서 다시 오게 하려는 거란 말이야."

"하긴 언니가 먼저 생각하지 못했으니 질투가 날 만도 하지." 아스파시가 거만하게 대꾸했다. "근데 어쩌나, 내가 로도프를 봤다는 걸 알면 또 질투하게 생겼으니."

그 이름이 라스티아낙스 귀에 꽂혔다.

"감방에 있어?" 당황한 피라가 물었다.

아스파시는 웃음을 터뜨렸다.

"천만에, 로도프는 갇혀 있을 인간이 아니지. 얼마나 영악한데, 테미스키라군이 벌써 내보냈지. 아니마 추출기를 관리하는 사람이 바로 로도프야. 아마 승승장구할걸. 게다가 내가 말했거든, 라스티의 수사를 도와주려고 로도프를 걷어찬 건 언니가 실수한 거라고."

라스티아낙스가 어찌나 갑자기 피라 쪽으로 고개를 돌렸는지 목뼈에서 우두둑 소리가 났다. 피라가 로도프와 언제 어떻게 헤어졌는지 말해준 적이 없어서 그는 둘의 결별이 자신과 관련이 있을 줄은 꿈에도 생각지 못했다. 피라의 얼굴이 붉으락푸르락하는 것 같았다. 그녀는 애써 라스티아낙스의 눈을 피하고 있었다.

아스파시는 방금 한 말이 파문을 일으켰다는 걸 아는지 모르는지 계속 말했다.

"아무튼 로도프가 추출기 있는 곳을 구경시켜줬고, 덕분에 내가 교도소 일부를 자세히 봤다는 거야. 고로 이제 나는 그 기계가 어디 있는지, 어떻게 지키고 있는지 자세히 말해줄 수 있어. 그러니 오늘 우리의 작전에서 가장 쓸모 있는 사람이 누구였을까?"

피라와 아스파시는 도서관으로 돌아가는 동안 단정하게 머리를 틀어 올렸다. 여러 지구를 거쳐 올라가는 동안 라스티아낙스는 자매가 서로의 장난감을 훔치던 어릴 적부터 쌓인 묵은 감정을 들춰내면서 아웅다웅하는 소리를 건성으로 들었다. 자기 때문에 피라와 로도프가 깨졌을 수도 있다고 생각하자 은근히 기분이 좋았다. 피라가 가족에게 마법 평가전에 참가할 거란 말을 하는 바람에 아스파시의 열한 번째 생일을 망쳐버렸다는 얘기를 할 때 7지구에 도착했다. 라스티아낙스는 공상에 잠겨 있느라 자매가 말싸움을 멈췄다는 걸 알아차리는 데 시간이 좀 걸렸다. 돌아봤더니 자매가 수도교 난간 앞에 멈춰 서서 뭔가를 바라보고 있었다.

"무슨 일이지?" 피라가 속삭였다.

20미터쯤 떨어진 거리에 한 무리의 히페르보레아 귀족 부인들이 7지구에서 엑스트락트리스로 연결되는 수도교를 향해 행진하고 있였다. 아이들과 하인들을 데리고 온 부인들도 있었다. 닫힌 문 앞에서 테미스키라 병사들이 불안한 얼굴로 행렬을 쳐다보았다. 행렬이 돌멩이 투척 거리에 이르자 한 장교가 앞으로 나와 행렬을 향해 창끝을 내렸다.

"출입 금지요." 장교는 위협적인 목소리로 으름장을 놓다.

"우리는 남편, 아들, 아버지, 형제의 석방을 요구하러 왔습니다." 행렬을 이끌고 있는 중년의 귀족 부인이 말했다.

라스티아낙스는 최고 사서 제노도토스의 동생을 알아봤다. 그녀의 아들 스테릭스가 잔뜩 긴장한 얼굴로 부인 옆에 서 있는데 아르카와 어울려 다니던 1학년 문하생이었다.

"우리는 명령을 따르고 있을 뿐이오." 장교가 내뱉었다. "아무도 교도소 안으로 들어가지 못하고 아무도 나오지 못합니다. 즉시 물러가시오, 아니면 강제로 해산시킬 것이오."

테미스키라 병사들이 장교 옆에 정렬하고 경계 태세를 취했다.

"왜 아직도 마법사들을 억류하고 있는 겁니까?" 중년 부인이 물러서지 않고 물었다.

장교는 자신의 위협적인 명령이 히페르보레아 여자들을 집으로 돌려보내기에 부족하다는 걸 알아차린 것 같았다.

"우리는 상당수의 마법사들을 교도소 안에서 안전하게 지켜주고 있는 겁니다." 장교가 큰 소리로 대답했다. "아마존들 때문에 머리가 이상해진 마법사들을 가정으로 보내기 전에 정신 건강이 완전히 회복되었는지 확인해야 합니다. 마법사들은 대우를 잘 받고 있으니 걱정할 필요가 전혀 없습니다."

장교는 이 정도로 친절하게 설명하면 충분할 거라고 확신하는 것 같았다. 불행히도 그의 설명은 히페르보레아 귀족 부인들을 전혀 설득하지 못했다.

"그 얘기는 이미 들었고요." 그중 한 부인이 외쳤다.

"무슨 헛소리야!" 또 다른 부인은 한술 더 떴다.

"처음에는 아마존들, 지금은 당신들! 당신들이 온 뒤로 우리가 얻은 게 뭡니까? 어디 한번 들어봅시다."

"내 아들은 운하 기술자인데 저 안에서 무슨 할 일이 있다고!"

"내 남편은 일흔두 살 노인인 데다 심장병 환자란 말이오!"

"우리는 그분들이 아직 살아 있는지 그것조차 모르고 있단 말입니다!"

이제는 항의가 사방에서 터져 나오고 있었다. 테미스키라 병사들은 당황한 것 같았다. 여자들이 무기를 갖고 있진 않지만 점점 더 맹렬하고 과감하게 다가오고 있었기 때문이다.

"저러다 무슨 일 나겠어." 피라가 난간에 몸을 기댄 채 속삭였다.

수도교는 교도소 문에 가까울수록 지나다니기 힘들 정도로 좁아지기 때문에 부인들은 바짝 붙어서야 했다. 부인들이 주먹을 들어 올리면서 구호를 외치기 시작했다.

"마법사들을 석방하라! 마법사들을 석방하라!"

"당장 해산하라, 두 번 말하지 않겠다!" 장교가 고함쳤다.

장교는 외교적 발언을 버리고 이제는 창을 휘두르고 있었다. 행렬의 선두에 선 부인들은 창끝에서 한 걸음 떨어진 거리에 멈춰 서서 욕설을 퍼부었다. 그 뒤쪽에 있는 부인들은 계속 행진하면서 구호를 외쳤다. 그중 한 명이 비틀거리다 스테릭스의 어머니 등에 부딪혔다. 라스티아낙스는 부인이 창 쪽으로 넘어진 건지 아니면 장교가 창으로 부인을 찔렀는지 알 수 없었다. 어쨌든 부인은 창에 찔린 채 넘어졌다. 입에서 꾸르륵거리는 불길한 소리가 새어 나왔다.

스테릭스가 울부짖으면서 쓰러진 어머니를 부둥켜안았다. 사색이 된 부인들이 주위에 모여들어서 병사들에게 욕설을 퍼부었다. 더는 무기를 휘두를 엄두가 나지 않는 병사들이 교도소 문 쪽으로 뒷걸음쳤다. 라스티아낙스는 귀족 부인들의 시위가 통해서 교도소 문으로 들어가 마법사들을 구해낼 수 있을 거란 생각이 들기 시작했다.

바로 그때 테미스키라 증원군이 교도소 문에서 나왔다. 그 병사들이 모여 있던 부인들을 창으로 마구 찌르기 시작했다. 비명 소리가 울리고 피가 튀었다. 병사들은 쓰러진 부인 여러 명을 떠밀어서 허공으로 떨어뜨렸다. 여전히 시위행진을 하던 부인들이 정신없이 도망치자 병사들이 즉시 그들을 추격하기 시작했다. 뒤에 있던 한 장교가 호령했다.

"뭣들 하는 건가? 내버려 둬라!"

"하지만 목격자가 있으면 안 됩니다!" 병사 중 한 명이 외쳤다.

"너무 늦었다." 장교가 대꾸했다.

그렇게 말하면서 장교가 가까운 수도교에서 그 장면을 지켜보고 있는 라스티아낙스, 피라, 아스파시를 가리켰다.

"여길 빨리 떠야 해." 라스티아낙스가 피라를 돌아보면서 말했다.

피라는 수도교에 시선을 고정한 채 알아들을 수 없는 말을 중얼거렸다. 눈물범벅이 된 아스파시는 눈을 감고 있었다. 자매는 손을 잡고 있었다. 라스티아낙스와 달리 자매는 히페르보레아 귀족 사회의 특권층에서 성장했다. 자매는 방금 목숨을 잃은 사람들과 잘 아는 사이였다. 불과 몇 분 사이에 그 특권층이 불행한 최후를 맞은 것이었다. 라스티아낙스는 피라의 손을 잡아끌면서 참혹한 학살의 현장에서 멀리 떨어진 곳으로 자매를 데려갔다.

알칸드로스

알칸드로스는 문을 닫았다. 부관들이 저택에 있는 큰 방보다는 난방하기가 수월한 작은 방 하나에 아버지를 모셔놓았다. 새로 유리를 끼운 사다리꼴 창문들에 뿌연 김이 서려 있었다. 환기가 잘 되지 않는지 방 안에 고급 향유로도 덮지 못한 똥 냄새가 진동하고 있었다.

리쿠르고스는 목재 안락의자에 앉아 있었다. 모피에 꽁꽁 감싸인 그는 눈을 감은 채 새근새근 코를 골았다. 옆에 놓인 원탁에 향유단지들과 과자가 가득 담긴 사발이 놓여 있었다. 알칸드로스는 안락의자 가까이에 놓인 의자에 가서 앉아 잠든 아버지를 쳐다봤다. 약간 치켜 올라간 눈썹, 헤벌어진 입. 희끗희끗한 머리와 주름에도 불구하고 아버지는 그 어느 때보다 젊어 보였다. 알칸드로스는 손을 뻗어서 아버지의 앙상하고 축축한 손에 얹었다. 리쿠르고스가 고개를 들더니 초점 잃은 눈을 뜨고 입을 우물거리면서 주변을 둘러보다 마침내 아들을 발견한 것 같았다.

"알…… 칸드르." 그가 미소를 지으면서 말했다. 알칸드로스가 리파이아 산맥에서 아버지를 봤을 때 그를 당황하게 했던 그 행복한 미소였다.

"아버지."

알칸드로스는 뭐라고 덧붙여야 할지 몰랐다. 좀 더 일찍 히페르보레아의 상황과 오레이칼코스 작업 진행 사항에 대해 말했더라면 좋았을 텐데. 이제는 사고력을 완전히 잃은 것 같은 아버지에게서 뭘 기대할 수 있을까? 아버지는 마치 일종의 자기보존 본능이 이 표정을 유지하라고 타이르는 것처럼 계속 미소를 짓고 있었다. 아버지의 시선이 아들을 지나 과자가 그득한 사발로 움직였다. 이번에는 알칸드로스가 미소를 지으면서 아버지의 손을 토닥였다.

"드실래요?" 그가 물었다.

알칸드로스는 식물인간이나 다름없는 모습이 불러일으키는 혐오감을 억누르면서 사발에서 과자 하나를 집어서 아버지 입에 넣어주었다. 리쿠르고스는 과자를 천천히 우물거리면서 눈을 깜박였다. 알칸드로스도 과자 하나를 먹었다.

뭘 해야 할지 모르기 때문에 알칸드로스는 고민거리를 이야기하기 시작했다. 그는 히페르보레아, 수도교 학살 사건, 거리를 돌아다니며 구걸하다 손가락에 동상이 걸린 아이들, 속을 비워낸 거북 등갑에서 기거하는 노숙자들. 날이 갈수록 히페르보레아 주민들을 피정복 민족으로 취급하면서 분노를 사는 로크새 비행병들에 대해 말했다. 이어서 아르카디아로 떠난 아르카, 펜테실레이아……에 대해서도 말했다. 그리고 아버지와의 첫 만남에 대해서도 말했다. 아들을 낳으면 죽여야 하는 아마존의 전통을 어기면 자신도 살아남지 못한다는 걸 알면서도 아들을 살리려 했던 어머니가 아들을 위해 아들을 버린 날 아버지를 처음 만났다. 리쿠르고스는 듣고 있는 것 같았다. 아무튼 아들의 목소리가 마음에 든 게 틀림없었다. 그가 아들에게서 눈을 떼지 않았기 때문이다. 이따금 알칸드로스는 과자를 아버지 입에 넣어주고 자기도 먹었다.

사발이 거의 비워지고 있을 때 누군가가 문을 두드렸다. 알칸드로스는 독백을 멈추었다.

"들어오시오!" 그가 말했다.

한 소년이 방으로 들어왔다. 그는 너무 길어서 이마 위로 쏟아지는 머리털로 여드름을 가리고 있었다. 알칸드로스는 전 최고 장관의 아들이자 필롱의 문하생인 프레톤을 알아봤다. 소년의 깔끔한 군복은 빨개진 눈과 피가 날 정도로 물어뜯은 손톱과 대조를 이루고 있었다.

"마스터, 장군님이 회의를 원하십니다."

알칸드로스는 호출이 있을 거라 예상하고 있었다. 그는 갑자기 슬픈 눈으로 올려다보는 아버지의 이마에 입을 맞추고 홀로 남은 노인의 고독을 생각하면서 문하생을 따라 방을 나갔다.

20분 후 그는 마기스테리움에 있는 필롱의 집무실에 도착했다.

필롱 장군은 고관 의자에 앉아서 두 손으로 턱을 받친 채 굳은 얼굴로 창밖을 바라보고 있었다. 책상 위에는 두루마리 통신문이 펼쳐져 있었다. 알칸드로스는 봉랍에 찍힌 인을 알아봤다. '로크새의 부리를 가진 늑대.' 테미스키라가 도시를 점령한 뒤부터 쓰는 나포카의 문장이었다.

"나포카에서 온 기별입니까?" 알칸드로스가 물었다.

필롱이 고개를 쳐들고 잠시 알칸드로스를 훑어봤다. 평소와 달리 그는 어서 오라는 말도, 앉으라는 말도 건네지 않았다. 알칸드로스는 불복종으로 교관에게 불려 갔던 **아고게** 교육생 시절로 돌아간 느낌이 들었다. 그는 그리핀 머리 형상의 팔걸이를 손으로 탁탁 치는 필롱을 쳐다봤다.

"맞아, 나포카에서 통신문이 왔다." 필롱이 대답했다. "최소한 그리 좋은 소식은 아니라고 말할 수 있지."

필롱은 헛기침을 하면서 앞에 놓인 통신문을 집어 들었다. 통신문을 팔 길이 정도 떨어뜨리고 눈썹을 과하게 치켜뜨고 읽는 것으로 보아 시력이 많이 떨어진 것 같았다.

"총독이 알려오길 내가 떠난 뒤로 나포카에서 반란이 다시 일어났다는 소식이야. 하루도 습격받지 않고 지나가는 날이 없을 정도라고 하니……. 열흘 전에는 한밤중에 우리 병영 중 한 곳에 불이 나면서 병사 일흔두 명이 불길에 사망했고, 이번에는 빈민가에서 일으킨 폭동으로 그 지역 전체가 봉쇄되었다는 거야."

필롱은 마치 통신문에 적힌 문제들을 없애버리려는 듯 갈대 펜 크기로 종이를 돌돌 말았다.

"달리 표현하자면 나포카의 상황이 아주 안 좋다는 거지." 필롱이 요약했는데 굵은 목소리가 분노로 떨리고 있었다. "1년 전쯤 그 여자아이를 죽인 뒤로 폭동이 멈출 거라고 생각했는데."

알칸드로스는 문제의 여자아이가 여전히 살아 있으며 그의 계획에서 중심적인 역할을 하고 있다는 걸 말하지 않았다. 필롱은 알칸드로스의 전략에 관심을 보인 적이 없었다. 필롱이 아는 것이라곤 가짜 아마존들이 마법사들을 인질로 붙잡아 두고 있다는 것이 전부였다. 리쿠르고스만 그의 계획을 자세히 알고 있었다. 그렇지만 나포카를 점령한 뒤로 리쿠르고스의 기억들은 한 덩어리로 뭉쳐져서 그중 하나를 떼어내서 기억하는 것이 힘든 상황이었다. 그래서 아르카가 누구인지, 얼마나 대단한 능력을 갖고 있는지, 알칸드로스의 운명이 그 소녀에게 달려 있다는 건 아무도 모르고 있었다. 심지어 아르카조차 모르고 있었다.

"올리가르키아들은 질서를 회복하기 위해 로크새 비행대를 나포카에 파견하라는데 나는 히페르보레아에 주둔한 병력을 줄이는 위험은 감수할 수 없어. 아직은 때가 아니야. 돔이 복원되고, 우리가 권력을 잡을 때까지는 안 돼. 우리는 아직 살얼음판 위를 걷고 있어."

필롱이 벌떡 일어나서 책상 뒤를 서성거리기 시작했다. 그는 시선을 바닥에 둔 채 계속 걸으면서 분노의 몸짓까지 써 가며 말 한 마디 한 마디에 힘을 주었다.

"히페르보레아의 길드들은 우리가 군사 자금을 조달하기 위해 세금을 부과할까 봐 노심초사하고 있지. 조직범죄 집단들은 계엄령을 부정적인 시선으로 보고 있고, 나포카 이민자들은 우리를 증오하고 있어."

"아직까지는 큰 문제를 일으키지 않았습니다." 알칸드로스가 지적했다.

필롱은 그의 지적을 무시했다.

"히페르보레아의 모든 귀족 부인이 우리에게 반기를 들면서 마법사들을 석방하라고 요구하고 있어. 문제는 그 여자들의 절규가 평민들의 공감을 불러일으키기 시작했다는 거야. 평민들이 마법사들의 목숨을 걱정하기 시작할 때 그자들을 석방했다간……."

"교도소의 7지구 입구에서 일어난 일로 지역 주민들의 반감이 높아졌으니 우리의 평판이 나빠진 건 확실하지요." 알칸드로스는 담담한 어조로 말했다.

필롱이 걸음을 멈추고 차가운 표정으로 그를 쳐다봤다.

"그래서 장군들에게 우리 병사들이 저지른 잘못을 가볍게 여기지 않는다는 걸 히페르보레아 시민들에게 보여주기 위한 본보기로 강력한 처벌을 내리라고 지시했다." 필롱이 대꾸했다. "하지만 그 유감스러운 일은 우리가 실제로 직면한 난관에 비하면 미미한 수준이지. 이 모든 소요는 연계되어 있고, 단 한 가지를 목표로 하고 있어. 내가 히페르보레아의 권력을 장악하는 걸 막겠다는."

필롱은 알칸드로스의 얼굴에서 눈을 떼지 않고 있었다. 알칸드로스는 책상 앞에 놓인 안락의자 중 하나에 앉았다.

"내가 여기서 그 짧은 시간에 무슨 수로 나포카와 그런 음모를 꾸밀 수 있는지 말씀해주시겠습니까?" 알칸드로스가 차분하게 물었다. "아버지의 상태를 알게 된 것도 이십 일이 채 안 됐습니다. 이 방에서 가장 반역자일 수 없는 사람이 나라는 건 올리가르키아들도 알 겁니다."

필롱의 안색이 잿빛으로 변했다. 알칸드로스는 아버지라면 직접 나서서 부하에게 반역이 의심된다고 비난하는 잘못을 저지르지 않앉을 거라고 생각했다. 아버지는 반격할 기회를 주지 않고 신중하게 그리고 확실하게 제거했을 터였다.

"**꼭두각시들**이 있으니······ 자네가 나포카와 내통하는 거야 일도 아니겠지." 필롱 장군이 말하면서 알칸드로스의 마법 능력에 대한 혐오감을 드러냈다.

"내 생령은 벌써 수일 전부터 마법역학 궤 안에 들어가 있을 뿐만 아니라 비물질화 상태에서는 아무것도 못 합니다."

"다른 생령을 만들어놨을지 누가 알겠나?"

알칸드로스는 미소를 지었다. 그는 책상에 놓인 갈대 펜을 집어서 손가락 사이로 돌렸다.

"그건 쉽지 않습니다. 만약 하나를 또 만들면 제일 먼저 알려주겠다고 약속 드리지요. 그리고 도시 간의 순간이동은 제약이 있습니다. 주인이라도 거리가 멀어질수록 생령을 통제하기 어려워지지요."

안심시키는 말에도 필롱은 설득되기는커녕 의심이 가득한 비난의 눈길을 거두지 않았다.

"아무튼 그 모든 작전은 너무 일렀어." 필롱이 단호한 어조로 말했다. "공격하기 전에 네 아버지에게도 그렇게 말했지. 한 5년은 나포카의 어린 소년들에게 아고게 교육을 시킨 다음 군대에 편입시킬 수 있는 시간이라도 기다렸어야 했는데. 그랬으면 정복하기에 충분한 병력을 데리고 우리가 히페르보레아를 포위 공격할 수 있었을 테니 지금 이렇게 소수의 로크새 비행대를 데리고 이 도시를 장악해야 하는 일은 없었겠지."

필롱의 굵은 목소리에 불만이 가득했다. 그가 창문 쪽으로 돌아서서 뒷짐을 졌다. 아다만트 창에 성에가 잔뜩 앉아서 풍경이 흐릿했다. 알칸드로스는 분노가 치밀었지만 잠자코 있었다. 필롱은 그가 15년 동안 준비해 온 정복 계획을 가로채고 있을 뿐만 아니라 그의 탓으로 돌리면서 힐난하고 있었다. 장군이 여전히 등진 채로 목소리를 깔고 말했다.

"이 도시국가는 천 년 동안 점령된 적이 없었어. 이 정복을 완료하면 테미스키라는 명실공히 제국이 되는 거야. 나는 선택의 여지가 없어. 확보한 오레이칼코스를 이용해서 이제부터 이 나라를 통치하는 사람이 누군지 히페르보레아인들에게 보여줘야 해."

예상한 그대로의 결론에 알칸드로스는 실망했다. 필롱은 능란한 척하지만 통찰력이 많이 부족했다. 알칸드로스는 잠시 도시를 떠나고 싶은 유혹을 느꼈다. 필롱을 끝없는 민란의 수렁에 혼자 빠져 있게 두면 과두 정치의 병폐가 낳은 오만의 결과로 복수를 당할 터였다. 하지만 그렇게 되면 히페르보레아를 유혈 사태로 정복하지 않겠다는 다짐을 어겨야 했다. 게다가 소인배에 지나지 않는 한 장군의 실책 때문에 15년간의 노력이 망가지는 건 절대 보고 싶지 않았다. 알칸드로스는 인간의 심리를 갖고 장난을 치는 문제에서는 테미스키라의 어떤 전략가도 자신의 상대가 안 된다는 것을 단번에 증명할 기회를 놓치지 않기로 했다.

"해결책이 있습니다." 알칸드로스가 자신 있게 말했다.

필롱이 천천히 돌아섰다. 알칸드로스가 일어났다.

"우리는 이 도시의 군대, 행정, 통신을 통제하고 있습니다." 알칸드로스는 방을 왔다 갔다 걸으면서 열거했다. "충분해 보이지만 부족하기도 하지요. 히페르보레아를 평화롭게 정복하는 데 꼭 필요한 요소 하나가 부족하니까요."

"그게 뭔가?"

알칸드로스는 멈춰 서서 냉소적으로 필롱을 쳐다봤다.

"정당성이지요." 그는 회심의 일격을 날렸다. "테미스키라인들은 이 도시국가를 지배할 어떤 정당성도 없어요. 강제로 밀어붙이면 아버지가 나포카에서 했던 것과 똑같은 실책을 반복하게 되는 겁니다."

필롱은 다크서클이 내려앉은 눈으로 그를 응시했다.

"그러니까 너의 생령이 우리의 정당성을 확보하게 했어야지." 필롱이 비난하는 어조로 내뱉었다. "그래서 네가 나한테 그 꼭두각시를 넘긴 것이고."

알칸드로스는 필롱이 위험을 감수하고서라도 당장 자신을 총살할 수도 있을 것 같았다.

"내 생령은 꼭두각시이자 생전에 정치적인 일을 해본 적이 없는 사람의 그림자 같은 존재일 뿐입니다." 그가 대꾸했다. "아무리 바보 같은 히페르보레아인이라도 실렌이 자신들을 통치한다고 하면 정당성에 대해 의문을 품을 겁니다. 교도소 입구에서 그런 사건이 일어났으니 테미스키라인이나 테미스키라와 어떤 식으로든 관계가 있는 사람이라면 그 누구도 히페르보레아인에게 환영받길 바랄 수 없습니다. 다만……."

"다만 뭔가?" 필롱이 퉁명스럽게 말을 끊었다.

"통치자를 선택한 것이 우리가 아니라는 생각을 히페르보레아인들에게 심어준다면."

필롱이 눈살을 찌푸렸다.

"그게 무슨 말이지?"

알칸드로스는 책상에 다가가서 장군 옆에 놓인 양피지 하나를 펼쳤다. 테미스키라가 지배하는 도시국가들과 아르카디아의 지방들을 포함하여 작성한 원반 모양의 지도였다. 그의 손가락이 나포카와 히페르보레아 사이에 뾰족뾰족하게 그려진 산맥을 가리켰다.

"리파이아 산악지대의 여러 부족들에게는 탄복을 불러일으키는 통치 방식이 있지요. 봄이 되면 이 부족들은 각각 투표를 실시해서 한 해 동안 통치할 추장을 선출해요. 성인이면 누구든 혈통, 성별, 재산, 나이에 관계없이 한 표를 행사할 수 있지요."

필롱은 여전히 뒷짐을 진 채로 눈살을 찌푸렸다.

"계속해보게." 그가 말했다.

"투표를 통해 새 바실레우스를 선출하는 선거를 실시하는 겁니다. 히페르보레아인들은 마법사들이 결코 충족시켜준 적 없는 평등한 사회를 갈망하고 있어요." 알칸드로스가 덧붙였다. "우리가 그들에게 투표를 통해 의사를 표현하는 기회를 주는 최초의 지배 계급이 되면 우리에 대한 평판은 상당히 좋아질 겁니다. 장군이 당선된다면 혼란스러운 도시를 수습하는 데 필요한 모든 정당성을 갖게 될 겁니다."

필롱이 또 눈살을 찌푸리면서 마치 이 제안을 받아들일지 말지 고민하는 것처럼 한참 동안 턱을 문질렀다. 마침내 그가 다시 앉았다.

"'장군이 당선된다면'이라는 가정 표현만 제외하면 아주 훌륭한 것 같군. 그렇게 될 거라고 어떻게 보장할 수 있지?"

"실렌을 이용하여 장군이 선거에 입후보한다는 걸 홍보하는 거죠. 전령들을 각 지구에 보내서 장군의 장점들을 찬양하고, 장군에게 투표하는 모든 이들에게 빵과 껌을 약속하고. 필요하면 히페르보레아의 모든 벽에 장군의 초상화를 붙여놓는 겁니다. 마법사들이 갇혀 있으니 후보자로 나설 수 있는 히페르보레아인은 아무도 없을 겁니다."

생각에 잠긴 필롱이 천장을 쳐다보면서 손끝으로 팔걸이를 톡톡 치고 있었다.

"그래도 히페르보레아인들이 나 말고 다른 후보자에게 표를 주는 일이 일어난다면?" 그가 물었다.

알칸드로스는 어깨를 으쓱했다.

"우리는 언제든 부정 선거를 할 수 있지요. 선거가 조작되면 안 된다고 누가 그래요?"

5

작은 나포카

라스티아낙스

테미스키라군이 수도교에서 벌인 학살 사건으로 유발된 시민 봉기의 싹을 진압하는 데는 채 사흘도 걸리지 않았다. 평민들이 귀족 계급을 싫어하는 건 사실이지만, 무장도 하지 않은 여자와 아이들을 무참하게 학살했다는 소문이 퍼지면서 모두 들고일어났다. 갑자기 모든 사람이 마법사들과 그들의 가족과 하나가 되었다. 히페르보레아인이든 아니든 모두 하나가 되어 뭉친 것이다.

라스티아낙스는 테미스키라군의 만행이 히페르보레아인들을 들고일어나게 하는 긍정적인 영향을 주길 바랐다. 하지만 유감스럽게도 테미스키라인들은 발 빠르게 시민들의 분노를 잠재우기 위해 이상적인 정치적 대응책을 꺼내 들었다. 실렌이 떨리는 목소리로 학살을 저지른 가해자들을 처형할 거라고 단언하면서 선거를 실시한다고 발표했다.

"무슨 선거?" 라스티아낙스는 이번에도 성벽 밑에 가서 생령의 연설을 듣고 온 피라에게 물었다.

"새 바실레우스 선거."

피라는 한숨을 내쉬면서 안락의자에 주저앉았다. 그들은 도서관의 금고실에 있었다. 아스파시는 1지구의 한 모피 제조업자에게 로크새 비행병의 망토를 주문하러 나가고 둘만 있었다. 라스티아낙스는 아스파시의 사전 탐색 작업과 페트로클루스에게서 얻은 정보 덕분에 세운 교도소 방해 공작을 마무리하느라고 바빴다. 피라와 그는 작전 구상을 거의 끝마친 상태였다. 이제 남은 일은 발명의 탑에서 유용한 기구 몇 개를 훔쳐오고, 테미스키라 비행대 장교로 위장하고, 발각되지 않고 아다만트 창문을 넘어가는 방법만 찾으면 되었다.

"입후보할 수 있는 자격은?" 라스티아낙스가 물었다.

"참정권을 행사하는 데 1만 5천 히페르를 출자할 수 있는 모든 사람." 피라가 듣고 온 대로 읊었다.

"다시 말해 입후보할 수 있는 사람이 별로 없다는 거네." 라스티아낙스가 말했다.

"저쪽은 필롱 장군이 출마해, 당연히." 피라가 말했다.

라스티아낙스는 생각에 잠겨서 고개를 끄덕였다. 그는 히페르보레아에 돌아온 뒤로 테미스키라인들이 정치적 지능이 없는 듯 행동하는 것이 뭔가 석연치 않았다. 생령의 주인이 히페르보레아를 정복하기 위해 세운 정교한 계획을 아는 입장에서 보면 의외의 태도였다.

테미스키라군이 도착한 뒤로는 생령의 주인이 모습을 드러내지 않는 것 같아서 필롱이 이미 그를 살해한 것이 아닐까 의심이 들 정도였다.

라스티아낙스는 실렌이 생령으로 둔갑하기 전에 해준 경고가 기억났다. 리쿠르고스가 보낸 밀사가 우리 장관 중 몇몇과 접촉한 것 같은 의심이 들어. 지난번 의회에서 그 결정이 내려졌을 때 냄새를 맡았지. (……) 조심하게, 라스티아낙스. 자네는 최전선에 있고 그 밀사는 술책에 능한 정치가야. 자네와 달리 그자는 선한 의도로 움직이지 않아. 생령의 주인이 이제 다시 전면에 나선 느낌이 들었다.

"테미스키라인들이 시민 투표를 하자는 건 자기들이 내세우는 바실레우스 후보의 정당성을 확립하기 위해서야." 라스티아낙스가 말했다. "보통 영리한 게 아냐. 새 바실레우스 선거에 투표를 행사할 수 있는 자격은?"

"실렌이 히페르보레아에 거주하는 성인이어야 한다고 명시했어. 난 도무지 이해가 안 돼, 어떻게 자기들의 후보가 선거에서 이기길 바라는지." 피라가 덧붙였다. "수도교에서 일어난 그 끔찍한 만행을 똑똑히 기억하고 있는데……."

"히페르보레아의 모든 귀족 계급과 너는 잊지 못하지." 라스티아낙스가 대꾸했다. "하지만 평민은 아냐. 마법사들은 표현의 자유를 주장하는 평민들의 요구를 번번이 묵살했어. 비록 테미스키라인 후보라 할지라도 의사 표현의 기회를 준다면 평민들은 지지할 수도 있어."

"괜히 평등화 장관을 한 건 아니었나 봐." 피라가 인정했다.

하지만 피라의 목소리에서 비난이 느껴졌다.

"하위 지구의 취약성에 대해서는 각료 의회의 그 어떤 장관보다 내가 더 잘 안다고 자부해." 라스티아낙스가 대꾸했다. "2지구로 내려갈 생각인데 같이 갈래?" 그가 불쑥 물었다.

"어디 가려고?"

"나의 옛 고용주를 만나보려고." 라스티아낙스가 대답했다.

"팔라테스?" 피라가 의아한 표정으로 물었다.

"아니, 내게 나포카어를 가르쳐준 유리 공장 주인. 그에게 아다만트 창문을 통과하는 방법을 물어볼 거야."

그들은 톨게이트들을 거쳐 '작은 나포카'까지 내려갔다. 라스티아낙스는 나포카를 떠나온 이주민들이 거주하는 구역으로 향하면서 만감이 교차했다. 이주민들은 제련 기술이 있었다. 덕분에 2지구는 유리 제조와 금속 가공 생산이 주를 이루며, 용광로 웅웅거리는 소리, 시뻘건 액체 상태의 유리, 가열된 합금 그리고 거주민들의 음악적인 언어로 활기를 띠는 도시 안의 도시가 되었다.

부모님 집을 나온 뒤 라스티아낙스가 은신처와 일자리를 찾은 곳이 바로 작은 나포카의 유리 공장이었다. 나포카인들은 그의 마법 능력이 출중하지 않았다면 노스쿳 ─ 나포카어로 타민족을 뜻한다 ─ 을 고용할 생각은 아예 하지 않았을 터였다. 라스티아낙스는 장인의 솜씨 못지않게 용광로의 온도를 조절할 수 있어서 인건비가 열 배나 절감될 뿐만 아니라 견습공들에게 할당된 온갖 잡일도 도맡아 했다. 유리 공장의 주인 코모조이는 라스티아낙스를 채용한 것이 큰 이득이라는 걸 알아차리는 데 그리 오래 걸리지 않았다.

열세 살이던 라스티아낙스는 1년 동안 공장에서 지냈고 거의 외출도 않았다. 그는 작업대 밑에서 자면서 한 푼도 쓰지 않고 마법 평가전 시험을 보는 날 7지구로 올라가는 데 필요한 통행료를 저축했다. 그는 두 달 만에 나포카어를 터득했고, 시간이 날 때는 코모조이의 책 몇 권을 빌려 보면서 마법을 연구하는 데 몰두했다. 유리 견습공으로 보내던 때를 회상하던 라스티아낙스는 대단한 자질이 있어서가 아니라 주어진 일에 몸과 마음을 바치는 자신의 성향을 사람들이 이용했다는 걸 깨닫기 시작했다. 코모조이처럼 욕심 때문이든, 팔라테스처럼 무력함 때문이든.

작은 나포카는 그의 기억 속 풍경 그대로였다. 동네의 활기는 급격히 떨어진 기온의 영향을 별로 받지 않는 것 같았다. 거주민 대다수가 아다만트 돔 바깥의 추위를 경험해본 터라 어떻게 적응할지 방법을 알고 있어서였다. 라스티아낙스는 피라를 데리고 운하와 다리들—대부분 허가 없이 건설한—의 미로 속으로 들어갈수록 아르카의 재판 때부터 지속된 긴장이 풀리는 걸 느꼈다. 여기서는 히페르보레아 경찰이나 테미스키라군에 신고당할 위험이 없었다. 나포카인들은 경찰과 군대에 원한을 품고 있었다.

피라는 라스티아낙스의 평온한 마음과는 다른 것 같았다. 그녀는 나포카인들이 쳐다볼 때마다 경계하는 시선을 보내고 있었다. 노스쿳은 거의 보이지 않았다. 모두들 일률적으로 모피를 입고 있는데도 나포카인들은 멀리서도 알아볼 수 있었다. 작은 키, 거무죽죽한 낯빛, 왜소한 체격, 반듯한 용모, 하나같이 아가리를 벌린 늑대 머리 형상의 금팔찌나 구리팔찌를 차고 있었다. 작은 나포카에는 대문이든 부조든, 심지어 도자기에도 민족의 문장인 늑대 문양이 새겨져 있었다.

7지구의 저택들에서 훔쳐 온 것들인지 서로 물건을 바꾸느라고 바쁜 한 무리의 아이들 앞을 지나갈 때 피라가 말했다.

"여기 사람들은 진짜 동화되려고 하질 않네. 히페르보레아에 와 있다는 생각을 아예 하질 않는 것 같아. 심지어 우리 언어로 말하는 노력조차 하지 않고."

라스티아낙스는 피라가 좀 작은 소리로 말했으면 싶었다. 7지구에서 사는 동안 작은 나포카에 대한 이런 식의 상투적인 비난을 하도 들어서 익숙하긴 했지만. 히페르보레아인들은 2지구 거주민들을 두고 호의를 이용해 도시의 기능을 저해하는 기생충 같은 집단으로 인식하고 있었다. 유서 깊은 귀족 가문에서 성장한 피라도 예외는 아니었다.

"여기 사는 사람들 대부분이 졸지에 집을 떠나 피난길에 올라야 했어." 라스티아낙스가 말했다. "리파이아 산악지대의 카라반들은 히페르보레아까지 안내해주는 조건으로 나포카인에게 터무니없이 비싼 돈을 요구했지. 그래서 막상 여기 도착해서는 많은 사람이 입국료를 낼 돈이 없었어. 하지만 바실레우스는 나포카인들을 성문 안으로 들이는 걸 거부했고, 버티고 버티던 사람들이 추위와 굶주림으로 죽어 나갔지. 그랬으니 생존자들이 우리와 섞이기보다 자기들끼리 살고 싶어 하는 건 어쩌면 당연한 일이야. 우리는 그 사람들을 환영해주지 않았으니까." 그는 어깨를 으쓱하면서 말을 맺었다.

라스티아낙스의 말은 정곡을 찔렀고, 피라는 한 방 얻어맞은 것에 기분이 상한 것 같았다. 하지만 논쟁에서 지는 걸 싫어하는 그녀가 응수했다.

"나포카에서 일어난 일은 우리 책임이 아냐. 피난처를 달라면서 찾아오는 가난한 사람들을 모두 다 환영해줄 수는 없어. 히페르보레아가 무한대로 팍팍 늘어나는 것도 아니고 탑들은 이미 과밀 상태였어."

라스티아낙스는 피라가 살던 넓은 저택 정도면 하위 지구의 주민들 예순 명쯤은 들어가서 편안히 살 수 있다는 말을 하려다 꾹 참았다. 이런 식의 논쟁은 아무런 결론도 얻지 못하고 무익한 대화로 끝나리라는 걸 알기 때문이다. 그 자신도 7지구에서의 편안한 삶을 누리고 싶어 하지 않았던가. 그는 관점을 바꿔보기로 했다.

"나포카에서 일어난 일에 대해서는 우리에게도 일부분 책임이 있어. 나포카 포위 공략이 몇 달째 지속되었으니까 우리가 개입할 수도 있었지. 하지만 그때 각료 의회는 그냥 내버려 두는 것이 낫다는 결정을 내렸어. 경쟁 국가의 몰락은 우리에게 경제적인 이득이 되니까……."

"맹목적으로 용병들에게 국방을 맡기는 잘못을 저지른 건 나포카인들이야." 격분한 피라가 반격했다. "나포카인들이 스스로 만든 문제를 해결하는 데 왜 우리 병사들이 목숨을 걸어야 했다는 건지 모르겠네. 60년 전에 많은 생명을 앗아 간 붉은 역병이 히페르보레아에 창궐했을 때 그 사람들은 치료사들을 보내주지도 않았잖아? 그리고 4개국 간의 전쟁이 일어났을 때 우리를 우롱한 국가가 어디였는지 말 좀 해볼래?"

라스티아낙스는 어깨를 으쓱했다.

"잘못 없는 사회란 없어." 그는 한숨을 내쉬었다.

한두 번 경험한 것이 아니기에 그는 이 논쟁의 끝이 어디에 이를 지 알고 있었다. 히페르보레아인들은 옳든 그르든, 늘 뭔가를 들먹이면서 나포카인들을 비난했다. 질병이 퍼지면 작은 나포카에서 온 것이라고 했다. 1지구 주민들은 나포카인들이 물을 더럽힌다고 비난했고, 상위 지구의 주민들은 나포카인들의 공장에서 나오는 연기 때문에 공기가 오염됐다고 불평했다. 정치인들까지 불에 기름을 붓는 격으로 자기들의 악행에 대한 주민들의 관심을 돌리는 데 이런 민심을 이용했다. 나포카인들은 그야말로 만만한 미운털이었다. 다른 나라에 집단 이주를 했으면서 새 나라에 동화되지 않고 자기들의 문화에 집착하는 폐쇄적 민족이라는 평판 때문에 나포카인들은 아무런 지원도 받지 못하고 있었다. 그렇지만 나포카인들은 피라와 라스티아낙스가 테미스키라 집권을 막기 위한 싸움에서 도움을 청할 수 있는 유일한 아군이었다.

그들은 원형 승강장을 따라 세워진 회랑 밑을 지나갔다. 얼음장 같은 바람까지 아치형 통로에 불어닥치자 텅 빈 진열대들만 덩그러니 남은 회랑이 더 을씨년스러워 보였다. 눈 덮인 유리 천장이 지붕역할을 하고 있었다. 군데군데 깨진 유리 천장에서 눈덩이들이 쏟아졌다. 그들은 각자 생각에 잠겨서 말없이 회랑을 지나갔다. 노점에서 쓸 만한 물건을 뒤지던 나포카 아이들이 인기척에 놀라서 달아났다. 회랑은 얼어붙은 운하와 연결되어 있었다. 그들은 연기가 피어오르는 굴뚝들이 삐죽삐죽 솟은 탑으로 가기 위해 운하에 들어섰다.

"나는 이따금 도시국가 간의 동맹 같은 것이 필요하다고 생각해." 라스티아낙스가 갑자기 말했다.

"불가침조약 같은 거?" 피라가 회의적으로 물었다.

"아니, 그건 좀 너무 나가는 거고. 연대의 원칙이라고 할까."

피라는 비웃음을 흘렸다.

"그럴 일은 없을 거야. 도시를 탈환하고 돔을 복원하면 다 좋아질 테니까."

"오히려 위기의 순간에 정책을 재검토할 필요가 있어." 라스티아낙스가 구시렁거렸다. "다 왔다." 그가 탑 앞에서 걸음을 멈추고 덧붙였다.

반달형 입구 너머로 규모가 상당한 유리 공장이 보였다. 원뿔 모양의 둥그런 용광로가 작업장 중앙을 차지하고 있었다. 그 뒤쪽 구름다리에서 내려다보이는 커다란 구덩이 안에 변환 장치들이 들어 있었다. 유리 견습공들이 분주하게 움직이면서 용광로 불구멍을 열고 용해된 유리로 가득 찬 도가니들을 끌어내거나 장작을 추가하고 있었다. 그 옆쪽에서는 장인들이 송풍기를 사용하여 뻘겋게 가열된 유리덩이를 늘렸다. 그들의 붉은 얼굴이 땀으로 번들거렸다. 작업장에서 뿜어져 나오는 열기가 라스티아낙스의 얼굴에 닿았지만 등에서는 여전히 바깥의 추위가 느껴졌다. 그는 작업장 안으로 들어갔다. 공장은 6년 전 그가 떠날 때보다 훨씬 확장되어 있었다. 함께 일했던 동료들은 전혀 보이지 않았다. 견습공들이 달갑지 않은 시선으로 그들을 힐끔힐끔 쳐다보고 있을 때 귀에 익은 목소리가 나포카어로 말했다.

"이게 누구야, 라스티, 나의 애제자 노스쿳! 웬일로 여길 찾아왔을까!"

작업장 안쪽에서 다부진 체격의 실루엣이 물이 든 양동이들을 돌아서 라스티아낙스를 향해 다가오고 있었다. 코모조이는 나포카인치고는 체격이 좋았다. 그는 기름진 머리카락이 불에 타지 않도록 목 뒤로 묶고 있었다. 뻘겋게 가열된 유리를 다루다 보니 그의 팔은 거의 익어 있는 것 같고, 두꺼운 빨간 가죽에 감싸인 손가락들이 작은 소시지처럼 보였다.

코모조이는 대화할 때 상대와 바짝 붙어 서서 말하는 걸 좋아했다. 그는 입 냄새가 심해서 다들 꺼렸지만 손님이나 종업원들은 감히 그걸 지적하지 못했다. 유리 공장 주인은 가죽 앞치마에 손을 문지르고 나서 라스티아낙스의 손을 덥석 잡고 나포카식으로 악수를 했다. 코모조이가 역시나 소화 기관에서 올라오는 역한 가스 냄새를 그의 얼굴에 내뿜었다.

"유리 공장이 그리웠니? 설마 나를 위해 일하러 돌아온 건가?"

라스티아낙스는 코를 찡그리지 않고 후각적 공격을 참았다.

"안타깝게도 유리 견습공으로서 제 시간은 과거가 되어버렸네요."

"그건 그렇지, 맞아. 토가, 저택, 중책을 맡은 정치인, 아주 잘나가는 사람이 됐지!" 코모조이가 어찌나 세게 등을 갈기는지 라스티아낙스는 휘청했다. "같이 온 사람이 있구나." 그는 나포카어로 나누는 둘의 대화를 따라가려고 애쓰는 피라에게 씽긋 미소를 지어 보이면서 말했다. "네 애인이니?"

"아니에요." 라스티아낙스가 대답했다. "히페르보레아어로 얘기하시죠." 그가 단호한 어조로 덧붙였다.

"아, 물론, 그래야지." 코모조이가 강한 억양의 히페르보레아어로 대답했다. "만나서 반가워요, 아가씨 이름이……."

"피라예요." 피라가 대답했다.

코모조이가 환한 미소를 짓는데 금니 한 개와 충치 세 개가 드러났다. 라스티아낙스는 헛기침을 하고 나서 물었다.

"사업은 어떠세요?"

"아주 좋기도 하고 아주 나쁘기도 해." 코모조이가 대답했다. "돔이 파손되고 나니까 히페르보레아인들이 드디어 창문의 필요성을 알게 됐잖아. 창유리가 이렇게 많이 팔린 적이 없어. 내가 좀 더 일찍 돔을 파손했더라면……."

"어르신이 파손한 거 아니잖아요." 라스티아낙스가 반박했다.

"하지만 돈을 많이 벌지는 못해. 히페르 가치가 떨어진 뒤로 납품업자들은 힘들다고 아우성이고, 그 돼먹지 못한 테미스키라 놈들은 대가 없이 아다만트를 생산하라고 생난리를 치는 통에 머리가 지끈거려." 그가 변환 장치들을 가리키면서 불만을 쏟아냈다. "놈들 때문에 돈도 안 되는 일 하느라고 죽을 지경이야."

"그러니까 돼먹지 못한 놈들이죠." 라스티아낙스가 맞장구쳤다.

그는 구덩이 위쪽 구름다리에 다가가서 대형 가마솥 중 하나를 내려다봤는데 시뻘건 액체 상태의 물질이 찰랑거리고 있었다. 좀 떨어진 구름다리에서 한 장인이 변환 장치 위쪽으로 오레이칼코스 주괴를 실은 수레를 밀고 왔다. 장인은 용해된 물질 속에 오레이칼코스를 넣고 휘저었다. 금속이 순식간에 융합되었다.

"아다만트는 어떻게 만드는 거예요?" 피라가 물었다.

"과정이 복잡하지." 코모조이가 말했다. "고온에서 가열한 유리덩이 안에 고농도의 오레이칼코스를 넣고 혼합한 것을 즉시 응고시키기 위해 냉각 장치 속에 넣지. 다시 말해 액체 상태의 혼합물을 빠르게 굳히는 작업을 거쳐야 해, 무슨 말인지 알겠나?"

피라가 다른 기술적인 것에 대해 질문하려는 같아서 라스티아낙스는 재빨리 화제를 바꿨다.

"테미스키라인들이 나포카인들을 어떻게 믿고 자기들의 오레이칼코스 주괴를 맡기고 아다만트를 만들라고 했을까요?" 그가 물었다.

"그놈들은 선택의 여지가 없어. 아다만트를 만들 수 있는 장비와 기술을 가진 게 우리밖에 없으니까." 코모조이는 쓸쓸한 미소를 지으면서 대답했다. "그렇다고 그놈들이 우리를 믿는 건 아니야, 믿을 리가 없지."

그가 말을 끝내자마자 급히 뛰어오는 발소리가 울렸다. 피라와 라스티아낙스가 몇 분 전에 회랑에서 봤던 아이들이 작업장으로 들이닥쳤는데 어른들이 맡긴 중요한 임무 때문에 흥분해 있었다.

"테미스키라 놈들이 *와요!*" 한 명이 나포카어로 외쳤다.

장인들이 즉시 작업을 멈추고 긴장한 얼굴로 코모조이를 쳐다봤다.

"무슨 일이야?" 피라가 라스티아낙스에게 속삭였다.

"로크새 비행병들이 온다고." 그가 통역했다.

"아, 진짜 돌아버리겠네." 코모조이가 툴툴거렸다. "또 우리를 도발하려고 난리 칠 거다. 어떤 반응도 하지 마. 놈들이 바라는 게 그거니까!" 그가 직공들을 향해 소리쳤다. "놈들에게 대답하는 자는 즉시 해고다!"

코모조이가 라스티아낙스와 피라를 돌아보면서 유리판이 보관되어 있는 대형 목재 상자를 가리켰다.

"너희들은 유리를 사러 온 손님인 척해. 내가 유리 공장에 마법사들을 들여놓은 걸 알면 내 장사는 끝장나는 거야."

피라가 고개를 끄덕이면서 라스티아낙스의 팔꿈치를 잡고 유리가 쌓여 있는 쪽으로 이끌었다. 바로 그 순간 갈색 망토를 착용한 테미스키라 병사 네 명이 작업장으로 들어왔다. 그중 반원형으로 수염을 기르고, 가슴에 중위 계급장을 단 근육질의 남자가 사방을 둘러보면서 내뱉었다.

"나포카 놈들아, 참 재수도 없지, 응? 쥐새끼들처럼 몰래 나포카를 떠나면 우리를 벗어날 수 있다고 생각했는데 여기 히페르보레아에서 기생하고 있는 꼴로 발각되었으니."

장인들은 중위를 쳐다보지 않으려고 작업에 열중하는 척하고 있었다. 분노로 치를 떠는 이들도 있고, 얼굴이 파랗게 질린 이들도 있었다. 라스티아낙스와 피라에게서 몇 걸음 떨어진 곳에서 코모조이는 용광로의 온도 표시기를 보면서 장인들과 테미스키라 병사들을 살피고 있었다.

"작업 진행 상황을 확인하러 왔다." 중위가 도가니와 양동이, 송풍기가 꽂힌 항아리 사이를 얼쩡거리면서 계속 말했다. "우리는 히페르보레아인들에게 돔을 복원해주겠다고 약속했다. 그 말은 곧 너희들이 아다만트를 생산해야 한다는 뜻이야. 그러니 심혈을 기울여서 작업하기 바란다. 근데 이건……."

중위가 발광체 전구들이 가지런히 놓인 선반 앞에 멈춰 섰다.

"이건 뭔가? 아다만트를 만드는 데 필요한 게 아니잖아? 그럼 너희들 작업장에 있을 필요가 없지."

그는 전구들을 하나씩 바닥으로 밀어버리기 시작했다. 작업장 안의 장인들은 전구가 박살날 때마다 깜짝깜짝 놀랐다. 장인들의 이마에 땀방울이 맺혔다.

"왜, 작업하는 데 방해되나?" 중위가 고개를 쳐들었다. "근데 어쩌나, 난 재미있는데. 너희 주머니로 들어가는 돈이 몽땅 나포카로 들어가서 폭동 자금으로 쓰인다는 걸 모를 줄 알아? 넉 달 전 시장에 매복하고 있던 놈들에게 당해 내 동지 세 명이 죽었다. 처자식이 있는 동지들이었는데."

중위는 남아 있는 전구들을 확 쓸어버렸다.

"분명히 말해 두는데 난 너희들 존중해줄 생각이 전혀 없다." 그가 거들먹거리면서 소리쳤다. "나포카에 있는 너희 동지들도 좋아하지 않지만 존중은 해. 왜? 그놈들은 적어도 그 도시에 남았으니까. 네놈들처럼 걸음아 날 살려라 도망치지 않았으니까."

장인들이 여전히 아무런 반응도 하지 않자 그는 송풍기를 들고 있는 사십 대의 장인에게 다가가더니 멱살을 잡아서 자신의 얼굴을 바짝 들이댔다.

"너, 거기다 누굴 두고 왔어? 처자식? 어머니?"

장인은 대답하지 않았지만 안색이 붉은색에서 잿빛으로 변했다. 그가 돌리다가 멈춘 송풍기의 관 끝에서 유리 반죽이 일그러지고 있었다.

"걱정 마, 네 가족들은 내 동지들이 잘 보살피고 있으니까." 중위가 비아냥거리면서 장인을 떠밀어버렸다.

중위는 작업장을 계속 헤집고 다녔다. 공장에 흐르는 긴장된 분위기에 장단을 맞추듯 용광로가 웅웅거렸다. 라스티아낙스는 중위가 곧 그들 쪽으로 오리라는 걸 직감했다. 피라와 그는 반드시 평민인 체해야 했다.

"이 유리는 내 방에 잘 어울리겠군." 중위가 유난히 잘빠졌다고 생각하는 유리판을 만지면서 말했다.

그러다 이내 시의적절한 말이 아니라는 걸 알아차렸다. 어이없는 표정을 짓는 것 같은 피라가 그의 눈에 들어왔기 때문이다. 로크새 비행대 중위가 그들 쪽으로 돌아섰다. 피라는 그를 빠르게 힐끔 쳐다본다는 것이 너무 느렸다. 그녀와 눈이 마주친 중위의 얼굴에 음탕한 미소가 번졌다.

"오, 아름다운 초록 눈빛."

그가 피라에게 다가왔다. 뒤에 서 있는 부하 셋이 히죽거렸다. 그들은 중위가 무슨 생각을 하는지 알고 있었다. 라스티아낙스도 짐작하고 있기에 속이 부글부글 끓었다.

"어디서 봤더라." 중위가 눈살을 찌푸리면서 말했다. "아, 7지구에서 우리가 파이프오르간 갖고 장난치고 있을 때 봤구나. 이렇게 아름다운 눈은 잊을 수가 없지. 너처럼 예쁜 히페르보레아 여자가 이런 놈들의 공장에서 뭘 하는 거지? 응?"

중위는 이제 피라에게 바짝 다가서 있었다. 테미스키라인의 두툼한 손이 피라의 팔뚝을 움켜잡았다. 라스티아낙스는 피라가 도발해 오는 작자에게 마법을 사용하지 않으려고 엄청나게 노력하고 있는 걸 느꼈다. 피라가 참는 이유는 알고 있었다. 교도소 방해 공작을 준비하고 있는 때에 충돌했다가는 요주의 인물로 감시받을 것이기 때문이었다. 라스티아낙스는 이제 작전은 전혀 걱정되지 않았다. 그는 중위와 부하 세 명 그리고 공장에 있는 사람들을 훑어보면서 피라를 놈에게서 떼어낼 방법을 궁리했다.

그때 우레와 같은 폭발음이 울렸다.

"무슨 일인가?" 중위가 사방을 둘러보면서 고함쳤다.

그가 피라의 팔을 잡은 손을 놓았다. 피라는 한 발짝 물러서서 주먹을 움켜쥔 채 안도와 함께 의문의 시선을 라스티아낙스에게 보냈다. 대형 용광로의 불구멍 중 하나에서 시커먼 연기가 나오고 있었다. 눈 깜짝할 사이에 작업장이 연기에 휩싸이면서 공포에 질린 직공들과 테미스키라 병사들의 얼굴이 보이지 않았다. 라스티아낙스는 코모조이가 외치는 소리를 들었다.

"당장 밖으로 나가라! 용광로가 터졌다. 폭발하기 직전이다!"

라스티아낙스는 중위가 부하들과 함께 작업장을 뛰쳐나가는 걸 봤다. 직공들도 뛰어나갔다. 피라는 연기 속에서 라스티아낙스의 손을 잡고 강제로 바닥에 웅크리게 했다.

"네가 이런 거야?" 피라가 속삭였다.

"코모조이가 더 빨랐어." 라스티아낙스가 대답했다. "가자, 저쪽에 다른 출구가 있어."

그는 용광로에서 뿜어져 나오는 연기를 마시지 않으려고 상체를 숙인 채 피라를 데리고 통로로 향했다. 목재 문이 보였다. 문을 열고 작은 창고로 통하는 긴 복도를 따라갔다. 이어서 계단을 올라가서 다른 문으로 나갔고 탑의 반대편 옥외 쪽으로 난 2층 통로에 이르렀다.

아무도 보이지 않았다. 피라는 호흡을 가다듬으면서 광고 문구가 칠해진 외벽에 기대섰다. 라스티아낙스도 똑같이 했다. 몇 초 후 그들이 여전히 손을 잡고 있는 걸 알아차렸다. 그들은 얼른 손을 놨다. 피라는 눈을 감았다.

"괜찮아?" 라스티아낙스가 걱정스럽게 물었다.

"괜찮아지겠지." 피라가 대답했다. "다시는 그 쓰레기와 마주치지 않으면 좋겠어. 이번에는 놈이 속았기에 망정이지." 피라가 눈을 다시 뜨면서 덧붙였다.

피라는 라스티아낙스가 잡지 않은 다른 손을 폈다. 손바닥에 비행대의 중위 계급장이 있었다.

"아스파시가 재단사에게 주문한 군복을 가져오면 너는 그걸 입고 교도소로 들어가는 거야." 그녀가 말했다.

피라의 눈에서 짓궂은 빛이 반짝이고 있었다. 라스티아낙스는 심장이 두근거렸다. 조금 전에 꼭 잡고 있던 손처럼 갑자기 서로에게서 시선을 떼면 그것이 더 어색할 것 같았다. 1초, 2초, 3초가 흘렀다. 라스티아낙스는 한 번만이라도 제대로 마음을 표현해야 되는 게 아닌가 하는 생각이 들었다. 그가 말할 용기를 내고 있을 때 피라가 마른기침을 했다.

"가서 용광로 수리를 도와주자." 그녀가 시선을 피하면서 말했다. "교란을 위해 용광로를 망가뜨렸는데 고맙잖아."

라스티아낙스는 침착해지기 위해 몸을 비비적거리면서 말했다.

"코모조이는 절대로 우리를 위해 용광로를 망가뜨리지 않아. 코모조이는 불청객들이 왔을 때 터뜨릴 목적으로 벽돌 속에 연막탄을 숨겨두고 있어. 세무 사찰 때 쓰는 걸 본 적 있거든. 조금 있으면 우리에게 올 거야."

그의 말이 맞다는 걸 증명해주듯 뒤쪽에서 발소리가 울렸다. 잠시 후 코모조이가 그을음이 앉아서 시커먼 얼굴로 문간에 나타났다.

"노스쿳, 너 여기 온 목적이 뭐니, 내 사업을 위험에 빠뜨리는 것 말고?" 그가 흥분해서 내뱉었다.

피라가 라스티아낙스 대신 대답했다.

"여러분이 나포카에서 열망하던 것을 여기서는 성공해보려고요. 그러려면 아다만트에 대한 지식이 필요해요."

"달리 말하면?"

"히페르보레아에서 테미스키라군을 몰아내려고요."

한 시간 후, 작업장의 연기는 다 빠졌다. 테미스키라 병사들은 떠났고, 장인들도 돌아와 있었다. 피라와 라스티아낙스는 유리 공장에서 가장 조용한 구석으로 이동하여 히스타미드 차 대접을 받고 있었다. 코모조이는 따끈한 초록색 차를 작은 컵에 따라주었다. 견습공 시절, 라스티아낙스는 이 씁쓸한 차를 몹시 싫어했는데 마치 시간이 그의 혀에 차를 좋아하라고 가르쳐놓은 것처럼 지금은 흔쾌히 마시고 있는 자신에게 놀랐다. 코모조이는 후루룩후루룩 들이마셨고, 피라는 인상을 쓰면서 쳐다만 볼 뿐 입에 대지 않았다.

"아, 좋다." 코모조이가 빈 컵을 내려놓으면서 말했다. "그래서 아다만트에 대해 뭘 알고 싶은데?"

"아다만트 유리창을 깨뜨리는 방법이요." 피라가 물었다.

"화염에 휩싸인 탑으로 깨뜨릴 수 있다는 거 봤잖아." 코모조이가 웃음을 터뜨렸다.

라스티아낙스와 피라가 자신의 유머에 아무런 반응을 보이지 않자 그가 덧붙였다.

"아다만트는 거의 파괴할 수 없는 물질이지. 그걸 약하게 만들 수 있는 것은 없다고 봐야지. 다만……."

그가 일어나서 작업장에 딸린 방으로 갔는데 문이 벽걸이 천으로 가려져 있었다. 피라와 라스티아낙스는 의아한 시선을 주고받았다. 잠시 후 코모조이가 투명한 보라색 액체가 담긴 작은 유리병 한 개를 들고 돌아왔다.

"이게 뭔고 하니." 그가 과장된 말투로 말했다.

그가 피라에게 유리병을 내밀었다.

"아주 차갑네요." 피라가 유리병 안에서 찰랑거리는 물질을 유심히 들여다보면서 말했다. "뭐예요?"

"액체 공기." 코모조이가 그들 옆에 앉으면서 설명했다. "내가 아는 바에 따르면, 이건 시뻘겋게 달궈진 아다만트를 용해할 수 있어. 하지만 이거 한 병밖에 없어서 미안하지만 내어줄 수가 없구나." 그가 손을 내밀면서 덧붙였다.

"어떻게 만드는 건데요?" 피라는 유리병에서 눈을 떼지도, 돌려주지도 않고 물었다. "발명의 탑의 발명품 목록에서 이런 물질을 본 기억이 없는데……."

"모든 발명품이 마법사들에게서 나오는 건 아니야, 마법사들은 가장 쓸모없는 것들만 만들 뿐이지." 코모조이가 비웃었다. "하지만 액체 공기를 어떻게 만드는 건지는 나도 몰라." 그가 유리병을 낚아채면서 덧붙였다. "나포카 약탈이 시작되기 직전에 한 연금술사가 나에게 맡긴 거야. 테미스키라군이 그의 작업장에 불을 지르면서 안타깝게도 제조 비법은 사라져버렸지."

"돔 재건을 위한 아다만트 생산이 끝나면 어르신의 공장은 어떻게 될까요?" 라스티아낙스가 물었다. "아까 들었잖아요. 테미스키라군은 어르신이 반란에 자금을 대는 걸로 확신하고 있다는 말……."

"나는 너무 구두쇠라서 그런 일 못 해." 코모조이가 당당하게 대꾸했다.

"저놈들에게 어르신의 도움이 더는 필요 없게 되는 날, 어르신이 여기서 이뤄낸 모든 걸 잃을 수도 있다고요." 라스티아낙스가 용광로, 장치, 바쁘게 일하는 수십 명의 직공들을 가리키면서 외쳤다.

"그렇게 감정적으로 건드려봐야 나는 흔들리지 않아, 노스쿳. 그럴 일은 없으니까."

격분한 라스티아낙스가 유리 공장 주인을 설득할 말을 궁리하고 있을 때 피라가 나섰다.

"우리에게 자랑하려고 유리병 꺼내 온 거 아니잖아요? 얼마 드리면 돼요?"

코모조이의 입가에 미소가 흘렀다.

"*사업 수완은 너보다 네 애인이 한 수 위로구나.*" 그가 라스티아낙스에게 나포카어로 말했다.

"*애인 아니라니까요.*" 라스티아낙스가 대꾸했다. "얼마면 되는데요?"

코모조이는 잠시 그들을 훑어봤다.

"천 히페르." 그가 대답했다.

"그만한 돈은 어르신에게나 있죠." 라스티아낙스가 말했다.

피라가 화가 난 어조로 라스티아낙스에게 속삭였다.

"너무 비싸서 협상이 필요하겠어!"

"너무 늦었다." 코모조이가 금니를 드러내면서 대답했다. "너는 늘 사물의 가치를 평가하는 것이 서툴렀어. 네 자신에 대한 가치를 평가하는 것도 그렇고. 협상 종료." 그가 나포카어로 덧붙였다. "돈 가져오는 즉시 내주마."

그는 흡족한 얼굴로 유리병을 가죽 앞치마 주머니에 집어넣고 토닥거렸다. 코모조이에게 짜증이 난 라스티아낙스가 자리를 박차고 나가려고 할 때 유리 공장 주인이 동작을 멈춰 세웠다.

"잠깐, 노스쿳······. 오늘 아침에 네가 들으면 관심 있어 할 문제에 대해 다른 장인들과 의견을 좀 나눴어. 새 바실레우스 선거에 대한 얘기 들었지?"

"네." 라스티아낙스는 대답하면서 코모조이가 무슨 말을 하려는 건지 궁금했다.

"우리는 테미스키라인들에게 꿀리지 않고, 후보로 나서도 될 만큼 재력이 있는 히페르보레아인을 찾고 있어."

그 말에 깜짝 놀란 라스티아낙스는 목덜미를 비볐다. 잠시 뜸을 들인 후 말했다.

"히페르보레아인들을 지지하지 않는다고 생각했는데요."

"테미스키라 장군보다는 내가 아는 히페르보레아인이 통치하는 편이 낫지." 코모조이가 새끼손가락으로 귀를 후비면서 말했다. (피라는 얼굴을 찌푸렸다.) "그리고 너 말이다, 평등화 장관이었을 때 좋은 일도 했고 최소한 썩은 정치인은 아니잖아. 하위 지구 사람들은 그걸 기억하고 있을 거야. 그래서 말인데 네가 출마하는 건 어때?"

라스티아낙스는 고개를 저었다.

"나는 하고 싶어도 할 수 없어요. 재판에서 사형 선고를 받았기 때문에."

"가장 적임자라고 생각하고 있었는데, 하 거참." 코모조이가 귀에서 파낸 귀지를 손가락으로 팅기면서 간략하게 대꾸했다. "애석하구나. 그럼 너는?" 그가 피라 쪽으로 고개를 돌리면서 덧붙였다.

귀지를 파내는 과정을 지켜보면서 눈살을 찌푸리던 피라가 깜짝 놀랐다.

"나요?"

"너도 사형 선고받았어?"

"아니요." 피라가 대답했다. "하지만 난 여자잖아요."

"그게 뭐?"

피라의 얼굴이 밝아졌다.

"너의 옛 고용주가 슬슬 좋아지려고 해." 피라가 라스티아낙스를 돌아보면서 말하고는 한숨을 내쉬면서 덧붙였다.

"사람들은 절대로 여자에게 투표하지 않을 거예요."

"왜 안 되는데?" 코모조이가 반박했다. "너는 젊고, 교육도 잘 받았고, 약간 멍청한 내 옛 견습공보다 더 영리해 보이는데. (내가 너무 착했네, 이런 소릴 듣게 되는 걸 보니, 라스티아낙스가 속으로 중얼거렸다.) 게다가 예쁘기까지."

"마지막 말은 후보자 자격과 아무 상관 없다고 봐요." 피라가 발끈했다.

"네가 남자든 여자든 못생긴 것보다는 잘생기고 봐야 해, 그게 사는 데 얼마나 도움이 되는데." 코모조이가 응수했다. "네가 이번에 바실레우스에 출마하지 않으면 어떤 여자가 할 수 있겠니?"

라스티아낙스는 이 마지막 말이 제대로 적중할 거란 생각이 들었다. 피라가 눈살을 찌푸리면서 의자 등받이에 몸을 기대고 생각에 잠겼다.

"잘 생각해봐." 코모조이가 말했다. "내일 돈 가지고 오면 다시 얘기하자."

그들이 작은 나포카를 빠져나가는 동안 피라는 침묵하고 있었다. 그 묵언은 그들이 도서관으로 가기 위해 여러 톨게이트를 거쳐 올라가는 동안에도 계속되었다. 라스티아낙스는 피라가 생각하게 내버려 두면서 자신과 같은 결론에 이를 거라고 확신했다. 바실레우스 선거에 출마하면 실패할 게 뻔하기 때문이다. 그래서 금고실에 들어서자마자 피라가 교도소 설계도 옆에 놓인 종이에 뭔가를 쓰기 시작했을 때 깜짝 놀랐다. 라스티아낙스는 설계도를 보는 척하면서 그녀의 어깨 너머로 봤다. 피라는 정책에 대한 계획을 적고 있었다. 그는 한참을 망설인 끝에 피라 맞은편 자리에 앉아서 툭 내뱉었다.

"출마하지 말아야 한다고 생각해. 너무 위험하고 네가 당선될 가능성이 전혀 없어."

피라의 얼굴을 보고 라스티아낙스는 신중하지 못한 말이었다는 걸 바로 깨달았다. 피라의 초록빛 눈에서 광채가 번뜩였기 때문이다.

"그 말은 나한테 투표하는 사람이 아무도 없을 거라고 생각한다는 거지?" 피라가 불같이 화를 냈다. "왜, 나는 좋은 바실레우스가 못 될 거 같아서?"

"아니, 내 말은 그게 아니지!" 라스티아낙스가 펄쩍 뛰었다. "나는 지난 160여 년 동안 마기스테리움이 배출한 대다수 마법사들보다 네가 더 능력이 있다고 확신해. 다만……." 그는 조심스럽게 단어를 고르면서 말을 이었다. "테미스키라인들이 왜 선거라는 걸 생각해냈는지 너도 잘 알잖아. 그자들은 필롱을 바실레우스로 세우기 위해 누구든 아무런 트집도 잡지 못하게 무슨 짓이든 할 거야. 결코 다른 누군가가 당선되게 놔두지 않을 거라고. 그러니까 희망을 품는다는 건 어리석은 일이 되겠지."

피라가 아무 대답도 하지 않자 그는 덧붙였다.

"네가 걱정돼서 그래, 그게 다야."

라스티아낙스의 지적에 피라가 의기소침해지는 듯했다. 좀 전에 열심히 계획을 적던 종이 귀퉁이를 만지작거리기 시작했다. 라스티아낙스는 피라가 그토록 열심히 계획을 세우는 걸 별로 본 적이 없었기 때문에 그 열정에 찬물을 끼얹은 것이 후회가 되었다. 졸업 심사를 받은 뒤 동기생들이 마기스테리움에서 주요 직위를 차지했을 때 피라만 하는 일이 없어 얼마나 힘든 시간을 보냈는지 알고 있었다.

"코모조이의 말이 맞아." 피라가 이마에 주름을 잡으면서 마침내 말했다. "내가 하지 않는다면 어떤 여자도 나서지 못할 거야. 그래서 상기시키는데 우리는 지금 교도소 방해 공작 준비를 하고 있어. 내 바실레우스 선거 출마는 그 일에 비하면 아무것도 아니지."

피라는 조소를 흘리면서 덧붙였다.

"너는 남자라서 여자를 얕잡아보는 남자들의 편향적 사고방식을 몰라. 그자들은 나를 위협적인 존재로 보지 않을 테니 나를 제거하는 정치적 위험을 감수하는 일도 없을 거야. 선거 기간에 출마한 여성을 살해하면 대혼란을 초래할 테니까. 그러니 나는 전혀 위험하지 않아."

"……네가 이기는 경우를 제외하면." 라스티아낙스가 반박했다.

피라가 갈대 펜을 다시 잡았을 때 얼굴에서 광채가 났다. 그녀는 다시 계획을 적으면서 말했다.

"그럼 헛수고로 끝나는 건 아닌 거지."

아르카

아르카는 귀향 후 오두막을 대대적으로 수리하는 데 스무 날을 보냈다. 계단의 벌레 먹은 널빤지를 갈았고, 벽에 석회를 칠하고, 널빤지를 사포로 갈고 기름을 먹였고, 덩굴손이 초가지붕까지 올라간 담쟁이나무를 뿌리째 뽑아버렸고, 녹슨 도르래를 수리했다. 육체노동을 많이 해본 적은 없지만 아르카는 손으로 하는 일이 꽤 재미있다는 걸 알았다. 일에 몰두하는 동안은 라스티아낙스, 나보, 펜테실레이아, 스테릭스, 카시크 그리고 두고 온 사람들과 쌓은 추억을 생각하지 않을 수 있었다. 아침부터 저녁까지 아르카는 망치질하고, 톱질하고, 칠하고, 나사를 조였다. 요강을 비우고, 물을 길어오고, 관할 구역 목공소로 널빤지를 구하러 나갈 때를 빼고는 오두막을 멀리 벗어나지 않았다. 아르카는 아직도 '히페르보레아의 문하생'이라는 꼬리표가 이마에 붙어 있는 느낌이 들었다. 그 느낌이 날이 갈수록 희미해지고는 있지만.

아르카는 스무 날 만에 나무 위 오두막 안에서 손봐야 할 것은 모두 수리했다. 손대지 못한 곳은 폐허가 된 방밖에 없었다. 들어가서 치우고 싶은 마음은 굴뚝같지만 성역이 되어 있는 그 방을 모독하는 것이 될까 봐 두려웠다. 아르카는 여러 번 테미스에게 누가 쓰던 방인지 물었지만 아마존은 입을 열지 않았다.

해먹에 누워서 모기들에게 뜯어 먹히는 밤을 보낼수록 아르카는 그 방을 치우고 싶은 마음이 점점 강박감으로 변했다. 오래 망설인 끝에 아르카는 유혹에 굴복하고 말았다. 테미스가 엘라포르 뿌리를 캐러 나간 날, 아르카는 폐문해놓은 널빤지들을 뜯어내고 썩은 낙엽을 치우기 시작했다. 불에 타버린 예전 자신의 방이 떠올랐다. 작은 말 조각품 외에 벽에 그려놓은 동물 그림들, 어릴 적에 아르카가 시론을 위해 만들었던 것과 비슷한 앵무새 깃털 목걸이와 자신의 것과 똑같이 생긴 보물 상자 안에는 뱀의 허물, 테르모돈강에서 주운 황색 호박 조각들, 젖니 네 개가 들어 있었다. 아마도 아르카처럼 수습생이었을 아이가 이 방에서 살았다는 걸 말해주고 있었다.

아르카는 낡은 단지 안에서 발견한 작은 뼈다귀들을 갖고 노느라고 테미스가 오후 늦게 돌아온 소리를 듣지 못했다. 늙은 아마존은 엉망진창이 된 방 한복판의 널빤지 바닥에 앉아 있는 아르카를 발견했다. 소스라치게 놀란 아르카는 테미스의 표정을 보고 큰 잘못을 저질렀다는 걸 알았다. 손에서 굴러 내린 뼈다귀들이 아르카의 다리 사이로 떨어졌다.

"너 여기서 뭐하는 거야?" 아마존이 성난 목소리로 물었다.

"오두막 전체를 수리해야겠다는 생각에……."

"이 방을 뒤지라고 허락한 적 없다!"

평소에는 낮고 걸걸한 테미스의 목소리가 높고 날카로웠다. 아마존이 코를 벌름거리면서 파랗게 질린 얼굴로 더럽혀진 성역의 방을 쳐다보고 있었다.

"거둬줬더니…… 네가 감히……. 당장 나가!" 아마존이 고함을 지르면서 아르카의 팔을 잡아서 밀쳐버렸다.

아르카는 넘어졌고 기어서 뒷걸음쳤다.

"누가 살았던 방인데요?" 아르카는 대답을 듣기로 작정하고 벌떡 일어나서 소리쳤다.

"나가! 썩 꺼져버려!"

테미스가 아르카를 다시 방 밖으로 끌어내려고 했다. 하지만 아르카가 훨씬 빨랐다. 아르카는 방의 반대편 구석으로 몸을 피했고, 말 조각품을 집어 들었다.

"이 방에서 살던 수습생이 누구냐고요?"

테미스는 아르카가 코앞에서 휘두르는 말 조각품을 낚아채려고 했다.

"딸이에요?"

이 질문이 아마존을 화나게 한 것 같았다. 테미스는 어깨를 축 늘어뜨렸고, 백내장 때문에 뿌연 눈이 말 조각품을 응시하고 있었다. 그러고는 바짝 긴장해서 지켜보고 있는 아르카에게 눈길도 주지 않았다.

"내가 그 아이에게 그걸 만들어줬어." 테미스가 중얼거렸다. "그 아이가 제일 좋아한 장난감이었지."

테미스는 느릿느릿 아르카의 손에서 말 조각품을 빼앗아서 굳은 살이 박인 손가락으로 거칠게 깎인 말을 문질렀다.

"내 딸은 아니었지만 딸이나 다름없었어."

"그럼 누구 딸이었는데요?" 아르카가 물었다.

갑자기 아마존이 말 조각품을 아르카에게 돌려주었다.

"여기 정리하고 테라스에 나가서 얘기하자." 테미스는 다시 걸쭉해진 목소리로 말했다. "여긴 추억이 너무 많아서 머리가 돌아버릴 것 같아."

늘 그렇듯 테미스는 바로 말해주지 않았다. 아르카에게 콩 한 자루를 건네주면서 껍질을 까라고 하고 자신은 엘라포르 뿌리 한 다발을 다듬기 시작했다. 그들은 침묵 속에 저녁을 준비했다. 아르카는 애가 탔지만, 또다시 심기를 건드리는 잘못을 저질렀다가는 테미스가 작은 방에 대한 이야기를 절대 해주지 않을 수도 있다는 걸 알고 있었다. 식사가 끝났을 때 테미스는 파이프 담배를 꺼냈다. 담배 연기가 테라스에서 윙윙거리기 시작하는 모기들을 쫓아냈다. 마침내 그녀가 이야기를 시작했다.

"네가 오기 전 시론에게 아이가 있었어."

아르카는 충격을 받았다. 시론에게 자식이 있었을 거란 생각은 한 번도 하지 않았다. 시론에 대한 기억을 떠올릴 때마다 머릿속에 떠오르는 이미지는 아기를 품에 안고 있는 모습이 아니라 고독하고 우울한 모습이었다. 이상한 질투심이 엄습했다. 시론은 자신의 후견인일 뿐인 줄 알았는데 친자식이 있었다니.

"아들이었지." 테미스가 말했다. "아들을 잃었을 때 시론은 폐인이 되었어. 어떻게든 정신 차리게 하려고 노력했지만 함께 사는 것이 너무 힘들어졌고, 결국 우리는 헤어졌지."

테미스는 테라스 난간에 대고 파이프를 톡톡 치면서 재를 털어냈다. 아르카는 신비학 수업 첫날 포네리아가 했던 질문이 생각났다. 그럼 남자애들은 어떻게 되는데요? 아르카가 그 아들은 어떻게 됐는지 물어보려고 하는데 테미스가 부연했다.

"시론이 넋 놓고 사는 몇 년 동안 난 외면하고 살았어. 그러다 시론이 나아지기 시작했을 때 우리는 다시 가까워졌지. 바로 시론이 너를 거두었을 때야. 하지만 너무 많은 일이 있었기 때문에 우리는 다시 함께 사는 것보다는 친구로 남기로 했지. 이따금 그때 시론과 합치지 않았던 걸 후회해. 내가 곁에 있었다면 시론이 불 속에서 그렇게 죽진 않았을 텐데……."

테미스는 단조로운 목소리로 회상하면서 옛 동반자의 죽음이 자신이 막을 수 있었던 일인 양 자책하고 있었다. 그녀는 입을 다물고 뿌연 눈으로 기울어진 햇살을 받아 반투명해진 나뭇잎들을 쳐다봤다. 눈을 깜박이는 그녀의 속눈썹 가장자리에 눈물이 맺혀 있었다.

"시론의 아들, 그 아이는 어떻게 됐어요?" 아르카가 물었다.

테미스는 그렁그렁한 눈으로 아르카를 쳐다봤다.

"사라진 수습생들의 협곡이라고 들어봤지?"

아르카는 머뭇거리다가 고개를 끄덕였다. 대화가 어디까지 이어질지 짐작이 간 아르카는 끝까지 듣고 싶은지 확신이 서지 않았다.

"북쪽 기슭 어딘가에 있는 협곡이잖아요." 아르카가 대답했다. "거기는 가면 안 된다는 말을 귀에 못이 박히게 들었어요. 사악한 영혼이 떠돌고 있다면서."

테미스의 입에서 흘러나오던 조소가 기침으로 바뀌었다. 아르카는 끓는 가래와 싸우는 아마존을 쳐다봤다. 테미스는 마침내 유칼립투스 나뭇잎에 가래를 뱉고 나서 훨씬 더 걸걸한 목소리로 말했다.

"수습생들이 협곡 쪽으로 가지 못하게 하려고 늘 그렇게 말하지. 아이들이 헤일로테스 농부들과 어울리는 나이가 되어 임신을 하고 아들을 낳으면 그곳으로 데려가서 던져버릴 때까지는."

아르카의 눈이 동그래졌기 때문에 테미스가 덧붙였다.

"40년 전쯤 시론의 언니에게 그런 일이 일어났어. 그 언니는 견디다 못해 수십 일 후 협곡에 스스로 몸을 던졌지. 사이가 아주 좋았던 언니였기 때문에 시론은 정신적으로 엄청난 충격을 받았어. 그러다 테미스키라 용병의 아이를 임신하게 되었을 때 시론은 혹시 아들을 낳더라고 절대로 협곡에 던지지 않겠다고 다짐했어. 그래서 시론은 해산했을 때 아기가 사내아이라는 걸 아무도 모르게 숨겼지. 내가 시론을 만난 게 그때였어. 셋이 이 집으로 와서 살았지. 나는 늘 캉드리가 아들이라는 것이 에포로스에게 발각될까 봐 두려웠어. 지휘관들이 캉드리를 잡아서 협곡에 던져버리고 시론을 참수해버릴 테니까. 하지만 들통나지 않고 몇 년을 잘 버텨 왔는데 캉드리가 일곱 살이 되던 날, 결국 알려지게 되었지. 시론은 아들의 목숨을 살리기 위해 졸지에 아이 아버지에게 보내야 했어. 시론은 캉드리를 다시는 보지 못했고, 상실감에 빠져서 살았지.”

테미스는 지친 얼굴로 심호흡을 하고 난간에 파이프를 내려놨다.

“캉드리도 말썽꾸러기였지. 너희 둘은 아주 많이 닮았어.”

아르카는 시론의 아들을 상상했다, 이목구비가 흐릿한 작은 실루엣. 세상 어딘가에 후견인이 키웠던 또 다른 사람이 존재하는 것이었다. 아르카는 자신에게 형제가 있다는 사실을 알고 당황하지 않을 수 없었다.

“그래서 사람들이 아마존을 싫어하는 거예요.” 아르카가 중얼거렸다.

“사람들은 늘 내 안의 티끌은 보지 못하고 남의 티끌만 크게 보니까.” 테미스가 내뱉었다. “히페르보레아 여자들과 나포카 여자들을 비교해봐. 그 여자들의 삶은 그저 아기 낳는 능력 말고는 가치가 없어. 게다가 집에 들어박혀서 애들이나 키우는 게 고작인데. 어떤 인생이 더 나은 걸까, 응?"

아마존은 아르카에게 말할 겨를을 주지 않고 덧붙였다.

"나는 아이를 원치 않았어. 그래서 나는 지휘관들의 눈에 난 적이 없었지. 지휘관들은 헤일로테스 농부들의 딸들을 모집하기보다는 모든 아마존이 딸을 낳아 전사로 키우길 원하지. 그런데 안타깝게도 두 번에 한 번 꼴로 협곡에 시체가 추가된다는 거야."

테미스가 일어나는데 척추에서 뚝뚝 소리가 났다.

"과거의 추억 속에 자신을 가두고 사는 건 절대 좋은 생각이 아니야. 캉드리의 방을 이렇게 버려 두는 게 아니었는데. 이제부터 그 방은 네가 써라. 더는 테라스에 해먹을 달고 잘 필요 없어. 내일 방을 치우고 네가 써."

프레톤

저녁 어스름이 도시에 내리면 얼어붙은 운하의 빙판이 낮보다 훨씬 위험해졌다. 4지구의 평민들은 밤이 되면 기온이 뚝 떨어지는 추위를 피하기 위해 일을 마치고 서둘러서 귀가했다. 프레톤은 불편한 마음으로 좁은 수도교를 건너고 있었다. 나사가 풀리거나 파손된 난간이 있어서 미끄러질 경우 추락할까 두려워서가 아니었다. 밤중에 하위 지구의 위험한 길을 다니면서부터 그는 낙후된 환경을 볼 때마다 놀라고 있었다. 기온이 급격히 떨어지기 전에는 6지구 아래로는 거의 내려가본 적이 없었는데 정말이지 많은 것이 달라져 있었다.

아버지의 죽음, 재판, 인질극, 돔 파손⋯⋯. 며칠 사이 프레톤은 모든 걸 잃었다. 그래서 아마존들로부터 도시를 해방시킨 뒤, 필롱 장군이 자신의 문하생으로 들어오라고 제안했을 때 프레톤은 그 내미는 손길을 냉큼 잡았다. 하지만 지금은 후회하고 있었다.

멘토가 해주는 대우에 불만은 없지만—독방과 따뜻하고 몸에 딱 맞는 멋진 군복을 주었다—프레톤은 속지 않았다. 필롱이 히페르보레아인의 환심을 사기 위해 자기를 이용하여 관습을 흉내 내는 것이라는 걸 알았다. 그리고 마법사들을 교도소에 가둬 두고 있는 것은 도시 장악력을 강화하기 위해 테미스키라군이 아무 데도 얽매이지 않고 자유롭게 행동하게 위한 것이라고 의심하고 있었다. 테미스키라군이 수도교에서 히페르보레아 귀족 부인들을 학살했을 때 그 의심은 확신으로 변했다.

무참히 학살된 부인들 중에는 프레톤이 잘 아는 어머니의 친구들도 있었다. 그들은 그의 어머니처럼 어차피 여자라서 환영도 못 받는 마기스테리움의 정치에는 관심이 없고 저택을 아름답게 꾸미거나 열심히 살림하는 평범한 주부들일 뿐이었다. 테미스키라인들은 우발적인 사건으로 은폐하려다 실패하자 끔찍한 잘못이었음을 인정하고 유감을 표명했다. 프레톤은 멘토와 모든 시간을 보내는 데다 예전에 알고 지내던 사람들을 아무도 만나지 않았기 때문에 테미스키라 측 입장에 반신반의하면서도 동조하고 있었다. 하지만 스테릭스란 이름이 희생자 명단에 추가되었을 때 평소에는 무시해 치우던 도덕적 양심이 꿈틀대는 걸 느꼈다. 물론 프레톤은 스테릭스가 자기를 버리고 아르카와 카시크의 편이 되었을 때 그를 자신의 친구 목록에서 삭제했다. 하지만 스테릭스는 그와 같은 귀족 출신의 반 친구였고, 교도소 문 앞에서 배가 갈라진 채 살해되기에는 너무 어린 나이였다.

그 학살이 일어난 뒤로 프레톤은 7지구를 지나갈 때마다 아직 저택에 사는 귀족 부인들의 비난으로 가득 찬 시선과 마주칠까 두려워서 감히 얼굴을 들지 못했다. 그래서 필롱에 대한 설문 조사를 위해 도시의 하위 지구로 내려갈 수 있는 것에 안도했다. 아는 사람들과 마주칠 일이 거의 없기 때문이다.

선거전이 시작된 뒤로 그의 멘토는 여러 차례 그를 보내서 정적들에 대한 정보를 수집하고, 유권자들의 동향을 알아보게 했다. 프레톤은 장군이 정당하게 선출되기 위한 노력을 하는 것이 아니라고 생각했다. 필롱이 출마를 선언한 뒤로 로크새 비행병들이 장군의 공적을 칭송하는 전단지를 뿌리고 있었다. 그들은 줄곧 장군 덕분에 빠르게 돔 복원이 이루어지고 있다는 점을 특히 강조했다. 필롱은 길드 회의가 있을 때마다 참석해서 자신의 정부에서 얻게 되는 이점을 들먹이며 상인들을 설득했다. 심지어 그는 유권자들에게 직접 빵을 나눠주기까지 했다.

프레톤은 하위 지구 주민들이 억류되어 있는 마법사들의 운명과 귀족 부인들의 학살을 빠르게 잊어버리는 걸 확인하고 비통함을 느꼈다. 그는 도시의 바닥으로 내려갈 때마다 멘토에 대해 수집한 좋은 소식을 들고 돌아갔다. 장군의 인기는 날로 높아지고 있었다. 유권자들은 필롱을 다가가기 쉽고 진지하며 자신들의 복지에 신경을 써주는 후보자로 판단하고 있었다. 그에 비해, 입후보 등록에 필요한 1만 5천 히페르를 낼 능력이 있는 히페르보레아 출신 후보자들은 무게감이 떨어졌다. 필롱 외에 세 명만 출마한 상태였다. 6지구의 벌꿀주거상, 1지구의 조직폭력 집단 두목, 기온이 떨어진 덕분에 모피 사업으로 부를 축적한 모피 제조 길드의 수장. 그중 누구도 출신 지구를 벗어나서 선거 운동을 하지 않기 때문에 인지도가 없는 편이었다. 따라서 필롱의 반대 진영 표가 셋으로 갈라져 있는 만큼 히페르보레아 출신 바실레우스가 당선될 가능성은 거의 희박했다. 테미스키라인들은 만족감을 나타내고 있었다.

그런데 며칠 전부터 도시 곳곳에 정체불명의 벽보가 붙기 시작했는데 다섯 번째 후보가 경쟁에 뛰어들었음을 암시하고 있었다. 한 줄의 문구만 적힌 전단지였다.

히페르보레아가 여러분을 기다립니다

그 밑에 작은 글씨로 날짜와 주소가 함께 적혀 있었다.

이 새로운 후보는 나포카계라는 소문이 돌았다. 그 소식을 접하자마자 필롱은 부하들에게 밤중에 아무도 모르게 벽보를 모두 떼어 버리라는 명령을 내렸고, 그의 문하생을 전단지에 적힌 장소로 보냈다.

그리하여 프레톤은 이날 저녁 카라반 숙소로 가고 있었다. 리파이아 산악지대 출신 카라반들을 수용하는 둥근 지붕의 건물은 시가지에서 조금 떨어진 곳에 자리 잡고 있었다. 1, 2, 3, 4지구의 수도교를 잇는 대형 공중 운하들이 카라반 숙소와 연결되어 있고, 사향소들도 드나들 수 있도록 폭이 넓은 계단이 건물 주위를 둘러싸고 있었다. 이 계단을 통해 도매가격을 협상하는 길드의 상점들이 있는 아케이드*에 이를 수 있었다. 건물 중앙은 열과 빛이 차단된 여러 개의 창고로 나뉘어 있고, 창고 안에 보관되어 있는 물품들은 거북들에 실려서 히페르보레아의 여러 공장으로 운송되었다. 아무튼 급격히 기온이 떨어지기 전에는 그랬다. 돔이 파손된 뒤로는 카라반들이 찔끔찔끔 들어오기 때문에 창고들은 텅텅 비었고, 상점들도 한산했다.

정체불명의 후보가 카라반 숙소를 만남의 장소로 선택한 것은 우연이 아니었다. 1, 2, 3, 4지구의 주민들을 집결하기 쉽기 때문이었다. 건물 내 수직 이동을 막는 물리적 장벽이 없는 데다 마기스테리움이 엄격하게 출입을 통제하던 규제가 상당히 완화되어 있었다. 그래서 4지구의 공중 운하를 통해 쉽게 도착한 프레톤은 바실레우스 계승을 주장하는 후보를 구경하러 온 사람들 속에 있게 되었다.

카라반 숙소의 옥외 계단에는 눈높이에 둥둥 떠 있는 발광체 전구들이 속속 도착하는 사람들을 만남의 장소로 인도했다. 프레톤은 사람들 속에 섞여서 금은세공품 상점가의 어두컴컴한 아케이드를 지나서 커다란 창고에 이르렀는데, 아직 재고가 남은 물품 상자들과 포대들이 벽 쪽으로 밀쳐져 있었다. 반구형 높은 천장 아래 대형 발광체 전구들이 창고 중앙에 놓인 연단을 밝혀주었다. 이미 상당히 많은 사람이 모여 있었다. 청중은 대부분 하위 지구 주민인 것 같았고,

아케이드 아치로 둘러싸인 공간.

나포카인들의 비율이 높았다. 다섯 번째 후보자가 곧 모습을 드러낼 연단을 잘 보기 위해 프레톤도 사람들이 하는 대로 물품 상자 위로 올라갔다.

그렇지만 정체불명의 후보자는 오래 기다리게 했다. 반 시간이 지나도 나타나지 않았다. 불만이 터져 나오고 있을 때 갑자기 조명이 꺼졌다. 이제 발광체 전구 하나만 수직으로 내리비추고 있어서 연단이 묘한 후광에 둘러싸인 듯했다. 이내 청중 속에서 술렁거림이 일었다. 프레톤은 기술적 조명 효과에 깊은 인상을 받았다. 조명의 변화를 치밀하게 계산하여 만든 인장을 사용한 것이었다.

그 순간 한 사람이 계단을 올라갔고, 불빛 속의 연단에 이르렀을 때 프레톤은 턱이 빠질 뻔했다.

"안녕하십니까." 피라는 초록빛 눈으로 군중을 둘러보면서 말했다. "이렇게 많이 와주셔서 고맙습니다."

곳곳에서 놀라는 중얼거림이 새어 나왔다. 이토록 젊은 여성이 나타나리라고는 아무도 예상하지 못했던 것이다. 가장 놀란 사람은 프레톤이었다. 최고 장관이었던 아버지 장례식 이후로는 피라를 본 적이 없었다. 피라의 대담함은 누구보다 잘 알고 있었지만 감히 바실레우스 선거에 출마할 줄은 상상도 못 했다.

피라가 메젠스의 문하생이었을 때 그들은 한 지붕 아래서 5년을 함께 살았다. 피라가 마법 평가전에서 합격한 다음 날 멘토가 된 메젠스의 집에 왔을 때 프레톤은 그녀를 경멸했다. 여덟 살 아이의 눈에 피라는 아버지의 사랑을 받지 못하는 자신에게서 작은 관심마저 빼앗아 가는 별난 성격의 키다리 여자로 보였다. 건방지게 굴던 프레톤은 청소년기에 접어들자 성년이 된 피라에게 연정을 품게 되었다. 하지만 피라는 프레톤에 대해 남동생들에게 주는 애정 이상의 감정은 전혀 느끼지 못하는 것 같았다. 프레톤은 속마음을 드러내지 않으려고 조심해서 다행이라고 생각했다.

프레톤은 늘 그랬다. 누군가에게 반했을 때 전혀 내색하지 않는 것에 명예를 걸었기 때문이다. 이 이상한 사고방식의 대가를 치른 사람이 바로 아르카였다. 한 번도 사랑해준 적이 없는 아버지가 살해되는 사건에 충격을 받은 프레톤은 이제는 아버지처럼 살지 않겠다고 결심했다. 그러다 아르카가 살해 사건의 범인이라는 걸 알면서 그 결심이 흔들렸다.

웅성거림이 수그러들자 피라가 발언했다. 가죽 망토의 깃에 단 작은 마법 확성기 덕분에 피라의 목소리가 쩌렁쩌렁 울렸다.

"여기 모이신 여러분들은 필롱 장군에게 투표하고 싶은 유혹을 받고 계십니다. 나는 그 이유를 이해합니다. 테미스키라군이 아마존들을 몰아냈고, 기근으로 위기에 처했을 때 우리에게 먹을 것을 주었고, 우리의 돔까지 복원하는 중이니까요. 이런 모든 이유에도 불구하고 오늘 저녁 여러분은 이곳에 오셨습니다. 왜 오셨을까요? 마음에 걸리는 뭔가가 있기 때문입니다. 아마도 해방된 지 한 달이 지났는데도 여러분의 옛 지도자들은 아직도 투옥되어 있다는 걸 이상하다고 생각하기 때문일 겁니다. 아마도 왜 외국인 병사들이 우리의 톨게이트를 장악하고 있는지, 왜 우리의 건물들을 포위하고 있는지, 왜 무기도 없이 남편들의 석방을 요구하는 부인들을 살육한 것인지 의문이 들기 때문일 겁니다. 아마도 히페르보레아가 결국은 테미스키라의 속국으로 전락하여 나포카처럼 철저히 착취당하는 것이 아닐까 두렵기 때문일 겁니다. 아, 제 이름은 피라이고, 히페르보레아인인 저 역시 그것이 걱정됩니다."

어릴 적부터 정치에 익숙한 프레톤은 피라의 겸손하면서도 사실에 근거한 효과적인 모두 발언에 감탄했다. 피라는 창고에 급조한 무대와는 대조적으로 능숙했다. 실내가 어두컴컴한데도 그는 모든 청중의 시선이 피라의 입술에 고정되어 있는 걸 느꼈다. 피라는 낭랑한 목소리로 연설을 이어 나갔다.

"저는 걱정됩니다. 우리의 삶을 이토록 잘 통제하는 테미스키라인들이 우리의 생각까지 통제하는 것처럼 보이기 때문입니다. 그들 중 한 사람을 우리 도시국가의 수장으로 뽑아주면 우리는 그들이 옳다고 인정해주는 것이 됩니다. 그렇다면 어떤 대안이 있을까요? 투표를 하지 않는 것으로 우리의 통치자를 선출하는 기회를 스스로 박탈해야 할까요? 아니면 야망이 무엇인지, 동기가 무엇인지도 모르는 세 후보자 중에서 아무나 골라서 투표해야 할까요? 그런데 이 모든 일련의 일들은 무엇을 위한 것일까요? 하위 지구들의 현실도 모르고, 법 앞에서도, 부하들 앞에서도 떳떳하지 못한 한 남자를 바실레우스 옥좌에 앉히기 위해서일까요?"

연설 도중에 발광체 전구들이 하나둘 다시 켜지면서 어둠 속에 있는 군중까지 밝혀주었다. 피라는 이제 군중에게서 멀리 떨어진 무대에 올라선 고독한 배우가 아니라 대규모 강연장의 중심점이었다.

"우리는 아주 오랜 세월 한 명의 출중한 군주의 통치를 받는 행운을 누렸습니다." 피라가 잠시 말을 중단했다가 이어 나갔다. "그 뒤를 잇는 계승자들은 아마도 이전 군주와 같은 통찰력도, 인간 수명의 한계를 뛰어넘도록 장수하는 일도 없을 것입니다. 이제는 우리 도시국가에 정치적 안전장치를 마련할 때입니다. 그래서 저는 여러분에게 다른 길을 제안하고자 합니다. 우리 도시국가를 위한 전례 없는 정치적 미래가 되어줄 길을 열 것입니다. 제가 나아갈 길이자 여러분이 나아갈 길이기도 합니다. 여러분이 저에게 투표해주는 영광을 주신다면 저는 첫째로 시민 의회를 창설할 것입니다. 시민 의회는 7개 지구의 남녀 시민들 중에서 선출된 대표자들로 구성되며, 대표자들은 4년마다 교체될 것입니다. 이 시민 의회는 바실레우스가 주재하는 각료 의회의 제안을 개정하고 표결하는 책임을 갖게 될 것입니다. 그리하면 시민의 선택을 받지 못할 경우 그 어떤 결정도 채택되지 못할 겁니다."

이렇게 말하고 피라는 입을 다물었다. 몇 초가 흘렀고, 청중의 질문이 터져 나오기 시작했다.

"그 의회에서는 시민 대표를 몇 명으로 구성할 겁니까?"

"당신은 몇 지구 출신이요?"

"당신이 당선되면 테미스키라군은 철수하는 겁니까?"

"그래도 당신 나이가…… 너무 젊은 거 아니오?"

"언제부터 여자가 바실레우스가 될 수 있는 거요?"

프레톤은 피라의 답변을 듣고 있었다. 피라가 어떤 질문에는 자세히 설명하는가 하면 공격적인 질문에는 재치를 발휘하여 간략하게 맞받아치고 있었다. 프레톤은 피라의 제안에 충격을 받았고—평민들로 구성된 시민 의회라니, 왜 저러는 거지? 하위 지구 사람들을 늘 경멸했으면서—한편으로는 방금 들은 것을 멘토에게 보고해야한다는 생각에 불안해졌다. 평민의 호응을 얻을 것으로 보이는 이 공약은 그녀를 필롱의 위협적인 경쟁자로 만들기에 충분할 것 같았다.

"네가 여기 웬일이니?"

프레톤은 소스라치게 놀랐다. 매부리코의 호리호리한 젊은이가 그가 앉은 상자 위로 공중부양을 했다. 아르카의 멘토이자 평등화 장관이었고 아버지 살해 사건의 공범으로 사형 선고를 받은 라스티아낙스였다. 프레톤은 재판 이후 그를 보지 못했다. 라스티아낙스는 그를 죽이려고 달려들던 그리핀 덕분에 경기장을 도망치는 데 성공했다는 소문이 돌았다.

"당신은 여기 웬일이에요?" 프레톤이 라스티아낙스는 조금도 겁나지 않는다는 걸 보여주려는 듯 거만한 말투로 응수했다. "당신은 경찰의 수배를 받고 있는데."

프레톤은 아르카에게 입맞춤한 날 밤 바보같이 난간에 두고 자리를 뜨는 바람에 잃어버린 파괴 인장반지를 지니고 있지 않은 것이 갑자기 아쉬웠다. 피라의 답변에 열중해 있는 주위 사람들은 둘의 대화에 아무 관심이 없었다. 라스티아낙스가 공격할 경우 프레톤은 누구에게도 도움을 청할 수 없었다. 라스티아낙스의 얼굴에 조소가 번졌다. 그가 물품 상자 위에 앉더니 무릎에 팔꿈치를 괴고 목덜미를 문질렀다.

"히페르보레아 경찰은 로크새 비행대에 적응하느라고 너무 바빠서 나를 추적할 수가 없는데 어쩌나." 라스티아낙스가 응수했다. "나는 피라를 도와서 너의 새 주인이 이 도시를 지배하지 못하게 막을 거야."

프레톤은 그 순간 시민 의회를 창설하겠다는 생각이 누구의 머리에서 나온 건지 알아차렸다. 라스티아낙스 같은 평민 출신만 피라의 머릿속에 그런 계획을 심어놓을 수 있었다. 하지만 피라는 왜 자신의 멘토를 살해한 공범과 손을 잡았을까? 피라가 문하생이던 시절 아버지는 친아들보다도 피라에게 호의를 베풀면서 대우해주었다. 피라가 라스티아낙스를 계속 만나면서 머리에 문제가 생긴 것이 틀림없었다. 프레톤은 라스티아낙스를 체포해야 한다는 걸 알았지만, 상대는 자신보다 여섯 살 연상인 데다 과장된 평판일지 몰라도 위협적인 마법사였다.

"피라는 출마를 철회해야 해요." 프레톤이 피라가 여전히 질문에 답변하고 있는 연단을 턱으로 가리키면서 내뱉었다. "시민 의회 같은 걸 창설하겠다는 말로 민중을 선동하는 것은 필롱 장군의 마음에 전혀 들지 않을 거예요."

"철회하지 않을 거야." 라스티아낙스가 대꾸했다. "내가 피라를 설득하지 않았다고 생각하지는 마."

"왜 내가 당신 말을 믿어야 하죠?" 프레톤이 공격적으로 응수했다. "당신은 그 야만적인 문하생을 도와서 내 아버지를 죽인 사람인데."

"아르카는 네 아버지를 죽이지 않았어." 라스티아낙스가 반박했다.

"걔가 아니면 당신이겠죠." 프레톤이 내뱉었다. "당신은 내 아버지를 미워했으니까."

프레톤은 마지막 말을 뱉어내면서 씁쓸했다. 라스티아낙스는 눈살을 찌푸렸다. 창고 안에서는 피라와 청중 간의 대화가 계속되고 있었고 그 소리에 둘의 대화는 묻히고 있었다.

"그런 범죄를 저지르는 것으로 이득을 얻는 사람이 누구일지 생각해봐." 라스티아낙스가 반박했다. "나도 아르카도 바실레우스와 각료 의회의 장관들을 죽이는 것으로 득볼 것이 없어. 그 연쇄 살인은 마기스테리움의 기능을 마비시키기에 충분했지."

라스티아낙스의 말은 수도교 학살 사건이 일어난 뒤로 프레톤을 괴롭혀 온 의심을 부추겼다. 프레톤은 아르카의 무고함을 믿고 싶지만 그걸 인정한다는 것은 자신이 아르카에 대해 거짓 증언을 했다는 뜻이고, 이제는 아버지를 살해한 자들을 돕는 꼴이 되는 것이었다. 이 두 가지 관점은 이미 엇나간 그의 양심이 감당하기에는 너무 고통스러운 것들이었다. 라스티아낙스가 고개를 절레절레 흔들면서 말했다.

"필롱이 오늘 밤 정보원들을 보낼 거라고 예상하고 있었어. 네가 그 정보원들 중 한 명인 거고. 가서 너의 새 멘토에게 고해. 피라는 선거에서 이길 가능성이 전혀 없고, 피라를 제거하면 얻는 것보다 잃는 것이 더 많을 거라고."

"정말로 가능성이 전혀 없어요?"

라스티아낙스는 잠시 침묵했다.

"히페르보레아를 위해서는 피라가 승리하길 바라고, 피라를 위해서는 패하면 좋겠어."

라스티아낙스가 물품 상자에서 일어났다. 창고 중앙에서 피라는 청중에게 이 자리에 참석하지 않은 히페르보레아 주민들에게도 자신이 입후보한 이유를 전파해 달라고 당부하면서 연설을 마무리하고 있었다. 전파력 강한 낙관론이 청중을 열광시켰다. 젊은 마법사는 연단 계단을 내려와 청중을 뚫고 출구로 향하면서 주위에 몰려드는 사람들과 악수를 나누기도 하고 몇 마디 말을 건네기도 했다. 프레톤은 라스티아낙스가 피라에게 가려고 움직이는 걸 봤다. 대화를 시작할 때부터 목구멍에 걸려 있던 질문이 갑자기 그의 입에서 튀어나왔다.

"아르카가 어디 있는지 아세요?"

라스티아낙스는 고개를 돌리고 그를 쳐다봤다. 프레톤은 얼굴이 빨개지는 걸 느끼면서 가슴이 뜨끔했다.

"나도 그 질문에 답해줄 수 있으면 좋겠다." 라스티아낙스가 대답했다.

그가 군중 속으로 멀어져 가는 사이 프레톤은 도저히 빠져나가지 못할 것 같은 정신적 수렁에 갇혀버렸다. 프레톤은 마기스테리움으로 돌아갔고, 라스티아낙스와의 만남으로 충격을 받은 상태에서 멘토를 만나기 위해 아버지의 옛 집무실로 향했다. 장군은 고관 의자에 앉아서 보고서를 읽고 있었다. 프레톤이 알칸드로스라는 이름으로 알고 있는 남자도 사다리꼴 창문턱에 걸터앉아 있었다. 남자의 손이 입과 옆에 놓인 당과가 담긴 사발 사이를 오가고 있었다. 프레톤은 알칸드로스가 테미스키라군에서 별정직을 맡고 있다는 것 말고는 그에 대해 아는 것이 별로 없었다. 그는 올리가르키아도 장교도 아니었다. 필롱 장군은 알칸드로스를 경계하는 것 같지만 정기적으로 그를 불러서 선거와 관련해 조언을 구했다. 프레톤은 장군이 그를 내보낼 적절한 기회를 기다리고 있다는 생각이 들었다. 그는 경례를 부치면서 자신의 도착을 알렸다.

"쉬어, 문하생." 장군이 프레톤 쪽으로 고개를 들면서 말했다. "그래서 정체불명의 후보를 보았나?"

목덜미가 뻣뻣해진 프레톤은 그 모임에서 있었던 일에 대해 보고하면서 라스티아낙스와 나눈 대화를 빼고 청중의 열광을 축소해서 전했다. 필롱에게 완전히 거짓된 보고를 할 수는 없었다. 라스티아낙스가 지적한 대로 창고 안에 그 자신만 정보원으로 참석해 있는 건 아닐 것이 틀림없기 때문이었다. 프레톤은 잔뜩 긴장해 있다는 걸 장군이 알아채지 않기를 바랐다. 테미스키라인을 대할 때는 늘 마음을 놓을 수 없었다. 그가 보고를 마치자 장군이 손가락으로 팔걸이를 톡톡 쳤다.

"시민 의회라……. 그거 마음에 안 드는데, 그 제안은 평민에게 통할 가능성이 높단 말이야. 아무래도 병사들에게 그 피라라는 여자를 처리하라고 명을 내리는 게 낫겠어."

프레톤의 등에 식은땀이 흘렀다. 그는 장군이 자신의 일에 방해가 되는 자가 있으면 가차 없이 아니마를 추출해버린다는 걸 알고 있었다. 올리가르키아가 되기 위해 음모에 가담했던 멍청한 전쟁 장관이 그렇게 당했다. 피라는 프레톤에게 관심도 없겠지만, 그는 피라가 교도소의 추출기 앞으로 끌려가는 건 보고 싶지 않았다.

"이 단계에서 후보자 한 명이 사라지면 자칫 의혹의 눈길을 받게 될 겁니다, 마스터." 프레톤이 감히 말했다. "그 여성 후보가 다른 세

명의 후보자들보다 표를 조금 더 얻는다면 오히려 선거의 신뢰도가 높아질 겁니다."

"그러다 그 여자가 당선되면?"

프레톤의 뇌가 전속력으로 돌아가고 있었다.

"그 여자는 당선되지 못해요." 프레톤이 아주 장담하듯 단언했다. "히페르보레아인들은 여자에게 겸손한 태도를 기대하기 때문에 여자가 출마하는 걸 좋아하지 않을 겁니다. 더군다나 아마존들이 이 도시에서 그런 짓을 저질렀으니 사람들은 그 여자에게 투표하지 않을 겁니다."

"몇몇 조언에 따라 내가 여자에게 투표권을 부여했으니." 필롱이 대화에 귀를 세우고 있는 알칸드로스 쪽으로 눈살을 찌푸리면서 지적했다. "여자들이 같은 여자를 지지하고 싶어 할지도 모르지."

알칸드로스는 필롱의 비난성 말투를 못 들은 체하고 사발에 있던 마지막 당과를 입에 넣었다.

"나도 저 문하생과 의견이 같습니다." 그가 일어나면서 말했다. "그 여자가 공식적으로 출마를 선언한 이상 평판을 해칠 위험을 무릅쓰고 그 여자를 제거하기에는 너무 늦었습니다."

알칸드로스가 태연하게 어깨를 펴는 사이 프레톤은 속으로 안도했다.

"그 여자가 나포카인들의 지지를 받는 거라면," 알칸드로스가 말을 이었다. "그렇다면 히페르보레아인들의 외국인 혐오증을 이용하면 됩니다. 그 여자를 나포카인들의 후보로 소개하고, 오직 나포카인들이 권력을 잡게 하려는 목적으로 시민 의회를 창설하는 거라고 소문을 퍼뜨리는 겁니다. 유권자들이 그 여자에게 투표를 못 하게 막는 것은 그걸로 충분할 겁니다."

그렇게 말하고 나서 알칸드로스는 느릿한 동작으로 경례를 하고서 더는 격식을 갖추지 않고 방을 나갔다. 고관 의자에 앉은 필롱 장군이 두 손으로 턱을 받친 채 문 뒤로 사라지는 알칸드로스를 쳐다보는데 위험한 야수를 노려보는 것 같았다.

6
비프아주르 광산의 비밀

아르카

아르카는 숲으로 돌아온 뒤로 히페르보레아 소식은 전혀 듣지 못했다. 날이 갈수록 문하생 시절을 생각나게 하는 것들이 희미해지자 아르카는 마법의 도시와 연결 고리가 끊어진 것 같고 거기서 보낸 시간이 차츰 현실이 아닌 꿈처럼 느껴졌다.

그래서 히페르보레아가 점령되었다는 소식이 전령을 통해 아르카디아까지 전해졌을 때, 아르카는 도시에서 직접 경험했으면서도 다른 사람들처럼 새삼스러웠다. 그래서 관할 구역의 목수가 정체불명의 아마존 무리가 마법사들을 인질로 잡았다는 얘기를 해주었을 때 어렵지 않게 놀라는 척할 수 있었다. 숲 전체가 발칵 뒤집혀서 그 아마존들의 정체에 대해 의문을 품었다. 그 아마존들의 비프아주르는 숲에 불이 났을 때 테미스키라군이 훔쳐 간 천연 덩어리로 만든 것일 거란 소문이 퍼지기 시작했다. 아르카는 인질극에 대해 알고 있는 것을 모두 알려주고 싶었지만, 그러면 히페르보레아에서 문하생으로 지낸 것과 순간이동 능력까지 털어놔야 해서 아무 말도 할 수 없었다. 아마존 군사 재판에서 즉결로 참수당하는 이유가 되기 때문이었다. 아르카는 잠자코 다음 이야기를 기다렸다. 아마존들은 테미스키라의 로크새 비행대에게 격퇴당했고, 현재는 리쿠르고스의 병사들이 히페르보레아를 장악하고 있었다.

이렇게 전개될 줄 예상했으면서도 아르카는 혼란스러웠다. 아르카는 이제 자신이 주인공이던 사건의 구경꾼이 되었다. 라스티아낙스는 그 격전지의 중심에서 생령의 주인과 테미스키라군에 맞서고 있었다. 아르카는 멘토를 생각할 때마다 확실하게 끝내지 못하고 도망치듯 빠져나온 것에 대한 후회 때문에 속이 타들어 갔고, 혼란에 빠진 히페르보레아에 그를 버려 두었다는 자책감이 점점 더 커졌다.

하지만 아르카의 머릿속은 당장 눈앞에 보이는 현실적인 문제들이 차지하고 있었다. 오두막 수리는 마무리되고 있지만, 테미스의 곳간이 눈에 띄게 비어 가고 있었다.

"아이고, 그렇게 깨작거려서야 양동이도 못 들겠다." 귀리죽 한 사발로 함께 점심을 먹던 어느 날 테미스가 잔소리를 했다.

아르카는 절대 식욕이 날 수 없는 식사라고 지적하고 싶었지만 참았다. 몇 달 동안 라스티아낙스의 찬모 메타니르가 해준 진수성찬을 먹었더니 아마존들의 기름기 없는 식사에 다시 적응하기가 어려웠다.

아르카는 이제 오두막 수리가 다 끝났는데도 테미스가 그만 집을 떠나라는 말을 하지 않자 놀랐다. 테미스는 또다시 혼자 지내는 것이 두려운 것이 틀림없었다. 아마존은 늙도록 사는 경우가 드문 데다 퇴역한 아마존은 식량을 축내는 쓸모없는 식충이라는 인식 때문에 공동체에서 돌봐주기를 기대할 수 없었다.

퇴역한 전사 신분인 테미스는 현역 전사가 받는 배급량의 삼분의 일만 받을 자격이 있었다. 그나마 절약하는 생활 습관과 숲의 자원에 대한 지식 덕분에 비축해놓은 소량의 식량으로 근근이 먹고살았다. 하지만 식량이 바닥나고 있었다. 캉드리의 방을 치우고 장난감까지 선반에 정리하고 나자 아르카는 이제 더는 핑곗거리가 없었다. 공동체 내에서 식량 배급이 보장되는 자격을 되찾아야 했다. 아르카는 다시 수습생이 되어야 했다.

불행히도 수습생으로 돌아가는 것은 복잡했다. 테미스는 자존심 때문에 남의 일에 참견하지 않지만 교관들은 호기심이 발동하여 아르카에게 꼬치꼬치 물어볼 터였다. 어디에 있다가 나타난 것이냐, 왜 2년 동안 훈련을 받지 않았느냐, 화재가 난 뒤 어디 가서 뭘 했느냐 등등. 확실한 거짓말을 준비해도 까딱 잘못하면 들통나기 십상이었다. 수상한 말 한마디나 행동만으로도 교관들은 아르카를 에포로스에게 넘길 것이 뻔했다.

그 후 며칠 동안, 아르카는 여러 번 훈련장에 갔고, 덤불숲에 숨어서 훈련을 훔쳐봤다. 그렇게 지켜보니 더욱 교관들 앞에 나설 용기가 나지 않았다. 교관들은 어디서 굴러먹다 왔는지 모르는 수습생을 두 팔 벌려 환영해줄 사람들로 보이지 않을 뿐만 아니라, 라스티아낙스

밑에서 보고서나 작성하면서 따분한 시간을 보낸 것이 후회될 정도로 수습생들의 훈련은 시간도 길고 난이도와 강도가 높았다.

수습생들의 수준을 따라잡기 위해 아르카는 저녁 때 테미스의 낡은 무기들을 들고 나가 빈 훈련장에서 혼자 훈련했다. 하지만 화살은 과녁을 빗나갔고, 검을 휘둘렀지만 나무 인형을 겨우 스치는 정도였고, 둥근 방패의 무게 때문에 팔에 쥐가 났다. 아르카는 현실을 직시해야 했다. 힘과 대담성을 주는 마법을 쓰지 않으면 이제 자신은 형편없는 전사가 되었다는 것을. 날이 어둑어둑해졌을 때 녹초가 된 아르카는 검으로 나무고사리를 베면서 터덜터덜 오두막으로 돌아갔고, 밤에는 훈련 과정을 되새기다 니녹스 울음소리를 들으며 잠이 들었다.

아르카가 훈련을 마치고 집으로 돌아가던 어느 날 밤, 초롱을 밝혀놓은 한 오두막의 테라스에 앉은 호리호리한 아마존이 나무 위에서 불러 세웠다.

"거기, 수습생!"

아르카는 고개를 쳐들고 테라스 출입구 쪽으로 몸을 숙이는 아마존을 쳐다봤다. 늙은 아마존이었는데 테미스의 오두막보다는 공간이 훨씬 널찍하고 잘 설비되어 보였다. 옆 나무들에 지은 별관으로 건너갈 수 있도록 넝쿨식물 다리까지 만들어져 있었다. 아르카는 유칼립투스 몸체에 만든 계단으로 내려오는 아마존의 그림자를 봤다. 늙은 아마존이 가까워졌을 때 아르카는 퇴역한 전사로서 보기 드물게 물질적 안락함을 누리는 이유를 알았다. 그녀가 입은 좋은 품질의 튜닉 어깨에서 구관조 형상의 배지가 어둠 속에 반짝이고 있었다. 구관조는 에포로스의 상징이었다.

아르카의 겨드랑이가 식은땀으로 젖는 사이 아마존의 앙상한 얼굴에 미소가 번졌지만 눈초리는 매서웠다.

"네가 며칠째 늦은 시간에 이 앞을 지나가는 걸 봤는데……." 아마존이 부드러운 목소리로 시작했다. "다른 수습생들이 떠난 뒤에도 너는 왜 훈련장에 남아 있는 거니? 온종일 훈련했는데 피곤하지도 않아?"

아마조네스 숲에서는 소녀들에게 아주 어릴 때부터 에포로스를 두려워하라고 가르쳤다. 어머니들은 딸들이 마구에 기름칠하기, 말에게 물 먹이기 같은 일을 안 하면 에포로스에게 이른다고 협박할 정도로 무서운 존재였다. 아르카는 숲의 심판관들을 두려워할 진짜 이유가 있었다.

"피곤하지만 빨리 진급하고 싶어서요." 아르카는 가장 천진난만한 표정을 지으면서 대답했다.

"아주 좋아, 그 패기 칭찬해주마. 근데 너 멋진 팔찌를 차고 있구나." 아마존이 갑자기 독수리 발톱 같은 손으로 아르카의 손목을 움켜잡으면서 덧붙였다.

아마존이 아르카의 팔을 들어서 날개팔찌를 살피더니 금속을 코에 대고 비볐다. 구릿빛 광채에 그녀의 앙상한 얼굴이 오렌지빛으로 얼룩졌다.

"어머니가 주셨어요." 아르카는 팔을 내리면서 거짓말했다. "테미스키라 군인에게서 수거한 거라고 하셨어요."

아르카는 오두막에다 팔찌를 두고 나오지 않은 걸 후회했다. 물론 히페르보레아 마법사들의 눈을 피하지 못해 위기에 처하기도 했지만, 아마조네스 숲에서는 마법 물건을 갖고 있다고 눈에 띌 이유가 없었다. 아마존들은 마법을 전혀 몰랐기 때문이다.

"멋진 팔찌구나." 에포로스가 반복했다. "오레이칼코스로 만든 건가?"

아르카는 아마존들의 마법 지식을 상향 조정했다. 그래서 바보처럼 보이려고 최선을 다했다.

"오리 뭐라고 하셨어요? 그럼 이게 금이에요? 아닌데, 구리라고 생각했……."

에포로스가 여전히 미소를 머금은 얼굴로 물었다.

"네 어머니가 누구니?"

질문이 아주 나쁜 방향으로 흘러가고 있었다. 아르카는 아마존 기병대에게 말한 것처럼 테미스의 피후견인이라고 대답할 수 없었다. 에포로스가 테미스에게 물어보러 갈 수도 있었기 때문이다. 그런데 아르카가 무슨 일이 있어도 피하고 싶은 것이 한 가지 있다면, 먹이고 재워준 테미스를 곤경에 빠뜨리는 것이었다. 이 대화를 빨리 끝맺을 필요가 있었다. 아르카는 얼굴을 찌푸리는 것으로 고통스러운 표정을 지으면서 작은 목소리로 대답했다.

"돌아가셨어요."

그러고는 슬픔에 잠긴 척했다. 아마조네스 숲에서는 동정심 유발이 통하지 않지만 에포로스의 눈에 수상해 보이는 것보다는 약해 보이는 것이 더 나았다. 아르카는 의도적으로 눈물을 흘릴 줄 모르기 때문에 두 손으로 얼굴을 감싸고 흑흑거렸다.

"제가 열심히 훈련하는 것은 어, 어머니를 위해서예요. 어머니만큼 강한 저, 전사가 되고 싶어서요." 아르카는 어두워서 에포로스의 탐색하는 눈에 마른 눈이 들키지 않길 바라면서 덧붙였다.

내친 김에 아르카는 소리 나게 훌쩍거리다가 튜닉 자락에 대고 코를 풀었다. 다행히 감기 기운 탓에 콧물이 나왔고 코 막힌 소리까지 더해지니 그럴듯하게 들렸다.

그렇지만 심판관은 놓아줄 것 같지 않았다. 아르카는 마법을 사용해서 빠져나갈 수 없는 것이 아쉬웠다.

그때 갑자기 질주하는 말발굽 소리가 울렸다. 잠시 후 아마존의 군마 한 마리가 흥분해서 콧김을 뿜어내며 그들 옆을 쏜살같이 내달렸다. 암말이 오솔길을 벗어나서 숲의 푸르스름한 어둠 속으로 사라졌다.

"카탕카!" 에포로스가 말을 뒤쫓아 달려갔다.

암말이 질주하면서 내지르는 울음소리에 부근의 말들이 화답했다. 깜짝 놀란 아르카는 숲속으로 사라지는 심판관을 바라봤다.

"휴, 살았다." 아르카가 큰 소리로 말했다.

"입 닥쳐!" 아르카의 등 뒤에서 한 목소리가 소리쳤다.

아르카는 소스라쳐서 돌아봤다. 테미스가 오만상을 찌푸린 얼굴로 나무고사리 군락지에서 나왔는데 머리에 지푸라기가 잔뜩 붙어 있었다. 그녀의 허리춤에는 죽은 토끼 두 마리가 매달려 있었다.

"돌산 올가미에 걸린 걸 거두러 갔다가 돌아오는데 네가 고약한 마귀할멈과 말하는 소리가 들리더라고." 테미스가 말했다. "수습생 시절부터 못되게 굴더니 어떻게 나이를 먹어도 그 모양인지."

"그래서 말 울타리를 연 거예요?" 아르카는 알아차렸다.

"내가 그러지 않았으면 네 머리통이 날아갔을 거다." 테미스가 내뱉었다. "빨리 가자, 여기 있으면 큰일 나."

테미스는 에포로스와 암말이 달려간 반대 방향 오솔길로 아르카를 이끌었다. 그사이 숲은 어둠에 잠겼지만 그들은 눈 감고도 오두막으로 갈 수 있을 정도로 길을 훤히 알고 있었다. 그들이 지나갈 때 고사리 스치는 소리와 죽은 토끼 두 마리가 대롱대롱 흔들리다 테미스의 허벅지에 부딪히면서 내는 소리가 들렸다.

"어쩌자고 오레이칼코스 팔찌를 차고 돌아다닌 거니?" 테미스가 불쑥 물었다.

"이게 뭔지 아세요?" 아르카는 깜짝 놀랐다.

"내가 그걸 모를까!" 늙은 아마존이 성난 어조로 대꾸했다. "기능을 잃은 건 내 눈이지 내 기억이 아니야. 그게 오레이칼코스인 줄 진작 알아봤더라면 그 빌어먹을 팔찌를 차고 돌아다니게 내버려 두지 않았을 텐데. 미친 것 같으니라고! 저 심술쟁이가 진상을 파악하면 이제 얼마 남지 않은 내 여생마저 끝장나는 거야."

후회가 막심한 아르카는 잠시 만지작거리던 팔찌를 풀어서 호주머니 속에 쑤셔 넣었다. 테미스의 오두막이 있는 유칼립투스가 눈앞에 나타났다.

"여기서는 왜 오레이칼코스를 지니고 다니면 안 되는데요?"

어둠 속이지만 아르카는 테미스의 성난 얼굴이 짐작되었다. '여기'라는 표현 속에는 오레이칼코스 물건을 지니는 것이 문제가 되지 않는 '거기'도 함축되어 있기 때문에 테미스의 기분이 상했다는 걸 알아차렸다. 테미스는 질문도 대답도 하지 않았다. 나무 위 오두막 밑에 이르렀을 때도 테미스는 고집스러울 정도로 여전히 아무 말도 하지 않았다. 아르카는 층계를 올라가면서 물었다.

"마법의 금속이기 때문이에요?"

테미스는 난간을 잡으면서 계속 층계를 올라갔고, 아르카는 유칼립투스 몸체에 시선을 고정하고 있었다.

"그 비열한 놈이 숲에 얼마나 큰 피해를 줬는지 너도 잘 알잖아." 테미스가 유칼립투스 몸체 중간쯤 올라갔을 때 내뱉었다.

"숲에 불을 지른 마법사가 오레이칼코스를 사용했단 말이에요?"

"확실해." 테미스가 말했다. "블루존에서 마법을 쓸 수 있는 유일한 방법이 오레이칼코스를 사용하는 거니까. 고농도 오레이칼코스로 만든 옷이나 그 비슷한 걸 착용하고 있었던 게 틀림없어."

그들은 출입구에 이르렀다. 반딧불이들이 테라스를 희미하게 밝혀주고 있었다. 숨을 헐떡이면서 테라스에 올라간 테미스는 통나무 의자에 앉아서 등을 숙인 채 잠시 호흡을 가다듬었다. 아르카는 널빤지 바닥에 책상다리를 하고 앉아서 일어나 나뭇가지에 박힌 갈고리에 토끼 두 마리를 걸고 있는 늙은 아마존을 쳐다봤다.

"그렇다면 왜 테미스키라는 모든 병사를 고농도 오레이칼코스로 무장시키지 않는 거죠?" 아르카는 테미스가 다시 통나무 의자에 와서 앉을 때 물었다.

늙은 아마존은 창턱에서 담배통을 집었다.

"제조 비법을 히페르보레아인이 쥐고 있으니까." 테미스가 파이프를 입에 물면서 대답했다. "그놈들은 그 비법을 절대 공개하지 않

아. 오레이칼코스를 팔면 부를 축적할 수 있으니까.”

“하지만 테미스키라군이 히페르보레아를 장악했으니……”

테미스가 아르카를 향해 눈썹을 치켜 올렸다.

“이제 에포로스가 왜 예민해져 있는지 이해가 되니?”

테미스는 부싯깃을 마찰시키면서 파이프에 불을 붙였다.

“그걸 네가 어디서 얻었는지 모르겠다만 빨리 눈에 띄지 않게 하는 것이 이로울 거야. 파괴하든지 숨겨 두든지 알아서 해. 그 팔찌를 두 번 다시 보고 싶지 않으니.”

여러 생각으로 머리가 무거워진 아르카는 오두막 안으로 들어가서 어둠에 잠겨 있는 거실을 더듬더듬 지나 얼마 전부터 자신이 쓰고 있는 캉드리의 방으로 들어갔다. 해먹에 털썩 주저앉아 호주머니에서 팔찌를 꺼냈다. 보석에서 발산되는 영롱한 광채는 마치 손가락이 닿을 때마다 금속을 가득 채운 아니마가 반응하는 것 같았다. 아르카는 마지못해 시론의 비프아주르 조각과 캉드리의 자질구레한 물건들이 들어 있는 보물 상자 안에 팔찌를 집어넣었다.

테미스의 말이 머릿속을 맴돌았다. 생령의 주인이 훔쳐 간 비프아주르에 더해 오레이칼코스 제조 비법까지 손에 넣었으니 테미스키라군은 고농도의 오레이칼코스 생산을 늘리는 데 필요한 모든 걸 가졌다. 라스티아낙스를 제외하고는 그들에게 맞설 사람이 아무도 없었다. 아르카는 멘토가 혼자서 어떻게 그들을 막아낼 수 있을지 상상이 되지 않았다. 그를 도우려면 함께 있어야 하지만 그들을 가르는 거리가 수천 킬로미터에 이르고, 아직은 순간이동을 어떻게 하는지 방법을 몰랐다. 정상적인 방법으로 히페르보레아에 간다는 건 고려

할 필요도 없었다. 몇 달은 걸릴 텐데 그사이에 리쿠르고스가 아마존 족을 항복하게 만드는 데 필요한 오레이칼코스를 생산한다면…….

그 후 며칠 동안 아르카는 히페르보레아를 생각하지 않으려고 노력했지만 숲 도처에서 그 도시의 이름이 들렸다. 대다수 아마존들 은 이제 히페르보레아의 오레이칼코스 때문에 무적이 된 로크새 비 행대와 맞서야 하는 걸 두려워했다. 안티오페 왕이 발리스트라*를 대량 생산하라는 명을 내린 것이 괜한 두려움 때문이 아니었음이 확 인되었다. 비행 중인 로크새를 맞혀 떨어뜨리지 못한다면 아르카디 아에 투석기가 아무리 많은들 무슨 소용 있을까. 유칼립투스 쓰러지 는 요란한 소리가 숲에 울리기 시작했고, 목공과 철공이 총동원되었 다. 전속력으로 오솔길을 달리는 전령들이 자주 눈에 띄었다.

아르카는 이런 불안한 분위기를 애써 외면하면서 곳간을 채우기 위해 에포로스와 맞닥뜨리지 않을 만한, 숲에서 가장 외진 곳으로 사 냥을 나갔다. 리파이아 산맥에서 잡은 뇌조 몇 마리 말고는 2년 동안 동물을 사냥한 적이 없었다. 실전 경험이 부족한데도 아르카는 감각 이 떨어지지 않았다. 아르카가 놓은 올무에 토끼들이 걸려들었고, 그 물에 송어가 그득 잡혀 있고, 심지어 화살을 쏘아 엘라프 한 마리도 잡았다. 유칼립투스를 타고 올라가서 나무에 기생하는 버섯도 잔뜩 따놓았다. 그사이 테미스는 사냥해 온 동물의 가죽을 벗겼고, 그 가 죽을 밀가루나 콩과 교환했다.

테미스는 투석구를 만들어주고 어떻게 쓰는지 가르쳐주었는데,

발리스트라 돌, 나무, 화살, 창 등을 날리도록 만든 투석기의 일종.

가운데 가죽 띠에서 돌멩이가 떨어질 때마다 꺼벙이라고 놀렸다. 아르카는 기분 나쁘지 않았다. 테미스의 거친 말투에 어느새 익숙해져 있었다. 테미스는 차라리 파이프를 삼킬망정 애정 표현 같은 건 하지 않을 터였다. 그럼에도 불구하고 테미스가 방심할 때가 있었다. 아르카가 투석구로 돌 쏘는 걸 배우다 눈먼 에피오르니스 취급을 받던 중이었다. 늙은 아마존이 불쑥 말했다.

"캉드리가 다섯 살 때 내가 처음으로 투석구를 만들어줬는데."

아르카는 빙빙 돌리던 가죽 끈을 손에서 났다. 테미스는 처음으로 캉드리에 대해 말해준 뒤로는 한 번도 그 이름을 입 밖에 낸 적이 없었다. 아르카는 테미스가 시론의 아들에 대해 무슨 말을 덧붙일까 기다렸지만 그걸로 끝이었다.

테미스와 아르카는 관할 구역에서 멀리 떨어진 강가에 나와 있었다. 테미스는 15미터쯤 떨어진 거리에 있는 한 그루터기를 표적으로 정하고 쏘는 연습을 위한 타원형 조약돌을 한 무더기 준비해놓았다. 테미스는 시범을 보일 때마다 나무껍질에 명중한 흔적을 남겼고, 아르카는 아직 몸체를 맞히지 못하고 있었다. 테미스는 백내장 때문에 잘 볼 수도 없기 때문에 아르카는 자존심이 상했다. 건너편 기슭에서 볕을 쬐던 원숭이 가족이 아르카가 실패할 때마다 조롱하듯 꺅꺅거렸다. 아르카는 방청객이 없으면 좋을 것 같았다.

"캉드리는 어떻게 됐어요?" 아르카가 또다시 가죽 띠를 빙빙 돌리면서 물었다.

늘 그렇듯, 테미스는 대답해주는 데 시간이 걸렸다. 아르카가 또 실패하고 가운데 띠에 돌멩이를 끼우는 걸 지켜보던 테미스가 마침내 버럭 소리를 질렀다.

"말했잖아. 시론이 테미스키라 용병인 아버지에게 맡겼다고! 테미스키라에서 아버지가 잘 키우고 있겠지. 팔꿈치 더 올리고!"

아르카는 지시를 따르면서 빙빙 돌리다 가죽 띠를 손에서 놓았다. 돌멩이가 날아가다 그루터기에서 두 걸음 떨어진 물속으로 떨어졌다. 건너편 둔치에서 원숭이들이 꺅꺅거리면서 데굴데굴 굴렀다.

"손목을 더 빨리 움직여야지." 테미스가 지적했다. "그렇게 던져서는 토끼 한 마리도 못 잡아."

화가 난 아르카는 돌멩이를 또 한 개 집어서 가운데 띠에 끼웠다. 그러고는 계속 비웃어대는 원숭이들을 힐끔 노려보다 갑자기 그쪽으로 날리고 싶은 충동이 일었다.

"둘은 어떻게 만났어요, 캉드리 아버지와 시론 말이에요? 전쟁터에서?"

습관을 바꾸지 않는 테미스는 역시 바로 대답하지 않았다. 못 들은 체하고 있었다. 아르카는 테미스가 곤란한 질문을 받을 때마다 가는귀먹은 노인 행세를 하는 게 아닌지 의심이 들기 시작했다. 기어코 대답을 듣기로 작정한 아르카는 장전된 투석구를 허벅지 옆으로 내리고 기다렸다. 무언의 반격이 통했다. 테미스가 인상을 찌푸리면서 말했다.

"여기서 8킬로미터 떨어진 데서 만났지."

"숲에서요?" 아르카가 반신반의하며 물었다. "남자는 숲에 못 들어오잖아요."

"그자는 전쟁 포로였어."

"전쟁 포로를 데려왔다는 말은 듣지 못했는데."

"몇 명 붙잡아 두고 있어."

"뭐 하려고요?"

테미스는 잠시 침묵했다. 아르카가 속으로 애매한 대답을 하리라 예상하고 있을 때 아마존이 뜻밖의 말을 했다.

"보여줄게. 이렇게 집중을 못 하면 오늘은 더 가르쳐도 소용없을 것 같으니."

테미스는 투석구와 소지품을 챙겨서 잠자코 둔치를 떠났다. 아르카는 아마존을 따라 숲속으로 들어갔다. 한 시간 후, 그들은 숲속에 지면이 움푹 꺼져 있는 거대한 구멍 주변에 도착했다. 수천 년 전에 둥근 천장이 무너져버린 거대한 동굴인데 움푹 들어간 구멍과 깎아지른 암벽만 남아 있었다. 앞으로 기운 돌출부에 매달린 변색된 종유석들이 구멍 주위를 촘촘히 둘러싸고 있어서 들어가는 것은 불가능했다. 동굴 중앙에서 자라난 유칼립투스 가지들이 아르카와 테미스의 키 높이에 늘어져 있었다.

테미스가 동굴 가까이 다가가서 턱으로 뭔가를 가리켰다.

"봐, 저 안에 있잖아."

아르카는 다가가서 내려다봤다. 구멍 바닥에 누더기를 걸친 남자 여섯 명이 있는데 잿더미에서 뒹군 것처럼 피부가 시커멨다. 그들이 바위에 앉아서 뭔가를 기다리고 있는 것 같았다. 유칼립투스 숲속에 있는 남자들의 존재, 너무나 생경한 풍경이었다. 아르카는 불이 나기 전에는 숲에서 남자를 본 적이 한 번도 없었다.

"저 포로들은 조장이야." 테미스가 설명했다. "저자들은 광산 밖으로 나올 특권이 있고, 특별히 열흘에 한 번씩 보급받는 식량을 관리하지. 다른 자들은 갱 안에 있어."

"광산이요?"

테미스가 반대편 암벽 밑으로 보이는 시커먼 구멍을 가리켰는데 식물에 뒤덮인 큰 바위들 때문에 반쯤 가려져 있었다.

"비프아주르 광산이야." 테미스가 설명했다. "아르카디아에 온 뒤로 건국자들이 개발한 광산이지. 천연 비프아주르 한 덩어리를 캐내면 석방, 갱으로 들여보내기 전에 포로와 맺는 계약이지."

테미스가 부연했다.

"물론 사기 계약이지. 포로가 천연 금속 한 덩어리를 캐내면 갱을 나오게 해서 다른 사람들의 눈에 띄지 않는 곳에서 바로 참수해버리거든. 나는 모든 포로가 자신에게 닥칠 운명을 짐작하고 있다고 확신해. 하지만 포로들은 그래도 천연 금속을 찾으려고 애를 쓰지."

"왜요?"

"갱 안에서 강자의 지배를 받으며 몇 달, 몇 년을 지내다 보면 자유를 되찾겠다는 터무니없는 희망에 매달리는 것 말고는 아무것도 할 수 없으니까."

테미스의 얼굴에서 신랄한 야유를 읽을 수 있었다. 아르카는 테미스키라군이 나포카에서 저질렀던 만행을 목격했을 때처럼 참담한 기분이 들었다. 이 상황도 그렇고 갓 태어난 남자아이들의 운명도 그렇고 아르카는 동족의 윤리 의식에 대해 의심이 들기 시작했다.

"마지막으로 천연 금속 덩어리를 캐낸 것이 3년 전쯤이었고, 지금은 부서진 조각들만 나오지. 광맥이 고갈된 거야. 곳곳에 갱도를 파봤지만 아무것도 나오지 않았어. 더군다나 화재 때문에 그나마 릴레이 나무들에 박혀 있던 천연 금속 덩어리마저 잃어버렸지. 아마존 장군들은 이 손실을 숨기려고 했지만, 지금은 모든 아마존이 마법을 방어할 수 있을 만큼 비프아주르가 충분하지 않다는 걸 알고 있어. 이런 와중에 테미스키라군이 오레이칼코스를 생산하기 시작하면……."

테미스가 체념 섞인 얼굴로 어깨를 으쓱했다.

"안티오페가 아무리 많은 투석기를 생산한다고 해도 로크새 비행병들과 맞서기에는 턱도 없지." 테미스가 결론지었다.

맞은편 절벽에서 뭔가 움직이는 것이 아르카의 눈에 들어왔다. 유칼립투스 사이로 아마존이 나타나더니 뒤이어 밧줄과 짐을 실은 노새 세 마리가 보였다. 아마존은 아르카가 미처 보지 못한 절벽 가장가리에 설치된 도르래 쪽으로 갔다. 아마존이 노새 등에서 큼직한 자루들을 내려서 도르래에 달린 커다란 두레박에 싣기 시작했다.

"보급병이야." 테미스가 말하면서 발각되지 않기 위해 아르카를 끌고 나무 그늘 속으로 뒷걸음쳤다. "열흘에 한 번씩 와서 포로들에게 천연 금속을 발견했는지 묻고, 다음 열흘 뒤까지 스무 명이 먹을 식량을 내려주지."

테미스의 말을 확인해주듯 아마존이 절벽 아래 동굴 바닥에 있는 남자들에게 "천연 금속을 찾았나?" 하고 소리치는 소리가 들렸다. 그중 한 명이 "아니요"라고 대답하는 소리가 메아리쳤다. 보급병은 두레박을 허공으로 밀고 밧줄을 풀어서 내려주었다.

"캉드리 아버지가 저기 있었어요?" 포로들이 갱 안으로 가져가기 위해 식량 자루를 어깨에 짊어지는 걸 바라보면서 아르카가 물었다.

"저 지옥에서 살아서 나온 유일한 남자였지, 36년 전에. 보급병을 인질로 삼아 탈출하는 데 성공했지."

"시론이었어요?" 아르카가 물었다.

도르래에 달린 빈 두레박이 아마존과 노새들을 향해 다시 올라갔다.

"응." 테미스가 대답했다. "시론은 그자가 강제로 끌고 갔다고 주장했지만 나는 시론이 풀어준 거라고 확신해. 어쨌든 시론은 그자의 아이를 가졌고 아홉 달 후에 캉드리를 낳았으니까."

대화가 깊어질수록 아르카는 더 혼란스러웠다. 담배 냄새에 절어 있고, 발에는 티눈이 박인 시론의 모습이 아니라 테미스키라 용병과 사랑의 도피를 한 젊은 아마존의 모습은 상상하기 힘들었다.

"두 사람이 다시 만났어요?" 아르카가 물었다.

"8년 후 시론이 캉드리를 맡길 때 딱 한 번."

"그 남자를 어떻게 찾아냈을까요?"

"그건 그리 어렵지 않았어. 그가 널리 알려진 후였으니까."

마지막 말을 하는 테미스의 목소리가 어찌나 날카로운지 유리에 금이 갈 수도 있을 것 같았다. 테미스가 옆으로 침을 뱉었다.

"갱 안에서 몇 년 동안 지옥을 경험했던 그 용병, 그자가 바로 리쿠르고스였어. 복수하기까지 36년이 걸린 거지."

알칸드로스

선거 전날, 알칸드로스는 수십 일 전부터 미뤄 온 일을 매듭짓기로 했다. 아버지의 새 거처인 바실레우스 궁전으로 가서 상태가 날로 악화되고 있는 노인과 잠깐 시간을 보낸 알칸드로스는 궁전을 나와 마기스테리움으로 향했다. 필롱이 건물의 미로 속에 심어놓은 부하 두 명이 그의 뒤를 밟고 있었다.

필롱은 알칸드로스에게 조언을 구하면서도 그를 전적으로 믿지는 않았다. 너무 오랜 세월 리쿠르고스의 이인자로 살아온 장군은 측근에게서 명예욕이든 뭐든 야심이 엿보이면 오른팔일지라도 가차 없이 제거할 수 있는 인물이었다. 그렇지만 알칸드로스는 당장은 필롱을 두려워할 일이 없다는 걸 알았다. 리쿠르고스와 바르시다를 손아귀에 쥐고 있는 장군은 이 두 가지 압박 카드를 사용하면 알칸드로스를 통제할 수 있다고 확신했기 때문이다.

알칸드로스는 자신의 행동이 대수롭지 않게 보이려면 미쳤거나 바보인 척할 필요가 있다고 생각했다. 알칸드로스가 필롱이 이런 식으로 압박하는 걸 모른 체하고 있는 이유는 선거를 통해 히페르보레아에 지속 가능한 시민의 평화를 회복시키겠다는 열망 때문이었다. 그는 배후에서 여론을 조종하는 것에서 쾌락을 느끼고 있었다.

사람을 다루는 기술은 아버지에게 물려받은 재능이었다. 일개 용병인 리쿠르고스가 테미스키라의 폴레마르코스가 된 것은 바로 이 타고난 재능 덕분이었다. 그는 숲을 탈출하는 신화를 만들었고, 테미스키라의 국력을 키우는 데 아마존—남자를 열등하고 파렴치

한 존재로 취급하는—에 대한 나포카인과 히페르보레아인의 혐오
감을 이용했다.

　게다가 알칸드로스는 아마존에게 개인적인 원한을 품고 있었다.
여전사들이 어머니를 죽였기 때문이다. 그는 특히 여왕을 증오했다.
그 운명적인 날, 안티오페가 멜라니페와 합세하여 그를 괴롭히지만
않았다면 그가 강물로 뛰어내리는 일은 없었을 것이다. 그 일만 없었
다면 그는 어쩌면 어머니 곁에서 몇 년 더 살 수 있었을지도 몰랐다.
어쩌면 어머니가 동료들에게 참수되었다는 소식을 리쿠르고스로부
터 전해 듣는 고통을 겪지 않았을지도 몰랐다. 알칸드로스는 멜라니
페가 그의 생령과 사랑에 빠지게 하는 것으로 복수를 했다. 또한 안
티오페의 딸인 공주를 자신의 제자로 삼는 것으로 여왕에게 벌을 주
었다. 옛 동무였던 두 여자가 어머니를 앗아 갔기 때문에 그는 그들
의 딸을 빼앗았다.

　그렇지만 알칸드로스는 펜테실레이아도 아르카도 통제하지 못
하고 있었다. 그는 마기스테리움의 광장을 지나가면서 무의식적으
로 로크새의 검은 날개를 찾으려고 하늘을 살폈다. 그렇지만 인정할
건 인정해야 했다. 펜테실레이아가 실패했거나 그를 배신했거나 둘
중 하나였다. 펜테실레이아가 출발한 뒤로 너무 많은 시간이 흘러서
아르카를 데리고 돌아올 거란 희망이 차츰 사라지고 있었다. 그는 아
르카가 아마조네스 숲에 이르려면 몇 달은 걸릴 거라고 생각하면서
안심했다. 그사이 그가 직접 아르카를 찾아 나설 시간이 있을 터였
다. 선거를 잘 치르려면 히페르보레아에 며칠 더 머무르는 것이 나았
다. 게다가 또 한 가지 위험 요소를 처리해야 했다.

알칸드로스는 교도소로 이르는 수도교를 건넜다. 교도소 문 부근의 난간에 시커먼 자국이 얼룩져 있었다. 알칸드로스는 경계하는 얼굴로 쳐다보는 로크새 비행병들에게 외교단 배지를 보여주었다.

"살아남은 아마존을 만나러 왔다." 그가 말했다.

병사들이 군소리 없이 그를 들여보냈다. 한 병사가 마법사들을 한데 섞어놓은 잡방에서 멀찍이 떨어진 곳에 있는 독방까지 그를 안내했다. 녹슨 경첩이 삐걱거리면서 쇠창살 문이 열렸다. 알칸드로스가 들어가자 간수가 문을 닫았다.

"바르시다." 그가 말했다.

총안 아래 목재 장의자에 드러누운 바르시다는 눈을 감고 있었다. 이십 일 만에 만나는 것이었다. 바르시다는 수척해져 있었고, 가무잡잡한 낯빛이 칙칙했다. 그렇게 야위지 않았다면, 길게 누워 있지 않았다면 그녀의 불룩한 배를 알아보지 못했을 터였다. 불룩한 배는 그에게 부성 본능을 일으키기는커녕 기형으로 느껴졌다. 그는 바르시다가 파리의 날개를 떼어내는 아이처럼 즐거워하면서 남자들의 사지를 절단하는 걸 봤다. 아마존들조차 그녀의 가학적인 성향을 받아들일 수 없었다. 그래서 10년 전 에포로스들은 바르시다가 자신이 맡은 수습생들을 학대하는 걸 알고는 그녀를 숲에서 추방했다. 바르시다는 잔혹하고 무자비했다. 그런 그녀가 임신을 한 것이다.

바르시다에게서 눈을 떼지 않은 채 그는 벽에 기대고 섰다. 침묵 속에서 수감된 마법사들의 신음 소리만 간간이 들렸다. 알칸드로스는 울컥했다. 몇 가지 점에서 바르시다는 그의 분신이었다. 둘은 수습생 시절부터 단짝이었다. 몇 년간 헤어져 지낸 뒤, 바르시다가 옛 동무들에게 추방에 대한 앙갚음을 하기로 작정하고 테미스키라로 그를 찾아왔을 때는 엄청나게 기뻤다. 둘은 함께 히페르보레아 정복을 준비했다. 알칸드로스가 훔쳐 올 수 있도록 비프아주르가 박혀 있는 '릴레이 나무들'의 위치를 정확하게 알려준 것이 바르시다였다. 테미스키라 여자들을 아마존으로 훈련시키면서 히페르보레아를 침략할 준비를 시킨 것도 그녀였다. 그러다 불가피하게 둘의 우정은 연인 관계로 발전했다.

"제일 웃긴 게 뭔지 알아?" 바르시다가 마침내 입을 열었는데 눈은 여전히 감고 있었다. "필롱이 나를 죽이지 않은 것은 나를 살려 두는 것이 너를 압박할 수단이라고 확신하기 때문이야. 네가 우리 둘을 다 없애려 한다는 걸 필롱이 알았다면……."

바르시다가 자신의 배를 가리켰다.

"내가 저주에 걸려 있다는 걸 왜 필롱에게 말하지 않았어?" 알칸드로스가 물었다. "그랬으면 네가 도망치게 도와줬을지도 모르는데."

바르시다의 입에서 웃음이 새 나왔다. 그녀는 딸꾹질을 참으려고 두 손으로 얼굴을 감쌌다.

"휴." 바르시다가 한숨을 내쉬었다. "내가 갈 데가 어디 있다고? 아마존들은 나를 추방했고, 내 전사들은 죽었고, 내 연인은 나를 죽이려고 하는데……."

바르시다의 두 손이 얼굴에서 미끄러졌다. 젊은 아마존은 마침내 눈을 뜨고는 고개를 옆으로 돌려 알칸드로스를 쳐다봤다. 모든 헤일로테스와 마찬가지로 바르시다는 약간 째진 눈이라서 온화하지만 야릇한 인상을 주었다. 화가 나 있는데도 눈동자의 움직임이 없었고,

얼굴에서 체념이 느껴졌다. 알칸드로스는 바르시다가 더는 그를 위해 해줄 것이 없기에 그에게 아무런 기대도 하지 않는다는 걸 알아차렸다. 그렇지만 그는 변명할 필요가 있음을 느꼈다.

"내가 더 조심했어야 했는데. 내 잘못이야. 필롱이 계획을 바꿀 줄은 생각도 못 했어." 그가 설명했다. "네 전사들의 죽음은 계획에 전혀 없던 일이야."

"계획에서 예측 가능한 것은 많지 않지." 바르시다가 비아냥거렸다. "내 전사들이 살아서 교도소를 나갈 기회가 정말 있긴 했을까? 이런 상황이 아니었다면 네가 절대 원하지 않는 아이를 내가 낳을 기회가 있었을까?"

알칸드로스가 분노한 눈빛으로 그녀를 쳐다봤다. 바르시다는 쓴웃음을 지으면서 천장에 핀 곰팡이로 시선을 옮겼다.

"내 전사들을 죽이고 나를 죽이려고 한 것은 네 실수 때문이 아니야." 그녀가 덧붙였다. "네 오만 때문이지. 생령들을 데리고 재미를 보다 보니 모든 걸 통제할 수 있다고 믿게 된 거야. 이제 네가 하러 온 일을 하고 나를 잊어."

"너를 잊지 않을게."

이 말이 입에서 툭 나왔고 그는 이내 후회했다. 바르시다는 속지 않았고, 그에게 속은 적도 없었다. 알칸드로스가 그녀를 사랑한 것은 바로 그래서였다.

"우리 아기가 죽으면 너는 영생하겠지, 알칸드로스. 그리고 결국은 나를 잊을 테고."

그는 바르시다에게 다가가서 장의자 앞에 꿇어앉아 모피 주머니에서 투명한 액체가 담긴 작은 유리병을 꺼냈다. 그러고는 유리병을 바르시다의 배에 올려놓았다.

"독극물이야." 그가 설명했다. "절반만 마시면 유산되고, 다 마시면 네가 죽어. 마시든 말든 네가 결정해."

그녀가 침묵했기 때문에 알칸드로스가 덧붙였다.

"열흘 후에 다시 보러 올게."

그사이에 독극물을 마시지 않으면 어떻게 할지에 대해서는 굳이 말하지 않았다. 그녀가 알기 때문이었다. 그는 일어나면서 그녀의 뺨에 입을 맞췄다. 그는 입술에 감도는 짠 맛을 느끼면서 감방을 나갔다.

엠브론과 테토스

모든 히페르보레아인과 마찬가지로 엠브론과 테토스는 바실레우스 계승을 두고 오랜 시간 논쟁을 벌였다. 너무 오랫동안 도시를 통치했던 군주는 아다만트 돔이 도시 풍경의 한 요소로 자리 잡은 것처럼 도시의 인간 풍경에서 대체할 수 없는 요소가 되어 있었다. 그런데 두 요소 중 하나는 피살되었고, 또 하나는 파손되면서 히페르보레아는 하루아침에 우두머리와 지붕을 동시에 잃었다. 그래서 새 바실레우스 선출 소식은 무거운 분위기의 도시에 활기를 불어넣고 있었다.

많은 후보자가 출마해서 선택의 폭이 넓을수록 좋다는 의견이 지배적이었다. 필롱 장군 외에 상인 두 명, 조직폭력 집단의 두목 한 명 그리고 젊은 여성 마법사 한 명이 출마해 있었다.

엠브론과 테토스는 왜 그런 느낌이 드는지 모르겠지만 장군이 가장 적격자인 것 같았다. 필롱은 나이가 들었지만 노쇠하지 않았고, 단호하지만 융통성이 있어 보였다. 물론 교도소 입구에서 일어난 학살이 구원자라는 그의 이미지에 먹칠을 했지만, 로크새들이 도시에 식량을 투하해주었고, 아마존들을 물리쳐준 사실은 아무도 잊지 않고 있었다. 심지어 그가 히페르보레아 출신이라는 소문까지 돌았다.

모두들 필롱 장군이 최고의 후보라는 데 동의하는 분위기였고, 혹시 반신반의하는 유권자들이 있을 경우를 대비해 전령들이 구호를 외치며 운하를 돌고 있었다. 게다가 도시가 온통 필롱을 찬양하는 벽보로 도배가 되었다. **필롱, 민중의 선택** 또는 **필롱과 함께 히페르보레아를 재건합시다.** 무슨 수를 써서라도 당선되기 위해 테미스키라 군은 그들의 후보에게 표를 주는 이들에게 벌꿀주를 나눠주었다.

투표 방식은 색깔 있는 칩을 투표함에 집어넣는 것이었다. 필롱은 빨간색, 두 상인은 각각 초록색과 오렌지색, 조직폭력 집단의 두목은 노란색, 젊은 여성 마법사는 파란색. 그다음 중복 투표 행위를 막기 위해 손등에 지워지지 않는 도장을 받아야 했다.

엠브론과 테토스가 가고 있는 투표소에는 초록색과 오렌지색, 파란색 칩이 별로 없지만, 어차피 두 경찰관은 이미 빨간색을 선택하기로 결정한 상태였다. 그들은 줄을 서서 기다리면서 다른 유권자들이 투표함에 칩을 집어넣는 모습을 지켜보고 있었다.

"다른 사람들은 무슨 색에 투표할까?" 엠브론이 팔꿈치로 테토스를 툭 치면서 속삭였다.

"빨간색이겠지." 테토스가 대답했다.

"그래야지, 빨간색을 찍어야 한다니까." 엠브론이 말했다.

15분쯤 기다린 끝에 그들은 마침내 병사 세 명이 지키고 있는 투표소 앞에 이르렀다. 엠브론과 테토스는 큼직한 단지에서 각자 빨간색 칩을 집어서 투표함에 집어넣었다.

"투표 끝나셨군요!" 테미스키라 병사 중 한 명이 외쳤다. "이쪽으로 오시오, 동지들!"

병사는 엠브론과 테토스가 얼른 내민 사발에 뜨거운 벌꿀주를 따라주었다. 그들은 벌꿀주를 마시고는 입맛을 다시면서 도장을 받기 위해 손을 내밀었다. 병사가 알 만한 사람들이 왜 그러느냐는 듯 눈을 찡긋하면서 속삭였다.

"에이, 그걸 뭘 벌써……, 동지들. 이러면 다시 와서 투표하고 한 잔 더 마실 수 있는데……."

엠브론과 테토스는 흡족한 얼굴로 투표소를 떠났다가 얼마 후 다시 와서 빨간색 칩을 투표함에 집어넣고 목을 축였다. 그들은 그렇게 두 시간 동안 들락거리며 만취할 정도로 마셨고 빨간색 칩을 선택한 혜택을 톡톡히 누리고 있었다.

두 경찰관은 어깨동무를 하고 비틀거리면서 또다시 투표소로 갔다. 그들 앞에서 나이 지긋한 나포카인 부부가 차례를 기다리고 있었다. 부부는 파란색 칩 두 개를 집었고, 만취해 있는 두 경찰관을 보며 눈살을 찌푸렸다. 노인이 투표소 앞에 이르자 병사 한 명이 투표함의 구멍을 손으로 막았다.

"나포카인은 여기서 투표 못 합니다." 병사가 내뱉었다.

노인이 파란색 칩을 손에 쥔 채 부르르 떨었다.

"나는 15년 전부터 히페르보레아에 살고 있는 시민이고, 투표할 권리가 있소." 그가 강한 억양으로 말했다.

"더러운 버러지 같은 나포카 놈이 어디서 말대꾸야. 정직한 히페르보레아 시민인 척하는 기생충 주제에 투표는 무슨!"

엠브론과 테토스가 격하게 고개를 끄덕이는 사이 노인이 칩을 쥐고 있는 주먹을 휘둘렀다.

"내 손자들이 여기서 태어났단 말이다!" 노인이 분노에 찬 목소리로 항변했다. "나는 히페르보레아 시민이니 투표할 권리가 있다! 당신이 뭔데 나를 막는 건가? 왜 테미스키라인들이 투표를 하라 마라 결정하는가? 당신들의 수작을 아무도 모를 거라고 생각해? 알코올로 우리의 표를 매수하고 껌으로 현혹시켜 아니마를 빼앗고!"

엠브론과 테토스는 나포카인이 방금 한 말의 진위 여부를 판단하기에는 너무 술에 취해 있었다. 그 주위를 지나가던 행인들이 걸음을 멈추고 노인의 항변을 듣고 있었다. 눈살이 찌푸려지고 웅성거리는 소리가 점점 커졌다. 갈색 망토에 로크새 모양의 배지를 달고 있는 테미스키라 병사들이 투표소에 와 있다는 것 자체가 갑자기 무례해 보였던 것이다. 병사들이 시선을 교환하더니 일제히 일어나서 투표함 주위를 에워쌌다.

"좋아, 네가 누군지 상기시켜주지. 나포카인!" 테미스키라 병사 중 한 명이 소리쳤다.

그가 느닷없이 창으로 노인의 관자놀이를 후려쳤다. 노인이 바닥에 쓰러져서 신음 소리를 냈다. 뒤에 있던 노인의 아내가 겁에 질려서 비명을 질렀다. 병사들이 여자를 떠밀어버리고 쓰러진 노인의 옷을 벗기기 시작했다. 병사들은 모피 코트, 엄지장갑, 장화 그리고 가죽 바지까지 벗겼다. 그들이 빙 둘러서서 지켜보는 구경꾼들에게 옷가지를 가리키면서 말했다.

"장화 원하는 사람? 아, 부인, 이 모자를 아이에게 씌워주면 따뜻하겠네. 거기 당신은 엄지장갑? 가져가시오, 나포카가 한턱내는 것이니!"

잠깐 사이에 노인은 눈 쌓인 바닥에 속옷 바람으로 쓰러져 있었다. 추위 때문에 움푹 들어간 뺨과 야윈 다리가 불그스레해지고 있었다. 옷을 벗겼다는 것은 인간성의 일부를 박탈한 거나 다름없었다. 노인은 비참한 몰골로 웃음거리가 되어 있었다. 병사 둘이 양쪽에서 노인의 겨드랑이를 움켜잡았다.

"이제 원래 있던 곳으로 돌아가, 돔 밖으로 꺼져!"

"안 돼요!" 노인의 아내가 외쳤다.

아내의 울부짖는 간청에 아랑곳없이 병사들은 노인을 질질 끌고 나갔다. 노인의 머리가 흔들리고 있었다. 아내가 남편의 다리를 붙잡으려고 하자 병사들이 이번에는 늙은 여자를 폭행했다. 아내가 눈밭에 넘어져서 통곡하는 사이 병사들은 노인을 가까운 톨게이트 쪽으로 끌고 갔다.

"당신들…… 경찰이잖아……." 노인의 아내가 원망스러운 얼굴로 쳐다보면서 울분을 토했다.

엠브론과 테토스는 나포카인을 좋아하지 않지만, 방금 목격한 광경에 술이 확 깨면서 마치 그들이 마셨던 술이 식초로 변한 것처럼 속이 쓰라렸다.

"우린 아무것도 안 했어요." 엠브론이 변명했다.

노인의 아내는 대꾸 없이 하염없이 눈물을 흘렸다. 두 경찰관은 그 순간 아무것도 안 했다는 답변은 해서는 안 될 말이라는 걸 깨달았다.

7

사라진 수습생들의 협곡

아르카

나무 위에서 시커먼 그림자들이 지나가고 있었다. 투석기로 쏘아올린 굵은 화살들이 그림자들의 오레이칼코스 갑옷을 맞고 후드득 떨어졌다. 숲속의 나무 터널 길은 비상 사태였다. 부랴부랴 전투복을 착용한 아마존들이 전속력으로 나무 위 오두막을 오르내리면서 말을 찾거나 상관의 지시를 받았다. 시커먼 새들이 유칼립투스에 내려앉자 반짝이는 갑옷으로 무장한 비행병들이 나뭇가지를 타고 내려오기 시작했다. 이윽고 비행병들이 숲으로 흩어져서 천연 비프아주르 덩어리를 탈취하기 위해 릴레이 나무들의 껍질을 벗기는 사이, 마법의 갑옷을 뚫는 데 실패한 아마존들은 목이 날아갔다. 160여년 전 아마존 건국자들이 히페르보레아 마법사들을 공격하면서 즐거워했던 것처럼, 비행병들은 이때까지 출입이 금지된 금남의 영역을 마침내 침범할 수 있게 된 걸 기뻐하고 있었다. 그중 한 비행병이 미소를 흘리면서 아르카에게 다가왔다. 가무잡잡한 피부와 대조적인 파란 눈. 아르카는 그를 알아봤다. 생령의 주인이었다…….

"무슨 일이냐!"

꿈속에 크게 떠드는 소리가 울렸다. 아르카는 악몽에서 천천히 빠져나왔지만 예지몽인지 과대망상인지 판단할 수가 없었다. 아르카는 해먹에서 졸음이 가득한 눈을 떴고, 오두막 안에 무슨 일이 일어나고 있음을 차츰 알아차렸다.

"비켜서, 테미스, 아니면 네 목도 날아갈 테니까."

아르카는 관할 구역 에포로스의 목소리라는 걸 알았다. 그 순간 방을 가리는 벽걸이 천이 들춰지고 완전 무장한 아마존 한 명이 검을 들고 문간에 나타났다. 잠이 홀딱 깬 아르카는 해먹에서 뛰어내리고 벽 쪽으로 뒷걸음쳤다. 튜닉에 구관조 형상의 배지를 단 에포로스가 방에 들어섰다. 그 뒤에서 머리는 산발이 되고 얼굴이 시뻘게진 테미스가 개입하려고 애를 쓰고 있었다.

"저 아이는 여기 있을 권리가 있어, 수습생이니까!"

"아니, 수습생은 아니지." 에포로스가 퉁명스럽게 내뱉었다. "내가 교관에게 확인해봤더니 저 아이는 이 구역의 훈련에 참여한 적이 없다. 그리고 얼마 전 마주쳤을 때 아이가 오레이칼코스 팔찌를 차고 있는 걸 내가 분명히 봤거든."

에포로스는 날카로운 시선으로 캉드리의 작은 방을 훑어보면서 마치 날개팔찌의 냄새를 맡으려는 듯 킁킁거렸다. 아르카는 어리벙벙한 얼굴로 검을 들고 있는 아마존과 테미스를 번갈아 쳐다봤다. 테미스가 도망치라는 눈짓을 보냈다.

아마존이 다가오는 순간 아르카는 유리창 역할을 하는 돼지 뱃가죽을 주먹으로 터뜨리고 창턱에서 가장 가까운 나뭇가지로 뛰어내렸고 앓는 소리를 내면서 초가지붕으로 기어 올라갔다. 검이 아르카의 바로 눈앞의 짚을 찔렀다. 아르카는 펄쩍 뛰어서 유칼립투스의 굵은 줄기 중 하나를 붙잡고 올라가다 테라스 난간에 매달린 다음 얼마 전에 수리해놓은 낡은 도르래의 말총 밧줄을 움켜잡고 나무 몸체에 몸을 기대어 두 발을 빠르게 놀리면서 수직 하강했다. 머리 위에서 에포로스의 욕설과 오두막을 뛰어다니는 구둣발 소리가 울렸다. 땅으로 내려온 아르카는 주변을 훑어봤다. 암말 한 마리와 거세마 한 마리가 나무 밑에서 주인을 기다리고 있었다. 아르카는 두 말 중 암말에 올라탄 다음 거세마의 엉덩이를 발로 걷어차 멀리 달아나게 했다. 아르카는 거세마를 따라가려고 하는 암말의 고삐를 잡고 반대 방향으로 내달리게 했다. 등 뒤에서 에포로스가 악을 쓰는 소리가 들렸다.

"카탕카!"

카탕카는 힘이 좋은 말이지만 다행히 다루기 힘든 말은 아니었다. 아르카는 구불구불한 오솔길로 말을 몰면서 낮은 가지들을 피하기 위해 갈기 속에 얼굴이 묻힐 정도로 납작 엎드렸다. 너무 갑작스럽게 벌어진 일이라서 깊이 생각할 겨를이 없었다. 아르카는 어디로 갈지 몰라서 도망친 것이 벌써 후회되기 시작했다. 카탕카는 오솔길을 전속력으로 내달렸고 광대한 유칼립투스 숲을 주파했다. 큰 개울을 따라 길이 휘어졌다. 아르카가 추격자들을 따돌렸다고 생각할 때 뒤에서 첨벙거리는 소리가 들렸다. 개울 하류 쪽에 한 기병이 보였다. 거세마를 회수한 아마존이 전속력으로 개울을 따라 달려오고 있는 것이었다.

아르카가 속도를 높이기 위해 암말의 고삐를 바짝 조였지만 나보만큼 빠르지는 않았다. 개울을 따라 질주해 오는 소리가 아마존이 가까워지고 있음을 알려주었다. 아르카가 힐끔 뒤돌아보니 거세마가 개울을 나와 오솔길로 진입하고 있었다. 아마존이 아르카에게 시선을 고정한 채 허리춤에서 검을 뽑아들었다. 몇 보 만에 거세마의 머리가 암말의 엉덩이 가까이 접근했다. 아르카가 빠져나갈 방법을 궁리하는 순간 아마존이 앞으로 몸을 숙이더니 암말의 뒷다리를 장검으로 베어버렸다. 이내 암말이 고통스러워하면서 고꾸라졌다. 땅바닥으로 튕겨 나간 아르카는 몸을 굴렸다.

아르카가 정신을 차렸을 때는 바로 눈앞에서 예민해진 거세마가 발굽을 구르고 있었다. 아르카는 말 위에서 내려다보는 아마존을 올려다봤다. 아마존은 피 묻은 검 끝으로, 다리를 베였는데도 일어서려고 안간힘을 다하는 암말을 가리켰다. 아마존이 고개를 절레절레 흔들면서 비난조로 내뱉었다.

"네가 도망치는 바람에 좋은 말이 희생됐잖아. 또다시 도망쳤다가는 가차 없이 너를 처단할 테니 각오해."

아르카는 무슨 일이 닥칠지 불안해하면서 아마존의 거세마 뒤에서 두 시간을 걸었다. 안장머리에 묶인 밧줄에 두 손이 결박되어 있었다. *비켜서, 아니면 네 목도 날아갈 테니까.* 아르카는 에포로스가 테미스에게 내뱉은 말이 계속 마음에 걸렸다. 그래도 설마 테미스를 참수하지는 않겠지? 마법의 힘을 빌리지 않으면 아무것도 할 수 없다는 사실에 새삼 무력감을 느낀 아르카는 히페르보레아로 돌아가서 멘토 곁에 있을 수만 있다면 모든 걸 내주고 싶은 심정이었다.

아르카는 군사령부 구역으로 끌려가고 있다는 걸 알아차렸다. 유난히 습한 이 지역은 나무들이 웅장하고, 말들은 영양 상태가 좋고, 오두막이 큼직큼직했다. 군사령부와 숲의 전사들 간의 연락을 위해 전령들이 활발하게 움직이고 있었다. 아마존이 이 땅에 도착하기 오래전에 사라진 문명의 흔적인 옛 포장도로들에서 그들의 말발굽 소리가 울려 퍼졌다. 아르카와 일행은 길 하나를 따라가다 반 시간 후 군사령부 구역의 중심부에 이르렀는데, 교살용으로 키운 무화과나무들의 뿌리가 무너진 궁전의 폐허를 뒤덮고 있었다. 나무들을 연결하는 넝쿨 다리들이 몇 제곱미터에 걸쳐 흩어져 있는 오두막들의 연락망 역할을 했다. 아르카는 나뭇가지들을 올려다보면서 포장도로를 계속 걸었고, 갑자기 히페르보레아에 돌아와서 1지구의 탑과 운하들을 보는 것 같은 느낌이 들었다.

아마존이 식물로 뒤덮인 석재 아치문 앞에서 말을 멈춰 세웠다. 보초 한 명이 창을 들고 서 있었다.

"무슨 일로 오셨습니까?"

"거짓말하고 말을 훔친 죄를 신고하러 왔다." 아마존이 거세마에 앉은 채로 대답했다. "다른 에포로스가 새 말을 구하는 즉시 더 자세한 보고를 하러 올 것이다." 아마존이 아르카를 흘겨보면서 덧붙였다.

"새장 안에 가두십시오." 보초가 대답하면서 물러섰다. "어떤 선택을 하든 자유롭게 하실 수 있습니다. 어제는 탈영병 한 명을 참수했고, 구제불능의 골통 세 명을 북쪽 국경으로 보냈습니다."

"하지만 저는……." 아르카가 입을 열었다.

"내일 저녁 에포로스 심판소에서 진술해야 할 것이다." 아마존이 말을 잘랐다. "네 목숨은 에포로스들이 결정할 것이다. 이제부터 입 다물어."

아마존이 밧줄을 확 잡아당겼고, 아르카는 앞으로 끌려 나갔다. 그들은 석재 아치문 밑을 지나 원형 공간의 흙바닥에 이르렀는데 폐허를 반쯤 장악한 무화과나무들에 둘러싸여 있었다. 유칼립투스 거목 한 그루가 중앙을 차지하고 있었다. 그 나뭇가지들에 철제 새장들이 매달려 있고, 나무 몸체에서 몇 걸음 떨어진 데에 있는 거무스름하게 얼룩진 오래된 그루터기 위에 도끼가 놓여 있었다. 아르카는 단두대를 보면서 침을 삼켰다.

아마존이 말에서 내리더니 유칼립투스 몸체에 감겨 있는 밧줄을 풀고 도르래를 이용하여 가장 작은 크기의 새장을 내려오게 했는데 두 팔의 근육이 팽팽해지는 것으로 보아 무게가 상당한 것 같았다. 새장이 바닥에 이르자 문을 열고 아르카의 손목에 묶인 밧줄을 풀어 새장 앞으로 데려갔다.

"내일 저녁때까지 이 안에 있으라고요?" 아르카가 물었다.

아마존은 대답 대신 아르카를 새장 안으로 떠밀었다. 간신히 쪼그리고 앉아 있을 정도의 공간이었다. 아르카는 앉아서 두 무릎으로 턱을 받치고 두 팔로 다리를 감싸고서 아마존이 새장에 달린 밧줄을 말의 안장에 묶는 걸 쳐다봤다. 그녀가 거세마에게 멀리 가라고 지시하면서 밧줄을 잡아당겼다. 아르카는 쇠창살을 통해 땅바닥이 멀어지는 걸 봤다. 새장이 무화과나무들의 꼭대기를 지나쳐서 올라가다 유칼립투스의 굵은 줄기들 사이에서 멈췄다. 파란 하늘 그리고 남쪽 숲과 경계를 이루는 황토색 산과 대조적인 초록빛 바다가 눈앞에 펼쳐졌다.

아마존은 나무 밑에서 밧줄을 되감아놓고 말에 올랐다. 아르카는 무화과나무들 줄기 밑으로 사라지는 말을 바라보다 쇠창살에 기대어 한숨을 내쉬었다. 물도 음식도 없이 10미터 높이에서 하루를 꼬박 보내면서 참수형을 내릴 것이 뻔한 마귀할멈들의 심판을 기다려야 했다. 상황이 너무 좋지 않았다.

"사형 선고를 받고도 살아남았는데 뭐." 아르카는 두려움을 떨쳐버리려 애쓰면서 중얼거렸다.

하지만 히페르보레아는 아르카에게 걸린 저주가 통하는 곳이니 죽을 일이 없는 데다 보호해주는 라스티아낙스도 있었다. 아르카디아에서 유일한 우군은 남의 일에 간섭하는 걸 싫어하는 퇴역한 아마존 한 사람밖에 없었다. 아르카는 마법을 쓸 수 없다는 것이 이토록 아쉬운 적이 없었다. 쇠창살을 비틀어서 빠져나와 공중부양으로 새장이 묶여 있는 줄기까지 올라가는 것쯤은 식은 죽 먹기였을 텐데…… 순간이동은 생각할 필요도 없었다. 설사 어떻게 비물질화되는지 방법을 안다고 해도 블루존에서는 통하지 않을 것이 틀림없었다.

아르카는 등을 구부린 채 새장을 흔들어봤지만 가슴만 아플 뿐 나무 밑동은 끄떡도 하지 않았다. 화가 난 아르카는 두 발을 허공으로 늘어뜨리고 쇠창살에 이마를 기댔다. 탈출은 물 건너갔기에 아르카는 동족에 대한 자신의 충성심을 에포로스들에게 납득시키고 2년 동안 훈련을 건너뛴 이유를 설명해야 할 터였다.

아르카는 그럴듯한 거짓말을 궁리하느라 열심히 머리를 굴렸다. 유칼립투스 가지 사이로 새장에 햇살이 비쳐 들면서 목이 말랐다. 앵무새들과 원숭이 일가족이 새장을 살피러 왔다. 아르카가 욕설을 내뱉자 모두 달아났다. 해가 저물면서 하늘에 분홍빛과 보랏빛 구름이 잔뜩 끼었다. 따뜻하면서 세찬 여름비가 쏟아지기 시작했다. 아르카는 금세 홀딱 젖었다. 밤이 되면서 불어오는 찬바람에 젖은 옷이 몸에 찰싹 들러붙었다. 새장 구석에 웅크린 아르카는 나무 터널 주변에서 반짝이는 반딧불이 속에서 들려오는 박쥐들의 가냘픈 울음소리를 들었다.

피로와 갈증에 지친 아르카는 혼잣말을 중얼거리기 시작했다. 간밤의 꿈, 히페르보레아에 홀로 남은 라스티아낙스, 교도소에 난입한 가짜 아마존, 천연 비프아주르 덩어리, 날개팔찌, 저주의 거울, 생령의 주인, 아버지의 마법 능력…… 불안 속에서 덜덜 떨다가 마침내 잠에 빠져들 때 겁먹은 원숭이들의 울음소리가 들렸다. 눈을 떴다. 목이 타들어 가고 빈속인데 방광은 터질 것 같았다. 시커먼 나무 꼭대기 위로 어슴푸레하게 동이 트고 있었다. 갑자기 새장이 흔들리는 걸 느낀 아르카가 어리둥절해서 바닥을 내려다봤다. 키가 큰 아마존이 말의 도움을 받아 새장을 다시 내리고 있었다. 단두대 위에 놓인 반딧불 초롱이 아침을 맞는 숲의 어둠을 몰아내고 있었다.

심장이 쿵쿵 뛰었다. 아르카는 에포로스들이 심판을 위해 이렇게 일찍 모일 줄은 생각도 못 했다. 아직은 대처할 준비가 되어 있지 않았다. 아르카는 지난 몇 시간 동안 해명을 위해 궁리해놨던 생각을 빠르게 정리했다. 아르카를 데리러 온 아마존은 전날의 아마존이 아니었다. 어렴풋하지만 낯익은 실루엣이었다. 새장이 실루엣의 얼굴 높이에 이르렀을 때 아르카는 누군지 알아봤다. 안티오페 왕이었다.

깜짝 놀란 아르카가 왕을 뚫어져라 쳐다보는 사이 새장이 철커덕 소리를 내면서 바닥에 내려앉았다. 화재가 나기 전에 아르카는 왕을 본 적이 있었다. 훈련받는 딸 펜테실레이아를 보러 왔을 때였다. 안티오페가 말의 어깨를 쓰다듬어주고 나서 반딧불 초롱을 들고 아르카에게 다가왔다. 곤충의 생물 발광 조명이 관자놀이에 섞인 하얀 새치와 검은색 땋은 머리를 비추었다. 노련한 전사의 팔에는 깊은 흉터와 큰 팔찌가 보였다. 안티오페는 보석들과 오리 알만 한 비프아주르가 박힌 왕의 허리띠를 차고 있었다. 아르카의 시선이 허리띠에 머물렀다. 바실레우스의 벨트와 비슷했던 것이다.

"간밤에 테미스가 와서 너를 용서해 달라고 했다." 안티오페가 말문을 열었다. "나는 에포로스 일에 간섭하지 않지만, 네가 돌아왔다는 걸 알고 깜짝 놀랐다, 멜라니페의 딸 아르카."

물어보고 싶은 것이 너무 많은데 아르카가 기껏 꺼낸 말은 단순했다.

"내 어머니를 아세요?" 밤새 목이 말랐던 아르카의 목소리는 쉬어 있었다.

"친구였지." 안티오페가 대답했다. "우리는 수습생 시절 같은 반이었다, 내 딸과 너처럼."

안티오페가 새장의 쇠창살 너머로 아르카를 찬찬히 뜯어봤다.

"네가 펜테실레이아와 같이 나포카에 있었다는 것이 내가 마지막으로 들은 소식이었는데."

아르카는 아마존족의 왕이 관심을 보이는 이유를 알아차렸다. 공주 때문이었다. 안티오페는 화재가 난 뒤 자신의 딸과 아르카가 로크새 비행병들에게 납치되었다가 테미스키라에서 도주하여 나포카에 숨었다는 걸 알고 있었다. 여기까지는 펜테실레이아가 어머니에게 아르카디아로 돌아가게 해 달라고 간청하면서 암호화된 통신문으로 전한 내용이었다. 몇 달 후 받은 왕의 답장은 간략했다.

그곳에 있어. 도움 없이는 테미스키라의 속국을 벗어나지 못할 거다. 너를 위해 내 전사들의 목숨을 걸 수는 없다.

아르카가 돌아온 걸 알게 된 지금 안티오페는 딸이 어떻게 되었는지 알고 싶은 것이었다. 안티오페가 아르카의 머릿속을 읽은 것 같았다.

"너는 어떻게 여길 돌아온 거지, 펜테실레이아도 없이?"

안티오페의 날카로운 시선에 움찔한 아르카는 성급한 성격을 죽이고 대단히 신중하게 대답해야 한다는 걸 느꼈다. 히페르보레아에서 지낸 생활에 대해서도, 왕의 딸이 생령이 된 것 같다는 말도 할 수 없었다. 숲에서 지내는 허락을 얻어내려면 2년 동안 마법을 사용한 적이 없다는 걸 왕에게 확인해줘야 했다.

"나포카에서 일어난 반란 때문에 피해 다니다가 헤어졌어요, 1년 전쯤에." 아르카가 말했다. "저… 저는 펜테실레이아를 찾으려고 노력했지만 실패했고, 펜테실레이아에게 무슨 일이 일어났는지 몰라요. 나포카는 혼자 지내기에는 너무 위험한 도시가 되어버렸어요. 그래서 모든 건 운에 맡기기로 하고 테미스키라 지방을 거쳐서 이곳으로 돌아왔어요."

안티오페는 이해할 수 없다는 표정으로 아르카를 한참 쳐다봤다. 아르카는 왕에게서 더 많은 감정 표현을 기대하고 있었다. 어쨌든 자기는 몇 년 만에 펜테실레이아에 대한 소식을 처음으로 전하는 사람일 테니까.

"테미스키라인들이 너 같은 어린아이가 혼자 여행하는 걸 가만히 보고 있진 않았을 텐데." 안티오페가 마침내 말했다. "어떻게 발각되지 않았을까?"

딸이 어떻게 됐는지 생사를 궁금해하지 않는 것에 아르카는 황당했다.

"잠은 한데서 자고 농가에서 음식을 훔쳐 먹었어요." 아르카는 어깨를 으쓱하면서 대답했다. "쉽지는 않았어요, 테미스키라인들에게 여러 번 붙잡힐 뻔했으니까요."

"돌아온 걸 왜 아무에게도 알리지 않았지?"

"반역자나 간첩으로 의심받아 죽게 될까 봐 무서웠어요." 아르카는 몸짓으로 단두대를 가리키면서 덧붙였다.

안티오페가 잠자코 쳐다보고만 있어서 아르카는 너무 무례하게 굴었나 의문이 들 정도였다.

"그러니까 나포카를 떠난 뒤로는 내 딸을 보지 못했다는 얘기로구나." 안티오페가 마침내 말했다.

'다시는 나한테 거짓말이 서툴다는 말 하지 말라고!' 아르카는 속으로 자찬했다. 아마존 왕을 감쪽같이 속인 것이었다.

"펜테실레이아 소식 들으셨어요?" 아르카는 리파이아 산맥에서 자신을 공격했던 철가면 쓴 전사를 생각하지 않으려고 애쓰면서 천진한 어조로 물었다.

안티오페는 한숨을 내쉬면서 초롱을 땅바닥에 내려놨다. 황금빛 여명이 나무 꼭대기를 물들이면서 반딧불이 꺼지고 있었다. 아르카는 부정적인 대답을 예상하고 있다가 깜짝 놀랐다.

"그 아이는 숲에 불을 지른 테미스키라인을 섬기고 있다. 내가 그 방화범이 어렸을 때 자기 어머니와 헤어지게 만든 일에 대한 복수로, 펜테실레이아를 훔쳐 가 제자로 삼고 내게서 떼어놓은 거지. 그 방화범이 도발했지만 난…… 원칙을 지켰어. 그 쓰레기 같은 놈이 내 딸을 내 적으로 만들었어."

아르카는 호기심이 발동했다. 안티오페가 딸이 생령의 주인을 섬기고 있다는 걸 어떻게 알고 있으며, 아마존 왕과 그가 어떻게 아는 사이인지 그리고 왜 그를 어머니와 헤어지게 했는지 궁금했다. 하지만 아르카는 질문할 겨를이 없었다.

"얘기는 충분히 했고." 안티오페가 급한 어조로 말했다. "이제 네 운명을 결정할 때가 되었다."

아르카는 피가 얼어붙는 것 같았다. 왕이 새장에 다가와서 아르카의 눈높이에 맞춰 쭈그리고 앉았다.

"에포로스 심판소가 오늘 저녁 내릴 판결은 너에게 호의적일 가능성이 거의 없다. 네 어머니와의 우정을 생각해서라도 너를 구해줄 수 있으면 좋겠지만 내가 아무리 왕이라도 에포로스 결정에 따라야 해……."

아르카의 시선이 단두대 쪽으로 움직였다. 그래도 설마 목을 베어버리지는 않겠지? 아르카는 히페르보레아에서 가짜 아마존들의 공격을 받고 잘린 병사의 머리가 방청석에서 굴러 떨어지던 광경이 떠올랐다. 경악해 있는 표정의 얼굴, 움직이던 눈알……

"……일단 결정이 내려지면 되돌릴 수가 없어." 안티오페가 말을 이었다. "따라서 에포로스의 심판을 피할 수 있도록 내가 먼저 형벌을 내리겠다."

아르카는 어리둥절했다.

"무슨 말씀이세요?"

"너를 추방하겠다, 아르카. 정오가 되기 전에 숲을 떠나 다시는 돌아오지 마."

이렇게 말하고 안티오페가 새장을 열었다. 망연자실한 아르카는 새장 안에서 꼼짝도 하지 않았다. 추방. 어떻게 추방당할 수 있지? 얼마나 힘들게 고향으로 돌아왔는데. 추방이라는 말이 갑자기 무슨 뜻인지 이해할 수 없는 말로 느껴졌다. 왕이 초조해하는 것처럼 보였기에 아르카는 새장에서 나오려고 하는데 지상에서 10미터 높이의 새장 안에 앉은 자세로 하룻밤을 보내면서 근육이 마비된 탓에 몸이 말을 듣지 않았다. 추방이라는 말이 머릿속을 맴돌고 있었다. 숲에서 추방되다니. 이제 어떻게 되는 걸까? 추방, 추방, 추방. 메아리처럼 울리는 이 소리 속에 왕의 목소리가 아득히 들려왔다.

"네 운명을 한탄할 필요 없어. 수십 일 후면 로크새 비행병들이 숲 위에 나타날 테고 그러면 우리와 함께 있지 않은 걸 다행이라고 여길 테니까."

이런 형벌을 받아야 하는 걸 이해할 수 없는 아르카가 어물어물 물었다.

"제가 뭘 하면 추방 명령이 해제될까요?"

"뭘 해도 안 돼." 안티오페는 잘라 말했다.

안티오페가 말을 향해 걸어가서 유연한 동작으로 올라탔다. 그 순간 아르카는 왕이 떠나려고 하는데 다시는 입장을 변호할 기회가 없을 거란 생각이 들었다. 망연자실해 있던 아르카는 긴장이 약간 풀리면서 머리가 돌아가기 시작했다. 나포카와 히페르보레아에 이어 이번에는 숲에서도 쫓겨나야 하다니. 또 보금자리를 잃을 수는 없었다. 무슨 협상이든 해서 왕에게 언젠가는 돌아오는 걸 허락한다는 확답을 받아야 했다. 아르카의 눈길이 안티오페의 허리띠에서 반짝이는 파란 광채에 꽂혔다.

"테미스키라인들이 우리에게서 훔쳐 간 비프아주르를 제가 되찾아 오면요? 그러면 추방 명령이 해제될 수 있습니까?"

말 위에서 안티오페는 아무 말 없이 아르카를 훑어봤다.

"그러면 아마존들이 구원받게 될까요?"

"네가 비프아주르를 되찾아 오는 기적이 일어난다면 어떤 에포로스도 너에게 형을 감면해준 내 결정에 반기를 들진 않겠지." 안티오페가 대답했다. "하지만 너는 그러지 못해. 방금 내가 죽음을 면하게 해준 목숨인데 무모한 짓 하지 말거라."

왕이 안달이 나서 앞발로 땅을 걷어차는 말의 고삐를 잡았다.

"너무 가파른 비탈에서 미끄러지면 다시 일어서지 못하기도 하지." 왕이 생각에 잠긴 얼굴로 말했다. "지금이 그런 순간이라는 걸 받아들이고 기회를 줬을 때 목숨을 보전할 줄도 알아야 한다. 이제 여길 어서 빠져나가거라, 멜라니페의 딸 아르카, 그리고 다시는 돌아오지 마."

그렇게 말하고 안티오페는 추방이라는 형벌을 받은 아르카를 뒤로 하고 전속력으로 말을 몰았다.

피톤

눈 쌓인 산속을 달리는 발굽 소리가 빙하 골짜기에 울려 퍼졌다. 비탈에 말 한 마리가 나타났다. 하얀 털은 주변의 설경과 구분이 되지 않지만, 기수의 금속 투구는 햇살을 받아 반짝이고 있었다. 얼어붙은 호수의 매끄러운 빙판 위에 똬리를 튼 피톤이 자기 쪽으로 내려오는 말과 기수를 쳐다봤다.

말이 먼저 피톤을 발견했다. 말이 멈춰 서서 검은색 눈을 크게 끔벅이더니 뱀 쪽으로 복슬복슬한 귀를 세웠다. 이번에는 기수가 얼어붙은 호수 중앙을 차지한 특이한 형체의 얼음덩어리를 발견했다.

"선택할 기회를 주겠다." 피톤이 말했다. "너의 미래를 선택할 기

231

회."

말이 거칠게 콧숨을 내뿜었지만, 기수는 꿈쩍도 하지 않았다. 오직 눈의 흰자위만 움직였다. 뱀이 똬리를 풀고 몸뚱이를 길게 늘이더니 리파이아 산맥의 중심부 쪽 빙하 방향으로 구불구불 기어가기 시작했다.

"발길을 돌린다면, 너를 구속하는 주인도 없고 죄책감도 없이 다른 나라에서 자유롭게 살아갈 것이다. 네가 아는 사람은 아무도 다시 만나는 일이 없을 것이다."

뱀이 빙판 위를 미끄러지면서 하류 쪽으로 이동하다 기수와 말에게서 3미터쯤 떨어진 지점을 지나치면서 말했다.

"네가 히페르보레아로 간다면, 생령의 주인은 살 것이다. 아르카와 너는 영원히 그의 속박에서 벗어나지 못할 것이다."

뱀이 호수 중앙으로 돌아와서 천천히 다시 똬리를 틀었다.

"네가 여기서 기다린다면, 생령의 주인은 죽을 것이고 아르카를 만나서 함께 아마조네스 숲으로 돌아갈 것이다."

뱀이 반투명한 송곳니 사이로 혀를 널름거렸다.

"너의 선택은?"

아르카

아마존족의 왕이 떠난 뒤 아르카는 보초를 신경 쓰지 않고 새장이 주렁주렁 매달린 유칼립투스를 떠났다. 아르카는 재빨리 물로 목을 축인 후 군사령부 구역을 벗어나면서도, 에포로스들이 자신을 붙잡아 다시 새장에 가둘 것 같은 불안감에 어깨 너머를 살폈다. 하지만 아무도 잡으러 오지 않았고, 테미스가 있는 구역으로 무사히 돌아갈 수 있었다. 아르카는 걸어가면서 숲을 사랑하는 헤아릴 수 없이 많은 이유를 생각했다. 지저귀는 새소리, 유칼립투스 나뭇잎 살랑거리는 소리, 말발굽 소리, 강물 소리, 나무 위 오두막 삐걱거리는 소리, 이 모든 소리가 하나의 독특한 화음을 이루며 가슴속에 울려 퍼지고 있었다. 그런데 아르카는 이 숲에서 추방 명령을 받았다.

테미스의 나무 위 오두막에 이르렀을 때 아르카는 잠시 유칼립투스 밑에 서서 머릿속으로 짜둔 계획을 정말로 실행에 옮겨야 할지 생각했다. 아르카는 좀 더 오래 생각하고 싶었지만, 안티오페는 정오까지는 숲을 떠나야 한다고 명했다.

"아르카!"

아르카는 고개를 쳐들고 난간에 기대서 믿기지 않은 얼굴로 내려다보는 테미스를 봤다.

"저 왔어요." 아르카가 대답했다.

아르카는 서둘러서 계단을 올라가 테라스에 있는 아마존에게 다가갔다. 테미스가 아르카의 어깨를 잡고 어설프게 끌어안았다. 이 놀라운 행동에 왕에게서 추방 선고를 받고 느낀 처참한 기분이 사르르 녹는 것 같았다. 부끄럽게도 눈물이 차오르는 걸 느꼈다. 고향으로 돌아온 뒤에 많은 실망을 했지만 아르카는 싫든 좋든 아마존족의 딸임에는 변함이 없었다.

"안티오페 왕이 저를 추방했어요." 아르카는 훌쩍거리면서 테미스의 몸에서 떨어졌다. "추방 아니면 에포로스들에게 참수형을 당한다고 했어요. 정오가 되기 전에 숲을 떠나야 해요."

테미스는 감정에 휘둘리는 사람이 아니지만, 아르카는 늙은 아마존이 추방이라는 말에 충격을 받은 것이 느껴졌다.

"추방 명령이 해제되는 유일한 방법은 테미스키라인들에게서 비프아주르를 되찾아 오는 것뿐이에요." 아르카는 눈물을 닦으면서 말했다. "그래서 그걸 하려고요. 히페르보레아에 가서 비프아주르를 가져올게요."

테미스의 표정은 아르카에게 그런 엄청난 계획을 성공적으로 수행할 능력이 있다고 보지 않는 것이 역력했다. 테미스는 뜯어말리고 싶은 마음과 다른 사람의 인생에 간섭하는 걸 싫어하는 마음 사이에서 갈등하는 것 같았다.

"지도에서 히페르보레아가 어디 붙어 있는지 찾을 줄은 아니?"

아르카는 라스티아낙스 같은 지적이라고 생각했다.

"거기 가려면 어떻게 해야 하는지 알아요." 아르카가 입술을 비죽거리면서 대답했다.

10미터 높이에서 밤을 보낸 덕분에 아르카는 여러 가지 생각을 할 수 있었다.

"비프아주르를 네가 어떻게 찾아올 건데?"

아르카는 구체적인 계획을 아직 세우지 않았고, 일단 히페르보레아에 돌아가기만 하면 라스티아낙스가 도와줄 거라고 믿고 있었다.

"비프아주르를 훔쳐 간 테미스키라인을 찾아서 돌려받을 거예요." 아르카가 단호한 어조로 말했다. "하지만 그러려면 필요한 것이 여기 있어서……."

테미스가 반대할 겨를을 주지 않고 아르카는 캉드리의 방으로 뛰어갔다. 정오가 가까워지고 있어서 시간을 낭비할 수 없었다. 아르카는 해먹으로 올라가서 천장으로 팔을 뻗었고 머리 위 선반을 더듬어서 보물 상자를 연 뒤 날개팔찌를 꺼냈다.

"그 마귀할멈이 아무것도 아닌 일로 너를 체포한 게 아니었던 게야. 네가 그 오레이칼코스 팔찌를 괜히 지니고 있는 게 아니었어. 화재가 난 뒤로 네가 마법을 쓰기 시작한 게 틀림없구나."

아르카가 돌아봤다. 테미스가 문턱에 서서 날개팔찌를 노려보고 있었다. 전날이었다면 아르카는 거짓말로 대답했을 터였다. 하지만 늙은 아마존은 에포로스에게서 아르카를 구하기 위해 위험을 무릅쓰고 직접 안티오페 왕을 만나러 갔고, 품에 안아주기까지 했다.

"네." 아르카는 해먹에서 뛰어내리면서 시인했다.

마법에 대한 두려움과 혐오감은 아르카디아 문화에 너무 깊이 뿌리박혀 있기에 테미스 같은 아마존이 거부감을 드러내는 것은 어쩌면 당연한 일이었다. 그걸 알면서도 테미스의 반응에 아르카는 상처를 받았다. 아마존이 경계심을 높이면서 아르카를 훑어봤다.

"블루존 밖으로 나간 숲의 아이들은 대부분 마법 능력을 강력하게 향상시키고 싶어 하는 경향이 있어. 금지된 것에 대한 반동 심리가 작용하는 거겠지."

"저도 그랬던 거 같아요." 아르카는 팔찌를 만지작거리면서 침울한 얼굴로 인정했다.

아르카는 화재가 일어난 날 처음으로 마법 능력이 발휘됐다. 생령의 주인은 오두막이 있는 유칼립투스에 박힌 비프아주르를 무력화해서 그 구역의 블루존을 없앤 뒤에 마법을 써 시론을 죽였다. 아르카는 방화범에 맞서 필사적으로 싸우다 상체에 치명상을 입혔고 살지 못할 거라고 확신하면서 불을 피해 도망쳤지만 그는 살아 있었다. 그것이 아르카의 첫 마법 행위였다. 아르카는 아마존들에게 자신의 마법 능력을 숨기기 위해 방화범과 벌인 싸움에 대해 아무에게도 말하지 않았다. 그래서 아마존들은 아르카가 불이 확산되는 걸 막았다는 걸 몰랐다.

"바로 그래서 사내아이들을 블루존 밖으로 내치기보다 처단하는 쪽을 택하는 거야." 테미스가 말했다. "건국자들의 후손일 경우는 특히. 마법 능력이 탁월한 데다, 어머니에게 버림받고 저주에 걸려 있어서 어머니를 죽일 운명에 놓인 숲의 아들보다 아마존들에게 더 최악의 적은 없으니."

이 말을 하면서 테미스가 뭔가를 이해시키려는 듯 아르카를 뚫어져라 쳐다봤다. 머릿속에서 어떤 생각이 번뜩였다. 아르카는 시론의 아이가 일곱 살 때까지 갖고 놀던 것들로 가득한 방을 훑어보면서 시론, 그녀의 가무잡잡한 얼굴 그리고 파란 눈을 생각했다.

"시론은 건국자들의 후손이었군요." 아르카는 알아차렸다.

아르카가 손에 들고 있는 보석 상자 안에서 시론의 비프아주르 덩어리를 내려다봤다.

"그리고 시론은 죽는 순간에 블루존 안에 있지 않았어." 테미스가 중얼거렸다.

심장 박동이 빨라졌다. 진실은 처음부터 바로 눈앞에서 얼쩡거리고 있었는데 아르카는 알아채지 못하고 있던 것이다. 간밤의 악몽 속에서 봤던 생령의 주인의 얼굴이 또렷이 기억났다. 구릿빛 피부, 밤색 머리…… 파란 눈. 시론의 눈. 아르카의 후견인은 친아들에게 죽임을 당한 것이다. 생령의 주인이 바로 캉드리였다.

"왜 말해주지 않았어요?"

아르카는 화가 치밀었다. 하지만 왜 테미스를 원망하는 건지 이유는 정확하지 않았다. 자신에게 말해주지 않은 걸 탓할 수 있는 사람이 테미스밖에 없기 때문이 틀림없었다. 시론은 캉드리에 대해 말해준 적이 없었고, 생령의 주인은 아르카디아 출신이라는 걸 숨겼고, 테미스는 방금 말해준 걸 기회가 많았는데도 모르는 척 시치미를 뗐다.

"알았더라도 네 인생이나 일어난 일이 바뀌지는 않아." 아마존이 내뱉었다. "기회가 주어지면 저주는 늘 이뤄지니까."

"그럼 지금은 왜 말해주는데요?" 아르카가 성난 목소리로 물었다.

"이제는 내가 늙었고, 눈도 잘 안 보이고, 네가 돌아와서 내 곁에 있길 바라니까." 테미스가 대답했다. "하지만 네가 비프아주르를 회수하지 못하면 돌아올 수 없겠지. 훔쳐 간 자의 마법 능력이 어느 정도인지 모르면 비프아주르를 회수하지 못할 테니까."

테미스의 말에 아르카는 할 말을 잃었다. 아마존이 방으로 들어와서 못에 걸린 투석구를 내렸고, 아르카가 바닥에 놔둔 보석 상자에서 시론의 비프아주르를 꺼내 아르카에게 건네면서 말했다.

"오레이칼코스로 무장하고 있는 한, 그리고 자식이 없는 한 그놈은 영생할 거야. 비프아주르 조각이 그놈의 가슴 한복판에 박힌다면 몰라도."

아르카의 눈길이 투석구에서 테미스에게로 이동했다.

"제가 캉드리를 죽이기를 바라세요?"

"캉드리는 아버지가 데려간 날 죽었어." 테미스가 침울한 어조로 대꾸했다. "아버지란 작자가 그 아이를 아마존에게 복수하는 도구로 만들었으니까. 네가 비프아주르를 회수하는 데 성공한다고 해도 우리는 마법사가 되어 있는 캉드리에게 꼼짝 못 할 거야. 그놈이 우리 모두를 전멸시키기 전에 네가 대비를 잘 해서 그 아이를 막아주길 바란다."

아르카는 그토록 정성을 들여서 수리해놓은 작은 방을 둘러봤다. 캉드리의 어릴 적 물건들과 함께 지내다 보니 그가 친구처럼 가까워진 느낌이 들었다. 캉드리라는 어린 소녀의 이미지와 생령의 주인의 이미지가 머릿속에서 충돌하고 있었다. 시론을 살해했고, 아르카의 아버지를 생령으로 만들었고, 몇 번이나 라스티아낙스의 목숨을 노렸던 남자. 아르카는 눈살을 찌푸리면서 투석구를 허리에 묶고 비프아주르 조각을 호주머니에 집어넣었다.

"사라진 수습생들의 협곡으로 가는 길을 알려주세요."

해가 중천에 떴을 때 아르카는 강에 도착했다. 이번에도 얕은 곳을 찾아 건널 수는 없었다. 안티오페 왕이 통행증을 주지 않았고, 파수병들은 수습생이 숲을 나가게 내버려 두지 않을 것이기 때문이다.

하지만 테미스와 대화하다 테르모돈강을 건너는 방법이 생각났다. 아르카는 하류 쪽으로 내려갔다가 길에서 멀리 떨어진 둑을 찾기 위해 반 시간을 더 걸었다.

아르카가 골풀을 꺾어서 목걸이로 엮는 동안 눈앞에서는 물결이 찰랑거리고 있었다. 골풀 목걸이가 완성되자 아르카는 호주머니에서 팔찌를 꺼내서 인장을 눌렀다. 날개가 작동하는 소리가 나기 시작했다. 테미스의 말이 맞았다. 고농도의 오레이칼코스는 블루존의 영향을 받지 않았다. 아르카는 금속 깃털 하나를 힘껏 잡아당겨서 뽑았다. 깃털의 날카로운 날에 손가락이 베었지만 대수롭게 여기지 않았다.

이어서 호주머니에서 시론의 비프아주르 조각을 꺼내 금속 깃털에 감쌌는데, 오렌지빛이 나는 작은 펜던트처럼 보였다. 아르카는 무력화된 비프아주르를 골풀 목걸이에 매달고 목에 걸었다. 어깨에서 오레이칼코스 날개가 펼쳐졌고 수면 위로 나온 바위에 올라가 날아올랐다.

짧은 비행이지만 마치 아니마가 힘을 잃은 듯 힘들었다. 아르카는 블루존과 연관이 있다고 생각했다. 아르카는 북쪽 기슭에 착륙한 뒤 날개를 접고 얕은 물 쪽으로 갔다. 파수병들의 눈을 피해 덤불 속에 숨겨 둔 옷가지가 주인을 기다리고 있었다. 낙엽에 파묻힌 털옷에 쥐며느리 일가족이 모여 살고 있었다. 아르카는 옷가지를 집어 든 뒤 걷기 시작했다.

테미스가 사라진 수습생들의 협곡으로 가는 길을 설명해주었지만, 숲의 화재 때문에 그녀가 이정표로 삼던 지표들이 모조리 사라지고 없었다. 다행히 협곡을 파고드는 테르모돈강의 지류는 여전히 타다 남은 그루터기 사이를 흐르고 있었다. 아르카는 둑에 군락을 이룬 쇠뜨기들을 성큼성큼 넘으면서 강을 따라 거슬러 올라갔다. 양옆이 산으로 둘러싸인 골짜기에 이르자 아르카는 비탈 중 하나를 따라 계속 올라갔다.

아르카는 가면서도 줄곧 생령의 주인을 생각했다. 이제는 생령의 주인이 아르카가 히페르보레아에 남아 있기를 원한 진짜 이유가 확실해졌다. 바실레우스가 아마존 건국자들에게 내린 형벌과 저주의 거울을 영속시키는 매개체가 아르카였기 때문이다. 아르카가 블루존 안에 있으면 저주가 중지되는데 그러면 영생을 갈망하는 그의 꿈이 좌절되는 것이었다.

아마존족에게 비프아주르를 되돌려주려면 히페르보레아로 돌아가는 수밖에 없었다. 저주로부터 보호받는 시론의 비프아주르를 지니고 죽을 때까지 외딴 곳에 숨어 사는 건 어떨까 하는 생각이 스쳤다. 하지만 더는 도피 생활을 하고 싶지 않았다. 그리고 자신의 계획이 통하면 라스티아낙스를 다시 만날 수 있는데······.

고도가 높아질수록 등 뒤로 광활한 유칼립투스 숲이 펼쳐지다 점점 멀어지고 있었다. 숲 기슭 부근에서 헤일로테스들이 화재로 인해 비옥해진 땅을 개간하여 경작지로 확장하기 위해 불에 탄 그루터기들을 뽑아내고 있었다.

마침내 아르카는 평평한 암석으로 이뤄진 곳에 이르렀다. 연기에 시커멓게 그은 것으로 보아 목적지에 도착했다는 걸 알 수 있었다. 아르카는 절벽 가장자리에 다가서서 밑을 내려다봤다. 바위 사이로 흘러가는 강물만 보여서 안도의 숨을 내쉬었다. 숲에 화재가 일어난 뒤로 협곡이 블루존 밖에 있게 되면서 아마존들이 더는 이용하지 않는 것이었다. 뼈다귀들이 보이지 않는 것은 짐승들이 물어갔거나 급류에 떠내려간 것이 틀림없었다.

아르카는 걸어오는 내내 팔에 걸치고 있던 가죽 바지와 털옷을 입었다. 아르카디아의 태양이 내리쬐는 햇빛 속에서 숨이 막히는 것 같았다. 아르카는 절벽에 다가섰고 땅바닥에서 돌을 하나 집어서 협곡 아래로 있는 힘을 다해 던졌다. 돌이 급류 쪽으로 떨어졌다. 첨벙하는 물소리가 아르카의 귀에 이르기까지 몇 초가 흘렀다. 아르카는 협곡의 높이가 20미터쯤 된다고 계산했다. 떨어지면 죽음을 면치 못할 것이 틀림없었다.

아르카는 새장 안에 웅크리고 앉아서 리파이아 산맥에서 아르카디아까지 순간이동이 일어났던 상황을 곰곰이 생각했다. 눈사태에 휩쓸리기 직전 아르카는 시론을 생각했는데 생령의 마법 능력이 그녀의 무덤 옆으로 데려다놓았다. 이 능력은 아르카가 즉사할 정도로 위급한 상황일 때만 작동한다는 걸 알려주는 것 같았다. 저주가 살아남을 수 있는 최후의 수단으로 이 능력을 주기로 한 걸까.

이건 물론 가정이었다. 그 가정을 확인하려면 라스티아낙스를 생각하면서 허공으로 뛰어내리는 수밖에 없었다.

절벽 끝에 서서 아르카는 눈을 감고 멘토를 떠올리려고 노력했다. 깊은 생각에 잠겨 있을 때 깨진 콧등을 문지르던 모습, 보기만 해도 졸음이 오는 서류에 대한 집착, 두 가지 빛깔의 밤색 눈, 철자가 틀리면 보고서에 줄을 찍찍 긋는 악취미…… 함께 죽음에 맞서기 위해 정의의 탑 경기장으로 들어오던 모습을 생각했다.

"당신이 이토록 보고 싶었던 적이 없어요, 사부." 아르카가 중얼거렸다.

그리고 아르카는 절벽에서 몸을 던졌다.

라스티아낙스

라스티아낙스는 중앙도서관의 금고실 안락의자에 앉아서 피라가 시무룩한 얼굴로 자신의 벽보를 둘둘 말아서 마법 화로에 던지는 걸 바라보고 있었다. 구겨진 종이들이 연기를 내지 않고 다 타버렸다.

"조작된 선거였어." 그는 피라를 설득했다. "너도 잘 알잖아. 테미스키라 병사들이 조직적으로 유권자들에게 필롱 이외의 다른 사람에게는 투표를 하지 못하게 했어. 많은 사람이 너에게 표를 줬다는 사실이 중요해."

"멍청한 짓이었다는 거 알아, 나도." 피라가 말했다. "하지만 더 나은 성적을 기대했는데."

투표를 앞둔 마지막 며칠 동안 테미스키라인들은 별의별 짓을 다했다. 그들은 피라의 평판을 떨어뜨리기 위해 그녀를 방탕한 상속자라느니, 나포카인의 조종을 받는다느니, 주의력이 부족하다느니 온갖 험담을 했다. 동생인 아스파시조차 언니의 유명세를 질투할 정도였으니 테미스키라인들의 견제는 어쩌면 당연한 일이었다. 나포카 주민들의 도움을 받아 그들은 로크새 비행병들과 맞닥뜨리는 위험을 무릅쓰고 이 비방 선전에 맞서는 전단지를 집집마다 돌렸다. 그렇지만 역부족이었다. 투표 결과는 낙선이었다. 피라는 총 투표자수의 오분의 일을 득표하는 데 그쳤다. 상인들과 두목의 득표수보다는 많이 앞서지만 필롱에게는 훨씬 못 미쳤다. 이틀 후면 필롱이 바실레우스가 되는 것이었다.

대놓고 말하지 못했지만 라스티아낙스는 내심 이 결과에 안도했다. 그는 테미스키라인들이 바실레우스 피라를 받아들이는 기적 같은 일은 일어나지 않으리라 보고 있었다. 그래도 새로운 정치 체계에 대한 씨앗을 시민들의 머릿속에 남겨 두었으니 언젠가 결실을 맺을 수도 있을 거였다.

"이번 일의 최악은 내가 페트로클루스를 저버리고 있었다는 거야." 피라가 가슴 아파했다. "친구를 구출하겠다는 우리의 계획이 한 단계도 진전되지 못했잖아."

피라는 자책감으로 괴로워하면서 주먹을 깨물고 몸을 앞뒤로 흔들었다. 라스티아낙스는 아르카를 찾으러 떠났을 때 자신도 똑같이 괴로웠다고 말하려다 참았다. 그는 상황을 정리할 때가 되었다고 판단했다.

"추출기를 못 쓰게 만들자는 너의 '파괴 작전'은 여전히 유효해. 테미스키라군은 모레 거행될 바실레우스 대관식의 질서 유지에 필요한 인원을 차출해야 할 거야. 그러면 교도소 경비가 덜 삼엄해질 테니 우리 계획을 실행하기에는 아주 이상적인 때가 되는 거지."

라스티아낙스는 몸을 옆으로 숙이고 이 대화를 하려고 준비해놨던 마법역학 연장 가방을 무릎 위에 올렸다. 피라에게는 멍키 스패너가 기운 나게 해주는 강장제가 될 터였다(페트로클루스에게는 파이 도시락이 강장제이겠지만).

"파괴 작전을 위해 우리가 해야 할 일은 발명의 탑에서 필요한 것을 가져오고, 내가 입을 로크새 비행병 군복을 찾으러 가는 거야." 그는 간략하게 정리했다. "교도소 문을 열려면 너의 마법역학 실력이 필요해."

피라의 얼굴이 차츰 밝아졌다.

"네 말이 맞아. 발명의 탑을 털러 가자."

피라는 마법역학 연장 가방을 들고 쏜살같이 금고실을 나갔다. 라스티아낙스는 실의에 빠져 있던 피라가 다른 일에 몰두하고 싶어서일까 아니면 작전을 적극적으로 밀어붙이고 싶어서일까 궁금해하면서 쫓아나갔다. 어떤 경우든 피라를 따라잡는 것이 우선이었다.

20분 후, 그들은 발명의 탑 앞에 도착했다. 전형적인 히페르보레아 건축 양식과는 뚜렷이 구분되는 건물이었다. 높은 돋을새김으로 장식된 탑 문은 여섯 지구를 아우르고 있고, 7지구의 건물 꼭대기는 창문 없는 거대한 육면체였다. 수세기 동안 마법사들은 이 건물에 문하생들의 발명품과 도시에 혁신적인 기술을 제공할 가능성이 있는 온갖 희한한 물건들을 보관하고 있었다. 평소에는 발명의 탑 경비가 삼엄하지만, 최근의 어수선한 상황으로 인해 경비가 느슨해져 있었다. 피라와 라스티아낙스에게는 여러모로 좋은 기회였다.

건물 입구에는 금색의 웅장한 마법역학 문이 있고 양쪽으로 화강암 기둥이 세워져 있었다. 바닥의 모자이크—나침반을 다루는 늙은 마법사—는 창의적인 정신을 우의적으로 표현하고 있었다. 라스티아낙스가 입구에서 망을 보는 사이 피라는 가방에서 연장을 꺼냈다. 피라는 금속 부품 몇 개를 분해한 뒤 문의 기계에 나팔 모양의 은색 보청기를 붙인 다음 눈을 반쯤 감고 톱니바퀴 장치를 돌렸다.

"도와줄까?" 라스티아낙스가 얼마 후 물었다.

"쉿!" 피라가 속삭였다. "아주 까다로운 부분에 와 있어. 다섯 번째 톱니바퀴에서는 홈 세 개, 세 번째 톱니바퀴에서는 홈 두 개······. 됐다."

피라가 일어나서 손바닥으로 문 중앙에 있는 인장을 눌렀다. 철커덕 소리가 났다. 톱니바퀴 장치가 회전하고 스프링이 늘어나더니 경첩이 돌면서 문이 스르륵 접혔다.

라스티아낙스는 독창적인 기계로 가득 찬 거대한 창고를 보게 될 거라고 예상했지만 네모난 작은 방이 텅 비어 있는 걸 보고 실망했다. 반구형 천장 밑에 둥둥 떠 있는 전구의 빛이 바둑무늬 바닥에 반사되고 있었다. 벽마다 피라가 방금 열고 들어온 문과 비슷한 마법 역학 문이 있었다.

"흐흠." 피라가 연장을 챙기면서 눈을 찡긋했다.

"들어가자." 라스티아낙스가 한 발 앞으로 가면서 말했다.

"잠깐." 피라가 멈춰 세웠다.

그녀는 돌아서서 입구의 모자이크 쪽으로 팔을 뻗었다. 늙은 마법사의 머리 형상에 있는 끼움돌이 떨어지더니 빙그르르 돌다가 바닥에 다시 배열되었다. 창의적인 정신의 우의적 형상인 늙은 마법사가 이제는 초록빛 눈의 젊은 여성 마법사와 꼭 닮아 있었다.

"이러니까 훨씬 낫네." 피라가 방으로 들어가면서 말했다.

라스티아낙스는 미소를 지으면서 피라를 따라갔다. 문이 닫히고 발광체 전구와 그들만 남았다. 라스티아낙스는 폐소 공포증이 없어서 다행이라고 생각했다. 그는 방을 쭉 둘러봤는데 이제는 벽 네 개가 똑같았다.

"이제 어떡하지?" 피라가 물었다. "모든 문을 이런 식으로 열다가는 시간이 엄청 걸릴 텐데……."

피라의 말이 끝나자마자 그들 왼쪽에 있는 마법역학 문이 스르륵 접혔다. 그들은 소스라치게 놀랐다. 잠시 후 안색이 창백하고 긴 얼굴에 등이 굽은 남자가 나타났다. 여러 벌의 옷을 겹쳐 입은 그 남자도 그들 못지않게 놀라는 것 같았다. 라스티아낙스는 어딘가 낯이 익다고 생각했다.

"누구시오? 여기서 뭐하는 거요?" 남자가 소리쳤다.

"우리는 마법사들입니다." 피라가 바로 대답했다. "누구십니까?"

피라의 대답에 남자가 불안해하는 것 같았다. 그는 둘의 시선을 피하면서 입술을 축였다.

"나는 발명의 탑 관리인이오. 내 질문에 아직 대답하지 않았는데 여기에 무슨 일로 온 겁니까?"

라스티아낙스와 피라는 시선을 교환했다. 믿을 수 있는 사람일까? 라스티아낙스는 슬그머니 손가락에 낀 파괴 반지의 인장을 활성화했다. 피라는 윙크로 동의한다는 표시를 했다.

"우리는 마기스테리움으로 몇 가지 발명품을 찾아오라는 임무를 받고 왔습니다." 피라가 인장반지를 보여주면서 대답했다.

라스티아낙스는 호주머니에서 양피지 두루마리를 꺼내서 펼쳤다.

"이 탑에서 이것들을 찾을 수 있게 도와주시겠습니까?" 그는 한술 더 떴다.

관리인이 마치 화상 입을 위험이라도 있는 듯 꺼리면서 양피지를 받아들더니 목록을 읽기 시작했다.

"등반용 장갑과 무릎 보호대, 오케이. 일시적으로 눈을 멀게 하는 기구, 음, 이건 어디 있는지 알고. **그라포만스**, 이건 대단히 훌륭한 발명품이지. **호롤로기온**, 이건 아주 쓸모가 있고. 아니마 흡입기, 이건 최근에 들어온 거라서······."

양피지를 손에 든 채로 관리인이 피라와 라스티아낙스를 쳐다봤다.

"마법사라고 해도 도와줘도 되는 건지 왠지 찜찜해서 하는 말인데······ 테미스키라인들이 알고 있는 일입니까?"

"발명의 탑에서 어떤 발명품을 가져올지 결정하는 건 테미스키라인이 아니지요." 피라가 대꾸했다. "이건 마법사 소관이니까요. 도와주실 겁니까, 아닙니까?"

라스티아낙스는 피라의 어조가 관리인의 반감을 살까 봐 한순간 불안했다. 하지만 관리인은 양피지를 소매 안에 집어넣었다.

"좋소, 따라오시오. 물건들이 있는 곳으로 안내하지요."

관리인이 돌아서서 방금 들어왔던 문을 손바닥으로 눌렀다. 마법 역학 문이 접혔고 똑같은 방이 나타났는데 바둑무늬 바닥의 중앙에 잡다한 물건이 쌓여 있는 것만 달랐다. 신발, 책, 바구니, 담요 같은 일상용품들이 있는가 하면, 관과 밸브, 실린더가 주렁주렁한 달린 처음 보는 발명품들도 있었다. 피라가 아주 복잡한 구조의 발명품에 홀린

듯 걸음을 멈췄기에 라스티아낙스는 그녀의 소매를 잡아끌었다.

"빨리 가야 해." 그는 이미 반대쪽 벽의 문을 손바닥으로 누르고 있는 관리인을 고갯짓으로 가리키면서 말했다.

그들은 다른 방에 들어와 있었다. 관리인이 발명품 더미에 손을 집어넣고 작은 금속 원형 통을 꺼냈는데 인장이 새겨져 있었다.

"이것이 눈을 멀게 하는 기구지요." 관리인이 그들에게 금속 통을 내밀면서 말했다.

"여기 보관되어 있는 발명품 중 십분의 일도 사용하지 않은 것 같군요." 라스티아낙스가 관리인을 따라 또 다른 방으로 가면서 말했다.

"대부분 오레이칼코스가 함유되어 있어서 생산하는 데 비용이 아주 많이 들거든요." 관리인이 설명했다. "그래서 마기스테리움은 일부 발명품에 대한 특허권을 판매하기로 결정했지요. 이 탑은 인간의 창의력이 사장되는 무덤입니다." 관리인이 통탄했다.

라스티아낙스는 일개 관리인에게 이런 정서가 있을 거라고 예상하지 못했지만 어쨌든 그 자신도 1지구 출신이었다. 그들은 다양한 물건으로 가득 찬 방들을 지나쳤다. 피라는 모든 발명품을 분해해보고 싶은 욕망과 싸우고 있는 것 같았다. 관리인은 등반용 장갑과 무릎 보호대—힘들이지 않고 어떤 표면이든 기어 올라갈 수 있는—와 호롤로기온—물시계만큼 정확하게 시간을 알려주는 기구—과 탑이 붕괴될 때 원형이 소실된 피라의 아니마 흡입기를 연이어 찾아주었다. 라스티아낙스는 그것들을 어깨에 메고 있던 배낭 안에 집어넣었다.

"그리고 이건 그라포만스." 관리인이 오레이칼코스로 만든 한 쌍의 길쭉한 원통 장치를 내밀었는데 원통 장치를 덮은 상아 글자판에 문자가 새겨져 있었다.

피라는 원통 장치 하나를 받아서 곧바로 글자판에 새겨진 문자를 이용하여 문장을 만들기 시작했다. 이내 똑같은 문자 조합이 라스티아낙스가 들고 있는 원통 장치에 나타났다.

"이제 어디로 나가면 됩니까? 라스티아낙스가 호주머니에 그라포만스를 집어넣으면서 물었다.

똑같이 생긴 방들을 계속 다니다 보니 그는 방향 감각을 잃었다.

"이쪽으로." 관리인이 대답했다.

관리인이 다른 문을 열고 그들을 곁방으로 들어가라고 했는데 방 안에 이상한 자세로 꼼짝 않고 있는 로봇 열 개가 있었다. 여전히 그라포만스에 정신이 팔린 피라가 먼저 방으로 들어갔다. 뒤에 서 있던 라스티아낙스는 갑자기 이상한 느낌이 들었다. 탑에 들어온 뒤 그들에게 먼저 들어가라고 하고 관리인이 기다리기는 처음이었다.

찰칵 소리가 났다. 그가 돌아봤다.

관리인이 오른쪽 소매를 걷어 올리고 팔뚝을 감싼 팔받이를 드러내 보였다. 테미스키라 병사들이 끼는 것과 똑같았다. 작은 화살들이 라스티아낙스를 겨누고 있었다. 라스티아낙스는 피가 얼어붙었다. 마침내 피라도 파랗게 질린 얼굴로 그라포만스에서 눈을 뗐다.

"당신을 믿지 말았어야 했는데." 피라가 격분했다.

"당신은 발명의 탑 관리인이 아니라 행정관이군요." 라스티아낙스가 갑자기 알아차렸다. "1년 전쯤 발명품 설계도를 테미스키라에 팔아넘긴 죄로 종신형을 받은 행정관!"

라스티아낙스가 행정관에 대한 얘기를 마지막으로 들었던 것은 비프아주르에 대해 자세히 알고 싶어서 교도소를 방문했을 때였다. 교도소에 수감된 뒤로 행정관의 체중이 많이 빠진 데다 토가를 입고 있지 않아서 라스티아낙스가 알아보지 못한 것이었다.

"아마존들이 마법사들을 억류하기 위해 수감자들을 모조리 내보 냈을 때 나도 석방되었지. 역할이 바뀌는 역전의 순간, 아주 기막혔 단 말이야." 행정관이 말했다. "충고하는데 빨리 네 동료에게 가봐." 그가 피라를 가리키면서 덧붙였다. "게오르곤의 로봇들은 인내심이 없거든."

바로 그 순간, 피라가 있는 방에서 쇠붙이끼리 마찰하는 소리가 연달아 울렸다. 로봇의 동그란 눈에서 불빛이 켜졌다. 로봇들이 금속 관절을 움직이면서 똑바로 섰다. 거꾸로 된 피라미드 형상인 로봇의 머리와 상체가 피라 쪽으로 회전했다. 눈이 휘둥그레진 피라는 그라 포만스를 꽉 쥐고서 구석으로 뒷걸음쳤다. 라스티아낙스의 시선이 피라, 로봇, 문, 행정관을 향해 빠르게 움직였다. 작은 화살 한 개가 날아와 그의 귓가를 스치고 문의 기둥에 꽂혔다.

"다음번에는 옆으로 조준하지 않아." 행정관인 마법사가 여전히 팔을 뻗은 채로 경고했다.

라스티아낙스는 문을 통과해서 피라 옆에 섰는데 로봇들이 마치 잠을 깨려고 애쓰는 것처럼 머리를 까딱까딱 흔들고 있었다.

"왜 이러는 겁니까?" 라스티아낙스가 거친 목소리로 묻는 사이 그와 행정관 사이의 문이 닫히고 있었다.

"우리의 친구 테미스키라인들에게 맞서 뭔가 흉계를 꾸미는 모양인데 나는 그 사람들이 떠나는 것이 싫으니까." 마법사가 대꾸했다. "내가 1년 전에 발명품 설계도를 준 뒤로 나에게 아주 호의적이거든." 그가 라스티아낙스를 계속 위협하면서 팔받이를 토닥거렸다. "그리고 예전으로 돌아가면 다시 감방으로 들어가야 하는데 그건 안되지."

문이 완전히 닫히면서 라스티아낙스와 피라 그리고 로봇들만 남았다. 이제 로봇들의 팔이 낫 모양으로 늘어나고 있었다. 로봇들이 낫날을 내밀고 분절된 다리로 비칠비칠 다가왔다.

"발광체 전구를 깨뜨릴까?" 피라가 다급히 속삭였다. "우리가 안 보이면……."

"그건 아무 소용 없을 거야. 우리의 아니마 때문에 위치를 탐지해 낼 테니까. 여길 빠져나가야 해, 빨리."

"몇 초 만에 문을 재구성하는 건 불가능한데." 피라가 대꾸했다.

"그럴 필요 없어." 라스티아낙스가 대답하면서 파괴 인장을 들어보였다.

그는 인장반지를 오른쪽 문에 대고 눌렀다. 폭발음이 울리고 부서진 금속 조각들이 쏟아지면서 문에 구멍이 뚫렸다.

"네가 문하생과 너무 많은 시간을 보냈네." 피라가 라스티아낙스와 함께 구멍으로 빠져나가면서 소리쳤다.

그들은 다른 방으로 들어갔다. 등 뒤에서 로봇들이 낫으로 변형시킨 팔을 휘두르면서 잔해를 넘어 추격하기 시작했다. 라스티아낙스는 계속해서 문을 세 개 더 파괴했다. 로봇들이 금속 발로 발명품들을 짓밟으면서 계속 쫓아오고 있었다.

"더는 못 버티겠어!" 피라가 헐떡거렸다.

"이 미로에서 출구를 찾아야 해." 라스티아낙스가 여덟 번째 마법 역학 문을 부수면서 말했다.

그는 문을 파괴할 때마다 구멍이 점점 작아지는 것이 불안했다. 다음 방으로 건너간 그는 호흡을 고르면서 맞은편 문을 공격했다. 금속 조각이 쏟아지면서 벽돌로 된 벽이 드러났다. 빠르게 달려오던 피라가 그의 등에 부딪혔다.

"벽이 나왔네." 그가 바보같이 말했다.

"참 빨리도 알아차렸다." 피라가 가쁜 숨을 몰아쉬면서 핀잔을 주었다. "저쪽으로 나가야겠다!" 피라가 오른쪽의 성한 문을 가리키면서 소리쳤다. "벽을 따라가면 우리가 들어왔던 입구가 나올 거야."

라스티아낙스는 이마에 맺힌 땀을 닦고 파괴 인장을 봤다. 반지 속 아니마가 거의 고갈된 것 같은 느낌이 들었다.

"빨리 오지 않고 뭐해?!" 피라가 돌아보면서 외쳤다.

로봇들이 구멍으로 들어오려고 하자 피라는 손짓으로 발명품들을 움직여 구멍을 틀어막았다. 급조된 벽에 부딪히자 로봇들이 물건들을 박살내기 시작했다. 라스티아낙스는 배낭을 내리고 등반용 장비를 꺼냈다.

"이거 껴." 그가 장갑과 무릎 보호대를 피라의 손에 쥐어주었다. "네가 탑 지붕으로 올라가면 로봇들이 너를 따라갈 수 없을 거야."

라스티아낙스는 배낭을 어깨에 메고 파괴 인장을 벽에 대고 눌렀다. 벽돌 몇 개가 부서지면서 외벽이 드러났다. 그는 구멍을 넓히기 위해 또 한 번 파괴 인장을 눌렀다. 밖을 내다보니 멀리 운하들이 내려다보이는 허공이었다. 매서운 추위가 얼굴을 때렸다.

"절대 안 돼, 너를 두고 나만 갈 수 없어!" 피라가 소리쳤다.

검은색 머리칼이 바람에 휘날리면서 간간이 그녀의 눈을 가렸다.

"위로 올라가는 것이 더 위험해." 라스티아낙스는 거짓말을 했다. "내가 어지럼증이 심해서 그래."

"영웅 놀이는 집어치우라고 했잖아. 그러다 너 진짜 미친놈 된다고."

"그럼 미친놈이 되고 싶은 거라고 치든가." 라스티아낙스가 짜증을 냈다. "나한테는 파괴 인장이 있으니까 운 좋으면 너를 따라가는 로봇들을 허공으로 떨어뜨릴 수 있어. 빨리 올라가!"

그는 피라에게 이토록 자신 있게 말한 적이 없었다. 자신의 강압적인 어조가 피라에게 통한 것 같아서 안도했다. 피라가 장갑을 끼고 다리에 무릎 보호대를 채웠다.

"이 탑에서 온전한 몸으로 나오지 않으면 너 나한테 죽는다." 피라가 경고했다.

이윽고 피라가 허공을 등진 자세로 떨리는 팔을 뻗어서 외벽을 짚었다. 라스티아낙스는 그녀가 더 나아가지 못할까 봐 잠시 걱정했지만, 다리 하나를 허공으로 내밀고 무릎을 벽돌 벽에 붙였다. 몇 초 후, 피라는 벽 뒤쪽으로 사라졌다.

그때 등 뒤에서 깨지는 소리가 울렸다. 로봇들이 물건들의 벽을 무너뜨리는 데 성공한 것이다. 발명품들이 그가 서 있는 바둑무늬 바닥까지 굴러왔다. 라스티아낙스는 작동 방법을 유일하게 아는 접이

식 창을 집어 들었다. 창을 펼치고 휘둘렀지만 로봇들은 시큰둥했다. 로봇들은 그의 두려움을 확인하려는 것처럼 낫으로 변형된 팔을 휘두르면서 전진했다. 날카로운 날에 라스티아낙스의 창이 두 동강이 났다. 그가 잘리고 남은 동강을 로봇의 머리에 던지자 챙! 하는 실망스런 소리를 내며 튕겨 나갔다. 그가 다른 로봇들에게 던진 발명품들도 결과는 같았다. 게오르곤이 로봇들에게 방어 인장을 새겨놓은 것이 틀림없었다.

라스티아낙스는 메젠스의 반지를 빼서 냅다 달려드는 로봇에게 던졌다. 폭발음이 울렸다. 로봇은 산산조각 났고, 반지는 가루가 되었다. 그 충격파에 뒤로 밀려난 라스티아낙스는 발꿈치가 경계선을 넘어간 걸 느꼈다. 다른 로봇의 공격을 피하기 위해 상체를 젖히다가 체중 때문에 낭떠러지로 딸려 나가고 있음을 알아차렸다. 두 팔을 허우적거리면서 떨어지지 않으려고 안간힘을 썼지만 잠시 후 그는 추락하고 있었다.

그는 떨어진 곳에서 빠르게 멀어지는 걸 보면서 비명을 질렀다. 뒤이어 로봇들도 허공으로 떨어지고 있었다. 발명의 탑 지붕에서 공포에 질려 내려다보는 피라의 얼굴이 빠른 속도로 작아졌다.

그 순간 척추가 뭔가에 부딪혔다. 라스티아낙스는 땅바닥에 떨어져서 으스러진 거라고 생각하다가 몸이 직립 자세로 돌아와 있고 상체 양쪽에서 날개가 솟아나 있는 걸 느꼈다. 두 팔이 그의 허리를 감싸고 있었다. 그는 목을 비틀다가 어깨 너머로 낯익은 얼굴을 발견했다.

"내가 때마침 돌아온 거 같죠, 사부?"

8
돌이킬 수 없는 밤

아르카

아르카가 발명의 탑 지붕 위라는 걸 알아차린 지 한 시간도 채 지나지 않은 때였다. 아르카는 두통, 구토, 현기증 때문에 바닥에서 꼼짝하지 못한 채 어디에 와 있는지 한참 생각했다. 아무리 둘러봐도 멘토가 보이지 않았다. 내려갈 방법을 찾으면서 지붕의 가장자리를 따라갈 때 아래쪽에서 건물의 벽이 폭발하며 피라와 라스티아낙스가 보였다. 아르카는 무슨 일인지 생각할 겨를이 없었다. 멘토가 로봇들에게 떠밀려서 허공으로 떨어지고 있었기 때문이다. 아르카는 즉시 멘토를 향해 날아갔다.

아르카는 라스티아낙스를 놓치지 않으면서 날개를 통제하기 위해 온 힘을 다했다. 조금만 중심을 잃어도 멘토가 탑에 부딪힐 위험

255

이 있었다. 아르카는 두 팔로 감싼 라스티아낙스의 심장이 겁먹은 토끼만큼 빠르게 뛰는 걸 느꼈다. 다행히 멘토는 아르카가 비행에 집중할 수 있도록 아무 말도 하지 않고 움직이지도 않았다. 그렇지만 그들이 공중 수도교의 고드름에 부딪혔을 때 그는 공포의 비명을 지르지 않을 수 없었다. 그 충격에 놀란 아르카는 성벽 쪽으로 가려고 노력하면서 탑과 운하 사이를 지그재그로 날다가 고도를 잃고 엄청난 속도로 하강했다.

마침내 얼어붙은 초원이 눈앞에 나타났다. 아르카는 성벽 안쪽에 쌓인 눈 더미에 라스티아낙스를 떨어뜨려놓고 자신은 웅크린 자세로 30미터쯤 떨어진 눈밭으로 몸을 굴리는 것으로 비행을 종료했다. 아르카는 날개를 접은 다음 드러누워 양팔을 벌렸다. 에너지가 고갈된 것 같았다. 머리 위 파란 하늘 아래 돔이 빛나고 있었다. 아다만트 돔에 성에가 덮여 있었다. 히페르보레아에 돌아온 것이었다, 마침내.

아르카는 두통에서 벗어나려고 이마를 세게 문질렀다. 다시금 날개를 통제하지 못한 것이 마법 힘이 약해서가 아니라 순간이동으로 인한 피로 같은 외적인 이유이기를 바랐다. 이 문제는 나중에 생각하는 것이 나았다. 급히 해야 할 일들이 있었다. 멘토를 찾는 것이 먼저였다.

아르카는 백 살 노인이 된 것 같은 느낌으로 일어났다. 숨을 쉴 때마다 입에서 입김이 나와서 얼어붙은 초원과 그 너머 탑들이 뿌옇게 보였다. 떠날 때보다 바람은 잠잠해진 것 같은데, 도시가 온통 흰색이었다. 공기는 건조하면서 차갑고, 초록색은 보이지 않았다. 얼어

붉은 도시의 풍경 속에 움직이는 것이라고는 돔 밑을 날아다니는 로크새들밖에 없었다. 초목이 울창한 숲의 따뜻한 공기와는 너무 대조적이었다.

"왜 돌아왔니?"

아르카는 돌아섰다. 6미터쯤 떨어진 곳에서 라스티아낙스가 믿기지 않는다는 표정으로 쳐다보고 있었다. 그의 얼굴은 두건에 하얗게 묻은 눈 못지않게 창백했다. 너무 긴 머리, 빨간 코, 멘토가 무릎을 떨고 있었다. 그리핀 꼬리에 매달려 있던 때를 제외하고 이토록 꾀죄죄한 멘토를 본 기억이 없었다. 결론적으로 멘토는 공중 곡예에 아주 약한 것이었다.

"나는……."

아르카는 돌아온 이유를 말하려다 중단하고 뭐라고 말할지 생각했다. 아마조네스 숲에서 지낸 생활, 추방, 비프아주르에 대해 말하고 싶었지만, 생령에게서 물려받은 순간이동 능력은 언급하지 않는 게 낫겠다는 생각이 들었다. 라스티아낙스는 아마존 신분과 살인 유죄 판결에도 불구하고 아르카를 믿어주었는데 마음의 준비를 할 겨를도 없이 그 이상을 받아들이라고 하는 것은 그에게 너무 큰 부담을 주는 것이었기 때문이다. 아무튼 지금은 돌아온 이유를 말할 때가 아니었다.

"내 도움 없이는 살아남지 못할 것 같아서 돌아왔는데……." 아르카가 거드럭거렸다. "내 생각이 틀리지 않았네요. 7지구에서 자주 뛰어내리나 보죠, 사부?"

아르카는 늘 그랬듯 라스티아낙스 눈에서 짜증스러워하면서도 묵인해주는 눈빛을 볼 거라고 확신하면서 고개를 들었는데 차가운 눈길에 깜짝 놀랐다. 그는 수수께끼 같은 얼굴로 아르카를 한참 응시했다.

"도와줘서 고마워." 그는 짤막하게 대답했다.

라스티아낙스는 땅바닥에 앉아서 눈을 털어내려고 가죽장화 한 짝을 벗었다. 당황한 아르카는 방금 겪은 충격적인 곡예비행 때문이라고 이해했다. 그가 가죽장화를 거꾸로 들고 눈을 털고 있을 때 아르카는 경쾌한 걸음으로 다가갔다.

"무슨 일이 있었는데요, 내가 떠난 뒤로?"

라스티아낙스는 대답하지 않고 계속 가죽장화를 흔들었다. 그의 표정이 점점 더 굳어졌다. 눈이 더 나오지 않자 그는 가죽을 잡아당기기 시작했다.

"이제 뭐할 거예요, 사부? 피라 찾으러 가나요?"

라스티아낙스의 발이 마침내 장화 안으로 들어갔다. 그가 벌떡 일어나면서 소리쳤다.

"왜 나를 만나지도 않고 떠났니?"

"나는……."

"너를 찾으러 리파이아 산맥으로 떠난 걸 네가 알기나 해? 그 빌어먹은 산속에서 악독한 카라반과 한 달이나 헤매고 다닌 걸 네가 알기나 하냐고? 그런데 이렇게 쉽게 히페르보레아로 돌아온 널 보니까 내가 뭐 때문에 그 고생을 했나 싶은 게 참 어이가 없어……."

라스티아낙스는 너무 화가 나서 더는 말을 이을 수 없었다. 아르카는 어안이 벙벙해서 바로 대답하지 않았다. 아르카는 라스티아낙스와 재회가 기대한 것만큼 순탄치 않으리라는 걸 깨닫기 시작했다. 그리고 멘토가 자신을 찾으러 다녔으며, 그 때문에 자신을 원망하고 있다는 걸 알고 놀랐다. 하지만 쪽지를 남기지 않았던가.

"나를 찾으러 와 달라고 말한 적 없어요." 아르카가 대꾸했다. "게다가 편지에 나를 찾지 말라는 당부까지 했잖아요."

"이 종이 쪼가리 말하는 거니?"

화가 난 라스티아낙스가 호주머니에서 구겨진 종이를 꺼냈다. 아르카는 히페르보레아를 달아나기 직전 급히 휘갈겨 쓴 글이라는 걸 알아봤다. 작별 편지를 쓸 때 좀 더 신경을 쓸 걸 후회가 되었다. 그렇더라도 라스티아낙스의 반응에 짜증이 나기 시작했다.

"사부의 표현대로 그 종이 쪼가리를 전하기 위해 얼마나 위험을 무릅썼는데." 아르카가 대꾸했다. "그리고 사부가 나를 찾아 나선 것은 내가 쓴 내용과 반대로 한 거니까 내 잘못이 아니잖아요."

"나는 네 멘토니까 네가 시키는 대로 할 필요가 없지!"

"더는 내 멘토가 아니라고 말한 건 사부잖아요!"

라스티아낙스가 무슨 말을 하려다가 입을 닫았다. 그러고는 입술을 실룩거리면서 종이를 움켜쥐었다.

"알았어. 그러면……."

그는 더러운 쓰레기처럼 종이를 던져버리고 돌아서서 탑들이 있는 방향으로 걸어가기 시작했다. 아르카는 멀어져 가는 사부를 멍하니 쳐다봤다. 아르카는 사부가 더 따져 묻지도 않고, 늘 하던 대로 허튼수작 부리지 말라고 몰아세우지도 않고 휙 가버릴 줄은 생각도 못했다. 아르카는 화가 치밀었다. 사부를 다시 만난다는 희망으로 목숨을 걸고 돌아왔는데 변덕쟁이 어린애 취급을 하다니.

과한 오만함에서부터 깨진 콧등까지, 아르카는 갑자기 라스티아낙스의 모든 것이 싫었다. 욕설을 퍼부으면서 한 방 갈기고 싶어서 주먹이 근질근질했다. 아르카는 눈을 한 움큼 뭉쳐서 있는 힘껏 라스티아낙스의 머리를 향해 던졌다. 눈덩이가 그의 목덜미에 맞고 부서졌다. 그가 소리를 지르면서 확 돌아섰는데 얼굴이 분노로 하얗게 질려 있었다. 이미 두 번째 눈을 뭉치고 있던 아르카는 또 던졌다가는 라스티아낙스와 화해할 희망이 완전히 사라질 수 있다는 걸 알아차렸다.

"내가 그때 얼마나 힘들었는지 사부도 모르잖아요?" 아르카가 실망한 어조로 소리쳤다.

"이제 와서 그게 나랑 무슨 상관이야!" 라스티아낙스가 내뱉었다.

그의 발치에서 일어난 눈보라가 아르카의 발 앞까지 퍼졌다. 아르카는 이 정도로 약이 오른 적이 없었다. 그들은 잠시, 서로 잡아먹을 듯 쳐다봤다. 이윽고 그가 침착해지려고 노력하는 것처럼 보였다. 그가 마치 폭발물을 다루듯 아주 조심스럽게 말했다.

"발명의 탑에서 피라가 궁지에 몰려 있어. 갈기갈기 찢으려고 달려드는 살인 로봇들과 테미스키라인에게 매수된 한 마법사에게 쫓기고 있거든. 따라서 배은망덕하고 변덕스러운 전 문하생보다는 더 중요한 일을 해결해야 하니까 우리 얘기는 나중에 다시 하자. 그러니까 너는 여기 있든지, 다시 산으로 떠나든지, 나를 따라오든지…… 네 마음대로 해. 난 상관없으니까. 그리고 나는 집중해야 하니까 특히 그 입 좀 다물어."

라스티아낙스가 말을 끝내자마자 탑들이 있는 방향으로 빠르게 걸어갔다. 아르카는 부글부글 끓었다. 멘토의 말을 있는 그대로 받아들이고 떠나고 싶은 심정이었다. 라스티아낙스가 탑들의 그림자 속으로 사라졌을 때 아르카는 마침내 따라가기로 결정했다. 1지구 거리는 곳곳에 피워놓은 모닥불 연기로 뿌옇게 보였다. 아르카는 뛰어갔지만 멘토는 어디에도 보이지 않았다. 순간 당황했지만 한 탑의 모퉁이에서 오렌지색 광채가 눈에 들어왔다. 그가 호주머니에서 이상한 원통 장치를 꺼내서 마치 메시지를 기다리는 것처럼 들여다보고 있었다. 아르카가 다가가는 사이 그는 가까운 톨게이트 쪽으로 방향을 틀었다. 그제야 아르카가 오는 걸 알아챈 것 같았다.

"그게 뭐예요?" 아르카가 턱으로 원통 장치를 가리키면서 물었다.

라스티아낙스가 고개를 확 돌리더니 마치 아르카가 중요한 생각을 방해한 것처럼 눈살을 찌푸렸다. 아르카는 원통 장치에 시선을 고정했다. 그가 상아 글자판을 쳐서 문장을 만들었다.

도와주러 갈게.

"네 날개팔찌를 만든 마법역학자의 또 다른 발명품이지." 라스티아낙스가 바로 대답해주었다. "메시지를 교환하는 데 사용하는 그라포만스라는 거야. 글자판으로 만든 모든 글이 이것과 쌍을 이루는 장치에 나타나는데 피라가 갖고 있어."

라스티아낙스는 다시 입을 다물고 걸음을 재촉했다. 아르카는 그를 쫓아가려면 종종걸음을 쳐야 했다. 온몸의 근육이 피로하다고 아우성치고 있었다. 아르카는 틀어박혀서 서류만 보는 멘토를 따라가는 데 어려움을 겪을 날이 올 줄은 생각지 못했다. 1지구는 표정을 알 수 없을 정도로 낯빛이 칙칙한 파란연꽃 껌을 씹는 사람들로 넘쳐나는 것 같았다. 얼어붙은 운하 속에 죽은 거북의 등갑들과 보트들이 갇혀 있었다. 벽에 붙어 있는 게시문에는 새 바실레우스 선거를 알리며 필롱이라는 후보에게 투표하라고 독려하는 글이 적혀 있었다. 아르카가 필롱이 누군지 궁금해하고 있을 때 안도의 숨을 내쉬는 소리가 들렸다. 아르카가 고개를 돌리고 보니 라스티아낙스가 원통 장치에 시선을 고정한 채 미소 짓고 있었다.

"도망치는 데 성공했구나!" 그가 외쳤다.

"누가요?" 아르카가 물었다. "피라?"

"아마존족의 여왕." 라스티아낙스가 빈정거렸다. "맞아, 당연히 피라지. 피라 만나러 도서관으로 가자."

라스티아낙스는 미소를 머금은 얼굴로 계속 글자판을 이용해 메시지를 보내느라 아르카에게는 눈길도 주지 않았다. 아르카는 너무 빈정 상했지만 눈 더미에 불시착한 뒤로 멘토의 기분이 가장 좋은 것 같아서 질문을 계속하기로 했다.

"근데 발명의 탑은 뭐 하러 갔는데요?"

멘토는 원통 장치에 집중하고 있어서 못 들은 것 같았다.

"여기서 기다려, 1지구에 와 있는 김에 뭐 좀 찾아올게." 그가 그라포만스를 호주머니에 집어넣으면서 말했다.

그는 곧바로 옆길로 뛰어갔다. 말뚝에 묶인 염소처럼 길거리에 우두커니 서 있게 된 데 짜증이 난 아르카는 운하 둔치에 주저앉아서 두 주먹으로 턱을 받쳤다. 아르카는 만나지도 않고 떠나버린 것에 대한 복수로 멘토가 일부러 기분 나쁘게 하는 거란 확신이 들었다. 너무 얄미웠다.

아르카는 히페르보레아 경찰이 바실레우스 살해범으로 여전히 자신을 수배하고 있는 게 아닐까 불안해하면서 옷깃을 코 위까지 올린 채 행인들을 쳐다봤다. 바로 앞에 땅바닥에 앉은 한 소년이 거북 등갑 조각에다 피운 불에 쥐 한 마리를 굽고 있었다. 소년 뒤쪽으로 필롱 장군에게 투표하라고 독려하는 또 다른 벽보가 붙어 있었다.

"저 선거라는 것이 언제야?" 아르카가 벽보를 가리키면서 소년에게 물었다.

"별에서 뚝 떨어졌나, 그것도 모르게?" 소년이 쥐를 꿴 꼬챙이를 돌려가면서 받아쳤다. "결과는 오늘 나왔고, 테미스키라인 필롱이 당선됐어. 대관식은 모레 거행되고."

쥐가 다 구워지자 소년은 손짓으로 불을 끄고 꼬챙이를 뽑았다. 소년이 빨개진 손가락으로 쥐꼬리를 쥔 채, 운하의 얼음으로 투명한 날을 만들어서 너덜너덜한 신발 밑창에 고정시켰다. 아르카는 그 모습을 흥미롭게 지켜보았다. 히페르보레아에서는 일부 길드에서 장인들에게 전문 지식을 전수하는 경우도 있지만 마법 지식은 그렇지 못했다. 마기스테리움의 교육을 받지 못하는 대다수 주민들도 어느 정도 마법 지식이 있고 간단한 마법은 쓸 줄 알았다. 그렇더라도 몇 달 전 아르카도 경험해서 알지만 하위 지구 출신 아이가 문하생이 되기는 아주 힘들었다. 소년은 마기스테리움의 옛 동기생들보다 재능이 있는 게 틀림없어 보이지만 안타깝게도 흙수저를 물고 태어났다. 아르카는 소년이 쥐고기를 질겅질겅 씹으며 얼음 날로 서서 거리 끝까지 빙판을 지치는 모습을 바라봤다. 이 새로운 이동 수단이 대단해 보였다.

아르카는 자신의 장화 밑창에 얼음 날을 달아보려고 했다. 불행히도 물을 제어하는 것은 소질이 없는 데다 순간이동으로 인한 피로 때문에 마법이 약해져 있는 것 같았다. 아르카는 집중하려고 노력했지만 얼음이 원하는 모양으로 만들어지지 않았다. 날이 너무 두껍거나 너무 얇게 만들어졌다.

"너의 마법 평가전 1차 시험 때가 생각나는구나."

아르카가 고개를 들고 보니 라스티아낙스가 큼직한 보따리를 들고 서 있었다. 그는 더는 말을 덧붙이지 않고 아르카 옆에 보따리를 내려놓고 쭈그리고 앉아서 한 발씩 들더니 완벽한 얼음 날 두 개를 만들어서 가죽장화 밑창에 붙였다. 이어서 아르카의 장화 밑창에도 똑같은 날을 붙여주었다. 아르카는 일어섰지만 다리가 후들거려서 빙판 위에서 중심을 잡으려면 두 팔을 휘저어야 했다. 비틀거리면서 몇 번을 왕복한 뒤에야 요령을 터득했다.

"나는 편안하게 타기까지 열흘이 걸렸어." 라스티아낙스가 운하 가장자리에서 씁쓸하게 말했다.

"각자 가지고 있는 재능이 다르니까요, 사부." 아르카가 라스티아낙스 앞에 미끄러지듯 멈추면서 말했다. "일어나게 도와드려요?"

"그만해라." 라스티아낙스가 구시렁거리면서 혼자 일어섰다. "자, 이제 피라 만나러 도서관으로 가자. 네가 도주한 뒤로 무슨 일이 있었는지 얘기해줄게."

"그래도 나를 만나서 행복하다고 인정하지 그래요." 그들이 2지구의 톨게이트로 향하고 있을 때 아르카가 말했다.

"너랑 있어서 짜증이 나지."

"그럼 나랑 있어서 짜증나는 것이 행복한 거예요."

"……어쩌면 그럴지도."

그들은 얼어붙은 폭포를 깎아서 만든 얼음 계단을 이용하여 몇 개 지구를 거쳐 올라갔다. 아르카는 계단을 올라가면서 피로를 느꼈지만 내색하지 않으려고 노력했다. 테미스키라 병사들이 톨게이트를 감시하고, 그 옆에서 히페르보레아 경찰이 들러리를 서고 있는데도 라스티아낙스는 불안해하는 것 같지 않았다.

"우리를 알아볼 수 있는 사람은 마법사들뿐인데 대부분의 마법사들은 교도소에 수감되어 있거든." 라스티아낙스가 설명했다. 그리고 아르카가 없는 동안 일어난 모든 일을 얘기해주었다. 테미스키라 군의 점령, 마법사들의 장기 구금, 새로운 아니마 추출기 제작, 파란 연꽃 껌 퍼주기, 추출기를 파손하기 위한 작전, 선거, 발명의 탑에서 일어난 돌발 사건. 톨게이트에서 계단을 이용할 때마다 그는 아르카가 얼음 날을 고정시키고 제거할 수 있게 도와주었다. 7지구에 이르렀을 때 아르카는 그간의 사건들에 대해 거의 다 알게 되었다. 그러니까 라스티아낙스와 피라는 아니마 추출기를 파손하기 위한 작전을 세웠다. 아르카는 그들을 도와주고 비프아주르들을 회수하기 딱 좋은 적기에 도착한 것이다. 생령의 주인이 모습을 보이지 않고는 있지만 그는 원래 무대 뒤에서 활동하는 사람이 아닌가. 게다가 서류에 파묻혀 사는 샌님 라스티아낙스가 대담한 무법자로 바뀌어 있다는 사실에 아르카는 깜짝 놀랐다.

"보고서 없이는 하루도 못 사는 사람인 줄 알았더니." 아르카가 중얼거렸다.

"나를 뭐로 보고." 라스티아낙스가 까칠한 어조로 대꾸했다.

도서관에 거의 도착했다.

"도둑질과 추출기 파손 공작, 그런 일은 전혀 사부의 방식이 아닌데요." 아르카가 대답했다. "피라와 잘 돼가나 봐요, 그쵸?"

두건에 가려진 그의 얼굴이 밝아지고, 눈빛이 반짝였다. 라스티아낙스는 대답할 겨를이 없었다. 피라가 도서관 입구에 나타났기 때문이다. 피라가 달려와서 어찌나 과격하게 끌어안는지 라스티아낙스의 얼굴이 일그러졌다. 아르카는 멘토가 피라에게 홀딱 빠져 있는 모습을 목격하기는 처음이었다. 마침내 그가 기회를 잡은 것이라고 생각했다. 서로 어깨 너머로 미소를 짓던 두 사람은 포옹을 풀자마자 언제 행복한 얼굴이었냐는 듯 표정이 굳어 있었다. 아르카는 정말 꼴불견이라고 생각했다.

"빨리 출입문을 잠그고 행정관을 안에 가두려고 다시 지붕에서 내려갔는데 그자는 이미 도망치고 없었어." 피라가 라스티아낙스에게 말했다. "다행히 그자는 로봇들이 우리를 해치웠다고 생각하는 것 같아. 하지만 테미스키라 병사들이 발명의 탑 안에 죽은 사람이 없다는 걸 알아채겠지. 그러니까 모레는 반드시 작전을 실행해야 해."

"이제 우리에게 필요한 건 다 확보했어." 라스티아낙스가 들고 있는 보따리를 가리키면서 말했다. "심지어 지원군까지." 그가 덧붙이면서 턱으로 문하생을 가리켰다.

피라는 아르카에게 미심쩍은 시선을 보내면서 아무 말도 하지 않았다. 아르카가 온 것이 달갑지 않은 것 같았다. 아르카는 그 냉랭한 태도에 개의치 않았다. 멘토가 도와주길 바란다는 것이 중요했기 때문이다.

아르카는 두 마법사들과 함께 중앙도서관으로 들어갔다. 수업 준비 때문에 이곳에서 지루하기 짝이 없는 공부를 해야 했을 때는 책이 잔뜩 꽂힌 책장들만 봐도 가슴이 답답했다. 아르카는 자신이 떠난 뒤로 멘토와 피라가 파괴 작전을 짜고 있는 금고실에 들어갔다. 비스킷으로 배를 채운 아르카가 마침내 이틀 만에 안락의자 중 하나에 앉아서 쉬려고 할 때 라스티아낙스가 돌아서더니 말했다.

"이제 네 차례야. 여길 떠난 뒤 뭘 했는지 말해봐."

"말했잖아요, 산속에 있다가 돌아오기로 결정했다고……."

"네 두건 안에 유칼립투스 잎이 있거든." 라스티아낙스가 말을 끊었다. "근데 리파이아 산맥에는 유칼립투스가 자라지 않는단 말이지."

아르카는 들통이 났다는 걸 느끼면서도 동시에 멘토가 약간 자랑스러웠다. 라스티아낙스가 방금 거짓말을 예리하게 짚어낸 것이었다.

"사부가 언제부터 식물에 대해 그렇게 잘 아는데요?"

"식물 백과사전을 읽은 뒤부터." 라스티아낙스가 응수했다. (어련하시겠어요, 아르카가 속으로 중얼거렸다.)

"말 돌리지 말고."

아르카는 신경이 쓰인다는 듯 눈살을 찌푸리면서 그들의 대화를 주의 깊게 듣고 있는 피라를 힐끔 쳐다봤다. 아르카는 자기를 믿어주려고 하는 라스티아낙스에게도 생령의 마법 능력에 대해 말하는 것이 껄끄러운데 피라 앞에서는 더더욱 하고 싶지 않았다. 피라는 아르카에게 그리 호의적이지 않은 것 같았기 때문이다.

"피라는 나만큼 믿어도 돼." 늘 그렇듯 눈치를 챈 라스티아낙스가 말했다.

아르카는 확신이 없지만 선택의 여지가 없었다. 아르카는 남은 힘을 끌어모아서 심호흡을 했다.

"리파이아 산에 계속 있었던 것이 아니라 아마조네스 숲으로 돌아갔어요."

아르카는 라스티아낙스가 문하생이 떠나 있었던 두 달이라는 시간과 히페르보레아에서 아르카디아까지 떨어져 있는 거리를 계산하고 있음을 알아챘다.

"순간이동으로." 아르카가 부연했다.

라스티아낙스가 믿기지 않는다는 시선으로 쳐다봤다.

"말했잖아요, 내 아버지가 생령이라고."

두 마법사는 아르카에게서 눈을 떼지 못했다. 아르카는 무릎에 시선을 두고 생령의 주인과 맞서 싸울 때 두 사람이 떠난 뒤에 일어났던 일을 얘기했다. 그리고 테미스, 예전의 생활로 돌아가는 데 겪었던 어려움, 추방 명령과 히페르보레아로 돌아온 목적, 즉 추방 명령이 해제되려면 비프아주르를 회수해야 한다는 것도 털어놨다. 하지만 생령의 주인에 대해서 알게 된 사실과 테미스가 암묵적으로 내린 암살 임무에 대해서는 말하지 않았다. 이건 개인적인 일이기에 라스티아낙스를 끌어들이고 싶지 않았다. 아르카는 이야기를 끝내고서 고개를 들었다. 라스티아낙스의 얼굴에서는 의혹이 읽혔고, 피라는 극도의 경계심을 보이고 있었다.

"우리가 추출기를 파손하는 데 성공하고, 방금 네가 말한 것이 모두 사실이라고 쳐⋯⋯." 피라가 말문을 열었다.

"다 사실이에요." 아르카가 즉시 응수했다.

"⋯⋯우리는 그 누구에게도 비프아주르를 넘길 생각이 없어, 특히 아마존족에게는."

너무나 단정적이었다. 아르카는 지지를 호소하는 눈빛으로 멘토를 쳐다봤다. 멘토 역시 비프아주르를 내주지 않겠다는 생각에 동의하는 것 같았다.

"그걸로 뭐 할 건데요?" 아르카가 물었다.

"아무것도 안 해." 라스티아낙스가 대답했다. "우리는 그걸 아무도 찾지 못하는 곳에 보관하기로 결정했어. 비프아주르는 세상에 돌아다니게 두기에는 너무 위험한 무기야."

"그건 무기가 아니에요." 아르카가 눈살을 찌푸리면서 반박했다. "마법에 대한 방어 수단일 뿐이에요."

"마법 능력보다 더 천부적인 건 없어." 피라가 응수했다.

"당신들은 히페르보레아인이니까 그렇게 말할 수 있겠죠. 마법을 사용할 수 없을 때 마법사들을 상대하는 것이 어떤지 당신들은 모르잖아요." 아르카도 물러서지 않았다.

아르카는 전쟁에서 불구가 된 아마존들의 모습이 떠올랐다. 아르카는 마법을 자신의 우군으로 만드는 데 성공했지만, 마법 능력이 없는 사람들에게 마법이 불러일으키는 두려움과 거부감을 이해하고 있었다.

"그래, 우리는 히페르보레아인이야." 피라가 말했다. "그리고 우린 아마존족을 도와줄 생각이 전혀 없어. 야만족이잖아."

"아마존은 야만족이 아니에요!" 아르카가 소리쳤다.

거의 본의 아니게 튀어나온 외침이었다. 아르카는 누구를 설득하려는 건지 알 수 없었다. 피라 아니면 아르카 자신? 테미스에 이어 안티오페가 개입하지 않았다면 아르카의 입에서 이런 말이 나오지 않았을 터였다. 아르카는 반박하고 싶지만 피로 때문에 머리가 돌아가지 않았다. 분위기가 너무 과열되었다고 판단한 라스티아낙스가 손을 들고 중재에 나섰다.

"시간이 너무 늦었고, 모두에게 너무 긴 하루였어. 다들 좀 쉬고 내일 다시 얘기하자."

피라와 아르카는 아직 눈싸움을 하고 있었다.

"그래, 그러는 게 좋겠다." 피라가 대답하면서 마침내 일어났다. "나는 대고모 집으로 돌아갈게. 식구들이 걱정하고 있을 거야."

"바래다줄게." 라스티아낙스가 말했다. "테미스키라 병사들과 마주칠 걸 대비해서."

그는 아르카를 돌아보면서 사향소 털 담요를 씌운 장의자를 가리켰다.

"저기서 자. 잠자리가 아주 편하진 않겠지만 저기 말고는 잘 데가 없어서."

아르카는 수십 일 동안 해먹에서 잤다는 걸 굳이 말하지 않았다. 히페르보레아인들은 불편한 것이 뭔지를 모르기 때문이다. 그들은 흙, 비, 나무, 야생동물, 계절의 변화, 숲의 고요를 모르니까 그 점에서는 그들도 야만인들이었다. 아르카는 갑자기 떠돌아다니며 살던 2년 동안보다 숲이 더 많이 그리웠다. 아침에도 맡았던 유칼립투스 냄새가 아직 콧속에 그득했기 때문임이 틀림없었다. 너무 기진맥진해서 한마디도 할 수 없는 아르카는 장의자에 푹 쓰러졌고 아르카디아를 꿈꾸면서 곯아떨어졌다.

라스티아낙스

"바래다줄 필요 없어." 피라가 단호한 어조로 말했다. "혼자서도 완벽하게 나를 지킬 수 있으니까."

그들은 빙판을 지치면서 6지구의 톨게이트로 향했다. 여전히 춥지만 바람의 세기가 많이 약해졌다는 것은 아다만트 돔의 구멍을 막는 공사가 거의 끝나고 있음을 의미했다. 보름달의 오팔빛이 텅 빈 운하의 빙판을 비추고 있었다. 라스티아낙스는 피라의 말에 기분이 상했다.

"아는데 아르카가 없는 데서 너랑 얘기할 핑계를 만든 거야. 이 상황에 대해서 어떻게 생각하는지 듣고 싶어서."

"네 문하생은 끊임없이 문제를 일으키는 골칫거리라는 것이 내 생각이야." 피라가 바로 대답했다.

라스티아낙스는 반박하려다가 별로 할 말이 없다는 걸 깨달았다. 아르카가 나타난 뒤로 그의 인생은 계속 꼬이고 있었다.

"내 생각에는 비프아주르를 처분할 때까지는 우리 작전에서 아르카를 배제하는 게 좋을 거 같아." 피라가 덧붙였다. "그 아이가 우리에게서 비프아주르를 훔쳐서 독단으로 아마존들에게 가져갈 수도 있어."

이 말에도 라스티아낙스는 뭐라고 할 말이 없었다. 아르카는 절대 그러지 않을 거라고 말하고 싶지만 문하생은 이미 여러 번 전혀 뜻밖의 일을 저지르지 않았던가.

"그래, 당분간 아르카를 멀리하는 게 낫겠다." 톨게이트에 가까워지고 있을 때 그가 잘라 말했다. "비프아주르 말고도 아르카는 워낙 저돌적이라서 우리를 위험에 빠뜨리고 일을 그르칠 수 있어. 내일 아침에 아르카가 우리를 따라나서지 못하도록 동트기 전에 장비를 챙겨서 4지구로 갈게."

"좋은 생각이야." 피라가 찬성했다.

그들은 톨게이트에 거의 도착했고, 테미스키라 병사 여섯 명이 화로 주위에 둘러서서 필롱의 당선을 축하하고 있었다. 병사들이 젊은 여자가 다가오는 걸 보면서 추잡한 말을 지껄였다. 위협을 가하기에는 그들이 너무 취해 있어 다행이었다.

"그래도 이 시간에 너를 혼자 가게 두고 싶지 않아." 얼어붙은 폭포 아래 이르렀을 때 라스티아낙스가 말했다.

"이건 내가 적응해야 하는 문제가 아니라 사람들이 바뀌어야 하는 문제야." 피라가 장화 밑창에 얼음 날을 장착하면서 대꾸했다.

라스티아낙스는 선거 패배에 대한 실망이 되살아난 거라고 짐작했다. 승리할 경우 피라는 히페르보레아의 법을 고쳐서 남녀평등을 실현할 계획을 세웠다. 또다시 피라가 패배에 관해 너무 오래 곱씹지 않도록 라스티아낙스는 파괴 작전 얘기로 화제를 바꿨다. 그들은 남은 톨게이트들을 거쳐서 4지구로 내려가는 동안 작전에 대해 세세한 것들을 점검했다. 피라가 그들에게 필요한 물품들을 열거했다.

"그라포만스, 액체 공기 유리병, 파괴 인장반지……."

"근데 어쩌지, 이제 메젠스의 반지가 없는데." 라스티아낙스가 갑자기 기억이 난 것처럼 거짓말했다. "어떤 문을 파괴할 때 손가락에서 빠진 모양이야. 로봇들과 허공 사이, 궁지에 몰려 있었거든. 그래서 추락했던 거야."

여러 번 문하생의 도움으로 목숨을 구하다 보니 그는 피라가 왜 그의 영웅 놀이를 싫어하는지 이해가 되기 시작했다. 피라가 파괴 인장에 저장된 아니마가 고갈되었다는 걸 알았다면 라스티아낙스를 두고 혼자 지붕으로 올라가지 않았을 터였다. 그가 반지를 잃어버려서 미안해하는 표정을 짓는 사이 피라가 아쉬워하면서 말했다.

"할 수 없지, 그거 없어도 괜찮아. 어차피 그건 대비책 중 하나일 뿐이었으니까. 그리고 복제품을 만들 수 있을 정도로 그 반지의 구조를 내가 잘 알고 있긴 한데 문제는 오레이칼코스가 필요하다는 거야. 아, 오레이칼코스 얘기가 나와서 하는 말인데 네 문하생의 팔찌를 가져올 수 있겠어?" 피라가 담담한 어조로 덧붙였다. "일이 잘못될 경우에 도움이 될 텐데."

라스티아낙스는 피라가 팔찌의 유용성보다는 그걸 연구하기 위해 분해해볼 기회를 노리고 있다는 의심이 들었다.

"아르카가 늘 손목에 차고 있어서 깨우지 않고서는 팔찌를 빼지 못해." 라스티아낙스는 고개를 흔들면서 대답했다. "그리고 그 아이를 두고 나오는 것으로도 모자라서 팔찌까지 빼앗을 수는 없어."

"그러네, 이 작전에서 제외한 일로도 너를 원망할 테니까." 피라가 인정했다.

"너무 치사하게 굴진 말아야지." 라스티아낙스가 말했다.

그들은 피라의 가족이 기거하는 탑 앞에 도착했다. 탑 너머 어둠 속에 교도소가 보이는데 아트리움에 늘 켜져 있는 발광체 전구들이 모든 총안의 안쪽을 밝혀주고 있었다. 대고모의 집으로 가는 좁은 통로의 난간에 한 실루엣이 팔꿈치를 괴고 있었다. 아스파시가 털옷으로 몸을 감싸고서 언니가 돌아오길 기다리고 있었다.

"오늘의 돌발 사건에 대해서는 내가 동생에게 얘기할게." 피라가 말했다. "내일 아침 여기서 만나는 거지? 잘 가."

"잘 자." 라스티아낙스는 인사하면서 얼른 돌아서서 가버리는 피라를 실망한 얼굴로 바라봤다.

늘 그랬듯, 그는 작전보다는 자신의 감정에 대해 진지하게 말하고 싶었다. 때를 잘못 선택한 거라고 생각하면서 마음을 달랬다. 달빛이 밝은 데다 둘 다 죽을 뻔한 날이었고, 아스파시가 그들을 쳐다보고 있으니 더는 붙들어 둘 수 없었다. 그는 내려갈 때 봤던 테미스키라 병사를 피하느라 다른 경로를 이용하여 돌아갔다. 도서관으로 들어가서 피라와 그가 나가면서 입구에 놔둔 전구 불빛을 따라 어두운 지하실로 내려갔다. 금고실 앞에서 발광체 전구를 끄고 문의 인장을 작동시키고 들어갔다. 안에는 마법의 화로가 아직 살아 있어서 담요를 뒤집어쓴 채 코를 고는 아르카가 보였다. 자고 있는데도 아르카는 몹시 지쳐 보였다. 장의자에 뺨이 눌리면서 올라간 광대뼈 때문에 아르카의 눈꺼풀이 찌그러져 있었다. 히페르보레아인 아버지에게서 물려받은 금발에도 불구하고 남쪽 나라의 이방인을 보는 것 같았다. 라스티아낙스는 한숨을 내쉬며 안락의자에 앉아서 무슨 운명의 장난으로 생령의 피가 섞인 아마존 수습생을 책임지게 된 걸까 생각했다. 하지만 지금도 아르카의 보호자이긴 한 건가? 보호자였던 적이 있긴 했나? 그는 길들여진 동물이 자연으로 돌아갔다가 야생 상태로 돌아온 것처럼 아르카가 숲으로 돌아갔다가 달라져서 돌아온 것이 느껴졌다.

라스티아낙스는 호롤로기온을 손목에 차고 일어날 시간을 맞춰놓은 뒤 안락의자에서 잠들었다.

동이 트기 전, 라스티아낙스는 호롤로기온이 진동하는 소리에 잠을 깼다. 아르카는 여전히 깊이 잠들어 있었다. 피라의 말대로 아르카가 일어나서 멘토가 사라진 걸 알면 원망하겠지만 달리 방법이 없었다. 안락의자에서 일어나서 소리 나지 않게 살금살금 장비와 교도소 설계도를 챙겨서 가방에 넣은 다음, 문하생 옆에 약간의 돈—인터니보 은행에 있는 그의 계좌는 막혀 있기 때문에 피라가 집에서 가져온—을 두었다. 아르카가 깨는 것 같아서 잠시 멈춰 섰지만 여전히 코를 골고 있었다.

그는 큰 가방을 들고 마법역학 문간에서 걸음을 멈췄다. 어쩌면 문하생을 보는 것이 마지막일지도 모른다는 생각이 들었다. 교도소 안에서 일이 잘못되면…….

"몸조심해, 아르카." 그는 도서관을 나가기 전에 중얼거렸다.

그날 저녁, 라스티아낙스는 4지구에 있는 피라의 대고모 집, 교도소 맞은편의 발코니에 앉아 있었다. 피라와 그는 파괴 작전의 마지막 단계를 준비하는 데 하루를 보냈다. 라스티아낙스는 눈의 하중으로 균열이 생긴 발코니에서 곡예를 하는 피라를 지켜보면서 조마조마했다. 피라는 탑을 따라 이어지는 넓은 코니스에 올라서서 연꽃 뿌리를 주성분으로 하는 연고의 효능을 선전하는 오래된 광고문의 문자들을 재조합하고 있었다. 라스티아낙스는 그녀의 발밑 낭떠러지를 쳐다보면서 침을 꼴깍 삼켰다.

"어지럽지 않아?" 그가 물었다.

"나는 7지구에서 자랐잖아." 피라가 대답했다. "하위 지구 주민들은 현기증을 느끼겠지만."

피라는 방금 재조합한 문장 밑에 그린 인장에 손을 얹고 활성화했다. 광고 문구가 벽면을 기어가는 것 같더니 이동이 끝나자 *내일 새벽*이란 문자가 나타났다. 발코니로 돌아온 피라는 라스티아낙스 옆에 앉아서 두 발을 허공으로 내렸다. 그들은 함께 망원경으로 교도소 4지구의 3층, 북쪽 벽 오른쪽에서 열 번째 창문을 바라보면서 기다렸다. 그 창문 너머에 페트로클루스가 있었다.

15분이 지나도 그들의 친구는 아무런 신호도 보내지 않았다. 라스티아낙스는 날이 어두워질수록 탑의 그림자 속에 묻히는 아다만트 창문만 바라보고 있자니 눈이 아팠다. 그가 불안해지기 시작했을 때 갑자기 창문 오른쪽 구석에서 토가 자락이 보였다.

"페트로클루스야." 피라가 속삭였다.

"준비됐어." 라스티아낙스는 엄지장갑을 꼈는데도 추위에 마비된 손에 열을 내기 위해 두드리면서 말했다.

그가 발코니에서 내려가려고 일어서자 피라가 팔을 잡았다. 라스티아낙스는 깜짝 놀라서 쳐다봤다. 그녀는 팔을 놓아주지 않았다. 그는 발코니에서 이 고요한 순간이 어쩌면 그들이 함께 있는 마지막 순간일지도 모른다는 생각이 들었다. 몇 시간 후면 그들은 교도소 안으로 들어가서 각자의 일을 할 것이다. 그간의 노력과 철저한 준비에도 불구하고 문제가 생겼을 경우 난관을 뚫고 나갈 수 있을지 너무 불확실했다.

"문하생을 찾겠다고 떠날 때 네가 나한테 메젠스 반지를 맡겼잖아." 피라가 차분한 목소리로 말했다. "그래서 그 반지를 자세히 살펴볼 기회가 있었고 한 가지 알아낸 것이 있어. 반지를 끼는 사람의 손가락 굵기에 자동으로 맞게 된다는 걸. 아주 미세하게 조정되는 거라서 넌 알아채지 못했을 거야."

피라가 고개를 들고 비난하는 시선으로 라스티아낙스를 쳐다봤다.

"파괴 인장반지는 절대로 네 손가락에서 빠지지 않았어. 넌 어제 나한테 거짓말을 했어. 인장의 아니마가 거의 고갈되었다는 걸 알았으면서."

피라의 추궁에 화가 난 라스티아낙스가 팔을 뺐다. 마침내 사랑을 고백할 기회를 잡았다고 생각했는데 잘못을 들킨 아이처럼 변명해야 하는 처지에 놓인 것이다.

"현명한 결정이었어." 그가 대꾸했다. "네가 나를 두고 가는 걸 받아들이지 않았다면 우리 둘 다 죽는 거였으니까."

"하지만 너 없이 내가 뭘 할 수 있는데?" 피라가 반박했다.

"너는 작전을 성공적으로 수행해냈을 거라고 확신해." 라스티아낙스가 의심의 여지가 없다는 듯 단호하게 대꾸했다. "어쨌거나 계획을 짠 사람이 너였고, 4학년 문하생 중에서 나를 대신할 사람은 얼마든지 찾을 수 있었을 거고……."

"작전과는 아무 상관 없는 얘기야, 라스티."

그는 피라의 말에 숨이 막히는 것 같았다. 그는 고개를 들었다. 이제는 피라가 페트로클루스의 창문을 바라보고 있었다. 라스티아낙스는 피라에게서 눈을 떼지 않았다. 그는 갑자기 심장이 쿵쾅거리고 배 속이 요동치는 것 같았다.

"저번에 아스파시가 말한 거 사실이야?" 그가 물었다. "네가 로도프와 헤어진 게……."

"로도프가 네 조사를 도와주겠다는 내 생각을 참을 수 없다고 해서 헤어졌어." 피라가 말을 끊었다. "너에 대한 질투가 너무 심한데 그런 태도가 너무 싫거든. 그게 네가 나한테 중요한 사람이라는 뜻이냐고 묻는다면 대답해줄게. 그래, 맞아, 너는 나한테 중요한 사람이야. 그러니까 기회가 있을 때마다 너를 희생하려고 들지 않는 게 신상에 좋을 거야."

수십 일 전이었다면 라스티아낙스는 애송이 취급하는 말은 제쳐 두고 한 가지만, 피라가 그의 목숨을 아끼고 있다는 말만 기억했을 터였다. 하지만 한 달 넘게 함께 보내면서 그는 피라의 단점에 주의 해야 한다는 걸 터득했다. 피라가 무슨 말을 하고 싶은 건지 알지만, 어릴 적부터 습관 때문인지 라스티아낙스에게는 비판하는 말을 덧붙이지 않고서는 자신의 감정을 표현할 수 없는 것 같았다. 마치 그를 깎아내려야만 예상치 못한 상황을 통제할 수 있는 것 같았다.

그들의 대화는 그렇게 기대에 어긋난 실망스러운 침묵과 유감스러움이 뒤섞인 허무한 상태로 끝나버렸다. 라스티아낙스는 테라스를 떠나서 대고모가 그를 위해 거실에 펴놓은 돗자리에 누웠다. 시간이 한참 흘렀고, 그는 피라가 거실을 지나가는 소리를 들었다. 그녀는 그가 있는 근처에서 걸음을 늦추었다. 그녀의 시선에 등이 뜨거워지는 걸 느끼면서 그녀가 옆에 와서 눕기를 애타게 바랐다. 하지만 그녀는 동생과 함께 자러 멀어져 갔다.

아르카

몇 시간 전

눈을 떴을 때 아르카는 한 10년 동안 잠을 잔 것 같았고, 라스티아낙스는 물론이고 설계도며 발명품들도 없이 텅 빈 금고실을 보고 깜짝 놀랐다. 멘토는 약간의 돈과 자세한 설명 대신 짧은 글이 담긴 어이없는 쪽지를 남겨놓았다.

네 안전을 위해

아르카는 우선 멘토의 위선적인 행동이 역겨웠다. 그는 아르카가 저주에 걸려서 위험하지 않다는 걸 알고 있었다. 그가 걱정한 것은 아르카의 안전이 아니라 아르카에게 빼앗길지 모를 비프아주르였다. 피라가 추출기를 파손하는 작전에서 아르카를 배제하라고 그를 설득한 것이 틀림없었다. 자는 동안에 그들이 그런 결정을 내렸다고 생각하자 아르카는 배신당한 느낌이 들고 바보가 된 것 같았다. 늘 그렇듯 아르카는 이런 일이 있을 줄 전혀 예상하지 못했다. 테미스의 나무 위 오두막을 떠날 때 아르카의 머릿속에서는 모든 것이 아주 간단했다. 히페르보레아에 돌아가서 라스티아낙스를 만나고 비프아주르를 회수한 다음 생령의 주인을 없애버린다. 하지만 멘토는 아르카를 두고 가버렸고, 피라와 함께 아르카가 모르는 곳에 비프아주르를 숨길 생각을 하고 있었고, 생령의 주인은 어디 있는지 보이지도 않았다.

라스티아낙스가 위험한 상황에 처해 있을 때마다 목숨을 구해줬건만 문하생의 도움을 받지 않기로 선택했을 뿐만 아니라 자신을 신뢰하지 않는다는 것에 아르카는 상처를 받았다. '팔라테스의 잡동사니에 깔려 있을 때 끌어내준 사람이 누군데? 그리핀에게 끌려갈 때 구해준 사람이 누군데? 그리고 어제 1지구로 떨어졌으면 영락없이 즉사할 걸 살려준 사람이 누군데!' 아르카는 장화를 신으면서 격분했다. 머릿속에서 작은 목소리가 그가 이런 위험한 상황에 놓이게 된 원인이 바로 너라고 말했지만 아르카는 못 들은 체했다. 아르카는 라스티아낙스의 쪽지를 갈기갈기 찢어서 그가 문하생을 위해 되살려 놓은 마법의 화로에 던져버렸다. 아르카는 금고실을 나가면서 자신을 따돌린 것은 잘못이라는 걸 보여주기 위해 멘토를 찾기로 결심했다.

건물 밖으로 나온 아르카는 차가운 공기와 맞닥뜨렸다. 운하의 황량한 모습이 좀 전에 흥분했던 마음을 진정시켜주었다. 라스티아낙스가 어디에 있을지 전혀 예상할 수 없었다. 7지구에 있을까? 아르카는 감히 들어가지 못하고 미로의 성—멘토는 재판 이후 미로의 성을 떠났다—을 지나쳤고 마주치는 행인들에게 얼굴을 보이지 않으려고 두건을 푹 뒤집어쓴 채 정처 없이 도시의 꼭대기 지구를 돌아다니기 시작했다. 아르카디아의 더위와 숲의 푸르름이 그리웠다. 아르카는 라스티아낙스가 정말로 비프아주르를 없애버리고 아마존족에게로 돌아갈 수 있는 희망을 앗아 가버린다면 어떻게 할지 생각하고 싶지 않았다.

아르카가 탑들의 외곽 쪽으로 가고 있을 때 테미스키라 순찰대가 운하 끝에 나타났는데 체격이 커 보이게 하려고 망토의 견장에 깃털을 보강한 것 같았다. 아르카는 되돌아갈까 생각했지만 오히려 수상쩍어 보일 것 같았다. 아르카가 바짝 긴장해서 그들 옆을 지나갈 때 한 병사가 두건을 홱 젖혔다.

"어린 계집애가 여길 혼자 돌아다니는 일은 별로 없는데." 병사가 말했다. "이름이 뭐니? 털옷을 벗기면 아주 예쁘겠어."

이 말에 너무 충격을 받은 아르카는 어찌할 바를 몰랐다. 모욕을 줬으니 따귀 세례를 날려야 할까, 하지만 여기서? 아르카는 병사들이 자신을 모두에게 나눠줄 한 덩이의 살코기처럼 쳐다보는 느낌이 들어서 기분이 더러웠다.

"너 어린애한테 관심 있어?" 동료 병사 중 한 명이 낄낄거리면서 물었다. "그냥 보내줘, 너무 어리잖아."

"그럼 네가 나이 든 여자라도 소개해주든가." 병사가 아르카에게서 눈을 떼면서 대꾸했다.

테미스키라 병사들이 계속 음탕한 말을 지껄이면서 멀어져 갔다. 아르카는 너무나 경직되어 있던 탓에 순간적으로 굳어버린 것 같은 두 다리를 움직이는 데 시간이 좀 걸렸다. 병사의 말에 더럽혀진 것 같은 감정을 떨쳐내려고 애쓰고 있을 때 이 수치스러움을 뒷전으로 밀어내는 광경이 나타났다. 예전 실렌의 탑이 있던 자리 앞에 온 것이다.

건물과 도시의 나머지 부분을 연결하는 운하들은 이제 고드름으로 뒤덮인 폐허일 뿐이었다. 아래쪽 1지구에는 붕괴된 탑의 잔해들이 돌무더기를 이루고 있고, 노동자들이 돔에 뚫린 구멍을 따라 세운 비계들이 보였다. 그 광경에 가슴이 아픈 아르카는 난간에 걸터앉았다. 전날, 라스티아낙스와 나눈 대화, 순간이동으로 인한 피로 때문에 비극적인 사건은 미처 생각도 못 하고 있었다. 이제야 불길을 피해 달아나던 사람들이 기억났다. 아르카가 거기 없었다면 탑이 붕괴되는 일도, 거주자들이 죽는 일도 없었을 테고, 돔이 파손되는 일도 없었을 터였다.

"내 잘못이 아니야." 아르카가 중얼거렸다. "그렇게 되길 원한 적 없어."

하지만 아르카는 죄책감 때문에 괴로웠다. 게다가 이 죄책감 못지않게 병사들이 음탕한 눈빛으로 쳐다봤을 때 느낀 더러운 기분마저 어이없게도 자신에게 어느 정도 책임이 있는 것처럼 느껴졌다. 그렇지만 악의 근원을 면밀히 따져보자면 아르카의 결정이 아니라 생령의 주인이 내린 결정이었다. 시론이 죽은 것도, 숲에 불이 난 것도, 탑이 돔 쪽으로 기울면서 붕괴된 것도, 테미스키라군이 히페르보레아의 운하를 돌아다니는 것도 생령의 주인 때문이었다. 어머니에게 버림받고 호전적인 아버지의 손에서 자랐다고 해서 달라질 건 아무것도 없다. 그는 더는 캉드리가 아니라 생령의 주인이었고, 아르카는 그의 만행에 종지부를 찍을 것이었다.

아르카는 방법을 궁리하면서 붕괴된 탑이 있던 자리를 떠났다. 어쨌든 라스티아낙스가 문하생이 비프아주르를 갖고 아르카디아로 떠나게 두지 않기로 결정했다니까 아르카로서는 이왕 돌아온 김에 히페르보레아에 의미 있는 일을 하는 수밖에 없었다.

아르카는 우선 생령의 주인을 찾기로 하고 계획을 짰다. 멘토는 테미스키라인들이 담화문을 발표할 때 실렌이 나타났다고 했다. 아마도 생령의 주인이 군중 속에 숨어서 꼭두각시 인형극 놀이를 하듯 실렌을 조정했을 것이다. 다음 날 필롱의 대관식에 가서 아르카가 생령을 공격하면, 지난번에 피조물이 아니마 흡입기에 당할 처지에 놓였을 때 그랬던 것처럼 주인이 생령을 지키기 위해 어둠 속에서 나올 것이 틀림없었다. 지난번과는 달리 지금은 시론의 비프아주르 조각을 지니고 있으니 이번에야말로 그를 처치할 수 있을 터였다.

아르카는 그 이후에 어떻게 할 건지에 대한 생각은 잠시 미루고 하위 지구로 내려가기 위해 가까운 톨게이트로 향했다.

수직 이동의 거리는 길었다. 아르카는 라스티아낙스가 두고 간

돈 전부를 통행료로 썼다. 한순간 돈을 아끼면서 더 빨리 가기 위해 날개를 이용할 생각도 했지만, 마치 비행하는 방법을 까먹기라도 한 것처럼 갑자기 무섭게 느껴졌다. 아르카는 정신을 집중해보았지만 장화 밑창에 장착할 얼음 날이 만들어지지 않았다. 모형을 제작하는 재주가 없어서 실패하는 것이 아니었다. 마법 능력에 무슨 문제가 생긴 것이었다. 아르카는 이 문제가 일시적인 현상인지 지속적인 현상인지 알 수 없었지만, 최상의 상태로 생령의 주인과 대결할 수 없다는 걸 의미했다.

1지구의 톨게이트에 이르렀을 때 커다란 아다만트 덩어리를 실은 썰매 행렬이 보였다. 인부들이 거북에 도르래들을 연결한 거북 기중기를 이용하여 아다만트 덩어리들을 내렸다. 아래쪽 운하의 빙판에는 사향소들이 끄는 썰매들이 더 많이 대기하고 있었다.

"아르카?"

아르카가 고개를 쳐들었다.

"카시크!"

인부 복장의 카시크가 두루마리를 겨드랑이에 낀 채 놀란 표정으로 쳐다보고 있었다. 그의 숯검정 눈썹이 검은색 머리에 가려져 있었다. 아르카는 너무 반가워서 잠시 암살 계획을 잊었다. 이윽고 카시크가 자신을 어떤 사람으로 보고 있을지 기억났다. 바실레우스를 살해한 죄로 사형 선고를 받고 도주한 범죄자 아마존. 아르카는 예전의 반 친구를 너무 잘 알기에 자신을 신고할 수도 있다고 생각했다. 아르카는 재빨리 달아나고 싶은 마음도 있지만 낯익은 얼굴을 보게 된 것이 너무 좋아서 도망칠 수 없었다. 카시크는 말없이 아르카를 뚫어져라 쳐다봤다. 카시크는 어떻게 할지 고민하는 것 같았다. 신고해야 하나 말아야 하나. 아르카는 카시크가 좋아하는 질문을 하는 것으로 그의 고민을 중단시키기로 했다.

"여기서 뭐해?" 아르카가 아다만트 덩어리를 내리는 인부들을 고갯짓으로 가리키면서 물었다.

"돔 복원 작업에 참여하고 있어." 카시크가 대답했다. "돔을 담당하는 최고 엔지니어가 아직 석방되지 않아서 돔 복원 작업 설계도를 그리려면 건축 전문가가 필요하거든." 그가 겨드랑이에 끼고 있는 두루마리를 가리키면서 덧붙였다. "바실레우스를 죽인 게 너야?" 그가 대뜸 물었다.

갑작스런 질문에 당황한 아르카는 머뭇거리다 대답했다.

"응, 하지만 의도한 건 아니었어."

아르카의 대답은 카시크의 윤리 방정식을 더 복잡하게 만드는 것 같았다. 그의 숯검정 눈썹이 계속 꿈틀거렸다.

"네가 아마존들을 도와서 마법사들을 가둔 거야?"

"아니." 아르카가 대답했다. "그리고 그 여자들은 진짜 아마존들이 아니야. 마법사들을 가둬놓는 것으로 히페르보레아를 혼란에 빠뜨린 다음 테미스키라군이 구하러 온 것처럼 믿게 하려고 고용된 자들이었어."

그 순간 테미스키라 순찰대가 그들 앞을 지나가고 있어서 아르카는 목소리를 낮추었다. 카시크의 표정이 사뭇 진지해졌다.

"그렇다면 스테릭스가 옳았던 거네." 그가 말했다.

"뭐라고 했는데?"

"자기 아버지는 교도소에 있으면 안 된다고, 풀려났어야 한다고."

"물론이지." 아르카는 동의하면서 카시크의 얼굴이 왜 갑자기 침울해지는지 의아했다. "스테릭스는 어디 있어?" 아르카가 주변을 둘러보면서 물었다.

아르카는 두 소년이 함께 다니는 걸 자주 봤기에 풍부한 상상력으로 기발한 생각을 툭툭 내뱉는 스테릭스가 등산 모자를 삐딱하게 쓰고 어디선가 쓱 나타나길 기대하고 있었다.

"콜룸바리움에 있어." 카시크가 대답했다.

"뭐라고? 콜룸……."

아르카는 입을 다물었다. 시간이 멈춘 것 같고, 공기가 희박해지고, 온 세상이 고요해졌다. 아르카는 콜룸바리움이 뭔지 기억이 났다.

히페르보레아의 납골당이었다.

"그게 무슨 말이야?" 아르카가 물었다.

카시크는 다리를 흔들면서 주위를 둘러보고는 두루마리를 풀어서 아르카에게 보여주었다.

"돔 복원 작업은 거의 끝났어." 그가 말했다. "인부들은 탑이 붕괴될 때 부서진 성벽을 보수했고, 나포카인의 유리 공장에서 만 개의 아다만트 덩어리를 보내줬고……."

카시크는 계속해서 각각의 고도와 각도를 자세히 설명했다. 카시크가 갑자기 돔 설계도에 관한 것으로 화제를 바꾼 게 괴로운 이야기를 피하려는 것임을 알아차린 아르카는 얘기를 듣지 않고 빤히 쳐다보았다. 아르카의 머릿속은 온통 스테릭스와 콜룸바리움에 대한 생각뿐이었다. 아르카는 카시크의 손에서 설계도를 빼앗아서 둘둘 만 다음 돌려주었다.

"스테릭스에게 무슨 일이 있었는지 얘기해줘." 아르카가 말했다.

아르카는 구체적인 질문을 하는 것으로 카시크가 입을 열게 만들었다. 카시크는 스테릭스가 어머니와 다른 귀족 부인들과 함께 교도소의 7지구 입구에서 마법사들을 석방하라고 구호를 외치던 중 상황이 악화되면서 학살당했다고 말했다. 카시크는 감정을 드러내지 않고 담담하게 얘기했다. 아르카는 상황이 파악되기 시작했다. 태평해 보이면서도 열정적이던 스테릭스는 아버지의 석방을 도우러 갔다가 테미스키라 병사들에게 살해된 것이었다.

아다만트 덩어리들을 썰매에 싣는 작업을 끝낸 인부들이 카시크를 소리쳐 불렀다. 그는 마치 친구의 죽음에 대해 더 자세히 말해 달라고 할까 봐 두렵다는 듯 아르카를 쳐다봤다. 하지만 그 어떤 질문을 한들 아르카가 느끼는 공허함을 채워주진 못할 터였다.

"가봐." 아르카가 말했다. "가서 돔 작업해."

"너는 뭐할 건데?" 카시크가 걱정스러운 얼굴로 물었다.

카시크는 갑자기 갈라지는 아르카의 음색에서 비장한 결의를 감지했다.

"테미스키라인들이 마음에 들어 하지 않을 일." 아르카가 대답했다. "알고 싶어?"

카시크는 잠시 생각하다가 말했다.

"아니. 모르는 게 낫겠어."

이것은 아르카를 응원한다고 말하는 카시크 나름의 방식이었다.

늘 그랬듯 그는 사회 관습에 신경 쓰지 않았고, 인부들에게 가기 위해 얼음 층계를 내려갔다. 아르카는 그들이 썰매를 끌면서 1지구의 운하로 사라지는 모습을 바라봤다. 아르카는 마음속으로 울면서 톨게이트로 향했다. 상황이 급변하고 있었다. 카시크는 아르카가 기존 질서에 대항하게 내버려 두었다. 스테릭스는 죽었다. 아르카 주변의 모든 것이 무너지고 있는 것 같았다.

아르카는 경주로에서부터 성벽 지대 주변을 탐색하는 데 남은 하루를 보냈다. 히페르보레아와 테미스키라 국기들이 나란히 나부끼고 있었다. 순찰로에는 기하학 무늬가 그려진 빨간색 닫집이 세워져 있었다. 닫집 밑에 흰색 그리핀 가죽을 씌운 흑단 옥좌가 놓여 있었다. 바실레우스 그랑프리 경마 대회 때처럼 닫집 양쪽으로 고관들이 앉는 계단식 좌석이 있었다.

아르카는 최적의 조준 각도를 얻으려면 성벽에서 얼마나 떨어져야 하는지 거리를 측정한 뒤 마사 쪽으로 향했다. 한 건물에 들어갔다. 스테릭스를 처음 만난 곳이었다. 아르카는 나보가 있던 칸 앞에 멈춰 서서 말도 영원히 잃어버린 건가 생각했다.

"이게 누구야!"

아르카는 소스라치게 놀라서 마사 입구를 향해 돌아섰다. 어슴푸레한 빛 속에 푸발이 나타나 있었다. 머리에 쓴 모자로 대머리를 가리고 있으니 아들과 판박이였다. 그는 거기서 아르카를 보게 된 것에 몹시 놀란 듯했다.

"너 어디 있었어? 라프티가 계폭 너 찾으러 다니던데!" 푸발이 소리쳤다. "네 말은 어디 있고?"

"나보를 잃어버렸어요, 어디 있는지도 몰라요." 아르카가 대답했다. "사부 어디 있는지 아세요?"

"전혀 몰라, 어디퍼 지내는지 말해줘야 말이지." 다시는 나보를 못 볼 거란 생각에 실망한것 같은 푸발이 대답했다. "부모에게 말하기에는 너무 위험한 일을 하고 있는 게 틀림없어. 그 아이가 집에 들를 때마다 나는 두려워, 다피는 못 보게 될까 봐. 근데 너는 무픈 일이 있었던 거니?"

푸발의 말에 아르카는 생령의 주인을 죽이기로 결정한 뒤로 회피하고 싶었던 한 가지, 이제는 정말 돌이킬 수 없는 순간에 이르렀다는 것을 깨달았다. 마법의 힘이 너무 약해져 있는 데다, 너무 위험한 계획이라서 히페르보레아를 살아서 나간다는 희망을 품을 수 없었다. 푸발은 라스티아낙스에게 메시지를 전해줄 유일한 사람이라서 마지막 기회를 놓치지 말아야 했다. 아르카는 어차피 사용하지도 못할 날개팔찌를 풀어 푸발에게 주면서 말했다.

"이걸 사부에게 전해주세요. 그리고 날 헌신짝처럼 버린 걸 정말로 유감스럽게 생각한다고 전해주세요."

그렇게 말하고 아르카는 더는 설명하지 않으려고 서둘러서 마사를 떠났다.

밖은 어둠이 내려 있었다. 배 속에서 아우성치는 소리가 들렸다. 아침으로 먹은 비스킷 몇 개 말고는 하루 종일 먹은 것이 없었다. 7지구로 올라갈 돈도 없었다. 잠시 망설이다 나보의 칸에서 밤을 보내기로 했다. 아르카는 숨어서 푸발이 마사를 떠나길 기다렸다가 들어갔다. 푸발은 아르카가 맡긴 팔찌를 들고 어찌할 바를 모르는 얼굴로 이내 마사를 떠났다. 아르카는 나보의 칸에 들어가서 곰팡내 나는 건초로 잠자리를 만들고 털옷을 입은 채로 몸을 웅크리고서 스테릭스, 라스티아낙스 그리고 다음 날 해야 할 일을 생각했다.

아르카에게 유리한 점은 한 가지밖에 없었다. 잃을 것이 전혀 없다는 것이었다.

9
파괴 작전

라스티아낙스

발코니에서 피라에게 고백하는 걸 실패한 뒤 라스티아낙스는 그들이 조금만 자존심을 죽였다면 서로에게 마음을 털어놓고 함께 나눌 수 있었을 순간들을 생각하면서 밤을 보냈다. 동이 트기 전 피라가 그의 어깨를 살살 흔들면서 깨웠다. 라스티아낙스는 피라가 손에 들고 있는 발광체 전구 때문에 눈이 부셨다.

"시간이 됐어." 피라가 호롤로기온을 톡톡 치면서 말했다.

그들은 말없이 나갈 준비를 했다. 피라가 등반용 장비를 장착하는 사이 라스티아낙스는 로크새 비행병의 군복을 입었다. 전날 밤 그가 군복을 입어봤을 때 아스파시는 너무 잘 어울린다면서 입이 마르도록 칭찬했다. 피라는 입가에 미소를 머금고 있는데 의미심장했다.

그렇지만 이날 아침, 피라는 미소를 짓지 않았다. 라스티아낙스는 그녀가 무슨 말인가를 하려다 마는 것 같은 느낌을 여러 번 받았다. 그는 그들 사이에 흐르는 냉랭한 공기를 몰아낼 기회를 찾으려 했지만 준비하느라고 시간이 너무 빠르게 흐르고 있었다. 아스파시가 문지방에 나타나자 그제야 잠시 분위기가 훈훈해졌다.

"조심해, 둘 다."

아스파시는 언니를 껴안은 다음 라스티아낙스도 끌어안았는데 우정의 표시라고 하기에는 포옹이 좀 길었다. 피라가 아스파시의 무례한 태도를 핑계 삼아 라스티아낙스에게 말을 걸지 않는 사이 그들은 집을 나와서 어둠에 잠긴 도시를 내려갔다.

반 시간 후 그들은 교도소의 1지구 문 앞 쪽에 도착했다. 한밤중인데도 마약에 중독된 아니미에들이 계속 몰려오고 있었다. 교도소의 열린 문에서 퍼져 나오는 빛에 그들의 초췌하고 거무튀튀한 얼굴이 드러나 보였다. 보초를 서는 테미스키라 병사들의 입에서 하얀 입김이 새어 나왔다. 라스티아낙스의 심장 박동이 빨라졌다. 아스파시가 주문한 군복은 몸에 아주 잘 맞았고, 망토 깃에 계급장도 달려 있지만 그 자신은 중위다운 데가 전혀 없었다. 아직은 피라와 아르카, 부모님을 데리고 히페르보레아를 떠나 테미스키라의 검은 그림자가 닿지 않는 외국의 어느 도시로 달아날 기회가 있다는 생각이 들었다. 하지만 테미스키라군이 계속해서 히페르보레아의 고혈을 짜낼 것이고, 페트로클루스는 교도소에 갇혀 있을 것이고, 테미스키라의 어두운 그림자는 점점 더 짙게 드리워질 터였다. 이제는 정말 선택의 여지가 없었다.

그는 교도소 안으로 들어가는 용기만큼만 피라에게 고백할 용기가 있으면 좋겠다고 생각했다. 피라는 그와 함께 교도소 문에 기대고 있었다. 그는 어깨로 전해지는 그녀의 체온을 느꼈다. 엄지장갑 속, 둘의 손가락들이 거의 닿아 있었다. 그는 이 자세로 몇 년이라도 있을 수 있을 것 같은데 피라가 호롤로기온을 보면서 시간을 확인하고 속삭였다.

"20분 후 페트로클루스 감방 앞에서 경비 교대가 있어. 지금 가야 해."

그녀의 목소리가 약간 흥분해 있었다.

"4지구에서 페트로클루스와 함께 만나자." 피라가 그의 손을 덥석 잡으면서 말했다.

"그래." 라스티아낙스가 속삭였다.

"그리고 내가 없더라도 먼저 출발해." 피라가 덧붙였다. "나보다 작전이 더 중요하니까."

라스티아낙스가 고개를 절레절레 저었다.

"너 없이 내가 뭘 할 수 있겠어?"

그는 그녀의 관자놀이에 입을 맞추고 교도소의 문으로 향했다.

피라

피라는 라스티아낙스가 배지를 보이고 교도소 안으로 들어가는 모습을 지켜봤다. 엄지장갑을 낀 손으로 관자놀이를 만졌다. 수십 일이 어찌나 빠르게 지나갔는지 그와 함께 보낸 매순간이, 심지어 언쟁을 벌일 때조차 얼마나 좋았는지 알아차리지 못했다. 전날 밤, 발코니에서는 또 자존심에 막혀서 그에게 마음을 털어놓지 못했다. 지금 소리쳐 말하고 싶은데 너무 늦었다. 라스티아낙스는 이미 교도소 안으로 사라졌고 자신은 4지구에서 들어가야 했다.

피라는 교도소를 돌아서 입구의 반대쪽 벽으로 다가갔다. 그녀의 손가락이 빠르게 그라포만스 글자판을 쳤다. **등반 시작**. 라스티아낙스는 그것과 쌍을 이루는 원통 장치를 군복 안에 숨겨두었다. 피라가 그라포만스를 허리춤에 고정하고 배낭을 둘러멨다. 이윽고 용기를 내기 위해 심호흡을 하고 나서 올라가기 시작했다. 장갑과 무릎 보호대는 빨판처럼 탑의 매끄러운 돌에 찰싹 붙었다가 잘 떨어졌다. 피라는 쉽게 이동할 수 있는 것에 놀라면서 벽을 타고 올라갔고, 발 밑을 보지 않으려고 노력했다.

십여 분 후, 교도소 4지구의 한 창문에 이르렀다. 보라색 토가 조각이 창턱에 놓여 있었다. 아트리움의 발광체 전구들이 비스듬히 비쳐주는 빛에 창문 너머의 커다란 감방이 텅 비어 있는 것이 보였다. 페트로클루스가 다른 마법사들과 함께 두 달 가까이 갇혀 있는 곳이었다.

피라가 예상한 대로 수감자들은 날마다 하는 아니마 추출을 위해 교도소의 1지구로 끌려가 있었다. 그녀는 등반용 장갑을 물어서 벗겼다. 그러고 나서 장갑을 입에 문 채 배낭에서 꺼낸 뾰족한 목탄 조각으로 아다만트 창에 가열 인장을 그리고 활성화했다.

인장이 피라의 아니마 일부를 빨아들이면서 창문에 빨간 광채가 났다. 피라는 코모조이에게 거금을 주고 산 유리병을 재빨리 배낭에서 꺼냈다. 액체 공기의 보라색 광채가 발광 버섯처럼 반짝거렸다. 피라가 가열된 아다만트 창에 대고 액체 공기가 들어 있는 유리병을 조용히 깨뜨렸다.

그 즉시 창에서 휘파람 같은 소리가 났다. 아다만트가 액체 공기와 섞이며 용해되기 시작하더니 어둠 속에서 빨간색과 보라색이 섞인 빛을 냈다. 피라는 더 감쪽같이 들어가고 싶었지만, 아다만트가 벽을 따라 녹아내리면서 돌에 구멍이 뚫렸다.

연금술에 의한 화학 반응이 끝나자 아다만트 유리의 일부가 녹으면서 벽에 투명한 막이 만들어졌다. 좀 더 기다리다 남은 유리창을 만져보니 들어갈 수 있을 정도로 표면이 식어 있었다. 피라는 호롤로 기온으로 시간을 확인하고 벽에 찰싹 달라붙어서 기다렸다.

예상했던 대로 1분 후 병사 한 명이 페트로클루스의 감방 앞을 지나갔다. 피라는 망토 스치는 소리를 들었다. 병사가 감방 앞에서 걸음을 늦추었다가 다시 순찰을 돌기 시작했다. 그는 아다만트 창문에 난 구멍을 알아채지 못했다. 피라는 장갑을 다시 끼고 배낭을 메고서 감방과 연결되는 통로로 지나가는 사람이 없는지 확인한 뒤에 구멍으로 들어갔다. 교도소 바닥에 발을 내딛자마자 그녀는 그라포만스를 허리춤에서 꺼내어 글자판을 쳤다. **진입 성공.** 감방 문으로 다가가서 아트리움에 병사가 없는지 확인한 다음 마법역학 연장이 가득한 주머니를 열었다.

몇 분 후 자물쇠가 경쾌한 소리를 내면서 항복했다. 피라는 연장들을 주머니에 도로 집어넣은 다음 그라포만스 자판을 쳤다. **문 잠**

금장치 해제. 라스티아낙스가 답을 보냈다. **비프아주르 확보 직전.** 피라가 고개를 끄덕였다. 현재까지는 작전이 막힘없이 진행되고 있었다. 피라는 또다시 배낭 안으로 손을 집어넣고 회색 연기가 소용돌이치는 큼직한 연막탄을 꺼냈다.

연막탄을 사용할 생각은 코모조이에게서 빌린 것이었다. 연기가 시야를 가려주는 덕분에 라스티아낙스가 발각되지 않고 교도소를 통과할 수 있게 해주는 간단하지만 효과적인 해결책이었다. 피라는 감방 문을 열어놓고 연막탄을 아트리움으로 던졌다. 즉시 시커먼 연기 기둥이 솟아올랐다. 통로에 있던 병사들이 뭉게뭉게 피어오르는 연기를 가리키면서 사방으로 뛰기 시작했다. 피라는 감방 안으로 뒷걸음치는데 심장이 벌렁거렸다. 이제 라스티아낙스가 비프아주르를 가지고 페트로클루스와 함께 공중부양기를 타고 오길 기다리기만 하면 되었다.

그때 갑자기 수면가스 볼이 그녀의 발치에서 터졌다. 보라색 연기가 피어올랐다. 피라는 뒤로 펄쩍 뛰었지만 너무 늦었다. 수면가스의 달콤한 냄새가 콧속으로 들어오면서 다리에 힘이 빠지자 그녀는 감방의 쇠창살 쪽을 돌아봤다. 한 남자가 서 있는데 이미 감방 안으로 스며드는 연기에 반쯤 가려져 있었다.

"안녕, 피라." 귀에 익은 목소리가 말했다. "다시 만나니까 좋네."

피라는 정신을 잃기 직전에 옛 남친을 알아봤다.

라스티아낙스

라스티아낙스는 교도소 입구를 향해 전진하면서 속이 울렁거리는 것 같고 손이 축축해졌다. 병사들 앞에 이르렀을 때 당장 들통이 날 거라고 예상했다. 하지만 로크새 비행병들이 경례를 하자 그는 길거리에서 장교들이 하는 걸 눈여겨봤던 대로 고개를 까딱하는 것으로 경례를 받았다.

라스티아낙스는 배지를 구해준 피라에게 고마워하면서 교도소 안으로 들어갔다. 병사들은 그가 누구인지 궁금해하는 티가 역력했지만 장교로부터 불호령이 떨어질까 봐 아무도 묻지 못했다.

희끄무레한 빛의 전구 몇 개가 복도에 길게 줄을 서 있는 아니미에들을 비추었다. 파란연꽃 껌에 중독된 히페르보레아인들이 추출기 앞으로 가기 위해 차례를 기다리고 있었다. 라스티아낙스는 건물 안으로 들어가는 동안 영양실조로 기운이 없고 볼이 움푹 들어간 얼굴들을 계속 지나쳤다. 낮처럼 붐비지는 않지만, 추출기가 있는 방은 이른 새벽인데도 만원이었다. 일정한 간격을 두고 마주치는 병사들이 라스티아낙스가 지나갈 때 주먹으로 가슴을 두드렸다. 병사들이 추출기 이용자들의 증상에 대해 주고받는 말이 들렸다.

"저자는 오늘만 벌써 두 번째인데 오래 버티지 못할 거야. 장담하는데 사흘도 못 갈걸, 다시는 여기 오지 못해."

"아직 지방이 좀 남아 있는 것으로 봐서 최소 나흘은 버틸 거로 보이는데."

망토가 두꺼운데도 라스티아낙스는 그라포만스의 글자판이 움직이는 걸 느꼈다. 그는 망토 자락을 벌리고 몰래 그라포만스를 확인했다. **등반 시작.** 그는 메시지를 지우기 위해 글자판을 움직였다. 이제 15분 안에 비프아주르가 있는 곳에 이르러야 했다.

복도 끝에 병사 두 명이 금속 주걱처럼 생긴 이상한 기구로 뭔가를 탐지하려는 듯 아니미에들의 몸을 훑으면서 지나갔다. 라스티아낙스는 공포에 사로잡혔다. 아스파시가 말해주지 않은 것이었다. 그는 수상하게 보이지 않고 주걱의 용도가 뭔지 알아내기 위해 할 수 있는 만큼 걸음을 늦추었다. 인장이 새겨져 있었다. 병사들과 거리가 가까워지고 있을 때 라스티아낙스는 대충 알아차렸다. 자석 인장이었다.

그가 다가오는 걸 보면서 병사들이 차려 자세를 하고 주먹으로 가슴을 두드렸다. 병사들에게 검사를 받은 아니미에들은 몸을 가누지 못할 정도로 휘청거리면서도 재빨리 안전 게이트를 통과해서 추출기가 있는 방으로 들어갔다. 병사 중 한 명이 라스티아낙스에게 다가왔다.

"실례입니다만 중위님, 안전을 위한 새로운 조치입니다." 그가 주걱을 쳐들면서 말했다.

라스티아낙스는 위엄 있는 표정을 지으면서 헛기침을 했다.

"이게 뭔가?" 그는 나이가 들어 보이려고 목소리를 낮게 깔면서 물었다.

"오레이칼코스 탐지기입니다. 사흘 전부터 사용하고 있는데 위에서 내려온 지시입니다." 병사가 손가락으로 탑의 꼭대기를 가리키면서 덧붙였다.

라스티아낙스는 가슴이 철렁 내려앉았다. 망토 주머니 안에 있는 그라포만스는 오레이칼코스로 만든 것이었다. 병사가 주걱을 들고 다가서는 순간 라스티아낙스가 그라포만스를 꺼냈다.

"나는 이 기구를 추출기 관리자에게 가져가야 한다. 인간이 지닌 아니마의 양을 정확히 측정할 수 있는 새로운 기구인데 오레이칼코스로 만든 기계지."

병사들은 그가 방금 한 말을 의심하기에는 마법에 대해 무지했다. 아무튼 라스티아낙스는 그렇길 바라고 있었다. 두 병사는 원통 장치를 보면서 어찌할 바를 몰랐다. 라스티아낙스를 가로막고 서 있던 테미스키라 병사가 주걱 손잡이로 머리를 긁었다.

"추출기 관리자는 아직 오지 않았습니다, 중위님. 너무 이른 시간이라서 저희도 아직 근무 시간이 끝나지 않았습니다."

라스티아낙스는 알고 있었다. 아스파시가 교도소에 들어갔을 때 로도프의 업무 시간을 알아 왔기 때문이다.

"관리자는 곧 도착할 거다." 그는 반박하지 못하게 손등으로 물리치는 시늉을 하면서 대꾸했다.

목소리를 낮추고 마치 최고위층만 아는 정보를 발설하는 것처럼 은밀한 어조로 덧붙였다.

"자원자들에게 강도 높은 실험을 할 거라서 목격자가 많은 걸 피하려고 관리자가 일부러 새벽 시간을 택한 거지."

병사들이 두 걸음 떨어진 데서 그들의 대화를 지켜보고 있는 아니미에들의 창백한 얼굴을 힐끔 곁눈질하더니 라스티아낙스가 지나가게 비켜섰다.

"아, 알겠습니다, 이해했습니다, 중위님. 들어가십시오, 불편을 드려 죄송합니다."

라스티아낙스는 그라포만스를 망토 주머니에 다시 집어넣으면서 말했다.

"그래도 확인은 아주 잘한 것이다, 더 조심해서 나쁠 건 없으니까. 계속 수고하라, 병사들."

자부심으로 얼굴이 상기된 병사들이 움츠린 상체를 펴면서 주먹으로 가슴을 두드렸다. 라스티아낙스는 문을 통과했다. 이렇게 멋지게 해내는 장면을 피라가 봤어야 하는데 옆에 없는 것이 아쉬웠다.

아스파시가 설명해준 대로 교도소의 아니마 추출 전용 구역은 예전에 그가 방문했을 때와 달랐다. 그때는 벽이 누런 작은 방에 추출기만 달랑 설치되어 있었는데 지금은 연속해서 이중 추출이 가능하도록 재설계되어 있었다. 1층에서는 자원자들의 아니마를 추출하고, 아트리움이 있는 층에서는 마법사들의 아니마를 추출하는데, 라스티아낙스는 방금 자원자 전용 구역으로 들어온 것이다. 아니미에들이 커다란 탈의실로 들어갔다. 그들은 옷걸이에 소지품 가방을 걸고, 낡은 장화를 벗어서 사물함에 넣은 다음 비치된 캡 같은 걸 쓰고 또 다른 문으로 들어갔다.

라스티아낙스는 그들을 따라 추출기가 있는 방으로 들어갔다. 널찍한 원형 방 안에 작업대 서른 개가 정렬해 있었다. 연금술이 만들어낸 주괴와 체액이 뒤섞인 역한 냄새가 진동했다. 작업대에 누운 아니미에들이 껌을 씹고 있었다. 그들의 아니마가 머리에 쓴 헬멧에 잔뜩 달린 관을 통해 흘러 나갔다. 바닥으로 구불구불 이어지는 관들과 연결된 굵은 파이프가 방의 천장으로 이어지고 있었다. 흡사 괴상 망측하게 생긴 나무뿌리 같았다.

자원자들에게서 중앙 파이프로 흘러 나가는 엄청난 양의 아니마로 인해 관들이 어찌나 흔들리는지 간간이 발광체 전구들이 깜박였다. 라스티아낙스는 방 안에 떠도는 에너지 흐름에 맞춰 자신의 아니마가 진동하는 걸 느꼈다.

피라와 그가 예상한 대로 병사들의 수는 적었다. 이른 새벽이었고, 군대의 일부가 새 바실레우스 대관식에 동원되어서 테미스키라 병사 세 명만 관리하고 있었다.

첫 번째 병사가 자원자들을 작업대에 눕게 한 뒤 파란연꽃 껌 한 조각씩을 나눠주고, 머리에 헬멧을 씌운 다음 추출 시간을 제어하기 위해 마법 타이머를 작동했다. 벨소리가 울리자마자 두 번째 병사가 헬멧을 벗기고 아니미에들이 일어나서 탈의실로 갈 수 있게 도와주었다. 세 번째 병사는 물통과 걸레를 준비하고 있다가 추출을 견디지 못한 아니미에들이 남긴 토사물과 핏자국을 닦았다.

병사들은 일정한 속도로 일하는 노동자들처럼 연신 물시계를 보면서 빠르게 움직였다. 그들은 정규 복장인 망토 대신 치료 마법사들이 입는 것과 비슷한 흰색 작업복을 입고 있었다. 라스티아낙스는 테미스키라인들이 아니마 추출을 의료 행위로 보이게 하여 자원자들을 안심시키려는 의도라는 생각이 들었다.

라스티아낙스가 들어가자 세 병사는 몹시 긴장했다. 그들은 작업을 멈추고 주먹으로 가슴을 두드리는 것으로 경례를 한 다음, 마치 너무 느리다는 비난을 받을까 두려워하는 것처럼 물시계를 봤다.

"계속 작업하라, 병사들." 라스티아낙스가 목소리를 낮게 깔아서 말했다.

테미스키라 병사들이 복종했다. 라스티아낙스는 작업대 사이를 지나가다가 병사들이 슬쩍 눈짓을 교환하는 걸 봤다. 그는 현장 시찰을 나온 것처럼 뒷짐을 지고 여기저기 기웃거리면서 헬멧에 새겨진 흡입 인장과 파이프를 살폈다. 사실 그의 목적지는 맞은편 끝에 있는 문이었다.

"라스트."

이름을 부르는 소리에 얼어붙은 라스티아낙스가 주위를 둘러봤다. 두 작업대 떨어진 곳에서 한 아니미에가 흐릿한 눈으로 자신을 응시하고 있었다. 그의 머리에 씌운 흡입 헬멧이 아주 커 보였다. 라스티아낙스는 누군지 알아차리는 데 몇 초 걸렸다. 아버지의 마구간 기수 필리피데스였다. 그는 경마 대회에서 우승하여 명성과 부를 얻겠다는 희망으로 마사에서 죽치던 1지구의 가난한 청년이었다.

라스티아낙스는 어릴 적에 필리피데스와 자주 마사 청소를 해야 했다. 필리피데스가 질투를 하지 않았다면 그들은 친구가 됐을 수도 있었다. 푸발은 아들을 기수로 만들려고 많은 시간을 들여 훈련시켰다. 그런데 라스티아낙스는 아버지가 강요하는 승마를 배우고 싶지도 않았거니와 직업으로 삼기도 싫었다. 반면에 필리피데스는 기수가 되길 꿈꾸면서 온갖 잡일을 마다않고 열심히 승마를 배웠다. 이런 불공평한 상황이 서로를 미워하게 만들었고, 그들은 같이 말똥을 치우면서도 끝내 가까워지지 않았다.

필리피데스가 다시 이름을 부르려고 했기에 라스티아낙스는 병사들의 주의를 끌지 않으려고 얼른 그에게 다가갔다. 다행히 병사들은 한 자원자의 토사물을 치우느라고 바빴다.

라스티아낙스가 부모님 집에서 살 때 필리피데스는 체격이 아주 왜소했다. 그는 기수가 되려면 가벼워야 한다면서 배가 고파도 먹지 않았다. 지금은 피골이 상접해 있었다. 그는 껌이 들러붙은 입으로 어눌하게 말했다.

"너 여기서 뭐해? 이 군복은 뭐고?"

라스티아낙스는 필리피데스에게 무슨 일이 생길까 봐 덜컥 겁이 나면서 현기증이 일었다.

"네가 왜 여기 와 있어?" 그가 속삭였다. "이러다 죽어."

라스티아낙스는 더는 지켜볼 수 없어서 헬멧을 움켜잡고 머리에서 벗겼다. 병사들이 알아채고 눈살을 찌푸리면서 그를 쳐다보고 있었다.

"추출 작업을 계속하라." 라스티아낙스가 단호한 어조로 내뱉었다. "이 자원자에게 질문하고 있으니까."

잠시 머뭇거리던 테미스키라 병사들이 다시 작업을 시작했다. 그사이 필리피데스가 약간 기운을 차린 것 같았다. 그는 눈을 깜박이면서 중얼거렸다.

"이게 다 네 아버지 때문이야. 그 망할 계집애를 대회에 내보낼 게 아니라 나한테 레스쿠스를 타고 달릴 수 있게 해줬다면 우승컵은 내가 차지했을 텐데."

또 아르카와 관련되어 있다니, 라스티아낙스는 뭐라고 할 말이 없었다.

"하지만 네 아버지는 나를 믿지 않았어." 필리피데스는 껌을 질겅질겅 씹으면서 말했다. "그래서 나는 지쳤고 마사를 떠났지. 하지만 일자리를 찾지 못했어. 그러다 돔이 파손되는 바람에 사는 게 더 힘들어졌지. 그래서 아니마를 뽑아주면 빵을 준다기에 왔는데……. 이 빌어먹을 껌은 절대로 입에 대지 말았어야 했는데."

"네가 여기서 뭐하는지 모르겠지만 헬멧을 다시 씌워줘." 그가 덧붙였다. "추출이 다 끝나면 빵을 또 준다고 했어. 나도 배가 고프지만, 굶고 있는 동생에게 갖다줄 거야."

라스티아낙스는 병사들의 의심을 증폭시키지 않으려면 더는 작업을 중단시킬 수 없다는 걸 알고 있었다. 마지못해 어쩔 수 없이 헬멧을 머리에 씌워주자마자 필리피데스는 거의 혼수상태에 빠졌다. 라스티아낙스는 토할 것 같아서 몇 걸음 뒤로 물러섰다.

갑자기 호주머니 안에서 그라포만스 글자판이 움직이는 게 느껴졌다. 그는 망토 자락을 벌렸다. 그라포만스에 글자가 보였다. **진입 성공.** 피라는 감방 문을 열고 있을 것이었다. 라스티아낙스에게는 아트리움에 있는 추출기까지 가는 데 5분이 남아 있었다. 마법 타이머의 벨 소리에 긴장이 고조되었다. 서두르지 않으면 파괴 작전이 수포로 돌아가는 것이었다.

라스티아낙스는 당당한 걸음으로 맞은편 문을 향해 방을 가로질렀다. 문은 큼직한 자물쇠로 잠겨 있었다. 로도프는 아스파시에게 교도소를 구경시켜주면서 자물쇠들이 어떻게 작동하는지 보여주었다. 옛 동기생의 경솔한 행동 덕분에 라스티아낙스는 배지를 풀어서 자물쇠 구멍에 넣었고 찰칵 소리가 났다. 그는 손잡이를 잡고 문을 밀었다.

춥고 고요한 층계참이 나타났다. 층계를 올라가자 또 다른 문이 잠겨 있었다. 이번에도 배지를 사용해서 문을 열었고 마침내 추출기 앞에 이르렀다.

유리벽으로 된 팔각형 방 중앙에 설치된 구리 증류기가 커다란 딱정벌레처럼 팽창해 있었다. 증류기는 자원자들의 추출기가 있는 방의 파이프와 천장을 통과한 또 하나의 파이프에 연결되어 있었다. 교도소의 아트리움 중앙에 있는 방은 컨트롤 타워처럼 약간 높았다. 라스티아낙스는 이미 아트리움을 본 적이 있지만 엄청나게 커진 규모에 놀랐다. 벽을 따라 감방 수백 개가 나뉘어 있었다. 각 지구마다 넓은 복도가 에워싼 구조였다. 다른 층으로 올라갈 수 있도록 좁은 금속 육교들이 있고, 테미스키라 병사들이 작동하는 공중부양기들이 아트리움을 오르락내리락하고 있었다. 거북만 한 크기의 전구들이 공중에서 둥둥 떠다니면서 수감자들에게 강렬한 빛을 뿌렸다.

그중 서른 명이 추출 작업대에 누워 있고 수갑이 채워져 있었다. 공중부양기가 그들을 감방으로 데려가기 위해 대기하고 있었다. 그들이 머리에 쓴 헬멧의 관들은 모두 라스티아낙스가 있는 높은 방으로 모였다.

라스티아낙스는 아니마를 빼앗긴 초췌한 수감자들 중에서 몇몇 마법사를 알아봤다. 그중에 즉시 눈에 띄게 키가 큰 마법사가 있었다. 긴 다리보다 훨씬 길이가 짧은 작업대에 누운 페트로클루스가 추출이 끝나길 기다리고 있었다. 야위고 꾀죄죄하고 창백했지만 분명히 페트로클루스였다. 아니마를 빨아들이는 헬멧에도 불구하고 그는 주위를 둘러보다 불안한 얼굴로 라스티아낙스를 쳐다봤다. 라스티아낙스는 당장 페트로클루스에게 달려가고 싶었다.

그는 마음을 가라앉히고 증류기에 다가갔는데 그 안으로 흘러드는 엄청난 양의 아니마로 인해 맥박이 뛰는 것처럼 증류기가 오므라들었다 부풀었다. 증류기의 나선관 끝에 더 많은 에너지를 흡수할 수 있는 커다란 황동 큐브가 연결되어 있고 큰 칼이 보였다. 테미스키라인들이 천연 비프아주르 덩어리들을 녹여서 커다란 칼을 만드는 데 성공한 것이었다. 손잡이가 달린 파란 칼날이 오레이칼코스 줄무늬로 덮여 있었다. 칼날은 탯줄처럼 나선관과 큐브를 연결하는 강철 밧줄을 베어버릴 준비가 되어 보였다.

"안녕하십니까, 중위님, 죄송합니다, 오신 걸 못 봤습니다."

라스티아낙스는 소스라치면서 고개를 들었다. 테미스키라 병사가 증류기 뒤에서 나타나 있었다. 추출실에 있는 다른 병사들과 마찬가지로 그 병사도 흰색 작업복을 착용했다. 라스티아낙스는 감독관 역할을 다시 시작했다.

"추출기를 감독하러 왔다." 그가 말했다.

"알겠습니다, 중위님, 괜찮으시다면 큐브를 교체하겠습니다. 이 큐브는 가득 찼습니다."

말을 끝내자마자 테미스키라 병사가 비프아주르 칼날을 작동했다. 칼날이 강철 밧줄을 끊자 진동이 일어나면서 증류기가 흔들리더니 별 모양으로 설치된 파이프 안으로 충격파를 보냈다. 아트리움의 작업대에 누운 마법사들의 얼굴이 고통으로 일그러졌다.

마법사들이 고통스러워하거나 말거나 병사는 오레이칼코스 주괴를 한 수레에 실은 다음 빈 황동 큐브로 교체했다.

"오레이칼코스 주괴는 2지구로 곧장 보내져서 아다만트로 만들어질 겁니다." 그가 수레를 벽 쪽으로 밀면서 말했다. "재고가 없어서 물량이 딸리거든요." 자랑스럽게 덧붙였다.

병사가 새로운 큐브를 증류기에 연결하는 사이, 라스티아낙스는 추출기 덮개에 달린 계기반을 쳐다봤다. 계기반의 바늘이 흔들리고 있었다. 그는 증류기 안에 들어 있는 아니마 양을 측정하는 장치라는 걸 알아차렸다. 눈을 가늘게 뜨고 강제로 계기반의 바늘을 오른쪽으로 돌아가게 했다. 위험이라는 표시가 나타났다.

"기계가 과열되었군." 그가 병사에게 알렸다.

곧장 옆으로 온 병사가 계기반을 보고 파랗게 질렸다. 테미스키라 병사는 이런 종류의 문제를 해결할 능력이 없는 것이 틀림없었다. 장교 앞에서 무능력자로 보이지 않으려고 계기반을 톡톡 건드려 보고, 증류기에 귀를 대보다가 나선관에 달린 나사를 다시 조이고 나서 다시 계기반을 살피며 턱을 긁었다. 병사가 반성하는 얼굴로 마침내 인정했다.

"잘 모르겠습니다, 중위님. 추출이 끝났을 때 바늘이 분명히 왼쪽에 있었는데 왜 바늘이 움직였는지……."

"이전에 바늘이 어느 쪽이었는지 그건 내 알 바 아니지. 그러니까 내 말은 바늘이 있어야 할 위치로 돌아가게 하라는 거다." 라스티아낙스가 말을 잘랐다. "추출 작업대에 문제가 생긴 게 아닌지 밖에 나가서 확인하라."

그는 자신이 다른 사람인 척할 때 훨씬 쉽게 대담해지는 걸 확인하면서 다시 한번 놀랐다. 병사가 부리나케 아트리움과 연결되는 문으로 방을 나갔다. 그때 라스티아낙스는 망토 안에서 글자판이 움직이는 걸 느꼈다. 그는 그라포만스를 확인했다. **문 잠금장치 해제.** 피라가 보낸 것이다. 추출기를 파손할 때가 온 것이다. 그는 답을 보냈다. **비프아주르 확보 직전.**

그는 지체 없이 방금 만들어진 오레이칼코스 주괴에서 금속을 조금 떼어내서 스패너를 만들었다. 그러고는 비프아주르 칼 쪽으로 이동해 스패너로 칼을 고정시킨 나사를 풀기 시작했다. 테미스키라 병사가 언제 들어올지 모르는 불안한 상황이라 손이 떨리고 작업이 한없이 길게 느껴졌다. 마침내 나사를 다 풀었고 칼이 바닥으로 떨어졌다.

바로 그 순간 교도소 안에 경보가 울려 퍼졌다. 라스티아낙스가 오레이칼코스 줄무늬로 덮인 칼을 집어 들고 일어섰다. 수갑이 채워진 채 작업대에 묶여 있는 마법사들이 있는 아트리움에서 커다란 연기 기둥이 피어올랐다. 계획대로 피라가 연막탄을 터뜨린 것이다.

놀란 테미스키라 병사들이 복도와 층계에서 뛰기 시작했다. 순식간에 아트리움은 잿빛 연기 속에 잠겼다. 유리벽 너머는 이제 사람이 보이지 않지만 라스티아낙스의 귀에 마법사들이 기침하는 소리와 병사들이 내지르는 고함 소리가 들렸다. 페트로클루스를 찾아서 교도소 4지구에 있는 피라에게 데려갈 때였다.

라스티아낙스는 여전히 비프아주르 칼을 든 채로 좀 전에 병사가 이용했던 문을 열었다. 즉시 증류기가 있는 유리벽 방이 연기에 휩싸였다. 매캐한 연기에 기침이 나오고 눈이 따가웠다. 그는 망토의 깃을 올려 입을 막고 정신을 집중했다. 눈 깜짝할 사이에 그의 몸이 기포에 에워싸였다. 그의 아니마에 밀려난 연기가 흡사 그를 집어삼키려는 야수처럼 주위를 휘돌기 시작했다.

아트리움으로 나가는 계단을 쏜살같이 내려갔다. 경보가 계속 울리고 있었다. 주변이 온통 시커멨다. 다행히 그는 어떻게 배치되어 있는지 외웠다. 여전히 기포에 에워싸인 상태로 걸음 수를 세면서 늘어서 있는 들것 사이로 전진하다가 누워 있는 마법사들의 초췌한 얼굴들을 봤다. 마법사들이 계속 기침을 하고 있었다. 라스티아낙스는 위험한 연기가 아니라는 걸 알지만 그래도 동료 마법사들에게 고통을 추가했다는 것에 마음이 편치 않았다. 그중 여러 명이 그를 알아보고 아연실색했다.

"라스티아낙스! 여기서 뭐하는 건가?"

"자네도 테미스키라에 넘어간 건가?"

"이 연기⋯⋯. 우리를 구해주러 온 건가?"

"우리를 여기서 꺼내주게!"

라스티아낙스는 그들과 눈을 마주치지 않으려고 노력하면서 걸음을 빨리했다. 그는 마법사들이 얼마나 살이 많이 빠져 있는지 충격을 받았다. 그들의 토가는 누더기 같았다. 두 달 전에 그에게 사형 선고를 내린 마법사들과 아무 관련이 없는 완전히 다른 사람들 같았다.

"라스티!"

작업대에 수갑을 차고 누운 페트로클루스가 시야에 들어왔다. 라스티아낙스는 마침내 친구와 말을 할 수 있게 된 것이 기뻐서 달려 갔다. 하지만 페트로클루스는 반갑지 않은 것 같았다.

"라스트, 로도프가 다 알고 있어." 페트로클루스가 헬멧 쓴 머리를 흔들면서 빠르게 말했다. "그 자식에게 우리의 소통 수단이 발각됐거든. 피라의 메시지에 그 자식이 나 대신 답을 보낸 지가 열흘이 넘었어. 4지구에서 피라를 체포할 생각인 거야. 너는 비프아주르를 갖고 도망쳐야 해, 빨리……."

라스티아낙스는 피가 얼어붙는 것 같았다. 바로 그때 떠들썩한 소리가 울려 퍼졌다. 구둣발 소리가 들렸다. 병사들이 아트리움으로 이르는 금속 계단을 내려오고 있었다.

"너를 두고 떠날 수 없……."

"비프아주르를 갖고 도망쳐, 안 그러면 모든 것이 허사가 되는 거라고!"

라스티아낙스는 엄습해 오는 공포를 제쳐 두고 생각을 정리하려고 노력했다. 계획대로 공중부양기를 타고 4지구로 갈 수는 없게 되었다. 이제는 1지구를 통해 다시 나갈 수도 없었다. 경보가 울리면 마법역학 출입문이 자동으로 잠겨버리기 때문이다. 요컨대 그는 교도소를 빠져나갈 수 없게 된 것이다. 하지만 비프아주르는…….

"우린 여길 빠져나갈 수 있어, 내가 약속할게." 그가 페트로클루스에게 말했다.

라스티아낙스는 돌아서서 여전히 기포의 보호를 받으며 공중부양기를 향해 뛰었다. 그는 공중부양기에 올랐고, 제어판에 달린 핸들을 돌려서 7지구의 홈에 맞춘 다음 시동 인장을 누르자 공중부양기가 이륙했다.

천천히 움직이는 낡은 공중부양기였다. 어찌나 심하게 흔들리는

지 라스티아낙스는 어금니가 부딪히는 것 같았다. 연기 기둥 속을 올라가고 있을 때 병사 중 한 명이 고함치는 소리가 들렸다.

"놈이 방금 공중부양기를 탔다!"

테미스키라 병사들이 어림잡아 쏘아대는 화살들이 그의 귓가를 휙휙 날아가다 부양기의 금속 뼈대를 맞고 팅겨 나갔다. 라스티아낙스는 1초 기다렸다가 화살에 맞지 않길 기도하면서 부양기에서 뛰어내렸다.

연기 때문에 바닥까지 거리를 정확하게 추산하지 못했는데 떨어지는 거리가 생각보다 길었다. 그는 공중부양으로 충격을 완화했고, 바닥에 떨어진 비프아주르 칼을 집었다. 주위에서 병사들이 작업대 사이를 더듬더듬 이동하면서 외치는 소리가 들렸다. "놈이 공중부양기를 타고 도망쳤다!" 그의 속임수가 통한 것이다. 그는 머릿속의 지도를 이용하여 증류기 방으로 달려갔다. 방은 연기에 휩싸여 있었다. 라스티아낙스는 자원자들의 추출기가 있는 방으로 이르는 문까지 뛰었다. 바로 옆에 2지구로 갈 예정인 오레이칼코스 주괴가 불그스레한 빛을 띠고 있었다. 라스티아낙스는 비프아주르 칼을 들고 그 위로 뛰어올랐다.

갑자기, 슈우 하는 소리가 나더니 밖에서 뭔가가 방 안의 연기를 빨아들였다. 라스티아낙스가 돌아봤다. 문틈에 나타난 병사 셋이 그를 향해 팔받이를 겨누고 있었다. 테미스키라 군복 차림의 네 번째 남자가 방에 들어왔다. 구멍이 뚫린 유리 방독면을 쓰고 있는데 그 앞에서 연기 기둥이 소용돌이치고 있었다. 그가 환한 미소를 지었다.

"라아아스트!" 로도프가 외쳤다. "안녕, 친구?"

아르카

대관식 날 아침, 아르카는 나보의 칸에서 불안한 밤을 보낸 뒤 일어났고, 마구간 창문으로 밖을 내다봤다. 날이 밝아 오고 있었다. 일찍 일어난 히페르보레아인들은 대관식 때 좋은 자리를 차지하기 위해 벌써 성벽으로 향하고 있었다. 거의 2백 년 만에 새 바실레우스가 즉위하는 광경을 보게 되는 것이었다. 아르카는 오레이칼코스 깃털로 감싼 펜던트 안에 비프아주르 조각이 있는지 확인한 뒤에 마사를 떠났다. 밤새 꼬르륵거리던 배는 마침내 저항을 멈췄다. 음식물이 들어오지 않으리란 사실을 알고 포기한 것 같았다.

아르카가 성벽에 이르렀을 때 이미 와서 자리를 잡은 군중이 드문드문 보였다. 편안하게 앉아서 대관식이 시작되길 기다리기 위해 의자, 담요, 자동으로 데워지는 수통을 챙겨 온 이들도 있었다. 탑들의 꼭대기만 새벽녘 장밋빛 여명에 잠겨 있었다. 성벽 지대에서 화려한 토가 차림에 엄숙해 보이려고 무거운 모자로 치장한 궁전 관료들이 바삐 움직이는데, 아르카의 눈에는 우스꽝스럽게만 보였다. 옆에서 구경꾼들이 복장과 모자에 대해 이러쿵저러쿵 평을 했다. 역대 대관식들과 비교하는 아마추어 역사가들도 있었다.

멀리, 아침 안개 속에 붕괴된 탑의 윤곽이 드러나 있었다. 카시크와 동료들이 보수 공사를 잘 끝냈는지 돔에 난 구멍이 아다만트로 거의 메워진 상태였다. 아르카는 기온이 드디어 오르는 것이 느껴졌다. 성벽에 주렁주렁 달린 고드름에 물방울이 맺히고 있었다.

반 시간이 흐르는 동안 아르카는 눈 덮인 풀밭에 있는 돌들 중에서 모서리가 뾰족한 타원형 조약돌 세 개를 골랐다. 성벽 근처로 모여드는 관중이 점점 많아지고 있었다. 해가 차츰 하위 지구들을 비추면서 벽화들이 확연히 드러났다.

또 반 시간이 흘렀다. 아르카는 군중이 너무 밀집해 있으면 털옷 안에 감춰놓은 투석구를 어떻게 사용할 수 있을까 생각했다. 주위 사람들을 빠르게 비켜서게 할 방법을 궁리하고 있을 때 함성이 일었다. 아르카는 무슨 일인지 보려고 까치발을 들었다.

머리 위로 가마꾼 여덟 명이 황금빛 그리핀 문양이 그려진 어가를 메고 성벽으로 향하는 모습이 보였다. 실크 커튼 뒤에 사람을 실은 어가가 로크새 비행병들과 번쩍이는 정복 차림의 히페르보레아 경찰들이 두 줄로 도열해 있는 통로를 올라갔다. 수력 파이프오르간의 강렬한 화음에 맞춰 플루트와 리라 연주가 시작되었다.

어가가 순찰로에 이르는 층계를 올랐다. 성벽 지대에 도착한 금빛 어가가 햇빛에 잠기는 순간 비둘기 떼가 날아갔다. 테미스키라인들이 대단한 연출력을 발휘한 것이었다. 아르카는 계단석을 살폈다. 실렌이 보이지 않았다. 어가의 커튼이 젖혀졌다. 필롱 장군이 어가에서 내렸다. 엄숙한 얼굴의 필롱이 거만한 걸음걸이로 단상의 계단을 올라갔다. 그의 왕관에 달린 광채 나는 로크새 깃털이 타국 출신임을 상기시키고 있었다.

바로 그 순간, 흰 담비 가죽으로 가장자리를 두른 보라색 벨벳 토가 차림의 배불뚝이 남자가 성벽 지대에 나타났다. 아르카의 맥박이 빨라졌다. 아르카는 실렌이 열광하는 군중을 향해 정중히 인사한 다음 단상에 있는 선출된 바실레우스 옆으로 이동하는 걸 바라보다 옷깃 안으로 손을 넣어서 슬그머니 투석구를 꺼냈다. 오른쪽 엄지장갑을 벗고 호주머니에 넣어 두었던 조약돌 중 하나를 꺼냈다.

한 장교가 생령에게 황금 궤를 가져왔다. 실렌은 궤의 뚜껑을 열고, 그랑프리 대회에서 전 바실레우스가 착용했던 라피스라줄리와 오레이칼코스로 만든 묵직한 벨트를 꺼냈다. 그는 무릎을 꿇은 자세로 왕의 벨트를 두 손바닥에 올리고 머리 위로 쳐들었다. 아르카는 투석구를 사용하기 위한 공간을 확보하기 위해 한 발짝 뒤로 이동했다. 필롱이 군중을 바라보면서 두 팔을 벌렸다. 아르카는 가죽 띠를 돌리기 시작했다.

생령이 필롱의 허리에 벨트를 채우고 있을 때 갑자기 눈덩이 하나가 단집을 향해 날아갔다. 군중 속 곳곳에서 고함이 터져 나왔다.

"테미스키라를 원치 않는다!"

"마법사들을 석방하라!"

"필롱 결사반대!"

아르카는 외침 속에서 나포카 억양을 알아들었지만 나포카인들만이 아니었다. 히페르보레아인들도 새 바실레우스를 거부하고 있었다. 또 다른 눈덩이들이 필롱을 향해 날아갔다. 눈덩이들이 필롱 주위에서 허공으로 튕겨 나가는 것 같았다. 아르카는 욕설을 내뱉었다. 선출된 바실레우스를 보호 장막이 에워싸고 있었다. 이런 상황을 예측했어야 했는데.

상황이 악화되기 시작했다. 떠들썩해진 고함 소리는 필롱 찬성파와 필롱 반대파 간에 싸움이 일어났음을 알리고 있었다. 아르카는 이런 혼란 속에서는 생령을 공격하더라도 그 주인이 자신을 알아볼

지 확신이 없었다. 생령의 주인의 관심을 끌려면 다른 기회를 엿보는 것이 나았다. 테미스키라 병사들이 선동자들을 체포하기 위해 군중 속으로 돌진해 왔기에 아르카는 옷깃 속으로 투석구를 쑤셔 넣고 군중을 헤치며 빠져나갔다.

아르카는 그사이 키가 자라기는 했지만 주변에 있는 어른들보다는 작았다. 고함 소리가 울부짖음으로 바뀌면서 아수라장이 되었고, 아르카는 집단적 공포에 휩쓸렸다. 사람들에게 떠밀리다 가슴이 눌리고 발이 땅에 닿지 않게 된 아르카는 숨을 쉴 수가 없었다. 호흡곤란이 일어나고 있었다. 아르카는 자신을 으스러뜨리려고 달려드는 것 같은 인간의 살덩어리들로부터 어떻게 빠져나갈지 막막했다.

그때 어떤 손이 아르카의 팔을 움켜잡았다. 팔이 밀대에 눌리는 느낌이 드는가 싶더니 그 손이 아르카를 군중에게서 끌어냈다. 다시는 숨을 못 쉬게 되는 건가 생각하고 있을 때 압박감이 느슨해졌다. 아르카는 숨을 크게 들이마시면서 주위를 둘러봤다. 탑들과 경계를 이루는 외곽에 와 있었다. 사람들이 병사들의 폭행을 피해 달아나고 있었다. 그리고 눈앞에는…….

"실렌이 군중 속에서 너를 발견했지만 대관식 중에 너를 잡겠다고 비물질화될 수는 없잖아, 들통이 나는데."

생령의 주인이 여전히 아르카의 팔을 움켜잡은 채로 미소를 지었다.

10

얼음 속 얼굴들

피라

"피라……. 정신 차려봐, 빌어먹을! 피라……."

피라는 누군가가 어깨를 만지는 걸 느끼고 눈을 깜박였다. 로도프가 던진 수면가스 볼 공격을 받고 쓰러졌던 감방이 시야에 들어왔다. 홀쭉한 실루엣이 그녀를 내려다보고 있었다. 이 실루엣과 어깨를 흔드는 커다란 손이 누구의 것인지 알아보는 데 몇 초 걸렸다.

"너를 다시 만나서 얼마나 좋은지 몰라!" 페트로클루스가 숨이 막힐 정도로 그녀를 끌어안으면서 외쳤다.

피라는 악취가 나는 소년의 포옹이 이토록 행복하면서도 당혹스러울 거라고는 생각도 못 했다. 페트로클루스가 여기 있다는 건 라스티아낙스가 추출실에서 페트로클루스를 빼내는 데 실패했다는 뜻이었기 때문이다. 근데 라스티아낙스는 어디 있는 거지? 감방 안에 다른 사람은 보이지 않았다.

"라스티아낙스는 어디 있어? 어떻게 된 거야?"

"라스티가 어떻게 됐는지는 나도 몰라. 문제는 그 매국노 새끼 로도프가 우리의 의사소통 수단을 알았고, 우리 계획도 알아챘다는 거야. 며칠 전에 그 자식이 우리를 다른 감방으로 옮겼어. 나인 척하면서 너에게 답을 보낸 것도 그 자식이야. 말하자면 테미스키라군도 다 알고 있었다는 거지. 놈들은 1지구에서 우리를 체포했고, 나는 여기에 가둬 두고 라스트는 어딘가로 끌고 갔어."

피라가 힘겹게 몸을 일으켰다. 피라가 의식이 없는 동안 페트로클루스는 그녀가 덜 춥게 장의자에 눕혀놓았다. 해가 떠 있고, 여명이 총안을 통해 비쳐 들고 있었다.

"로도프가 라스티에게 무슨 짓을 할까?"

"비프아주르를 어디에 감춰놨는지 불게 만들겠지." 페트로클루스가 대답했다.

피라가 놀란 얼굴로 물었다.

"비프아주르가 이제 저놈들 손에 없어?"

"응, 라스티가 테미스키라군보다 먼저 숨기는 데 성공했거든. 근데 걱정이다, 지금쯤 그 자식이 그걸 숨겨놓은 장소를 알아내기 위해 라스티를 고문하고 있을 텐데. 교활한 새끼! 기회가 있었을 때 반역자 새끼의 머리통을 오줌통에 처박았어야 했는데."

"오줌통?"

"내 새로운 직업의 핵심이지." 페트로클루스가 대답했다. "아마존들이 나를 소변 수거 당번으로 임명했는데 내가 적임자라는 걸 알아봤는지 테미스키라군이 지휘권을 잡고 나서도 나한테 계속하라고 했어. 재직에 성공한 셈이지."

피라는 무슨 말을 하는지 도통 이해가 되지 않았지만, 이런 너스레를 떨 수 있다는 것은 페트로클루스의 정신 건강에는 좋은 징조였다. 아무튼 로도프가 비프아주르가 있는 곳을 알아내려고 혈안이 되었다는 것은 라스티아낙스가 감추는 데 성공했다는 뜻이었다. 피라는 테미스키라 병사들이 득실거리는 교도소 안에서 그가 어떻게 그 큰 비프아주르를 숨길 수 있었는지, 그리고 로도프가 그걸 캐내기 위해 무슨 짓까지 벌일 수 있을지 생각했다. 피라는 두 동기생이 서로에게 품은 증오심을 아주 잘 알았다. 둘이 라이벌이 된 것은 마법 평가전 시험을 치르는 중, 로도프가 라스티아낙스의 코를 부러뜨렸을 때로 거슬러 올라간다. 그녀는 각자 다른 길을 선택한 지금, 둘의 라이벌 의식이 어디까지 갈지 두려웠다.

"로도프가 라스티아낙스를 끌고 간 지 얼마나 됐어?"

"두 시간쯤."

피라는 일어나서 벽에 나 있는 총안에 다가갔다. 아다만트 창문에 뚫린 구멍으로 찬 공기가 들어왔다. 로도프는 이 구멍을 메워놓지 않고, 피라에게서 호롤로기온과 그라포만스 그리고 배낭, 등반용 장비만 빼앗았다. 공포가 엄습하기 시작했다. 이제는 도망칠 방법도, 방어할 수도, 라스티아낙스를 도와줄 수도 없었다. 그들의 작전은 수포로 돌아갔고, 테미스키라 병사들에게 붙잡혀 있었다. 피라는 장의자로 돌아와서 페트로클루스 옆에 앉았고 두 손으로 얼굴을 감싸며 중얼거렸다.

"하지만 우리가 온다는 걸 로도프가 어떻게 알았을까?"

"네 동생 덕분에."

피라가 고개를 들었다. 로도프가 테미스키라 병사 두 명과 함께 감방 쇠창살 너머에 나타나 있었다. 피라는 분노와 두려움으로 부르르 떨었다. 그녀는 로도프가 자신에게 해코지할 수 있다는 것이 믿기지 않지만, 동시에 테미스키라 군복을 입고 있는 그가 자신이 알던 로도프와 같은 사람이라는 것도 믿기지 않았다.

"나는 아스파시가 돈에 매수돼서 자기 언니를 팔 아이라고 생각하지 않아." 페트로클루스가 말했다.

"그래, 내 동생은 나를 팔지 않았어." 상처를 받은 피라가 쏘아붙였다.

"네 동생은 생각이란 게 없는 헤픈 계집애야." 로도프가 말했다.

피라는 가족이나 친구들에게서 이런 평을 들으면 늘 거들었지만 로도프의 입에서 그런 말을 듣는 것은 참을 수 없었다.

"아스파시는 네가 생각하는 것보다 훨씬 영리한 애야." 피라가 소리쳤다.

쇠창살 너머에서 로도프가 상체까지 뒤로 젖히면서 웃음을 터뜨렸다.

"그럼 내가 알려줘야겠네, 아스파시가 어떻게 그 뻔한 수작에 내가 넘어간 걸로 믿을 수 있었는지. '오, 로도프, 교도소 구경시켜줄 수 있어?'" 그가 아스파시의 아양 떠는 목소리를 흉내 내면서 덧붙였다. "너와 내가 네 부모님 집에서 만날 때보다 훨씬 나한테 들이댔다니까."

로도프는 피라에게서 눈을 떼지 않고 그녀가 역겨워하는 걸 즐기고 있는 것 같았다. 피라는 한때 로도프의 과한 자신감에 끌렸던 것이 수치스러웠다.

"요컨대, 난 아스파시가 정보를 캐러 왔다는 걸 알아차렸고, 네가 배후에 있다고 생각했지." 로도프가 말을 이었다. "신중을 기하기 위해 네 꺽다리 친구 페트로클루스를 보러 갔다가 너희들의 통신 수단을 발견했어." 그가 여전히 총안 가장자리에 묶여 있는 보라색 토가 조각을 가리켰다.

"라스티아낙스는 어떻게 했어?" 피라가 물었다.

"그 자식에게 데려다줄게." 로도프가 대꾸했는데 분노와 불안으로 음이 이탈된 피라의 목소리에 실망한 것 같았다.

로도프가 테미스키라 병사 두 명에게 신호를 보냈다. 한 명이 팔받이를 쳐들어 페트로클루스에게 겨누는 사이 또 한 명이 금속장갑 두 켤레를 들고 감방 문의 빗장을 풀었다. 병사는 피라가 인장을 그리지 못하도록 손목을 잡고 장갑을 끼웠다. 이어서 페트로클루스에게도 장갑을 끼웠다. 피라는 겨누고 있는 화살을 의식해 얌전히 있었다. 더구나 라스티아낙스를 보고 싶었고, 로도프가 그들을 압박 수단으로 이용할 생각이라는 걸 잘 알고 있었다. 아무튼 로도프가 이런다는 건 라스티아낙스가 비프아주르를 숨겨놓은 곳을 아직 불지 않았다는 뜻이었다.

테미스키라 병사가 피라와 페트로클루스의 팔꿈치를 잡고 감방을 나가게 했다. 다른 병사는 승강장에서 그들 쪽으로 화살을 겨누고 있었다. 페트로클루스가 로도프에게 내뱉었다.

"경고하는데 라스티의 머리털 하나라도 건드렸다면 내가……"

"실행도 못 할 협박은 내뱉는 게 아니지." 로도프가 말을 잘랐다. "가자."

로도프는 피라의 등에 손을 얹고서 4지구에서 상위 지구로 이르는 통로와 연결된 금속 층계 쪽으로 이끌었다. 어떤 문을 통과하거나 거북에 오를 때조차 자신의 결단력이 필요하다고 확신하는 것처럼 어디서나 이렇게 이끌어 가려고 하는 로도프의 행동이 피라는 늘 마음에 들지 않았다.

금속 승강장에서 그들의 발소리가 울려 퍼졌다. 무장한 병사 둘이 경계하면서 그들을 양쪽에서 에워싸고 있었다. 마법사들이 감방 쇠창살에 붙어서 그들이 지나가는 걸 쳐다보았다. 피라는 도망칠 방법을 궁리하고 싶지만 집중이 되지 않았다.

여섯 명은 태울 수 있는 꽤 넓은 공중부양기 앞에 이르렀다. 로도프에게 떠밀린 피라는 난간에 기대섰다.

"너는 왜 적의 편에 섰어?" 피라가 묻는 사이 나머지 사람들이 공중부양기에 올랐다.

"나는 적의 편에 선 게 아니라 여전히 히페르보레아를 위해 일하는 거야." 로도프가 제어판의 핸들을 작동하면서 대답했다. "테미스키라군이 우리를 해방시켜줬어. 테미스카라군이 오지 않았다면 나는 지금도 이 교도소 안에서 굶어 죽어 가고 있겠지, 네 꺽다리 친구에게 시달리면서." 그가 페트로클루스를 가리키면서 덧붙였다.

로도프는 반박할 수 있으면 해보라는 듯 말했다.

"해방 좋아하시네." 두 손에 금속장갑을 찬 페트로클루스가 어깨를 으쓱하면서 비아냥거렸다. "너는 저놈들이 왔을 때부터 비굴하게 알랑거렸지만 아직도 교도소 밖으로 나가는 건 허락받지 못한 거 같은데."

"내가 원하면 교도소 밖으로 나갈 수 있어." 로도프가 대꾸했다. "책임지고 있는 일들이 있어서 여기 있을 뿐이지."

그렇게 말하면서 로도프가 계속 침묵하고 있는 테미스키라 병사들을 힐끔 쳐다봤다.

"그럼 네 졸개들이 여기 있는 이유는 뭐냐? 네가 우리를 확실히 배신하게 도와주려고? 아니면 올리가르키아의 명을 잘 따르는지 확인하려고?" 페트로클루스가 물었다.

"나는 올리가르키아의 명을 받지 않아, 나는 우리의 새 바실레우스에게 복종하는 거야." 로도프가 응수했다. "너희들을 속인 건 미안하지만, 이 도시의 시민들은 군주를 선택했고, 그 사람이 필롱 장군이야. 반역자는 내가 아니라 너희들이라는 걸 언제 인정할 건데?" 그가 기세등등한 얼굴로 덧붙였다. "너희들이 그토록 좋아하는 라스티아낙스는 아마존 여자아이가 마기스테리움을 발칵 뒤집어놓고 돔을 파손하는 걸 도왔어. 지금은 우리가 돔을 복원하지 못하게 하려고 기계를 파손하는 작전에 너희까지 끌어들였고."

"라스티아낙스는 히페르보레아를 배신한 적이 없고, 그의 문하생 재판과 아마존들이 들이닥친 건 테미스키라군이 마기스테리움을 박살내기 위해 꾸민 음모였어." 피라가 반박했다. "그리고 바실레우스 선거는 사기였단 말이야. 사람들이 필롱에게만 투표할 수 있게 모든 걸 꾸몄으니까. 게다가 테미스키라군이 오레이칼코스를 돔 복원에만 쓰지 않으리라는 건 너도 알잖아." 피라가 덧붙였다. "저놈들은 돔 복원이 끝나는 즉시 다른 도시국가들을 정복하기 위해 히페르보레아인을 징집할 텐데 너는 전쟁을 원해? 너도 징집될 텐데."

로도프는 마치 아무 말도 못 들은 것처럼 잠자코 공중부양기 인장을 활성화했다. 부양기가 교도소의 7지구 방향으로 이륙했다.

"피라, 힘든 거 아는데 네가 졌다는 걸 인정해야 해. 네가 새 바실레우스 선거에 입후보했다는 걸 알았을 때 가슴이 짠했어. 네가 낙담할 거 알았으니까. 몇 표를 얻었더라, 사분의 일이었나? 게오르곤 교수의 말대로 네가 문하생이 되도록 허락하지 말았어야 했는데. 그래서 네가 자만하게 된 거야. 너는 네가 있을 자리가 어딘지 다시 배워야 해. 네가 있어야 할 자리는 다른 귀족 부인들처럼 남편과 아이들이 있는 가정이야. 그렇게 생각하면 기분이 한결 나아질 거다."

"피라는 나나 너 따위보다 천 배는 더 마기스테리움에서 한자리를 차지할 자격이 있어." 페트로클루스가 반박했다. "피라는……."

"그만둬, 페트로클루스." 피라가 나직한 소리로 말렸다.

피라는 상처를 받지 않을 수 없었다. 피라의 비위를 건드린 것은 로도프가 한 말의 내용만이 아니라 그 말투였다. 전에는 그렇게 격찬하더니 이제는 마치 그녀를 열등한 존재로 여기기로 작정한 것 같았다. 피라는 한때 그에게 애정을 느꼈던 자신이 참 한심했다. 목구멍에서 차오르는 울분을 삼켰다. 교도소의 층들이, 복도와 감방들이, 쇠창살들이 뒤섞여서 연이어 지나갔다. 마침내 공중부양기의 속도가 느려지더니 도킹 지점에서 멈췄다. 그들은 공중부양기에서 나와 복도를 지나가다 방탄 장치가 된 문 앞에 이르렀다. 문짝 너머에서 고통 때문에 거칠게 몰아쉬는 숨소리가 들렸다. 피라는 라스티아낙스가 동물이 내지르는 것 같은 소리를 내는 걸 들어본 적이 없지만 그의 목소리라는 걸 바로 알았다. 목이 쉰 라스티아낙스가 고래고래 소리를 질렀다.

"비프아주르, 어디 있어?"

이 질문에 이어지는 침묵은 신음 소리보다 더 소름이 끼쳤다. 구타하는 소리가 울렸다. 문 너머에서 라스티아낙스가 비명을 내질렀다. 여전히 금속장갑이 채워진 피라가 로도프 앞으로 다가갔다. 피라가 어찌나 격분했는지 아니마가 지지직거리면서 머리털이 곤두섰다. 병사들이 그녀의 팔을 잡았다.

"네가 감히 어떻게 이런 짓을?" 피라가 울부짖었다. "5년 동안 함께 공부한 사이잖아!"

"스스로 자초한 거야." 로도프가 방어적으로 응수했다. "자백만 하면 되는데 안 하니까!"

"그래서 우리를 여기 데려온 거야?" 피라가 물었다. "우리도 고문하려고?"

"아까 너희 둘이 하는 말 들었어. 비프아주르가 어디 있는지 너희들도 모른다는 거 알아." 로도프가 대꾸했다.

그가 문을 땄고 문짝이 경첩에서 회전하면서 삐걱거렸다. 감방 안에서 라스티아낙스는 돌아선 자세로 바닥에 웅크리고 있고, 다른 병사 둘이 번개창을 들고 그 앞에 서 있었다. 그들이 로도프가 지나가게 비켜섰다. 로도프는 라스티아낙스에게 다가가 발로 떠밀면서 강제로 돌아앉게 했다. 피라는 마침내 그의 얼굴을 볼 수 있었다. 얼마나 얻어맞았는지 눈두덩이 퉁퉁 부어서 눈을 뜨지 못하는 것 같았다. 코피가 나고 입술이 터져 있고 치아 한 개가 부러져 있었다.

"괜찮냐, 라스트?" 로도프가 물었다.

바닥에 뻗은 라스티아낙스가 코맹맹이 소리로 내뱉었다.

"방금 두 번째로 코가 깨진 사람에게 물어볼 말은 아니지."

"비프아주르를 어디다 감췄어?"

"찾을 수 없는 곳에. 너의 도덕성과 마법사로서 재능 사이 어디쯤."

로도프는 웃음을 터뜨리면서 그 옆에 쭈그리고 앉았다.

"누가 왔는지 봐."

로도프가 엄지손가락으로 라스티아낙스의 멍든 눈꺼풀을 강제로 들어 올리고 고개를 옆으로 돌리게 했다. 페트로클루스와 피라를 알아본 라스티아낙스의 동공이 커졌다. 피라는 그런 모습을 보면서 가슴이 찢어지는 것 같았다. 교도소 파괴 작전에 라스티아낙스를 끌어들인 것도 자신이었고, 작전이 제대로 먹히지 않은 것도 자신의 잘못 때문이었다. 모든 가능성을 충분히 예상하지 못했다. 더 철저히 준비했어야 했는데.

"라스티, 로도프가 똥줄이 타나 봐." 페트로클루스가 비아냥거렸다. "상관들에게 무능하다는 소리를 듣고 싶지 않은 게 틀림없어."

로도프가 일어나서 바닥에서 손에 묻은 먼지를 털었다.

"드디어 삼총사가 모였으니 이제 본론으로 들어가도 되겠다, 라스티. 이제 비프아주르가 어디 있는지 순순히 불지, 아니면 네 패거리 둘을 나의 테미스키라 친구들에게 넘길 거니까."

피라의 등줄기를 따라 식은땀이 흘렀다. 로도프가 병사 중 한 명에게 손짓을 하자 병사가 번개창을 들고 그들에게 다가섰다. 피라는 파란 빛이 탁탁 튀는 번개창을 보면서 몰려오는 공포를 억누르려고 노력했다.

"알았으니까 멈춰."

모든 시선이 라스티아낙스에게 집중되었다. 라스티아낙스가 몸을 옆으로 굴리면서 일어나는데 통증으로 얼굴이 일그러졌다.

"안 돼, 말하지 마!" 피라가 소리쳤다.

"아무 소용도 없는데 영웅 놀이는 그만두려고. 내가 할 수 있는 일은 여기까진가 봐." 라스티아낙스가 깨진 코 때문에 음 이탈이 일어난 목소리로 덧붙였다.

내뱉으려고 입을 열던 피라의 항변이 목구멍으로 기어들어 갔다. 전혀 라스티아낙스답지 않은 말이었다. 로도프는 미소를 지으면서 병사들에게 번개창을 치우라고 지시했다. 전기 불꽃이 멀어지자 피라는 안도하면서도 내색하지 않으려고 노력했다. 다른 이들과 마찬가지로 피라는 라스티아낙스의 부어오른 입술에 시선을 고정했다.

"그래서?" 로도프가 물었다.

"비프아주르를 공중부양기에 넣어서 7지구로 올려 보냈어." 라스티아낙스가 낙담한 얼굴로 시선을 내리깔고 말했다. "내 문하생이 위에 있다가 회수했고."

피라는 라스티아낙스가 거짓말하는 걸 보는 게 처음이었다. 어찌나 정직한지 라스티아낙스는 거짓말을 할 수 없는 사람이라고 생각했다. 심지어 문하생이 재판을 받는 동안에도 그는 아르카를 변호해주기는커녕 곧이곧대로 말했다. 그런데 지금은 눈썹 하나 까딱 않고 한 치의 망설임도 없이 거짓말을 하고 있었다. 로도프를 믿게 하려고 비프아주르가 있는 위치를 말할 때 주뼛거리던 걸 제외하고는 아주 천연덕스러웠다.

"네 문하생이 어떻게 아무도 모르게 들어왔다 나갈 수가 있는데?" 로도프가 눈살을 찌푸리면서 물었다.

"그 아이는 크테시비오스의 날개를 이용해서 7지구에 왔다가 떠났으니까."

"그럼 피라가 왜 4지구에서 너를 기다렸는데?"

"일이 잘못될 경우를 대비해 비프아주르 반출에 대해서는 두 가지 계획을 짜놨으니까."

피라는 심장이 벌렁거렸지만 태연한 체하려고 노력했다. 로도프는 이 설명을 완전히 믿는 것 같지 않지만, 그 역시 라스티아낙스가 거짓말을 할 수 있다고 생각하지 않고 있었다.

"네 문하생이 비프아주르를 어디로 가져갔는데?"

"카라반 로드 부근의 빙하 속에 숨기려고 돔의 구멍을 통해 도망쳤지."

"빙하 안 어디?"

"빙하는 너무 방대해서 말로는 설명해줄 수 없어." 라스티아낙스가 대답했다. "거기로 가야 해."

피라는 라스티아낙스가 빙하라고 대답한 이유를 알고 있었다.

둘이서 비프아주르를 회수하면 얼어붙은 호수에 던지기로 계획했기 때문이다. 로도프가 서성거리기 시작했다.

"저 새끼 되게 예민해져 있네." 페트로클루스가 피라에게 속삭였다. "하긴 비프아주르가 리파이아 산맥으로 빼돌려졌다는 걸 위에서 알면 가만두지 않겠지."

페트로클루스가 속삭인다고는 하지만 로도프 귀에 충분히 들릴 정도로 소리가 컸다. 얼굴이 굳어진 로도프가 그 자리에서 지켜보는 병사 넷 중 세 명을 손가락으로 지적했다.

"너희 셋은 로크새 두 마리를 타고 이놈(그가 여전히 바닥에 앉은 라스티아낙스를 가리켰다)을 빙하로 데려가서 비프아주르를 찾아온다."

로도프가 남은 테미스키라 병사 쪽으로 고개를 돌리고 지시했다.

"너는 감방 앞에서 이것들이 도망치지 못하게 지키고 있어. 지금부터 세 시간 안에 비프아주르가 돌아오지 않으면 이것들을 처리하라."

감방 안에 무거운 침묵이 흘렀다. 페트로클루스조차 할 말을 잃은 것 같았다. 로도프는 강제로 라스티아낙스를 일으켰다. 로도프는 라스티아낙스보다 머리 하나가 더 크고 건강한 상태였다. 그에 비해 라스티아낙스는 서 있는 것도 힘들어 보였다. 로도프가 누가 보면 엄청 친한 사이인 것처럼 라스티아낙스의 머리털을 헝클어뜨렸다. 라스티아낙스는 고개를 들고 있을 힘도 없는 것처럼 머리가 대롱대롱 흔들렸다. 그는 피라만 알아볼 수 있는 눈짓을 보내고 천장을 올려다

보며 손가락 일곱 개를 들었다.

"가자." 로도프가 라스티아낙스의 목덜미를 잡으면서 말했다. "허튼 수작부리지 마, 라스티."

피라는 고개를 살짝 끄덕였다. 그 순간 라스티아낙스는 복도로 끌려 나갔다. 병사들이 방을 나가자 페트로클루스와 피라만 감방에 남았다. 감방 문이 철커덕 소리를 내면서 잠겼다.

"좋아." 피라가 말했다. "세 시간 안에 7지구의 교도소 지붕으로 가는 방법을 생각해보자."

라스티아낙스

라스티아낙스는 페트로클루스와 피라를 위해 엄청난 위험을 무릅썼다. 그러나 결정을 되돌리기에는 너무 늦었다. 머릿속으로 구상한 계획대로 밀고 나가는 수밖에 없었다. 따라서 지금 당장은 가능한한 나약하고 온순하게 보일 필요가 있었다.

근데 그게 어렵지 않았다. 코가 깨지면서 생긴 통증이 이마와 턱으로 번졌고, 발길질에 갈비뼈를 얻어맞은 것 때문에 숨쉬는 것도 쉽지 않았다. 번개창을 맞은 손바닥은 생살이 드러났다. 라스티아낙스는 조심스럽게 부러진 치아 때문에 생긴 구멍에 혀를 대봤다. 자신의 몰골이 얼마나 끔찍할지 굳이 거울을 볼 필요도 없었다. 자신의 모습에 피라가 정떨어질까 걱정이 되었지만 그는 속으로 말했다. '외모는 나중에 신경 써도 돼.'

교도소의 7지구까지 가는 내내 로도프가 하찮은 헝겊 인형처럼 그의 목덜미를 잡고 있었다. 가능한 한 빨리 비프아주르를 손에 넣을 작정을 한 것 같았다. 그는 올리가르키아들이 필롱 대관식에서 돌아오기 전에 되찾기를 바라고 있는 것이 틀림없었다. 이 조급함이 라스티아낙스에게는 최고의 우군이었다. 로도프는 이미 여러 번 실수를 저질렀기 때문이다. 피라와 페트로클루스를 그에게 데려오는 것으로 함께 시간을 보내게 해주었고, 호송을 강화하지 않는 경솔함을 보였다. 물론 무장한 병사 세 명과 로도프를 무력화하기는 쉽지 않은 일이었다. 교도소 지붕으로 가기 위해 관리 구역들을 통과할 때 라스티아낙스는 심리적 압박을 가하기로 했다.

"페트로클루스의 말대로 추출실에서 무슨 일이 일어났는지 위에서 아직 모르는구나, 그치? 그걸 알면 장난 아니겠다."

"그 전에 네가 비프아주르를 가져올 거잖아." 로도프가 자신 있는 척 가장하면서 응수했다. "내가 너를 잘 알지. 너는 친구들의 목숨을 위태롭게 할 놈이 아냐."

그들은 층계를 올라갔고, 관리 구역들을 통과해서 교도소 옥상 테라스에 이르렀다. 해가 중천에 떠 있어서 라스티아낙스는 눈이 부셨다. 그는 빙글 돌면서 눈 덮인 탑들의 설경을 바라봤다. 수많은 물방울이 햇빛을 반사하고 있었다. 복원 공사가 거의 완성된 돔 안면에 수증기가 서렸다. 이 거리에서는 조그맣게 보이는 세모난 구멍 한 곳으로 아직은 찬 공기가 들어오고 있었다.

옥상 위, 벤치와 얼어붙은 분수대 사이, 지붕의 가장자리 요철에 맨 밧줄에 발이 묶인 로크새 여섯 마리가 따사한 햇살 쪽으로 돌아서서 깃털을 매끈하게 가다듬고 있었다. 반쯤 뜯어 먹힌 동물의 고깃덩어리들이 빙판 바닥에 널려 있었다. 라스티아낙스는 무지막지하게 큰 새를 쳐다봤다. 그 새를 타고 돔 밖으로 날아갈 거라고 생각하자 빙하라고 말한 것이 점점 더 후회가 되었다. 7지구에서 성장하지 않은 그는 최근에 공중 곡예를 한 번 했다고 해서 적응이 된 것이 아니었다. 로도프가 호송할 로크새 비행병 세 명 중 한 명을 향해 돌아섰다. 얼굴에 흉터가 있는 한 남자는 중위 배지를 달고 있었다.

"네가 라스트를 데리고 먼저 출발하라." 로도프가 지시했다. "방향은 라스트가 알려줄 거다. 그리고 만일을 대비해 너희 둘이 따라가."

로도프가 라스티아낙스에게 덧붙였다.

"잊지 마, 세 시간 안에 돌아오지 않으면 내가 네 친구들을 처치한다는 거."

로도프가 친한 사이처럼 라스티아낙스의 목덜미를 토닥이고 나서 비켜섰다. 라스티아낙스는 로도프가 함께 갈 거라고 예상했는데 페트로클루스의 말이 맞는 것 같았다. 로도프는 교도소 밖을 나가는 것이 허락되지 않은 것이다. 이것도 라스티아낙스에게 유리했다.

중위가 그의 어깨를 잡더니 금갈색 깃털과 부리가 노란 로크새 쪽으로 떠밀었다. 이미 안장이 얹혀 있었다. 주인이 휘파람을 불자 로크새가 몸을 웅크렸다. 라스티아낙스는 중위의 도움을 받아 새의 등에 올라탔다. 두 다리가 어찌나 후들거리는지 등자가 흔들려서 발이 자꾸 미끄러졌다. 이 자세는 갈비뼈를 더 아프게 했다. 테미스키라 중위가 우악스럽게 그의 두 다리를 가죽 띠로 조였다. 가죽 띠가 허벅지를 파고들었지만 그는 오히려 안도했다. 적어도 비행하는 동안 허공으로 떨어질 위험은 없을 것이기 때문이다. 이번에는 중위가 라스티아낙스 바로 앞자리에 올라탔다. 그는 자신의 가죽 띠를 조이고, 새의 부리에 고정한 고삐를 잡은 다음 엄지를 치켜드는 것으로 이륙 준비가 되었음을 알렸다. 옆에 있는 로크새에서도 두 비행병이 엄지를 치켜들어 응답했다.

중위가 휘파람을 불 때 라스티아낙스는 주위 깊게 들었다. 이내 로크새들이 몸을 일으키자 등에 올라탄 비행병들이 앞뒤로 흔들렸다. 로크새가 허공을 수직으로 뛰어올랐다. 새가 도약할 때마다 라스티아낙스는 속이 뒤집어지고 갈비뼈와 폐가 부딪치는 느낌이 들었다. 그는 이미 날아오른 새의 높이가 지상에서 얼마나 떨어져 있는지 계산할 겨를이 없었다.

지난번 공중 곡예에 대한 트라우마가 없었다면 그는 짜릿한 경험이라고 생각했을 터였다. 로크새의 긴 날개가 버터처럼 부드러운 공기를 갈랐다. 옥상 테라스에서 갑자기 하게 된 비행은 공중 곡예와 비교가 되지 않았다. 비행이라는 이동 수단이 추가되면서 탑과 운하의 도시가 다른 차원의 입체적인 도시가 된 것 같았다.

불행히도, 라스티아낙스가 느끼는 흥분된 감정과 현실은 정확히 일치하지 않았다. 두 다리를 고정해주는 가죽 띠와 등자에도 불구하고 다리 밑의 허공이 너무 신경 쓰였다. 아래쪽을 내려다보는 순간 빨려드는 느낌이 들었다. 뭔가를 붙잡고 싶지만 매달릴 것이라고는 앞에 있는 테미스키라 중위밖에 없는데 그는 손을 잡아줄 마음이 전혀 없었다. 라스티아낙스는 바람을 피하기 위해 망토 깃을 올렸다.

테미스키라 중위 뒤에서 아무리 몸을 숙여도 귓속으로 파고드는 추위 때문에 두통이 일어나기 시작했다.

로크새가 돔의 구멍을 통과하자 두 번째 로크새가 바로 뒤따랐다. 얼어붙은 평원이 라스티아낙스 앞에 펼쳐졌는데 지난번에 걸어서 횡단할 때처럼 광활하고, 황량하고, 눈에 덮여 있었다. 돔 안에서 춥다고 불평하는 것은 잘못이라는 걸 깨달았다. 살을 에는 듯한 바람에 뺨이 다리미에 지저지는 것처럼 화끈거렸다. 눈물이 흐르면서 눈썹 위에 서리가 앉기 시작했다. 치아, 귀, 갈비뼈, 코가 아프더니 온몸이 아팠다. 그저 눈을 감고 중위를 건드리지 않고 최대한 가까이에서 몸을 숙이면서 가능한 한 빨리 형벌이 끝나기를 기도했다.

30분 동안 계속된 비행은 영원히 끝나지 않을 것 같았다. 마침내 로크새가 빙하를 향해 미끄러지듯 하강했을 때 라스티아낙스는 눈물 때문에 산 사이에 끼여 있는 하얀 덩어리만 볼 수 있었다. 빙하에서 5미터쯤 떨어진 거리에 이르자 로크새가 정지 비행 상태를 취했고, 두 번째 로크새도 비행을 멈췄다. 라스티아낙스 앞에 있는 중위가 돌아보더니 내뱉었다.

"그래서 비프아주르가 어디 있다는 거냐?"

라스티아낙스는 눈을 깜박이면서 주변을 살폈다.

"저기." 그가 외쳤다. "빙하 하류 쪽으로 가야 해요."

중위가 빙하 끝자락을 향해 기수를 돌렸다. 잠시 후 로크새들이 목적지에 도착했다. 하얀 절벽들이 시커먼 물이 얼어붙은 호수를 굽어보고 있었다. 라스티아낙스는 지난번 아르카를 찾아 나섰을 때 둘째 날 이 호숫가에서 별을 바라보면서 불면의 밤을 보냈다.

"비프아주르가 호수 안에 있나?" 중위가 로크새의 날갯짓이 일으키는 바람 때문에 소리를 질렀다.

"아니요." 라스티아낙스도 소리를 질렀다. "크레바스 안에 숨기라고 했어요. 어디 있는지 보여주려면 내려야 해요."

중위가 다른 비행병들에게 호수 위에 착륙하라는 신호를 내보냈다. 로크새들이 급강하한 뒤 절벽에서 5미터쯤 떨어진 곳에 착륙하면서 회오리바람을 일으켰는데 라스티아낙스는 몸이 날아가는 느낌이 들었다. 중위가 안장에서 뛰어내리고 라스티아낙스의 다리에 묶인 가죽 띠를 풀어주었다. 라스티아낙스는 로크새의 매끈한 날개를 따라 미끄러지다 빙판 위에 주저앉았다. 중위가 그의 팔꿈치를 잡아서 강제로 일으켰다. 라스티아낙스는 단단한 지면에 발이 닿은 걸 느끼자 행복해졌다. 다른 비행병 둘도 합류했다.

"비프아주르가 어디 있어?" 중위가 초조한 어조로 반복했다.

라스티아낙스는 용기를 냈다. 비행병들이 바로 옆에서 경계하고 있지만 그에게 화살을 겨누고 있지는 않았다. 과도하게 연약한 모습을 보이면서 그들을 속이는 데 성공한 것이다.

지금이 아니면 다른 기회는 없을 터였다.

그의 뒤쪽에서 로크새들의 발밑 빙판이 녹기 시작했다. 발을 적시는 물 때문에 불편한 로크새들이 날개를 펼치면서 펄쩍펄쩍 뛰었다. 잠시 후 물의 촉수 두 개가 빙판을 뚫고 솟구치더니 로크새들의 발톱을 휘감았다. 새들이 날개를 퍼덕이면서 빠져나오려고 울부짖기 시작했다.

비행병들은 관심을 다른 데 두고 있어서 그 소동을 알아채지 못하다가 라스티아낙스의 교란 작전이었다는 걸 너무 늦게 알아차렸다. 그들이 팔받이를 쳐들고 라스티아낙스를 향해 돌아섰을 때 그는 이미 주위에 얼음벽을 세운 뒤였다. 작은 화살이 얼음벽에 꽂히면서 별 모양의 균열이 일어났다. 라스티아낙스는 손짓으로 얼음벽을 비행병들에게 떠밀었다. 얼음벽이 빙판을 미끄러지다 테미스키라 병사 세 명을 덮쳤다. 라스티아낙스는 빙판을 발로 내리쳤다. 비행병들 밑, 30센티미터 두께의 호수 빙판이 쩍 갈라졌다. 그는 다시 한번 빙판을 발로 내리쳤다. 얼음덩어리들이 떨어져나가면서 비행병들이 비명을 지르면서 물속으로 떨어졌다.

라스티아낙스는 방금 깨뜨린 빙판 쪽으로 다가갔다. 테미스키라 병사들이 물에서 나오려고 발버둥치고 있었다. 그들이 매달리려고 애쓰는 얼음덩어리들이 팔 밑으로 미끄러져 몸에 충돌했다. 팔받이, 부츠, 망토가 그들을 물속으로 끌고 들어가고 있었다.

라스티아낙스는 뭘 해야 하는지 알고 있었다. 가슴에서는 반대했다. 이대로 끝내버리면 그는 평생 죄책감에 시달릴 터였다. 그러나 지금 포기하면 페트로클루스와 피라를 잃는 것이다.

라스티아낙스는 두 손을 앞으로 뻗었다. 얼음덩어리들이 하나둘 다시 결합하기 시작했다. 물 밖으로 머리를 내밀려고 사투를 벌이던 로크새 비행병들이 그에게 욕설을 내뱉었다. 그는 마법의 속도를 높였다. 빙판이 다시 닫혔다. 라스티아낙스는 테미스키라인들의 공포에 질린 얼굴들을 볼 수 있었다. 그들의 입에서 나오는 공기 방울들이 빙판 표면에 들러붙었다. 그들은 주먹으로 빙판을 치다가 구멍을 뚫기 위해 화살을 쏘아댔다. 라스티아낙스는 이 끔찍한 광경에서 시선을 떼지 못했다. 테미스키라 병사들의 벌어진 입에서 공기 방울들이 나오는데 마치 물속에서 소리 없는 고함을 지르는 것 같았다. 그들이 딸꾹질을 했다. 몇 초 후, 그들이 더는 움직이지 않았다. 얼굴이 잠시 얼음에 들러붙어 있다가 몸뚱이들이 시커먼 물속으로 가라앉았다.

라스티아낙스는 땀을 뚝뚝 흘리면서 비칠비칠 뒷걸음쳤다. 그는 토하고 싶고, 방금 본 것을 지우고 싶고, 방금 한 짓을 잊고 싶었다. 그는 자빠졌고, 자신이 저지른 범죄에 괴로워하면서 눈을 감았다.

이제까지 그는 늘 공공의 이익을 위해 행동한다고 확신했지만 이 확신이 무너졌다. 그는 정말로 역사의 옳은 편에 있는 걸까? 지금까지 돔을 복원하기 위해 애를 써준 테미스키라인들인데 그들이 비프아주르를 갖지 못하게 막는 것이 옳은 결정이었을까? 테미스키라가 내린 명령이 세 사람을 태연하게 죽여도 될 정도로 나쁜 것이었을까?

이 의문에 명확한 답을 얻고 싶었지만 답이 없었다. 그렇다, 그렇지 않다로 해결하기에는 윤리 방정식이 너무 복잡했다. 지금은 오직 페트로클루스와 피라 생각만 해야 했다. 로도프는 비프아주르를 갖고 돌아오는 데 세 시간을 주었다. 그중 한 시간이 흘렀다.

라스티아낙스는 힘겹게 일어났다. 그는 로크새들 쪽으로 돌아섰다. 로크새들이 목을 길게 빼고 마치 주인이 나타나지 않는 것에 놀란 것처럼 빙판을 쳐다보고 있었다.

라스티아낙스는 가까운 로크새에게 다가갔다. 새의 등이 너무 높아서 올라갈 수가 없었다. 그는 새에게 몸을 움츠리라고 지시하는 휘파람을 흉내 내봤지만 빈약한 휘파람이었다. 로크새는 못 들은 것처럼 부리로 깃털을 가다듬었다.

라스티아낙스는 다른 로크새를 타려고 했지만 실패했다. 궁여지책으로 그는 안장까지 공중부양을 시도했지만 이 공중 곡예에 놀란 새가 5미터쯤 멀리 날아가서 앉았다. 공포가 엄습하기 시작했다. 그는 로크새에 올라탄다고 해도 어떻게 이륙시키는지도 몰랐다.

라스티아낙스는 로크새를 타고 히페르보레아로 돌아간다고 전제하고 계획을 짰다. 이제 자신의 능력을 과대평가했다는 걸 깨달았다. 이동 수단이 분명히 있는데도 이용하는 방법을 몰랐다. 시간이 흐르고 있었다. 그는 불안에 사로잡혀서 서성거리기 시작했다. 불가능한 일이었나……. 분명히 해결책이 있을 텐데……. 아무것도 아닌 일로 세 명이나 죽인 것이 되어서는 안 되는데……. 최악의 경우 피라와 페트로클루스가 사형 선고를 받을 수……. 히페르보레아로 가기만 하면 되는데…….

라스티아낙스가 어찌나 크게 절규하는지 로크새 두 마리가 화들짝 놀랐고, 산속에 쩌렁쩌렁 울려 퍼졌다. 그런데 암벽을 맞고 돌아온 메아리는 이상하게도 말 울음소리 같았다. 그는 고개를 들고 호수 기슭 쪽으로 돌아섰다.

호숫가에 털이 텁수룩한 동물 한 마리가 귀를 쫑긋 세우고 그를 관찰하고 있었다. 라스티아낙스는 아버지에게 바실레우스 그랑프리 우승을 안겨줬던 말을 잊지 않고 있었다. 아르카의 말이 어떻게 이곳에 있는지 모르겠지만, 그에게는 구세주였다.

이번에도 여전히 문하생은 그와 연결되어 있었다. 아르카는 끊임없이 그를 놀라게 했다.

라스티아낙스는 호숫가를 향해 뛰었다. 로크새는 탈 줄 모르지만 말은 아니었다. 아버지의 승마 열정을 견디며 보낸 어린 시절이 마침내 빛을 발하게 된 것이었다. 나보와 3미터쯤 떨어진 거리에 이르자 그는 걸음을 늦추고 말을 구슬리려고 애를 썼다.

"그래, 그냥 거기 있어, 괜찮아."

나보는 까만 눈으로 그를 응시하면서 다가오게 내버려 두었다. 라스티아낙스는 말들이 영리하다고 생각한 적이 없지만 나보는 많은 것을 그보다 더 잘 알고 있는 것 같았다. 그는 아버지가 야생마들을 진정시킬 때 하던 목소리를 흉내 내면서 바보 같다는 생각이 들 정도로 아부를 떨었다.

"잘했어, 복실아, 넌 가만히 있어, 내가 올라탈게."

그는 말 옆에 있는 큰 바위에 올라가서 조심스럽게 나보를 살폈다. 나보는 안장도 굴레도 없었다. 라스티아낙스는 이런 말을 어떻게 모는지 몰랐다. 더욱이 아르카가 자신의 말과 아주 특별한 관계라면서 재잘거리는 소리를 여러 번 들어서 나보가 아르카 외의 다른 기수는 받아들이지 않는다는 걸 알고 있었다. 게다가 라스티아낙스를 태우기에는 나보의 기분이 그리 좋아 보이지 않았다. 말이 귀를 머리에 바짝 붙이고 꼬리를 휘저었다. 이런 태도를 보인다는 건 그가 섣불리 올라탔을 경우 말이 꿈쩍도 하지 않는다는 걸 의미했다.

라스티아낙스는 심호흡을 했다. 절박한 상황이니만큼 그는 뭐든 시도할 수 있었다. 심지어 말과 입씨름을 하는 일이 있더라도.

"피라와 페트로클루스를 구하러 히페르보레아로 돌아가자." 그가 설명했다.

나보는 여전히 귀를 젖힌 채 거칠게 콧숨을 내뿜으면서 마치 계획이 마음에 안 든다는 듯 머리를 흔들었다.

"그런 다음 아르카를 찾으러 갈까?" 라스티아낙스가 모험을 했다.

나보가 이내 돔 방향으로 귀를 쫑긋 세웠다. 라스티아낙스는 지체 없이 나보의 등에 올랐다. 그가 자세를 잡을 겨를도 없이 나보는 히페르보레아를 향해 전속력으로 질주했다.

11

나보의 귀환

피라

피라와 페트로클루스는 통상적으로 너무 위험하거나 특권이 있어서 잡방에 수용할 수 없는 죄수들을 위한 독방에 단 둘이 있었다. 방탄 장치가 된 문 덕분에 그들은 복도에서 지키는 병사가 보거나 들릴까 걱정할 필요 없이 대화를 나눌 수 있었다.

피라는 좁은 방 안을 왔다 갔다 하면서 탈출 계획을 세웠다. 먼저, 금속장갑을 벗어야 했다. 두 손을 눈앞으로 올리고 마법사들 때문에 고안된 이 수갑에 새긴 인장을 세심히 살폈다. 이중 원을 새긴 방어 인장이었다. 물론 인장을 삭제하거나 옆에 다른 인장을 새길 수 없었다. 인장을 새로 새길 수 있다면 마법사가 수갑을 푸는 것쯤은 너무 쉬운 일일 것이다. 하지만 인장을 재구성할 수는 있었다. 그러려면 뽀족한 것이 필요했다. 피라가 궁리를 하는 사이, 페트로클루스가 구시렁거렸다.

"라스티는 어떻게 우리가 이 방을 빠져나갈 수 있다고 생각한 걸까? 두 손은 수갑이 채워져 있고, 문은 방탄 장치가 되어 있고, 복도에는 눈을 부릅뜨고 지키는 간수가 있어. 여기서부터 지붕 사이에 있는 병사들은 차치하고라도. 게다가 우리는 지붕으로 어떻게 가는지도 모르잖아……"

"나는 어떻게 가는지 알아." 피라가 멈춰 서서 대꾸했다. "교도소 설계도를 싹 외워놨거든. 손이 문젠데……"

그녀가 말을 멈추고 틀어 올린 머리에서 빠져나온 머리 타래를 입에 물었다. 페트로클루스가 믿기지 않는 얼굴로 피라를 쳐다봤다.

"피라, 나도 배고픈 게 제일 고통스럽지만 네가 머리칼을 먹는 걸보니까 슬슬 걱정된다."

피라는 대답하지 않고 입으로 계속 머리 타래를 잡아끄는 것으로 틀어 올린 머리를 풀었다. 얼마 후, 작은 물체 두 개가 바닥으로 떨어졌다. 핀 한 개와 뽀족한 목탄 한 개였다.

"머리를 틀어 올리면 그 안에다 이렇게 숨길 게 많다니까." 피라가 입술에 들러붙은 머리털을 떼어내려고 침을 뱉으면서 말했다. "올림 머리를 하길 정말 잘했어."

피라가 쭈그리고 앉아서 바닥에 있을 세균을 생각하지 않으려고 애쓰면서 입으로 핀을 물었다. 페트로클루스는 의심 섞인 표정으로 그녀를 지켜보았다.

"말총머리도 잘 어울려서 보기 좋긴 한데, 그걸로 우리가 뭘 할 수 있을지 모르겠······."

"으으음." 피라가 입에 문 핀 때문에 우물거리면서 말을 끊었다.

피라가 장의자에 다가가서 그 위에 금속장갑을 올리고 인장을 향해 얼굴을 숙였다. 핀을 사용해서 방패 그림을, 자폭을 상징하는 양초 그림으로 바꾸려는 것이었다. 지루하면서 엄청나게 섬세한 작업이었다. 인장이 이미 활성화되어 있기에 조금만 선이 비뚤어져도 즉시 의미가 바뀔 위험이 있었다. 이제야 피라가 뭘 하려는 건지 알아차린 페트로클루스는 입을 꾹 다물고 지켜보았다.

20분 후, 오랫동안 핀을 치아로 물고 있느라 피라의 뺨에 경련이 일어나고 있었다. 양초의 상징을 완성하려면 이제 선 하나만 더 그리면 되었다.

"네 손가락도 동시에 날아가지 않는다고 확신해?" 페트로클루스가 물었다.

그들은 시선을 주고받았다. 얼굴이 창백해진 피라가 마지막 선을 그렸다.

즉시 금속장갑이 박살이 나서 손가락 사이로 흘렀다. 피라는 안도의 숨을 내쉬면서 마비되지 않았는지 두 손을 흔들어봤다. 피라가 페트로클루스 쪽으로 돌아서서 엄지와 검지 사이에 있는 핀을 흔들어 보였다.

"이제 네 차례야." 피라가 말했다.

이번에는 작업이 훨씬 빠르게 진행되었다. 5분 후 페트로클루스도 금속장갑에서 벗어나 손목을 문질렀다.

"이제 손이 자유로워졌으니 뭘 하면 되지?"

"두 가지 방법이 있어." 피라가 대답했다. "병사를 감방 안으로 유인해서 무력화하는 것……."

"나는 직접적인 대결은 찬성하지 않아."

"아니면 이 벽에 구멍을 뚫는 것." 피라가 방의 왼쪽에 석회를 바른 벽을 가리켰다.

"탈옥하려고 구멍을 뚫었던 마법사들이 있었는데 불가능해. 벽 안에 아다만트가 한 겹 발라져 있어." 페트로클루스가 반대했다.

"외벽과 지구를 나누는 벽에만 아다만트를 사용하고 나머지 벽들은 모두 돌로 쌓은 거야." 피라가 설명했다. "생산비가 너무 비싸니까. 그러니 벽에 구멍을 뚫어서 옆방—비어 있길 바라면서—으로 가기만 하면, 천장에 또 다른 구멍을 뚫고 간수들이 수감자들 소지품을 보관하는 탈의실에 갈 수 있어. 운이 좋으면 지붕까지 가는 데 필요한 장비가 들어 있는 내 가방을 찾을지도 몰라."

"네가 그런 걸 어떻게 다 알아?"

"교도소 설계도를 다 외우고 있다고 아까 말했잖아. 라스트도 외우고 있기 때문에 운이 좋으면 우리가 지붕으로 올 수 있다고 생각한 거야."

"네 계획은 **운**이 따라야 한다는 거네." 페트로클루스가 긴장한 얼굴로 두피를 긁으면서 지적했다. "근데 말이야, 나는 액운을 불러들이는 경향이 있는 아주 재수 없는 존재거든. 왜 라스티를 여기서 조용히 기다리면 안 되는데?"

"라스티는 내가 지붕으로 오는 데 성공할 거라고 믿고 있고, 나는 라스티가 우리를 만나러 지붕으로 올 거라고 믿고 있으니까." 피라가 대답했다.

"옆방에 누군가가 있으면?"

"그 누군가가 협조해주길 바라야지."

페트로클루스가 아무 말도 하지 않았기에 피라는 뾰족한 목탄을 집어 들고 벽 쪽으로 돌아섰다. 그녀는 완벽한 원을 그려놓고 그 안에 기호들을 그리기 시작했다.

"와우, 잘 그렸네." 피라가 인장을 거의 완성하고 있을 때 페트로클루스가 칭찬했다. "소리가 나지 않는 주문을 추가하려면 파동이 있는 원을 그리는 게 좋을 거야. 그래야 복도에 있는 병사의 관심을 끌지 않지."

"신비학 시간에 잠만 잔 건 아닌가 보네." 피라가 미소를 지으면서 말했다.

"나의 수면병은 이따금 귀를 예민하게 하는 경향이 있거든." 페트로클루스가 응수했다.

피라는 인장을 완성했고 손가락에 묻은 시커먼 자국을 없애려고 손을 비볐다. 그녀는 페트로클루스와 시선을 주고받은 뒤 기호들이 가득한 원에 손바닥을 댔다. 즉시 인장이 그녀의 에너지를 흡입했다. 넘어지지 않고 잘 버텨야 했다. 벽에서 미세한 진동이 일기 시작했다. 얼마 후 원 안의 벽면이 분해되면서 구름먼지가 일어났다. 구름이 가시자 30센티미터 깊이의 동그란 구멍이 드러났다. 이 짧은 터널 끝에서 검은 머리에 피부가 가무잡잡한 여자가 휘둥그레진 눈으로 쳐다보고 있었다. 페트로클루스의 낯빛이 푸르뎅뎅해졌다.

"오, 말도 안 돼." 그가 탄식했다.

"이게 누구야, 오줌통이잖아?" 옆방 여자가 내뱉었다.

페트로클루스는 피라 쪽으로 고개를 돌렸고, 피라는 당황한 얼굴로 쳐다보고 있었다.

"피라, 인질범 중 유일한 생존자이자 가장 야만적인 바르시다를 소개할게."

"나한테 아부하는 건 아닐 테고." 여자가 즐거워하는 어조로 물었다. "아, 너희들 탈옥할 생각이구나?"

"맞아요, 하지만 당신과 함께는 아니에요." 페트로클루스가 바로 대꾸했다. "당신이 나한테 강제로 시킨…… 난간 너머로 던지라고 했던 걸 생각하면……"

"쯧쯧쯧, 그렇게 일일이 따지기에는 너무 늦은 거 아닌가, 오줌통?" 바르시다가 말을 잘랐다. "너희들이 협조를 거부하면 나는 병사를 부르면 돼."

페트로클루스가 대답할 겨를도 없이 피라가 배관을 넘어서 쪼그린 자세로 옆방으로 들어갔다.

"지금은 우리 셋 다 같은 계획인 것 같아." 피라가 바르시다 앞에서 말했다. "비생산적인 갈등으로 시간 낭비하면서 일을 망치는 건 우리 중 누구에게도 득 될 게 없어, 페트로클루스. 둘 사이에 무슨 일이 있었는지 모르지만 나중에 해결해."

바르시다가 계산기를 두드리는 것 같은 얼굴로 피라를 훑어본 다음 여전히 넘어올 결정을 못 하는 페트로클루스를 쳐다봤다.

"어서 와, 오줌통, 순하게 굴겠다고 약속할게. 적어도 우리가 여기서 나갈 때까지는."

페트로클루스의 시선이 바르시다와 피라 사이를 오가더니 마침내 큰 키를 구부리고 통로를 빠져나오면서 구시렁거렸다.

"저런 미치광이 고문자와 함께 탈출하게 될 줄 알았더라면……."

우거지상으로 넘어온 페트로클루스가 일어나는 사이, 피라는 벽에 붙인 장의자에 올라서서 좀 전과 같은 인장을 그리기 위해 천장을 향해 두 팔을 뻗었다. 바르시다는 눈살을 찌푸리면서 피라를 쳐다봤다.

"뭐하는 거니?"

"이 방 바로 위에 있는 탈의실에 가기 위해 인장을 그리는 거예요." 피라가 불편한 자세 때문에 어깨가 아픈데도 기호를 계속 그리면서 대답했다.

"여자 마법사는 없다고 생각했는데."

"여기 있잖아요."

바르시다와 페트로클루스가 잠자코 있는 사이 피라는 인장을 완성했다. 피라가 두 손을 문지른 다음 두 사람을 돌아보면서 말했다.

"이제 탈의실이 비어 있기만 하면 되는데."

"비관적이고 싶진 않은데 지금으로서는 내 징크스가 들어맞을 것 같은 불길한 예감이 드네." 페트로클루스가 뭔가를 상기시키는 듯한 눈길로 바르시다를 흘겨보면서 말했다.

바르시다가 대꾸하려는 순간 피라는 둘의 말싸움을 중단시키기 위해 인장에 손바닥을 댔다. 원 안의 천장이 부스러졌다. 구멍 바로 밑에 있던 페트로클루스가 석회 가루를 뒤집어썼다. 기침 때문에 그의 호리호리한 몸이 흔들리는 사이 바르시다가 다가와서 귀에 대고 속삭였다.

"오줌통, 때와 장소에 따라 눈치껏 상황 파악을 해야지. 그리고 이건 징크스 타령할 일이 아니라 그냥 멍청한 거야."

"바르시다, 때와 장소에 따라 말을 가려 할 줄 알아야 하거든요." 자존심이 상한 페트로클루스가 머리에 떨어진 석회 가루를 털어내면서 응수했다.

"그게 무슨 뜻이지?"

"피라와 나는 공중부양 할 수 있는데 당신은 우리 도움 없이는 올라가지 못한다는 뜻이죠."

바르시다가 미소를 짓더니 대답 대신 장의자에 펄쩍 뛰어올라 갑자기 페트로클루스의 어깨에 올라섰다. 깜짝 놀란 페트로클루스가 낑낑거리는 사이 그녀는 다리와 팔로 벽을 짚으면서 천장에 뚫린 구멍으로 기어들어 갔다. 잠시 후 바르시다가 탈의실 바닥에 올라섰다.

"탈의실에는 아무도 없다." 그녀가 알려주면서 조롱했다. "오줌통, 징크스가 아니라 그냥 멍청한 거야."

"그만해요, 그런 바보 같은 말싸움은 아무 도움이 안 돼요." 피라가 핀잔을 주었다. "우리가 여길 나간 다음에는 서로 죽이든 말든 당신 마음대로 해도 되니까 그때까지는 집중하게 조용히 좀 해요."

그렇게 말하면서 피라는 아니마를 손끝에 모으면서 공중부양을 시작했다. 그녀는 두 개의 인장을 활성화했지만, 위층까지 너무 높아서 공중부양으로 올라가기에는 상당히 어려웠다. 마침내 구멍 가장자리를 움켜잡은 피라는 거친 숨을 내쉬면서 위로 올라갔다. 총안을 통해 빛이 들어오는 탈의실에는 선반이 갖춰져 있고 이름이 적힌 상자들이 놓여 있었다. 바르시다가 알려준 대로 아무도 없었다.

"네 차례야, 페트로클루스." 피라가 방에 서 있는 친구에게 말했다.

영양실조로 몸이 허약해진 데다 아니마를 추출당한 페트로클루스는 30센티미터도 떠오르지 못했다. 바르시다와 피라는 허리가 들어갈 정도로 구멍 안으로 몸을 숙이고 각각 페트로클루스의 팔을 잡아서 끌어올렸다. 탈의실에 이른 페트로클루스는 창백해진 얼굴로 바닥에 뒹굴면서 눈을 감은 채 다리를 덜덜 떨었다. 페트로클루스가 어찌나 힘들어 보이는지 계속 이죽거리던 바르시다조차 아무 말도 못 할 정도였다.

"괜찮아?" 피라가 걱정했다.

"샌드위치 세 개 먹고 열다섯 시간 잠자고 나면 괜찮아질 텐데." 페트로클루스가 숨을 몰아쉬면서 말했다.

"곧 그렇게 될 거야." 피라가 용기를 돋우었다. "조금만 더 버티자."

피라가 일어나서 상자 안을 뒤지고 있는 바르시다와 합류했다. 아마존은 이미 다양한 크기의 단검들을 꺼냈는데 마법사들이 억류되기 전에 교도소에 수감되어 있는 죄수들의 소지품이었다. 피라는 한 상자 안에서 자신의 배낭을 발견했을 때 뛸 듯이 기뻤다. 눈을 멀게 하는 기구, 아니마 흡입기, 호롤로기온, 수면가스 볼 같은 마법역학 연장들은 배낭 안에 그대로 있는데 등반 장비와 그라포만스는 없었다. 로도프가 꺼내 간 것이 틀림없었다.

바르시다와 피라는 여전히 창백한 얼굴로 선반 기둥에 기대고 앉은 페트로클루스 옆에 노획물을 모아 놨다. 피라는 뾰족한 목탄을 들고 그들이 있는 교도소의 일부를 바닥에 그리기 시작했다.

"우리는 여기, 7지구의 1층에 있고, 탑 꼭대기로 가야 해요." 피라가 손가락으로 자신이 그려놓은 설계도를 가리키면서 말했다. "아직 두 층을 더 올라가야 지붕으로 갈 수 있어요. 다음 층에는 교도관 숙소, 정확히는 구내식당의 주방이에요."

"주방." 페트로클루스가 꿈꾸는 표정으로 중얼거렸다.

"그리고 그 위층에는 교도소 소장의 숙소가 있고요. 천장에 구멍을 다시 파면 관리 구역에 이를 수 있지만 지붕과 통하는 출입문에 가려면 복도를 통과해야 해요."

"왜?" 바르시다가 물었다.

"지붕에 아다만트가 발라져 있어서 구멍을 팔 수 없으니까요." 피라가 대답했다.

"내 말은 왜 지붕으로 가느냐고? 왜 7지구의 운하를 통해 나가지 않느냐고?"

"운하는 경비가 삼엄한 데다 친구가 지금부터 두 시간 후에 지붕에서 우리를 기다릴 테니까요." 피라가 호롤로기온을 보면서 대답했다. "그 위에서 그 친구가 우리를 구출할 거예요. 근데 문제는 관리 구역을 통과할 때 테미스키라 병사들과 마주칠 위험이 크다는 거예요." 그녀가 덧붙였다.

"테미스키라 병사들은 나한테 맡겨." 바르시다가 단검 중 하나의 날을 엄지손가락으로 시험해보면서 자신 있게 말했다. "너희들은 관리 구역으로 나를 안내만 해."

"주방도 가야 해."

"점심시간이 끝나 가." 바르시다가 중천에 뜬 해 덕분에 햇빛에 잠긴 총안을 통해 살피면서 말했다. "주방 사람들이 정리를 끝낼 때까지 여기서 반 시간쯤 기다리다가 그 사람들이 다 떠난 뒤에 통과하는 게 좋겠어."

피라가 고개를 끄덕였다.

"그럼 기다립시다."

바르시다가 한 선반에 올라앉아서 단검을 만지작거리면서 페트로클루스를 내려다봤다. 피라는 경계하면서 두 사람을 곁눈질로 살폈다. 한 사람은 분노를, 다른 한 사람은 잔혹함을 곧 표출할 것만 같았다. 둘은 15분 전부터 말싸움을 하지 않았다. 바르시다가 경멸하는 시선으로 페트로클루스를 쳐다보면서 물었다.

"너 왜 그래, 오줌통? 왜 우거지상인데?"

"너희들에게 자기들이 구원자인 것처럼 믿게 하지만 처음부터 이 모든 걸 꾸민 건 저놈들이야." 페트로클루스가 여전히 바닥에 주저앉은 채로 말했다. "병사들이 당신을 체포하기 직전에 당신이 내뱉은 말이에요. 그게 무슨 뜻이에요?"

"내가 말한 그대로야." 바르시다가 한숨을 내쉬면서 대꾸했다. "처음부터 인질극은 테미스키라군이 꾸민 짓이야. 우리는 그놈들을 위해 일한 거였고."

"아마존족은 테미스키라와 사이가 안 좋은 걸로 알고 있는데요." 피라가 끼어들었다.

"나는 숲에서 추방당했어." 바르시다가 대답했다. "히페르보레아에 침입한 전사들 중 진짜 아마존은 나밖에 없어. 다른 전사들은 내가 테미스키라에서 4년 동안 훈련시켰지. 아마존족은 그 작전과 아무 관계 없어. 게다가 테미스키라군은 충분한 양의 오레이칼코스를 확보하면 즉시 아르카디아를 침략할 생각이고."

피라는 눈살을 찌푸렸다. 라스티아낙스가 이 가정을 누차 말했지만 피라는 아르카의 생각이라고 믿고 동조하지 않았다. 피라는 라스티아낙스가 문하생의 영향을 받는 걸 경계했다. 그런 이유로 아르카에게 비프아주르를 넘기는 걸 극구 반대한 것이다.

"왜 동족을 멸망시키려는 테미스키라군을 돕는 건데요?"

만났을 때부터 시종일관 비웃던 바르시다가 갑자기 자신감을 잃은 것 같았다. 그녀는 잠시 침묵을 지켰다.

"내 종족이 나를 추방했으니까."

"오죽하면. 아마존족이 현명한 결정을 내렸네." 페트로클루스가 빈정거렸다.

바르시다는 그의 말을 무시했다.

"숲에서 산 사람만 쫓겨나는 고통을 이해할 수 있어." 바르시다가 씁쓸한 어조로 말했다. "나는 차라리 처형되길 바랐어. 추방은 죽음보다 더 고통스러운 일이야."

피라는 아르카가 추방당했다고 말할 때 그 눈빛 속에서 읽은 절망을 생각했다. 그때는 아르카가 연극을 하는 거라고 의심했다.

"근데 테미스키라군이 왜 당신을 살려 둔 거예요?" 페트로클루스가 물었다.

"죽이는 것보다 나를 살려 두는 것이 더 이용 가치가 있으니까."

바르시다가 자신의 배를 가리켰다. 피라는 지방이라고는 없이 근육질인 아마존의 배가 약간 불룩한 걸 알아봤다.

"리쿠르고스의 아들인 알칸드로스의 아이를 가졌어. 필롱은 알칸드로스의 능력과 머리에 전적으로 의존하면서도 알칸드로스를 극도로 경계하고 있지. 필롱은 나를 인질로 잡아 두고 있으면 그 사람을 통제할 수 있다고 생각하는 거야. 멍청한 놈."

"임신을 해요?" 페트로클루스가 아연실색해서 내뱉었다.

"그래, 놀랐어, 오줌통?"

"나는 임신을 할 정도로 당신의 가슴에 사랑이 있다고는 생각하지 않았는데." 페트로클루스가 대꾸했다.

"사랑이 아이를 만드는 데 반드시 필요한 요소는 아니지." 바르시다가 쓸쓸하게 입술을 비죽거리면서 대답했다.

피라는 호롤로기온을 힐끔 보면서 말했다.

"30분 지났는데 가죠."

피라가 또다시 천장에 인장을 그렸다. 그들은 선반을 이용하여 이번에는 어려움 없이 위층으로 올라갔다. 연이어 행운이 따랐다. 그들이 올라갔을 때 주방은 텅 비어 있었다. 대형 돌화덕과 커다란 냄비들이 갖추어진 주방은 조리대를 사이에 두고 식당과 분리되어 있었다. 페트로클루스가 조리대에 놓은 큼직한 빵 한 덩어리를 보고 달려가서 허겁지겁 입에 욱여넣기 시작했다.

"우와, 이거 왜 이렇게 맛있냐." 그가 황홀경에 빠진 듯 눈을 하늘로 향했다.

그때 한 병사가 식당에 들어오는 소리에 그들은 얼어붙었다. 그들 셋은 조리대 뒤에 숨어서 가슴을 졸였다. 다행히 테미스키라 병사는 두고 간 배지를 찾으러 온 것이었다. 병사가 나가자 피라는 일어나서 안도의 숨을 내쉬었다.

"이제 관리 구역을 통과해야 해요. 테미스키라 병사들이 곧 구멍들을 발견할 테니 서두릅시다."

피라가 조리대 위에 올라서서 천장에 또 하나의 인장을 그렸다. 그사이, 바르시다가 화덕에 다가갔는데 냄비 안에서 걸쭉한 수프가 끓고 있었다. 그녀는 옷깃 안에서 투명한 액체가 담긴 유리병 하나를 꺼내서 수프에 쏟아 부었다.

"뭐하는 거예요?" 페트로클루스가 물었다.

"내가 받은 사랑을 돌려주는 거야. 나의 옛 전우들을 위한 작별 선물."

바르시다는 수수께끼 같은 말을 하면서 피라가 방금 만든 구멍 밑으로 와서 이제는 먼지를 뒤집어쓴 조리대를 이용하여 위층으로 올라갔다. 피라가 올라가자 몽둥이 대신 밀대를 손에 쥔 페트로클루스가 뒤를 이었다. 그들 셋은 한 사무실에 들어와 있었다. 서류가 가득한 문서함들이 있고 돔이 파손된 뒤로는 사용하지 않은 것 같았다.

"이제부터는 복잡해져요." 피라가 머릿속의 설계도를 참조하면서 속삭였다. "여길 나가면 복도가 있고, 오른쪽으로 가서 복도 끝에 있는 자물쇠를 딴 다음 왼쪽 층계로 올라가면 출입문에 이를 수 있어요. 순조롭게 풀리면 아무도 마주치지 않고 지붕에서 라스티아낙스를 만나게 될 거예요."

"잘못되면?" 페트로클루스가 물었다.

"낙관적으로 생각하자." 피라는 우물쩍 넘겼다. "눈을 멀게 하는 기구와 아니마 흡입기 그리고 자물쇠를 따는 마법역학 연장을 갖고 내가 앞장설게요. 바르시다, 당신은 단검을 들고 내 뒤를 따라와요. 페트로클루스, 너는 수면가스 볼을 사용해서 계단을 차단해. 테미스키라 병사들이 층계에 나타나는 즉시 볼을 깨뜨려서 쫓아오는 놈들을 따돌려.”

“수면가스 볼을 깨뜨리란 말이지, 오케이, 알았어.” 페트로클루스가 대답하면서 정신을 집중하기 위해 눈을 감았다. “언제 가는데?”

“지금.” 피라가 대답했다. “거의 세 시간이 흘렀어.”

피라가 손목에 찬 호롤로기온을 보고 나서 이상하게 아무 반응이 없는 바르시다를 쳐다봤다. 아마존이 알 수 없는 표정으로 피라를 빤히 쳐다보고 있었다.

“넌 아마존의 영혼을 가졌어.” 바르시다가 불쑥 말했다.

칭찬인지 모욕인지 가늠할 수가 없어 피라는 눈살을 찌푸리면서 사무실 문을 열었다. 긴 복도가 나타났는데 아무도 없었다. 그들 셋은 주변을 경계하면서 살금살금 오른쪽으로 나아갔다. 복도 끝에 열쇠로 잠긴 문 앞에 이르자 피라는 마법역학 연장을 꺼내서 자물쇠를 따기 시작했다. 거의 끝나 가고 있을 때 갑자기 복도 반대쪽에서 발소리가 울렸다. 너무 귀에 익은 목소리가 신경질적으로 소리쳤다.

“아직도 안 돌아왔다고? 이상하네, 친구들을 죽게 할 리 없는 놈인데……”

로도프가 테미스키라 장교 한 명과 함께 나타났다. 로도프는 밀대를 들고 있는 페트로클루스, 단검으로 무장한 바르시다 그리고 자물쇠를 따고 있는 피라를 발견하고 아연실색했다.

"눈 감아!" 피라가 내뱉었다.

피라가 눈을 멀게 하는 기구의 나사를 풀어서 로도프 방향으로 던졌다. 그녀는 감은 눈꺼풀을 통해 연금술에 의해 생성된 섬광을 봤다. 눈을 떴을 때 로도프와 장교는 고통스러운 소리를 내면서 손바닥으로 눈을 누르고 있었다. 피라는 1초도 낭비하지 않고 자물쇠를 따고 문을 벌컥 열었다.

그들은 탑의 커브를 따라 이어지는 것 같은 커다란 층계에 이르렀다. 비명 소리를 듣고 무장한 병사 네 명이 빠른 속도로 층계를 올라왔다.

"가스 볼, 페트로클루스!"

페트로클루스가 유리 볼을 병사들의 발치에 던졌다. 테미스키라 병사들이 보란색 수면가스에 휩싸이는 사이 세 도망자들은 층계를 네 계단씩 뛰어올라 갔다. 출입문 앞에 이르자 바르시다는 양손에 단검을 쥐고 돌아섰고 그사이 피라는 또 마법역학 연장으로 자물쇠를 따기 시작했다. 등 뒤에서 아마존이 가스를 마시지 않고 용케 보라색 연기를 뚫고 쫓아온 테미스키라 병사와 싸우는 소리가 들렸다. 피라는 자물쇠에 집중했다. 찰칵 소리가 나면서 철제문이 열렸다. 탑의 꼭대기가 나타났는데 로크새 네 마리와 병사 여섯 명이 돌아보면서 경악한 얼굴로 그들을 쳐다봤다. 피라와 페트로클루스는 잠시 머뭇거렸지만, 바르시다가 그들을 잡아끌었다. 그녀가 양손에 쥔 단검들에 피가 묻어 있었다.

"벤치 뒤로 피해, 빨리!" 바르시다가 소리치면서 1미터쯤 떨어진 데 있는 목재 벤치를 가리켰다.

바르시다가 돌아서는 것과 동시에 피라와 페트로클루스는 벤치 뒤로 뛰었다. 잠시 후 슝슝 하는 소리가 들리면서 바닥이 흔들렸다. 로크새 비행병들이 팔받이에 있는 작은 화살을 쏘고 있었다. 피라는 아니마 흡입기를 꺼내서 금빛 원반을 벤치 위로 날렸다. 원반이 돌아오지 않았다. 테미스키라 병사 중 한 명이 맞은 것이었다. 이제 다섯 명이 남았는데 모두를 상대하기에는 역부족이었다. 절망에 빠진 피라는 다른 병사들이 들어오지 못하게 출입문 자물쇠를 망가뜨렸다.

"너희 친구는 어디 있어?" 바르시다가 화살을 피하면서 물었다.

"여기로 올 거예요." 피라는 당혹감을 감추지 못한 채 대답했다.

아마존이 피 묻은 단검을 쥔 손에 힘을 주면서 말했다.

"오줌통, 네 말이 맞네, 너는 액운을 불러온다고 하더니."

라스티아낙스

두 시간 전

라스티아낙스는 로크새에 대해 어떻게 불평할 수 있었는지 이제 이해가 되지 않았다. 하늘을 나는 것에 비해 말을 타고 눈 덮인 평원을 전속력으로 달리는 것은 훨씬 충격적인 경험이었다. 말은 넓은 보폭으로 질주하다 눈 더미에 걸려 비틀거리기도 하고 빙판에 미끄러지기도 했다. 라스티아낙스는 그럴 때마다 떨어지지 않으려고 어찌나 허벅지에 힘을 줬는지 근육이 화끈거렸고, 갈비뼈가 점점 더 아프기 시작했다. 다른 상황이었다면 오래전에 말에서 내렸을 터였다. 하지만 피라와 페트로클루스를 구하느냐 마느냐가 말의 속도와 말 위에서 버티는 그의 능력에 달려 있었다.

돔이 가까워지고 있었다. 나보의 콧숨이 점점 거칠어졌다. 발굽이 울퉁불퉁한 지면에 사정없이 부딪히고 있지만, 나보 역시 라스티아낙스만큼이나 가능한 한 빨리 히페르보레아에 가기로 작정을 한 것 같았다. 하지만 마침내 도시의 성문이 보였을 때 첫 번째 문제에 봉착했다.

성문을 지키고 있던 병사 열 명이 멀리서 그들이 오는 걸 보고 방어 대형을 구축하면서 창을 겨누었다. 라스티아낙스는 속도를 늦추기 위해 고삐를 잡아당기고 싶었지만 나보는 고삐가 없었다. 아무튼 작전 수행에 대한 생각을 나보에게 알려줄 수가 없었다. 나보는 도시 안으로 돌진하기로 결정한 것 같았다. 라스티아낙스는 빠르게 가까워지는 방어선을 쳐다봤다.

"네가 뭘 하려는 건지 모르지만 나는 아마존이 아니야." 그가 소리쳤다.

그는 말에게 얘기하는 자신이 걱정되었다. 두려움 때문에 정신이 마비된 것 같았다. 나보가 무장한 병사들과 1미터 거리에 이르렀을 때 라스티아낙스가 마침내 정신을 차리고 손짓을 했다. 즉시 눈이 병사들의 발밑으로 이동했다. 그중 세 명이 중심을 잃고 자빠졌다. 나보는 질풍처럼 성문들을 통과했다.

"다음에 자살 행위를 할 때는 미리 알려 달라고!" 라스티아낙스가 소리치는 사이 말은 탑들이 있는 방향으로 질주했다.

나보는 건물들을 따라 달리다 초원으로 접어들었다. 라스티아낙스는 그제야 나보가 어디로 데려가는 건지 알아차렸다. 마사가 목적지였다. 얼마 후 말이 마당으로 돌진하다 얼어붙은 퇴비 더미 앞에서 급제동을 걸었다. 그는 미끄러지면서 똥밭에 떨어졌다.

"아야."

"라프티?"

라스티아낙스는 몸을 굴리다 때마침 외바퀴 손수레를 밀고 나오는 아버지를 봤다. 마사니까 아버지가 있는 건 당연했다. 푸발의 두 눈에서 별이 반짝였다. 라스티아낙스는 아버지가 아들을 보고 기뻐하는 거라고 생각하다 아버지가 아들보다 더 소중한 다른 것, 나보를 발견한 것임을 알아차렸다.

"돌아왔구나!" 조련사가 탄성을 질렀다.

푸발이 말에게 달려가려고 손수레를 팽개쳤다. 귀리나 건초를 찾으며 마당을 살피던 나보는 애정 표현의 위험을 감지하고 엉덩이를 보이면서 걷어찰 준비를 하고 있었다. 푸발은 조심스럽게 방향을 바꾸고 아들 쪽으로 돌아섰다.

"네가 어떻게 이 말을 데리고 있어? 근데 얼굴이 왜 그래, 아들아?" 아버지는 피투성이가 된 아들의 코를 보면서 덧붙였다. "파웠니?"

"얘기하자면 긴데 시간이 별로 없어요." 라스티아낙스가 대답하면서 일어서는데 지옥의 말 타기 때문에 아직도 온몸이 마비되어 있었다.

빨리 7지구에 가서 체포되지 않고 교도소 지붕으로 올라가는 방법을 찾아야 하는데…….

"아르카가 너에게 나보를 준 거야?" 푸발이 계속 물었다. "어제 아르카를 만났어. 무슨 팽각인지 모르겠는데 그 아이가 뭔가 안 좋은 일을 하려는 거 같았어."

방법을 궁리하던 라스티아낙스는 이 말에 정신이 번쩍 들었다.

"아르카를 만났어요?"

"응, 그리고 '날 헌핀짝처럼 버린 걸 정말로 유감스럽게 팽각한다'고 전해 달라 했어. 내 팽각에는 뭔가 느낌이 좋지 않아. 아무래도 도움이 필요한 것 같으니까 네가 아르카를 찾아야 해. 그리고 너한테 전해주라고 팔찌 하나를 주더구나."

"팔찌를 맡겼다고요?" 라스티아낙스가 물었다. "어디 있어요?"

아들의 반응에 놀란 푸발은 털옷을 뒤지면서 중얼거렸다.

"어디다 넣어놨더라? 그렇게 흥분할 거 없다, 피장에 내놔도 팔리지 않을 파구려가 틀림없으니까. 아, 여기 있다."

푸발이 호주머니에서 구릿빛 나는 팔찌를 꺼냈다. 라스티아낙스는 팔찌를 받고서도 믿지 않았다. 아르카가 그를 또 구해준 것이다. 이제 교도소 지붕으로 올라갈 방법이 생겼기 때문이다. 하지만 아르카가 1지구에서 뭘 한 거지? 왜 날개팔찌를 포기했을까? 그는 팔찌를 쳐다보면서 상반된 감정에 휩싸였다. 아르카가 바보 같은 짓을 저지르기 전에 빨리 찾아야 했다. 어쨌든 나보에게 약속한 이상 그에게는 선택의 여지가 없었다. 하지만 피라와 페트로클루스부터 구해야 했다.

"아빠, 날 위해 해줄 일이 있어요." 라스티아낙스가 팔찌를 손목에 차면서 말했다. "아주 중요한 일이에요. 작은 나포카에 가서 코모조이라는 이름의 유리 공장 주인을 만나세요. 코모조이에게 오늘 아침 교도소에서 받은 마지막 오레이칼코스 주괴들 안을 보라고 하고 거기서 찾은 걸 테미스키라 병사들의 손이 닿지 않는 곳에 잘 감춰놓으라고 말하세요. 내가 그를 믿는다고 전해주세요."

그렇게 말하고 그는 뛰어나갔다. 마사의 벽에 걸린 해시계를 보니 거의 세 시간이 흘러 있었다. 마당의 구석진 곳에서 얼어붙은 건초 더미를 찾은 나보가 흡족하게 질겅질겅 씹고 있었다.

"고마워!" 라스티아낙스가 나보에게 소리쳤다.

그는 말에게 한 약속은 반드시 지키겠다고 다짐하면서 탑들이 있는 쪽으로 달렸다. 몇 분 후 톨게이트에 이르렀다. 아드레날린에 감사해야 하는 건지, 아니면 수십 일 동안 리파이아 산맥을 횡단한 경험 때문인지 모르겠지만 그는 이제껏 이렇게 빨리 달려본 적이 없었다. 로도프가 군복을 그대로 입게 놔둬서 천만다행이었다. 그는 톨게이트를 지키는 테미스키라 병사에게 로크새 비행병 중위 배지를 보여주고 부리나케 뛰어올라 갔다.

얼음 층계 위에 이르자 라스티아낙스는 걸음을 멈추고 거친 숨을 몰아쉬었다. 갈비뼈 통증이 웬만큼 가라앉은 것 같았다. 그는 도시 외곽과 가장 가까운 곳에 있는 텅 빈 운하까지 어슬렁어슬렁 걸어가서 난간 위로 올라갔다. 발밑의 허공을 내려다보다 현기증 때문에 비칠거렸다. 속이 울렁거리고 다리가 후들거렸지만 그는 아르카의 팔찌 인장을 눌렀다. 즉시 매끄러운 오레이칼코스가 수많은 구릿빛 깃털로 분해되어 두 팔에 이어 상체로 퍼져나가더니 등에 반짝이는 커다란 날개 한 쌍이 만들어졌다. 라스티아낙스는 이 마법역학 현상을 경이롭게 쳐다봤다. 좀 전만 해도 어떻게 허공으로 몸을 던질지 막막했는데 지금은 마치 마법의 속성을 가진 날개들이 이용자에게 새의 자신감을 주는 것 같았다. 라스티아낙스는 그게 틀림없다고 생각했다. 이제는 아르카가 어디서 그런 대단한 배짱이 나오는 건지 이해가 되었다.

라스티아낙스는 더 주저하지 않고 앞으로 몸을 던졌다.

처음 몇 초간의 비행은 끔찍했다. 빙글빙글 돌면서 이륙하더니 눈 깜짝할 사이에 5미터쯤 하강했다. 속이 뒤집어졌다. 수평 자세를 되찾자마자 눈앞에 탑이 보였고 용케 탑을 우회하여 성벽과 건물들 사이의 탁 트인 공간으로 날았다.

위험할 정도로 지상이 가까워졌다. 라스티아낙스는 사향소들이 질겁할 정도로 바로 머리 위를 저공비행으로 날면서 공포에 질려서 도망치는 사향소들을 바라봤다. 날개를 작동하면서 가졌던 자신감이 사라졌다. 왜 날고 있는지조차 잊어버렸다.

바로 그 순간, 억류되어 있는 피라와 페트로클루스의 모습이 떠올랐다. 지금은 두려움에 빠지는 사치를 누릴 여유가 없었다. 문하생이 이 날개를 지배할 수 있다면 그도 할 수 있다고 생각했다.

라스티아낙스는 아니마를 다 끌어모아서 모든 깃털을 지배하기 시작했다. 새들이 날 때 어떻게 하더라? 아, 그래, 날개를 치지. 그는 날갯짓을 하면서 엄청난 양의 아니마를 소비한 끝에 고도를 약간 회복하기에 이르렀다. 그러다 숨이 차서 힘을 비축하기 위해 잠시 활공했다. 두 번째 시도를 할 때는 날아가는 로크새들의 이미지를 떠올리면서 유연한 움직임을 흉내 내려고 노력했다. 이번에는 한 지구를 올라가는 데 성공했다.

그렇게 여러 번 반복하면서 도시를 거의 다 일주한 끝에 7지구에
이르렀다.

그는 좀 더 고도를 높이고서 탑들 위로 솟아오른 을씨년스런 형
상의 교도소 쪽으로 방향을 바꿨다. 지붕 위에서는 큰 소동이 일어나
고 있었다. 라스티아낙스는 심장이 벌렁거렸다. 피라, 페트로클루스
그리고 빨간 죄수복을 입은 여자 한 명이 탑 꼭대기에 도달하는 데
성공한 것이다. 그들은 문짝을 변형시켜 출입문을 폐쇄해놓고, 엎어
진 벤치 뒤에 숨어서 로크새 비행병 여섯 명과 대결하고 있었다. 그
중 한 명은 피라의 아니마 흡입기 때문에 꼼짝 못 했다. 나머지 비행
병들은 벤치를 향해 작은 화살을 쏘아대고 있었다. 멀지 않은 곳에서
지붕 요철에 발이 묶인 로크새 네 마리가 푸드득거렸다.

라스티아낙스는 아르카가 날개를 이용해서 어떻게 착지했는지
전혀 모른다는 걸 깨달았다. 하지만 그걸 알아내기에는 너무 늦어서
곧장 실전으로 들어가야 했다. 그의 상체가 지붕 가장자리의 요철을
스치면서 눈 덮인 타일 바닥으로 미끄러졌다. 오레이칼코스에서 불
꽃이 튀었다. 착지는 난간에 부딪히면서 끝났다. 그는 살아 있었다.
아직 살아 있다는 것이 놀라울 정도였다.

라스티아낙스의 요란한 등장이 테미스키라 병사들의 주의를 산
만하게 만들었다. 빨간 죄수복 차림의 여자가 그 틈을 이용해 병사들
에게 달려들었다. 라스티아낙스는 그 순간 여자가 인질극을 벌인 아
마존 중 한 명이라는 걸 알아차렸다. 여자가 한 병사에게 단검을 꽂
은 뒤 그 병사의 팔받이를 이용해 다른 병사 둘을 쓰러뜨린 다음 그

들의 몸을 방패삼아 남은 병사들이 날리는 화살을 피했다. 그사이 피라는 아직 서 있는 테미스키라 병사들 쪽으로 벤치를 공중부양시켜서 두 명을 해치웠다. 라스티아낙스는 그들의 다리 관절이 찢어지는 소리를 들었다. 마지막으로 페트로클루스가 밀대를 들고 나타났다. 그는 아니마 흡입기 때문에 꼼짝 못 하는 병사의 머리를 밀대로 내리쳤다. 테미스키라 병사는 눈이 돌아가면서 푹 쓰러졌다. 페트로클루스가 의기양양한 얼굴로 금빛 원반을 회수했다.

"너를 다시 보니까 되게 기쁘다." 페트로클루스가 날개에서 빠져나오려고 애쓰는 라스티아낙스에게 내뱉었다. "타이밍이 아주 예술이었어."

"재회 인사로 낭비할 시간 없는데. 문이 오래 버티지 못할 거야." 아마존이 퉁명스럽게 말했다.

실제로 문을 두드려 부수는 소리가 울렸다. 페트로클루스가 라스티아낙스를 돌아봤다.

"나를 고문하던 바르시다를 소개할게." 페트로클루스가 짤막하게 설명했다. "자, 네가 원하는 대로 지붕까지 오는 데 성공했어. 이제 탈출 계획이 뭔데?"

"나는……."

라스티아낙스가 말을 중단했다. 그는 로크새를 조종해서 페트로클루스와 피라를 구할 생각이었는데 불행히도 그럴 능력이 없었다. 그렇다고 모르겠다고 대답할 수도 없었다. 바르시다라는 여자가 눈치챈 것 같았다. 그녀가 가까이 있는 로크새에게 가서 발에 묶인 밧줄을 풀고 고삐를 잡았다.

"여기 안장에 한 명은 더 태울 수 있어."

바르시다가 히페르보레아인 세 명을 돌아보면서 말했다.

"오줌통, 너는 나랑 가자."

페트로클루스는 자신이 선택된 데 충격을 받은 것 같았다. 그가 라스티아낙스와 피라를 쳐다봤다. 피라가 선수를 쳤다.

"바르시다랑 출발해. 라스트는 날개가 있고 나는 이 기회에 로도 프를 회유해볼게."

"하지만 나는······."

라스티아낙스가 고개를 끄덕이면서 페트로클루스를 바르시다 쪽으로 떠밀었다.

"2지구에 있는 유리 공장으로 가서 나의 옛 고용주 코모조이를 만나. 그 사람이 비프아주르를 갖고 있어. 그걸 받아서 히페르보레아 에서 가능한 한 멀리 떨어진 안전한 곳에 숨겨놔. 유리 공장에 두는 것보다는 나으니까."

바르시다가 페트로클루스의 어깨를 잡아서 로크새 쪽으로 끌고 갔다. 페트로클루스는 잠자코 끌려갔다. 피라와 라스티아낙스는 그 가 아마존 뒤쪽 안장에 앉는 걸 바라봤다. 그때 출입문이 부서졌다. 로크새가 지붕 가장자리로 이동할 때 페트로클루스가 외쳤다.

"너희들은 내 인생에서 최고였어."

잠시 후 피라와 라스티아낙스만 지붕에 남겨 두고 로크새가 날 아갔다.

"로도프를 회유하려고 알랑거리고 싶지 않아." 피라가 말했다. "나를 데리고 날 수 있겠어?"

피라의 말이 끝나자마자 라스티아낙스가 난간으로 올라가더니 피라의 손을 잡아서 끌어올렸다. 그리고 그녀를 힘껏 끌어안았다.

"나 놓지 마." 그의 품에 안긴 피라가 속삭였다.

"그럴 리가. 드디어 너를 품에 안는 절호의 기회를 얻었는데. 나만 믿어."

바로 그때 옥상 테라스의 출입문이 폭발했다. 병사들이 지붕으로 들이닥쳤다. 테미스키라 군복들 속에서 파랗게 질린 로도프가 난간에 서 있는 피라와 라스티아낙스를 쳐다봤다.

"어서 붙잡아!"

라스티아낙스가 허공으로 뛰어내렸다. 머리 위로 화살이 빗발치듯 날아왔다. 피라가 비명을 질렀다. 라스티아낙스는 비행에 집중하려고 노력했다. 그들의 추락은 멈출 것 같지 않았다. 그나마 그가 운하와 탑 사이에 형성된 공간으로 방향을 잡고 있어서 다행이었다. 하강 속도를 늦추지 못한 그들은 세 개의 지구를 몇 초 만에 통과했다. 그가 에너지를 모아 탑들의 숲 사이로 날아가려고 할 때 작은 화살 하나가 눈앞에서 공기를 갈랐다.

"놈들이 로크새를 타고 쫓아오고 있어!" 피라가 소리쳤다.

잠시 후, 슝! 하는 소리가 울렸다. 라스티아낙스는 갑자기 오른쪽 날개를 움직일 수 없었다. 화살이 날개 관절 부위에 꽂혀 있었다. 그는 가까스로 날개의 복원력을 유지했다. 이제부터는 날갯짓을 하지 않고 쫓아오는 로크새들과 함께 탑 사이를 활공해야 했다.

라스티아낙스가 15미터 아래, 2지구의 작은 나포카에 있는 운하를 발견했다. 거리가 너무 짧고 너무 가까워서 너무 위험하지만 선택의 여지가 없었다.

그는 충돌 직전에 날개를 변형해서 얼어붙은 운하와 그들 사이에 장벽을 만들었다. 예상했던 것보다 충격이 컸다. 피라가 비명을 질렀다. 날개가 운하의 빙판에 부딪히는 소리가 났다. 마침내 날개들이 완전히 변형되면서 멈추었다. 다행히 마법의 장벽이 충격을 흡수해주었다.

라스티아낙스가 조심스럽게 팔을 풀었다. 피라는 이를 악물고 통증과 싸우고 있는 것 같았다.

"내 다리……. 다리가 부러진 거 같아." 피라가 신음했다.

바로 그 순간 1미터쯤 떨어진 데에서 충돌하는 소리가 연달아 들렸다. 고개를 돌린 라스티아낙스는 돌진해 오는 로크새 세 마리를 봤다.

"로도프가 따라붙었어. 가야 해." 그가 다급한 어조로 말했다.

"난 안 될 거 같아……." 피라가 말했다. "어떻게든 해봐."

라스티아낙스는 날개를 접어서 그들의 몸을 덮었다. 마법역학이 저항하는 걸 느끼는 사이 오레이칼코스가 고치 모양으로 구겨지고 있었다. 화살이 빗발치듯 날아왔다. 라스티아낙스는 비가 내리는 건 본 적이 없지만 집의 지붕을 때리는 폭풍우가 이런 느낌일 거라고 생각했다. 통증 때문에 일그러진 피라의 얼굴이 바로 앞에 있었다. 피라가 무슨 말인가 하려고 애쓰는 걸 느꼈다.

"사랑해."

라스티아낙스는 그토록 듣기를 꿈꿔 왔던 이 세 글자의 말이 너무 간단하고 너무 명확해서 깜짝 놀랐다. 이것이 마지막 기회였기 때문에 그는 피라의 젖은 눈꺼풀과 뺨 그리고 입에 키스했다. 피라도 키스로 응답했다. 그 짧은 찰나가 영원한 순간처럼 느껴졌다. 충격을 받으면서 오레이칼코스가 계속 변형되고 있었다. 그는 빗발치듯 꽂히는 화살에 날개팔찌의 보호 인장이 약해질 때마다 등에 가해지는 충격이 점점 커지는 걸 느꼈다. 금방이라도 오레이칼코스가 굴복할 것 같았다.

라스티아낙스가 대책을 궁리하고 있을 때 함성을 지르면서 돌격하는 소리가 울려 퍼졌다. 그 가운데 시옷 발음이 안 되는 어눌한 목소리가 간간이 들렸다. 귀로 들리는 소리가 믿기지 않는 라스티아낙스는 목을 뒤로 빼고 다친 날개를 살짝 벌리고 내려다봤다. 운하에서 나포카인들이 로크새 세 마리와 비행병들에게 맞서고 있었다. 그들은 나포카가 함락된 뒤로 사용한 적이 없는 것 같은 방패와 불에 달궈진 검을 들고 싸웠다. 그들 속에 코모조이와 아버지가 있었다.

"왜 그래?" 피라가 물었다.

"아버지야!"

라스티아낙스는 이 말을 하면서 이토록 자랑스러움을 느낄 날이 올 줄은 생각지도 못했다. 테미스키라 병사들이 공격자들을 경계하는 틈을 이용해 그는 두 날개를 떼어내서 하나는 피라에게 덮어주고, 다른 하나는 방패로 삼아 전투에 참여했다. 얼어붙은 운하에서 큰 물결을 솟구치게 하여 머리 위를 나는 로크새 중 한 마리를 얼음으로 에워쌌다. 다른 두 마리는 재빨리 달아났다. 갑자기 그림자가 하늘을 가렸다. 그는 테미스키라 지원군이 온 거라고 생각했는데 아니었다. 바르시다와 페트로클루스가 로크새를 타고 돌아와 두 번째 로크새를 공격하고 있었다. 그들은 운하 중앙에서 벌인 공중전에서 승리를 거두었다. 곧바로 세 번째 로크새가 날아올랐는데 로도프가 고삐를 잡은 비행병 뒤에 앉아 있었다. 비행병이 로도프에게 외치는 소리가 들렸다.

"저놈들의 수가 너무 많다, 지원군을 데리고 와야 한다!"

"안 돼!" 로도프가 대꾸했다. "지금 빠져나가게 두면 비프아주르를 절대 찾지 못해!"

그때 나포카인들 속에서 라스티아낙스를 발견한 로도프가 손가락으로 가리키면서 외쳤다.

"저놈을 잡아라!"

라스티아낙스는 발톱을 세우고 달려드는 로크새를 보면서 아연실색했다. 로크새가 그를 낚아채려는 순간 아버지가 뛰어와서 그를 옆으로 밀쳤다. 로크새는 얼떨결에 푸발을 잡아서 이륙했다.

"**아빠!**" 라스티아낙스가 소리쳤다.

로크새에 앉은 로도프는 그제야 새가 푸발을 포획했다는 걸 알아차렸다. 그가 웃음을 터뜨렸다.

"네 아버지야? 라스트, 항복해, 아니면 네 아버지를 허공으로 떨어뜨릴 거야."

라스티아낙스는 아무 말도 나오지 않았다. 바르시다와 페트로클루스는 두 번째 로크새를 잡아서 탑 뒤로 사라지고 없었다. 로도프가 타고 있는 로크새의 날갯짓 소리밖에 들리지 않았다. 라스티아낙스는 공포에 질린 아버지의 얼굴, 땀범벅이 된 대머리 조련사를 쳐다봤다. 그는 검을 쥐고만 있을 뿐 꼼짝도 할 수 없는 것처럼 보였다.

"듣지 마, 라프트!" 아버지가 외쳤다.

라스티아낙스는 고개를 끄덕이면서 오레이칼코스 날개 방패를 던졌다.

"좋아, 항복."

정지비행 상태의 요동과 아래쪽이 허공인데도 불구하고 푸발은 아주 평온해 보였다.

"네가 자랑프럽다, 아들아." 아버지가 외쳤다. "네 엄마에게 내가 파랑한다고 전해줘."

라스티아낙스가 미처 반응할 겨를도 없이 푸발은 온 힘을 다해 달궈진 칼날을 로크새의 가슴팍에 찔렀다. 로크새가 죽어 가는 비명을 지르면서 날갯짓을 멈추자 중력의 법칙이 작용했다. 새와 세 사람이 추락하기 시작했다. 라스티아낙스는 울부짖으면서 난간을 향해 달렸다. 그는 운하와 탑들 사이로 떨어지는 로크새와 함께 아버지의 모습이 점점 작아지고 있다는 걸, 아버지가 1지구의 땅바닥에 으스러져 있다는 걸 받아들일 수 없었다. 있을 수 없는 일이었다. 절대로 있어서는 안 되는 일이었다. 어떤 아버지도 이렇게 쉽게 죽을 수는 없다고, 아니 그래서는 안 된다고 울부짖었다.

아르카

두 시간 전

아르카는 생령의 주인을 바라봤다.

지난번에 만났을 때—2년 전 아마조네스 숲에서, 그리고 두 달 전 실렌의 저택에서—는 경황이 없어서 그를 자세히 살펴볼 여유가 없었다. 짧은 머리에 거뭇거뭇한 수염, 삼십 대의 근육질 남자였다. 아르카보다 나이가 좀 더 많은 아마존이라면 틀림없이 그를 매력적이라고 생각할 터였다. 튀어나온 이마, 코의 곡선, 여전히 아르카의 팔을 움켜잡고 있는 손의 생김새 하며 여러 가지가 낯익었다. 그리고 푸르스름한 홍채도 시론의 눈빛과 같았다. 시론의 친자라는 걸 확인해주는 이목구비…… 하지만 아르카는 아직도 받아들이기 힘들었다. 갑자기 자신의 후견인이 죽은 자들 속에서 돌아와서 쳐다보고 있는 느낌이 들었다. 그렇지만 눈앞에 있는 사람은 시론이 아니었다. 눈앞의 남자는 캉드리이자 시론 살해범이고 시론의 아들이자 히페르보레아 정복자이고 생령의 주인이었다.

　　생령의 주인은 아르카의 혼란을 알아챈 것처럼 말했지만 헛다리를 짚고 있었다.

　　"두려워하지 마, 난 너를 해치지 않아."

　　이 말에 아르카는 기억이 떠올랐다. 아르카는 그를 죽이려고 협곡으로 뛰어내렸다. 따라서 두려워해야 할 사람은 아르카가 아니라 그였다. 이번에는 기필코 그를 해치울 생각으로 연속된 동작을 구상했다. 그의 엄지손가락을 비트는 것과 동시에 발길질을 한 다음 비프아주르를 꺼내서…….

　　생령의 주인이 전혀 예상하지 않은 행동을 하는 바람에 아르카는 공격 기회를 다음으로 미뤄야 했다. 그가 팔을 놓아주었던 것이다.

"따라와, 조용한 데로 가서 얘기 좀 하자."

새 바실레우스 대관식이 다시 시작되었다. 리라와 플루트, 오르간 연주가 더 활기차게 울려 퍼지면서 아직 끝나지 않은 소동을 덮어주었다. 병사들이 마지막 시위자들을 관객들로부터 멀리 끌어내고 있었다. 쩌렁쩌렁한 음악 소리에 섞여서 들리는 비명과 욕설 때문에 아르카는 귀가 먹먹했다.

"나는 당신과 얘기하고 싶지 않아요." 아르카가 내뱉었다.

물론 거짓말이었다. 아르카는 시론을 기억하는지, 숲을 나간 뒤 어떻게 지냈는지…… 그리고 자신이 어머니를 죽인 걸 아는지 물어보고 싶었다. 하지만 이런 질문들을 하면 아르카의 머릿속에 있는 생령의 주인과 말 조각품을 갖고 노는 어린 캉드리가 동일인이라는 걸 확인할 우려가 있었다. 아르카가 정말로 피하고 싶은 것이 하나 있다면 시론의 딸을 죽일 생각을 해야 한다는 것이었다.

그리고 그는 이미 감언이설로 아르카를 자기편으로 끌어들이는 데 성공할 뻔했다. 특히 아르카는 그의 꾐에 넘어가지 말아야 했다.

"네 멘토를 가둬놓고 있는데 수틀리면 머리통을 날려버리겠다고 하면 네가 나랑 대화를 하려나?" 생령의 주인이 농담조로 물었다.

납덩어리 같은 것이 배 속으로 쿵 떨어지는 것 같았다. 아르카의 시선이 교도소 쪽으로 향했다. 라스티아낙스의 작전이 실패한 걸까?

"거짓말이 아니라는 걸 증명해줄 사람 있어요?"

생령의 주인이 재미있다는 듯 입술을 비죽거리면서 망토의 두건을 다시 뒤집어썼다.

"없지. 하지만 그걸 확인하겠다고 네 멘토의 목숨을 위태롭게 하지는 않겠지?"

그가 윙크를 보내면서 탑들이 있는 도심 쪽으로 다시 걷기 시작했다.

결정을 내리지 못한 아르카는 그가 일부러 앞장서서 가는 것이 아닐까 생각했다. 아르카는 호주머니 안에 손을 넣고 뾰족한 돌멩이 세 개를 만지작거렸다. 갑자기 그를 죽이겠다는 결심이 흔들렸다. 생령의 주인의 말이 맞았다. 비록 라스티아낙스에게 버림받았지만 그렇다고 멘토의 목숨을 위태롭게 할 수는 없었다.

아르카는 돌멩이들을 손에서 났다. 순순히 따라가면 생령의 주인이 멘토를 해치지는 않을 터였다. 그를 죽일 기회는 얼마든지 있을 테고.

아르카가 보폭을 넓히면서 따라갔다.

"나를 따라오기로 한 것 같아서 기쁘구나."

"나를 기절시켜서 데려갈 수도 있으니까 그게 그거죠." 아르카는 그가 마치 산책을 제안한 것처럼 부드럽게 말하는 어조가 역겨웠다. "나한테 선택의 여지가 없다면 따라가는 수밖에 없죠."

"늘 선택의 여지는 있어. 가령 너는 굳이 히페르보레아에 돌아올 의무가 없었어."

"사실은 돌아오고 싶지 않았어요." 아르카가 대꾸했다.

"근데 왜 돌아온 거니?" 생령의 주인이 물었다.

"당신을 죽이러."

아르카는 상대의 반응에 개의치 않고 받아쳤다. 그가 웃음을 터뜨렸다.

"여기서는 나를 절대 죽이지 못해."

그들은 탑의 그림자 속에 이르렀다. 거리는 성벽 지대에서 도망쳐 온 다양한 연령대의 사람들로 북적였다. 사람들은 돌아가도 될 정도로 사태가 진정되었을지 궁금해하면서 대관식에 대해 이러쿵저러쿵 촌평했다. 아르카는 어렵지 않게 군중을 헤치고 나아가는 생령의 주인을 졸졸 따라갔다. 사람들이 저 남자에게서는 멀찍이 떨어지는 것이 상책이라는 걸 본능적으로 아는 것처럼 비켜섰다. 아르카는 엘라프 떼 속으로 걸어가는 야생 사자를 보는 것 같았다. 아르카는 용기를 내기 위해 펜던트가 달린 골풀 목걸이를 만지작거렸다.

"누구 만나러 가는 거예요? 어디로 데려가는 건데요? 교도소?"

"아니. 7지구에. 너를 소개할 사람이 있어서." 생령의 주인이 대답했다.

그의 얼굴에 번지던 웃음기가 사라졌다. 인정하고 싶지 않지만 호기심이 동한 아르카는 사람들로 붐비는 거리를 따라갔다. 한 톨게이트에 이르러 생령의 주인이 병사들에게 배지를 보여주자 아르카에게는 눈길도 주지 않고 통과시켰다. 아르카는 생령의 주인이 테미스키라 군대에서 어떤 직책을 맡고 있는지 궁금했다. 그는 일반 병사들의 경례를 받아 마땅한 것 같긴 한데 그의 군복은 거리에서 봤던 장교들하고는 달랐다. 그들은 두 번째 톨게이트에 이르렀고, 평소에 장이 서는 3지구의 운하를 건넜다. 노점들의 알록달록한 천막들이 바람에 펄럭이고 있었다. 아르카의 시선이 허기진 배를 괴롭히는 진열대에 머물렀다. 아르카는 생령의 주인에게 집중하려고 엄청 노력했다. 그렇지만 아르카의 눈길을 관찰하던 그가 빵집 앞에서 걸음을 멈췄다.

"배고프니?"

그는 아르카의 대답을 기다리지 않고 판매대를 내려다보면서 작은 빵 여섯 개를 골랐다. 테미스키라 군복과 배지를 보고 불안해진 빵집 주인이 마지못해 그가 고른 빵을 담았다. 아르카는 빵 장사꾼이 테미스키라 병사들에게 이미 강탈당한 경험이 있는 거라고 생각했다. 장사꾼이 체념하고 있을 때 생령의 주인이 호주머니에서 동전한 주먹을 꺼냈다. 생령의 주인이 빵 다섯 개를 내밀었을 때 아르카는 어떻게든 입맛을 다시지 않으려고 노력했다. 그는 남은 빵 한 개를 먹었다.

"이 도시에서 내가 가장 좋아하는 게 건축인지 음식인지 모르겠어." 그가 만족스러운 얼굴로 말했다.

아르카는 그가 동물에게 미끼를 던져주듯 먹을 것으로 꼬드기려는 것임을 대번에 알아챘다. 하지만 아르카는 배가 몹시 고팠다. '일단 먹고 기운을 차리는 게 나아'라고 자신을 설득하면서 첫 번째 빵을 게걸스럽게 먹었다.

"어쨌든 당신은 도시의 건축물을 파괴했잖아요." 아르카가 빵이 가득한 입으로 말했다.

"내 의도가 아니었어." 생령의 주인이 대꾸했다. "네가 달아나지 않고 나랑 있었으면 그런 일은 절대 일어나지 않았을 거야. 결국은 이곳으로 돌아올 거면서."

방금 빵을 욱여넣은 아르카는 갑자기 맛이 썼다.

"숲에 불을 지른 거. 그건 의도적인 거 아니었어요?" 아르카가 반격했다. "내가 보기에 당신은 불을 끄는 것보다 불을 지르는 데 타고 난 재능이 있는 것 같네요."

그는 4지구의 톨게이트 쪽으로 발길을 돌렸다. 아르카는 가장 민감한 부분을 건드렸음을 느끼고 더 파헤치기로 했다. 실렌의 저택에서 만났을 때부터 생령의 주인은 아르카를 계속 자기편으로 끌어들이려 했다. 아르카는 그의 시도를 후회하게 만들 생각이었다.

"당신은 내 후견인을 죽였고, 우리의 나무 위 오두막을 파괴했어요." 아르카는 두 손에 빵을 들고 빠른 걸음으로 쫓아가면서 덧붙였다. "한날한시에 집과 가족을 다 잃어버리는 게 얼마나 고통스러운지 당신이 알기나 해요?"

"그게 어떤 고통인지 아주 잘 알지." 생령의 주인이 대답했다.

아르카의 신랄한 질문에 그의 자신감이 흔들리는 것 같았다. 그는 자신의 말이 무슨 뜻인지 아르카가 완벽하게 알고 있다고는 짐작도 못하고 있었다.

"근데 왜 숲에 불을 질렀어요?" 아르카는 집요했다.

"비프아주르를 찾기 위해 숲의 일부를 태운 거야." 그가 대답했다. "내가 알기로는 아마존족이 큰 타격을 입을 정도의 손실은 전혀, 아니 거의 아니었어. 네 후견인이 나무 위 오두막 안에서 꼼짝도 하지 않는 바보 같은 짓을 저지르지만 않았다면, 네가 후견인을 잃는 일은 절대 없었을 텐데……."

그의 태연한 말투에서 아르카는 피해자가 누구인지 그가 전혀 모르고 있다는 걸 알아차리고 어이가 없었다. 하긴 자기가 어머니를 죽였다는 걸 어떻게 의심이나 할 수 있겠어? 어떻게 어머니를 알아볼 수 있었겠어? 테미스의 말에 따르면, 어머니에게서 버림받은 캉드리가 숲에 불을 지르기까지 26년이 넘는 세월이 흘렀는데…….

"내 후견인은 당신이 훔쳐 가려고 한 비프아주르를 지키고 있었어요." 아르카가 내뱉었다.

4지구의 톨게이트가 운하 끝에 나타났고, 테미스키라 병사들이 지키고 있었다.

"나는 히페르보레아를 구하기 위해 비프아주르를 훔친 거야."

"아, 성공했네요, 여기 생활이 이렇게 즐거웠던 적이 없었으니까." 아르카가 얼어붙은 도시를 가리키면서 비아냥거렸다.

"히페르보레아가 테미스키라군의 포위 공격을 받는 것보다는 훨씬 손실이 적은 거지." 그가 응수했다.

그는 마치 이 정당화가 자신의 신조가 된 것처럼 기계적으로 말했다. 아르카는 눈살을 찌푸리면서 세 번째 빵을 먹었다.

"지난번에도 나한테 허튼소리를 늘어놓더니." 아르카는 입 안의 빵이 튀어나오지 않게 노력하면서 어물어물 말했다.

생령의 주인이 무슨 말인지 알아듣지 못한 표정을 짓자 아르카는 빵을 삼키고 또랑또랑한 목소리로 다시 말했다.

"당신이 음모를 꾸미지 않았다면 히페르보레아가 테미스키라에 정복되는 일은 없었을 거예요."

생령의 주인은 테미스키라 순찰대가 지나갈 때까지 잠시 침묵하다가 걸음을 멈추고 아르카를 마주보면서 말했다.

"너 나포카에서 살았으니까 전쟁이 남긴 상처를 봤잖아. 나포카는 주민 절반을 잃었고, 나머지 절반은 강탈당하고 능욕당하고 고문당했지. 일곱 살 이하의 소년들만 화를 면했어. 그 이유를 아니?"

아르카는 나포카에 머물 때 일어난 참상에 대해 너무 많은 걸 기억하고 있었다. 아르카는 작은 빵 한 개를 움켜쥐고 있는 자신의 주먹을 내려다봤다.

"병사로 만들려고요." 아르카가 눈을 내리깔고 대답했다.

"그래. 어릴 때부터 여단에 편성된 병사들은 이제 거의 교육이 끝났어. 나포카 신병들을 이끌고 왔으면 테미스키라는 히페르보레아를 점령하는 데 성공했을 거야. 그랬으면 수십만 명 이상의 주민이 목숨을 잃었겠지."

그는 다시 걷기 시작했다. 아르카는 네 번째 빵을 성난 입 안에 욱여넣었다. 톨게이트에서 보초를 서는 병사들이 그들을 통과시켰다. 아르카가 생령의 주인을 따라 층계를 올라가면서 어찌나 대화에 집중했던지 얼음 폭포 계단에서 여러 번 미끄러질 뻔했다.

"그래서 당신이 뭘 할 수 있는데요?" 아르카는 숨을 헐떡이면서 물었다. "당신은 사람들의 목숨을 전혀 존중하지 않잖아요."

"나를 잘못 생각했구나. 나는 사람들의 목숨을 굉장히 존중해."

그는 아르카가 따라오길 기다렸다가 말을 이었다.

"말하자면 나는 변혁이 일어나야 할 사회의 전환점을 알고 있지. 그래서 가능한 한 많은 사람을 구하기 위해 다른 사람이 못 하는 결정을 내리는 데 두려움이 없어. 나는 백 명의 목숨을 위태롭게 하느니 한 명을 백 번 죽이는 쪽을 택하지."

아르카의 입에서 비웃음이 흘러나왔다.

"무슨 뜻인지 알고 하는 말이에요? '나는 가능한 한 많은 사람을 구하기 위해 다른 사람이 못 하는 결정을 내리는 데 두려움이 없어.' 모든 폭군이 당신처럼 생각하죠. 그런 원칙을 내세우면 모든 것이 정당화될 수 있다고 자만하면서."

아르카는 정곡을 찔렀다고 느꼈다. 생령의 주인이 즉답을 하지 않았기 때문이다. 그는 얼어붙은 운하 둔치에 앉아서 부츠 밑창에 장착할 얼음 날을 만들었다. 그의 얼굴은 굳어 있었다. 아르카는 그 뒤에 서서 목덜미를 내려다보며 지금이 그를 죽일 절호의 순간일까 생각했다. 부츠 쪽으로 고개를 숙이고 있는 그를 공격하는 건 쉬워 보였다. 1미터 거리에서 톨게이트의 병사들이 주사위 놀이에 집중하고 있었다. 아르카는 펜던트를 만지작거리면서 생각했다. 비프아주르를 무력화하고 있는 오레이칼코스 깃털을 펼치고 그의 머리를 잡아서 확……

"나포카를 포위할 때 나는 아주 젊은 장교였어." 생령의 주인이 갑자기 말했다.

그는 부츠 밑창에 얼음 날을 고정하고는 등진 자세로 팔뚝을 양 무릎에 대고 운하 위로 삐죽삐죽 솟은 탑들을 바라보고 있었다.

"나의 첫 부임지였고, 모든 신병이 그렇듯 무척 흥분해 있고 열정에 넘쳤지만 몹시 두렵기도 했지. 나는 경험 많은 병사로 구성된 중대의 지휘를 맡게 되었어. 나보다 나이가 많은 병사들을 이끌어야 했는데 무거운 책임이 따랐지. 나는 전투에서 빠르게 내 역량을 증명해 보여야 한다고 생각했어."

아르카는 펜던트를 손에서 놨다. 생령의 주인을 죽이는 건 또 다음 기회로 미뤄야 했다. 추억을 얘기하는 사람을 등 뒤에서 태연하게 죽인다는 건 불가능한 일이었다. 그 취약한 상태가 그에게는 최상의 방패였다. 아르카는 그와 마주보고 앉았다. 생령의 주인이 얼굴을 들었는데 아르카는 또다시 시론과 같은 눈빛 때문에 혼란스러웠다.

"하지만 포위 공격은 몇 달 동안 지속되었어." 그가 계속 이야기했다. "나를 비롯해 부하들의 욕구 불만을 다스릴 필요가 있었지. 다들 몹시 지치고 힘들어했으니까. 나포카의 성문들이 열리고 마침내 어떤 행동이라도 하고 싶어서 안달이 나 있었거든. 우리는 할 수 있는 걸 다하면서 시간을 보냈지. 궁수들을 성벽 위로 보내서 도발하기도 하고, 카드놀이도 하고, 술도 마시고…… 그러다 보니 군대 야영지가 도시 밖에 있는 또 하나의 도시가 되었어. 주변 마을에서 물건을 팔러 온 상인들, 유흥업자들, 돈 받고 음식을 배달해주는 소년들…… 민간인들이 많이 드나들게 되었지."

아르카는 그의 진의가 무엇인지 궁금했다. 생령의 주인은 얼음 날을 만드는 아르카를 멍한 시선으로 쳐다보면서 말을 이었다.

"그 배달꾼 아이들 중 내 부대를 아주 많이 들락거리는 소년이 한 명 있었어. 이름이 비킬리였는데 모두들 비크라고 불렀지. 내 부하들은 그 아이를 아주 좋아했고, 돈을 주면서 종종 잔심부름을 시켰어. 무료한 병사들은 웃을 일이 생겨서 좋고, 아이는 생활비를 벌어서 좋고, 아무튼 서로에게 나쁠 게 없었지. 그렇게 비크는 우리의 마스코트가 되었어. 아무도 그 아이가 어디서 오는지 알지 못했고 신경도 쓰지 않았지. 도시의 성문들이 마침내 무너진 날까지는."

아르카는 여전히 신발에 고정할 얼음 날을 만들지 못하고 있었다. 생령의 주인이 부츠 밑창에서 얼음 날 두 개를 튀어나오게 했다.

아르카는 그를 향해 고개를 들었다. 이제부터 그의 이야기는 듣기 힘든 이야기로 전개되리라 느꼈다.

"전시 상황의 군대에 있으면 끔찍한 행위를 보고 가담하게 될 거란 예상을 하게 되지. 나포카에서 일어난 일은 내가 예상한 걸 훨씬 뛰어넘었어. 몇 달을 지루하게 보내던 병사들은 나포카인들에게 본능적 욕구를 발산할 수 있기를 고대하고 있었으니까. 동료 장교들이 부하들을 참수 경쟁에 뛰어들게 하는 걸 봤어. 병사들이 시신을 모독하고, 살아 있는 이들을 불태우는 것도 봤어. 가장 잔인한 방법으로 나포카인을 가장 많이 죽인 병사에게 우승이 돌아가는 시합도 있었지. 도시에 빨간 비가 퍼붓는 것처럼 거리가 피바다가 되었어."

그는 포위 공격의 이미지들이 망막에 찍혀 있기라도 하듯 일그러진 얼굴로 눈을 감았다. 그가 연기를 하는 건지 확인할 수가 없는 아르카는 눈살을 찌푸렸다. 아르카는 그가 위선적이면서도 솔직하고, 공감하면서도 냉정할 수 있는 사람이라는 느낌이 들었다. 그가 덧붙였다.

"최악의 순간은 내 부하들이 도시에서 비크를 발견했을 때였어. 비크가 나포카인이라는 걸 아무도 몰랐거든. 너무 마른 아이가 강을 보호하는 살문의 구멍을 통해 날마다 드나들었던 거야. 내 부하들은 격분했지. 배신당했다고 느꼈으니까. 부하들을 찾았을 때는 이미 열 명이 그 아이를 때려눕히고 있었어. 멈추라고 명령했지만 너무 늦었어. 비크는 이미 죽었으니까. 겨우 여덟 살이었는데."

아르카는 무릎에 힘을 주면서 이를 악물고 주먹을 불끈 쥐었다. 이런 얘기를 감당하기에는 자신이 너무 어리다고 생각하면서 귀를 틀어막고 싶었다.

생령의 주인이 눈꺼풀에 손을 얹으면서 말했다.

"포위 공격이 끝난 뒤 내 부하들을 군사 재판에 회부하려 했는데 상관들은 정당한 권리를 행사한 거라고 말했어. 그 사건 이후 올리가르키아의 명령으로 일곱 살 미만의 나포카인들만 보호를 받게 되었지. 나포카 침략 후 나는 마기스테리움을 안심시키고 포위 공격의 책임을 나포카인들에게 전가시키라는 임무를 받고 히페르보레아에 파견되었어. 내가 아주 설득력이 있거든." 그가 쓸쓸한 미소를 지으면서 말했다.

"마기스테리움에 가서 뭐라고 말했는데요?"

"진실의 일부를 말했지. 폭력 사태가 확산된 책임은 당시의 군주에게 있다고. 항복하라고 수차례 요구했지만 매번 거절했다고. 자기 머리 날아갈까 봐 백성이 굶어죽게 내버려뒀다고. 학살을 야기한 것은 군주였다고."

그는 격분한 아르카의 표정을 보면서 실망하는 듯한 미소를 지었다.

"당신의 말을 믿을 정도로 장관들이 바보였다고요?" 아르카가 어처구니가 없다는 듯 물었다. "그리고 이 도시에 정착해서 사는 나포카 이주민들이 얼마나 많은데 의회에서 무슨 일이 있었는지 모를 수가 없는데……."

"장관들이 원한 거니까." 생령의 주인이 어깨를 으쓱하면서 대꾸했다. "피해자들을 돕는 것보다 가해자들의 말을 믿는 게 더 쉬운 법이지."

그가 얼음 날을 장착한 부츠를 신고 똑바로 일어섰다. 대화가 무
르익을수록 아르카는 인간에 대한 혐오감을 느꼈다.

"당신도, 의회 장관들도, 테미스키라인들도 전부 다 악질이에요."
아르카는 고개를 절레절레 저으면서 내뱉었다.

생령의 주인은 아르카의 도발을 재미있어했는데 그건 아르카의
의도와 거리가 멀었다. 아르카는 생령의 주인이 마치 그들 사이가 자
상한 멘토와 천진한 제자라도 되는 것처럼 이 대화를 즐기고 있다는
생각이 들었다.

"나는 악질일 수도 있어. 하지만 내 동족 전체를 싸잡아서 비난하
는 건 좀 속단하는 거 아니니?"

그는 유연한 움직임으로 빙판을 지치기 시작했다. 마치 얼음 날
을 달고 태어난 것처럼 능숙했다. 거만한 말투에 짜증이 난 아르카는
한 손에 작은 빵을 쥔 채로 중심을 잡기 위해 한 팔을 크게 휘저으면
서 뒤뚱뒤뚱 따라갔다.

"전쟁은 우리 삶의 방식을 정당화하고, 우리 삶의 방식은 전쟁으
로 정당화되지." 그가 뒷짐을 진 자세로 얼음을 지치면서 말을 이었
다. "적이 없으면 군대가 필요 없고, 군대가 없으면 계급이 필요 없고,
계급이 없으면 테미스키라는 존재할 필요가 없어. 테미스키라인들
은 전쟁을 좋아해서가 아니라 전쟁 없이는 살 수 없는 거야."

그는 계속 말하면서 빙판을 지쳤다. 그의 목소리는 거의 최면을
거는 것 같은 특이한 리듬을 지니고 있었다. 아르카는 실렌의 저택에
서 싸울 때 이 특이한 목소리에 홀렸던 기억이 났다.

"난 너에게 아무것도 가르치려고 하지 않았잖아?" 그가 아르카를

돌아보면서 물었다. "아마존 수습생이었으니까 너도 어린 나이 때부터 세뇌된 거야."

"'세뇌된다'는 게 무슨 말이에요?" 아르카가 눈살을 찌푸리면서 물었다.

"지도자를 따르게 가르치고, 전쟁을 좋아하게 가르치고, 아마존족에게 유리한 쪽만 보게 가르쳤잖아."

"나는 세뇌되지 않았⋯⋯."

아르카는 말을 멈췄다. 갑자기 금이 간 꽃병 안의 물처럼 입에서 말이 흘러나온 것 같았다. 숲에서 살던 어린 시절이 새로운 양상을 띠고 있었다. 가장 오래된 기억은 훈련이 시작된 날이었다. 장난감, 모형 무기들, 말, 대장간, 훈련장⋯⋯. 숲에 있는 것은 모두 전쟁을 위한 것들이었다. 아르카는 생령의 주인이 하는 말을 떨쳐내려고 했지만 그 말들이 머릿속을 비집고 들어오기 시작했다.

"네, 아마존들은 전쟁을 해요, 하지만 선택의 여지가 없기 때문이에요." 아르카는 정신을 차리면서 반박했다. "전쟁을 하지 않았다면 아주 오래전에 멸족했을 거예요. 모두 우리를 궤멸하려고 하니까."

이 반론은 아르카 자신의 귀에도 거짓으로 들렸다. 아르카가 수습생이던 시절 교관의 입에서 나오던 말 같았다. 생령의 주인이 즉시 반박했다.

"아마존족이 160여 년 전에 어떻게 아르카디아에 정착했다고 생각하니? 헤일로테스들에게 그 사람들의 숲을 이용해도 되는지 정중하게 요청했을까? 아니, 아마존족은 무력으로 헤일로테스들을 내쫓았고, 딸들을 인질로 삼고 저항하는 원주민들을 학살했어. 이후 계속해서 반대 세력에게 군사력 사용을 정당화하기 위한 핑계로 삼고 있지."

"하지만……."

"만약에 내일, 아마존족과 테미스키라가 전쟁을 멈춘다면 아마존족은 더는 헤일로테스들의 마을을 지켜준다는 주장을 못하겠지." 생령의 주인이 아르카가 반박할 겨를을 주지 않고 말했다. "무기를 내려놓고 헤일로테스들에게 땅을 돌려주고 새로운 삶의 방식을 찾아야 하겠지. 과연 여전사들을 농부로 만들려는 아마존 장군이 있을까? 병사들을 상인으로 만들려는 테미스키라 올리가르키아가 있을까?"

아르카는 대답하지 않고 침묵했다. 그들은 7지구를 향해 계속 올라갔다. 마침내 거대한 바실레우스 궁전이 탑들 사이로 모습을 드러냈다. 성벽 높이에 조각된 그리핀들이 궁전을 둘러싼 넓은 운하들에 얼음을 토해내고 있었다. 옥상 테라스에 중정에서 자라는 눈을 뒤집어쓴 종려나무와 나무고사리들이 보였다.

"여길 왜 온 거예요?" 아르카가 걸음을 멈추고 물었다.

왕실에서 있었던 마지막 순간의 기억들이 몰려왔다. 피에 흥건하게 젖은 바실레우스, 석관묘 속의 후계자들. 사라지기 전에 안녕, 내 딸 하고 속삭이던 생령……. 히페르보레아에서 아르카가 다시는 발을 들이고 싶지 않은 곳이 있다면 바로 이곳이었다.

"소개해주고 싶은 사람이 여기 있으니까." 생령의 주인이 대답했다.

더는 설명 없이 그는 운하를 건너서 작은 선창으로 들어갔고 아르카는 마지못해서 따라갔다. 궁전은 이전의 화려함을 잃었다. 어디나 그렇듯 서리가 내려앉은 식물은 시들어 있고, 모자이크들이 뜯어져 있었다. 부교에 이르자 생령의 주인이 얼음 날을 녹이고 첫 번째 정자로 이르는 계단을 올라갔다. 아르카는 몇 달 전 라스티아낙스와 함께 어떻게 왔는지 떠올리면서 올라갔다. 그들은 귀한 목재 문을 통과했다. 비록 추위 때문에 수많은 벽화들이 벗겨지고 예술품들이 약탈되었지만 여전히 호화롭게 장식된 부속실들을 지나쳤다.

그들은 중정으로 이르는 회랑에 들어서다 자동 휠체어에 앉은 노인과 마주쳤다. 청소년기를 갓 벗어난 앳돼 보이는 부관이 휠체어 곁에 있었다. 생령의 주인을 본 노인의 눈빛이 반짝였다.

"알칸드로스." 노인이 떨리는 목소리로 불렀다.

알칸드로스, 캉드리. 생령의 주인이 시론의 아들이라는 증거가 추가되었다. 차라리 이름을 모르는 편이 나았을 텐데. 아르카에게는 생령의 주인을 해치우는 것보다 알칸드로스를 죽이는 것이 훨씬 힘들었다.

"내가 소개해주고 싶은 분이야." 생령의 주인이 속삭이면서 아르카를 쳐다봤다.

"내 아버지, 리쿠르고스야."

아연실색한 아르카는 인사를 하러 노인에게 다가가는 생령의 주인을 눈으로 좇았다. 리쿠르고스. 수많은 도시국가들을 공포에 떨게 한 이름이었다. 나포카에서 사는 동안 아르카는 모든 악행의 책임이 있는 폴레마르코스를 죽여야 할 철천지원수로 생각했다. 그러다 돌아간 숲에서 이 폭군에 대한 새로운 사실을 알게 되었다. 시론이 아르카디아 광산에서 풀어준 야심에 찬 젊은 용병이 바로 리쿠르고스였다. 그런데 그 리쿠르고스가 아르카의 눈앞에서 휠체어에 구부정하게 앉아서 손을 떨고 있었다. 부관이 생령의 주인에게 가슴을 두드리는 것으로 경례를 하는 사이 알칸드로스가 아버지의 이마에 입을 맞추면서 말했다.

"어떠세요, 아버지?"

"잘 드시고 잘 주무십니다." 부관이 대신 대답했다. "오늘 아침에 과자 때문에 숨이 막힐 뻔했지만 제가 토해내게 했습니다. 잠시만 한눈을 팔아도 큰일 나지요…… 근데 엑스트락트리스에서 일어난 일은 들으셨습니까?"

부관은 마치 소식을 빨리 전하고 싶어서 안달이 난 것처럼 단숨에 물었다. 아르카는 부관이 온종일 노망난 노인을 돌보느라 몹시 따분했던 거라고 추측했다.

"아니." 알칸드로스가 대답했다.

"히페르보레아 마법사들이 추출기를 파손하고 비프아주르를 갖고 도망쳤답니다. 도시 전체에 수배령이 내려졌습니다."

아르카의 심장이 쿵쿵 뛰었다. 라스티아낙스가 성공했는데 생령의 주인이 멘토를 붙잡아 두고 있다고 거짓말을 한 것이었다.

"현재 거긴 전투 태세에 들어갔습니다." 수다를 떨고 싶었던 게 틀림없는 부관이 덧붙였다. "장군들께서 그자들의 머리를 베어 오라는 명을 내렸는데 다행히 저는 차출되지 않았습니다. 제 생각에는……."

"소식 전해줘서 고맙다, 병사." 알칸드로스가 냉랭한 어조로 말을 끊었다.

갑자기 긴장감이 고조되었다. 그가 아르카를 곁눈질했다. 아르카는 그제야 여러 가지를 알아차렸다. 첫째, 생령의 주인은 아르카에 대한 압박 수단이 날아갔다는 걸 깨달았다. 둘째, 아르카가 라스티아낙스에 대한 압박 수단이 되었다. 생령의 주인이 아르카를 붙잡고 있으면 멘토에게 비프아주르를 가져오게 하는 데 이용할 수 있다. 셋째, 아르카에게는 절대적으로 불리한 싸움이다. 그에게는 생령과 강력한 마법 능력이 있는데 아르카는 비프아주르 조각만 있을 뿐 태연하게 그를 공격할 용기가 부족했기 때문이다. 요컨대 아르카는 곤경에 처해 있었다. 아직 기회가 있을 때 도망쳐서 라스티아낙스를 돕는 것이 상책이었다. 둘이 힘을 합치면 생령의 주인을 이길 확률이 더 높았다.

"이제 폴레마르코스를 숙소로 모셔라." 알칸드로스가 부관에게 지시했다.

부관은 대화가 짧게 끝난 것이 못내 아쉬운 얼굴로 가슴을 두드리고 나서 조심스럽게 자동 휠체어의 손잡이를 잡았다. 부관이 휠체어 방향을 돌리는 사이 리쿠르고스는 아들에게 멍한 시선을 보냈다. 아르카는 그 순간 앞으로 뛰어가서 부관을 순식간에 때려눕힌 다음 휠체어 손잡이를 움켜잡고 등받이에 매달린 뒤 등 뒤 쪽의 벽을 발로 찼다.

리쿠르고스가 앉은 휠체어가 공중부양해서 아르카를 매단 채로 회랑을 가로질렀다. 노인이 공포의 신음 소리를 냈다. 그들이 눈앞을 지나가자 생령의 주인이 폭발시키려는 동작을 취하다 단념했다. 아버지를 위험에 빠뜨리고 싶지 않았던 것이다. 아르카는 달아날 생각을 하고 있었다.

휠체어가 회랑 끝에 이르렀기 때문에 아르카는 잠시 바닥에 내려서 다시 한번 휠체어를 출구 방향으로 공중부양시켰다. 휠체어가 연이은 부속실들을 따라 전속력으로 올라갔다. 휠체어 등받이에 매달린 아르카는 리쿠르고스의 희끗희끗한 머리에 얼굴을 대고 가능한 한 빨리 출입문에 이르길 빌었다.

그때 갑자기 그들은 뿌연 회오리바람을 통과했다. 휠체어가 문을 넘어가려는 순간 문짝이 삐걱거리면서 닫혔다. 아르카는 노인이 정면으로 문짝에 충돌하지 않도록 발뒤꿈치를 바닥에 붙이고 서서 휠체어를 잡아당겼다. 그런데도 중심을 잃은 노인이 앞으로 쏠리다 바닥에 내동댕이쳐졌다.

아르카는 재빨리 돌아봤다. 실렌이 부속실들 중앙에 나타나 있었다. 생령이 된 실렌이 냉소를 띠고 있었다. 뒤에서 알칸드로스가 뛰어왔다. 생령이 손가락 하나를 치켜들었다. 이내 아르카가 미끄러지면서 넘어졌는데 아들을 애타게 부르면서 신음하는 리쿠르고스 바로 옆이었다.

아르카는 옷깃 안으로 손을 넣고 펜던트를 꺼내 생령이 달려드는 순간 오레이칼코스 깃털을 펼쳤다.

그 즉시 실렌이 한 무더기의 입자로 분해되어 공중에 떠다녔다. 아르카는 얼이 빠진 얼굴로 떨어지는 먼지를 쳐다봤다. 블루존이 눈 깜짝할 사이에 생령을 소멸시킨 것이다.

생령의 주인은 방금 자신의 꼭두각시에게 일어난 일에 깜짝 놀란 것 같았다. 아르카는 이제 평화적인 협상은 바랄 수 없게 되었다는 걸 깨달았다. 알칸드로스가 한 손을 쳐들자 손바닥에 불덩어리가 나타났다.

"나한테 비프아주르가 있거든요." 아르카가 금속 조각을 휘두르면서 외쳤다.

생령의 주인이 동작을 멈췄다.

"나는 비프아주르의 영향을 받지 않아." 그가 말했다.

"당신은 그렇지만 나는 아니죠." 아르카가 응수했다. "내가 블루존 안에 있는 동안에는 나에게 아무 일도 일어나지 않길 바란다더니 아니에요? 당신은 저주를 유지하기 위해서라도 내가 필요하니까."

"알칸드르…… 아파…… 알칸드르……."

생령의 주인이 아버지 쪽으로 시선을 돌렸다. 여전히 바닥에 엎어져 있는 리쿠르고스가 도와 달라고 아들을 애타게 부르고 있었다. 아르카는 주의가 산만해진 틈을 타서 벌떡 일어났고, 비프아주르를 손에 쥐고 중정을 향해 달아났다. 아르카는 속도를 내면서 아치를 지나 추위에 얼어붙은 작은 숲속으로 도망쳤다.

궁전을 빠져나가는 가장 좋은 방법은 바실레우스를 살해하던 밤 지붕에서 타고 내려갔던 큰 나무가 있는 데로 가는 것이었다. 아르카는 속도를 늦추지 않고 오솔길을 따라가다 미끄러운 포도에서 비틀거리면서도 라스티아낙스와 함께 바실레우스의 연설을 기다렸던 작은 건축물 밑을 쏜살같이 달리다 문제의 나무 부근에 이르렀다. 아르카가 가장 낮은 가지를 잡으려고 뛰어오르려고 할 때 우지끈하는 소리가 울렸다. 아르카는 쩍 갈라지는 나무 밑동을 보면서 사색이 되었다. 나뭇가지가 점점 더 빠르게 옆으로 기울고 있었다.

아르카는 재빨리 뒷걸음치다 돌아섰다. 생령의 주인이 한 손을 내밀고 나무를 막대기처럼 박살을 낸 것이었다. 그가 지닌 엄청난 마법의 힘에 아르카는 경악했다. 멀리 떨어진 거리에서 이토록 막강한 마법을 행사하는 사람은 본 적이 없었다. 라스티아낙스도 이 정도는 아니었다. 그가 아르카에게 시선을 고정한 채 전진하고 있었다.

아르카는 옷깃 속에 숨겨 둔 투석구를 꺼냈고, 호주머니 속의 돌멩이 하나를 꺼내서 가죽 띠에 끼웠다. 첫 번째 돌멩이가 날아가다 적의 가슴에 이르기 직전에 빗나갔다. 두 번째 돌멩이는 눈 덮인 식물에서 경로를 마쳤다. 세 번째 돌멩이는 공중에서 폭발했다.

아르카는 숨을 가쁘게 몰아쉬면서 왼손을 폈다. 아르카의 손바닥에 남아 있는 비프아주르 조각이 아르카디아 하늘의 한 조각처럼 반짝이고 있었다. 생령의 주인은 이제 1미터 거리에 있었다. 아르카는 투석구 가죽 띠에 비프아주르 조각을 끼워 넣고 빙빙 돌리다 손목을 튕겨 날려 보냈다.

시간이 쪼개지는 것 같았다. 아르카는 알칸드로스의 머리를 향해 곧장 날아가는 비프아주르를 바라봤다. 완벽한 발사였다. 생령의 주인이 손짓으로 빗나가게 하려고 했지만 마법에 반응하지 않는 비프아주르는 계속 날아갔다. 갑자기 금속 투구가 비프아주르와 표적 사이에 나타났다. 비프아주르 조각이 투구를 맞고 멀리 떨어진 궁전의 지붕 위로 튕겨 나갔다.

펜테실레이아는 충격으로 찌그러진 투구를 고쳐 썼다. 그녀는 부근의 오솔길에서 불쑥 나타났다. 번개창을 손에 든 펜테실레이아는 아르카에게 공격할 수 있으면 해보라고 도발하고 있었다.

"체포해." 알칸드로스가 지시했다.

아르카는 발짓으로 떨어진 나뭇가지를 들어 올리고 공주가 휘두르는 첫 번째 창을 막았다. 펜테실레이아가 창을 어찌나 빠르게 돌리는지 아르카는 마법을 쓸 겨를이 없었다. 공주가 공격할 때마다 아르카는 한 걸음씩 뒷걸음쳐야 했다. 아르카는 모든 에너지를 써버려서 방어하는 데 집중했다. 펜테실레이아는 전투에 타고난 재능이 있는데 지난번에 대적했을 때보다 실력이 훨씬 좋아져 있었다.

펜테실레이아가 어찌나 거칠게 창을 휘두르는지 아르카의 나뭇가지가 부러졌다. 아르카는 공격을 피하기 위해 앞으로 몸을 날려서 창에 찔리지 않으려고 뒹굴다가 공주의 두 다리를 걸어서 넘어뜨리려고 했다. 실패하자 벌떡 일어났고 공격을 피하기 위해 재빨리 상체를 뒤로 젖힌 채 부러진 나뭇가지로 버티다 뒤로 자빠졌다.

펜테실레이아가 즉시 번개창을 아르카의 목에 들이댔다. 아르카는 숨을 헐떡이면서 목에서 3센티미터쯤 떨어진 데서 치직거리는 파란 불꽃을 보느라고 사팔눈이 되었다. 아르카는 마지막 카드를 쓰기로 했다.

"캉드리가 어떻게 됐는지 알면 당신 어머니가 참 자랑스러워하겠어요." 아르카는 생령의 주인을 올려다보면서 말했다.

아르카는 파랗게 질리는 그의 얼굴을 봤다.

"그게 무슨 말이지?"

바로 그때, 브르르루이시, 소리가 텅 빈 중정에 울려 퍼졌다.

아르카의 고막에 전율이 일었다. 생령의 주인은 자세를 바로하고 귀를 세우고 주변을 살폈다. 또다시 브르르루이시, 이번에는 좀 더 가까이에서 들렸다. 아르카의 오른쪽 덤불숲이 흔들렸다. 아르카는 히페르보레아에 도착하게 될 거라고 예언한 얼음뱀을 볼 거라고 예상하고 있었다. 하지만 덤불에서 나온 뱀은 피톤과 크기가 달랐다. 피톤의 축소판이지만 아르카를 휘감고 똬리를 틀면 뼈를 으스러뜨릴 정도로 몸집이 튼실해 보이는 얼음뱀이었다. 뱀이 펜테실레이아를 향해 시커먼 혀를 널름거렸다. 공주는 치직거리는 번개창을 뱀 쪽으로 돌렸다. 뱀의 눈과 마주친 펜테실레이아는 번개창을 떨어뜨리고 바닥에 자빠졌다.

아르카는 철가면 너머의 표정을 볼 수 없지만 공주가 뱀의 최면에 걸린 거라고 추측했다. 뱀이 알칸드로스를 향해 머리를 돌리면서 두 가닥으로 갈라진 긴 혀를 널름거렸다.

"저 아이의 말이 무슨 뜻인지 내가 보여줄게, 캉드리."

뱀의 길쭉한 눈과 마주친 알칸드로스의 얼굴에서 긴장이 풀렸다. 그 순간 뱀이 아르카를 쳐다봤다. 아르카는 뱀의 세모난 머리가 간들거리는 걸 봤다. 눈꺼풀이 없는 뱀의 눈 주위에 있는 모든 것이 갑자기 작아져 있는 것 같았다.

"너도 과거를 여행하게 될 거다."

12

잊힌 기억

아르카

아르카는 아르카디아에서 히페르보레아로 순간이동을 했을 때처럼 몸이 해체되는 느낌이 들었는데, 이번에는 육체적인 해체가 아니라 정신적인 해체였다. 존재조차 모르고 있던 정신 속 모든 부분이 갑자기 펼쳐지는 것 같았다. 중정은 온데간데없고 대신 빛과 그림자의 긴 터널이 나타났다. 아르카는 단단한 지면에 생령의 주인 옆에서 다시 물질화되었다. 그도 아르카만큼 이 경험에 당황하는 것 같았다.

그들은 한 산골 마을 부근의 반쯤 무너진 오두막 뒤쪽에 있었다. 바위 안의 집들을 굽어보는 커다란 사암 절벽, 황토색 절벽과 푸른 고원이 뚜렷이 대조를 이루는 풍경, 덜 가파른 경사면을 따라 염소 떼가 뛰노는 목초지가 펼쳐지는가 싶더니 갑자기 유칼립투스가 숲을 이루는 협곡으로 풍경이 이어졌다.

아르카는 산의 건조한 공기를 들이마시면서 머리칼 사이로 파고 드는 바람, 장화 밑에서 울퉁불퉁한 지면을 느꼈다. 이 모든 감각에 도 불구하고 아르카는 벽에 드리워지는 그림자가 된 것처럼 괴리감 을 느꼈다. 알칸드로스는 생각에 잠긴 얼굴로 풀잎 하나를 뜯어서 엄 지와 검지로 비비고 있었다.

"여기가 어디죠?" 아르카가 물었다.

"아마조네스 숲의 남쪽, 아르카디아 산속 어딘가." 그가 대답했 다.

점점 더 불안해진 아르카는 지평선을 가로막고 있는 고원 쪽으 로 고개를 들었다. 아르카는 숲에서 네모난 고원을 봤던 기억이 났 다. 알칸드로스 말대로 그들은 아르카디아에 있었다. 생령의 주인이 풀잎을 바람에 날려 보낸 뒤 손가락을 튕겼다. 아르카는 그가 불을 만들려고 했던 거라고 추측했다.

"블루존 안이에요?"

"그건 아니야." 알칸드로스가 대답했다. "기억 속에 있는 거 같아."

아르카는 마치 몸과 정신이 따로 노는 것처럼 괴리감이 느껴지 는 이유가 이해되었다. 얼음뱀이 그들을 과거 속으로 보낸 것이다.

"누구 기억 속이요?"

"너의 기억."

아르카는 기억을 더듬었다. 하지만 산에 왔던 기억이 없었다. 물 론 시론과 아르카는 이따금 남쪽 국경 근처로 사냥을 나간 적이 있지 만, 시론이 아르카가 경계를 넘게 놔뒀을 리가 없었다. 화재가 난 뒤로 아르카는 계속 북쪽으로만 나다녔다.

"당신 기억 속이 아닌 게 확실해요?" 아르카가 눈살을 찌푸리면서 물었다. "난 여기 온 적 없는데." 아르카는 단언했다.

"네가 맞아." 알칸드로스가 대답했다. "네가 태어난 곳이 여기니까."

알칸드로스는 중앙로와 경계를 이루는 낮은 담장 쪽으로 가서 뛰어넘었다. 불안하면서도 호기심이 동한 아르카는 그를 따라갔다.

염소 농장들로 이뤄진 마을인데 오래전에 버려진 것 같았다. 마을 중앙을 차지하는 물 마른 샘터에는 엉겅퀴들이 자라고 있고, 작은 채소밭들은 잡초만 무성했다. 마치 염소들의 방목장이 된 것처럼 염소 똥이 사방에 널려 있었다.

그렇지만 마을은 완전히 비어 있지 않았다. 방치되었는데도 혹독한 기후를 잘 버텨낸 오두막 문 앞에 한 남자가 서 있었다. 아르카는 머리칼이 비죽 서는 것 같았다. 남자의 금발, 희끗희끗한 머리, 관자놀이에 문신한 인장을 알아봤기 때문이다.

생령이었다. 아르카의 아버지.

아르카는 잠시 옴짝달싹못한 채 두 팔을 건들거리면서 생령을 뚫어져라 쳐다봤다. 생령은 영묘에서 자살하기 직전에 아르카가 봤던 분해되는 모습이 아니었다.

"사람……."

아르카는 알칸드로스 쪽으로 고개를 돌렸다. 그도 자신이 만든 피조물을 보면서 몹시 놀란 것 같았다. 그는 아쉬워하는 얼굴로 생령을 바라보고 있었다. 아니, 죄책감인가? 아르카는 알칸드로스의 얼굴에서 이런 표정을 보게 되리라고는 예상하지 않았다. 알칸드로스는 자신의 피조물을 향해 다가가면서 이름을 되뇌었다. 생령은 마치 못 들은 것처럼 미동도 하지 않았다. 알칸드로스는 피조물의 눈앞에서 손을 흔들었지만 눈도 깜박이지 않았다. 그는 슬픔이 가득한 눈으로 뒤에 서 있는 아르카를 돌아봤다.

"네 어머니가 사람이 생령이라는 걸 알고 난 뒤 숨어 살던 아르카디아 마을. 우리가 거기 와 있는 거야." 그가 설명했다.

그의 목소리가 텅 빈 마을에 울려 퍼지고 있지만, 그 소리는 아르카에게만 들리는 것 같았다. 생령은 여전히 움직임 없이 어떤 표정도 짓지 않고 오두막 앞에서 기다리고 있었다.

"네 어머니는 임신한 몸으로 내가 찾지 못하길 바라면서 여기 숨어 있었던 거야." 알칸드로스가 말을 이었다. "내가 너를 빼앗아 갈 거라는 걸 알고 너를 찾지 못하게 하려고. 하지만 나는 어디에 숨어 있는지 알아냈고 사람을 보내서 데려오라고 했어. 사람이 돌아와서 너무 늦게 도착했다고 말했지. 네 어머니가 해산 중에 사망했고, 너는 아마조네스 숲으로 보내진 뒤였다고."

그는 마치 자신에게 말하는 것처럼 덧붙였다.

"생령은 거짓말할 수 없어. 그렇지만 나는 계속 의심했지. 그날 나에게 진실을 말하지 않았다고."

마치 이 말의 메아리가 시간을 가로질러서 울려 퍼지는 것처럼 생령이 마침내 움직이더니 문을 밀고 염소 농장의 그늘 속으로 들어갔다. 알칸드로스가 그를 따라 안으로 들어갔다. 아르카는 심호흡을 한 뒤에 뒤따라갔다.

어둠에 잠긴 방에서 악취가 풍겼다. 폭풍우로 인해 석판 지붕에 뚫린 구멍으로 한 줄기 빛이 들어오고 있었다. 인간의 몸에서 날 수 있는 온갖 냄새가 방 안에서 진동했다. 땀, 오줌, 배설물…… 피가 뒤섞인 냄새. 그렇지만 방 안에는 아무것도 없었다. 보잘것없는 가구 몇 개, 한쪽 구석에 쌓인 얼룩진 낡은 이불들. 사람은 천장에서 늘어뜨린 인형처럼 꼼짝하지 않고 있었다. 생령의 주인은 약간 물러서서 사람의 다음 움직임을 기다렸다.

생령이 이불 더미에 다가가서 쭈그리고 앉아 천을 들추었다.

아르카는 구토가 올라왔다.

오염된 이불 속에서 한 여자의 시신이 드러났다.

여자의 커다란 갈색 눈이 천장을 응시하고 있었다. 가늘게 땋은 검은색 머리 타래가 검은 햇살처럼 머리 주위에 퍼져 있었다. 거친 천으로 지은 튜닉을 입은 여자가 마치 통증을 참으려는 듯 두 손을 불룩한 배에 올려놓고 있었다. 배 아래쪽은 피로 얼룩진 이불에 가려져 있었다.

시신 옆에 쭈그리고 앉은 생령의 표정은 변하지 않았다. 그렇지만 구멍을 통해 들어오는 햇빛을 받는 얼굴 쪽으로 눈물이 흘러내리고 있었다. 그는 죽은 여자의 올리브색이 도는 뺨에 앉은 파리 한 마리를 쫓았다.

"어머니."

아르카가 중얼거렸다. 아르카는 시신에서 두 걸음 떨어진 거리에서 그토록 자주 얘기를 들었던 멜라니페의 얼굴에 시선을 고정하고 있었다. 이때까지 느끼지 못했던 공허가 가슴속을 후벼 파고 있었다. 아르카는 본 적도 없는 어머니가 갑자기 그리우면서 원망스러웠다.

"어머니가 죽은 건 당신 때문이에요. 당신이 죽인 거야."

생령의 주인이 고개를 저었다.

"아니, 네가 죽인 거야."

바로 그 순간 멜라니페의 다리에 덮인 이불이 움직였다. 가냘픈 울음소리가 새 나왔다. 시람이 이불을 들추었다. 죽은 여자의 피범벅이 된 다리 사이에서 붉으락푸르락하고 주름진 작은 생명체가 꼬물거렸다. 햇빛이 불편한 아기가 입을 크게 벌리고 자지러지게 울기 시작했다.

현재의 아르카는 과거의 아르카를 품에 안는 생령을 보면서 경악했다. 이 더러운 곳에서 생명체가 나온다는 건 있을 수 없는 일 같았다. 그렇지만 부산스러운 새끼 늑대처럼 태어나자마자 벌써 꼬무락거리면서 울어 젖히는 갓난아기는 분명히 자신이었다. 알칸드로스의 말이 눈앞에서 벌어지는 장면과 겹쳤다. *네가 죽인 거야.*

감정이라는 것이 없는 시람은 아기의 배와 어머니의 배를 연결하는 푸르뎅뎅한 탯줄을 이빨로 끊고 갓난아기의 배꼽에 동여맸다. 입이 피범벅이 된 시람이 거침없이 이불을 북북 찢었다. 그가 품 안에서 꼬물거리는 아기를 찢은 이불 포대기로 싸자 과거의 아르카가 울음을 그쳤다. 아기가 눈썹 없는 눈을 살포시 뜨고 쳐다보는데 시람인지 천장의 거미줄인지 알 수 없었다. 생령은 동요하지 않는 것 같았다. 그가 일어나서 문으로 향했고, 알칸드로스와 현재의 아르카를 알아채지 못한 채 그사이를 통과했다.

아르카가 방을 나가는 거라고 생각할 때 시람이 문간에서 멈춰서서 멜라니페의 시신을 돌아봤다. 생령의 품에 안긴 과거의 아르카도 어머니를 바라보면서 13년 동안 숨겨져 있을 이미지를 기억의 한 구석에 담고 있었다. 생령의 눈꺼풀이 미세하게 떨렸다. 이윽고 그는 문으로 나갔고, 기억의 장면이 바뀌었다.

그들은 이제 산비탈의 솔 숲 주변에 있었다. 해가 바위와 알로에들을 황금빛으로 물들이면서 능선 너머로 기울고 있었다. 그 아래 골짜기 깊은 곳은 솔 숲 대신 유칼립투스들이 차지하고 있었다.

시람은 알칸드로스와 현재의 아르카에게서 3미터쯤 떨어진 큰 바위에 앉아 있었다. 시람은 여전히 과거의 아르카를 품에 꼭 안은 채 또 뭔가를 기다리는 것 같았다. 아직 장면의 변화에 어리벙벙해 있던 현재의 아르카는 알칸드로스가 하는 말에 소스라치게 놀랐다.

"너를 아마조네스 숲에 데려온 것이 시람이었다니. 이 임무에 내가 시람에게 너무 많은 자율권을 줬구나. 떨어져 있는 거리가 너무 멀어서 생령을 지배할 수 없었어. 내 잘못이었네."

그는 꼭두각시의 배신을 받아들이기 힘든 것 같았다. 아르카는 뜻밖의 온정에 가슴이 따뜻해지는 걸 느꼈다. 생령의 무표정한 얼굴에서는 애정이라고는 눈곱만큼도 보이지 않았는데 그는 과거의 아르카를 버리지 않았던 것이다. 영묘에서 아주 잠깐 보였던 것처럼 시람은 이날 주인이 행사하는 무자비한 지배력에서 벗어나는 데 성공한 것이었다. 아르카는 아무리 생각해도 이 태도를 한 가지로 해석할 수밖에 없었다. 생령이 아르카를 구하려고 노력했다는 것.

"당신의 잘못이 아니라 시람이 당신에게 불복한 거예요." 아르카가 말했다.

"사람은 네가 결국에는 네 역할을 하리라는 걸 알고 있었던 거야." 알칸드로스가 대꾸했다. "직계 후손이 블루존 밖에 있게 되면 어차피 저주가 임무를 완수할 방법을 찾는다는 걸. 사람은 네가 바실레우스를 죽이러 올 때까지 몇 년이라도 자유롭게 살게 놔두고 싶었던 거야."

아르카는 알칸드로스가 왜 아기에게 온정을 베푸는 생령의 행동을 깎아내리려 하는지 의문이 들었다. 그들 앞에 앉은 사람은 여전히 꼼짝 않고 있었다. 그는 과거의 아르카가 꼬물거릴 때마다 이따금 흔들어주면서 재웠다.

"왜 숲으로 들어가지 않을까요?" 아르카가 물었다.

"생령이 블루존 안으로 들어가면 파괴되니까." 알칸드로스가 대답했다.

"뭘 기다리는 걸까요?"

아르카가 말을 끝내자마자 화살 하나가 귓가를 지나쳐서 뒤쪽 바위 쪽으로 사라졌다. 2초 후, 솔 숲에서 튀어나온 엘라프 한 마리가 쏜살같이 비탈을 따라 달아났다. 숲에서 툴툴거리는 소리가 들렸다.

"에이, 빌어먹을! 화살 찾아야 되잖아!"

아르카는 심장이 멎을 뻔했다. 수천 명 속에서도 알아들을 수 있는 목소리였다. 껍질이 우툴두툴한 소나무 사이에서 한 여자가 활을 들고 나타났는데 비프아주르가 박힌 허리띠를 차고 있었다. 머리는 아직 까맸고 코에는 칼자국이 있었다. 하늘의 색깔과 구분이 안 될 정도로 파란 눈. 아르카는 눈물이 글썽했다. 후견인을 다시는 못 볼 거라고 생각했는데 과거의 기억 속에 나타난 시론은 분명 살아 있었다.

시론이 솔 숲 그늘 속에서 걸음을 멈췄다. 사람을 발견한 것이다. 시론은 날쌔게 새 화살을 활시위에 메기고 생령을 겨누었다.

"누구냐?" 그녀가 낭랑한 목소리로 물었다. "여기서 뭐하는 건가?"

생령이 일어나서 과거의 아르카를 바위에 조심스럽게 내려놨다. 시론은 포대기에 싸인 것이 아기라는 걸 알고 눈이 동그래졌다. 사람은 열 걸음 뒤로 물러섰다. 아마존은 활시위를 풀지 않은 채 그늘에서 양지로 이동하면서 비탈을 올라 과거의 아르카에게 다가갔다.

"엄마……."

아르카는 알칸드로스 쪽으로 고개를 돌렸다. 생령의 주인이 시론을 바라보고 있었다. 어머니와 똑같은 그의 파란 눈이 휘둥그레져 있었다. 그는 갑자기 절망에 빠진 것 같았다. 아르카는 이유를 알았다. 눈앞의 시론은 불을 질렀을 당시의 시론보다 훨씬 젊은 모습이었기 때문이다. 이 젊은 시절의 모습이 그의 기억 속에서 어린 시절에 함께 살던 젊은 여자와 그가 죽인 늙은 아마존 사이에 다리를 놓아준 것이다. 그는 자신이 어머니를 죽였다는 걸 방금 알아차렸다.

그러는 동안에도 기억은 계속 전개되었다. 아마존이 갓난아기를 품에 안았다.

"이 아기가 누구요? 아기를 왜 여기 내려놓은 거죠?" 시론이 여전히 그녀에게서 열 걸음 떨어져서 비프아주르와 거리를 두고 있는 시람에게 물었다.

"멜라니페의 딸이오." 시람이 감정이 없는 목소리로 대답했다. "이제는 당신의 아기요."

시론의 시선이 갓난아기의 얼굴과 생령의 얼굴 사이를 오갔다. 아르카는 테미스가 말해줬던 것이 기억났다. 캉드리를 잃고 실의에 빠져 있던 시론이 아기를 거두면서부터 시름을 털고 일어났다고.

"아기를 왜 여기 내려놓은 거죠?" 아마존이 재차 물었다. "멜리니페는 어디 있어요? 아기 아버지는 누구예요?"

시람은 바로 대답하지 않았다.

"아기 아버지는 히페르보레아 마법사입니다." 그가 마침내 말했다.

"아기 이름이 뭐예요?"

잠시 침묵.

"아르카."

시론이 다시 꼬물거리기 시작한 갓난아기를 들여다봤다.

"당신은 누구요?"

돌풍이 대답했다. 아르카는 시론과 동시에 시람 쪽으로 고개를 돌렸다. 아무도 없었다.

안녕, 내 딸. 너를 만나서 행복했다.

알칸드로스

알칸드로스는 반대 방향의 터널로 되돌아가면서 정신이 다시 접히고 육신이 회복되는 느낌이 들었다. 최면 상태에 있는 내내 뜨고 있던 그의 눈앞에 중정이 다시 나타났다. 기억 속 이미지들이 겹쳐서 주위를 맴도는 것 같았다. 뱀은 사라지고 눈 쌓인 땅에 지나간 자국만 남아 있었다. 아르카는 눈물을 글썽이면서 여전히 땅에 엎드려 있는 자세였다. 그 옆에서 펜테실레이아는 무릎을 꿇고 있었다. 그녀의 철가면은 땅바닥을 응시했다.

알칸드로스는 자신의 정신을 강타한 폭풍우에 굴복하지 않으려고 애쓰고 있었다. 그는 이제껏 아버지가 말해준 대로 어머니가 그를 버린 직후에 아마존들에게 처형된 것으로 믿었다. 그런데 거짓이었다. 오랜 세월 어머니를 죽이지도 않은 아마존들을 증오했고, 복수심 때문에 그들의 숲에 불을 질렀다. 당시에는 하찮은 존재로만 보였던 늙은 아마존을 화마에 죽게 했는데……. 그녀가 바로 자신의 어머니였으니.

죄책감 때문에 그는 이성적으로 생각할 수 없었다. 그렇지만 그가 어머니를 알아보지 못한 건 그의 잘못이 아니었다. 그는 26년 동안 어머니를 보지 못했다. 그런데 어떻게 비프아주르를 빼앗기지 않으려고 그와 대적하던 늙은 여자와 어릴 적 기억 속의 젊은 아마존을 연결 지어서 살필 수 있었겠는가? 어머니는 왜 그를 보러 오지 않았을까? 아버지와 살고 있는 걸 알고 있었으니 한 번쯤은 그를 찾아올 수도 있었다. 어머니는 왜 그에게 편지 한 장 보내지 않았을까?

알칸드로스는 옷깃을 여미면서 오솔길을 서성거리기 시작했다. 복받치는 감정에 숨이 막히는 것 같았다. 목구멍 안에서 거친 숨결이 올라오고 있었다. 그는 곁눈질로 아르카가 움직이는지 살폈다. 갑자기 분노가 치밀어 오른 알칸드로스는 펜테실레이아가 떨어뜨린 번개창을 공중부양시켰고, 그를 배신한 생령의 딸에게 다가갔다.

"한 번만 더 도망치려고 하면 다리를 잘라버릴 거야." 그가 아르카의 목에 번개창을 들이대면서 으름장을 놨다.

이제까지 아르카에게 이토록 거칠게 말한 적이 없었다.

"장군들이 마스터를 소환하셨습니다."

알칸드로스는 돌아봤다. 한 소년이 중정에 나타났는데 필롱의 문하생인 프레톤이었다. 프레톤이 알칸드로스에게서 몇 걸음 떨어진 거리에 서 있는데 완전히 굳어 있었다. 그의 시선이 계속 아르카 쪽으로 가고 있었다. 아르카를 발견하고 충격을 받은 것 같았다.

"좀 기다리라고 전하라." 알칸드로스가 가라앉은 목소리로 내뱉었다.

"마스터의 의견을 듣기 위해 저녁 시간에 회의를 소집하셨습니다." 프레톤은 신중한 어조로 말했다. "올리가르키아 회의는 궁전의 바실리카 알현실에서 열리는데 엑스트락트리스에서 일어난 일에 관한 것입니다."

알칸드로스는 한순간 이 자리에서 프레톤을 죽여버릴까 생각했다. 프레톤은 알칸드로스가 격분해 있는 걸 느끼고 뒷걸음쳤다. 알칸드로스는 억지로 숨을 들이쉬었다. 그는 감정을 통제하고 상황을 정리해야 했다. 필롱은 교도소에서 일어난 사건을 그의 탓으로 돌릴 것이 틀림없었다. 알칸드로스를 제거하기에 이보다 더 좋은 기회가 없을 것이기 때문이다.

"나는 바실리카 알현실에 가되 내 아버지가 참석한 가운데 올리가르키아들과 새 바실레우스를 만날 것이다." 그가 통보했다. "비난을 받더라도 진정한 주군 앞에서 받는 것이 나으니까." 그가 덧붙였다.

프레톤은 반박하려다가 눈치껏 입을 다물었다. 그는 가슴을 두드리는 것으로 경례를 하고 나서 입구 쪽 정자 방향으로 되돌아갔다. 알칸드로스는 그가 멀어지길 기다렸다가 아르카를 향해 돌아섰다. 아르카는 동그래진 눈으로 프레톤의 뒷모습을 바라보고 있었다. 알칸드로스가 느닷없이 번개창으로 후려쳤고 아르카의 몸 주위에 전기 불꽃이 일어났다. 아르카는 잠시 경련을 일으켰다. 그는 아르카가 기절한 걸 확인한 다음 번개창을 치웠다.

"펜테실레이아." 그가 불렀다.

공주는 여전히 뱀이 걸어놓은 최면 상태에 빠져 있는 것 같았다. 알칸드로스는 펜테실레이아와 얘기를 나눠야 하는데 그럴 시간이 없었다.

"내가 너를 믿어도 될까?"

알칸드로스의 매서운 어조에 펜테실레이아가 마비 상태에서 빠져나온 것 같았다.

"네, 주인님." 펜테실레이아가 일어나면서 대답했다.

"그럼 내가 돌아올 때까지 아르카가 깨어나는지 잘 지켜보고 있어. 회의에서 문제를 해결하고 돌아와서 내가 처리할게."

더 설명하지 않고 그는 나무들과 얼어붙은 동물들로 가득한 동물원을 지나갔다. 발길이 작은 건물 부근, 추위에 줄기가 오그라든 나무고사리들에 둘러싸인 공간으로 그를 이끌었다. 포석을 깐 바닥 중앙에 눈이 슬퍼 보이는 한 소녀의 조각상이 있었다. 아마존들에게 살해된 바실레우스의 자식 열세 명 중 한 명을 표현한 조각상이었다. 돌에 새겨진 소녀의 긴 머리에 눈이 쌓여 있었다. 충동에 이끌렸는지 알칸드로스가 받침대에 다가가서 대리석판에 뒤덮인 성에와 이끼를 벗겨냈다. 이름이 새겨져 있었다.

아르카

시람이 오래전에 잃은 여동생의 이름을 자신의 딸에게 준 것이었다. 알칸드로스는 또 배신을 당한 것이었다. 생령이 주인 모르게 정서적 유대감을 키우고 있었을 뿐만 아니라 주인이 전혀 몰랐던 자기 전생의 가족에 대한 애정을 유지하고 있었던 것이다.

알칸드로스는 숲을 가로질러 중정을 따라 줄지은 열주를 지나서 층계를 올라가 전 바실레우스의 거처로 들어갔다. 음식 쟁반을 들고 내려오던 부관이 아버지는 침실에 있다고 말했다.

"편찮으십니다. 아까 쓰러진 충격 때문에 상태가 안 좋으신 거라서 제 생각에는……."

"알았으니까 가봐." 알칸드로스가 말을 잘랐다.

빨리 사라지는 게 상책이라고 느낀 부관이 종종걸음으로 멀어져 갔다. 알칸드로스는 왕의 침실로 통하는 회랑을 지나 문을 열고 들어가서 닫집 달린 침대에 누워 있는 아버지를 쳐다봤다. 리쿠르고스는 아르카가 겪게 한 공중 곡예 때문인지 더 병색이 도는 것 같았다. 커다란 베개에 머리가 파묻힌 누르퉁퉁한 낯빛의 아버지는 영원한 꿈속으로 사라지지 않으려고 숨을 쉴 때마다 고군분투하는 것 같았다. 알칸드로스는 병약한 노인을 보호하고 싶은 마음과 어머니가 죽었다고 믿게 한 아버지에 대한 원망 사이에서 이러지도 저러지도 못하고 있었다.

그가 잠든 폴레마르코스 옆의 안락의자에 앉았다. 부글부글 끓는 분노가 냉정한 결의를 다지게 했다.

"아버지, 무능한 주제에 욕심만 부리는 아버지의 오른팔, 그자를 제거할 방법을 찾았어요." 그가 알렸다. "하지만 아버지 도움이 필요해요."

프레톤

바실리카 알현실은 수십 년 동안 사용되지 않았다. 파란색 모자이크와 금박 입힌 아라베스크 문양으로 장식된 길쭉한 방에 가구라고는 긴 옥좌만 달랑 놓여 있었다. 전 바실레우스는 통치를 시작하던 초기에는 신하들이 올리는 상소문을 받았지만, 선대부터 내려오던 이 관습을 폐지하고 각료 의회 장관들과 의논하며 나라를 다스렸다. 알현실이 사용되던 때에는 고관들이 대리석 단상을 중심으로 지위가 높은 순서에 따라 자리를 잡고 참관했다. 서열이 낮은 마법사들은 알현실이 내려다보이는 회랑에 자리를 잡았는데 소리를 듣기에는 충분하지만 보기에는 거리가 너무 멀었다.

프레톤은 올리가르키아 회의를 보기 위해 긴 발코니의 난간 뒤에 숨어 있었다. 알현실의 높은 창문들을 통해 저녁 빛이 들어왔다. 유리가 없는 창문이지만 돔이 복원된 덕분에 기온은 다시 온화해져 있었다. 긴 옥좌에 구부정하게 앉은 리쿠르고스 폴레마르코스는 필롱과 올리가르키아들이 오길 기다리고 있었다. 그의 아들 알칸드로스는 부관이 대리석 단상을 중심으로 원형으로 배치해놓은 안락의자 중 하나에 앉아 있었다. 그는 짧은 수염을 문지르면서 문을 힐끔힐끔 쳐다봤다. 프레톤은 그가 몹시 긴장하고 있다고 생각했다.

프레톤이라도 그랬을 터였다. 새 바실레우스가 대관식이 거행되는 날 비프아주르가 사라진 걸 알고 격분했기 때문이다.

"그 배후에 반역자 알칸드로스가 있는 것이 틀림없어. 처음부터 나에 대해 음모를 꾸미고 있었으니까." 프레톤이 마기스테리움의 집무실에 가서 소식을 전했을 때 필롱이 노발대발했다.

필롱은 문하생에게 모든 올리가르키아와 알칸드로스를 소집하라는 지시를 내렸다. 필롱이 바실리카 알현실을 회의 장소로 선택한 것은 자신에게 히페르보레아와 테미스키라에 대한 지휘권이 있다는 걸 각인하려는 것이었다. 그가 대관식 날 아침에 당한 굴욕은 사라지고 없었다. 프레톤은 주군의 눈에서 제국과 영원한 통치에 대한 야망을 읽었다.

몇 달 전이었다면 프레톤은 이렇게 야망이 큰 멘토 밑에 있게 된 데 흥분했을 터였다. 하지만 지금은 평온한 도시국가에서 평범하게 살 수만 있다면 뭐든 내주고 싶은 심정이었다. 그는 당장에라도 자신을 분쇄해버릴 것 같은 지옥의 기계 속에 들어와 있는 느낌이 들었다.

프레톤은 중정에서 알칸드로스에게 붙잡혀 있는 아르카를 발견했을 때 굉장히 혼란스러웠다. 동기생이던 아르카는 그의 아버지 메젠스를 살해한 죄로 사형 선고를 받은 뒤로 돌연 자취를 감췄는데 아르카를 여기서 보게 되다니, 프레톤은 이해가 되지 않았다. 아르카도 테미스키라인을 섬기는 그를 보고 깜짝 놀란 것 같았다.

회의 소집을 전한 직후, 프레톤은 알칸드로스가 아르카에게 무슨 짓을 하는지 보려고 나무 뒤에 숨어 있었다. 알칸드로스가 아르카를 기절시키자 금속 투구를 쓴 정체불명의 조수가 중정 부근에 있는 방으로 끌고 갔다. 프레톤은 폭행당하는 걸 보면서도 아버지를 죽인 아르카는 자신의 도움을 받을 자격이 없다고 생각하면서 투구를 쓴 여자에게 끌려가게 내버려 둔 채 자리를 떴다.

이제 올리가르키아들이 알현실에 들어오기 시작했다. 그들이 긴 옥좌 앞에 원형으로 놓인 안락의자에 앉는 동안 프레톤은 난간 뒤에서 꼼짝 않고 있었다. 아무도 알아차리지 못했다. 그는 숨는 데는 타고난 재주가 있었다.

필롱이 맨 마지막으로 바실리카 알현실에 등장했다. 그는 대관식 때 입었던 호화로운 예복을 벗고 라피스라줄리로 만든 벨트만 착용하고 있었다. 그는 원형으로 놓인 안락의자들을 지나 긴 옥좌에 앉은 리쿠르고스 옆에 착석했는데 자신은 이제 일개 장군으로 취급받지 않겠다는 의지를 단호하게 알리는 것이었다. 이제부터 히페르보레아의 바실레우스 칭호는 테미스키라의 폴레마르코스 칭호와 동등한 지위였기 때문이다.

대리석 단상 위에서 프레톤의 멘토가 모인 사람들을 훑어봤다. 그의 시선이 알칸드로스에게서 멈췄다. 손을 비비는 것은 그가 몹시 긴장했을 때 나오는 버릇이었다. 그는 마치 벨트가 있는지 확인하는 것처럼 벨트를 연신 만져보았다. 필롱의 주위에 보이지 않는 보호 장막이 에워싸고 있었다. 대관식 때 민심을 동요시키는 선동자들이 눈덩이를 던지기 시작했을 때 효과를 봤던 것이었다. 원거리 공격으로는 그를 맞힐 수 없었다.

"그대들은 우리가 처한 상황의 심각성을 모르지 않는다." 필롱이 말문을 열었다.

그의 목소리가 썰렁한 방에 쩌렁쩌렁 울렸다. 입구에서 테미스키라 병사들이 대기하고 있었다.

"오늘 아침, 대관식이 거행되고 있을 때 교도소 추출실에 있던 비프아주르를 도난당했다." 필롱이 계속 말했다. "범인들—우리가 감금하는 데 실패한 히페르보레아 마법사 두 명—은 탈출하는 데 성공했다. 우리 병사들이 현재 그놈들을 수배하고 있으나 아직 찾아내지 못했다. 설상가상으로 다른 마법사들마저 비프아주르가 없어졌다는 걸 알았으니⋯⋯. 마법사들의 아니마를 추출하지 못하면 그자들을 통제하기 어려워질 것이다."

필롱이 손을 비비는 걸 멈추고 두 손을 맞잡았다.

"히페르보레아 마법사 두 명이 교도소의 보안 장치를 무력화하는 데 성공했다는 건 있을 수 없는 일이다. 그놈들은 기계가 배치되어 있는 위치와 경비 교대 시간까지 정확히 알고 있었다. 그건 필시 고위직 정보원이 있었다는 것이다. 나의 집권을 약화하려는 자. 심복 덕분에 히페르보레아의 주인으로 남고 싶은 자. 상속을 통해 빨리 테미스키라의 군주가 되고 싶은 자."

모든 시선이 알칸드로스에게 쏠렸다. 필롱은 문하생에게 배후로 지목된 자가 무죄를 주장할 거라고 말했지만 알칸드로스는 무표정했다.

"나를 과소평가하지 마시오." 알칸드로스는 간단명료하게 경고했다. "당신은 나에게 대적할 깜냥이 아니오, 필롱."

"불행히도 너의 꼭두각시가 오늘 소멸되었다는 걸 알았다." 새 바실레우스가 의기양양하게 응수했다. "그리고 네 아버지는 너의 반역을 알면 아주, 아주 큰 충격을 받을 것이다."

그렇게 말하면서 필롱이 옆에 앉은 리쿠르고스의 어깨를 토닥였다. 프레톤은 노인이 미소 짓는 걸 봤다. 무슨 일이 일어나고 있는지 모르는 것 같았다. 필롱이 테미스키라 병사들을 쳐다보면서 알칸드로스를 가리켰다.

"체포하라."

이내 팔받이를 차고 번개창으로 무장한 테미스키라 병사들이 알현실로 들이닥쳤다. 알칸드로스는 저항하지 않았다. 병사들이 그의 두 팔과 허리를 잡고 바닥에 꿇렸다.

"내 아들을 풀어라."

프레톤이 깜짝 놀라서 옥좌 쪽으로 고개를 돌렸다. 리쿠르고스가 몸을 덜덜 떨면서 일어나 있었다. 그가 필롱의 소매를 잡았다. 알현실 안의 올리가르키아들이 미간을 찌푸렸다. 지난 몇 달 동안 리쿠르고스가 서 있는 걸 본 사람도, 온전한 문장을 말하는 걸 들은 사람도 없었다. 필롱이 가장 놀란 것 같았다. 리쿠르고스가 날쌘 동작으로 허리에 찬 단검을 뽑아서 상체를 찔렀을 때 그는 경악했다.

공포에 질린 프레톤은 딸꾹질이 나오려는 걸 참았다. 올리가르키아들이 질겁하면서 일어났다. 잠시 후 리쿠르고스는 먼지회오리를 일으키며 사라졌다가 올리가르키아들 뒤쪽에서 다시 나타났다. 올리가르키아 두 명의 목이 잘렸고 바닥으로 피가 쏟아졌다. 리쿠르고스는 또 사라졌다가 몇 걸음 떨어진 거리에서 다시 물질화되었고, 올리가르키아들을 계속 죽였다. 알칸드로스는 혼돈을 틈타서 병사들의 손아귀에서 벗어났다. 그는 병사 중 한 명의 목을 꺾어버리고 번개창을 집어 들고서 병사 세 명을 감전시켰다. 난간 뒤에서 지켜보다 공포에 얼어붙은 프레톤은 제발 아무도 위쪽을 쳐다보지 않게 해 달라고 빌었다. 리쿠르고스가 바실리카 알현실에 남아 있는 마지막 올리가르키아를 해치우는 동안 알칸드로스는 대리석 단상 계단에서 경련을 일으키면서 죽어 가는 필롱에게 다가갔다.

"네가 감히…… 아버지를 생령으로 만들다니." 필롱이 거품 이는 피를 머금은 입술로 웅얼웅얼 말했다.

"나를 과소평가하지 말라고 했잖아."

알칸드로스는 손목을 돌리면서 그에게 최후의 일격을 가했다.

라스티아낙스

푸발이 추락사한 이후 몇 시간 동안은 모두 공황 상태에 빠져 있었다. 라스티아낙스는 누군가가 애도의 말을 건네면서 작은 나포카의 미로 속으로 데려가는 걸 느꼈다. 그는 아무것도 모르겠고, 아무것도 보이지 않았다. 머릿속이 텅 비었다. 다시는 아버지와 얘기할 수 없게 되었다는 생각만 계속 그를 괴롭혔다.

어둑어둑해질 무렵, 라스티아낙스는 차츰 정신이 들었다. 그는 코모조이의 유리 공장 안, 먼지투성이의 오래된 장비들이 어지럽게 널려 있는 방의 엎어놓은 양동이에 앉아 있었다. 페트로클루스가 옆에 있었다. 친구는 잔뜩 긴장한 얼굴로 거미줄이 쳐진 창문으로 밖을 내다보고 있었다. 도시를 정찰하는 로크새들의 그림자가 이따금 그의 시야를 가렸다.

"우리가 작은 나포카에 있다는 걸 놈들이 아는 거야. 여기 오래 머무를 수 없겠어." 페트로클루스가 중얼거렸다.

"피라는 어디 있어?" 라스티아낙스가 물었다.

페트로클루스가 고개를 돌리고 마침내 깨어난 라스티아낙스가 질문하는 걸 보며 기뻐했다.

"코모조이의 아내가 다리를 치료해주고 있어. 곧 여기로 올 거야."

그의 말을 확인해주듯 창고의 문이 열리고 다친 다리에 부목을 댄 피라가 목발을 짚고 절룩거리면서 들어왔다. 그 뒤로 유리 수습공이 따라 들어오는데 피라 같은 예쁜 환자를 돌보게 되어 좋아 죽겠다는 얼굴이었다. 소년과 페트로클루스가 방에 하나밖에 없는 의자에 피라를 앉히고 다리를 뻗게 양동이에 올려주었다. 수습공이 피라에게 김이 나는 찻잔을 건네면서 필요한 게 없는지 물었다. 페트로클루스가 소년의 어깨를 잡아서 문 쪽으로 이끌었다.

"고맙다, 어서 가봐." 페트로클루스는 소년을 내보내고 문을 닫았다.

피라가 들고 있는 찻잔에서 달콤한 냄새가 솔솔 풍겼다. 페트로클루스가 코를 찡그렸다.

"그거 마시지 않을 거라고 말해주라."

"파란연꽃 액을 달인 거야." 피라가 한숨을 내쉬면서 대답했다. "코모조이 아내가 통증을 가라앉히는 효험이 있다면서 함유량이 아주 적어서 중독될 염려가 없으니까 마시래."

"마법 치료사들도 같은 진단을 내린다면 몰라도." 페트로클루스가 킁킁거리면서 말했다. "2지구의 자칭 접골사의 말을 듣는 것보다 더 위험한 게 있을까 모르겠다."

"골절된 다리를 맞춰준 사람이 그 접골사거든." 피라가 인상을 팍 쓰면서 지적했다. "바르시다는 어디 있어?"

"마지막으로 얘기를 나눈 게 바르시다가 변환 장치 두 개에 로크 새를 쑤셔 넣고 있을 때였어. 코모조이가 싫어하는데도."

"이유가 궁금하네." 피라가 말했다. "근데 이제는 바르시다와 얘기도 하나 봐?"

"바르시다가 도와주지 않았으면 우리가 다 살아서 탈출하지 못했을 거야." 페트로클루스가 어깨를 으쓱하면서 대답했다.

"다는 아니지." 라스티아낙스가 중얼거렸다.

페트로클루스와 피라가 갑자기 슬픔과 걱정이 가득한 얼굴로 라스티아낙스 쪽으로 고개를 돌렸다. 피라는 그의 손을 잡고 초록빛 눈으로 뚫어져라 쳐다봤다. 그는 알고 있었다. 피라에게 몸은 어떤지, 통증은 참을 만한지, 다리가 나으려면 얼마나 걸리는지 물어봐야 한다는 걸……. 하지만 그는 아버지 외의 다른 건 생각할 수 없었다.

"내 잘못이야, 부탁하지 말았어야 했는데……. 아버지는……."

그는 감정을 주체할 수 없어서 입을 다물었다.

"아버지 결정이었어." 피라가 말했다. "너를 위해 행복한 마음으로 하신 거야."

라스티아낙스는 고개를 저었다. 아버지의 죽음을 어머니에게 알려야 한다는 것이 방금 생각난 것이다. 테미스키라군이 그를 찾으려고 혈안이 되어 있는데 아버지의 시신을 어떻게 수습하지?

"더는 아버지를 원망하지 않는다는 말도 못 했어." 그가 덧붙였다.

"나는 아버지가 알고 있었다고 확신해." 피라가 말했다. "네 마음을 헤아리는 것은 그리 어렵지 않아, 라스트."

라스티아낙스는 눈물을 글썽이면서 피라에게 미소를 지었다. 피라는 몸을 숙이고 그에게 입을 맞췄다. 깊은 슬픔에 잠겨 있는데도 이 입맞춤이 라스티아낙스에게 따뜻한 위로가 되었다. 페트로클루스가 헛기침을 했다.

"나 어디 안 가고 쭉 여기 있다."

문이 다시 열리고 코모조이가 들어왔다. 피라와 라스티아낙스는 서로에게서 떨어졌다. 유리 공장 주인이 오레이칼코스 줄무늬가 있는 커다란 파란 칼날을 들고 있었다.

"아, 좀 나아졌구나, 노스쿳." 코모조이가 라스티아낙스에게 말했다. "네 아버지가 찾아와서 오늘 아침 교도소에서 보낸 오레이칼코스 주괴들 안을 살펴보라고 하면서 우리에게 너를 도와 달라고 부탁했어. 거기서 이걸 발견했지. 지금은 물어볼 때가 아니긴 한데…… 이걸 어떻게 해야 될지 몰라서."

라스티아낙스는 비프아주르를 쳐다봤다. 그는 갑자기 사소한 결정도 내릴 수 없는, 타버린 양초 심지가 된 느낌이 들었다.

"생각해볼게요." 페트로클루스가 칼을 받으면서 라스티아낙스 대신 대답했다. "시간을 좀 주세요."

코모조이는 못마땅한 표정으로 고개를 끄덕였다.

"알았다, 노스쿳……. 네 아버지에게 일어난 일 때문에 지금은 경황이 없는 거 알지만 그래도 계획이 뭔지는 우리에게 말해야 할 거다. 너도 알겠지만 우리가 너희를 도와줬기 때문에 조만간 테미스키라군이 여기 들이닥칠 거야. 시간은 이틀밖에 못 준다."

"네, 생각해볼게요." 페트로클루스가 같은 말을 반복했다. "지금은 우선 잠을 좀 자야 해요. 특히 나는 정말 자야 해요. 이 잡동사니 속에 침대는 없을까요?" 그는 주위에 널려 있는 파손된 물건들을 둘러보면서 물었다.

코모조이는 마지못해서 벼룩이 득실거릴 것 같은 낡은 돗자리 몇 개를 찾아서 방에 펼쳐 놨다. 페트로클루스와 라스티아낙스는 돗자리 중 하나에 피라가 눕게 도와주고 나서 나머지 돗자리에 드러누웠다. 장기간의 감방 생활로 지칠 대로 지친 페트로클루스는 벽이 흔들릴 정도로 코를 골기 시작했다. 파란연꽃 달인 차를 마셔서 몽롱해진 피라도 라스티아낙스의 손을 잡은 채 이내 잠들었다. 혼자 눈을 뜬 채 라스티아낙스는 아버지에 대한 모든 기억을 곱씹고 있었다. 어머니 곁에 있고 싶었다. 어머니는 남편이 왜 돌아오지 않는지 궁금해하고 있을까? 누군가가 푸발의 시신을 어머니에게 가져다줬을까? 그는 하염없이 눈물을 흘리다 젖은 얼굴로 마침내 잠들었다.

다음 날 아침 셋이 기진맥진한 몸을 힘겹게 일으켰을 때 코모조이가 심각한 얼굴로 문을 열었다.

"한 노스쿳이 너희를 만나러 왔어." 그가 말했다.

"네? 누군데요?" 의자에 앉아 있던 피라가 눈살을 찌푸리면서 물었다. 코모조이는 대답대신 테미스키라 군복 차림 소년이 들어오게 비켜섰다. 라스티아낙스는 정적이었던 최고 장관의 아들 프레톤을 알아보고 깜짝 놀랐다. 피라는 일어서려고 했지만 다리를 움직일 수 없었다.

"쓰레기 같은 자식!" 피라가 내뱉었다.

그녀는 통증 때문에 신음 소리를 내면서 두 손으로 무릎을 누르고 프레톤에게 대답할 겨를도 주지 않고 말을 이었다.

"뭐, 필롱의 문하생이 돼? 테미스키라인들이 누군지 알고 그놈들에게 붙어, 응? 네 아버지를 죽인 가해자들이라고 이 자식아, 창피한 줄 알아!"

프레톤의 파리한 얼굴에 붉은 반점이 올라왔다. 간밤에 잠을 못 잔 것처럼 그는 안색이 좋지 않았다. 라스티아낙스는 피라와 프레톤이 5년 동안 한 지붕 밑에서 살았던 것이 기억났다. 피라는 메젠스의 문하생으로, 프레톤은 최고 장관의 아들로 동거한 사이였던 티가 확연히 드러나는 대화였다.

"나는 몰랐다고, 됐어?" 프레톤이 응수했다. "나는 아버지를 죽인 게 아르카라고 생각했다고, 나만 그렇게 생각한 거 아니잖아. 지금은 나도 의심하기 시작했고."

라스티아낙스는 충혈된 눈을 비비면서 일어났다. 그가 아버지와 가까워진 것은 아르카 덕분이었다. 페트로클루스와 피라를 구하러 7지구에 갈 수 있었던 것도 아르카 덕분이었다. 아버지가 아르카를 찾으라고 했는데 어디 있는 거지?

"여긴 뭐 하러 왔어? 우리가 여기 있는 건 어떻게 알았고?" 피라가 공격적인 어조로 물었다.

"아스파시가 유리 공장에 가면 있을 거라고 말해줬어." 프레톤이 다급한 어조로 대답했다. "내 말 들어봐, 난 시간이 없어. 리쿠르고스의 아들…… 알칸드로스가 방금 궁전의 바실리카 알현실에서 테미스키라의 올리가르키아들을 모조리 죽였어. 새 바실레우스 필롱도 죽였고. 내가 거기 있었고, 다 봤어."

그 말에 침묵이 흘렀다.

"올리가르키아들을 모조리?" 피라가 되물었다.

"리쿠르고스도?" 코모조이가 눈을 반짝이며 물었다.

"그 사람은 아니에요." 프레톤이 대답했다. "근데 미친 거 같던데……. 아무튼 리쿠르고스가 괴물이 되었어요. 뭐라고 달리 표현할 수가 없어. 한 시간 전만 해도 움직이지도 못하고 말도 못하던 늙은 이가 갑자기 여기서 사라졌다 저기서 나타났다 하면서 올리가르키 아들을 죽이는 거예요. 근데 그 지시를 내리는 사람이 아들이었어요. 맹세코 내가 두 눈으로 똑똑히 본 거예요. 발각되면 그자가 나도 죽일까 봐 무서워서 한밤중까지 나가지도 못하고 그 방에 숨어 있었다고요. 시체를 다 치우고 나더니 리쿠르고스가 장교들을 소집하고는 올리가르키아들과 필롱이 쿠데타를 일으켰다고 뒤집어씌웠어요. 이제는 리쿠르고스가 히페르보레아를 통치하는 거예요."

그렇게 말하면서 프레톤은 마치 살해된 올리가르키아들이 눈앞에 있는 것처럼 여드름을 으스러뜨리고 있었다. 피라와 라스티아낙스, 페트로클루스는 시선을 교환했다. 라스티아낙스는 그들 셋이 같은 생각을 하고 있다는 걸 알았다. **생령**. 리쿠르고스의 아들이 생령의 주인이었다.

"그걸 왜 우리한테 얘기하는데?" 물러서서 대화를 듣고 있던 코모조이가 물었다.

프레톤이 유리 공장 주인에게 날카로운 시선을 던졌다.

"내가 여기 온 건 아르카 때문이에요." 그가 라스티아낙스를 돌아보면서 대답했다. "리쿠르고스의 아들 알칸드로스가 바실레우스 궁전 안에 아르카를 가둬놨어요. 알칸드로스가 어떻게 할 생각인지는 모르지만 아르카는 당신의 도움이 필요해요."

침묵이 흘렀다. 잠시 후 피라가 냉랭한 어조로 말했다.

"네가 모르는 것 같아서 하는 말인데 나는 다리가 골절됐고, 라스티아낙스는 방금 아버지를 잃었어. 그리고 우리는 지금 수배중이야. 너는 바실레우스 궁전을 출입할 수 있으니까 용기를 내서 네가 어떻게 좀 해봐."

프레톤은 이제 여드름을 박박 긁었다. 그는 잠자코 있는 라스티아낙스 쪽으로 돌아섰다.

"당신 문하생이잖아요. 나 혼자서는 알칸드로스와 대적할 수 없어요. 올리가르키아들을 모조리 죽인 사람이라고요. 당신이 나를 도와줘야 해요."

"알았어."

대화가 시작된 뒤로 라스티아낙스가 처음으로 한 말이었다.

"라스트, 네 아버지가 목숨을 버리면서까지 지켜준 목숨을 그렇게 가볍게 여기면 안 돼." 피라가 반대했다. "그건 자살 행위야."

라스티아낙스는 피라가 이렇게 반대할 거라고 예상했지만 그 말을 따를 수는 없었다. 그는 대답할 말을 궁리하다가 설명했다.

"아버지가 마지막으로 나한테 한 말 중 하나가 아르카가 뭔가 위험한 일을 준비하는 것 같던데 내가 도와줘야 한다는 거였어. 아르카가 생령의 주인과 대적하기로 결심한 게 틀림없어. 나는 아르카를 찾아야 해."

그는 할 수 있는 것이 아무것도 없을지 모르지만 그래도 아르카를 구해야 했다. 노력이라도 해야 했다. 아버지의 유언이었다. 비록 테미스키라인 중에서 가장 위험한 자와 대결하기 위해 히페르보레아에서 가장 경비가 삼엄한 곳으로 가야 하는 것이지만……

"이게 만약 함정이면?" 피라는 그에게서 시선을 떼지 않고 물었다.

"테미스키라군이 여기 숨어 있는 걸 알면 당장 들이닥쳐서 체포하면 그만인데 나를 이용할 필요가 없지." 프레톤이 끼어들었다.

"궁전에 어떻게 가려고?" 페트로클루스가 물었다. "너는 수배를 받고 있는데."

라스티아낙스가 일어나서 생각하기 위해 목덜미를 문지르면서 방 안을 서성거리기 시작했다. 모두들 잠자코 그를 주시했다. 그는 이 침묵이 고마웠다. 잠시 후, 그는 걸음을 멈추고 코모조이에게 물었다.

"한 번만 더 작은 나포카를 믿어도 될까요?"

"어제 전투 이후로 어차피 우리는 이 사건에 완전히 코가 꿰였어." 코모조이가 구시렁거렸다.

그는 금니가 드러날 정도로 함박 미소를 지으면서 덧붙였다.

"게다가 15년 동안 놈들에게 복수할 날을 꿈꿔 왔는데 이런 기회를 놓칠 수야 없지. 네 계획이 뭔데, 노스쿳?"

"페트로클루스 말대로 나는 수배를 받고 있으니 교도소에 갈 수 없어요." 라스티아낙스가 대답했다. "교란 작전이 필요해요. 아주 효과적인 교란. 교란만은 아닌 교란 작전을 써야죠."

"다시 말해서?"

라스티아낙스가 심호흡을 했다. 설득력이 있어야 했다.

"이번에는 교도소에서 마법사들을 구출하는 거예요. 지금이 더할 나위 없이 좋은 기회니까요. 테미스키라군은 갑자기 지휘권이 바뀌면서 조직이 와해되어 있을 거예요. 그리고 어제부터 교도소에 비프아주르가 없었으니까 마법사들이 어제 하루 동안은 아니마를 추출당하지 않았다는 거잖아요. 그러니 들고일어나기가 훨씬 수월할 거예요. 게다가 지금 반격하지 않으면 다시는 기회도 없고 우리는 진짜 다 끝장이에요."

"그래서 거길 어떻게 가는데?" 페트로클루스가 물었다.

"내 생각은 간단해. 1단계, 나포카 별동대가 2지구의 교도소를 포위한다."

"교도소 문은 마법역학 문이야." 피라가 반대했다. "우리가 거기 도착하는 즉시 로크새들이 달려들어서 모조리 죽일 텐데."

"그래서 공중 공격을 하지 못하게 연막탄을 사용할 거야." 라스티아낙스가 대꾸했다.

그는 피라를 쳐다보면서 물었다.

"어제 교도소에서 이곳으로 보낸 오레이칼코스 주괴를 가지고 파괴 인장 몇 개를 만들 수 있을까?"

그녀는 머뭇거리면서 대답했다.

"메젠스의 파괴 인장만큼 강력하진 않겠지만, 알았어, 만들어볼게."

"그럼 교도소 문은 해결됐고." 라스티아낙스가 말했다. "2단계, 나포카 별동대가 일단 교도소 안으로 진입하면 몇 명씩 나뉘어서 감방 쇠창살들에 파괴 인장을 사용하여 신속하게 마법사들을 구출하는 거야."

라스티아낙스가 페트로클루스 쪽으로 고개를 돌렸는데 그는 피곤해 보이지만 표정이 결연했다.

"너한테는 부탁하는 게 미안하지만……."

"하지만 교도소를 내 손바닥처럼 잘 아는 나야말로 나포카인들이 그 지옥 같은 건물 안에서 길을 찾게 도와줄 수 있는 적임자야." 페트로클루스가 말했다. "그리고 네가 부탁할 일이 아니야. 나도 그 돼먹지 못한 테미스키라 놈들과 결판낼 일이 있거든. 내가 나포카인들과 함께 갈게."

라스티아낙스가 고개를 끄덕였다.

"3단계, 그러면 나포카인들과 마법사들이 수적으로 훨씬 우세해질 테니까 교도소를 나올 수 있어."

이 마지막 단계는 가장 설득력이 떨어진다는 걸 알기에 그는 헛기침을 하고 나서 작전 설명을 끝냈다.

"이게 내 작전이야."

"테미스키라군이 마법사들이 나가지 못하게 막지 않을 거라고 어떻게 확신해?" 피라가 물었다.

"내가 그들의 수장을 처치하고 있을 거니까." 라스티아낙스가 대답했다. "내가 생령의 주인을 죽일 거야. 리쿠르고스도 그와 함께 사라질 거고.

"내가 같이 갈게." 한 목소리가 말했다.

라스티아낙스가 돌아섰다. 이번에는 문간에 바르시다가 나타나 있었다.

"나를 믿어, 마법사, 알칸드로스를 죽이려면 내 도움이 필요할 거야."

13

피에 얼룩진 검

아르카

정신이 들었을 때 아르카는 중정 중앙에 있는 작은 건물 아래 바닥에 쇠사슬로 묶여 있었다. 종려나무 모양 원기둥에 매달린 큰 고드름에서 물방울이 똑똑 떨어지고 있었다. 차가운 물방울이 아르카의 이마에 부딪쳐서 산산이 흩어졌다.

아르카는 생령의 주인이 내려치는 번개창을 맞고 기절한 뒤로 하룻밤이 지나고 아침이 되었다는 걸 알았다. 온몸이 쑤시고 이마에는 번개창에 맞은 자국이 나 있었다. 아르카는 눈을 깜박이면서 몸을 일으키려고 했지만 쇠사슬이 너무 꽉 조이고 있어 움직일 수가 없었다. 고개를 돌려 보니 알칸드로스가 바닥에 쭈그리고 앉아서 백묵으로 자기 몸에 인장을 그리고 있었다. 펜테실레이아는 번개창을 들고

424

아르카를 감시했다.

"깨어났어요." 공주가 동굴 목소리로 알렸다.

생령의 주인이 고개를 들다 아르카의 시선과 마주쳤다. 그의 얼굴은 온통 피로 얼룩져 있었는데, 밤을 꼬박 새운 것 같았다.

"시작해도 되겠네." 그가 말했다.

공포가 아르카를 엄습했다.

"나한테 무슨 짓을 하려고?"

인장을 완성한 그가 일어나더니 하얀 가루가 묻은 손을 닦고 호주머니에서 오레이칼코스 주괴 한 개를 꺼냈다.

"오레이칼코스 문신. 농도가 높은 걸로." 그가 대답했다. "이제부터 비프아주르는 너한테도 영향을 미치지 못하게 될 거다."

공포에 질린 아르카가 눈이 휘둥그레져서 오레이칼코스 주괴를 쳐다봤다.

"그걸 내 피부 속에 녹여 넣겠다는 거예요?"

"즐거운 경험이라는 말은 못 하겠다." 생령의 주인이 대답했다. "하지만 나에게 가하지 않은 고통을 네가 겪게 하진 않을 거야."

알칸드로스가 군복 소매를 걷어 올렸다. 팔뚝이 온통 기호와 원이 뒤섞인 오렌지빛의 이상한 아라베스크 무늬로 덮여 있었다. 아르카는 왜 그가 블루존의 영향을 받지 않았는지 이제야 알아차렸다. 그는 자신의 몸을 오레이칼코스 문신으로 뒤덮어 블루존을 무력화한 것이다.

"처음부터 이럴 생각으로 나를 데려온 거였군요?" 아르카가 쏘아붙였다. "얘기를 하자, 아버지를 보여주겠다, 그딴 쓸데없는 소리를 늘어놓더니 그게 다 나를 유인하기 위한 수작이었어."

생령의 주인이 호주머니에서 긴 바늘이 달린 작은 기계를 꺼냈다.

"몸부림치면 칠수록 더 아플 거다. 펜테실레이아, 옷을 벗겨."

아르카는 옛 동무가 다가오는 걸 쳐다봤다. 공포가 절망으로 바뀌었다. 오레이칼코스가 피부 속으로 들어간다고 생각하자 공포에 질렸다. 이렇게 바닥에 묶여 있는 채로는 아무것도 할 수 없었다. 옷이 마지막 방패였다. 펜테실레이아가 옆에 꿇어앉아서 단검으로 망토를 찢기 시작했다.

"누구를 돕고 있는 거예요, 이렇게까지 하면서?" 아르카가 알칸드로스에게 내뱉었다. "당신의 불멸은 누구를 위한 건데요? 더 많은 사람들? 아니면 그냥 못난 자신을 위해서?"

생령의 주인이 못 들은 척하자 아르카는 공격의 화살을 돌렸다.

"당신의 어머니를 죽인 것으로도 부족해서 어머니의 피후견인에게도 고통을 주고 싶은 거예요?"

알칸드로스는 모친 살해와 관련된 죄책감을 극복한 건지 아니면 아무 말도 듣지 않으려고 노력하는 건지 아무 반응을 보이지 않았다. 아르카가 필사적으로 다른 공격을 궁리하고 있을 때 발소리가 울렸다.

"알칸드로스 장군님."

깜짝 놀란 아르카가 고개를 돌렸다. 테미스키라 장교 한 명이 건물 아래로 다가오고 있었다. 표정으로 보아 알려야 할 나쁜 소식이 있는 것 같았다. 아르카는 생령의 주인에게 왜 갑자기 '장군'이라는 칭호를 쓰는지 궁금했다. 그제야 그의 얼굴에 묻은 핏자국이 예사롭지 않다는 걸 알아차렸다. 올리가르키아들에게 무슨 짓을 한 거지?

알칸드로스는 자세를 바로 하고 다가오는 테미스키라 장교를 쳐다봤다.

"무슨 일인가?"

"알칸드로스 장군님, 엑스트락트리스가 방금 공격을 받았습니다."

"누가 공격을 해?"

"나포카인들입니다, 장군님. 작은 나포카에서 온 자들이 2지구의 문을 부수고 들어가서 교도소를 장악하고 있습니다. 마법사가 백 명 정도 이미 풀려난 거 같습니다."

"그놈들이 어떻게 그리 쉽게 들어갈 수 있단 말인가?"

"병력의 사분의 일은 비프아주르를 찾기 위해 도시로 흩어져 있는 상태입니다, 장군님. 교도소에 배치된 병사들도 상한 수프를 먹고 집단으로 탈이 난 상태였습니다. 폴레마르코스 리쿠르고스와 장군님이 군대 지휘권을 다시 잡은 뒤로…… 명령 계통에 혼란이 일어났습니다."

알칸드로스는 심호흡을 했다. 그의 시선이 아르카에서 펜테실레이아로 이동했다. 그는 오레이칼코스 주괴와 작은 기계를 종려나무 모양 원기둥 받침돌에 내려놓고 펜테실레이아에게 말했다.

"잘 감시하고 있어, 곧 돌아올게."

아르카는 멀어져 가는 그를 쳐다보면서 이 새로운 전개의 배후에 라스티아낙스가 있는 걸까 생각했다. 아무튼 잠시 유예를 얻었으니 그사이 도망칠 방법을 찾아야 했다. 쇠사슬의 저항을 시험해봤는데 마법으로 뽑기에는 바닥에 너무 단단하게 고정되어 있었다. 아르카는 고개를 젖히고 바로 머리 위쪽 기둥머리에 매달린 커다란 고드름을 쳐다봤다.

"너는 어떻게 눈사태에서 벗어날 수 있었어?"

원기둥에 기대고 앉아서 장갑 낀 손으로 창을 잡고 있는 펜테실레이아가 아르카를 쳐다보았다. 적어도 아르카는 쳐다보고 있는 거라고 생각했다. 투구가 얼굴을 가리고 있었다. 철가면에 뚫린 구멍 안의 눈은 보이지 않았다.

"어떻게 했냐고?" 펜테실레이아가 재차 물었다. "나는 눈을 뚫고 나오는 데 이틀이 걸렸어. 아무리 찾아도 너는 보이지 않았고."

아르카는 눈을 가늘게 뜨면서 다시 고드름을 응시했다. 어딘지 모르게 낯설게 느껴지는 이 소녀가 펜테실레이아가 맞는 걸까? 생령이 아니라고 해도 아르카가 알던 공주라고 확신할 수도 없었다. 여러 사건이 그녀를 변하게 할 수는 있지만 외형만 변한 것이 아니었다.

"나포카에서 어떻게 살아남았고, 지금 네가 왜 그 사람을 섬기고 있는지 설명해주면 눈사태에서 어떻게 벗어났는지 말해줄게." 아르카가 나무라듯 내뱉었다. "그 사람이 누군지 몰라? 숲에 불을 지른 아마존족의 적이라고."

"아마존족의 운명은 이제 관심 없어." 펜테실레이아가 덤덤하게 대답했다.

"왜?" 열불이 나고 믿기지가 않는 아르카가 물었다. "무슨 일이 있었던 거야? 그리고 그 투구는 벗으면 안 돼? 갑옷과 말하는 기분이야."

아르카는 스테릭스에게 왜 항상 등산 모자를 쓰냐고 물었을 때처럼—이제는 스테릭스가 죽었기 때문에 그 이유는 영원히 알 수 없게 되었다—무심한 어조로 질문했다. 긴 침묵 끝에 아르카는 펜테실레이아의 투구가 단순히 전투 장비의 일부가 아니라는 걸 알게 되었다. 그건 일종의 가리개였다.

"무슨 일이 있었냐고? 네가 나포카에서 나를 버린 일이 있었지." 펜테실레이아가 마침내 무덤덤한 목소리로 대답했다. "내 투구는…… 정말 내 얼굴에 뭐가 남아 있는지 보고 싶어?"

아르카는 늑대들이 공주의 얼굴을 뜯어 먹는 동안 도망치던 자신의 모습이 떠올랐다. 그녀의 코, 입, 뺨을 피투성이 살덩이로 만들던 늑대의 송곳니들……. 아르카는 동무가 그런 상처를 입고 살아남을 수 있으리라고는 상상도 못 했지만, 남아 있는 얼굴이 어떻든 펜테실레이아는 살아 있었다. 아르카가 침을 삼키면서 고개를 끄덕였다.

아르카는 자신이 정말로 보겠다고 할 줄은 공주가 예상하지 못한 것 같은 느낌이 들었다.

"좋아." 펜테실레이아가 말했다.

펜테실레이아는 두 손으로 투구의 양쪽을 잡고 천천히 벗었다. 아르카는 공주의 얼굴을 기억했다. 담갈색 눈, 구불거리는 숱진 갈색 머리, 통통한 볼은 단호한 성격과 대조적이었다.

머리, 양쪽 볼 그리고 눈알 하나가 없었다.

얼굴의 아래 부분은 오레이칼코스로 만든 철가면으로 대체되어 있고, 반달 모양으로 뚫린 구멍이 입 역할을 하고, 부어오른 살이 이 철가면을 감싸고 있었다. 왼쪽 광대뼈가 함몰되면서 눈두덩이 처지고, 눈알이 없는 왼쪽 구멍 위의 눈꺼풀이 내려앉아 있었다. 송곳니들의 무자비한 공격을 피한 마지막 부위를 없애기라도 하듯 머리털을 밀어버린 탓에 흉측하면서 연약한 두개골이 드러나 있었다.

아르카가 응시하고 있는 한쪽 눈을 제외하고 펜테실레이아에게는 남아 있는 것이 거의 없었다.

"이게 네가 버리고 간 뒤에 남은 내 얼굴이야." 공주가 말했다.

철가면의 구멍에서 새 나온 목소리가 사향소의 뿔 속으로 불어드는 바람 소리처럼 울렸다. 내부에 있는 어떤 장치가 폐에서 빠져나오는 공기를 조절하면서 음절을 발음할 수 있게 해주는 것 같았다. 아르카는 아무런 말도 할 수 없어서 한동안 침묵했다.

"네가 살아 있을 거란 생각은 못 했어." 아르카가 마침내 중얼거리듯 말했다.

"살아남지 말았어야 했는데 지금은 너도 알잖아, 저주 때문이라는 걸."

공주가 원기둥의 받침돌에 투구를 내려놨다.

"늑대들의 공격을 받은 뒤, 나는 상상도 할 수 없는 고통을 받았어." 펜테실레이아가 말을 이었다. "죽을 수도, 살 수도 없는 나라는 존재는 고통 이외의 다른 건 생각할 수 없는 그저 살덩어리에 불과했지. 알칸드로스가 거기 없었다면 나는 아직도 고통 속에 살고 있을 거야. 알칸드로스가 나를 거둬주고 테미스키라에 데려가서 몇 달 동안 치료해줬어. 이 보철물 덕분에 살아 있는 것 같은 모습을 되찾을 수 있었고."

펜테실레이아는 오레이칼코스 보철물을 가리켰다.

"이거 없이는 말도 할 수 없고, 먹을 수도 없고, 제대로 숨도 못 쉬어. 이거에 의존할 수밖에 없어."

아르카는 숨을 깊이 들이쉬었다.

"네가 왜 그 사람에게 은혜를 입었다고 느끼는지는 이제 알겠어." 아르카는 목소리에 신경을 쓰면서 말했다. "그렇다고 네가 그 사람을 도와주는 이유까지 설명되지는 않아."

"너만 나를 버린 게 아니야." 펜테실레이아가 대꾸했다.

펜테실레이아의 하나밖에 없는 눈에 어찌나 슬픈 빛이 어리는지 아르카는 갑자기 뱀이 들어가게 했던 기억 속에 다시 들어와 있는 느낌이 들었다.

"처음에는 테미스키라인을 섬기면서 뭔가를 도와주고 있다는 생각을 참을 수 없었어." 공주가 기계음으로 말을 이었는데 아르카는 생령과 얘기하는 것 같은 느낌이 들었다. "나를 테미스키라에 붙잡아 두고 있다고 생각했는데 어느 날 알칸드로스가 말했어. 원한다면 자유롭게 아마존들에게 돌아가도 된다고."

"그 사람이 그렇게 말한 건 너를 자기에게 복종하게 만들려고 조종하는……."

"하지만 알칸드로스는 내가 돌아가는 데 필요한 모든 걸 줬어." 펜테실레이아가 말을 끊었다. "말 한 필, 식량, 통행증…… 전부 다. 그래서 나는 아르카디아로 돌아갔어. 가는 길에도 나는 사람들이 놀랄까 봐 투구를 쓰고 다녔고. 하루라도 빨리 숲으로 돌아가고 싶었어, 가기만 하면 환영받을 거고—전쟁에서 얼굴이 훼손된 전사들은 많았으니까—어머니도 살아서 돌아온 나를 보고 기뻐할 거라고 생각하면서. 그런데 잘못 생각한 거였어."

펜테실레이아는 마치 차마 입 밖에 내기 힘든 기억인 듯 갑자기 눈을 감았다.

"숲의 경계에서 파수병들이 나를 통과시키지 않았어. 병사들이 나를 알아보지 못한 건 당연했지만 내 나이도 묻지 않더라고. 할 수 없이 어머니를 불러 달라고 했고, 병사들을 설득하는 데 성공했어."

펜테실레이아는 투구를 집어 들고 장갑 낀 손으로 머리에 씌웠다. 찰칵 하는 소리가 났다. 아르카는 펜테실레이아가 얼굴만 잃은 것이 아니라 손가락들도 마법역학으로 설계한 보철물이라는 걸 알아차렸다.

"나는 차라리 어머니가 나를 알아보지 못하길 바랐어." 공주가 계속 말했다. "어머니의 외면을 참아내는 것이 덜 힘들었을 테니까. 어머니는 철가면이 오레이칼코스로 만들어진 것이고, 내가 마법에 의존하고 있다는 걸 대번에 알아차렸고, 파수병들에게 나를 통과시키지 말라고 명했어. 그러고는 나와 말도 하지 않으려고 했지. 어머니에게 나는 정말로 죽은 사람이었던 거야. 그러니까 나를 숲으로 들이기보다 버리는 쪽을 택한 거지."

아르카는 추방되기 직전에 안티오페 왕과 나눴던 대화를 생각했다. 왕은 생령의 주인이 딸을 훔쳐 갔다고 말했다. 하지만 그가 딸을 되찾을 기회를 줬다는 말은 하지 않았는데……. 기회가 아니라 도발이라고 했다. 생령의 주인이 왕에게 딸을 되찾으려면 원칙을 버리라고 도발했지만, 안티오페는 원칙을 지키는 쪽을 택했던 것이다. 아르카는 무슨 말이든 하고 싶지만 할 말이 없었다.

"그래서 자살할 생각도 했지만 방법이 없더라고. 내게 걸린 저주에서 벗어날 수 없는 데다 오레이칼코스 철가면이 방해하고 있으니까. 그래서 테미스키라로 돌아간 거야. 내 주인님이 나를 기다리고 있다가 물었어. 히페르보레아와 아르카디아 정복을 도와주겠냐고. 나는 그러겠다고 했어."

펜테실레이아가 투구 눈구멍에 손가락 하나를 집어넣었다.

"이 이야기에서 가장 웃기는 게 뭔지 알아? 처음에 주인님이 나를 치료해줬던 건 나를 너라고 착각했기 때문이라는 거야."

그렇게 말하면서 펜테실레이아가 투구를 고정했는데 아르카는 공주가 다시는 투구를 벗지 않으리라는 걸 알았다.

"이제 대답해, 눈사태에서 어떻게 살아남았는지?" 공주가 물었다.

아르카는 고개를 돌리고 또다시 머리 위 높이, 기둥머리에 매달린 큰 고드름을 쳐다봤다. 펜테실레이아는 알지 못했지만, 대화를 시작했을 때부터 아르카는 아니마를 최대한으로 늘려서 얼음 조각을 떨어뜨리려고 애를 썼다. 순식간에 고드름의 공격을 받는 위기에 처해야 순간이동을 할 수 있었기 때문이다.

"보여줄게." 아르카가 말했다.

기둥머리에서 분리된 고드름이 아르카 쪽으로 똑바로 떨어지고 있었다. 아르카는 돌진해 오는 뾰족한 고드름을 쳐다보다 눈을 감고 생령이 남긴 능력이 작동하길 빌었다.

아무 일도 일어나지 않았다.

당황한 아르카가 한쪽 눈을 다시 떴다.

뾰족한 얼음이 가슴 바로 앞에 멈춰 있었다.

아르카는 고개를 돌리다 생령의 주인이 돌아온 걸 확인하고 화가 치밀었다. 그가 손을 뻗어서 고드름을 옆으로 쳐내어 박살내버렸다. 그는 아르카가 방금 한 짓에 몹시 놀란 것 같았다.

"내 마음을 약하게 하겠다고 그거까지 할 작정이었어?"

그의 반응에 한편으로는 안심이 되었다. 아르카의 순간이동 능력을 모른다는 뜻이었다. 다른 한편으로는 유일한 탈출구를 잃은 것이니 곤경에 처한 것이기도 했다.

바로 그때 바람이 일면서 중정의 나무들에 쌓인 눈보라가 휘날렸다. 로크새 한 마리가 내려앉은 것이었다. 그리고 로크새에 앉은 사람은…….

라스티아낙스였다. 멘토가 빨간 죄수복을 입은 여자, 어렴풋이 낯이 익은 여자 뒤에 앉아 있었다. 그가 오레이칼코스로 만든 것 같은 검을 휘둘렀다.

"내 문하생을 풀어줘라!" 그가 안장에서 뛰어내리면서 내뱉었다.

아르카는 적시에 요란하게 등장한 멘토에게 감탄하면서도 동시에 아연실색했다. 아르카라면 나타나더라도 이목을 끌지 않게 신중했을 터였다. 로크새에 앉은 여자는 팔받이를 찬 팔을 쳐들고 알칸드로스를 겨누고 있었다. 아르카는 그 순간 그녀를 알아봤다. 마법사들을 인질로 삼았던 가짜 아마존 전사들의 대장이었다. 저들이 함께 뭘 하는 거지?

"그 아이에게서 떨어져, 알칸드로스." 여자가 말했다.

아르카는 자신은 이제 아이가 아니라고 지적하고 싶었지만 지금은 그럴 때가 아니었다. 생령의 주인은 마치 검을 뽑아서 심장을 찌르고 싶다는 표정으로 여자를 노려봤다.

"나를 배신하려면 여길 올 게 아니라 이 도시를 떠났어야지, 바르시다." 그가 호통치듯 내뱉었다.

"적반하장이 따로 없네, 내 전사들을 모조리 죽이고 유리병에 있는 독약을 마시라고 하면서 나를 배신한 건 너야." 바르시다가 차갑게 쏘아붙였다. "그 아이에게서 떨어져, 두 번 말 안 한다."

"그러지 않으면?" 알칸드로스가 조소했다. "네가 뭘 할 수……."

그는 말을 마칠 겨를이 없었다. 바르시다가 작은 화살을 날리는 순간 먼지회오리가 알칸드로스 앞에서 응축되더니…… 리쿠르고스가 나타난 것이다. 화살은 리쿠르고스의 가슴에 피식 소리를 내면서 꽂혔다. 아르카는 손가락에 박힌 가시처럼 화살을 뽑으면서 바르시다 쪽으로 가는 폴레마르코스를 멍한 얼굴로 쳐다봤다. 알칸드로스는 또 하나의 생령을 만들었는데 이번에는 자기 아버지였다.

바르시다가 화살을 연거푸 날렸지만 리쿠르고스는 속도를 늦추지 않았다. 꽂히는 족족 화살을 뽑더니 한 줌의 피 묻은 화살로 반격을 시작했다. 바르시다는 팔받이로 공격을 막았다. 그사이 라스티아낙스가 알칸드로스에게 달려들었다. 생령의 주인이 옆으로 몸을 비틀어서 피하는 바람에 달려들던 라스티아낙스는 한 나무에 꽝 하고 부딪쳤다. 그는 검을 잡는 것도 힘들어 보였다. 아르카는 다시 공격을 시작하는 알칸드로스를 쳐다봤는데 미소를 흘리고 있었다. 아르카는 흡사 흥분한 쥐를 데리고 장난치는 고양이를 보는 것 같았다.

오른쪽에서 치직거리는 소리가 났다. 옆으로 고개를 돌린 아르카는 회전 원반에서 내려오는 빛의 장막에 갇혀서 꼼짝 못 하는 펜테실레이아를 보고 깜짝 놀랐다. 아니마 흡입기였다. 잠시 후 프레톤이 시야에 들어왔다. 아르카가 눈이 동그래지는 사이 프레톤이 손가락 하나를 입술에 대면서 입 다물라는 신호를 보냈다.

"한 마디도 하지 마, 43번." 프레톤이 속삭였다.

프레톤이 바닥에 뒹구는 백묵을 집어서 아르카의 오른손 옆에 쭈그리고 앉더니 쇠사슬에 인장을 그렸다. 아르카는 라스티아낙스 쪽으로 고개를 돌렸다. 멘토는 생령의 주인을 검으로 공격하겠다는 생각을 버리고 화려하면서 요란한 마법으로 결투를 벌이기로 작전을 바꾼 것 같았다. 눈은 얼음 날로, 나무들은 타오르는 불덩이로, 포석은 발사체로 변해 있었다. 생령의 주인은 이 공격을 가볍게 물리치고 있는데 라스티아낙스가 단지 주의를 산만하게 하는 것이 목적이라는 걸 알아채지 못한 것 같았다. 거기서 몇 걸음 떨어진 거리에서 바르시다는 라스티아낙스의 검을 집어 들고 주위를 계속해서 순간 이동하는 생령과 대결하고 있었다. 그녀의 공격은 번번이 허공을 갈랐다.

쇠붙이 소리가 났다. 아르카는 다시 프레톤을 쳐다봤다. 프레톤이 방금 아르카의 오른팔에 묶인 쇠사슬을 박살내는 데 성공한 것이다. 프레톤은 백묵을 둘로 쪼개서 반쪽을 아르카에게 내민 다음, 발에 묶인 쇠사슬에 인장을 그렸다. 아르카도 왼쪽 손목에 묶인 쇠사슬에 파괴 인장을 그렸다.

몇 초 후 아르카가 벌떡 일어났다. 중정 중앙에서는 이제 바르시다와 라스티아낙스가 서로 등을 맞댄 자세로 검과 마법으로, 리쿠르고스와 알칸드로스를 상대하고 있었다. 펜테실레이아 머리 위를 빙글빙글 도는 아니마 흡입기의 속도가 점점 느려지고 있었다.

"저쪽으로!" 프레톤이 급히 작은 목소리로 정자를 둘러싼 얼어붙은 열대식물 숲을 가리켰다.

아르카는 그를 따라 숲으로 뛰었다. 그들이 열대식물 숲속으로 사라지는 순간 아니마 흡입기가 바닥에 떨어지는 소리가 들렸다. 펜테실레이아가 외쳤다.

"아르카가 도망쳐요!"

아르카가 뒤쪽을 힐끔 쳐다봤다. 서리가 하얗게 앉은 종려나무 사이로 알칸드로스와 생령이 펜테실레이아 쪽을 쳐다보는 것이 보였다. 교란 작전이 진가를 발휘하는 순간이었다. 바르시다가 다리 하나를 앞으로 내밀더니 리쿠르고스의 가슴에 검을 찔러 넣었다. 생령이 칼날 쪽으로 눈을 내리깔았다. 그의 상체에서 한 줄기의 먼지가 새 나오더니 줄줄 흘러나오기 시작했다.

"안 돼!" 알칸드로스가 소리쳤다.

리쿠르고스의 가슴에 꽂힌 칼날 주위에 구멍이 생겼다. 구멍이 피조물의 살을 갉아먹으면서 점점 커지고 있었다. 상체는 가루가 되고 다리도 없어지더니 이제는 이마와 알칸드로스를 응시하는 두 눈만 남았다. 그마저 분해되면서 한 더미의 먼지만 바닥에 남았다.

나포카를 정복한 리쿠르고스가 영원히 사라진 것이다.

아르카가 멍한 얼굴로 돌아보자 프레톤은 눈이 동그래져서 먼지 더미를 뚫어져라 쳐다보고 있었다.

"검이……. 비프아주르로 만들어진 검에 오레이칼코스를 씌어놓은 거잖아?"

중정 한복판에 선 알칸드로스는 절망에 빠져 있는 것 같았다. 아르카는 문득 그가 아버지를 곁에서 좀 더 오래 지켜주기 위해 생령으로 만들었던 게 아니었을까 하는 생각이 들었다.

바르시다가 그 틈을 타서 검을 집어 들고 알칸드로스에게 달려들었다. 그때 불쑥 나타난 펜테실레이아가 번개창으로 공격을 막은 다음 바르시다에게 휘둘렀다.

그대로 쓰러진 바르시다의 몸에서 경련과 전기 불꽃이 일어났다. 알칸드로스가 번개창을 자신의 손 높이까지 공중부양시킨 다음 라스티아낙스 쪽으로 돌아섰다. 그의 태도가 돌변해 있었다. 아르카는 그가 장난을 끝내고 지금 당장 멘토의 숨통을 끊으려고 한다는 걸 알아차렸다.

라스티아낙스는 주위에 안개를 치솟게 하고 이 눈가림을 이용하여 동물원의 비어 있는 우리 안으로 후퇴했다. 그때 펜테실레이아가 우리 창살에 다가서더니 망설임 없이 창끝을 금속 창살에 갖다 댔다. 철책에 전기 불꽃이 일어나기 시작했다. 라스티아낙스는 꼼짝없이 우리 안에 갇히고 말았다.

아르카가 달려가려고 했지만 프레톤이 팔을 잡았다.

"저자들이 노리는 건 라스티아낙스가 아니라 너야!" 프레톤이 속삭였다. "라스티아낙스는 우리에게 시간을 벌어주려는 거니까 빨리 도망쳐야 해!"

"안 돼!" 아르카가 대꾸했다. "지금 생령의 주인을 잡지 않으면 다시는 못 잡아. 나는 비프아주르가 필요해.”

“없어. 교도소의 비프아주르는 모두 검을 만드는 데 사용됐어.” 프레톤이 신경질적으로 대답했다. “경고하는데 나를 따라오지 않으면 나 혼자 갈 거야. 나는 오늘 충분히 목숨을 걸고…….”

아르카는 더 듣지 않고 우리 안에 갇힌 멘토와 바닥에 쓰러져 있는 바르시다, 전투를 지켜보고 있는 로크새, 궁전의 지붕을 쳐다봤다. 아르카가 투석구를 사용해서 시론의 비프아주르 조각을 알칸드로스에게 날려 보냈을 때 지붕 위 어딘가로 빗나갔다.

“어딘가에 떨어져 있을 거야. 가서 비프아주르를 찾아야 해.” 아르카가 중얼거렸다.

아르카는 열대식물 숲으로 들어갔다.

“아르카!” 프레톤이 울먹이듯 불렀다.

아르카는 들은 척도 않고 로크새에게 접근하기 위해 얼어붙은 숲속을 계속 걸어갔다. 종려나무 잎 사이로 검을 들고 쫓아오는 알칸드로스가 보였다. 펜테실레이아는 뒤에서 갇혀 있는 라스티아낙스를 감시하고 있었다.

“거기서 나와, 아르카, 아니면 네 멘토에게 작별 인사를 해야 될 거다!” 생령의 주인이 으름장을 놓았다.

아르카는 그 순간 숲에서 튀어나와 여전히 중정 중앙에 있는 로크새를 향해 돌진했다. 그러고는 한 손으로 움켜잡은 등자를 지렛대로 이용하여 안장에 올라앉았다. 로크새에 오르자 아르카는 고삐를 잡고 테미스키라에서 수없이 들었던 이륙을 지시하는 휘파람을 불었다. 로크새가 날갯짓을 하며 중력을 이겨내고 날아올랐다.

라스티아낙스

라스티아낙스는 파란 불꽃이 튀는 창살을 통해 로크새를 타고 날아오르는 문하생을 바라봤다. 목구멍에서 쓴물이 올라왔다. 일껏 구해주러 왔더니 아르카는 이번에도 그를 버린 것이다. 지난번에도 작별 인사를 건넬 생각도 않고 떠나버리더니, 프레톤과 그는 헌신짝처럼 버려진 것이다…….

라스티아낙스가 무언의 탄식을 중단했다. 아르카가 날아가는 새에서 궁전의 지붕으로 뛰어내려서 데굴데굴 굴렀던 것이다. 아르카가 그를 버린 게 아니었다는 걸 알아서 기뻐하던 마음은 이내 통탄으로 바뀌었다. 아르카가 모든 걸 망치려 하고 있었다. 저 바보가 도망가지 않고 왜 저러는 거야?

아르카는 지붕의 테두리 뒤로 사라졌다가 궁전의 외벽을 굽어보는 대리석 그리핀 중 하나 위에 다시 나타났다. 이번에는 파란색 비프아주르 조각을 손에 쥐고 있었다. 라스티아낙스는 아르카가 뭔가 위험한 일을 꾸미고 있음을 간파했다.

"여긴 7지구에서 가장 높은 곳이다. 당신이 라스티아낙스를 풀어주지 않으면 나는 뛰어내리겠다!" 아르카가 쩌렁쩌렁한 목소리로 생령의 주인에게 외쳤다.

라스티아낙스는 몸속의 내장들까지 돌로 변한 것처럼 굳어버렸다. 옆에 있는 생령의 주인도 그 위협을 심각하게 받아들이는 것 같았다. 그는 서성거리다 라스티아낙스와 아르카를 번갈아 쳐다보고 나서 마침내 쩌렁쩌렁한 목소리로 응수했다.

"네가 감히……."

그리핀 조각상의 머리에 올라선 아르카가 흡사 짹짹거리는 참새처럼 보였다. 라스티아낙스는 알칸드로스가 그를 풀어주는 즉시 아르카가 블루존 안에서 자살하는 것으로 저주를 끝내려 한다는 걸 알아차렸다.

"그러지 마, 아르카!" 라스티아낙스가 고함쳤다.

아르카는 들은 척도 않고 오직 생령의 주인에게 집중하고 있었다.

"내보내줘." 알칸드로스가 투구를 쓴 여자에게 명했다.

여자가 창살에서 번개창을 치우고 우리의 문을 열었다.

"나와." 여자가 말했다.

라스티아낙스는 순순히 우리를 나왔다. 그는 생령의 주인 앞을 지나가면서 한순간 검을 빼앗을까 생각했다. 알칸드로스가 마치 그의 생각을 읽은 것처럼 칼자루를 꽉 쥐었다.

"무기를 내리고 그를 보내!" 아르카가 외쳤다.

라스티아낙스는 등에 압박을 느꼈다.

"저리 가." 알칸드로스가 말했다.

라스티아낙스는 중정의 출구를 향해 가능한 한 천천히 걸어가면서 일촉즉발의 상황을 진정시킬 방법을 찾으려고 전속력으로 머리를 굴렸다. 바르시다를 쳐다봤지만 여전히 기절해 있었다. 프레톤이 숲속 어딘가에 숨어 있다는 걸 알지만 그쪽에는 큰 도움을 기대할 수 없었다.

그때 쇠붙이 소리가 울렸다. 라스티아낙스는 뒤돌아봤다. 알칸드로스가 검을 바닥에 내려놨고, 투구를 쓴 여자는 번개창을 접고 있었다.

"이제 됐지? 네 멘토를 풀어줬고, 우리는 무기도 내려놨다." 생령의 주인이 아르카에게 고함쳤다. "네가 즉시 이쪽으로 내려온다면 네 멘토는 아무 걱정 없이 궁전을 떠날 수 있어."

아르카가 갑자기 머뭇거리는 것 같았다. 그러다 그리핀의 머리에 서서 잠시 몸을 앞뒤로 흔들었다. 마치 중력에 대한 신체의 저항력을 시험해보는 것 같았다. 아르카의 시선이 라스티아낙스에게서 멈췄다.

"안녕히 계세요, 사부." 아르카가 약간 떨리는 목소리로 말했다.

이윽고 아르카가 마치 웅덩이에 뛰어들 듯 허공으로 몸을 내던졌다.

"안 돼!"

라스티아낙스와 알칸드로스의 입에서 동시에 비명이 터져 나왔다. 그들은 마치 아르카를 붙잡을 수 있는 것처럼 두 팔을 뻗었다. 하지만 아르카는 점점 더 빠른 속도로 떨어지다 몇 개의 지구를 지나서 마지막으로 충돌……

라스티아낙스는 눈 쌓인 땅바닥에 무릎 꿇은 자세로 주저앉았다. 완전히 실패한 것이다. 아버지도 죽고, 아버지의 마지막 유언을 완수하는 데도 실패했다. 아르카는 죽었는데 생령의 주인은 여전히 살아 있었다.

그때 돌풍이 그의 얼굴을 강타했다.

라스티아낙스가 고개를 들었다.

알칸드로스 앞에서 먼지회오리가 일었다. 먼지 입자들이 응축되더니 헝클어진 머리의 열세 살 소녀 형상이 나타났다. 라스티아낙스가 무슨 일인지 알아차리기도 전에 아르카는 검을 집어 들고 온 힘을 다해 알칸드로스의 배를 찔렀다.

아르카

~~~

시간이 정지된 것 같았다. 복부에 칼이 꽂힌 알칸드로스는 허리를 구부린 자세로 눈을 부릅뜨고 아르카를 쳐다보았다. 시론의 눈. 아르카는 손잡이까지 검을 깊이 찔러 넣었다. 아르카는 손에 알칸드로스의 몸이 닿는 걸 느꼈다. 상처에서는 이미 피가 흘러나오고 있었다. 순간이동으로 힘이 다 빠진 아르카는 쓰러지지 않으려면 검의 손잡이를 붙잡고 버텨야 했다.

잠시 후 아르카는 옆으로 나자빠졌다. 펜테실레이아가 절규하면서 알칸드로스와 아르카 사이에 나타나 있었다. 이제는 알칸드로스의 손가락 사이에서 피가 흘러내리고 있었다.

"이걸 뽑아서 던져버려." 그가 창백한 얼굴로 말했다.

펜테실레이아가 두 손으로 손잡이를 움켜잡고 검을 뽑았고 시뻘건 칼날이 나타났다. 부상당한 알칸드로스는 비틀거렸다. 굵은 핏방울이 뚝뚝 떨어지고 있었다. 검을 뽑았는데도 출혈이 심해지는 것 같지 않았다.

아르카는 그 순간 펜테실레이아가 한 말이 생각났다. 죽을 수도,

*살 수도 없는 나라*는 존재는 고통 이외의 다른 건 생각할 수 없는 그 저 살덩어리에 불과했지. 비프아주르가 몸에서 빠져나가자 이제는 알칸드로스가 저주의 보호를 받고 있었다. 그 무엇으로도 그를 죽일 수 없었다. 게다가 그는 이미 마법으로 스스로 치료를 시작하고 있었 다. 살 타는 냄새가 진동했다. 그의 손가락 주위에서 피로 얼룩진 옷 이 타고 있었다. 상처를 태우는 것이었다.

아르카는 뭘 해야 하는지 알고 있었다. 저주를 중단시키는 것이 다. 아르카는 주체할 수 없을 정도로 떨리는 몸과 싸우면서 알칸드로 스가 목에 걸고 있게 내버려 두는 실수를 저질렀던 펜던트를 움켜잡 고 오레이칼코스 깃털을 펼쳤다. 추락하는 동안 펜던트 안에 숨겨놨 던 비프아주르 조각이 나타났다. 몇 년 동안 키워준 시론의 눈처럼, 죽고 싶어 하지 않는 그녀 아들의 눈처럼 파란 금속이 반짝였다.

알칸드로스는 비프아주르를 빼앗으려고 달려들었다.

그때 화살 세 개가 연달아 그의 상체에 꽂혔다. 의식이 돌아온 바 르시다가 몸을 반쯤 일으킨 자세로 팔받이를 뻗고 있었다. 생령의 주 인은 딸꾹질을 하면서 한 걸음 뒤로 물러섰다.

그의 몸이 굴복하기 시작했다. 입에서 선홍빛 침이 흘러나왔다. 상체에서 피가 다시 흘러나오기 시작했다. 그 주위의 바닥에 쌓인 눈 이 붉어졌다. 그는 죽어 가는 동물처럼 몸을 웅크리면서 바닥에 쓰러 졌다.

비인간적인 쇠붙이 소리가 중정의 정적을 깨뜨렸다. 펜테실레이 아가 울부짖는 소리였다. 공주는 번개창을 멀리 던지고 바닥에 주저 앉아 두 손으로 투구를 감싸면서 자신의 주인처럼 웅크렸다.

바르시다가 일어났다. 그녀는 하염없이 눈물을 흘리면서 알칸드로스 옆에 와서 꿇어앉았다. 마지막으로 남은 의식의 조각들이 그를 떠나고 있었다. 눈의 흰자위가 잠식한 것처럼 얼굴이 백지장처럼 하얘졌다. 입에서 거품이 이는 피가 흘러나왔다. 아르카는 그가 숨이 넘어가면서 바르시다에게 하는 말을 들었다.

"나를 죽이고 싶어 했으면서 왜 울어?"

"그래도 너를 사랑했으니까."

생령의 주인이 눈을 감았고, 아르카는 이제 정말로 다 끝났다는 걸 알았다.

14
숲의 아이

라스티아낙스

살다 보면 오랫동안 인생의 목표로 삼고 준비해 오던 계획을 미련도 슬픔도 없이 포기할 때가 있다. 이날, 라스티아낙스는 얼어붙은 도시가 해빙된 뒤 처음으로 열리는 의회에 피라와 함께 가면서 몇 달 전이었다면 좌절감을 느꼈을 텐데 이 상황을 즐거운 마음으로 흔쾌히 받아들이고 있는 자신을 확인했다. 피라는 옆에 앉아서 그가 준비해준 서류 더미를 검토하면서 트집을 잡았다. 자동의자에 앉은 피라가 다리를 뻗으면서 투덜거렸다.

"운하 재정비를 위한 자금 조달 계획을 요약해놨어야지. 아, 여기 있구나! 정리 좀 잘해놓지, 이게 뭐야……."

라스티아낙스는 완벽하게 정리가 된 서류라는 걸 알고 있었다.

피라는 불안할 때 괜히 까탈을 부리는 경향이 있었다. 마기스테리움 복도를 걸어가면서 라스티아낙스는 피라의 손을 잡았다.

"괜찮을 거야." 그가 말했다.

"네가 의회를 주관하는 거 아니라고 참 쉽게 말한다." 피라가 구시렁거렸다. "나는 경험이 없잖아."

피라는 토가 위에 바실레우스의 라피스라줄리로 만든 벨트를 착용하고 있는데 그녀의 요구에 따라 엘렉트럼*과 비취가 추가되어 있었다. 피라는 '전임 바실레우스와의 차이를 강조하기 위한 것'이라고 주장했지만, 라스티아낙스는 그녀의 눈빛을 돋보이게 하려는 것이라고 의심했다.

"장관들도 처음인 건 마찬가지야." 라스티아낙스가 말했다. "그리고 네가 훌륭하게 해낼 거란 확신이 없었다면 그 서류 준비해주겠다고 죽어라 고생도 하지 않았을 거야." 그는 미소를 지으면서 덧붙였다. "너 진짜 배은망덕하다."

그들은 각료 의회의 마법역학 문 앞에 이르렀다. 피라가 뭐라고 대꾸하려는 순간 그가 몸을 숙이고 불시에 키스를 했다.

"경고하는데 이게 매번 통하진 않을 거다." 피라가 공연히 핀잔을 주었다. "근데 너 왜 그래?"

"코가 아파서." 라스티아낙스가 깨진 콧등을 만지면서 탄식하는 어조로 대답했다. "아직 완전히 낫질 않았는지 키스할 때 코가 좀 아파."

엘렉트럼 금과 은의 자연 합금. 호박금으로도 불리는 귀한 금속.

"그거 잘됐네."

그렇게 툭 내뱉으면서 피라는 까치발을 들고 마법역학 문에 있는 열림 인장에 손바닥을 댔다. 각료 의회 회의실이 나타났는데 얼어붙기 전 못지않게 식물이 울창했다. 아다만트 창이 돌발적인 날씨를 막아주고 있었다. 그 외에는 모두 달라져 있었다. 새 바실레우스를 기다리고 있는 마법사 일곱 명은 라스티아낙스가 평등화 장관이던 때의 장관들이 아니었다. 그의 옛 동료 장관들은 생령의 주인에게 살해되거나 교도소 안에서 사망하면서 모두 목숨을 잃었다.

라스티아낙스는 장관들이 물갈이되기까지 있었던 여러 상황을 개탄스러워하면서도 건전한 변화라고 생각했다. 피라의 등 뒤로 마법역학 문이 닫히자 그는 돌아서서 수십 일 전부터 히페르보레아를 지배하는 새로운 정치 질서에 대해 곰곰이 생각했다. 마기스테리움의 복도에서 시민 의회 의원들이 거추장스러운 토가 자락을 부여잡고 걸어가고 있고, 보좌관들이 뒤따르고 있었다. 그들은 대부분 하위 지구에서 선출되었기에 도시의 꼭대기인 7지구 생활에 익숙하지 않았다. 보좌관들도 마찬가지였다. 그들은 순진한 방식으로 권력을 행사함으로써 히페르보레아의 정치판에 약간 혼란스럽기는 해도 기분 좋은 바람을 일으키고 있었다. 라스티아낙스는 이 새로운 체제가 일탈할 경우 결국 옛 마기스테리움의 엘리트주의가 재현될 거라고 생각했다. 그런데 시민 의회가 각 지구에서 대표였던 적이 전혀 없는 평민들 중에서 스무 명의 의원을 선출했다. 약속이 지켜지는 걸 확인하면서 그는 가슴이 벅차올랐다.

이 작은 개혁은 테미스키라 정부의 붕괴에 따른 시민들의 동요가 있었기에 가능했다. 라스티아낙스는 마기스테리움의 최고위직 신분 중 유일하게 살아남은 전 장관의 자격으로 임시 의회를 열고 새 바실레우스 선거를 실시하기로 결정했다. 생령의 주인에게서 차용한 것이지만 좋은 계획이었다. 피라는 다시 입후보했고 압도적 다수의 지지로 당선되었다. 작은 나포카 주민들과 대다수 여성 유권자들의 무조건적인 지지가 큰 역할을 했다.

나포카인들은 이제 히페르보레아의 영웅으로 추앙받고 있었다. 그들은 교도소를 습격한 뒤 풀려난 마법사들의 도움 덕분에 로크새 비행병들을 물리치는 데 성공했다. 7지구에서 마지막까지 저항하던 테미스키라군의 진지는 군대를 지휘해줄 리쿠르고스와 그의 아들이 죽었다는 걸 알고 항복했다. 일부 장교는 포로로 잡혔고, 나머지 병사들은 도주했다. 바르시다와 펜테실레이아는 생령의 주인이 죽은 뒤 종적을 감추었다. 다 잡아들여야 한다는 마법사들의 주장에도 불구하고 라스티아낙스는 그들을 찾는 데 많은 병력을 투입하지 않았다.

한편 나포카에서는 테미스키라 장군들의 몰락으로 저항군들이 총독을 숙청했다. 자유를 되찾는 과정은 순조롭지 않았다. 라스티아낙스는 숙청에 대한 소문을 듣고 있었다. 나포카가 긴장 상태를 극복하길 바라지만 15년간의 탄압으로 인해 평화로운 정권 교체로 가는 길은 험난했다.

그는 마기스테리움의 원형 홀로 향했다. 가는 도중 여러 명의 마법사들과 마주쳤다. 그들을 방면하기 위해 라스티아낙스가 어떤 역할을 했는지 아는 몇몇 마법사들은 그에게 반갑게 인사하지만, 일부는 그에게 눈길도 주지 않았다. 이들의 눈에 라스티아낙스는 여성을 나라의 수장으로 선출하고 평민들을 시민 의회 의원으로 선출하는 걸 지지하는, 특권층을 배신한 죄인이었다. 히페르보레아를 발칵 뒤집어놓은 일련의 사건들도 그가 연루되어 있다는 의심의 눈초리가 여전했다. 이것이 라스티아낙스가 장관직을 유지하지 않기로 결정한 이유 중 하나였다. 또 다른 이유는 피라와 연인 사이인 것이 각료 의회에 팽배한 긴장 관계를 완화하는 데 도움이 되지 않을 거란 확신이 있어서였다.

2지구의 의원으로 선출된 코모조이는 그에게 '현명한 결정'이라고 말했다.

원형 홀에 이른 라스티아낙스는 최고 사서 제노도토스와 마주쳤다. 교도소에 감금되어 있던 스트레스로 인해 그의 아름다운 백발은 거의 다 빠져 있었다. 그런데도 제노도토스는 예전의 열정을 되찾고 있었다. 이제는 라스티아낙스와 마주칠 때마다 서적을 땔감으로 사용했던 모든 히페르보레아인을 심판해야 할 필요성을 설득하려고 애를 썼다.

"아, 라스티아낙스, 마침 잘 만났네, 하고 싶은 말이……."

"정말 죄송한데요, 제노도토스, 제가 바빠서요, 회의가 있습니다."

라스티아낙스는 애써 그의 성난 시선을 모른 체하면서 마기스테리움의 광장 쪽으로 발길을 옮겼다. 일단 밖으로 나오자 그는 잠시 걸음을 멈추고 숨을 돌렸다. 복원된 돔에서 아다만트의 무지갯빛이 아롱져 있었다. 공중 정원, 옥상 테라스에도 식물이 다시 살아나고 있었다. 도시가 냉각되면서 많은 상처를 남겼지만, 새싹들이 차츰 돋아나고 곳곳에 비계가 세워지면서 도시가 소생하고 있었다. 라스티아낙스는 히페르보레아와 주민들의 빠른 회복력에 놀랐다.

광장의 층계를 내려가서 운하 둔치에서 사공을 외쳐 불렀다. 해빙이 되면서 운하들은 정상으로 돌아왔지만, 혹한에 살아남은 거북이 한 마리도 없었다.

"어디로 모실까요?" 사공이 삿대를 이용하여 보트를 둔치 가까이 대면서 물었다.

"1지구의 콜룸바리움으로 갑시다." 라스티아낙스가 보트에 오르면서 말했다.

사공이 톨게이트들을 거쳐 가고 있었다. 물론 승강기들도 보트를 올릴 수 있도록 정비되어 있었다. 거북보다는 보트의 속도가 느리기 때문에 라스티아낙스는 도시의 곳곳을 바라볼 여유가 있었다. 상위 지구에 살던 부유한 가정들은 도시가 얼어붙어 있는 동안 비워 뒀던 집이나 저택으로 돌아왔다. 상점과 공장이 활동을 재개하면서 뭉게뭉게 피어오르는 연기가 또다시 하위 지구들의 시야를 막았고, 운하들은 이전처럼 공장들의 폐기물이 방출되는 하수구가 되어 갔다. 온갖 물품과 목재, 광석을 실은 카라반들이 대거 돌아오고 있었다. 전체적으로 모든 것이 정상으로 돌아오고 있는데 이전보다 더 낫지도 더 나쁘지도 않았다. 라스티아낙스는 장관으로서 짧은 국정 활동 동안 추진하는 데 어려움을 겪은 평등화 문제를 새 의원들이 해결하길 바랐다.

보트가 콜룸바리움 앞에 멈췄을 때는 오후가 끝나 가고 있었다. 라스티아낙스는 사공에게 뱃삯을 주고 건물로 향했다. 장중한 외관의 탑은 삼각형 창문들이 일정한 간격으로 뚫려 있고, 벽면에는 장례 장면을 묘사한 부조가 새겨져 있었다. 건물 입구에서 그는 한 소년에게서 주먹만 한 크기의 발광체 전구 한 개를 샀다.

히페르보레아의 수많은 공공건물들과 마찬가지로 콜룸바리움도 대형 아트리움이 중앙을 차지하고 있었다. 탑 꼭대기의 스테인드글라스 원화창에서 쏟아지는 알록달록한 빛이 건물의 석벽을 파내어 만든 수만 개의 벽감을 비추었다. 발광체 전구들이 난간 뒤 벽감들 앞을 둥둥 떠다니고 있었다. 해가 저물 때 벌집 같은 납골당 안은 흡사 반딧불이들이 춤을 추는 것 같았다.

라스티아낙스는 아트리움의 둘레를 휘감으면서 모든 난간으로 이를 수 있게 해주는 층계를 올라갔다. 건축가가 모든 사람을 동등한 입장에 두려고 설계한 노력이 돋보였다. 1지구 출신이나 7지구 출신이나 벽감의 크기가 똑같기 때문이다. 그렇지만 1지구의 벽감 대부분이 먼지가 뿌옇게 앉아 있는 걸 보면 관리가 잘 되어 있지 않았다. 간혹 보이는 호화로운 벽감은 조폭들의 것이었다. 1지구의 가난한 사람들은 임대받은 벽감을 장기간 사용할 형편이 안 되기에 벽감 안의 관이 아주 빠르게 교체되었다. 반면에 팔라테스가 영면해 있는 7지구 벽감 중 일부 관들은 수백 년 동안 교체되지 않았다. 술 장식이 달린 벨벳 커튼 너머의 문에 고인의 이름이 금색 글자로 새겨져 있었다. 도시 최고의 유리 장인들이 만든 커다란 발광체 전구들이 벽감 앞을 둥둥 떠다녔다.

라스티아낙스는 1지구의 난간을 따라가면서 히페르보레아인들은 왜 죽어서도 남들과 구별되고 싶어 하는 걸까 생각했다. 목적지에 도착할 때까지도 그는 이 의문에 대한 답을 찾지 못했다. 그는 바닥에 책상다리를 하고 앉았고, 두 손으로 작은 발광체 전구를 날려 보내는 것으로 아버지의 벽감 앞을 둥둥 떠다니게 했다.

어머니에게 아버지의 죽음을 알리는 것은 이제껏 부딪쳐 온 그 어떤 일보다도 가장 힘들었다. 슬픔에 잠긴 샤리클로는 남편의 부재로 인해 겪게 된 수많은 문제에 직면하면서 어찌할 줄을 몰랐다. 그래서 라스티아낙스는 두 번의 임시 각료 의회로 바쁜 와중에도 어머니를 보살펴야 했다. 정신없이 뛰어다니다 보니 역설적이게도 아버지를 잃은 슬픔을 어느 정도 극복할 수 있었다.

그는 7지구의 벽감들을 올려다봤다. 저 위 어딘가에 로도프의 관이 있을 터였다. 라스티아낙스는 아버지의 죽음에 로도프의 책임이 가장 크다고 생각하면서도 여전히 옛 동기생의 죽음을 받아들이기 힘들었다. 5년 동안 앙숙 관계로 지내면서 두 번이나 코를 부러뜨렸던 로도프, 이런 악연이 되려고 둘 사이가 그랬던 거란 생각이 들었다.

"아, 사부도 오셨네요."

라스티아낙스가 고개를 들었다. 아르카가 손에 작은 목재 조각품 하나를 들고 옆에 서 있었다. 아르카도 푸발에게 인사하러 온 것이었다.

"이 시간에 누군가가 있을 줄 몰랐어요." 아르카가 옆에 앉으면서 덧붙였다.

라스티아낙스는 아트리움의 원화창을 보면서 정말로 바깥이 어두워져 있는 걸 확인했다. 생각에 잠겨서 시간 가는 줄 모르고 있었다.

"그게 뭐니?" 그가 조각품을 보면서 물었다.

아마추어가 깎아서 만든 것이 틀림없었다. 라스티아낙스는 동물을 조각한 거라고 짐작하면서도 정확히 무슨 동물인지 알 수 없었다.

"아르카디아에서는 발광체 전구가 없어서 죽은 이들을 기리는 물건을 무덤 앞에 둬요." 아르카가 설명하면서 사뭇 엄숙하게 벽감 앞에 조각품을 내려놨다.

"뭘 조각한 거니?"

"눈이 멀었어요? 이게 뭔지 모르게. 말이잖아요!"

"응, 그렇구나."

기분이 상한 아르카는 중얼거리면서 조각품의 위치를 조정했다. 이상하게도 라스티아낙스는 행복해지는 느낌이 들었다. 아르카의 멘토로서 함께 지내던 행복한 시절로 다시 돌아온 것 같았다.

"궁전 지붕에서 뛰어내리기 전에 왜 나한테 작별 인사를 한 거니?"

아르카는 어깨를 으쓱했다.

"그래야 의심하지 않고 확실히 믿을 테니까요."

"네가 순간이동을 할 거라고는 아무도 예상하지 못했어." 라스티아낙스가 말했다.

아르카가 그 이상한 능력에 대해 아버지에게서 물려받았고 저주 때문이라고 설명해줬는데도, 라스티아낙스는 여전히 그 능력이 불편했다. 그는 아르카가 완전한 인간이라고 생각할 수가 없었다. 아르카 역시 라스티아낙스 못지않게 혼란스러워하면서도 비물질화되는 과정이 신체에 가하는 결과에 신경이 곤두서 있는 것 같았다.

마지막 순간이동 이후, 아르카는 마법을 쓸 수 없게 되었다. 마치 아니마가 너무 고갈되어서 더는 아무것도 감당할 수 없는 것처럼 마법을 시도할 때마다 심한 현기증이 일어났다. 라스티아낙스는 미로의 성에서 아르카가 사물을 공중부양시키려고 하는 걸 보면서 깜짝 놀랐다(아르카는 테미스키라군이 히페르보레아에서 철수한 뒤로 미로의 성에서 지내고 있었다). 팔라테스의 자질구레한 물건들은 바닥에 그대로 있는데 매번 넘어지는 건 아르카였다. 라스티아낙스는 울면서도 계속해서 다시 시도하는 아르카를 보면서 안쓰러웠다.

두 다리를 구부려 가슴에 붙이고 턱을 무릎에 괴는 자세로 앉은 아르카도 마법에 대해 생각하고 있는 것 같았다. 잠시 후 아르카는 머리칼을 질겅질겅 씹으면서 침울한 표정으로 말했다.

"사부, 많이 생각해봤는데요. 이제는 내가 마법을 할 수 없으니 사부의 문하생으로 남아 있을 수 없을 것 같아요."

아르카는 숨을 길게 들이쉬었다. 라스티아낙스는 무슨 말을 하려는 건지 알지만 더는 듣고 싶지 않았다.

"아르카디아로 돌아갈 때가 된 거죠. 피라를 설득해서 비프아주르를 갖고 떠날 수 있게 도와주세요."

라스티아낙스는 가슴을 한 방 세게 얻어맞은 것 같았다. 그는 아르카의 마음을 돌리게 만들려면 논리적으로 납득이 될 만한 말을 하는 것으로 충분하다고 확신했다.

"내 문하생으로 남기 위해서 마법을 할 필요는 없어." 그는 확신에 찬 어조로 말했다. "여기 있기 위해서 내 문하생이어야 할 필요도 없고. 히페르보레아에 있는 미로의 성은 너의 집이니까."

그는 '나와 함께 여기서 살자'라는 말을 덧붙이고 싶었지만 소심함 때문에 바보같이 참았다.

아르카가 고개를 저었다.

"이 도시에 내가 있을 자리는 없어요. 마법사들은 내가 아마존을 끌어들였다는 의심을 절대 멈추지 않을 거예요. 마법사와 마주칠 때마다 재판이 생생하게 떠올라요. 그리고 나는 바실레우스를 죽였어요."

"그건 정당방위였어." 라스티아낙스가 반박했다.

"그래도 마법사들은 절대로 나를 믿지 않을 거예요. 심지어 프레톤도 나를 피해요. 나를 구하려고 사부를 찾아갔으면서도."

아르카가 히페르보레아에는 자신이 있을 자리가 없다면서 떠나기로 결심했다고 밝혔지만, 라스티아낙스는 외로움이 큰 영향을 미친 거란 생각이 들었다. 친하게 지내던 스테릭스는 죽었고, 카시크는 멘토가 사망한 뒤로 돔을 유지하고 관리하는 일에 전념하기 위해 문하생 생활을 그만두었다. 다른 동기생들은 아르카를 경계했다. 7지구가 호의적인 분위기였던 적이 없지만 특히 아르카가 살기에는 힘든 환경이라는 걸 인정해야 했다.

라스티아낙스는 히페르보레아를 떠나기로 했다는 아르카의 결심에 대해 자신이 멘토로서 실패했다는 뜻으로 해석하지 않을 수 없었다. 아르카에게 남고 싶은 마음을 주지 못한 것이다. 그는 무엇이 아르카를 동족에게 돌아가게 하는 걸까 생각했다. 아르카디아에 돌아가서 지낸 짧은 기간 동안 그리 좋았던 것만은 아니라는 걸 알고 있어서였다. 그가 꼭 떠나야만 하는 이유를 묻자 아르카는 간단명료하게 대답했다.

"숲은 내 집이에요. 사부가 히페르보레아와 함께해야 하는 것과 같은 이유죠. 여기보다 더 나쁘지도 더 좋지도 않지만 내가 뿌리를 내려야 할 곳은 거기니까요, 이해하죠?"

라스티아낙스는 이해한다고 대답할 수 없었다.

"그리고 저주로부터 내가 안전하게 살 수 있는 유일한 곳이에요." 아르카가 덧붙였다.

저주. 늘 그랬듯 저주가 문제였다. 라스티아낙스가 문하생에 대해 확실히 알고 있는 것이 있다면 그건 아르카가 자유를 갈구한다는 것이었다. 아르카는 자신의 운명을 개척하고 싶어 했다. 1지구 출신에게 예정된 미래를 거부하고 뛰쳐나온 그도 그 열망을 위해 고군분투하지 않았던가.

"피라가 나한테 말했어, 비프아주르를 외교 선물로 아르카디아에 보낼 생각이라고." 라스티아낙스가 말했다. "이미 안티오페 왕과 서신 교환을 했어."

아르카는 어리둥절한 눈길을 보냈다. 건국자들이 히페르보레아를 떠난 이후 아마존족과 첫 번째 평화적인 접촉이었다. 라스티아낙스는 피라가 무슨 이유로 생각을 바꿨는지 정확히는 모르지만 교도소 안에서 큰 역할을 해준 바르시다의 영향이었을 것으로 짐작했다.

"네가 떠나지 못하게 막을 수는 없어." 그는 한참 생각한 뒤 말을 이었다. "하지만 좀 더 붙잡아 둘 수는 있지." 그가 미소를 지으면서 덧붙였다. "마기스테리움은 예외적으로 페트로클루스에게 마법사 지위를 수여하기로 결정했어. 그 게으름뱅이가 끝내 발명품을 제출하지 않았지만 나라를 위해 싸운 공로를 치하하는 뜻에서. 한 달 이내에 토가 착복식이 있을 거야. 메타니르가 축하연을 준비하겠다고 선언했는데 반대할 수 없더라고. 우리랑 함께 축하해줄 거지?"

그 순간 아르카의 얼굴에 함박 미소가 번졌다.

"물론이죠, 사부, 내가 축하연은 절대 거절하지 않죠."

라스티아낙스는 시간이 더 천천히 흐르길 바랐다. 아르카가 떠나는 날까지 남은 날들이 손가락 사이로 새 나가는 물처럼 빠르게 지나갔다. 그는 어머니를 보살펴야 하는 데다 마기스테리움에서 피라를 보필하는 일로 바빠서 아쉽게도 문하생과 마지막 남은 시간을 함께할 여유가 많지 않았다. 아르카도 바쁜 것 같았다. 아르카는 히페르보레아를 돌아다니면서 아르카디아로 돌아가는 대장정에 필요한 것들을 준비하고 있었다. 미로의 성 아트리움 중앙에 장비들이 어지러이 쌓였다. 그걸 보면서 짜증이 나는 자신이 이성적이지 않다는 걸 알면서도 라스티아낙스는 자신의 생활공간에 다시 팔라테스의 잡동사니가 쌓이는 느낌이 들었다.

그럼에도 불구하고 토가 착복식 날 아침, 현관 옆에 가지런히 꾸려져 있는 아르카의 짐을 봤을 때 갑자기 그 난장판이 그리워졌다. 정오에 대문 앞에서 만나기로 했지만 아르카는 예상대로 15분 늦게 나왔다. 아르카는 문하생 복장인 흰색 튜닉에 오렌지색 벨트를 차고 있었다. 옷에 얼룩도 묻어 있지 않았다. 심지어 단정하게 땋은 머리는 아주 깔끔해 보였다. 평소 아르카는 이렇게 세심하게 신경을 쓰지 않기 때문에 그만큼 더 그는 감동을 받았다. 그는 최근에 입지도 않던 보라색 토가 차림이었다. 이제 무거운 천이 거추장스럽게 느껴졌다. 사부와 문하생은 미로의 성을 나와 마지막으로 함께 마기스테리움을 향해 걸어가기 시작했다.

그들이 계단식 강당에 도착했을 때 착복식은 이미 시작되고 있었다. 페트로클루스의 가족, 피라의 가족, 라스티아낙스의 어머니 그리고 승급한 모든 마법사들이 작은 반원형 관람석에 앉아 있었다. 라스티아낙스는 옛 동기생들에게 고갯짓으로 인사하면서 어머니가 그들을 위해 맨 앞줄에 맡아놓은 자리에 가서 앉았다. 낙서투성이의 책상에 팔꿈치가 닿았을 때 그는 마지막 신비학 수업을 들으면서 졸업 심사를 받아야 한다는 생각에 심장이 벌렁거리던 1년 전으로 돌아간 것 같았다. 그 뒤로 많은 것이 달라져 있었다.

페트로클루스는 트리에리오스가 살해된 뒤 멘토가 없었기 때문에 피라가 식을 주관하겠다고 제안했다. 피라도 멘토가 되기로 결정하고 프레톤을 문하생으로 선택했다. 라스티아낙스는 이 결정을 내린 동기가 뭔지 정확히 모르지만, 자신의 멘토였던 메젠스에게 경의를 표하고 싶은 마음이거나 5년 동안 오만하게 굴었던 프레톤의 콧대를 꺾어놓고 싶은 마음일 거라고 짐작했다. 문하생이 된 프레톤이 서류를 한 아름 들고 골이 난 얼굴로 피라를 졸졸 따라다녔다. 단상 옆에 서서 꽉 들어찬 관람석을 쳐다보던 프레톤의 얼굴이 완전히 굳어 있었다. 라스티아낙스는 그가 짧게나마 테미스키라 편에 섰던 걸 용서하지 않는 일부 마법사들 때문이라고 짐작했다. 어쩌면 피라가 프레톤을 문하생으로 삼은 것은 이들의 보복으로부터 보호해주려는 것일지도 몰랐다.

라스티아낙스는 알아보지 못할 정도로 단정한 머리에 깔끔한 튜닉 차림의 아르카를 발견한 프레톤이 어안이 벙벙한 표정을 짓는 걸 봤다. 그 순간 그는 아르카가 누구 때문에 그렇게 차림에 공을 들인 건지 갑자기 궁금해졌다. 그는 아르카의 머리 타래를 잡아당기는 장난을 쳤다.

"아야, 아야, 왜 이래요?" 아르카가 발끈해서 고개를 홱 돌리고 멘토를 째려봤다.

라스티아낙스는 짓궂은 미소를 지으면서 아르카의 관심을 착복식으로 돌렸다. 피라는 마법사라는 칭호에 주어지는 의무에 대해 의례적인 말을 한 뒤 페트로클루스의 손가락에 그리핀이 새겨진 인장 반지를 끼워주고 나서 보라색 토가를 내밀었다.

"이 토가가 트리에리오스의 토가보다 더 많은 행운을 가져다주길 바라면서." 피라가 말했다.

페트로클루스는 토가를 입으면서 넓은 소매 때문에 씨름을 했다. 그가 마침내 맞는 구멍으로 헝클어진 머리를 뺐을 때 박수가 터져 나왔다. 피라와 페트로클루스는 단상을 내려왔다. 페트로클루스를 축하해주면서 특별히 새 바실레우스와 얘기할 수 있는 기회를 잡으려고 참석한 사람들이 환영했다.

"저 사람들의 절반은 너를 보러 왔을 거라고 생각해." 페트로클루스가 피라에게 말하면서 라스티아낙스와 아르카 쪽으로 왔다. 페트로클루스는 주변에 몰려 있는 사람들이 자기의 말을 어떻게 받아들일지 신경 쓰지 않고 큰 소리로 말했다.

"나도 똑같은 취급을 받는 건 곤란한데" 라스티아낙스는 팔라테스가 피살된 직후 얼떨결에 인장반지를 받았던 걸 떠올리면서 응수했다.

"내가 선견지명이 있어서 발명품에 대해 걱정하지 않았던 거라니까. 하여튼 사람들은 다음 날로 미루는 버릇을 너무 과소평가하는 경향이 있단 말이야." 페트로클루스가 엄숙한 어조로 말했다.

"아무튼 너는 못 당하겠다." 피라가 미소를 지으면서 대꾸했다.

피라가 입을 다물고 눈살을 찌푸리면서 계단식 강당 위쪽을 쳐다봤다. 라스티아낙스는 피라의 시선을 따라갔다. 머리를 풀어헤친 아스파시가 눈을 깜박이면서 자신의 옛 동기생 중 한 명과 한창 얘기 중이었다. 아스파시가 거드름을 떠는 소리가 들렸다.

"……사람들은 피라와 라스티아낙스, 페트로클루스가 마법사들을 석방시키는 데 아주 대단한 역할을 한 줄 아는데 아니거든. 결정적인 정보를 알아내려고 죽음을 무릅쓴 사람은 바로 나라니까……."

"잠깐만 기다려. 내 동생이 눈 화장품을 만들어주겠다고 한 것까지 시시콜콜 늘어놓기 전에 데려올게."

모두 미로의 성에 들어갔을 때 메타니르와 아우스는 아트리움의 원형 창 아래 대형 식탁에 식사를 차려놓은 상태였다. 요리가 그득한 식탁 위로 아름다운 햇빛이 쏟아지고 있었다. 찬모는 각별히 신경을 써서 페트로클루스와 아르카가 좋아하는 음식을 준비해놓았다.* 페

---

* "이런 순간이 얼마나 그리웠는지! 뭐 하고 있어, 어서 배를 실컷 채워야지! 내가 살아 있는 한 다시는 테미스키라 놈들이 내 음식을 못 먹게 하는 일이 없어야 하는데, 암 그래야지!"

트로클루스와 아르카는 눈이 휘둥그레져서 식탁을 쳐다보다 음식에 달려들었다. 자제하고 있던 피라와 아스파시, 라스티아낙스도 자리에 앉았다. 프레톤은 식사 자리에 오지 않으려고 멘토가 살펴보라고 시킨 서류가 너무 많다는 핑계를 댔다.

"이 도시 최고의 대식가 두 명을 초대하면 딱 이런 모습일 거야." 라스티아낙스는 게걸스럽게 먹어대는 페트로클루스와 아르카를 쳐다보면서 말했다.

"치가 떨릴 정도로 굶었던 사람인데 좀 봐주라!" 페트로클루스가 음식이 가득한 입으로 받아쳤다.

"나는 이게 히페르보레아에서 먹는 마지막 식사거든요!" 아르카는 한술 더 떴다.

피라는 머리를 라스티아낙스에게 기대면서 턱짓으로 벌써 세 번째로 접시에 음식을 가득 담는 아르카를 가리켰다.

"보고 싶겠지?"

라스티아낙스는 말없이 고개를 끄덕였다.

"그 미개한 나라로 어떻게 갈 건지 설명 좀 해봐." 페트로클루스가 닭다리를 흔들면서 아르카에게 물었다.

"내일 출발하면 카라반 로드를 따라 나포카까지 갈 거예요." 아르카가 말했다. "그곳에 만나고 싶은 사람들이 있거든요. 이제 더는 테미스키라의 지배를 받지 않으니까. 그다음, 테르모돈강 어귀까지 걸어가서 배를 타고 아르카디아까지 강을 거슬러 올라갈 거예요."

"거기까지 가는 데 얼마나 걸리는데?"

"여러 달 걸리죠." 아르카가 대답했다.

"날개가 있으면 더 빨리 갈 수 있을 텐데 그치?"

"그렇겠죠, 하지만 내 멘토가 망가뜨렸어요." 아르카는 라스티아 낙스를 흘겨보면서 대답했다. "어쨌든 이번에는 나보를 데리고 떠날 거예요."

"날개 얘기가 나와서 하는 말인데, 아르카……."

모두 피라를 쳐다봤다. 그녀는 토가 주머니에 손을 넣고 팔찌 하나를 꺼냈는데 햇빛을 받아 영롱한 구릿빛 광채가 빛나고 있었다.

"나한테도 망가뜨린 책임이 있어서 기분 전환 삼아 팔찌를 수리했거든." 피라는 아르카에게 팔찌를 내밀면서 약간 잘난 척을 했다. "수리하면서 개량도 좀 하고."

라스티아낙스는 이래서 자기가 피라에게 푹 빠졌던 거라는 생각이 들었다. 그녀는 세상에서 가장 정교한 마법역학 발명품을 심심풀이로 수리할 수 있는 유일한 사람이었다.

아르카는 믿기지 않는 얼굴로 팔찌를 받았다. 작동해보기 위해 팔찌에 새겨진 인장에 엄지손가락을 대려다가 아르카는 잠시 머뭇거렸다.

"내가 가는 곳에서는 이걸 갖고 있을 수 없어요. 오레이칼코스는 숲에서는 금지되어 있거든요. 나는 사용도 못 하는데 피라가 갖고 있는 편이 나아요." 아르카가 날개팔찌를 피라에게 내밀면서 말했다.

피라는 여간해선 감동하는 타입이 아닌데 아르카의 행동에 크게 감격한 것 같았다.

"아무튼, 라스티에게는 주지 않는 게 나아. 날개팔찌를 사용할 깜냥이 아니거든." 식탁 맞은편 끝에 앉은 페트로클루스가 한마디 날렸다.

"그래, 맞아." 라스티아낙스가 인정했다.

그는 정말로 앞으로는 하늘을 날아다닐 생각 따위는 접고 그저 땅을 밟고 살아갈 생각이었다.

날이 너무 빠르게 저물었다. 그들은 식탁을 치우고, 의자를 정리했고, 아르카는 자러 갔다. 다음 날 새벽, 라스티아낙스는 미리 불러놓은 보트에 아르카의 짐을 실었다. 사공은 도시를 관통하며 1지구로 그들을 데려가고 있었다. 아르카는 아무 말도 하지 않았지만, 라스티아낙스는 소중한 기억으로 간직하려고 문하생이 히페르보레아의 마지막 모습을 눈에 담고 있다고 생각했다. 평화로운 고요함과 함께 도시가 잠에서 깨어나고 있었다.

그들은 마사에 도착했고 나보의 안장을 챙긴 뒤 안장주머니 안에 여행 장비를 실었다. 아르카는 말 등에 기다란 꾸러미를 올릴 때 특별히 조심했다. 라스티아낙스가 교도소에서 훔쳐낸 칼날을 벼려서 코모조이가 만들어준 비프아주르 검이었다. 라스티아낙스는 아르카가 이 무기를 갖고 무사히 대장정을 마칠 수 있을지 마음이 놓이지 않았다. 적어도 오레이칼코스가 파란색 금속을 감싸고 있는 한 아마조네스 숲에 이를 때까지 아르카는 아무런 위험이 없을 테지만……

나보에게 마구를 다는 작업이 끝나자 아르카는 고삐를 잡고 마구간 밖으로 이끌었다. 라스티아낙스가 나란히 걸으면서 눈살을 찌푸렸다.

"나는 지금도 이해가 안 돼. 네 말이 왜 빙하 기슭에서 나를 기다리고 있었는지. 마치 내가 전속력으로 히페르보레아로 돌아가려면 자기가 필요하다는 걸 알고 있는 것 같았어."

"하프유니콘이라서 특별한 능력이 있거든요." 아르카가 자신 있게 대답했다.

"미래를 예언한다는 그 뱀의 능력보다……"

"아르카!"

그들은 마사 입구 쪽을 돌아봤다. 땀범벅이 된 프레톤이 마치 7지구에서 달려온 것처럼 거친 숨을 내쉬면서 뛰어오고 있었다. 라스티아낙스는 얼굴이 뻘게져서 아르카에게 다가오는 프레톤과 눈이 휘둥그레진 아르카를 쳐다봤다.

"재판 때 너한테 불리한 증언을 한 것도, 내가 틀렸다는 걸 깨닫기까지 너무 많은 시간이 걸렸던 것도 미안해." 프레톤이 단숨에 말했다.

"……내 팔찌를 파괴하려고 했던 거, 나를 거지 취급했던 거, 몇 달 동안 카시크를 괴롭혔던 거는?"

프레톤이 자신의 발을 내려다보면서 고개를 끄덕였다. 둘의 대화를 흥미롭게 지켜보던 라스티아낙스는 터져 나오려는 웃음을 꾹꾹 눌렀다.

"그것도 미안해."

프레톤이 고개를 들었는데 빨갛던 얼굴이 약간 가라앉았고, 좀 더 자신감이 생긴 표정이었다.

"언제쯤 내가 너를 만나러 아르카디아로 갈 수 있을까, 43번?"

"숲에 남자가 들어오는 걸 받아들이도록 내가 아마존들을 설득하는 데 성공하면." 아르카가 미소를 머금은 얼굴로 대답했다.

"반드시 성공해, 그래야 신상에 좋을 거다." 프레톤이 진지하게 말했다.

프레톤은 잠시 머뭇거리다 아르카에게 손을 내밀고 히페르보레아식으로 악수를 했다.

"그럼 그때 보자, 43번."

그렇게 말하고 나서 프레톤은 손짓으로 인사를 하고 도심 쪽으로 돌아섰다. 아르카는 마사 모퉁이로 사라지는 프레톤의 뒷모습을 바라보고 있었다.

"정말 아마존들을 변화시킬 생각이니?"

"히페르보레아가 여성 바실레우스를 선출하는 데 성공한 걸 보면 불가능한 일이란 없죠." 아르카는 해맑게 대꾸했다.

그들은 마사를 나와 서문으로 가기 위해 풀이 새로 돋기 시작한 초원으로 들어섰다. 나보는 중간중간 멈춰 서서 어린 새싹을 뜯어 먹었다. 사향소들이 평온하게 되새김질을 하면서 그들을 쳐다보고 있었다. 라스티아낙스는 불현듯 아르카가 거쳐 가게 될 수많은 고장을 함께 둘러보고 싶은 충동이 일었다. 갑자기 히페르보레아가 너무 작게 느껴졌다.

"사부, 앞으로 뭐할 거예요?" 아르카가 마치 그의 생각을 읽은 것처럼 물었다. "내 말은 이제는 장관도 아닌데 앞으로 뭐할 거냐고요?"

"외교에 힘쓸 생각이야." 라스티아낙스가 대답했다. "히페르보레아, 나포카, 테미스키라, 아마존족 간의 항구적인 평화를 확립해야지."

"힘내세요." 아르카가 장난치듯 말했다.

"길게 봐야지, 하루아침에 되는 일이 아냐. 네가 하려는 일과 마찬가지로."

그들은 어느덧 서문 앞에 도착해 있었다. 라스티아낙스는 출구를 지키는 세관원과 보초들에게 인장반지를 보여준 다음 도시의 출구를 표시하는 금선까지 아르카와 함께 걸어갔다. 눈앞에 춥고 황량한 얼어붙은 평원이 펼쳐져 있었다. 라스티아낙스는 바람 냄새를 맡았다. 이상하게도 바깥세상이 예전보다는 덜 적대적으로 보였다. 아마도 위험을 무릅쓰고 길을 나섰던 경험 덕분인 것 같았다.

그는 작별 인사를 준비하지 않았다. 아르카도 마찬가지였다. 그들은 잠시 서로를 쳐다보기만 했다. 처음에는 침묵이 어색하더니 이윽고 아무 말도 하지 않아서 행복했다. 말로는 그들이 느끼는 감정을 다 표현할 수 없을 터였다. 마침내 라스티아낙스는 문하생을 꼭 끌어안았다. 훌쩍이는 소리가 들렸다. 그들은 떨어졌다. 아르카는 눈물이 글썽한 눈으로 미소를 지어 보이고 나보의 고삐를 잡았다. 아르카는 아무 말 없이 돌아서서 산맥을 향해 걸어가기 시작했다.

탑들이 있는 도심으로 돌아가면서 라스티아낙스는 참았던 눈물 때문에 눈이 따가운 걸 느꼈다. 1지구의 거리에 이르렀을 때는 뜨거운 눈물이 하염없이 흘러내리고 있었다. 아쉬움, 후회, 미련, 외로움…… 여러 감정이 뒤섞인 깊은 슬픔의 주머니에 구멍이 뚫린 것 같았다. 그리고 가슴속 깊은 어딘가에 이 모든 감정을 넘어 그 이상의 기쁨이 자리하고 있었다.

그의 눈물은 한 거리의 모퉁이에서 고갈되었다. 눈앞의 한 광경이 그의 슬픔을 날려주었다. 한 할머니가 운하 쪽으로 허리를 숙이고 새끼 거북들을 물에 놓아주고 있었다.

"어디서 난 겁니까?" 그가 감격한 얼굴로 할머니에게 다가가면서 물었다.

"도시가 얼어붙어 있는 동안 거북 알들을 마법 부화기 안에 넣어두었다가 부화시켰다오." 할머니가 말했다. "너무 귀엽지요?"

에필로그

몇 달 후

시론의 무덤에 자란 향기로운 허브식물이 바람에 물결쳤다. 땅바닥에 널린 널빤지들이 늦여름의 초목에 완전히 뒤덮여 있었다. 외부 사람은 초목 아래 불에 탄 오두막의 잔해가 있으리라고는 상상도 못 할 터였다.

아르카는 무릎을 꿇고, 삽 대신 검으로 무덤 옆의 보드라운 검은 흙을 파냈다. 이어서 연마용 돌로 비프아주르를 싸고 있는 오레이칼코스를 벗겨냈다. 파란 금속이 햇빛에 반짝이고 있었다. 아르카는 검을 갖고 돌아와서 기뻤다. 안티오페 왕과 한 약속을 지킨 것이다. 이제는 수습생 생활을 다시 시작하면서 교련도 하고, 나보와 승마 훈련도 할 수 있을 것이고, 군사 훈련을 하는 동안에 전쟁을 하지 않고도 잘살 수 있다고 아마존들을 설득할 수 있을 터였다. 게다가 아르카가 숲으로 돌아오길 기다리는 사람이 적어도 한 명은 있었다. 누군가가 기다리고 있다는 확신은 아르카에게 가장 소중한 것이었다. 몇 달간의 긴 여정을 끝낸 아르카는 테미스를 빨리 만나려고 서둘렀다.

이제는 구덩이가 꽤 깊었다. 아르카는 검 손잡이를 짚고 일어나서 몇 걸음 떨어진 데서 풀을 뜯어 먹는 나보에게 다가갔다. 아르카는 안장주머니에서 꺼낸 길쭉한 보따리를 들고 구덩이 앞에 다시 꿇어앉아서 보자기를 풀었다.

상아 글자판이 있는 오레이칼코스 원통 장치가 나타났다. 라스티아낙스가 페트로클루스의 토가 착복식에 가려고 아르카를 기다리고 있을 때 짐 속에 집어넣은 것이 틀림없었다. 아르카는 히페르보레아를 출발한 지 열흘 후에야 안장주머니에서 부싯깃을 찾다가 그 물건을 발견했다. 쪽지도 들어 있었다.

아르카,
오레이칼코스로 만든 물건을 숲으로 가져갈 수 없다는 거 알아.
그러니까 숲의 기슭 어딘가에,
네가 언제든 다시 찾을 수 있는 안전한 곳에 그라포만스를 묻어 둬.
그것과 쌍을 이루는 장치는 내가 간직하고 있어.
혹시라도 어느 날 도움이 필요하면 그라포만스로 연락하라고.

영원한 너의 멘토, 라스티아낙스

아르카는 쪽지를 여러 번 읽고 또 읽은 다음 그라포만스와 함께 보자기로 쌌고, 히페르보레아에 대한 모든 추억도 같이 검은 흙속에 묻었다. 아르카는 일어나서 손에 묻은 흙을 털었다. 그러고는 검을 집어 들고 나보의 고삐를 잡아끌면서 수심이 얕은 여울 쪽으로 걸음을 옮겼다.

등장인물 그리고 동물

아르카: 아르카디아와 나포카를 거쳐 히페르보레아로 온 열세 살 소녀. 겁이 없고 용감하며 일단 저지르고 보는 타입이다. 우연히 참가한 '마법 평가전'에 덜컥 합격해 라스티아낙스의 문하생이 되었다. 서류에 파묻혀 살며 자신을 발톱의 때나 토가의 주름만도 못하게 여긴다고 생각한 멘토가 실은 위험을 무릅쓰고 스승의 살인 사건을 캐고 있음을 알게 된 뒤로 적극적으로 나서 도와주기로 한다. 그 음모의 끝이 자신을 향하는 줄도 모른 채⋯⋯. 결국 모든 진실이 밝혀지고 난 뒤 아르카는 결심한다. 히페르보레아를 떠나 고향인 아마조네스 숲으로 떠나기로.

라스티아낙스: 히페르보레아 역사상 최연소 장관이 된 열아홉 살의 마법사. 멘토 팔라테스가 갑자기 죽으면서 그의 저택 '미로의 성'과 평등화 장관 자리를 물려받게 되었다. 여기에 거짓말이 매우 서툰 데다 철자법도 모르는 문하생 아르카는 덤. 스승이 죽기 전에 남긴 의문의 메모를 혼자 조사하다가 자객에게 목숨을 잃을 뻔했으나 아르카의 도움으로 위기를 넘겼다. 이후 두 사람은 연이어 벌어진 장관 살해 사건을 추적하며 그 뒤에 숨겨진 거대한 정치적 음모를 밝히려 하지만, 모든 것이 수포로 돌아간다. 라스티아낙스는 마법사 지위를 잃고 히페르보레아는 적들의 손아귀에 놓이게 되었다. 게다가 끝까

지 믿었던 문하생은 여전히 철자가 엉망인 쪽지만 남기고 어디론가 떠나버렸다.

알칸드로스: 히페르보레아에 잠입한 테미스키라의 밀사. 흰칠한 외모에 뛰어난 언변으로 뒤에서 사람들을 조종하는 데 뛰어나다. 마법 능력이 탁월한 데다 '특별한' 문신 덕분에 마법이 작동하지 않는 블루존의 영향을 받지 않는다. 15년 전 나포카 포위 공격 때 자국 군대가 저지른 끔찍한 학살의 폐해를 보며, 도시를 온전히 차지하기 위해서는 군사력 말고도 더 중요한 것이 있음을 배웠다. 아버지 리쿠르고스의 방식이 아닌 자신만의 방식으로 오래 공들인 끝에 마법의 도시를 정복하기 직전인데, 방금 큰 실수를 깨달았다. 계획의 핵심인 아르카가 사라진 것이다.

피라: 라스티아낙스의 동기이자 히페르보레아 최초 여성 마법사. 최상층 7지구 출신이지만 성차별이 심한 히페르보레아에서 결혼이 인생의 전부가 아닌 삶을 소망하는 당찬 여성이다. 부모의 극렬한 반대를 뚫고 '마법 평가전'에 참가해 뛰어난 마법 능력으로 1등을 차지했다. 특히 마법역학에 뛰어난 소질이 있어 마법역학 연장만 있다면 히페르보레아의 모든 문을 열 자신이 있다. 졸업 심사도 가뿐히 통과했건만 히페르보레아의 두꺼운 '유리 천장'에 가로막혀 하릴없이 시간을 보내야 하는 게 죽을 맛이다.

게오르곤: 문하생들의 교육을 맡고 있는 마법역학 교수. 두 다리를 쓰지 못하는 장애인이어서 둥둥 떠다니는 마법 휠체어를 타고 다닌다. 파란연꽃 껌에 중독되어 재산을 모두 잃었고 끝내 자신의 도시마

저 저버렸다. 휠체어에서 벗어나 날아다니는 소망을 끝내 죽음으로 이루게 된다.

나보: 아르카의 범상치 않은 애마. 하얀 조랑말처럼 생겼으나 날쌘 데다 성깔이 있다.

로도프: 라스티아낙스의 문하생 동기. '마법 평가전' 때부터 라스티아낙스와 악연으로 얽혔다. 겉으로는 라스티아낙스에게 친한 척하지만 속으로는 1지구 출신에 대한 경멸감으로 가득하다. 과한 자신감으로 모든 관계에서 주도권을 쥐고 싶어 한다. 그 상대가 좋아하는 피라일지라도.

리쿠르고스: 알칸드로스의 아버지이자 테미스키라의 군주. 본래 나포카에서 고용한 용병이었으나 나포카를 정복하면서 이름을 날린 전쟁 영웅이다. 신중하고 철두철미하며 사람을 다루는 기술이 탁월하다. 독재 성향이 강해 단 1초라도 남의 손에 권력의 고삐를 맡기지 않는다. 오랫동안 꿈꿔 온 복수를 완수하기 위해 두 번째 정복지로 마법의 도시 히페르보레아를 선택했다.

메젠스: 히페르보레아의 최고 장관. 행정 장관이자 각료 의회 의장이다. 피라의 멘토이며 프레톤의 아버지이다. 바실레우스 탄생 축일 쥐빌레르에 자객의 공격을 받아 살해당했다. 죽으면서 두 글자를 남겼는데, 바로 '생령'이다.

메타니르: 라스티아낙스가 물려받은 저택에서 일하는 수다쟁이 찬모.

멜라네펠레: 알칸드로스가 타고 다니는 로크새. 검은 날개가 특징이다.

멜라니페: 아마존이자 아르카의 어머니. 안티오페 왕의 어릴적 친구였다.

바르시다: 추방당한 아마존 전사. 자신을 내쫓은 동족에게 복수하기 위해 테미스키라의 알칸드로스를 돕고 있다. 성격이 잔혹하고 무자비하지만, 그런 그도 사랑하는 사람이 있다.

바실레우스: 히페르보레아의 군주. 184년간 히페르보레아를 지배하고 있다. 162년 전 일어난 '후계자 살인 사건'으로 아마존족에게 깊은 원한을 품고 그들에게 저주의 마법을 걸었다. 그 마법으로 자신도 저주에 걸려 늙지도 않고 불멸하는 것으로 알려졌으나 결국 아르카의 손에 죽게 된다.

스테릭스: 1학년 문하생이자 아르카의 친구. 수자원 백작의 아들이자 최고 사서의 조카이다. 늘 등산 모자를 쓰고 다니며 예술 없이는 살 수 없다고 생각한다.

시람: 알칸드로스에 의해 바실레우스의 아들로 소생된 생령이자 아르카의 아버지.

시론: 캉드리의 어머니. 캉드리를 떠나보낸 뒤로 오랫동안 제정신으로 살 수 없었다. 아르카의 후견인을 맡으며 점점 예전의 모습을 찾았지만 아마조네스 숲에 큰 불이 나서 사망했다. 이 일로 아르카는 아르카디아를 떠나야 했다.

실렌: 문하생들의 교육을 맡고 있는 신비학 교수. 신비학과 마법서를 가르치며, 최고 부재판관으로서 바실레우스 서거 후 최고 재판관 대행을 맡게 된다. 알칸드로스에 의해 생령으로 둔갑되어 있다.

아스파시: 피라의 여동생. 단골 재단사에게 옷 주문하는 일을 좋아

한다.

아우스: 라스티아낙스가 물려받은 저택에서 일하는 집사. 메타니르의 남편이다. 빗자루에 기대어 자곤 한다.

안티오페: 아마존족의 왕이자 펜테실레이아의 어머니. 아마존족의 존속을 위해서라면 하나뿐인 딸도 외면할 수 있을 만큼 냉철하다.

알키, 악시, 아리: 우둔한 세쌍둥이로 본명은 알키비아데스, 아낙시메네스, 아리스토불로스이다. 조직범죄 집단 '파란연꽃파'에 속해 있는데, 세쌍둥이의 어머니가 두목이다.

엠브론, 테토스: 히페르보레아의 서문을 지키는 경찰관들. 단순한 데다 눈치가 없다.

제노도토스: 히페르보레아의 도서관 최고 사서. 고문서를 망가뜨리는 일을 극도로 싫어한다.

카시크: 1학년 문하생이자 아르카의 친구. 2지구 출신이며 마법을 연구하는 것을 좋아하는 모범생이다. 고지식한 데다 매사 아주 구체적으로 말하곤 해서 상대방을 당황하게 한다.

크테시비오스: 마법역학의 창시자. 날개팔찌, 그라포만스를 발명한 전설의 마법역학자.

테미스: 퇴역한 아마존 전사. 시론의 전 연인이었다.

트리에리오스: 식민지 장관이자 페트로클루스의 멘토. 신비학자 실렌이 주최한 연회에서 목이 잘려 죽었다.

팔라테스: 평등화 장관이자 라스티아낙스의 멘토. 수집벽이 있어 도시를 돌아다니며 희귀한 물건을 찾는 데 집착한다. 덕분에 그의 자택은 온갖 잡동사니로 가득해 '미로의 성'으로 불린다. 라스티아낙스의

졸업 심사날 시신으로 발견되었다.

페트로클루스: 라스티아낙스의 유일한 친구이자 식민지 장관 트리에리오스의 문하생. 깡마른 데다 키가 크며 '오늘 할 일을 내일로 미루자'는 신조를 지니고 있다. 동기생 중 유일하게 졸업 심사를 통과하지 못할 위기에 처했는데 설상가상 자신의 진급을 도와줄 멘토마저 죽어버렸다. 자신의 불운을 탓하던 중 친구 라스티아낙스의 재판에 가기 위해 죽은 멘토의 토가를 몰래 입은 게 화근이 되었다. 갑자기 도시에 나타난 아마존들이 자신의 옷을 보고 마법사로 오인해버린 것이다.

펜테실레이아: 안티오페의 딸로서 아마존족의 공주. 명석한 데다 활솜씨가 뛰어나다. 치명적인 부상을 입기 전까지 나포카에서 아르카와 함께 지냈다.

포네리아: 1학년 문하생. 프레톤을 혼자 좋아한다.

푸발: 라스티아낙스의 아버지. 히페르보레아 4지구의 경주마들을 훈련시키는 조련사. 대머리, 절름발이며 '시옷(ㅅ)' 발음을 '피읖(ㅍ)'으로 발음해 사람들에게 놀림받는다.

프레톤: 1학년 문하생이자 최고 장관 메젠스의 아들. 자존심이 강해 누군가에게 반했을 때 전혀 내색하지 않는 것에 명예를 거는 이상한 사고방식의 소유자. 한 번도 아버지에게 사랑받는다고 생각해본 적이 없지만, 아버지가 살해당하자 큰 충격을 받는다.

피톤: 길에서 마주치는 인간에게 과거, 현재, 미래를 알려주는 얼음뱀.

필롱: 리쿠르고스를 도와 나포카 정복에 큰 공을 세운 테미스키라의

장군. 리쿠르고스가 아픈 틈을 타 스스로 리쿠르고스의 진정한 영적인 아들이라고 선전하며 왕위 계승을 노리고 있다. 능란한 척하지만 통찰력이 부족한 편이다.

필리피데스: 푸발의 마사에서 일하는 기수. 어릴 때부터 푸발 밑에서 승마 기술을 연마했다. '바실레우스 그랑프리 대회'에서 우승하는 것이 인생의 목표였으나 아르카의 등장으로 출전 기회를 뺏긴다.

용어

(아마존) 건국자들: 히페르보레아 출신으로서 아르카디아에 정착한 아마존족의 시조.

고리토스: 아마존족 허리띠에 달린 활집.

공중부양기: 탑의 중앙에서 수직으로 이동할 수 있는 기계.

그라포만스: 쌍을 이루는 원통 장치로 통신할 수 있는 기구. 원통 장치를 덮은 상아 글자판에 새겨진 문자를 이용해 메시지를 전달한다. 위대한 마법역학자 크테시비오스가 발명했다.

금속장갑: 마법사들이 인장을 그리지 못하도록 수갑으로 사용하는 뻣뻣한 장갑.

나무 위 오두막: 아마존들의 거처.

날개팔찌: 한 쌍의 날개로 변형되어 날 수 있는 마법역학으로 설계된 팔찌.

니녹스: 아르카디아의 야행성 새.

라피스라줄리: 보석과 장식품으로 활용된 역사가 가장 오래된 돌 중 하나. '청금석'이라고도 한다.

로크새: 테미스키라에 서식하는 거대한 맹금류.

로크새 비행부대: 로크새를 타고 다니는 전투 부대.

마법: 아니마로 물질을 지배하는 술법. 거리, 추위, 피로도에 따라 제약이 따르며 비프아주르가 있는 블루존에서는 마법을 행할 수 없다.

마법 평가전: 1년에 한 번 문하생을 선발하는 마법 토너먼트 대회. 13세 이상 참가할 수 있으며 3차 시험까지 있다. 1차 시험은 수완, 2차 시험은 힘, 3차 시험은 지식을 평가한다. 최종 13인에 들면 각각 멘토에게 배속되어 문하생 자격으로 5년간 마법 공부를 하게 된다.

번개창: 히페르보레아 경찰관들이 소지하는 무기. 상대를 감전시킬 수 있으며 접어서 곤봉으로 사용할 수도 있다.

블루존: 마법이 작동하지 않는 구역.

비프아주르: 마법을 방해하는 아주 희귀한 파란색 금속이다. 천연 금속일 경우 힘이 강력해서 반경 몇 걸음 안에 블루존을 형성한다.

생령: 마법으로 소생시킨 죽은 자의 육신. 창조한 자의 아니마로 만들어졌기에 그를 주인으로 섬긴다. 생전의 모습을 똑같이 흉내 낼 수 있으며 순간이동도 가능하다. 주인과 멀리 떨어질수록 통제가 어렵고 아니마가 고갈되면 소멸한다. 창조자가 둘 이상의 생령을 지배하는 것은 불가능한 것으로 알려져 있다.

수력 전신: 히페르보레아에 고유한 수력 통신 방식.

수력 파이프오르간: 히페르보레아의 악기.

수면가스 볼: 순식간에 잠들게 만드는 공격용 무기. 볼을 던져 깨뜨리면 달콤한 보라색 연기가 피어올라 몇 걸음 내에 있는 사람이나 동물을 잠재운다.

실피온: 허브식물.

아고게: 테미스키라의 군사 교육.

아니마: 신체에서 마법 에너지를 공급하는 만져지지도 보이지도 않는 유체.

아니마 탐지기: 아니마의 형태, 힘, 흐름을 관찰할 수 있는 외알박이 안경. 라스티아낙스가 발명했다.

아니마 흡입기: 아니마를 빨아들이는 황금빛 원반. 소용돌이치면서 빛의 장막을 내리비치면 아니마를 흡입당한 생명체는 기절한 것처럼 움직임을 멈춘다. 피라가 발명했다.

아다만트: 매우 단단하고 투명한 물질. 히페르보레아를 에워싼 돔이 아다만트로 이뤄져 있다.

아마존: 용맹한 여전사를 지칭하며, 아마조네스는 아마존의 복수형으로 아마존족을 가리킨다.

에페드린 가루: 육상식물 에페드라에서 추출한 각성제.

에포로스: 아마존족의 심판관. 죄를 판단해 벌을 내리는데, 이 결정은 왕도 거역할 수 없다.

에피오르니스: 아르카디아의 몸집이 큰 육지 새.

엘라포르: 아르카디아의 식물로 뿌리를 식용한다.

엘라프: 아르카디아의 사슴.

오레이칼코스: 마법을 활성화하며, 자체적으로 아니마를 지니고 있

는 오렌지색 금속. 연금술을 통해 황동 큐브에 아니마를 응축해 만든다. 아니마의 농도가 높을수록 훨씬 강력하다.

올리가르키아: 테미스키라의 장군을 가리키는 칭호로, 여섯 명이 도시국가의 의사결정을 담당한다. 과거 리쿠르고스 휘하의 용병 부대 장군들이 영전했다.

인장: 기호와 원으로 구성되는 마법 주문. 어떤 물체에 쓰거나 새기는 것으로 마법의 속성을 부여할 수 있다.

졸업 심사: 5년간의 수련을 끝낸 문하생이 마법사가 되기 위해 거쳐야 하는 최종 진급 과정. 발명품을 제출해 심사를 받아야 한다.

쥐빌레르: 바실레우스의 탄생 축일. 가면무도회, 카니발 같은 성대한 축제가 열린다.

파란연꽃 껌: 수생식물인 파란연꽃에서 추출한 마약성 진통제.

팔받이: 팔을 감싸는 마법 갑옷의 부속품. 작은 화살을 발사한다.

폴레마르코스: 테미스키라의 최고 사령관이자 군주를 가리키는 칭호.

헤일로테스: 아르카디아 원주민. 아마존족의 보호를 받는 대신 공물을 봉납한다.

호롤로기온: 휴대용 시계. 물시계만큼 정확하다.

히스타미드: 닿으면 가려움증을 일으키는 육상식물. 잎을 우려 차로 먹기도 한다.

히페르, 보레온, 칼코스: 히페르보레아의 화폐. 1히페르는 36보레온이고 1보레온은 12칼코스이다.

히페르보레아: 북쪽에 위치한 마법의 도시국가. '아다만트'라는 특

수 물질로 이뤄진 투명한 돔이 도시 전체를 에워싸고 있어서 추위를 막고 바람이 불지 않는다. 히페르보레아는 일곱 개 지구로 나뉘어 있는 계급 사회이며, 여기서 '지구'는 주거지를 수직으로 구분하는 단위이다.

1지구: 각 탑의 맨 아래층 주거지 일대를 지칭하며, 가장 낮은 등급의 하층민들이 거주한다.

2지구: 나포카 이주민들이 거주하며 유리 공장이 있다.

3지구: 운하를 따라 상점들이 줄지어 있으며, 거대한 시장이 있다.

4지구: 주물 공장, 방적 공장, 도기 공장이 즐비한 산업 지대다.

5지구: 공장장과 부자 상인들이 거주한다.

6지구: 관료들이 거주한다.

7지구: 군주의 궁전과 정부 기관들이 있으며, 마법사를 비롯한 고위 공직자들은 각 탑의 꼭대기 층을 차지하는 저택에 거주하고 있다.

마기스테리움

관료: 각료 의회의 결정을 이행할 책임이 있는 고위 공직자.

교수: 문하생들의 교육을 맡고 있는 마법사. 1학년생들은 신비학과 마법역학을 배운다

마법사: 졸업 심사를 통과한 정식 마법사. 장관을 비롯해 수석 건축가, 최고 사서, 수자원 백작, 돔 엔지니어, 발명의 탑의 행정관, 고문서 사관, 치료사 등 마법사들이 히페르보레아의 고위 관직을 맡고 있다.

멘토: 문하생이 마법사로 승격될 수 있도록 5년간 학업과 생활을 책

임지는 마법사. 이들이 모인 멘토 대학은 과반수 투표로 각료 의회의 장관을 선출할 수 있는 권한이 있다.

문하생: 1년에 한 번 열리는 '마법 평가전'에서 선발된 수련 마법사. 허리에 차는 오렌지색 벨트의 줄 개수로 학년을 나타낸다.

바실레우스: 히페르보레아의 군주를 지칭하는 칭호.

서기관: 각료 의회에서 토론한 내용을 기록하는 관리.

장관: 바실레우스에게 정치적 결정을 조언할 책임이 있는 마법사. 각료 의회는 바실레우스와 6인의 장관들로 구성되며 열흘마다 소집된다.

　상무 장관

　식민지 장관

　전쟁 장관

　재무 장관

　최고 장관: 장관들의 수장. 도시의 일반 행정을 맡는다.

　평등화 장관: 일곱 지구 간의 평등을 책임진다.

도시와 지방

나포카: 테미스키라가 지배하고 있는 도시국가. 아마존족의 침략으로부터 도시를 지키기 위해 용병을 고용했다가 15년 전 용병 대장 리쿠르고스에 의해 점령당했다. 그때 대규모의 피난민들이 히페르보레아로 이주했다. 테미스키라 총독의 폭정으로 인해 끊임없이 시민들의 봉기가 일어나는 곳이다.

리파이아 산맥: 히페르보레아 남쪽에 있는 산맥.

아르카디아: 히페르보레아 남쪽에 있는 지역. 북쪽에 '아마조네스 숲'이라 불리는 광대한 유칼립투스 숲이 있는데, 그곳에 아마존족이 살고 있다.

켐발라: 리파이아 산악지대 사람들이 겨울을 나는 산 중턱 골짜기 마을.

테르모돈강: 아마조네스 숲을 가로지르는 강.

테미스키라: 아마존족으로부터 나포카를 지켜주기 위해 고용된 용병들의 군사 전초 기지.

히페르보레아의 탑

마기스테리움: 히페르보레아의 정책 기관들이 있는 건축물.

물의 성: 바실레우스 궁전의 별칭.

미로의 성: 팔라테스에게서 물려받은 라스티아낙스의 저택에 주어진 별칭.

발명의 탑: 문하생들의 발명품을 보관하는 히페르보레아의 탑.

엑스트락트릭스: 히페르보레아의 교도소를 가리키며, '추출소'라는 뜻이다.

인터니보 은행: 히페르보레아의 은행.

정의의 탑: 히페르보레아의 법정. '마법 평가전' 지원자들은 정의의 탑 꼭대기에 있는 원형 경기장에서 시험을 치른다.

콜룸바리움: 히페르보레아의 납골당.

이원희

프랑스 아미앵 대학에서 〈장 지오노의 작품 세계에 나타난 감각적 공간에 관한 문체 연구〉로 석사 학위를 받았다. 옮긴 책으로 장 지오노의 《영원한 기쁨》《세상의 노래》, 아민 말루프의 《사마르칸드》《타니오스의 바위》, 다이 시지에의 《발자크와 바느질하는 중국소녀》, 엠마뉘엘 베르네임의 《그의 여자》《금요일 저녁》《다 잘된 거야》, 카트린 클레망의 《테오의 여행》, 피에르 보테로의 《에윌란의 모험》 시리즈, 기욤 프레보의 《시간의 책》 시리즈, 소피 오두인 마미코니안의 《타라 덩컨》 시리즈, 마린 카르테롱의 《분서자들》 시리즈, 마르크 레비의 《그녀, 클로이》《고스트 인 러브》, 나탈리 코프만 켈리파의 《최악의 여성, 최초의 여성, 최고의 여성》 등 다수가 있다.

아르카 2
비밀의 숲

2022년 12월 30일 초판 1쇄 발행

지은이 • 엘레오노르 드빌푸아
옮긴이 • 이원희
펴낸이 • 한예원
편집 • 이승희, 윤슬기, 양경아, 김지희, 유가람
본문 조판 • 성인기획

호루스의눈
전화 • 02)2266-2776 | 팩스 • 02)2266-2771
출판등록 • 제2022-000297호
horusbook@naver.com

ISBN 979-11-980880-2-4
ISBN 979-11-980880-0-0 (세트)

* '호루스의눈'은 교양인의 문학 브랜드입니다.